Stefan Jäger
Das Gold des Nordens

Zu diesem Buch

112 vor Christus: Die Kimbern, Teutonen und Ambronen, weit über hunderttausend Menschen, haben aus bitterer Not heraus ihre dänische Heimat Richtung Süden verlassen. Dort entbrennt ein erbitterter Krieg mit den römischen Legionen, bis die Kimbern zum letzten Mittel greifen: Sie sperren die Bernsteinstraßen, die vom Norden in das römische Imperium führen. Den Bernstein verarbeitenden Betrieben in Oberitalien droht der Niedergang. Doch Bernstein, damals wertvoller als Gold, ist für das Römische Reich zu wichtig – und die Römer entführen die viel umworbene Kimbrin Svanhild als Druckmittel. Aber sie haben nicht mit Timaios, dem Sklavenhändler aus Marseille, gerechnet, dessen Liebe zu Svanhild nun auf eine harte Probe gestellt wird … Mit seinem historischen Roman zur Zeit der Völkerwanderung, als die ersten germanischen Volksstämme auf römische Legionen trafen, bringt Stefan Jäger Licht in das Dunkel zwischen Antike und Mittelalter im Herzen Europas.

Stefan Jäger, geboren 1970, studierte Wirtschaftswissenschaften in Kassel sowie Alte und Mittlere Geschichte und Germanistik. 1997 Abschluss des Studiums mit einem Diplom für den Bereich Wirtschaftswissenschaften. Thema der Abschlussarbeit: »Der Untergang des römischen Imperiums unter ökonomischen Aspekten«. Danach schloss Stefan Jäger eine Ausbildung zum Physiotherapeuten ab und lebt nun in Fritzlar. Er schreibt seit über zwölf Jahren, überwiegend historische Kurzgeschichten und Erzählungen. »Das Gold des Nordens« ist nach »Der Silberkessel« der zweite Roman seiner Völkerwanderungstrilogie.

Stefan Jäger

Das Gold des Nordens

Historischer Roman aus der Zeit der Völkerwanderung

Piper München Zürich

Von Stefan Jäger liegen bei Piper im Taschenbuch vor:
Der Silberkessel
Das Gold des Nordens

Originalausgabe
Januar 2008

Umschlag: Büro Hamburg, Heike Dehning, Stefanie Levers
Bildredaktion: Alke Bücking, Charlotte Wippermann, Daniel Barthmann
Umschlagabbildung: J. W. Godward, »Klassische Schönheit« / akg-images (oben) und Stapleton Collection / Bridgeman Berlin (unten)
Satz: Filmsatz Schröter, München
Papier: Munken Print von Arctic Paper Munkedals AB, Schweden
Druck und Bindung: Clausen & Bosse, Leck
Printed in Germany ISBN 978-3-492-24900-3

www.piper.de

Vorgeschichte

Auf Betreiben der Kimbern Hludico und Segestes verlassen die Stämme der Kimbern und Haruden um 120 v. Chr. ihre karge Heimat im Norden der Alten Welt, um neues Land im Süden zu gewinnen. Auf der jahrelangen Wanderung schließen sich ihnen keltische Boier unter ihrem Fürsten Magalos und seinem Vertrauten Boiorix an. In den östlichen Alpen, nahe der Keltenfestung Noreia, treffen die Stämme auf römische Legionen unter ihrem Konsul Gnäus Papirius Carbo. Der Aufforderung, das Land der römischen Bundesgenossen zu verlassen, kommen die Kimbern nach, aber die mitgegebenen Führer locken die Stämme – Kelten für die Römer – in einen Hinterhalt. Die Verratenen siegen indes über die Verräter. Nach der Schlacht wandern die Stämme nach Westen und überwintern bei den Helvetiern. Im Land dieser Kelten schließen sich ihnen auch die Teutonen und Ambronen an, die ebenfalls ihre unwirtliche Heimat im Norden verlassen haben. Dort wird außerdem der Heilige Hain der Kimbern von fremden Kelten überfallen, die im Auftrag des römischen Tribuns Terentius Pius handeln. Die Kelten rauben unter anderem den silbernen Opferkessel der Stämme, den sie, wie sie behaupten, einst im Meer gefunden haben.

Timaios aus Massalia, der mit Waren und Sklaven handelt, gerät im Gefolge der Kämpfe in das bunte Gemenge der Barbarenstämme und lernt Svanhild kennen, die Tochter von Segestes. Timaios und Svanhild entwickeln Gefühle füreinander, aber den Massalioten zieht es zurück in seine Heimat. Er verlässt die

Stämme und eine unglückliche Svanhild einen Tag nachdem der Heilige Hain überfallen wurde. Unmittelbar nach seinem Abschied hält Boiorix um die Hand der viel umworbenen Svanhild an, erfährt aber eine Ablehnung. Schon kurz darauf wird die junge Frau von dem Boierfürsten Magalos verschleppt.

In Rom hat unterdessen Hannibal, der karthagische Gehilfe des Timaios, eine Auseinandersetzung mit römischen Veteranen, während er auf das angekündigte Erscheinen seines Herrn wartet, der mit dem Händler Spurius Caepio Geschäfte machen will.

Personenverzeichnis

Timaios	*Händler aus Massalia*
Svanhild	*Kimbrin, Tochter des Segestes*
Spurius Caepio	*römischer Handelspartner von Timaios, Klient des Crassus*
Publius Licinius Crassus	*römischer Senator, optimatischer Gesinnung**
Gnäus Papirius Carbo	*ehemaliger römischer Konsul, zu den »Popularen«** zählend*
Briseis	*eine griechische Hure in Rom*
Kapaneus	*Zuhälter von Briseis, messapischer Abstammung*
Marcus Antonius	*römischer Senator, zur »Partei« der »Optimaten« zählend*
Curator suburem	*stadtrömischer Gauner*
Cethegus	*Kumpan des Curator*
Hannibal	*Gehilfe des Timaios; ein Karthager, von den Römern »Punier‹« genannt*
Theognis	*sizilischer Geflügelzüchter*
Tacfarinas	*Sklave auf Sizilien*
Segestes	*Edeling der Kimbern, Vater von Svanhild*
Gaisarik	*der ältere Sohn des Segestes*
Bragir	*der jüngere Sohn des Segestes*
Thora	*Schwägerin des Segestes; ihr Sohn heißt Thorgis*
Hludico	*ein Herzog der Kimbern*
Wisigarda	*Eheweib Hludicos*
Vibilio	*Bruder Hludicos, Träger des berühmten Schwertes Mjölnir*

* Optimaten: eine Gesinnung innerhalb der römischen Oberschicht, die eher die traditionellen Interessen des Senates vertrat.

** Populare: eine Gesinnung innerhalb der römischen Oberschicht, die eher die Interessen des Volkes vertrat und Reformen gegenüber offener war.

Cimberio	*ein Herzog der Kimbern, Widersacher Hludicos*
Ucromerus	*ein Herzog der Kimbern, zur Gruppe um Cimberio gehörig*
Thurid	*Tochter des Ucromerus und Freundin Svanhilds*
Aistulf	*Edeling der Haruden, auf der Seite Cimberios stehend*
Theuderich	*Edeling der Haruden, Parteigänger Hludicos*
Clondico	*Edeling der Kimbern, Parteigänger Hludicos*
Radiger	*Freund Gaisariks und Werber um die Hand Svanhilds, Ziehsohn Cimberios*
Albruna	*Priesterin der Kimbern*
Teutomatus	*greiser Kimber in der nördlichen Urheimat*
Magalos	*ein Fürst der Boier*
Boiorix	*boischer Vertrauter des Magalos*
Teutobod	*ein Fürst der Teutonen*
Divico	*Fürst der Tiguriner, die wie die Tougener zu den Kelten Helvetiens zählen*
Flavus Habitus und Mamercus Cotta	*Römer, Gläubiger von Timaios*
Terentius Pius	*römischer Heerestribun, Vertrauter des Carbo und des Crassus*
Kembriones	*Ziehvater des Timaios, Massaliote*
Meletos	*Sohn des Kembriones*
Hieronymos	*Ratsherr Massalias*
Crinas	*ehemaliger massaliotischer Silberschmied*
Calgacos	*massaliotischer Schmied*

»In derselben Ausbuchtung, unmittelbar am Meer, wohnen die Kimbern, jetzt eine kleine Völkerschaft, doch gewaltig an Ruhm. Von der einstigen Geltung sind weithin Spuren erhalten, ausgedehnte Lagerplätze jenseits und diesseits des Rheines, an deren Umfang man noch jetzt die ungeheure Arbeitskraft dieses Stammes und die Glaubwürdigkeit des großen Wanderzuges ermessen kann.«

Aus der Germania des
römischen Historikers Tacitus
(1. Jhd. n. Chr.)

Prolog

642stes Jahr
seit Gründung der Stadt Rom
im Konsulat von
Marcus Livius Drusus
und
Lucius Calpurnius Piso Caesonius
(112 v. Chr.)

Rom im Mond Januarius

»Femina venire«, sagte der Mann.

Die junge Frau erhob sich rasch von ihrem Lager und folgte dem Dunkelhäutigen. Die Worte hatte sie nur sinngemäß verstanden. Aber des Mannes Geste und die offene Tür waren kaum misszuverstehen gewesen, und dass mit Femina immer – und manchmal auch mit Flava – sie gemeint war, wusste sie längst.

Wie sie wirklich hieß, danach hatte kein Mensch sie gefragt, und schon seit Monden war sie von niemandem mehr bei dem Namen gerufen worden, den auch ihre Mutter einmal getragen hatte.

In dem taghellen, großen Vorraum stand der Dunkle und wartete. Ihr Blick wurde wie stets von seiner Gestalt angezogen, so wie die Riesen von den Mauern Asgards. Mit ihren Blicken verschlang sie geradezu seine Hautfarbe, die breiten Lippen die kurzen, krausen Haare und die waagerechten Narben unter beiden Augen. Längst wurde ihr nicht mehr bang, wenn sie ihren Wärter sah, und die Knie zitterten nicht mehr, aber das Unbehagen blieb. Manchmal fürchtete sie schon, nie wieder angenehme Träume zu haben. Ihre Freundin Thurid hätte den Dunklen vielleicht sogar für einen Schwarzalben gehalten, wenn er auch kaum kleiner war als sie selbst. Doch die junge Frau wusste inzwischen, dass die Welt der kleinen Männer größer war als jene, in der die Götter ihres Stammes und deren Kinder lebten. Das war weder eine schöne noch eine einfache Erkenntnis, doch ihr mühsames Ringen um Verständnis war nach vielen Tagen und Nächten einer vorsichtigen Neugierde gewichen. Timaios war es gewesen, der sie bereits auf diese Welt vorbereitet hatte, auch wenn das kaum seine Absicht gewesen sein mochte: Weit im Süden schien die Sonne so heiß, dass sie die Haut der Menschen verbrannte.

Dann zog das Becken mit dem klaren Wasser abermals ihren Blick an. Darin zu baden, müsste herrlich sein, selbst zu dieser Zeit, da auch in diesem Land Winter herrschte, ein angenehmer, milder Winter, ohne Schnee und Eis, ohne Hunger und Tod, der allen Entbehrungen Hohn sprach, die sie jemals in Kimberland und auf der Großen Wanderung erlitten hatte. Auf der anderen Seite des Beckens, zwischen prachtvollen fremden Pflanzen, die sie mehr ängstigten als ermutigten, stand ein schwarzhaariger Junge von vier oder fünf Jahren mit einer Wachstafel in der einen und einem Griffel in der anderen Hand und beobachtete sie. Im Hintergrund, vor den wunderbaren, feinen Wandmalereien, wartete ein junger Mann offensichtlich auf den Knaben. Obwohl die schwarzen Haare des Kindes nicht kraus waren wie jene des Dunklen, sondern glatt und glänzend, wirkten sie auf die junge Frau fremd und bedrohlich. Der Mann im Hintergrund erinnerte sie in seinem Aussehen und dem kleidähnlichen Gewand an Timaios. Eine Frau, etwa so alt wie sie selbst, fegte den wundervoll glatten Steinboden, auf dem sonderbare Abbildungen von Menschen und Tieren zu sehen waren. Zu der Fremden fühlte sich die Gefangene hingezogen, aber die schaute nur einmal kurz auf, bevor sie umso schneller weiterfegte.

Der aus Thurids ersponnenen Ängsten geborene Schwarzalb fasste sie grob am Arm und zog sie vorwärts, zur Haupttür des großen Hauses. Die Tür führte auf eine gepflasterte Straße voller Unrat, die zwischen zwei hohen Bordsteinen entlangführte.

Auf der anderen Seite erhob sich eine lange, mehr als zwei Männer hohe Mauer, die wohl ein ähnliches Haus umschloss wie jenes, das sie soeben verließ. Dass die Sonne nicht zu sehen war, bedauerte die junge Frau. Auf der Straße wartete ein Kastenwagen, vor den zwei großen dunkle Rosse gespannt waren. Ein Mann mit wollenem Umhang saß auf dem Bock des Wagens und sah ihr entgegen, ein zweiter stand vor dem Verschlag und öffnete dessen Tür, als sie von dem Wärter nach draußen geschoben wurde. Diesen hatte sie bereits zuvor gesehen, er erteilte dem Dunklen immer Befehle und sprach auch nun einige Worte zu ihm. Der Untergebene antwortete mit einem willigen, beinahe unterwürfigen Grunzen. Der Mann war schlank und kräftig, hatte gleichfalls schwarzes Haar, und seine Haut war sonnengebräunt, viel stärker noch als die von Timaios, fast wie der gute Erdboden in Teilen Kimberlands. In seiner Nähe fühlte die junge Frau sich stets so weiß wie Schnee und kam sich mit ihrer blassen Haut sehr fremd vor. Wie immer sah ihr der Mann offen ins Gesicht, und wie immer war mehr als nur eine Spur von Neugierde darin. In ihren häufigen Albträumen war er es, der die Rolle des Folterers spielte, obwohl er viel weniger grobschlächtig wirkte als der dunkle Mann und weniger kräftig nach Tier und Fell roch, sondern einen ekelhaft süßen Geruch verströmte.

Ohne dass der Erdbraune ein Wort an sie verschwendete, wurde sie in den Wagenverschlag geschoben. Sie setzte sich auf eine der beiden Bänke, der Dunkle nahm ihr gegenüber Platz, die Tür wurde zugeschlagen, und sie war von Dämmerung umgeben. Plötzlich kehrte die Angst zurück, die sie schon bei der ersten Begegnung mit diesem Mann gespürt hatte. Das Weiß in seinen Augen leuchtete, und er hielt den Blick starr auf sie gerichtet. Da fühlte sie unter dem Rocksaum eine Hand an ihrem Knie, sie schrie auf und sah die hellen Zähne des dunklen Mannes blitzen.

Wie als Antwort auf ihren Hilferuf erhob sich draußen ein harter Ruf. »Omitte, nigrita, Flavam!«

Die Worte verstand sie wieder nicht, aber sie wusste, dass so ihr Wärter gerufen wurde und dass der Erdbraune einer der Herren und der Dunkle einer der vielen Sklaven dieser Welt war. Von diesen gab es allein in ihrem Gefängnis unzählige.

Der Gescholtene richtete sich auf, mehr geschah nicht. Die Pferde zogen auf einen Ruf und ein Zischen hin an, und die junge Frau fiel gegen die hölzerne Lehne.

Nach einer Weile beruhigte sie sich und achtete auf die Bewegungen des Wagens und die Geräusche, die von draußen hereindrangen. Es holperte stark, doch das war kein Vergleich zu den Karren und Wegen in ihrer Heimat. Die vielen gepflasterten und ungepflasterten Straßen in dieser riesigen Stadt waren den wenigen hölzernen Bohlenwegen Kimberlands so sehr überlegen, wie Donar bei seinen Kämpfen mit den Riesen stets den Sieg davontrug. Bei ihrer Ankunft hatte sie Teile der Stadt gesehen und war geradezu betäubt gewesen von ihrer Größe und Pracht, den Häusern, hoch wie Berge, und den mächtigen Mauern. So würde sie sich von nun an immer die gewaltige Götterburg Asgard vorstellen, in der jedem einzelnen Gott eine Vielzahl von Sälen und Räumen zugedacht war.

Kimberland ... Sie dachte an ihre Brüder, an ihren Vater, an Thurid. Sie dachte an Timaios und musste mit den Tränen kämpfen – doch nicht nur wegen der Erinnerung an ihn.

Der Wagen hielt viele Male für einen oder zwei Augenblicke an, ehe er schließlich gar nicht mehr weiterfuhr und das viele Rufen und Schreien, welches ihn auf einer Wegstrecke begleitet hatte, zur Gänze verstummte. Das Treiben in diesem unübersichtlichen Gewühl von Leben rief abermals eine Erinnerung hervor. Sie dachte an die Bienenstöcke ihres jüngsten Bruders Bragir, an das Summen im Innern und ringsum. Auch das befremdliche Gewimmel dieser Stadt war wie ein einziges Labyrinth ohne Beginn und ohne Ende, und sie hatte sich schon hundertmal und öfter gefragt, wo sich das Herz dieses Organismus befinden mochte. Sie verstand einfach nicht, wie ein solches Räderwerk ohne Reibungen laufen konnte, wer alles am Leben erhielt und wie sich die vielen Menschen ernährten, die sie nicht sah, aber hörte. Vielleicht hielten sich hier sogar mehr Menschen auf, als Kimbern, Teutonen und alle anderen Stämme zusammen zählten. Wie konnte es angehen, dass diese Menschen hier wohnten und am Leben blieben, ohne jedes Jahr den Standort der Stadt zu wechseln, um neue, fruchtbarere Felder zu bebauen? Wo wuchsen die unzähligen Blumen, die diesen Bienen

Nahrung gaben? Hatten daran solche Menschen wie Timaios Anteil, die mit ihren Wagen übers Land fuhren und Waren von hier nach dort brachten? Wie viele Menschen dieser Art musste es dann aber geben? Wo weideten die riesigen Herden, die die Menschen nährten und kleideten? Lag dieser Bienenstock an einem nahen Meer, das Nahrung lieferte?

Die Tür des Verschlages wurde geöffnet, und der Erdbraune stand da und sah sie an. Ihr dunkler Begleiter sprang schnell aus dem Wagen, bekam einen Stoß in die Rippen, der ihn fast aus dem Gleichgewicht warf, und wandte sich eilig um. Doch noch bevor er sie wieder anfassen und auf die Straße ziehen konnte, hatte sie sich erhoben und sprang ihm hinterher. Dann nahm sie rasch eine Haltung ein, die ihren Bewachern zeigte, dass sie keine weiteren schnellen Bewegungen machen würde. Und tatsächlich, sie entging weiteren Berührungen, wurde vom Erdbraunen nur mit einem leichten Stoß durch die Tür eines dunkelroten Hauses geschickt, das offenbar sehr groß war. Aber groß waren viele Häuser in dieser Stadt, manche sogar riesenhaft.

Hinter der Haustür begann ein schmaler Gang, von dem aus eine Treppe nach unten führte. Diese wurde sie hinabgewiesen, und ohne Zögern betrat sie die Stufen, denn inzwischen hatte sie sich an solche Stiegen aus Stein gewöhnt. Unten wurden eine Öllampe und eine Fackel entzündet, dann schloss jemand eine schwere Tür auf, ein Gang folgte, von dem weitere Öffnungen abzweigten. Vor einer der Türen wurde sie zum Halten genötigt. Sie hatte Angst. Was auch immer geschah, an diesem Ort unter der Erde würde keiner sie hören.

Der Schwarzalb öffnete die Tür, indem er einen Riegel zurückschob, dann schob der Erdbraune die junge Frau in den dunklen Raum, der dahinterlag. Der Mann stellte die Öllampe noch auf dem Boden ab, dann nahm sie nur noch wahr, wie die Tür geschlossen wurde.

Die Lampe verbarg mehr, als sie zeigte, aber manches sah die junge Frau. Stroh. Ein irdenes Gefäß mit Brei. Eine glänzende Lache auf dem steinernen Boden. Die Gestalt eines liegenden Mannes. Unbekleidet. Es stank entsetzlich. Urin und Fäkalien, vielleicht auch Erbrochenes.

Die junge Frau schauderte und warf sich gegen die Tür, aber die bewegte sich nicht, und sie wusste, dass eines der Geräusche, die sie eben noch vernommen hatte, von dem Riegel stammte, der wieder vorgeschoben worden war. Sie spürte, wie sich ihr ganzer Körper verhärtete und ihr Inneres ganz tief in sich zusammensank. Begann nun eine neue Zeit der Demütigung?

Hinter sich hörte sie ein Grunzen und eine Bewegung, und ihr Herz verkrampfte sich, ehe es erstarrte und ihr Mund staubtrocken wurde.

1. Kapitel

Rom im Mond Februarius

»Patron, dies ist der Händler Timaios aus Massilia.«

Publius Licinius Crassus nickte seinem Klienten zu. »Danke für deine Begleitung, Spurius Caepio. Morgen früh erwarte ich dich zur vierten Stunde.« Entschlossen und selbstbewusst klang Timaios diese Stimme in den Ohren.

Der beleibte Sklavenhändler deutete eine Verbeugung an und zog sich ohne ein weiteres Wort aus dem Tablinum des römischen Hauses zurück.*

Timaios, unschlüssig, was er sagen sollte, beließ es dabei, dem Römer einen »Guten Tag« zu wünschen, begleitet von einem leichten Neigen des Kopfes. Da er aber nicht wusste, aus welchem Grund er überhaupt hier war, da Caepio ihm Crassus nicht nur als Senator, sondern als reichen Senator beschrieben hatte, wobei er das Beiwort dermaßen betonte, als sei er höchstselbst dafür verantwortlich, vor allem aber da der andere schwieg, fügte Timaios nach einer kleinen Pause hinzu: »Ich hoffe, die Götter sind mit dir, Senator.«

Das entlockte dem Römer endlich eine Regung, wenn auch eine trockene. »Diese Hoffnung teile ich.«

---

* Das römische Haus der Oberschicht bestand üblicherweise aus einem Atrium, einer großen Eingangshalle mit Säulen um ein Wasserbecken herum und offenem Dach, an das sich das sog. Tablinum anschloss, eine Art Arbeitszimmer des Hausherren, das durch Vorhänge vom Atrium und einem hinter dem Tablinum liegenden Säulengang getrennt werden konnte.

Crassus musterte ihn mit sichtlicher Neugierde. Weiter war seinem Gesichtsausdruck nichts zu entnehmen, weder Freundlichkeit noch Ablehnung. Timaios selbst war beklommen zumute. Crassus, sitzend, einen dünnhaarigen Jungen von zwei oder drei Jahren auf dem Schoß, der mit den Fingern des Römers spielte und immer wieder verschämt zu dem Massalioten hinsah, machte schließlich eine Handbewegung zu einem dreibeinigen Kohlebecken, das vor einer Wand stand, die mit bunten Götterbildern auf blauem Untergrund bemalt war. Timaios erkannte an Flügelhelm und Füllhorn Hermes und Tyche, die die Römer Merkur und Fortuna nannten.

»Spurius Caepio sagte mir, du wollest mich sprechen, Senator, und es gehe um mein Geld, welches er mir für die kaledonischen Sklaven schuldet. Ich vermute, es ist alles rechtmäßig damit.« Mehr banges Hoffen als neugieriges Fragen lag in Timaios' Stimme, als er das mühsame Schweigen endlich brach. Die Handbewegung des Römers hatte er als Einladung begriffen und trat bereitwillig an das Becken. Schwarze Kohlesteine glommen darin und strahlten eine wohlige Wärme ab. Er rieb die Hände über der Glut, denn trotz des langärmligen, dicken Chitons fror er.

»Geld!« Crassus reckte das kantige Kinn, das ohnehin sehr ausgeprägt war. »Noch so viele Kinder kann man haben, aber *ein* Sorgenkind muss man wohl immer hinzuzählen.« Der Römer, der in einem Korbsessel saß, wandte Timaios endlich den Blick zu und hob den dick eingepackten Jungen auf seinem Schoß mit beiden Armen hoch. »Mein Jüngster, Marcus. Ein Prachtbursche – gerade zwei Jahre alt und kann bereits besser reden als mancher, der sich Senator nennen darf.« Wieder fielen Timaios die einschüchternde Stimme des Crassers und die Kraft und Tiefe auf, mit denen er sprach. Für Reden vor dem römischen Senat eignete er sich bestimmt hervorragend.

»Entzückend, ja.« Auf Timaios wirkte das Kind mit dem spärlichen schwarzen Haar und den dunklen, runden Wangen alles andere als prächtig, zumal es soeben mit strahlendem Gesichtchen und heller Stimme einige sehr schnelle, sich beinahe überschlagende Worte plapperte, die Timaios' eigentlich gutes Latein deutlich überforderten. Die Kinder der Kimbern mit ihrem meist flachsblonden, oft dichten Haar waren ihm zu seiner eigenen Überraschung hübscher vorgekommen.

Crassus drehte das Kind so, dass es ihn ansehen musste, und senkte die Stimme. »Du willst mich wohl prompt Lügen strafen, Marcus? Du kannst doch viel besser sprechen!« Der Junge wandte den Kopf, schaute Timaios an und sagte: »Marcus kann besser, ja. Kann viel besser. Viel besser.«

Timaios lächelte den Jungen verlegen an, murmelte ein Lob und sagte nach kurzem Schweigen: »Ehrlich gestanden war ich ein wenig erstaunt, als Caepio mir sagte, dass mich ein Senator zu sprechen wünscht. War mit den Kaledoniern etwas nicht in Ordnung?«

Er fühlte sich verunsichert. Crassus legte eine umgängliche Art an den Tag, die kaum mit den Aussagen übereinstimmen wollte, die Spurius Caepio, ehrfurchtsvoll und schmeichelnd, über seinen Patron gemacht hatte: vermögend, unbestechlich, scharfsinnig.

Doch der dicke Sklavenhändler war selbst alles andere als ein Ausbund an Weisheit oder Urteilsvermögen. Zu seinen wenigen guten Eigenschaften gehörte gerade noch die Tatsache, dass er einen angemessenen Preis für Sklaven zahlte, und Timaios wusste den Wert des Geldes höher einzuschätzen als die nichtfassbaren Kosten für einen unleidlichen Geschäftspartner. Als aber Caepio auf Timaios' Frage nach seinem ausstehenden Geld erklärte, diese Sache habe er mit dem Senator selbst auszumachen, waren alle seine Überschlagsrechnungen ins Wanken geraten.

Die von Timaios in seiner Heimatstadt Massalia für die Waren der Kimbern eingehandelte Summe war hinreichend gewesen, um selbst Svanhild manchmal aus seinen Gedanken zu verdrängen: Felle, Bernstein und Saipo* waren ihm reich vergütet worden. Und hinzu hatte er längst schon das Geld von Caepio gerechnet, gutes Geld für vierundzwanzig junge Kaledonier, die er in Albion gekauft und nach Südgallien geschafft hatte. Nie zuvor hatte Timaios mit so vielen Sklaven auf einmal gehandelt und er hatte, nachdem alle Ängste um dieses Geschäft ausgestan-

* Eine Art Seife.

den und sämtliche Kosten für Erwerb, Transport, Begleitmannschaft und Verpflegung endlich abgerechnet waren, in Ertragszahlen von immer noch erstaunlicher Höhe geschwelgt. Seine gewohnt missliche Geldlage hatte er als endgültig abgelegte Gewohnheit betrachtet und großartige neue Pläne geschmiedet, in denen die Kimbern eine wichtige Rolle spielten.

In diesem Augenblick aber hegte Timaios tiefe Zweifel, und dass ein reicher Senator hinter Caepio stand, war dafür eindeutig der Hauptgrund.

Den römischen Senatoren war der Handel nur mit Einschränkungen gestattet, aber das mochte auch ein Grund für die guten Preise sein: Niemand, der etwas zu verkaufen hatte, würde sich bei Spurius Caepio beschweren und den Beutel suchen, aus dem er das Geld nahm. Doch warum zahlte Caepio ihn, Timaios, dann nicht wie gewöhnlich einfach aus? Hatte er in irgendeiner Weise gegen die – zahlreichen – römischen Gesetze verstoßen? Abgaben und Zölle hatte sein Gehilfe Hannibal doch schon damals in der südgallischen Stadt Narbo* entrichtet, von welcher aus er die Sklaven nach Italien eingeschifft hatte. Oder sollte Hannibal das Geld in den eigenen Beutel… Nein, nicht er! Jötenkram war das, wie die Kimbern gesagt hätten. Caepio hatte allerdings auch berichtet, der Karthager habe sich in den vergangenen Monden nicht bei ihm gemeldet, obwohl Hannibal und Timaios genau das in Noreia ausgemacht hatten, und er, der Römer, wisse nicht, wo dieser stecke. Doch kümmern tue es ihn ohnehin so wenig wie die Fürze der Götter, wenn sie nicht gerade in seine Richtung zielten. Das alles beunruhigte Timaios mehr, als ihm lieb war.

Crassus' Blick, der eben noch voller Zuneigung auf seinem Sohn geruht hatte, verhärtete sich, als er Timaios ins Auge fasste. »Die Kaledonier? Das ist ein anderes Geschäft. Zuerst sollten wir über einen Punier reden, der den großen Namen eines großen Mannes aus seinem Volk nicht zu Recht trägt.«

Timaios riss die Augen auf und stöhnte innerlich. »Hannibal? Kannst du mir sagen, wo er steckt, Senator? Caepio wusste es nicht.«

---

* Hauptort der römischen Provinz »Gallia Narbonensis« in Südfrankreich.

Timaios hatte Hannibal zum letzten Mal unter den Mauern Noreias gesehen, in den Alpen, als er mit den Kimbern fortzog und Hannibal anwies, bei den Römern zu bleiben, ihnen notfalls auch bei ihrem Abzug zu folgen. Nie hätte Timaios erwartet, dass er sich darauf in eine Kimbrin verlieben und seinen Abschied von den Kimbern Mond um Mond hinauszögern würde, bis das Wetter es beinahe nicht mehr zuließ. Sein Aufbruch stand dann schließlich unter schlechten Vorzeichen: Der Silberkessel, das Heiligtum der Kimbern, war eben erst aus dem Hain geraubt worden, und Timaios war auf ein Schlachtfeld gestoßen, auf dem tote Kelten und Römer lagen. Was suchten die bei Noreia schmählich geschlagenen Römer jenseits der großen Berge?

Crassus setzte seinen Sohn vom Schoß auf den Boden. Auf seinen Ruf hin teilte sich der Vorhang, und ein junger Mann trat ein, der den sich wehrenden Kleinen unter gutem Zureden aus dem Arbeitszimmer zog. Der Hausherr erhob sich aus dem bequemen Sessel und trat zu einem zweiten Kohlebecken. Mit einem eisernen Schürhaken schob er die Glut hin und her, während Timaios angespannt auf eine Entgegnung wartete.

Publius Licinius Crassus – alles, was Timaios über den Mann wusste, waren ein paar Bemerkungen, die Caepio zu machen geruht hatte. Spross des bedeutendsten Zweiges aus der Verbindung der uralten plebejischen Geschlechter der Licinier und Crasser. Senator Roms, ein Mann, der im frühen Nachmittag seines Lebens stand und eines Tages vielleicht ein Konsul Roms werden würde. Timaios beäugte neugierig den Angehörigen der römischen Nobilität, der ihm nun den Rücken zuwandte. Groß war er nicht, kleiner als Timaios, aber von athletischem Körperbau. Er trug eine sandfarbene Tunika mit kurzem Arm über einem langärmligen weißen Untergewand mit schwarzem Saum. Beides war aus weitaus feinerem Stoff gefertigt als Timaios' langärmliger Chiton. Die muskulösen, behaarten Beine des Römers waren frei. Für einen Mann von Crassus' Klasse mutete das Haus beinahe bescheiden an, denn es war im Grunde nicht groß und eher spärlich eingerichtet. Crassus konnte sich gewiss Besseres leisten, wollte dies offensichtlich aber nicht.

Das Haus des Crassers stand auf dem Palatin, auf dessen

Boden sich die ältesten und vornehmsten Häuser Roms erhoben. Schon der ansteigende Weg dorthin hatte Timaios mit Ehrfurcht erfüllt. Im Atrium des Hauses, dem Innenhof, hatte er dann eine nachdenkliche Weile neben dem rechteckigen Wasserbecken im Boden warten müssen, ehe er von Spurius Caepio durch den dicken Vorhang in das Arbeitszimmer des Hausherrn geführt worden war. Der Fußboden, auf dem Timaios nun hier im Tablinum stand, war mit einem bunten Mosaik ausgelegt. Regelmäßige, viereckige Bilder von Feldarbeit, von Früchten und von Tieren waren darauf zu sehen. An den Wänden prangten stilvolle Terrakottafresken.

Crassus wandte sich zu Timaios um und wies mit dem Schürhaken auf ihn. »Brandstiftung, Massiliote. Dieses Verbrechens hat sich der gottlose Punier schuldig gemacht.«

»Was?« Timaios stockte der Atem.

Wieder reckte Crassus das Kinn. »Böswillige Brandstiftung, um genau zu sein. Das bedeutet, es ist so gut oder schlecht wie ein Mordversuch. Im Bezirk Subura gab es Streit mit dem Wirt einer Taverne. Der Punier, dein Sklave, wurde daraufhin hinausgeworfen. In der Nacht brannte die Taverne ab. Wir können von Glück sagen, dass der Brand nicht um sich gegriffen hat, aber die Leute des Ädilen konnten Schlimmeres verhindern, und die Götter schenkten die Gnade, dass es in der betreffenden Nacht regnete.«

»Er ist nicht mein Sklave«, entgegnete Timaios. Dann suchte er nach Fragen und ahnte bereits, dass es um Geld und Leben ging, sein Geld und Hannibals Leben. »Woher weiß man, dass Hannibal der Täter war?«

»Er wurde gesehen, Massiliote.« Wieder wies der Schürhaken in Timaios' Richtung. Crassus' Stimme war so hart wie das Eisen und ließ nicht die Spur eines Zweifels an diesen Worten zu. »Und überdies war es die Taverne eines Römers, eines alten Veteranen von Numantia – und Karthago. Ich gebe zu, nach allem, was ich gehört habe, setzte man ihm ziemlich hart zu. Aber alle Zeugen sagten aus, der Punier habe den Streit begonnen. Spurius Caepio wusste zu erzählen, dass solches nichts Besonderes für ihn sei.«

»Solches« hatte Timaios bereits zu lange befürchtet, als dass es nicht wahr sein konnte. Im Stillen wünschte er Hannibal in die kinderfressenden Hände seiner karthagischen Gottheiten. »Was ist mit ihm geschehen? Hockt er im Karzer?«

»Nein. Er ist verschwunden, untergetaucht. Aber nun ist zum Glück sein Herr da, um für ihn zu haften.«

Timaios rang die Hände. »Senator, ich wiederhole, dass er nicht mein Sklave ist. Hannibal ist ein Freigelassener und bei mir nur in Diensten. Was möchtest du von mir? Bist du der zuständige Prätor?* Ich gedenke nicht, für ein Verbrechen zu zahlen, das ich nicht zu verantworten habe.«

Gelassen winkte Crassus ab. Ein spöttisches Lächeln umspielte seine schmalen Lippen. »Du hast es zu verantworten, und bezahlt hast du bereits. Caepio machte den Vorschlag, die Summe, die du sonst für die kaledonischen Sklaven aus Britannien erhalten hättest, mit dem Schaden zu verrechnen. Der Prätor hat zugestimmt und entschieden, dass damit Genüge getan ist.«

»Hermes! Was soll das heißen – mein Geld zu verrechnen?« Zorn erwuchs in Timaios so schnell und vollständig, wie ein Windstoß im Laubbaum ein Rascheln auslöst. »Euch haben die Götter das Hirn vernebelt…«

»Massiliote!«, donnerte Crassus, und Timaios zuckte zusammen, als hätte er einen Schlag erhalten. »Wage nicht, mit mir zu reden, wie man in deiner Stadt mit den Göttern redet!«

»Verzeih, Senator, ich wollte nicht…« Timaios trat der Schweiß auf die Stirn, sein Zorn war schnell verraucht. Stattdessen loderte Angst in ihm auf.

Crassus ließ ihn nicht ausreden, seine Stimme wurde wieder leiser, blieb indes hart. »Ich wollte dich sehen, weil ich dir ein Geschäft vorschlagen möchte. Aber zuerst zurück zu dem Fall des Puniers. Mit dem Geld für die Sklaven kommt ihr beide gut über den Strom. Weißt du, was ein Haus in der Subura heute kostet?« Timaios wollte es nicht wissen, Schulden hätten ihm gerade noch gefehlt. »Der Prätor für die Fremden und das Geschworenengericht verhandelten in Abwesenheit gegen den Punier und seinen Herrn. Nur der Ankläger war vertreten. Weil

* Den Prätoren unterstand die Gerichtsbarkeit der Stadt Rom.

niemand erschien, um für ihn zu sprechen, beraumte also der Prätor einen gerichtlichen Untersuchungstermin an, bei dem sowohl der Punier als auch sein Herr allerdings wiederum fehlten. Der Herr ist also zur Zahlung von Schadenersatz verurteilt worden – und wir gingen davon aus, dass er dein Sklave ist.« Timaios wollte etwas sagen, aber Crassus ließ sich nicht unterbrechen. »Ein Herr haftet für seinen Sklaven, wenn dieser Geschäfte für ihn tätigen darf: und das durfte der Punier. Alles geschah demnach gemäß geltendem Recht. Dadurch bist du in ein Schuldverhältnis gegenüber dem Wirt der Taverne getreten. Zum Preis Fortunas hat sich Caepio aber dazu in der Lage gesehen, ihm den Schaden ersetzen zu können, und der Wirt hat seine Forderung auf Caepio übertragen. Natürlich sind wir immer davon ausgegangen, dass dies in deiner Absicht geschehe, um« – wieder ein spöttisches Lächeln – »Justitia zu ihrem Recht zu verhelfen.«

Timaios merkte, dass er die Luft angehalten hatte, seit der Römer ihn nicht hatte aussprechen lassen. Und das Atmen fiel ihm auf einmal schwer. »Caepio hätte doch wissen müssen, dass Hannibal nicht mein Sklave, sondern ein Freigelassener ist, der in meinem Dienst steht. Dem werde ich etwas erzählen, bei Zeus!«

»Vielleicht wusste er es, vielleicht nicht. *Ich* werde ihn fragen, wenn ich ihn das nächste Mal sehe – *du* lässt die Finger von ihm, Massiliote.« Der Römer schnitt eine Grimasse. »Im Übrigen hätte der Punier andernfalls zu deinen Klienten gezählt, und dann steht deine Haftbarkeit ebenfalls außer Frage.«

»Aber nicht für mich.« Timaios riss sich zusammen und grübelte fieberhaft nach, wie der Schaden zu begrenzen wäre. »Mein Geld ist also verloren?«

»Wenn du den Punier an den Geschädigten auslieferst – das ist in dem Fall Spurius Caepio, da er den Tavernenwirt ausbezahlt hat –, kann darüber neu verhandelt werden.«

»Ich weiß nicht einmal, wo er steckt. Wie viel habt ihr überhaupt für die Kaledonier gerechnet?«

»Das Stück zu eintausendzweihundert Sesterzen.«

»Aber das ist viel zu wenig!« Abermals fühlte Timaios eine Welle des Aufbegehrens durch den Körper branden. Er gestikulierte mit beiden Händen. »Es sind kräftige Kaledonier, nicht irgendwelche verlausten Kelten, die man an jeder Ecke findet.«

»Bah! Von den Kelten unterscheiden sie sich höchstens dadurch, dass sie noch dreckiger sind. Soll ich dir Dreck teuer bezahlen? Zuerst einmal sind es Arbeitssklaven, sonst nichts! Also kommen sie entweder in die Latifundien oder die Bergwerke. Für die Arena taugen sie nichts, für anderes fehlt ihnen so ziemlich alles. Die Lebenserwartung in den Minen ist so niedrig, dass die Preise unten im Hades sind. Weißt du, wie viele Sklaven jeden Tag aus Gallien kommen? In den Minen Hispaniens braucht man in jedem Jahr im besten Fall viertausend neue. Und deine sind eigentlich schon zu groß, man zieht Kinder oder kleinere Heranwachsende vor. Und der Zwischenhandel will auch noch etwas verdienen. Wenn wir dir mehr bezahlen, müssen wir zudem noch Steuern für die Kaledonier zahlen, weil fast alle unter zwanzig Jahren sind.«

»Aber das hat Caepio doch immer irgendwie gedeichselt ...«

»Die Stadt braucht Geld«, entgegnete Crassus lapidar. Timaios schluckte seine Zweifel hinunter: Fette Jahre lagen hinter der römischen Wölfin, und es hieß, die Tiberstadt lasse in jedem Jahr große Mengen an Silbergeld prägen. »Es wird heute allen genauer auf die Finger geschaut. Also zweiundzwanzig mal eintausendzweihundert – so viel bekämst du bei keinem anderen.«

»Es waren vierundzwanzig, nicht zweiundzwanzig.« Timaios biss die Zähne so fest aufeinander, dass es wehtat.

»Zwei starben auf dem Schiff von Narbo nach Ostia, einer durch eigene Hand – das ist vom Kapitän beurkundet. Das ist Fortunas Nachlässigkeit, Timaios, aber wie du wissen solltest, noch ein guter Schnitt. Die restliche Ware war dafür in durchaus annehmbarem Zustand.« Der Römer griff nach einer Schriftrolle und reichte sie dem Massalioten.

Timaios überflog den Papyrus. Die Rechnung stimmte natürlich, und auch der Tod der beiden Männer war amtlich bestätigt. Dass zwei der Kaledonier gestorben waren, hatte Caepio ihm nicht erzählt, und Timaios fühlte ein weiteres Mal Zorn auf den Sklavenhändler in sich aufsteigen. Doch es war ein ohnmächtiger Zorn, denn was hätte er gegen diesen und den Crasser ausrichten können? Er versuchte, seiner Stimme Festigkeit zu verleihen. »Ich möchte mit dem zuständigen Prätor sprechen. Und mit den Zeugen, die Hannibal angeblich gesehen haben.«

Crassus war keine Spur von Unsicherheit anzumerken. »Für die vorausgegangene Prügelei gibt es Dutzende von Zeugen. Die Brandstiftung hat nur einer beobachtet, nämlich der Wirt der Taverne.«

»Das Wort eines römischen Bürgers, der gegen Karthago gekämpft hat, gegen das eines freigelassenen Karthagers?« Timaios drehte die Handflächen nach oben. »Was soll dabei schon herauskommen?«

Abermals schob der Römer das markante Kinn nach vorn. »Des Puniers Flucht nach der Tat war ein hinreichendes Schuldeingeständnis.«

»Und wo finde ich die Taverne?«

»Die Taverne? Nun« – Crassus strich sich wie sinnend mit der Hand über den bartlosen Unterkiefer –, »die gibt es nicht mehr. Jemand hat die Ruine abgerissen und ist dabei, ein Mietshaus zu errichten. Und ich hörte, der ehemalige Wirt sei aufs Land gezogen.«

»Aber das muss doch selbst eurer Justitia stinken! Ich weiß selbst, wie eng es in der Subura zugeht. Jeder kennt die Gepflogenheiten der Mietsherren, denen es auf ein paar Leben mehr oder weniger nicht ankommt, wenn sie nur neue Grundstücke in die Finger bekommen. Senator, du hast selbst gesagt, dass ein Haus in der Subura teuer ist. Man sollte mit dem neuen Besitzer des Hauses reden.«

»Das tust du gerade.«

Timaios vergaß alle eben noch gefassten Vorsätze. Gern wäre er dem hinterhältigen Römer an die Kehle gegangen. Doch wie lange stand eigentlich dieser kräftige, dunkelhäutige Sklave schon in der Ecke dort hinten und musterte ihn? Tief atmete er ein und aus, zweimal, dreimal. »Senator, was soll das alles?«

Der Römer holte seinerseits tief Atem. Timaios spürte, dass alles nun eine neue Bedeutung erhalten würde, und versteifte sich.

Crassus verschränkte die Arme. »Wo ist der silberne Kessel der Kimbern?«

Timaios öffnete den Mund, um ihn gleich wieder zu schließen.

»Nun, was ist? Hat es dir die Sprache verschlagen, Maultiertreiber?« Der Römer verschärfte die Tonart. »Lass uns endlich über lohnende Dinge reden. Warum hätte ich dich sonst überhaupt sprechen wollen? Sicher nicht, weil deine Kaledonier oder die Tat deines Sklaven mein Wohlgefallen erregt hätten. Wo ist der Silberkessel der Barbaren?«

»Woher ...?« Timaios dehnte die Frage, und Crassus beendete sie sichtlich gern.

»Woher ich von dem Kessel weiß? Viele Quellen sprudeln in der Welt ...«

»Aber was habe ich damit zu tun?«

Der Senator trat dicht an Timaios heran, und dieser wich unwillkürlich einen Schritt zurück. »Eine Menge. Du bist dort gesehen worden, wo sich der Kessel zuletzt befand.«

Angestrengt versuchte Timaios, Licht in das Dunkel seiner Gedanken zu bringen. Wo war er gesehen worden? Warum schien Crassus zu glauben, dass er, Timaios, etwas über den Verbleib des kostbaren Stückes wisse? In Wahrheit wusste er nicht das Geringste, er konnte nicht einmal raten, wo der Kessel geblieben war. Aus dem Hain gestohlen, gut. Von den Römern, so hatte er angenommen, als er nach seinem Abschied von den Stämmen die römischen und keltischen Leichen gefunden hatte. Und dann? Was war dann geschehen? Auf dem Schlachtfeld war der Kessel nicht mehr gewesen, er hatte nur die Boier Magalos und Boiorix dort angetroffen und war sehr erleichtert gewesen, als diese ihn unbehelligt ziehen ließen, aber das war alles.

Timaios entschloss sich zu spielen, um Zeit zu gewinnen – Zeit und vielleicht auch sein Geld. »Einmal angenommen, ich wüsste tatsächlich, wo der Kessel ist ... Was wäre es dir denn wert, diesen zu bekommen, edler Publius Licinius Crassus?«

»Hat sich der auf einmal zur Überheblickeit neigende Massiliote schon gefragt, was mit dem entschwundenen Punier geschehen könnte?«

Timaios betrachtete den Römer, der ein finsteres Gesicht aufgesetzt hatte. Was bezweckte er mit der Frage?

»Er wird«, beantwortete Crassus seine eigene Frage, »auf

dem Marsfeld an einen Pfahl genagelt und auf einem Scheiterhaufen verbrannt. Ganz rechtmäßig und nach alter Überlieferung.«

»Wenn ihr ihn habt«, entgegnete Timaios trotzig.

»Wir haben ihn.«

Der Raum wirkte auf einmal kleiner, bedrohlicher. Timaios sah die muskulösen Beine des Dunkelhäutigen, entdeckte die Narben unter den Augen, das krause Haar und den hölzernen Knüppel, den er in Händen hielt. Eine Eingebung verdrängte den ersten heftigen Schreck, und er mimte den Überraschten, hob die Arme vor den Körper und drehte in gespielter Ratlosigkeit die Handflächen nach oben. »Senator, ich wüsste gar nicht, warum ich einen ... Sklaven als gleichwertigen Ersatz für einen Kessel von solchem Wert betrachten sollte. Hannibal wäre allenfalls die Dreingabe, die den Klang der Summe Goldes, die du mir sicherlich anbieten wirst, in meinen Ohren noch wohltönender machen würde.«

Crassus schien ein Lachen unterdrücken zu müssen, und Timaios bereute umgehend die Wahl seiner verdrehten Worte. Ein Schnauben entrang sich den Lippen des Römers. »Soll das der Geist sein, der einen Pytheas einmal auszeichnete? Armes, verkommenes Massilia: Staub zu unseren Füßen. Doch gut, lass uns den Punier als Dreingabe betrachten. Als Dreingabe aber nicht zu einer Summe Goldes, sondern zu etwas, nun, sagen wir ... etwas, das gänzlich andere Sinnesfreuden auszulösen vermag als der bloße Klang vermeintlich edler, wiewohl schnöder Münzen.«

Sichtlich zufrieden mit sich und seinen gewählten Worten winkte Crassus den dunkelhäutigen Sklaven mit einer jähen Bewegung an seine Seite. Nicht ohne Sorgen blickte Timaios dem Schwarzen hinterher, der ins Atrium entschwand, nachdem ihm von Crassus leise einige Anweisungen erteilt worden waren. Als Timaios eine Frage an den Römer richten wollte, winkte dieser entschieden ab und bedeutete ihm, einfach zu warten.

Eine Weile schwiegen die beiden, der Senator einmal grimmig vor sich hinlächelnd, einmal das Kinn vorschiebend, Timaios ahnungsvoll unruhig. Der Massaliote fragte sich, woher Crassus überhaupt von dem Kessel wusste und was er damit vorhaben mochte. Ihn aufbewahren? Ihn verkaufen? Ihn einschmelzen? Ein Mann seiner Klasse, ein reicher Senator? Nein, und warum auch? *Sag mir, Zeus, bei deinen lüsternen Lenden, was geht hier vor?*

Dann erst stolperte er über das Naheliegende: *Und warum sollte ich den Kessel haben? Was hat den Römer auf diesen abwegigen Gedanken gebracht?*

Endlich teilte sich der schwere Vorhang, der die Räume trennte: Der Sklave kehrte zurück. Hinter ihm kamen noch andere, ein zweiter Schwarzer und eine Frau, nicht kleiner als die beiden Männer, und Timaios sah blonde Haare schimmern und spürte einen Stich im Magen. Doch erst als der Schwarze auf einen Wink seines Herrn zur Seite trat, wusste Timaios sicher, dass er das Spiel, auf welches er sich eingelassen hatte, nicht gewinnen konnte. Sein Blick fiel auf Svanhild.

Bei allen Göttern! In Timaios zerbrach ein tönernes Gefäß, und tausend böse Fragen durchfluteten seinen Körper, wärmten und kühlten ihn im Wechsel und drängten durch den Schlund nach oben.

Die junge Frau schaute viel weniger überrascht drein als der geradezu versteinerte Timaios, sogar ein Freudenschimmer huschte über das blasse Gesicht mit den hohen Wangenknochen. Die Kimbrin trug nicht mehr die armselige Tracht ihres Stammes, sondern war in eine einfache knöchellange Tunika von blauer Farbe gekleidet. Ein darüberliegendes mantelartiges Obergewand aus grober, heller Wolle, die Palla, verbarg ihre schlanke Figur unter weiten Stoffbahnen. Das blonde Haar hing ihr als dicker Zopf über den Rücken.

Für Timaios sah sie überaus ungewohnt aus, zumal in dieser Umgebung, und obwohl ihre Kleidung bestenfalls zweitklassig war, entsprach sie doch dem, was er von einer Frau erwartete, und gefiel ihm nach dem ersten, dem zweiten und allen weiteren Schrecken über alle Maßen. Er wollte zu ihr treten, obwohl ihm die Knie zitterten. Crassus' schneidende Stimme hielt ihn zurück.

»Komm ihr nicht zu nahe! Ihr könnt euch unterhalten, aber

keine … Berührungen.« In der Stimme des Römers schwang so viel Ekel mit, dass Timaios ihn plötzlich hasste. Für die Römer waren Sklaven nichts als Tiere. »Mein Haus ist kein Bordell für Barbaren.«

»Svanhild …« Timaios rang um kimbrische Worte. »Wie kommst nach Rom du? Was haben die verdammten Römer mit dir gemachen?« Nichts hatte er sich in den vergangenen Monden sehnlicher gewünscht als Svanhild wiederzusehen, mit niemandem hatte er häufiger innere Zwiesprache gehalten als mit der jungen Kimbrin, die er schweren Herzens zurückgelassen hatte.

Die junge Frau lächelte schwach, und Timaios glaubte, einen feuchten Schimmer in ihren Augen zu sehen, der ihm gleichermaßen wohl- und wehtat. Ihre Wangen schienen voller geworden als sie es damals noch in Helvetien waren. Ihm kribbelte es im Magen.

»O Timaios, mein lieber Timaios! Es ist so gut, dich zu sehen, so gut. Die Boier waren es … Sie haben mich entführt und zu den Römern gebracht, einem Soldaten und zwei anderen. Magalos, ihr Fürst, war es …« Svanhild redete sehr schnell, so begierig schien sie, endlich einmal ihre Sprache nicht nur sprechen zu können, sondern ihre Worte auch an jemanden zu richten, der sie verstehen würde. »Und vielleicht wusste auch Boiorix davon. Erst glaubte ich, dass sie mich nur als Sklavin verkaufen wollten, weil ich … so etwas wie einen Streit mit Boiorix hatte. Aber obwohl ich die Römer nicht verstehe, glaube ich inzwischen, dass dies nicht der Grund war. Dein Name wurde mehrmals genannt, und ich hatte so gehofft, dass du kämst. Es geht um mehr, nicht wahr? Magalos hat von irgendeinem Tausch geredet, aber er hat nicht gesagt, was er für mich bekommen soll.«

Die Boier … Timaios war nicht einmal sonderlich überrascht. Vor allem Boiorix war ihm von Beginn an zuwider und Furcht einflößend gewesen. Alles hätte er diesem Mann zugetraut. »Ja, es geht um mehr, es geht um den Kessel aus Silber.« Svanhild schaute verständnislos drein. *Aber um etwas Kostbareres als dich*, dachte Timaios, *kann es doch gar nicht gehen*. Er zögerte weiterzusprechen, denn ihm drängte sich ein schmerzhafter Gedanke ins Gehirn. »Wie haben dich die Kerle von Dreck behandeln? Und die Boier? Sie haben ... Sie haben dich Gewalt getan?«

Svanhild antwortete, aber ihre Augen wichen den seinen aus. »Sie haben mich nicht ... Haben sie nicht.«

Timaios wollte ihr glauben und atmete auf. »Ich hole dich hier heraus, Svanhild! Das schwöre ich bei alle Göttern, deine und meine. Sei nicht so besorgt!«

»Es ist in meiner Lage nicht immer leicht, frei von Sorge zu sein.« Trotzdem schwang Hoffnung in ihrer Stimme. »Wo ist der Kessel? Wer hat ihn geraubt? Hast du ihn?«

»Nein.« Timaios ahnte, dass es keinen Sinn hatte, Svanhild falsche Hoffnungen zu machen. »Noch nicht. Aber die Römer wollen ihn, und ich werde ihn finden. Seit wann bist in Rom?«

Timaios wollte aus Svanhilds Blicken gern herauslesen, dass sie Vertrauen zu ihm hatte. Zu seinen Worten hatte sie genickt. Aber der furchtsame Blick, den sie auf den Schwarzen mit den Narben geworfen hatte, war ihm nicht entgangen, ebenso wenig wie dessen betont harmlose Miene.

»Ich weiß nicht«, antwortete Svanhild dann, »vielleicht einen Mond, vielleicht auch länger. Ich habe die Nächte nicht mehr gezählt. Sie haben mir zu verstehen gegeben, dass sie auf dich warten würden. Also habe ich auch auf dich gewartet – was hätte ich sonst tun sollen?«

Für den beschwerlichen Weg um die Alpen herum hatte Timaios im vergangenen Winter mit seinem Ochsengespann mehr als einen und einen halben Mond gebraucht. Um sich von diesen Strapazen zu erholen und um den Brei aus getrocknetem, zerstoßenem und dann gekochtem Gemüse zu vergessen, mit dem er sich unterwegs zu neun Zehnteln ernährt hatte, hatte er dann etliche Tage in Massalia zugebracht und sich den Magen mit gutem Essen vollgeschlagen. Alten Freunden hatte er Besuche abgestattet, um deren Neugierde und die eigene Eitelkeit zu befriedigen – mit Berichten über große Ereignisse, an denen er höchstselbst teilgehabt hatte, aufgenommen offenen Mundes und mit einem wohligen Schauer des Entsetzens. Das Stadtgebiet verlassen? Mit Barbaren wandern? Eine Vorstellung, die allgemein Furcht hervorrief.

Dann viele Verkäufe und einige Käufe und, schweren Herzens, abermaliger Aufbruch; mehr als dreißig Tage, bis Timaios endlich über die Via Flaminia Rom erreichte.

Demnach mussten die Boier Svanhild schon bald nach der geheimnisvollen Kesselschlacht entführt und nach Rom verschleppt haben. Doch warum die Kelten Magalos und Boiorix, denen die Römer doch nicht mehr galten als der Furz aus einem beliebigen Hinterteil? Und warum nun wurde er, Timaios, mit dem Kessel in Verbindung gebracht?

Crassus unterbrach den Massalioten und die Kimbrin. »Das reicht! Dieses Mahlen von Lauten ist wahrlich barbarisch. Das ist meine Bedingung, Timaios aus Massalia, und das der Preis: Die Barbarin und von mir aus der Punier gegen den Silberkessel der Kimbern. Und bilde dir nicht ein, du könntest mich hintergehen, Freund. Sieh sie dir noch einmal an, deine Barbarin, aber sieh genau hin, damit du weißt, wie man den Wert eines begehrten Preises mindern kann.«

Auf seine Worte hin gab Crassus einem der beiden Sklaven einen Wink. Aus dem Gesicht des Römers hätte ein aufmerksamerer Mensch, als Timaios es war, schließen können, dass dieser Teil ihm missfiel, dass aber gerade die Ecken und Kanten alles Schönen vor allem schmerzen konnten und der Massiliote gewiss bemühter wäre, die Pein zu mindern, seine und ihre, wenn er Zeuge des Folgenden würde.

Der ungeschlachte, breitschultrige Schwarze hinter Svanhild, noch dunkler als der erste, ein Numider oder Äthiopier, griff ihr in den Nacken und zog mit aller Kraft an ihrer Kleidung. Die nicht gegürtete Palla, die lediglich aus einem langen Stück Tuch bestand, glitt ihr von den Schultern, die Tunika und die Brustbinde rissen und rutschten ihr auf die Hüften. Sie schrie auf, krümmte sich und wollte sich losreißen. Der Sklave griff nach ihrem Zopf und zog sie zurück. Dann zwang er sie, sich zu Timaios umzudrehen, der schon bei der ersten Berührung des Schwarzen nach vorn stürzen wollte. Der andere Schwarze, der Krauskopf mit den Gesichtsnarben, trat ihm mit dem Holzknüppel entgegen und belehrte ihn eines Besseren. »Du versuchen, Mann!«, forderte er Timaios in holprigem Latein auf und schlug den unterarmlangen Knüppel, den er mit der rechten Hand hielt, mehrmals in die linke. Dabei fletschte er die Zähne und erinnerte den Massalioten an einen wütenden Hund.

Mühsam fasste sich Timaios. Bis er den Rücken von Svanhild sah – dann war es mit seiner Beherrschung vorbei. Ihre weiße Haut war mit roten Striemen überzogen. Ein frischer Glanz lag darüber. Die Wunden waren nicht mehr ganz frisch, doch es musste bereits schmerzhaft sein, nur ein Gewand darüber zu tragen.

Timaios warf die Arme nach vorn und wollte sich blindwütig auf den Mann stürzen. Der Hundegesichtige hatte indes nichts anderes erwartet oder erhofft. Er ließ den Knüppel kreisen und rammte Timaios das dicke Ende hart in den Magen. Dem Massalioten blieb die Luft weg, und er ging zu Boden. Er sah noch Svanhild, die sich zu ihm drängen wollte. Grobe schwarze Hände legten sich auf ihre unbedeckten weißen Brüste und hielten sie zurück. Sie wand sich. Er hörte Crassus Befehle erteilen, vernahm Svanhilds Schrei und das heftige Schnaufen eines der beiden Sklaven. Irgendwo im Haus greinte ein Kind. Dann sah Timaios, wie ein schmutziger schwarzer Fuß sich sehr schnell und sehr genau auf seinen Kopf zubewegte. Er kniff die Augen fest zusammen. Dass sein Kopf auf dem Boden aufschlug, hörte er noch, aber er spürte nichts mehr.

Ein Schwall eiskalten Wassers riss Timaios aus seiner Traumverlorenheit. Sofort überkam ihn der Wunsch, ins Reich der Bewusstlosigkeit zurückzukehren, denn in seinem Kopf pulsierte ein dumpfer Schmerz; ein Auge konnte er nur mit Mühe öffnen, und als er danach tastete, ließ er die Hand sofort wieder sinken, so sehr stach es vom Auge in den Kopf. Seine Lippen schmeckten blutig.

»Steh auf, Maultiertreiber!«

Crassus' Stimme drang durch den Schleier, der wie ein Tuch vor seinen Augen lag. Timaios fühlte sich hochgerissen und festgehalten. Der Schleier riss. Crassus hatte sich dicht vor ihm aufgebaut, Svanhild war verschwunden; nur der krausköpfige Schwarze stand noch im Hintergrund und ließ den Knüppel geschickt zwischen den Fingern kreisen.

»Höre, Massiliote, und höre gut zu: Ich will den Kessel, und zwar schnell. Ich weiß nicht, wo du ihn hast, und es ist mir auch gleichgültig, wenn du ihn mir nur bald bringst.«

Timaios öffnete probeweise den Mund. Und tatsächlich, Worte drangen heraus, die einen Sinn ergaben. »Ich … ich habe den Kessel nicht.«

»Zwei Möglichkeiten, und weder die eine noch die andere wollen mir gefallen.« Crassus hielt kurz inne und musterte Timaios mit bösem Blick. »Entweder du lügst, und du hast ihn. Oder du lügst nicht, und du hast ihn nicht.« Wieder eine Pause, dann: »Wenn du ihn hast, wirst du ihn herbeischaffen! Wenn du ihn nicht hast, wirst du ihn finden.«

»Senator, bitte!« Es gelang Timaios noch immer nicht, den so entschieden redenden Römer einfach beim Namen seines Volkes zu nennen, so wie dieser es bei ihm tat. »Ich weiß nicht, wo der Kessel ist. Eure Soldaten haben ihn.«

»*Warum* dann dieser ganze Aufwand, wenn sie ihn hätten?« Die Hand des Crassers wies auf Timaios, und die zum Atrium deutende Geste schloss offensichtlich auch die Kimbrin mit ein, wo immer sie sich gerade befand. »Dieses Gewürm hat den Kessel so schnell verloren, wie es ihn gefunden hat, weil die verdammten Barbaren über sie hergefallen sind. Ein wahrer Herkules soll dabei gewesen sein.«

Darum der überstürzte Aufbruch der Legionäre nach der Kesselschlacht. Des Crassers Worte bestätigten Timaios' damalige Vermutung: Kimbern oder Teutonen waren, vielleicht zufällig, auf die Römer gestoßen und hatten diese angegriffen. Die zurückweichenden Römer mochten von den Kimbern verfolgt worden sein, und irgendwie war dabei oder vorher der Kessel verloren gegangen. Und daher rührte der Verdacht des Römers, dass er, Timaios, den Kessel besitze: Die beiden Boier, Magalos und Boiorix, hatten ihn auf dem Schlachtfeld gesehen und dann danach, als der Kessel verschwunden war, einfach gemutmaßt, dass Timaios ihn beiseite geschafft habe. *Verdammte Boier! Kurzschwänziges Verrätergesindel!* Wenn Hludico davon erführe! Doch wo befand sich der Kessel? Wenn er nun irgendwo in den Wäldern Helvetiens lag?

»Du« – Crassus' Finger deutete anklagend auf Timaios – »bist auf dem Schlachtfeld gesehen worden. Und zwar später – nach dem Überfall.«

»Ja, von Boiorix und Magalos, das stimmt.« *Und die beiden wussten auch, wie ich zu Svanhild stand. Boiorix musste es jedenfalls wissen.* Doch warum sollten die Boier überhaupt den Bund der Stämme an Rom verraten? Um ihre Zukunft ging es doch ebenso wie um die Zukunft der Kimbern. »Aber ich habe den Kessel nicht, Senator, glaub mir doch! Zeus sei mein Zeuge: Ich weiß wirklich nicht, wo er ist. Es muss doch noch eine andere Möglichkeit geben. Wie viel sind dir Svanhild und Hannibal wert? Ich werde die Summe zusammenbekommen, die du verlangst. Bitte, ich habe reiche Freunde in Massalia ...«

»Ich will den silbernen Kessel, alles andere ist mir gleich. Besorg ihn mir, und du bekommst deine Barbarin. Und den Punier, der andernfalls verbrannt wird. Sagen wir ... Ja, drei Monde lang werde ich nichts unternehmen. Das gibt dir ausreichend Zeit, um den Kessel entweder zu holen oder ihn zu finden. Dann könnte der Punier gefunden werden, wie zufällig aufgegriffen. Danach kommt das Mädchen dran, für das ich mir einiges einfallen lassen könnte. Und jetzt geh!« Das Kinn des Römers schien den Weg zu weisen. »Wenn du etwas weißt, melde dich. Vorher will ich dich nicht sehen. Beeil dich!«

Crassus wollte sich schon abwenden. »Eines noch: Glaub nicht, dass du mit dieser Geschichte zum Ädilen oder Prätor gehen kannst. Beweise hast du nicht. Den Punier wird man nicht finden, und die Kimbrin ist eine Sklavin, die ich von Caepio gekauft habe. Alle Unterlagen sind in Ordnung. Niemand wird dir als Massilioten also glauben. Außerdem hätte das Mädchen unter deiner Dummheit zu leiden. Drei Monde, Timaios aus Massilia, nicht mehr.«

Timaios, noch ehe er viel erwidern konnte und ohne großes Sträuben, fand sich schnell vor dem Vorhang wieder, von Crassus' Sklaven unsanft aus dem Tablinum geschoben. Als der Schwarze ihn durch das Atrium führte, hörte Timaios das Schluchzen aus einer der kleinen Kammern, die links und rechts der Eingangshalle lagen und für gewöhnlich den Gästen als Schlafstätten dienten. Er rief Svanhilds Namen und hörte sie antworten, aber der Schwarze versetzte ihm einen heftigen Stoß, und Timaios stand vor der Tür, die hinter ihm sofort verschlossen wurde. Noch einmal hob er die Faust gegen das Haus, dann wurde ihm klar, wie lächerlich und hilflos diese Geste wirken musste. Ein Passant musterte ihn verwundert und ging schnell weiter. Timaios atmete tief durch und überlegte, was zu tun war. Noch einmal versuchen, mit Crassus zu reden? Sinnlos. Der Kopf schmerzte ihn, und es bereitete ihm Mühe, einen klaren Gedanken zu fassen. Svanhild, Hannibal, der Kessel, die Boier, die Kimbern, Crassus ... Warum? ... Aber zu dieser Stunde hätte jede Suche nach einem schlüssigen Sinn in die Irre geführt.

Aus den Tiefen der Stadt drang ein leises Brummen den Hügel herauf. Teilnahmslos blickte Timaios über das Häusermeer hinweg. Zahllose Tauben schwebten in Scharen über den verschiedenen Vierteln der Metropole. Rom stand auf der Höhe seines Tagwerkes, der größte Ameisenhaufen der Ökumene, hellwach zu allen Zeiten, nur zu lieben oder zu hassen, eine Stadt, wie es eine zweite nicht gab. Im Vergleich dazu war Massalia ein Dorf.

Timaios seufzte und stieg bedrückt über eine kurvenreiche Straße den Palatin hinunter. Weit war er nicht gekommen, weder auf seinem Weg noch in seinen Gedanken, als er von einem jungen Mann auf Griechisch angesprochen wurde. Timaios erkannte in ihm den Erzieher oder Aufpasser des Sohnes von Publius Licinius Crassus wieder, vielleicht ein Sklave, vielleicht auch nicht.

»Timaios aus Massalia?«

»Was will dein Herr noch von mir?«

»Dieser nichts. Aber ich bin auch der Diener eines anderen Herrn, der dich zu sprechen wünscht. Wenn du mir folgen würdest, dann könnte ich dich zu ihm führen.«

Timaios wollte etwas erwidern, aber der Mann redete rasch weiter, nachdem er einen ängstlichen Blick zum Hügel hinauf geworfen hatte. »Du solltest mitkommen, denn mein Herr kann dir vielleicht helfen. Er kennt deine Lage.«

»Wer ist dein Herr?« Timaios war neugierig geworden. Vielleicht spann das Schicksal einen festen Faden, an den er sich hängen konnte.

»Das solltest du besser selbst sehen. Aber wir müssen uns

beeilen.« Seiner sauberen Aussprache nach zu urteilen, war der Fremde ein Sklave aus der östlichen Hälfte der Ökumene. Timaios, der selbst nie in Griechenland gewesen war, erkannte dennoch den reinen attischen Dialekt, der in der verwässerten Form der Koine auch in Massalia gesprochen wurde.

Achselzuckend entschied Timaios, dass er die geringe Spanne zwischen wenig und nichts zu verlieren hatte, und folgte dem Mann.

Sie ließen den Palatin hinter sich, die Subura, das Kleineuteviertel, zur Linken und näherten sich in westlicher Richtung dem Caelius, einem der weniger steilen Hügel.

Als der stille Palatin hinter ihnen lag, wurde es rasch lauter und belebter auf den Straßen. Über hohe Gehsteige, die schmutzstarrende, tiefe Spurrinnen querten, führte ihn der Grieche an mit zotigen Schriften und Bildern übersäten Brunnenhäusern in geradezu verschwenderischer Zahl vorüber, wo junge Frauen Amphoren füllten und ein Schwätzchen hielten, bevor sie ihre Last auf den Kopf hoben und mit durchgestrecktem Rücken davongingen. Die Stadt Rom war vielleicht nicht der Welt Nabel, als welcher sie gern gegolten hätte, und ebenso wenig war sie wohl der Schwanz, den die meisten Nichtrömer in ihr sahen und hart und schmerzvoll im Gesäß ihrer jeweiligen Heimat fühlten. Doch von beidem war sie nicht allzu fern, und die lebhafte Stimmung in der riesigen Stadt nahm Timaios stets gleich nach seiner Ankunft gefangen – nun schon zum vierten Mal in seinem Leben.

Timaios' Führer schaute sich häufig um, als fürchte er Verfolger. Einmal schob er seinen Begleiter in einen Hauseingang, aus dem beide eine Weile schweigend die viel begangene Straße beobachteten, ehe sie ihren Weg fortsetzten. Am Fuß des Caelius, nahe der alten Stadtmauer, wurde Timaios erneut in einen schmalen Hauseingang gewiesen.

Auf einer Steinplatte war ein Name eingraviert, der aber unleserlich geworden war. Diesmal stiegen sie eine steile Treppe hinauf. Der Führer klopfte an eine Tür, die von einem sonnengebräunten Mann geöffnet wurde. Er nickte und nahm Timaios in Empfang, während der Grieche schon wieder eilig die Treppe hinunterstieg.

Von dem Schweigsamen wurde Timaios aus dem kleinen Vorzimmer in den nächsten Raum geführt, und hier stand in einer weißen Toga, mit dem Rücken zu einem schmalen Fenster, Gnäus Papirius Carbo, der Konsul des vergangenen Jahres, und blickte dem Ankömmling neugierig entgegen.

»Es ist gut, Syrus, du kannst gehen und uns Wein holen.« Den Kopf fast unmerklich neigend, ließ der Sklave, ein Syrer offenkundig, den Vorhang fallen, der die Räume trennte, und entfernte sich. Carbo wandte sich an Timaios. »Ich nehme wohl kaum zu Unrecht an, dass ich der Letzte bin, den zu sehen du erwartet hättest, Timaios aus Massalia. Du erkennst mich wieder?«

Timaios nahm zur Kenntnis, dass Carbo Massalia, nicht Massilia gesagt hatte, obwohl er seine Muttersprache gebrauchte, nickte und wollte die Schultern heben, aber ein Stechen im Brustkorb veranlasste ihn, die Geste zu unterlassen. »Ich erwarte nie viel. In Rom schon gar nicht.« In der Tat war er nicht übermäßig überrascht. »Höchstens Ärger.«

Carbo wies auf Timaios zugeschwollenes Auge. »Ich glaube, ich verstehe deinen Groll. Doch entgegen deinen Befürchtungen sei versichert: Ich will dir helfen. Aber bitte, nimm doch Platz!«

Die beiden ließen sich in Korbstühlen nieder, die in der Nähe des Fensters standen. Timaios lehnte sich erleichtert zurück, Carbo saß aufrecht, ohne sich anzulehnen.

»Du willst mir helfen, Konsul? Ah, nein – Senator muss es heißen, oder nicht?«

Carbo ließ nicht erkennen, ob er die Worte als Spott auffasste. Er nickte. »Senator, ja.«

»Wobei willst du mir helfen?«

»Man muss dich nur ansehen, um zu wissen, dass du Hilfe benötigst.«

»Ach ja?«

»Ja. Das wird eine schöne Beule geben, mein Junge, eine nachhaltige Erinnerung, die mir bei meinen Bemühungen eigentlich helfen müsste. Er ist nicht sonderlich nett gewesen, dieser Crassus, oder? Wusstest du, dass er hier in Rom als Muster an

Tugend gilt? Fast wie der alte Cato.* Am Ende hält er sich sogar selbst für einen neuen Cato, wer weiß? Nun, ich könnte dir helfen, die schöne Barbarin aus den Händen von Crassus zu befreien, wenn dies dein Wunsch sein sollte. Und ich könnte dir sogar helfen, den Silberkessel zu finden und ein reicher Mann zu werden. Du siehst, Timaios, ich weiß, worum es geht.«

»Ja, ich sehe, Senator, wenn auch fast nur mit einem Auge. Wie der Gott der Kimbern, Wodan heißt er. Aber warum willst du das alles tun? Woher weißt du überhaupt davon? Und vor allem sehe ich eines am wenigsten: Warum, Senator, sollte ich dir Glauben schenken? Du hast mir keinen Anlass gegeben, dir zu vertrauen.«

»Ah, du denkst an das vergangene Jahr?« Der Konsular lächelte gequält. »Politik, Timaios, die hohe Kunst der in diesem Fall eher niederen Staatsführung. Vielleicht warst du zu lange bei den Barbaren. Das mag dir den Blick für die Wirklichkeit getrübt haben.«

»Vielleicht war ich zu lange dort – und erwarte nun Ehrlichkeit, wo es keine geben kann.« Timaios' Stimme war leise geworden.

»Es war für die Zwecke Roms richtig, die Barbaren in einen Hinterhalt zu locken. Falsch war nur, die Schlacht zu verlieren. Falsch und dumm. Und der Senat vergibt weder Fehler, noch verzeiht er Dummheiten. Doch noch habe ich Hoffnungen – und deshalb müssen wir beide einander helfen.«

Carbo zeigte sich weit von jener Überheblichkeit entfernt, mit der er Timaios damals in den Alpen behandelt hatte, als er die Parade seiner Truppen vor der Keltenfestung Noreia abnahm und nachher, als die Barbaren kamen, mit dem Massalioten sprechen musste. Erst ein halbes Jahr lag das zurück, doch seither hatte sich Carbo zu seinem Nachteil verändert. Der ehemalige Konsul, ohnehin nicht groß von Statur, sah mitgenommen aus. In seinem von vermutlich zu viel Wein aufgedunsenen Gesicht zeigte sich zwischen tiefen Sorgenfalten eine große Mat-

---

* Cato der Ältere starb 149 v. Chr., sein Nachruhm lebte lange weiter. Er galt als sehr sittenstreng, heute würde man ihn einen Konservativen nennen. Er war ein entschiedener Gegner von Korruption und zunehmender Hellenisierung in Rom. Darüber hinaus galt er als Befürworter der Sklaverei.

tigkeit. Der Blick war ruhelos. Er war in eine schlichte weiße Toga gekleidet, die nur die rechte Schulter frei ließ, und Timaios hatte schon prunkvollere Togen gesehen.

Mit zwei Krügen und zwei Tontassen in den Händen betrat der Syrer den Raum. Gern ließ sich Timaios seine Tasse füllen und nahm einen tiefen Schluck Wein. Rot und süß, gut – er stürzte den Rest hinunter.

»Sauf nicht wie ein Skythe*! Die nächste Tasse solltest du verdünnen, ich brauche deinen Kopf noch, und sei es nur, damit du mir zuhörst. Wie ich sagte, Crassus ist durchaus angesehen und durchaus nicht unehrenhaft, nicht allzu sehr zumindest. Aber er ist auch unermesslich gierig. Er hat drei Söhne, und die wollen versorgt sein. Und alle sollen einmal Senator werden, so wie es Brauch ist, und vielleicht noch mehr. Und du weißt vermutlich, dass das nicht ohne Geld zu bewerkstelligen ist. Der Alte sucht seinen Erwerb hauptsächlich mit Mietshäusern und Sklaven – wie dir sicherlich bekannt ist. Hast du oft mit ihm gehandelt? Er tut es nicht ganz offen, weil ihm der Seehandel, wie uns Senatoren allen, vom Gesetz her untersagt ist. Aber er macht sein Geld.« Carbo drehte nachdenklich den goldenen Siegelring an der rechten Hand, bevor er weitersprach. »Die Sklavengeschäfte erledigt wahrscheinlich Spurius Caepio für ihn, aber man kann es kaum nachweisen. Klientenverhältnisse sind eine schwammige Angelegenheit. Zudem müsste man dann den halben Senat des Landes verweisen und die andere Hälfte zurücksetzen ... Der crassische Zweig der Liciner ist eine große und reiche Familie. Aber ihr Drang zum Geld wird sie verderben – und ich werde an ihrem Verderben mitarbeiten, und dann soll er ...«

Timaios hob die Hand. »Vor allen weiteren Ausführungen ein weiteres ›Warum‹, Senator. Warum dieser Hass auf Publius Licinius Crassus? Was hat er dir getan?«

Carbo erhob sich und wanderte, die Hände hinter dem Rücken verschränkt, im Raum umher. Zwischendurch sah er Timaios an.

* Unter dem Sammelnamen Skythen wurden sesshafte und nomadisierende Reitervölker zusammengefasst, die am Schwarzen Meer und nördlich davon beheimatet waren.

»Warum? Ja … gut. Dazu musst du wissen, dass meine Familie immer auf der Seite der Popularen stand, auf der Seite des Volkes und der Volkstribunen, denn wir gehören zum plebejischen Adel. Zusammen mit den Gracchen* haben wir gegen die Optimaten, wie sie sich neuerdings nennen, die Patrizier und ihre Klientel gekämpft. Auf deren Seite stehen auch die Crasser. Obwohl sie plebejischer Abstammung sind. Nun, die Gracchen sind Geschichte, meine Familie überlebte. Das Erbe der Gracchen ist eine in Optimaten und Populare gespaltene Oberschicht.«

Carbo blieb stehen und warf einen Blick aus dem schmalen Fenster. »Vor acht Jahren gab es einen Konsul, der Gaius Papirius Carbo hieß, mein Bruder. Im Jahr nach seinem Konsulat wurde er wegen angeblicher Amtsvergehen vor dem Prätor angeklagt. Obwohl alles erdichtet war, schien die Beweislast erdrückend. Sein Stolz ließ es nicht zu, dass er zu Unrecht verurteilt wurde. Er nahm sich mithilfe von Gift das Leben. Er hätte auch die Wahl gehabt, in die Verbannung zu gehen, doch er zog die iberischen Fliegen vor. Sein Ankläger hieß Lucius Licinius Crassus, damals ein junger Bursche und ein Vetter von Publius Licinius Crassus, der ein ganz überzeugter Optimat ist, einer von den engstirnigen Alten also.«

Carbo machte eine Pause und starrte für viele Augenblicke aus dem Fenster. Timaios schwieg und wartete darauf, wie es weiterginge.

»Vor zwei Jahren war ein Marcus Papirius Carbo Statthalter in Sizilien, auch er ein Bruder von mir. Auch er wurde angeklagt, wegen Erpressung diesmal. Ich will nicht ungerecht urteilen, vielleicht war die Anklage nicht unberechtigt … Aber zeig mir einen Statthalter oder Prokonsul, der seine Provinz nicht ausgesaugt hätte, nur einen! Angeklagt wurde mein Bruder jedenfalls erst im letzten Jahr, und zwar unmittelbar nachdem die ersten Gerüchte über meine Niederlage gegen die Barbaren nach Rom gedrungen waren, noch ehe ich selbst Rom

---

* Tiberius und Gaius Gracchus waren Angehörige der römischen Oberschicht und Volkstribunen, die beinahe eine Revolution in Rom entfachten und im Zuge der entstandenen Wirren umkamen.

erreichen konnte. Wahr oder unwahr, jedenfalls hat sich mein Bruder Marcus das Leben genommen. Sein Ankläger war ein Valerier, er hieß Marcus Publius Flaccus. Ein Optimat natürlich – und zufällig ein guter Bekannter von Publius Licinius Crassus. Mein Bruder hat sich in sein Schwert gestürzt. Als ich nach Rom zurückkam, war er bereits tot.« Der Blick des Römers erfasste Timaios. »Jetzt sind sie hinter mir her, nachdem mein Amtsjahr abgelaufen ist. Mein ärgster Feind heißt Marcus Antonius, ein Plebejer ohne Cognomen. Ein Plebejer, aber kein Popularer, denn er ist der dickste Freund von ... Lucius Licinius Crassus, dem Vetter des Publius. Verstehst du jetzt, was ich gegen Crassus habe? Nicht nur gegen diesen Publius, sondern gegen sie alle? Ich muss sie vernichten, die Crasser, bevor sie mich vernichten. Und die Barbaren am liebsten dazu, die mir das alles eingebrockt haben, und alle, die glauben, die Barbaren mit Milde behandeln zu können. An Lucius Licinius komme ich im Moment nicht heran, doch sein Vetter Publius ist mit dieser Geschichte um den silbernen Kessel vielleicht eben dabei, seinen Halys zu überqueren wie einst Krösus* und ein großes Reich zu zerstören. Und das ist kein abwegiger Vergleich. Zusammen haben alle Crasser kaum weniger Geld als Krösus.«

Timaios nickte. »Gut, ich verstehe. Aber da bleibt noch einiges Unverständliche. Warum will Crassus den Kessel? Woher weiß er überhaupt davon? Und, ja, warum weißt du, was er weiß? Warum sollte der Kessel dir helfen, ihm oder seinem Vetter zu schaden?«

Carbo lächelte sarkastisch. »Mehr nicht?«

»Doch, eines noch.« Timaios betastete das Auge. Es pochte noch immer. Eis hätte ihm gutgetan. »Ich wüsste gern, wie der Crasser die Kelten auf seine Seite gezogen hat. Ich weiß, dass Magalos, ihr Führer, euch Römer hasst wie eine Krankheit. Warum also sollte er mit Crassus Geschäfte machen, warum überhaupt mit einem Römer reden ... anstatt ihm sofort das Schwert in den Bauch zu rammen?«

---

* Griech. Kroisos, der sagenhaft reiche und kriegerische König von Lydien in der heutigen Westtürkei, um 550 v. Chr., dem das Orakel von Delphi einst weissagte, dass er ein großes Reich zerstören werde, wenn er den Halys überschreite. Krösus überschritt den Grenzfluss, verlor den begonnenen Krieg und zerstörte somit sein eigenes Reich.

Mit der flachen Hand fuhr sich Carbo über den Bauch. »Eine Frage nach der anderen. Dieser Magalos mag seine Gründe haben, uns zu hassen, aber ich kenne sie nicht. Es war nicht ganz einfach herauszufinden, wer Crassus' Verbindungsmann bei den Kimbern ist – das kostete mich viel Gold. Aber ich habe einige Leute, die für Crassus arbeiten, scheinbar, und mir berichten. Was Crassus mit dem Kessel wirklich vorhat, kann ich dir nicht sagen. Aber er besitzt eine Sammlung mit wertvollen Kunstgegenständen, und der Kessel muss einzigartig sein. Vielleicht deshalb, aber ... Nein, ich weiß es nicht, leider. Woher er von dem Kessel weiß, kann ich nur ahnen. Viele hatten von ihm gehört, denn einer der Taurisker, die die Kimbern in den ... zu uns geführt haben, sah ihn und erzählte davon.« Timaios erinnerte sich an die drei verräterischen Taurisker, von denen einer entkommen war. Das Blut eines der anderen trank der Kessel, als er von den Kimbern geopfert worden war. »Ich habe ihn nachher sogar selbst in einem Bericht an den Senat erwähnt, um ... um eine gewisse Rechtfertigung für den Angriff zu haben ... Ah, du weißt schon, Gold, Silber, Bernstein und so weiter. Ich fürchte, ich habe umsonst übertrieben. Als ich nach Rom zurückkam, hatte Crassus seine Leute wohl bereits auf den Kessel angesetzt. Er muss ein hervorragendes Nachrichtennetz haben und ein überaus schnelles dazu.«

»Und Magalos?«

»Vielleicht das wichtigste Glied in der Kette. Crassus wusste also, dass die Kimbern den Kessel, ein Stück von großem Wert, und vielleicht weitere Kultgegenstände besaßen. Er hat überall Augen und Ohren: in der Legion, vielleicht sogar in meinem Stab, den ich im letzten Jahr hatte. Ganz bestimmt sogar, wenn ich darüber nachdenke. Aber er kannte auch die Namen aller Führer der Kimbern und Boier, denn ich erwähnte sie in meinem Bericht, und er wusste von der Uneinigkeit zwischen Kimbern und Boiern. Der Taurisker erzählte auch davon. Crassus ließ seine Männer dann wahrscheinlich Kelten anheuern, wiederum Taurisker, nehme ich an, aber sicher weiß ich es nicht. Die können sich wohl unbehelligt unter den Kimbern und Boiern bewegen. Ist es nicht so?«

»Ja, ich glaube, so ist es. Und die Kelten überfielen dann den Hain und raubten den Kessel. Allmählich verstehe ich.«

Carbo winkte ab. »Dann hast du mir etwas voraus. Vielleicht war es so, aber wenn ich mir zusammenreime, was ich hörte, dann muss Crassus auch ein Druckmittel gegen diesen Boier Magalos gehabt haben. Ich habe nur Gerüchte gehört, vielleicht weiß Crassus da selbst nichts Genaues oder will es nicht wissen. Seine Taurisker entführten wohl jemanden aus Magalos' Familie, und dann stellten sie ihn vor die Wahl: Entweder würde er ihnen den Kessel beschaffen, oder sie würden diesen Menschen töten. Vielleicht drohten sie auch, ihn in die Sklaverei zu führen, in die Minen oder die Latifundien …«

»Das hätte wohl geholfen, ihn umzustimmen.«

»Ja. Der Boier war also bereit, den Kessel zu beschaffen oder zumindest Hinweise zu geben. Und außerdem übergab er den Tauriskern die Frau. Was er sich davon versprach, weiß ich nicht.«

Timaios schnaubte. »Und das ist dann das Geheimnis der römischen Überlegenheit.«

Carbo zuckte mit den Schultern. »Oder die Folge der barbarischen Einfalt.«

Timaios schnaubte abermals. »Am Ende siegt, wer alles in Erwägung zieht …«

»Wer die wenigsten Skrupel hat.«

»Oder so. Crassus' Pech war aber, dass seine Leute wohl von den Barbaren überrascht wurden. Es gab einen Kampf, und dabei ging der Kessel verloren. Verworrene Geschichte das Ganze, aber ich …« Carbo unterbrach sich, schüttelte den Kopf. »So weit glaube ich Bescheid zu wissen. Ich verstehe nur noch nicht ganz, warum Crassus nun glaubt, dass du den Kessel hast. Als mein *Ohr* in Crassus' Haus mir berichtete, der Senator habe deinen Namen mehrmals genannt, konnte ich zuerst nichts damit anfangen. Aber vor Kurzem kehrte Terentius Pius zurück, und der erinnerte sich an dich. Und gestern Abend ließ mein Mann mir mitteilen, dass Crassus heute ein Gespräch mit dir führen werde. Doch ganz verstehe ich es noch immer nicht. Wie passt du in dieses Mosaik hinein, Massaliote? Du bist nach der

Schlacht bei den Kimbern geblieben, nicht wahr? Der Tribun Pius erzählte es mir.«

»Ja, und ich kann dir das andere erklären, denke ich.« Timaios glaubte längst, dass ihm keine andere Wahl blieb, als einen Teil seiner Hoffnungen in diesen Mann zu setzen, und er beschrieb ihm, was er auf dem Schlachtfeld gesehen hatte, auf das er an jenem Tag gestoßen war, als er die Kimbern verließ, und dass er die Boier, Magalos und seinen Schatten Boiorix, dort traf.

Über das Gesicht des Papiriers zog bald ein Lächeln des Verstehens, und er rief »Ah« und »Darum«. Als Timaios von den toten Römern berichtete, fuhr er sogar auf. Und sobald Timaios geendet hatte, spann er den Faden hastig weiter. »Ja. Das ist es, ja! Magalos setzte Crassus' Mittelsmann davon in Kenntnis, dass du im Besitz des Kessels sein müsstest, weil du nach dem Kampf als Erster auf dem Schlachtfeld warst. Noch vor Magalos. Ja, so muss es gewesen sein.«

»Und dann hat der Boier Svanhild geraubt«, ergänzte Timaios.

»Die Barbarin? Ah, jetzt verstehe ich! Er hat sie erst geraubt, nachdem der Kessel verloren war, nicht vorher. Ich hatte mich schon gefragt, was Crassus mit einer Kimbrin in seinem Haus will. Meine Männer erzählten mir zwar, sie sei schön, doch Crassus ließe sich niemals mit einer Sklavin ein. Aber nun, da du hier bist ... Eine schöne Barbarin, ein junger Hellene, nicht besonders ungewöhnlich für hellenische Verhältnisse und überhaupt nicht ungewöhnlich für massaliotische.«

»Dieser Teil der Geschichte geht niemanden etwas an, Senator.«

»Nur die Götter. Aber ich vermute, dass sie als Druckmittel dir gegenüber dient.«

Als Timaios Carbos Vermutung bejahte, nickte auch dieser. »Dann war das womöglich der Plan dieses Boierhäuptlings, und er hat zusammen mit dem Hinweis, du seist im Besitz des Kessels, die Barbarin gleich mit nach Rom geschickt. Ja, so mag es sein. Aber Crassus oder sein Mittelsmann haben oder hatten immer noch etwas gegen den Kelten in der Hand.«

Da kam Timaios ein Gedanke. »Magalos hatte einen Sohn.

Elf oder zwölf Jahre alt, schätze ich. Und wenn sie den nun in ihrer Gewalt haben?«

»Das richtige Alter für die iberischen Silbergruben«, bestätigte Carbo und senkte den Kopf. »Ich wünsche ihm, dass er bald wieder bei seinem Vater ist.«

Für eine Weile schwiegen sie. Crassus schien schwere Gedanken zu wälzen, Timaios machte sich die Beispiele römischen Verrats bewusst – den Hinterhalt der Legionen bei Noreia, den Überfall in Helvetien, den Mord an den verbündeten Tauriskern.

»Also, Timaios, ich war offen zu dir. Jetzt solltest du mir erzählen, was Crassus zu dir gesagt hat. Was hat er für die Kimbrin verlangt? Nur den Kessel? Hast du ihn? Was wirst du tun?«

Timaios wich dem Blick des Römers aus. Erst nach einigen Augenblicken antwortete er. »Weißt du, wo sich der Karthager aufhält, Senator?«

»Dein Gehilfe? Nein, aber ich könnte es mit etwas Glück in Erfahrung bringen. Dass Crassus ihn in seiner Gewalt hat, weiß ich. Hat er dir das auch erzählt? Ja?«

Timaios zögerte nur kurz, ehe er Carbo über seine Unterredung mit Crassus unterrichtete, soweit er sich erinnerte. Der Römer unterbrach ihn nicht, nickte nur gelegentlich, wenn er seine Ahnungen bestätigt fand.

Am Ende lächelte er grimmig. »Crassus will also tatsächlich nur den Kessel. Doch wenn du ihn nicht hast, wo könnte er dann sein?«

Timaios' Antwort war ein Achselzucken. Dann verlangte er von dem Römer zu wissen, welche Rolle er selbst in Carbos Plänen spielen sollte.

»Das wusste ich bis eben auch noch nicht. Aber du hast das Rätsel für mich gelöst. Ich war nämlich nicht sicher, ob Crassus auch Soldaten oder nur seine eigenen Leute und die Taurisker einsetzte. Obwohl es Hinweise darauf gab, Vermutungen, Gerüchte. Aber woher nahm er die Soldaten? Hat er sie selbst ausgehoben oder angeworben? Es hätte doch viel zu lange gedauert, bis sie erst einmal den Norden erreicht hätten ... Nein, es müssen meine eigenen Soldaten gewesen sein. Aber wer hat sie angeführt, wer hat das Kommando im Norden gehabt? Eine Centurie, meinst du?«

Timaios dachte an die Spuren im Schnee und an die Größe des Lagers. »Weniger als hundert. Aber Berittene – ich habe Pferdespuren gesehen.«

»Vielleicht Hilfstruppen. Ich hatte bereits einen meiner Tribunen beauftragt, Hinweise dafür zu finden, dass irgendetwas in dieser Richtung geschehen war. Leider hatte er keinen Erfolg, obwohl er als Letzter aus Noreia zurückkehrte.«

»Pius?«

»Ja, Terentius Pius. Aber wie gesagt, er fand nichts. Und doch... Wenn wir einen Hinweis hätten, woher... Es müssen meine eigenen Soldaten gewesen sein! Aber wer ist dann Crassus' Mann, der meine Truppe und die Taurisker angeführt hat?«

»Warte, Senator!« Timaios griff sich an den Kopf. »Auf dem Schlachtfeld fand ich ein römisches Feldzeichen – auf dem kleinen, meine ich, wo der Kessel gewesen sein muss. Ich nahm es an mich – es liegt in meinem Wagen. Vielleicht hilft dir das dabei, Crassus den Steiß zu bürsten.«

Carbo hob den Kopf, seine Augen blitzten. »Hervorragend! Das ist möglicherweise der Beweis, nach dem ich suche! Der Crasser hat römische Truppen für seine eigenen Zwecke eingesetzt, dadurch einen Krieg vom Zaun gebrochen und die ganze Republik gefährdet. Ja, damit kann ich ihn überführen. Sehr gut, Timaios, sehr, sehr gut.« Carbo schwieg, er schien nachzudenken, seine Blicke wanderten umher, seine Lippen bewegten sich. Timaios' Gedanken schweiften ab, zu Svanhild, und er hoffte nur, der ehemalige Konsul möge um ihretwillen nichts Unüberlegtes tun.

»Andererseits hat Crassus recht. Es dürfte ihm kaum nachzuweisen sein, dass er die Barbarin entführen ließ. Gewiss erledigte Caepio das alles für ihn. Und es würde auch niemanden kümmern... Die Sache mit der Taverne dürfte ebenfalls kaum etwas ergeben, dafür hat er bestimmt Sorge getragen. Aber das Feldzeichen... Ja, vielleicht. Nein, ganz sicher. Du warst als Zeuge auf dem Schlachtfeld, du hast die toten Soldaten gesehen. Von dem Feldzeichen lässt sich sicherlich die Truppenzugehörigkeit ablesen. Das muss für eine Untersuchung reichen. Ich verstehe nur nicht, warum Pius nichts fand. Höre! Für morgen hat der Konsul eine Senatssitzung einberufen. Natürlich wird es in erster Linie um Jugurtha und Africa gehen, aber es gibt auch Neuigkeiten aus dem Norden. Es herrsche Ruhe, wird es heißen, die Kimbern seien verschwunden oder so ähnlich. Zwar glaube ich kein Wort davon, aber gleichgültig. Marcus Antonius und seine Freunde werden die Gelegenheit nutzen, mich mit Dreck zu bewerfen, weil sie das immer tun, wenn der Name Noreia fällt. Doch mit deiner Hilfe kann ich jetzt endlich zum Angriff übergehen. Es ist nur ein Versuch, aber ich kann nicht immer länger warten und tatenlos zusehen ...« Er holte tief Atem. »Wärst du bereit, für mich auszusagen?«

Timaios schwieg, denn er fühlte sich innerlich hin und her gerissen.

»Bei unseren Göttern! Ich versichere dir, dass ich deine Freunde befreien werde, auf die eine oder andere Weise. Auch dann, wenn ich erfolglos bleibe.«

»Ich weiß nicht ...«

»Bei meinen Ahnen!« Carbo erhob sich und legte eine Faust auf die Brust. »Du hast mein Wort, Massaliote.«

»Gut, Senator Carbo, ich werde deine Sache unterstützen. Aber was versprichst du dir von meiner Hilfe? Du sagtest, Crassus' Bruder bereite dir Schwierigkeiten ...«

»Erst einmal muss ich versuchen, den Antonier kaltzustellen. Vielleicht schaffe ich das, indem ich auf seinen Freund Crassus Druck ausübe. Wenn die beiden endlich aufhören würden, mich anzugreifen, dann könnte die ganze Geschichte allmählich in Vergessenheit geraten. Und ich könnte endlich mein Prokonsulat* antreten.«

»In Massalia sagt man, das Gedächtnis des Senates sei so gut wie seine Straßen.«

»Irgendwann versanden sie alle. Die Sitzung beginnt morgen Vormittag zur fünften Stunde. Für heute hast du genug mit-

---

* In der römischen Republik wurden die Konsuln im Folgejahr ihres Amtes zu Prokonsuln bestellt, die bestimmte Provinzen »pro consule – an Stelle des Konsuls« zu verwalten hatten.

gemacht. Ruh dich aus. Du siehst reichlich erschöpft aus, und morgen wirst du deine Kräfte benötigen. Brauchst du Geld?«

Timaios zögerte. »Ich … hatte erwartet, von Caepio Geld für einen Handel mit Sklaven zu bekommen, aber …«

Der Senator rief den Syrer und befahl ihm, Timaios eine Handvoll silberner Münzen zu geben. Der Massaliote schämte sich nur kurz. Es war ein gerechter Ausgleich für das Entgangene.

»Ich bitte dich, sei morgen zur vierten Stunde wieder hier, dann reden wir über die Einzelheiten.« Carbo versuchte ein Lächeln. Es missglückte. »Gehab dich wohl bis dahin.«

Timaios verabschiedete sich seinerseits mit freundlichen Worten, und Syrus, der schweigsame Sklave mit dem wenig schöpferischen Namen, führte ihn hinaus.

Auf der Straße kam Timaios der Gedanke, dass er Carbo zu schnell vertraut und ihm zu wenige Fragen gestellt hatte. Allein der Gedanke, morgen vor dem Senat oder später vor einem Ausschuss auszusagen, verursachte ihm ungute Regungen. Was sollte er sagen und was verschweigen, wenn man ihn über die Kimbern ausfragte?

Und ein Teil der Geschehnisse lag noch im Nebel. Die Beweggründe für den römischen Überfall auf den Hain erschienen geradezu banal. Aufgrund der schwachen Hoffnung, einen Kessel aus Silber zu erbeuten, den irgendein Kelte einmal erwähnt hatte, sollte ein altgedienter römischer Senator Olympos und Hades in Bewegung setzen? Das klang allzu weit hergeholt. Crassus hatte vielerlei Eindrücke bei Timaios hinterlassen, aber leichtfertig war er ihm nicht vorgekommen. Doch Svanhild, die Frau, die er liebte, befand sich in der Hand des Römers, und Hannibal war verschwunden – das waren die Tatsachen, und er musste die beiden auf irgendeine Weise freibekommen, mit oder ohne den Segen der Götter.

Eine Wahl blieb ihm nicht, das Schicksal schien seinen Weg vorgezeichnet zu haben. Doch auf wessen Seite stand die wandelbare Göttin Tyche, die das Schicksal widerspiegelte?

In Gedanken stellte Timaios einem Dutzend Leute hundert verschiedene Fragen, doch niemand gab die Antworten, die ihm Erleuchtung gebracht hätten.

2. Kapitel

Rom im Mond Februarius

Mit Sorgen schwer beladen, bewegte sich Timaios langsamen Schrittes durch die Straßen der Stadt. Ein Ziel hatte er nicht, er war völlig in seinen Gedanken versunken. Rom war kein guter Ort für ihn. Er dachte an seine Eltern, die hier vor vielen Jahren an der römischen Malaria gestorben waren, in einem heißen Sommer, den er selbst überlebte, körperlich unversehrt, seelisch schwer gezeichnet.

Lärm, Bebauung und Betrieb verrieten ihm bald, dass er sich der Subura näherte, diesem übervölkerten Viertel der Plebs inmitten der Stadt. Er schaute sich um. Ja, er schien nach Norden geraten zu sein. Und je weiter er ging, umso dichter wurde das Gedränge auf den ungepflasterten schmalen Straßen, die stetig abfielen. Timaios kannte Rom gut genug, um irgendwann jedes Ziel zu erreichen. Um sich nicht zu verlaufen genügte es bei Weitem nicht.

Sein Ochsengespann hatte er in einer Herberge abgestellt, gleich hinter der alten Stadtmauer beim Marsfeld. Doch in diesem Augenblick fühlte er sich nicht mehr fähig, den Weg innerhalb dieses Riesenameisenhaufens bis auf die andere Seite der Stadt zurückzulegen. Und die Herberge war ohnehin schmutzig gewesen. In der Niederung der Subura fände er noch am ehesten eine Unterkunft für die Nacht, gewiss nicht besser, aber günstig.

Die krummen und engen Straßen Roms waren überfüllter als jene in Massalia, und Timaios dünkten sie noch planloser angelegt. Keine zwei Gespanne schienen auf diesen Straßen aneinander vorbeizukommen. Und dennoch waren Fuhrwerke und Lastwagen in unendlicher Zahl unterwegs und achteten kaum auf die zahllosen Fußgänger. Unruhige Pferde wurden nicht immer gleich gezügelt, die Tiere tänzelten gereizt, und Peitschen knallten unablässig, trafen aber nicht nur Pferde, Maultiere oder Ochsen. Wüste Beschimpfungen waren noch eine harmlose Antwort, aber nicht die einzige, und außer bösen Gesichtern sah Timaios auch Früchte und Fäuste, die durch die Luft flogen. Wie mochte es erst im Frühsommer auf den Straßen zugehen? Massalia war ein Dorf, ein stilles, verträumtes Nest im Vergleich zu dieser Ansammlung von Irrsinn und Durcheinander.

Ohne weiter auf die Menschen ringsum zu achten, suchte sich Timaios seinen Weg durch das Gedränge und wich unter anderem einer Frau aus, die auf ihn zutrat und ihn mit gestelzten Worten ansprach: »Willst du, Schöner, nicht zwischen meinen Brüsten nachschauen, ob du Dinge von Bedeutung verloren hast?« Daraufhin öffnete sie ihren Mantel und offenbarte gewaltige Brüste mit großen Warzen. Er machte einfach einen Bogen um das Weib.

Es war gegen Abend, die Straßenstände, Garküchen und Kneipen waren von Menschenmassen umlagert. Timaios entschloss sich gerade, in irgendeiner Schenke einen Becher Wein zu trinken, als ihn eine entgegenkommende Sänfte nötigte, an den Straßenrand auszuweichen, in den Schatten einer mit vielen Schriftzeichen und Bildern beschmierten Arkadenwand. An die Ziegelmauer gedrückt, beobachtete er vier dunkelblonde, hellhäutige Sklaven, die mit hängenden Armen und mahlenden Kiefern eine geschlossene Sänfte vorübertrugen, als ihn eine weibliche Stimme von der Seite ansprach.

»Timaios? Ja, wirklich! Wie schön, dich zu sehen!«

Die Gestalt hatte Timaios wahrgenommen, ohne sie anzusehen. Nun wandte er den Kopf.

Neben ihm stand ein junges Mädchen in einem dunklen Mantel, der am Hals von einer Spange zusammengehalten wurde und ein wenig offen stand. Timaios schluckte. Trotz der kühlen Witterung blickte er auf durchsichtige Schleier, die mehr enthüllten als verbargen. Dann erst sah er auf. Die Lippen des Mädchens leuchteten grellrot, die Wangen zeigten ein zartes Rosa, die grünen Augen wurden durch einen blaugrünen Farbstrich betont. Ein dicker rotbrauner Zopf reichte der jungen Frau bis zu den Hüften; geschliffene Bronzespangen schmückten die Haartracht.

Timaios legte den Kopf schief. »Ah, die Schminke verhindert die schnelle Erkenntnis, aber …«

»Briseis.« Das Mädchen lächelte. Dabei hob sie ein wenig die Oberlippe, und Timaios sah ihr rosiges Zahnfleisch. Gleich darauf schloss sie den Mantel.

»Ja, Briseis! Es tut gut, ein bekanntes Gesicht zu sehen. Bist du mit Kapaneus in Rom?«

»Kapaneus … mh!« Das Mädchen winkte ab und verzog gequält den Mund. »Nein. Zuletzt waren wir in Massalia, deiner Stadt, aber … Lass! Du wirkst wie von Kronos* gefressen und wieder ausgespien, Timaios. Eine Schlägerei?«

»Etwas Ähnliches. Und ich sehe so aus, wie ich mich fühle.«

»Dann musst du dich furchtbar fühlen. Willst du nicht mit mir kommen, Timaios?« Der rote Mund öffnete sich leicht. »Ich weiß nicht, ob ich an deinem Aussehen etwas ändern kann, aber ich kann bewirken, dass du dich besser fühlst. Möchtest du? Gleich hier.« Und Briseis wies verführerisch lächelnd auf eines der runden Portale des Gebäudes hinter ihr.

Unter den Bogengängen entdeckte Timaios weitere Frauen, die offensichtlich auf Kundschaft warteten oder die Männer gleich frech auf der Straße ansprachen.

Er zögerte, dachte an seinen körperlichen Zustand und an Svanhild. Doch dann obsiegten die Verlockungen eines Lagers und eines Frauenkörpers, beides weich, und sein Leib erzitterte in bekannter Erregung. Dennoch war ihm überraschend unwohl bei dem Gedanken, dass Svanhild im Haus von Crassus wartete, während er …

»Alles, was du willst – für zehn Asse.«

---

* Kronos war der Vater von Zeus und den anderen griechischen Hauptgöttern, die er fraß, um ihre geweissagte Herrschaft zu verhindern. Die Römer setzten ihn mit Saturn gleich.

»Gut, ich komme mit dir.« In dieser riesigen Stadt ein bekanntes Gesicht zu treffen, das war mehr als ein Glück, es war ein Segen.

Briseis lächelte anmutig, fasste Timaios an der Hand und zog ihn sanft hinter sich her. Ihre Hand fühlte sich kalt an. Sie wandte den Kopf. »Fünf Stockwerke, Massaliote. Wirst du das schaffen? Dort drüben ist ein Abort. Musst du vorher noch …?«

»Am Ende wartet ein Elysion* auf mich. Ich werde es schaffen, Briseis. Und nein: Ich muss nicht austreten. Lass uns gehen.«

Über den Innenhof stiegen sie auf einer schmalen und steilen Steinziegeltreppe mit hohen Stufen die fünf Stockwerke hinauf. »Oben ist weniger teuer«, meinte Briseis entschuldigend zu Timaios, der schon auf halbem Weg nach Atem rang.

Timaios erkannte das Gebäude als eine *insula*, eine jener Mietskasernen, mit denen Leute wie Crassus viel Geld verdienten. Bis zu sieben und acht Stockwerke, manchmal noch höher, ragten diese sich nach oben ein wenig verjüngenden Gebäude zu Tausenden aus der Subura empor. Oben genoss man zwar die Annehmlichkeit von mehr Ruhe, musste aber den längsten Weg zurücklegen, und sei es nur, um wegen eines unaufschiebbaren Bedürfnisses die öffentlichen Latrinen aufzusuchen. Über einen Wasseranschluss verfügten, wenn überhaupt, nur die Wohnungen im Erdgeschoss. Die Bewohner der anderen Stockwerke mussten sich aus dem Wasserbecken des Innenhofes oder aus einem der vielen Brunnenhäuser versorgen. Wegen der hohen Brandgefahr war Kochen aber ohnehin nicht gestattet. Essen und trinken konnten die Mieter in den zahlreichen Garküchen und an den vielen Straßenständen.

Schließlich erreichten die beiden die fünfte Etage, gingen einen schmalen Gang entlang, Timaios wieder an Briseis' Hand, bis sie vor einer Holztür stehen blieb, sie aufstieß und ihn eintreten hieß. Das dämmrige Zimmer war klein, kaum vier Schritte lang und ebenso breit. Der Boden war mit einem dicken Teppich ausgelegt, vor dem Fenster hing ein zweiteiliger lehmfarbener Vorhang aus lichtdurchlässigem Tuch, und bunte Tücher

* Die Insel der Seligen im Westen der Alten Welt; sie entsprach einer Art von griechischer Paradiesvorstellung.

schmückten die Wände des Raumes. Durch den schmalen Spalt im Vorhang war das Haus auf der anderen Straßenseite zu erkennen, nur wenige Armlängen entfernt. Von der Straße drang ein tiefes Brummen herauf. Manchmal waren einzelne Geräusche zuzuordnen. Das Zimmer roch so, wie er erwartet hatte, schwach, doch wahrnehmbar nach Schweiß und Samen und von Räucherwerk nicht vollends überlagert.

»Dein Elysion, Heros, jedenfalls für eine kleine Weile. Oder länger – ganz, wie du willst. Du kannst danach bezahlen.«

»Ein Elysion sollte kein Ort für Augenblicke sein.« Länger wäre aber sicher zu teuer. Andererseits hatte er Geld von Carbo erhalten ...

Kichernd schob Briseis Timaios zu einem breiten Lager, das mit einer Matratze, Fellen und einem feinen bunten Tuch bedeckt war und den größten Teil des kleinen Raumes einnahm. Er ließ sich nach vorn fallen, roch den schweren Duft von Parfüm und Heu oder Stroh, spürte die Füllung der weichen Unterlage und schloss wohlig seufzend Augen.

»Dreh dich um!«

Willig folgte Timaios den Worten des Mädchens. Sie hatte bereits zwei Öllampen entzündet, die an dünnen Ketten von der Decke hingen, und stand nun nackt vor dem Lager; das Gewand war ihr auf die Füße gerutscht. Zwischen den Beinen war sie enthaart, wie es in Rom Mode war. Ihre Brüste waren klein und wirkten weich. In der Hand hielt sie ein feuchtes Leinentuch.

Bereitwillig lehnte sich Timaios zurück, streckte Arme und Beine von sich und wartete ab, etwas scheu, etwas erregt. Das Mädchen kniete sich neben ihm auf das Lager und legte vorsichtig das kühle Tuch auf die geschwollene Augenhöhle. Ein angenehmes Gefühl durchströmte ihn, das dumpfe Pochen ließ nach. Er streckte die Hand aus und streichelte den Rücken des Mädchens, das nun seinen Chiton hochschob und am Schurz nestelte. Seine Hand glitt vom bronzefarbenen Rücken über das hellere Gesäß, verweilte dort und strich am weichen Oberschenkel entlang nach vorn und nach oben, wo er die ihm zugewandten Brüste berührte. Briseis beugte sich noch dichter über ihn, sodass er ihre Brust mit dem Mund berühren konnte. Gleich darauf spürte er ihre kalten Hände und das feuchte Tuch zwischen den Beinen und um sein Gemächt. Kalt. Feucht. Und dann wurde ihm warm in den Lenden. Er schloss die Augen und ließ das Mädchen gewähren.

Irgendwann später lag Timaios zur Seite gewandt auf dem Bettlager, mit einem warmen wollenen Tuch. Er war erstaunt über die Leere in seinen Gedanken, während er Briseis beobachtete, die mit einer Holzschüssel aus einem großen schwarzen Kessel Wasser schöpfte und sich dann über die Schüssel hockte. Sie entfernte das mit Alaun getränkte Schwämmchen aus der Scheide, befeuchtete ein Tuch in der Schüssel und säuberte sich. Es war viel zu schnell zu Ende gewesen, fand Timaios. Briseis hätte sich ruhig mehr Zeit mit ihm lassen können – immerhin kannten sie sich. Ein wenig. Doch er kam nicht umhin, an Svanhild denken zu müssen, und empfand einen Anflug von Reue.

Nachdem die junge Frau ihre Reinigung beendet hatte, erhob sie sich, kam zu Timaios, hob das Tuch und drehte ihn unter Lachen und mit gespielter Mühe mit dem Gesicht zur Decke. Dann säuberte sie ihn ebenfalls geschickt von den Folgen des Liebesspiels. Trotz des kalten Wassers aus dem schwarzen Kessel regte sich sein Phallos erneut.

»Singe, o Göttin, den Zorn des Peliden.« Es war der Beginn der Ilias, den Timaios zitierte. Die Zeile beschrieb den Zorn des Achilleus, der um eine andere Briseis weinte, jene, die ihm König Agamemnon genommen hatte. »Hast du dich schon einmal gefragt, ob seine Briseis dir ähnelte?«

Briseis lachte. »Oft. Aber es wäre zu viel der Ehre, Timaios, viel zu viel. Und zu viel Blut, das wegen dieser Frau vergossen wurde.«

»Sie muss jeden Tropfen wert gewesen sein, wenn Achilleus und Agamemnon vor Trojas Toren um sie stritten.« Ob er Blut vergösse für Svanhild? Ihr Götter, doch, das täte er!

»Weder den einen noch den anderen möchte ich in meinem Bett haben. Bezahlen würden nämlich beide nicht.«

Timaios schnaubte. »Ich höre Kapaneus aus deinen Worten. Vorhin, was wolltest du da über ihn und Massalia nicht erzälen?«

Im Grunde wusste Timaios nicht viel von Briseis, aber so

musste es wohl auch sein in diesem Gewerbe. Das Mädchen stammte aus irgendeinem Nest in den Bergen Arkadiens*, war von ihren Eltern aus schierem Hunger an einen Sklavenhändler verkauft worden, von dem wiederum ein Freund oder Mittelsmann des Messapiers Kapaneus sie erwarb. Dreizehn mochte sie gewesen sein oder vierzehn, als sie eine »Tochter der Venus« wurde, vier oder fünf Jahre zuvor. Einmal hatte der Messapier Timaios erzählt, er gebe beim Kauf jungen Mädchen den Vorzug, die unberührt, unbedarft und gefügig seien. Timaios konnte ihn verstehen: Im Vorjahr die kaledonischen Sklaven durch Gallien zu eskortieren, das war kein Vergnügen gewesen.

Timaios hatte Kapaneus und seine Venustöchter hin und wieder an verschiedenen Orten in Italien oder Gallien getroffen, einmal auch im Norden Iberiens. Und zuletzt in Noreia, bevor Timaios auf die Kimbern stieß.

Briseis zögerte. Doch dann berichtete sie, langsam und mit kleinen Unterbrechungen, so als müsse sie die Bilder erst sammeln und zusammensetzen. »Kapaneus, also, er hatte getrunken, der alte Sack, weil er ein großes Geschäft gemacht hatte, in Massalia ... Er sagte, er werde uns alle neu einkleiden, mit uns feiern. Er wollte uns nehmen, aber er war zu besoffen, hat es erst bei Marcia versucht ... Dann bei mir ... Wir lachten, er wurde wütend, sehr wütend. Dann kam Kyshqui an die Reihe ... Wieder nichts, gar nichts, es war so komisch, wie er dastand – und sonst stand gar nichts an ihm. Dann schrie er und schlug zu ... Marcia zuerst, dann Kyshqui. Sie hat sich gewehrt. Er war fett und langsam und betrunken. Sie ... Sie hat einen Dolch ergriffen, den wir immer bei uns tragen müssen, falls ein Freier allzu aufdringlich wird ... Nun, sie hat ihn erstochen ...«

»Ein verdientes Ende für den Dreckskerl.« Timaios empfand keinerlei Mitleid für den geizigen Messapier und hatte den schnurrbärtigen Mann mit seiner gespreizten Art nie gemocht.

Briseis lächelte scheu und entblößte wieder ihr Zahnfleisch. »Das fanden wir auch. Aber wir hatten Angst, zuerst jedenfalls ... Auch der Iberer, sein Leibsklave, der auf unserer Seite

---

* Eine Landschaft auf der Peloponnes, der griechischen Halbinsel, auf der auch Sparta liegt.

stand. Dann haben wir in seinen Unterlagen Urkunden gefunden, dass wir bei seinem Tod freizulassen seien. Aber was sollten wir tun? Schließlich hatten wir ihn umgebracht. Kyshqui hatte es zwar allein erledigt, aber man hätte uns alle hingerichtet.«

Timaios nickte. Er kannte die Gesetze seiner Stadt. Es gab da im Ephesium, auf dem Burghügel, dieses uralte, fast rostzerfressene Schwert, mit dem Schwerverbrechern der Kopf abgeschlagen wurde.

»Also haben wir sein Geld genommen und einige Sklaven gebeten, seinen Leichnam irgendwo in der Stadt unauffällig abzulegen. Als sei er von Straßenräubern auf dem Weg in die Herberge ermordet worden ... Für Geld und ... ein paar Gefälligkeiten haben sie es getan. Niemand hatte etwas daran auszusetzen, die Sache schien eindeutig. Wir waren frei, endlich frei nach all den Jahren. Mit dem Wagen sind wir nach Rom gefahren, hier mussten wir ihn verkaufen ... Wir haben seine Sachen unter uns aufgeteilt und uns dann getrennt. Das bisschen Geld war schnell weg. Und was soll ich tun, wenn nicht das, was ich am besten kann, weil ich niemals etwas anderes getan habe?«

Timaios schwieg betreten, nahm aber ihre Hand und drückte sie. Das Mädchen erwiderte den Druck nicht.

Briseis verzog den roten Mund. »Es ist immerhin besser als mit Kapaneus, obwohl es als freie Dirne nicht einfach ist in Rom. Ich bedaure nur, dass wir von dem Geld für den Bernstein nichts gefunden haben. Er wird es bei irgendeinem Tempel eingezahlt haben.«

»Bernstein? Kapaneus besaß Bernstein?«

»Ja, den hat er gefunden. Nördlich der Alpen.«

Timaios vergaß alle Trägheit und richtete sich auf. »Was? Gefunden? Wo, bei Zeus und seinen Geschwistern, kann man Bernstein einfach finden?«

»Sogar einen ganzen Haufen: Zwei volle Säcke, die Kapaneus von einem verlassenen Schlachtfeld mitnahm. Fürchterlicher Ort, frische Leichen lagen überall herum, Kelten oder so, ich weiß nicht. Kapaneus lachte und nannte sie dreckige Barbaren, aber kein Barbar kann so stinken, wie er manchmal stank ...«

Durch Timaios' Magen stürmten hungrige Wölfe und heulten laut auf. »Wo ist das gewesen?« Seine Stimme zitterte.

»Bei Sokrates, du stellst Fragen! Das weiß ich doch nicht. Da sieht doch alles gleich aus. Von Noreia aus sind wir nach Massalia gefahren, aber nicht südlich über die Alpen. Noreia ist ein reicher Ort. Fast eine richtige Stadt.« Briseis verstellte die Stimme: »*Aufstrebend, ihr Mädchen, wie ein Phallos im Angesicht eures kahlen Schamhügels*. Es gab ... viel zu tun. Eigentlich hatte Kapaneus beschlossen, in Noreia zu überwintern, aber dann bekam er Ärger, und wir mussten plötzlich weiter. Nachts, ganz heimlich und auf einem Weg, auf dem uns keiner vermutet hätte. Die Pässe waren sowieso schon zu, Lawinen und Neuschnee. Die Legionen waren kurz vorher abgezogen. Also sind wir westwärts gefahren und der Spur dieser Kelten gefolgt ...«

»Kimbern, nicht Kelten«, murmelte Timaios, selbst verwundert darüber, dass ihm diese Worte so einfach über die Lippen kamen. *Ja, Kimbern, keine Kelten. Seltsam.*

»Wie du willst, mir gleich. Es war jedenfalls einfach, ihrer Spur zu folgen, selbst nach Monden. Ich glaube, sogar nach Jahren würde man den Weg noch erkennen. Es müssen unheimlich viele gewesen sein, oder? Und dann, eines Tages, war da dieses Schlachtfeld, nicht groß, fünfzehn Leichen vielleicht, es hatte geschneit, eine Senke ...«

Timaios schloss die Augen. Welcher unbekannte Gott hatte Kapaneus ausgerechnet zu jenem Zeitpunkt an jenen Ort geführt? *Vor* Timaios vermutlich und *nach* jenen, die über die Römer hergefallen waren ...

Ein Irrsinn.

Aber möglich.

Und welchem Gott sollte Timaios für diese zufällige Begegnung in Rom danken und ein Opfer darbringen?

»Und dort habt ihr den Bernstein gefunden?« Die Arkadierin nickte.

»Ich wusste gar nicht, dass auch Bernstein gestohlen wurde, aber endlich bekommt alles einen Sinn. Briseis, ich bitte dich, denk nach! War da auch ein silberner Kessel ... etwas größer als dieser dort?« Er zeigte auf den schwarzen Wasserkessel, der in einer Ecke des Zimmers stand. »Mit großen Bildern keltischer Gottheiten.«

»Ich weiß nicht, aber Kapaneus hat das Schlachtfeld eine ganze Weile mit dem Iberer abgesucht und Gegenstände in Säcke gepackt. Mich hätte da kein Adonis hinuntergebracht. Zwei Säcke hat er dann mitgenommen, und wir haben uns furchtbar beeilt. Ich glaube, er hatte auch den Leibschurz voll, unser Herr und Meister. Ich dachte eigentlich, beide Säcke hätten Bernstein enthalten. Er hatte sie nämlich verknotet wie die Deichsel am Wagen des Gordios*, aber ich weiß es nicht genau. Ah, und er hatte noch eine dreckige, große Opferschale mitgenommen – igitt, da klebte sogar noch Blut dran. Die war vielleicht aus Silber oder Bronze ...« Etwas flackerte auf in Timaios, ein Gedanke, eine Erinnerung. »Doch die war flach. So etwas wie einen Kessel mit Bildern habe ich überhaupt nicht gesehen. Wir sind dann eilig weitergefahren und einen oder zwei Tage später eingeschneit, haben eine Weile in einem Dorf festgesessen und breithüftigen Frauen lange Hörner aufgesetzt, während stinkende Bauern ihre besten Nahrungsmittel zu uns trugen und *ihre* Hörner eifrig in uns versenkten.« Sie lachte kurz auf. »Kapaneus erzählte uns in Massalia von einem Händler, an den er viel Bernstein verkauft habe, für eine Riesensumme, wie er sagte, aber davon haben wir auch nichts gefunden, als wir seine Sachen aufteilten.« Dann, nach einer kurzen Pause des Überlegens, fragte sie: »Timaios, was hat es mit diesem Kessel auf sich?«

Timaios schüttelte nachdenklich den Kopf. »Verzeih mir, aber das kann ich dir nicht sagen. Später vielleicht, aber jetzt wäre es zu gefährlich. Außerdem sehe ich selbst längst noch nicht in allem klar. Es kommt mir so vor, als liege ein Schleier darüber. Weißt du vielleicht noch den Namen des Händlers? Nein? Das macht nichts, den werde ich in Erfahrung bringen.« Er überlegte kurz. »Was ist mit dem Iberer? Der muss mehr wissen. Wo kann ich ihn finden? Ist er mit euch nach Rom gekommen?«

»Nein, er wollte von Massalia aus zurück in seine Heimat ...«

---

* Der berühmte Gordische Knoten, den Alexander der Große mit dem Schwert durchtrennte.

»Und wo liegt die?«

»Das weiß ich nicht«, entgegnete das Mädchen. »Eine Gegend jenseits des Iberos. Aber wie sie heißt und zu welchem Volk er gehört, das kann ich dir nicht sagen. Sollte ich es jemals gewusst haben, ist es mir längst entfallen. Wir haben ihn immer nur Iberer genannt, weil Kapaneus ihn so rief. Er war schon lange bei Kapaneus, als ich zu ihm kam.«

Für eine Weile breitete sich Schweigen zwischen den beiden aus. Timaios biss sich auf die Unterlippe und starrte vor sich hin; Briseis, in eine Decke gehüllt, beobachtete ihn. Dann hob der Massaliote den Kopf. »Dein Wissen kann von unschätzbarem Wert für mich sein – und für andere. Wenn die Angelegenheit sich so entwickelt, wie ich es mir erhoffe, dann will ich dafür sorgen, dass du eine Belohnung erhältst.«

»Das hört sich wunderbar an. Du glaubst gar nicht, wie ich mich danach sehne, diesem ganzen Elend und Schmutz zu entkommen.« Die grünen Augen des selbstbewussten Mädchens waren plötzlich voller Sehnsucht und Traurigkeit. »Nicht alle meine Kunden sind so angenehm wie du, Timaios.«

Sie schaute ihm in die Augen und drückte ihm nun die Hand. Verlegen lächelte Timaios zurück. »Doch was soll ich tun? Hier lebe ich, an einem anderen Ort würde ich wohl sterben. Und ich bin endlich meine eigene Herrin. Nun ja, Herrin. Wer würde mich so nennen? Aber frei. Fast frei. Ich bin noch nicht lange hier, aber so viel habe ich schon gelernt: dass in Rom jeder, der frei und nicht mächtig ist, vor den Mächtigen zittern muss. Und in meinem Gewerbe geht es nicht ohne Schutz. Das ist teuer, aber es muss sein. Zehn Asse für einen Besuch, sechzehn für, ah, besondere Dienste, also vier Sesterzen. Zwei Asse von den zehn für den Schutz durch den heimlichen Herrn des Viertels, dann noch zwei als Abgabe an die Stadt. Drei für die Miete, einen zum Leben, der kleine Rest ... Vier bis acht Besuche am Tag, manchmal mehr, meist weniger ... In zehn oder zwölf Jahren kann ich vielleicht nach Hellas zurückkehren, in meine Berge, allerspätestens, denn dann wird von mir und meiner Jugend nichts mehr übrig sein, was einem Mann gefallen könnte.« Sie sah ihn an. Lächelte. »Willst du noch bleiben?«

»Mh, was? Ich ... Ah, für wie viel?«

»Weil ich dich kenne … Noch acht Sesterzen für die ganze Nacht. Ich verspreche dir, dass es sich lohnen wird. Ich könnte auch deinen Muskeln Gutes tun. Ich habe Olivenöl hier.« Sie knetete seinen Unterarm mit einer Hand. »Und anderen Körperteilen wird es auch guttun, geknetet zu werden.«

Timaios überdachte seine Mittel. Acht weitere Sesterzen … Ohne das Geld für die Kaledonier sah seine Welt weit weniger üppig aus als erwartet. Er sperrte den Gedanken sogleich wieder in den Tartaros* seiner Gedankenwelt, behütet von hundertarmigen Wächtern mit der Hälfte an Augenpaaren**, und dankte Carbo, als Briseis' noch immer kühle Hand wieder an seinem Phallos spielte. Er verdrängte auch den Gedanken an Scham, den er vielleicht hätte haben müssen, aber seinem geschundenen Körper war alle Scham gleichgültig, der wollte einfach liegen bleiben, nicht aufstehen und sich bewegen müssen, nicht *viel* bewegen müssen … Etwas bewegte sich bereits, als Briseis fortfuhr, aber das verursachte ihm keine Schmerzen, nein. Die Moiren hatten es gut mit ihm und seinem Schicksal gemeint, als sie ihm ein Los zuwiesen, das ihn in Briseis' Arme führte. Sie würden kaum wollen, dass er schon wieder ging. Und schließlich tat er es auch für Svanhild. Das redete er sich ein, starrte auf die kleinen Brüste der Hure und erlaubte ihr, nochmals ein Opfer für Aphrodite zu fordern.

Kurz vor der fünften Stunde hatten Timaios und Gnäus Papirius Carbo das Forum betreten. Sie näherten sich nun der Kurie, dem Versammlungsgebäude des römischen Senates, das sich am Nordende des Platzes im Schatten des Capitols erhob. Die hohe Front des rechteckigen Ziegelsteinbaus mit dem stumpfen Giebeldach wandte das Gesicht nach Süden und war mit seiner rohen Fassade über dem Sockel aus Marmor nicht eben schön anzusehen.

Das gesamte Forum, wie die Römer das Herz ihrer Stadt nann-

---

* Der tiefste Teil des Hades, in dem die Titanen gefangen gehalten wurden, heißt Tartaros.

** Der hundertäugige Wächter ist Argos, lat. Argus. Von ihm leitet sich der Begriff Argusaugen ab.

ten, war eine wüste Ansammlung von Tempeln und Ziegelsteinbauten, unübersichtlich, wenig beeindruckend und schmutzig. In Massalia standen die Tempel frei und erhöht: erhaben. Hier hingegen war alles bedrückend eng. Und es stank. Menschen drängten sich auf der gepflasterten Via Sacra, die sich schlangenförmig durch das Forum wand, eine der wenigen Straßen innerhalb der Stadt, die dieser Bezeichnung tatsächlich gerecht wurde.

Carbo trug über den roten Riemenschuhen des Senators eine purpurgesäumte schneeweiße Toga aus feiner Wolle, die weitaus ansehnlicher wirkte als jene vom Vortag. Timaios war mit einem knielangen Chiton mit Ärmeln und einem Wettermantel mit Kapuze bekleidet, der auf der rechten Schulter von einer Spange gehalten wurde. Die Schwellung des Auges war deutlich zurückgegangen, allein die Farbe erinnerte an Briseis' Schminke.

Timaios fühlte sich alles andere als wohl, fror und bereute seinen übereilten Entschluss vom Vortag – die Sache Carbos vorbehaltlos zu unterstützen – bitterlich. Was wusste er denn von Carbo und den Verhältnissen in Rom? Der Senat der Stadt war die machtvollste Einrichtung der Ökumene. Sich seinen Groll zuzuziehen, und sei es auch nur den einiger seiner dreihundert Mitglieder, war alles andere als ein Vergnügen. Und des Unmutes von Crassus konnte er sich schon sicher sein, wenn er in Begleitung von Carbo erschiene. Der des Papiriers käme gewiss noch hinzu, wenn seine Sache schlechter als gut ausginge – wofür die ohnehin niedrigen Wetten gut genug standen.

Carbo hatte die Mächtigen Roms in Populare und Optimaten unterschieden. Timaios hatte diese Ausdrücke zum ersten Mal gehört, konnte sich aber durchaus etwas darunter vorstellen: Er nahm an, dass die Popularen jene waren, die wie die Gracchusbrüder dachten, und Optimaten eben alle anderen. Wer aber hatte die Macht in dieser Stadt inne? Wären nicht Svanhild und Hannibal gewesen, Timaios hätte den feinen Staub Roms längst gegen den groben der Straße eingetauscht.

Die beiden Männer überquerten den kleinen gepflasterten Platz vor der Kurie und stiegen die wenigen Stufen zum Vorraum des Versammlungshauses hinauf. Dann betraten sie das Ratsgebäude. Im Innern schien es noch kälter als draußen zu sein, eine Heizmöglichkeit schien völlig zu fehlen. Im Vorraum blieb Timaios füßetretend zurück, während Carbo den Saal des Amtshauses betrat, in dem die Stufenbänke rechts und links bereits dicht mit weiß gewandeten Senatoren besetzt waren, die sich angeregt unterhielten, teilweise sogar über die Saalmitte hinweg Wortgefechte austrugen oder Meinungen austauschten. Es brummte, tönte und rauschte im ganzen Saal. Der Konsul des Vorjahres hatte den Zeitpunkt seines Erscheinens genau abgewogen und ging als einer der Letzten gemessenen Schrittes zu einem freien Platz in einer zweiten Reihe auf der rechten Seite, nachdem er auf einem rechteckigen Altar mit ernster Miene ein Kügelchen Weihrauch geopfert hatte. Den Weihrauchduft, der von dem Marmortisch aufstieg und den Saal ausfüllte, konnte selbst Timaios noch deutlich riechen.

Kurz nach dem Papirier betrat auch schon der Konsul den Vorraum, der die Sitzung anberaumt hatte. Ihm folgten seine persönlichen Liktoren auf dem Fuß, und Timaios wich, gemeinsam mit allen, die hier standen, ehrfurchtsvoll vor dem Mann und seinen Amtsdienern zurück. Die Senatoren verstummten und erhoben sich geschlossen, und der höchste Beamte des Staates ließ sich nach seinem Weihrauchopfer in einem Sessel in der Saalmitte nieder, wo sein Kollege im Amt bereits wartete. Timaios hatte gehört, dass die Konsuln des Jahres Marcus Livius Drusus und Lucius Calpurnius Piso Ceasonius – oder so ähnlich – hießen, wusste aber nicht – und wollte auch gar nicht wissen –, wer von beiden wer war.

Timaios erkannte Publius Licinius Crassus unter den Stehenden auf der Carbo gegenüberliegenden Seite und trat einen Schritt zurück. Crassus wirkte zufrieden und entspannt. Kaum hatten sich die Senatoren niedergelassen, eröffnete der vorsitzende Konsul die Sitzung mit einer Anrufung der römischen Götter: Die Deutung des Vogelfluges, mit der man sich der Zustimmung der Götter zur Versammlung zu versichern pflegte, war zufriedenstellend ausgefallen.

Dann stellte der Vorsitzende kurz die verschiedenen Punkte der Tagesordnung vor. Timaios wurde hellhörig, als dabei auch einmal der Name der Kimbern Erwähnung fand. Wie ihm schien, verzog Carbo dabei das Gesicht.

Einer Rednerliste folgend, die sich wiederum nach den Ämtern richtete, welche die Senatoren einmal innegehabt hatten,* begann die Sitzung. Timaios wusste, dass zuerst die ehemaligen Konsuln sprechen würden, und er verfolgte alles neugierig und gewann einen eindeutigen Einblick in die Zweideutigkeit römischer Politik. Zuerst wurde über die städtische Kornsituation geredet. Nachrichten über eine Piratenflotte im Adriatischen Meer wurden gelassen aufgenommen, Hinweise auf Sklavenunruhen in Sizilien mit Beunruhigung, Ankündigungen von Getreideteuerungen mit Sorge. Laut Priesterschaft würde der Winter noch eine geraume Weile andauern, die Speicher am Tiberufer mit dem africanischen Getreide waren aber nach einem Bericht der Ädilen bereits zum größeren Teil leer, ein verbleibender Rest von Schimmel befallen und von Mäusen bedroht. Der Ankauf von Korn bei privaten Händlern schien unerlässlich, da die meisten Schiffe des Staates noch längst nicht wieder zu Wasser gelassen worden waren und die Seefahrt weitgehend ruhte. Der Bestand in den sizilischen Lagern schließlich vermochte die fehlende Menge nicht auszugleichen.

Nachdem der zurzeit Erste des Senates sich mit der ganzen Würde des geborenen Patriziers für eine umgehende Verbesserung der Lage ausgesprochen hatte, zog der Rest der Senatoren mit. Der Rat der Ältesten beschloss erstens, den zuständigen Beamten eine Empfehlung zum Ankauf von Getreide auszusprechen, und legte ihnen zweitens nahe, eine Teuerung des verbilligt ausgegebenen Kornes zu erwägen. Seit den Tagen von Gaius Gracchus wäre es zum ersten Mal geschehen, dass die Preise stiegen: Unruhen wurden von einigen Mahnern immerhin als möglich erachtet. Timaios lächelte bei dem Gedanken still vor sich hin.

Noch anderes fand Erwähnung: Berichte aus Makedonien, Dekrete für Kleinasien, Hinweise zu Hispanien, welches Timaios bei sich Iberien nannte. *Wahrlich*, staunte Timaios, *Roms Reich hat kein Ende.* Und die Sprache, die die Senatoren für seine Verwaltung fanden, konnte er in ihrer Klarheit und Schönheit nur

* Die Senatoren rekrutierten sich aus den ehemaligen Beamten Roms: Konsuln, Prätoren, Ädilen, Quästoren, die dem Senat auf Lebenszeit angehörten und ihm durch ihre Erfahrung ein großes politisches Gewicht gaben, obwohl er auf dem Papier weder wesentliche gesetzgebende noch ausführende Gewalt hatte.

bewundern. Ihre Fähigkeit, Worte geschickt aneinanderzureihen, wurde allein von der Größe ihres Wortschatzes sowie von der großen Zahl bildhafter Vergleiche und alter Zitate übertroffen. Logik regierte den Inhalt der Reden, Ordnung ihre äußere Form. *Sie reden so diszipliniert, wie ihre Legionen marschieren.* Diese alten Männer in ihren schneeweißen Togen kamen Timaios so würde- und tugendvoll vor, dass es beinahe greifbar war. Bei dem Gedanken, vielleicht vor ihnen sprechen zu müssen, unrasiert und schlecht gekleidet, wurde ihm ganz elend zumute.

Fast zwei Stunden vergingen, ehe endlich der wichtigste Tagesordnungspunkt zur Sprache kam: Africa, die reiche Provinz Africa, in der es gärte, seit der Emporkömmling Jugurtha der römischen Kornkammer seinen eigenen Sauerteig zusetzte. Der Teig, von Jugurtha lange Jahre durchgeknetet, ging unter der heißen africanischen Sonne wunderbar auf, aber das Brot schien für die Römer nicht bekömmlich zu sein, und dabei war Africa doch die erste Kornkammer Roms, noch vor Sizilien.

Timaios wiederholte für sich, was er wusste: Massinissa war der numidische Feldherr gewesen, mit dessen Hilfe Rom im zweiten und dritten Punischen Krieg Karthago in die Knie gezwungen hatte. Mit dem Niedergang Karthagos begann der Aufstieg Massinissas als Bundesgenosse und Klientelkönig Roms. Sein Sohn war Micipsa, der nach dem Tod des Vaters die Herrschaft übernahm. Und dann war da noch Jugurtha, ein Neffe Micipsas, der in Iberien für die Römer gekämpft, reichlich Ruhm und Ehre erworben hatte und wegen seiner Tapferkeit zu einem erklärten Liebling von Roms Nobilität geworden war. Als Micipsa starb, entbrannte ein Thronstreit zwischen seinem Sohn Hiempsal und seinem Neffen Jugurtha. Letzterer ließ Ersteren ermorden. Dann wurde Adherbal, der Bruder Hiempsals, erster Anwärter auf den Thron Numidiens und das Land, in zwei Teile zerstückelt, in denen Adherbal und Jugurtha offiziell herrschten. Tatsächlich stimmten aber römische Politiker und Geschäftsleute über alle Angelegenheiten von Tragweite ab.

Soweit wusste Timaios Bescheid, und dieser Teil der Geschichte fand auch keine Erwähnung in der Sitzung. In diesen

Tagen aber, nach jahrelangem Kleinkrieg, in dem nicht nur das freie Numidien, in dem Jugurtha herrschte, sondern auch die römische Provinz Africa, das weitere Land um das geschleifte Karthago, hatten leiden müssen, war es Jugurtha endlich gelungen, seinen Vetter Adherbal in die Hände zu bekommen. Eine lange Marter folgte – und darauf die Endlosigkeit eines numidischen Lebens nach dem Tod: Adherbal starb unter den ungeschickten Händen der Folterknechte. In Rom wuchs die Unruhe, ein Waffengang mit Jugurtha zeichnete sich über dem südlichen Horizont des Inneren Meeres ab.

Während die Senatoren eifrig miteinander tuschelten, lauschten und abwägten, sprachen sich einige Redner für ein baldiges Einschreiten in Africa aus, andere waren strikt dagegen. Timaios jedenfalls gewann ein klares Bild von der Unklarheit römischer Staatsführung.

Ein Ergebnis und eine Abstimmung kamen nicht zustande, und Timaios gab der Kurie bei sich den Namen, den das Gebäude des massaliotischen Rates außerhalb seiner Mauern ebenfalls trug: Hermes' Qual.*

Im Vorraum der Kurie, in dem sich Timaios fröstelnd und mit verschränkten Armen aufhielt, drängten sich angehende Senatoren und römische Bürger, um die öffentliche Versammlung zu verfolgen. Aus den spöttischen Kommentaren junger Senatorensöhne ringsum entnahm Timaios, dass ein Ergebnis auch nicht zu erwarten gewesen war, denn noch, so raunte man, tat das africanische Gold, das Jugurtha mit blutigen Händen ausgeteilt hatte, seine Schuldigkeit.

Als nach geraumer Weile alle Ungereimtheiten für Timaios vollends verworren geworden waren, wohingegen die meisten Senatoren einen recht zufriedenen Eindruck machten, wurde endlich ein weiterer Redner namentlich aufgerufen, um zum nächsten Punkt überzuleiten. Der Vorsitzende bat den Senator, einen unglaublich beleibten Greis mit hängenden Wangen, hängenden Lidern und hängendem Bauch, den selbst die gnädig verbergende Toga nicht vermindern vermochte, in Kürze

* Hermes hatte als Gottheit viele Attribute: Gott der Händler, Gott der Diebe und – unter weiteren – Gott der Redekunst.

zusammenzufassen, was er an Neuigkeiten aus dem Norden erfahren habe. Timaios spitzte die Ohren.

Der Dicke, der mit dem kurzen Hals, der breiten Nase und den hängenden Wangen einem Bullen ähnlich sah und dem nur der Nasenring fehlte, um diesem Eindruck noch mehr Geltung zu verschaffen, erhob sich schwerfällig und sprach.

»Väter der Stadt und Eingeschriebene! Nachdem im letzten Jahr die Niederlage von Noreia gegen die Barbaren des Nordens verschiedene Aufstände und Unruhen nach sich zog, habe ich mich mit Billigung des Senates aufgemacht, die Lage im Norden einer gründlichen Prüfung zu unterziehen. Jeder der hier Anwesenden weiß, wie ungern ich unsere geliebte Stadt verlasse, wie ungern ich meinen unerreichten persischen Küchenmeister zurücklasse und vor allem, wie ungern mich unsere Provinzgrößen bewirten und ihre Sklaven mich tragen.« Als Folge dieser Selbstironie des Dicken durchflutete geziemende Heiterkeit die Kurie. »Wir wissen es, Tiberius Claudius, wir wissen es alle!«, rief irgendeiner vorlaut und erfuhr sogleich ein Zischen aus mehreren Mündern.

»Danke, Freund Lucius, dass zumindest du mein gewichtiges Bemühen anerkennst.« Der Bulle atmete mehrmals ein und aus, ehe er fortfuhr. »Nun, die Lage in der Narbonensis hat sich wieder beruhigt; in Tolosa* konnte das Heer die Kelten zur Ordnung rufen. Als die Nachricht durchsickerte, die Barbaren hielten stille und rückten nicht weiter vor, da, liebe Senatoren, kühlten auch die größten Hitzköpfe rasch ab. In den letzten beiden Monden habe ich mithilfe von Kaufleuten, Legionären und Reisenden vielfältige Nachrichten zusammengetragen; erst vor zwei Tagen bin ich aus Narbo zurückgekehrt. Die Barbaren, denen der Konsul des letzten Jahres mit seinen Truppen unterlegen war …« Timaios erlaubte sich bei diesen hinreichend betonten Worten einen kurzen Seitenblick auf Carbo. Viele Senatoren taten es ihm gleich, doch der den Barbaren unterlegene Konsul des letzten Jahres blieb äußerlich völlig ruhig. Nur die Augenbrauen schienen sich ein wenig zusammenzuziehen. »… diese Barbaren also siedeln schon seit mehreren Monden

* Toulouse

friedlich in Helvetien und stellen fürderhin keine Bedrohung für uns dar. Es gab hinreichend Gerüchte über schwere Kämpfe zwischen keltischen Stämmen, und wir können wohl davon ausgehen, dass die Zahl der Kimbern zurückgegangen ist. Zudem gab es weitere Gerüchte und Meldungen von Bewegungen weiter oben im Norden, die mit den Kimbern in Zusammenhang stehen sollen. Es scheint nun so, als hätten sich die Barbaren getrennt und als sei ein Teil zurück in den hohen Norden gezogen, aus dem sie kamen.«

Bei diesen Worten lächelte Timaios schief. Die römische Aufklärung musste erbärmlich sein, wenn sie die Ankunft der Teutonen nicht als solche, sondern als das genaue Gegenteil zu erkennen glaubte.

Der Bulle schwadronierte weiter. »Es soll aber der Senat über dem africanischen Problem nicht den Norden vergessen, so verlangt man in Narbo. Es herrscht Sorge, dass Rom die Provinz zugunsten des Südens vernachlässigen könnte, sagt Narbo. Gallien ist ein reizvolles und dicht besiedeltes Land, und es wäre nicht das Allerdümmste, wenn mehr Truppen in der Narbonensis Präsenz zeigten, sage ich.«

»Das unbesetzte Gallien«, schrie ein Zwischenrufer, »geht uns nichts an! Sollen sich die Barbaren doch gegenseitig die Schädel einschlagen.«

Der vorsitzende Konsul gebot dem Rufer sofort Schweigen, auch wurde abermals gezischt, aber Tiberius Claudius nahm den Einwand dankbar auf.

»Aber liebe Senatoren, wer garantiert uns denn, dass die Kimbern nicht doch irgendwann wieder nach Süden ziehen, erst nach Gallien, dann vielleicht sogar in die Narbonensis? Ihre Zahl muss groß gewesen sein; mag also sein, dass es noch immer mehr sind, als wir annehmen.« Timaios hätte dem Dicken diese Vermutung jederzeit bestätigen können.

»Sie werden einen Waffengang mit Rom nicht wagen!«

In diesem Moment erhob sich aus den Reihen der Senatoren, zwei Plätze neben Crassus, ein Mann, der am Anfang seiner mittleren Jahre stand, und bat mit erhobener Hand um das Wort, das der Vorsitzende ihm erteilte, als der Bulle mit einem Nicken bedeutete, dass er mit seiner Rede am Ende sei. Auch der *princeps senatus*, der angesehene Erste Mann des Senates, winkte ab.

»Marcus Antonius ist aufgestanden!« Einer von Timaios' Nachbarn wandte den Kopf nach hinten. »Dann wird es wohl wieder gegen den Papirier gehen.«

Marcus Antonius hob die Arme. »›Sie werden es nicht wagen!‹, höre ich da rufen? Ehrwürdige Senatoren, Väter Roms, Kollegen und Freunde.« Die Stimme des Redners klang ein wenig heiser, seine Hände hatte er nun heruntergenommen, aber sie blieben während seiner Ausführungen stets in Bewegung, immer vor dem Körper, nie daneben. Einmal ballten sie sich zu Fäusten, dann verschränkten sie sich ineinander wie zum Gebet, oder die Fingerkuppen der einen legten sich zusammen, und die Hand wurde schnell bewegt. »Wir wissen alle, dass sie es bereits gewagt haben. Denken wir an Noreia! Wir haben die neuen Nachrichten aus dem Norden gehört, gute Neuigkeiten. Und deshalb, meine ich, müssen wir endlich, nachdem und weil sich die Lage im Norden gefestigt hat, jenen Mann zur Rechenschaft ziehen, der dafür verantwortlich gewesen wäre, wenn die schrecklichen Folgen der unverantwortlichen Niederlage über uns alle gekommen wären. Wenn der Hass der keltischen Barbaren sich gegen Rom gerichtet hätte, wären die Ereignisse in Tolosa nur der erste schwache Wind eines beginnenden Sturmes gewesen. Und dieser Mann hat nicht nur eine Schlacht verloren, sondern durch den heimtückischen Überfall die Barbaren geradezu eingeladen, einen Krieg gegen Rom zu beginnen, zu dem vorher überhaupt kein Anlass bestanden hätte. Das Heer zerschlagen, die Pässe nicht geschützt, Barbaren auf dem Weg nach Aquileia* und in die Poebene. Die Kelten im Norden Italiens wären nur zu bereitwillig aufgestanden wie jene in Tolosa, wir wissen das alle, und man muss kein Augur** sein, um dies zu erkennen. Wenn aber erst einmal der Norden gebrannt hätte ... Wie treu sind uns die italischen Bundesgenossen wirklich? Gerade einmal sechzig Jahre

* Eine von römischen Veteranen gegründete Stadt nahe dem heutigen Venedig, wichtiger Umschlagplatz unter anderem für Bernstein.

** Römische Priester und Wahrsager, die göttliche Zeichen deuteten, den Flug der Vögel, Donner, Blitz und andere.

liegen die letzten Kämpfe in Oberitalien zurück. Senatoren, Väter der Stadt, es gab keinen Senatsbeschluss, der in irgendeiner Form ein Vorgehen gestattet hätte, welches ohne zwingende Notwendigkeit den Beginn kriegerischer Handlungen erlaubt hätte. Und darum möchte ich nicht nur schöne Worte machen, Senatoren, die keine Folgen nach sich ziehen, nein: An diesem Tag klage ich den Konsul des letzten Jahres, Gnäus Papirius Carbo, eines Verbrechens gegen unser Gemeinwesen an und mache ihn ganz allein für die Niederlage durch die keltischen Barbaren verantwortlich. Ich fordere, dass dieser Mann sich wegen der Minderung der Hoheit des römischen Volkes vor Senat und Prätor rechtfertigt, dass zudem alle seine Offiziere angehört werden und er dann, wenn seine Schuld erwiesen ist, verurteilt wird, weil er, ohne entsprechend angewiesen worden zu sein, einen Krieg verursacht hat.«

Eine Anklage. Timaios war klar, dass Marcus Antonius die Nachrichten des dicken Senators bereits gekannt und sich entsprechend vorbereitet hatte. In der Kurie erhob sich ein anhaltendes Raunen. Verhaltener Beifall war von dort zu hören, wo Antonius gesessen hatte, überraschte Schreie drangen vom Eingang der Kurie herüber, wo die Plebs sich sogleich aufmachten, die aufsehenerregende Neuigkeit auf dem Forum zu verbreiten.

Im Vorraum wurde es enger. Timaios wurde nach vorn geschoben und fürchtete schon, Crassus könne ihn sehen. Er hoffte noch und bangte, doch die Furcht vor Crassus war nun deutlich größer als die Bereitschaft, Carbo zu helfen.

Der Papirier saß bewegungslos auf seinem Platz, während sich alle Augen auf ihn richteten. Wenn Marcus Antonius eine Regung des Konsulars erwartet hatte, dann sah er sich enttäuscht. Timaios ahnte aber, dass dies eine Wendung war, die Carbo nicht erwartet hatte. Vorwürfe, Sticheleien, Seitenhiebe – ja. Eine Anklage – nein.

Und er dachte an Carbos Worte während ihrer morgendlichen Besprechung.

»Ist er gut?«, hatte Timaios von Carbo wissen wollen und Marcus Antonius gemeint.

»Als Redner? Nun, er kann ein Thema stärker machen, als es

eigentlich ist. Demnach muss er wohl recht gut sein. Wegen seines glänzenden Gedächtnisses fällt es ihm leicht, enge Bekanntschaften mit vielen Senatoren zu pflegen. Sein Äußeres ist wenig ansehnlich, aber seine Gestik lenkt davon ab. Und seine Begabung als Redner hat ihn bald mit Lucius Licinius Crassus zusammengeführt, ebenfalls einem hervorragendem Rhetor. Im letzten Jahr hat der Antonier die Quästur in Brundisium innegehabt, in diesem Jahr ist er ohne Amt, auch weil es da Gerüchte über angebliche Blutschande mit der eigenen Schwester gibt. Wir werden sehen, was sich daraus bei sich bietender Gelegenheit machen lässt.«

»Du hast dich vorbereitet.«

»Es geht um viel.«

»Um deine Verfehlungen als Konsul …«

»Verfehlungen? Du kannst es nicht unterlassen, deine neuen Freunde in ein besseres Licht und mich in ein schlechteres zu rücken, wie? Ich bin immer noch überzeugt davon, keine Verfehlungen begangen zu haben. Vorausschauende Kriegführung, um einer möglichen Verteidigung vorzubeugen, ist in meinen Augen keine Verfehlung.« Timaios wich dem Blick des Römers aus. »Es geht um meine Ehre. Eine Eigenschaft, die euch Hellenen mangelt: das Gefühl für Ehre und für Tugend. Dein Volk ist dafür nicht sesshaft genug. Euch fehlt die Bindung an eine Heimat, und ihr verliert euch allzu gern in Schwärmereien, während ein Römer Taten den Vorzug gibt. Meine Ehre ist mein Leben, und wenn ich meine Ehre verloren habe, dann ist mein Leben nichts mehr wert. Jedenfalls nicht hier in Rom – und an einem anderen Ort möchte ich nicht leben. Hier zu den ersten Dreihundert zu gehören, ist mehr wert, als irgendwo sonst ein Königreich zu besitzen. Mein Bruder hätte auch die ihm angewiesene Verbannung wählen können – doch was bedeutet ein Leben fern von Rom? Aber was du vielleicht besser verstehst, Massaliote: Es geht auch um Geld, um viel Geld. Solange die Sache noch nicht ausgeräumt ist, und das ist sie nicht, wird der Senat mich nicht als Prokonsul und Statthalter bestellen, wie es mir nach dem Konsulat eigentlich zustünde. Seit zwei Monden sind die neuen Konsuln im Amt, seit zwei Monden hätte ich eigentlich anderswo sein müssen, aber ich wurde angewiesen, mich noch in Rom aufzuhalten, bis neue Nachrichten aus dem Norden kämen. Asien wäre nach dem Los meine Provinz gewesen. Asien! Weißt du, was das heißt?«

»Asien ist eine der reichsten Provinzen, die ihr ausbeutet ... ah ... die unter eurer Verwaltung stehen, verzeih. Ja, ich weiß, was das heißt, und verstehe jetzt, warum du Crassus und seine Freunde bekriegen willst. Du musst es tun.«

Marcus Antonius nahm seinen Faden wieder auf, die Handflächen wiesen zur Decke der Kurie. »Ich erinnere daran, dass es die Aufgabe von Gnäus Papirius Carbo gewesen wäre, die Grenzen des Reiches gegen einen möglichen Einfall der Kelten zu sichern.« Er hob einen Zeigefinger. »Die Grenzen, Senatoren!«

Carbo erhob sich von seinem Platz. Antonius' Recht auf unbegrenzte Redefreiheit missachtend, das jeder Senator im schlimmsten Falle sogar bis zum Sonnenuntergang ausdehnen durfte, unterbrach er seinen Ankläger und erntete dafür zahlreiche böse Blicke. Der zweite Konsul wollte sich erheben, wurde aber von seinem Kollegen mit einer Geste beschwichtigt. »Was«, fragte Carbo, »sind das für Sitten, und was sind das für Gesetze? Wann wäre jemals ein Konsul für eine Schlacht zur Rechenschaft gezogen worden, die er verloren hat, weil er das Land zu schützen beabsichtigte?«

»Wenn dies bisher nicht geschehen ist, Gnäus Papirius Carbo, dann ist es an der Zeit, eben dafür ein Beispiel zu schaffen. Hier in diesem Haus war damals nie die Rede davon, dass zum Schutz des Reiches ein Krieg geführt werden müsse, der außerhalb seiner Grenzen stattfindet. Du hattest nicht einmal die Erlaubnis, überhaupt irgendeinen Krieg zu beginnen ...«

Carbos Stimme war scharf. »Der Senatsbeschluss lautete, dass die Taurisker Bundesgenossen Roms waren und sind, also zu schützen seien. Ein Vorgehen gegen die Barbaren war dazu unerlässlich.« Nach diesen Worten ließ er sich wieder auf seinen Sitz sinken, der ihm nun sichtlich unter dem Gesäß brannte, denn er rutschte in kurzen Abständen unruhig hin und her. Die Nachbarn schienen von ihm abgerückt zu sein.

»Der Senatsbeschluss ging dahin, dass die Grenzen des Reiches zu schützen und die karnischen Alpenpässe folglich zu besetzen seien. Jeder in diesem Raum weiß, dass die Taurisker nicht den Rang von Bundesgenossen haben, sondern nur Gastfreunde unseres Volkes sind.«

Carbo machte, ohne aufzustehen und abermals unter bösen Blicken und Zischen, den Einwand, dass es dann eben die Gastfreundschaft gewesen sei, der nachzukommen er sich verpflichtet gefühlt habe. »Es gab einmal Zeiten, da Gastfreundschaft heilig war. *Ich* schätze diese Zeiten.« In verschiedenen Ecken des Raumes regte sich Zustimmung. Carbo schien doch noch einige Freunde zu haben. *Oder zumindest populare Gesinnungsgenossen*, dachte Timaios.

»Gastfreundschaft, o Gnäus Papirius Carbo, ist, wie ihr Name sagt, ein Akt der Freundschaft. Rechtlich gesehen verpflichtet sie zu nichts, schon gar nicht zur Hilfeleistung. Im Gegenteil erlauben wir die Gastfreundschaft gerade dort, wo die Vermeidung solcher Hilfeleistungen von unserer Seite wünschenswert ist.« Timaios hätte sich an dieser Stelle gewünscht, dass die Kimbern dies hören könnten, um zu wissen, wie Rom mit seinen Freunden umging.

»Mehrere Offiziere der beteiligten Legionen haben mir außerdem ausdrücklich versichert, dass keine Notwendigkeit bestand, die überaus friedlichen Barbaren in einen Hinterhalt zu locken und niederzumachen.«

Der Angeklagte hob die Hand und stand wieder auf, nachdem einer der Konsuln ihm mit einem Blick auf Marcus Antonius zugenickt hatte.

»Deine überaus friedlichen Barbaren haben das Noricum ausgesaugt wie Herakles die Hera. Zurückgeblieben ist keine Milchstraße aus leuchtenden Sternen, nur ein Weg, der von Verwüstungen, Verhungerten, toten Männern, geschändeten Frauen und weinenden Kindern gezeichnet war. Marcus Antonius, sag mir: Was, o mein eifriger Ankläger, hätte diese Kelten deiner Meinung nach davon abhalten sollen, auch über die Taurisker herzufallen, wenn mein Heer nicht vor Noreia, sondern in den karnischen Alpen gestanden hätte? Der Weg der Barbaren führte nach Noreia, und erst nachdem wir verhandelt hatten, schlug der Treck eine andere Richtung ein.«

»Selbst ein angenommenes Vorgehen der Barbaren gegen die Taurisker hätte ein Eingreifen unseres Heeres nicht unbedingt nach sich ziehen müssen.« Der Zeigefinger des Antoniers wies nun geradewegs auf seinen Kontrahenten. »Ganz im Gegenteil wäre Neutralität in einem solchen Fall angemessen und das richtige Mittel gewesen. Wie du ganz richtig bemerkt hast, schlugen die Barbaren nach den Verhandlungen den Weg ein, welchen du ihnen in deinem Großmut gewiesen hattest. Das aber war das Ende deines Großmutes, der sich dann in das genaue Gegenteil verkehrt hat, indem du kleinmütig und ruhmsüchtig alles verspielt hast. Friedensbewahrer hätte dich der Senat nennen können, vielleicht gar Retter des Noricums, wenn du die Barbaren unbehelligt gelassen hättest …«

Unwillig unterbrach Carbo seinen Ankläger abermals. »Und wenn ich gesiegt hätte, wäre der Senat nur allzu bereitwillig und vollzählig vor meinem Wagen hergelaufen.« Ein unbestimmbares Raunen erhob sich unter den Senatoren. Zustimmung? Ablehnung?

»Das einzig verbleibende Gefährt, welches du noch ehrenvoll besteigen kannst, ist nicht der Wagen des Triumphators, sondern die Fähre Charons, Gnäus Papirius Carbo. Und ehrenvoll auch dann nur, wenn du selbst sie besteigst.«

Timaios musste an die Brüder des Papiriers denken, die sich dem Fährmann ins Totenreich längst schon anvertraut hatten. Ihm schien, dass auch der Antonier daran gedacht hatte. »So wie sie auf dein Geheiß viele hundert unserer Soldaten besteigen mussten und dabei Witwen und Waisen hinterließen.« Carbo presste die Lippen aufeinander, schwieg aber. »Diese … Menschen redeten davon, dass sie Land suchen, welches sie besiedeln könnten. Warum ihnen nicht zu Land verhelfen und sie uns dadurch geneigt machen?«

»Welches Land willst du ihnen zuteilen? Den schönen Platz vor der Kurie etwa? Wir könnten ihnen auch noch einen Aquädukt errichten. Und seit wann so viel Mitgefühl für Barbaren, Marcus Antonius? Haben die wollüstigen Liebkosungen deiner Schwester dir den Sinn für eine gesunde römische Härte genommen?«

Durch die Kurie lief eine Welle der Heiterkeit, über viele Gesichter huschte ein Grinsen. Nur die wenigsten zeigten Empörung. Vielleicht wurde er geschätzt, aber wirklich beliebt war der Antonier wohl kaum.

Marcus Antonius wurde rot im Gesicht und rang die Hände, als Carbo weiterredete. »Es sind Barbaren, Senatoren, einfältige Kelten, die weder Recht noch Ehrgefühl kennen.« Timaios war weder mit dem »einfältig« noch mit den »Kelten« einverstanden, und das Wort Ehrgefühl hörte sich aus dem Mund des verräterischen Konsulars so lächerlich an wie nur irgendetwas. Aber er klammerte sich an seine Beobachterrolle. Zerreißen würden sie ihn, wenn er hier den Mund auftäte.

»Keiner von euch hat sie gesehen, aber ich habe sie gesehen. Dreckig und ungeschlacht, ein schrecklicher Anblick. Ein einziger Schrecken. Der kimbrische Schrecken. Und sie haben ein fürchterliches Kauderwelsch gesprochen, mit dem wir nur deshalb etwas anzufangen wussten, weil wir einen Mann fanden, welcher ...«

Einen sich ausdehnenden Augenblick lang wurde Timaios von einem schrecklichen Schauder überfallen. Es würde geschehen! In diesem Augenblick würde es geschehen: Carbo würde ihn aufrufen, ihn beim Namen nennen und bitten, vorzutreten, hinzutreten vor diese gesichtslose Masse aus alten, harten Männern, die in ihren weißen Togen so überlegen, so würdevoll wirkten und die für einen Hellenen genauso viel oder genauso wenig Achtung übrig hatten wie für jeden anderen Nichtrömer: keine. Die Beine zitterten ihm.

Aber das furchtbare Gefühl und der endlose Augenblick gingen vorüber, da Carbo einfach weiterredete, sich über Einzelheiten ausließ, die schon hundertmal erörtert worden waren. Marcus Antonius hatte sich niedergelassen und schien tief in die Bank gerutscht zu sein.

»... dieses tierische Gebrumm übersetzen konnte. Ich war nicht einmal sicher, ob die Barbaren alles so begriffen hatten, wie wir es ihnen verständlich zu machen versuchten – aber bei Merkur, sie zogen ab. Erst einmal. Wer wollte mir versichern, dass die Kimbern nicht nur zum Schein nachgaben, um mich und meine Soldaten in Sicherheit zu wiegen? Ihr habt nur Gerüchte über die Größe dieser Barbaren vernommen. Hätte ich euch doch nur Gefangene vorführen können, damit ihr euch mit eigenen Augen davon überzeugen könntet, wie stark diese Menschen sind! Titanen aus dem Norden, Giganten sogar unter den Kelten. Solange sie dort oben irgendwo an der Grenze des Reiches existieren, so lange stellen diese Barbaren eine Bedrohung dar, seid dessen gewiss, Senatoren. Und ich glaube weder an ihre Vernichtung durch irgendwelche Kelten noch an ein friedliches Siedeln. Tiberius Claudius hat Gerüchte erwähnt. ›Es scheint‹, hat er gesagt. Väter Roms, was wissen wir denn wirklich über die Vorgänge im Barbaricum? So gut wie nichts. Ganze Völkerschaften könnten in den Urwäldern umherziehen, ohne dass wir es gewahr würden. Was wir zu spüren bekommen, das sind doch nichts als die auslaufenden, kleinen Wellen der großen Flut, die an die Gestade des Imperiums schlagen. Wenn einmal die Flut über uns kommen sollte … Man hört, im fernen Land der Serer* haben die Kaiser eine riesige Mauer errichtet, um die wilden Völker abzuwehren. Rom sollte vielleicht Ähnliches erwägen.«

Wieder lief eine Welle der Heiterkeit durch die Kurie. Timaios fand den Gedanken wenig belustigend. *Eine Mauer. Damit sie alle Händler kontrollieren können, wenn sie das Reich betreten oder verlassen. Und Abgaben nehmen können. Rom schließt die gemeine, böse Welt aus …*

»Selbst bei einer Teilung der Kimbern, an die ich ebenfalls nicht glaube, wäre ihre Zahl noch viel zu groß, als dass sie längere Zeit in den Ländern nördlich der Alpen siedeln könnten, wo es nur Sumpf und Wald und andere Stämme gibt. Ich bin davon überzeugt, dass die Kimbern bald wieder in Bewegung geraten. Allein die Zahl ihrer Krieger ist größer als jedes Heer, welches ein Hannibal gegen uns hätte aufstellen können. Und es sind Wilde, Barbaren, mit denen man nicht auf der Grundlage Gleichgestellter verhandeln kann. Denkt an alle jene Fälle von Verrat, die selbst halbzivilisierte Völker wie die Korinther oder die Punier begingen. Jedenfalls …«

»Der tut, als könne er den Sonnenuntergang herbeireden.«

---

* China

Unterdrücktes Lachen folgte diesen Worten eines Nebenmannes von Timaios.

Der Massaliote wandte sich um und blickte zum Ausgang. Tatsächlich, draußen war die Helligkeit des Wintertages bereits im Abnehmen begriffen. Die Debatte über den africanischen Schauplatz musste länger gedauert haben, als es ihm vorgekommen war.

Timaios' Magen knurrte vernehmlich, die Beine waren des langen Stehens mehr als überdrüssig, und ihm war kalt. Kurz entschlossen schob er sich durch das Gedränge nach draußen, gerade als Carbo anhob, den Verlauf der Schlacht in den Alpen in allen Einzelheiten zu schildern. Hoffentlich verlangte es den Senator nicht mehr danach, ihn vorzuführen!

Die von Carbo versprochene Hilfe war wohl hinfällig geworden. Enttäuscht und erleichtert zugleich verließ Timaios die Kurie. Und nun? Den Silberkessel in Massalia finden … Das war eine Möglichkeit, aber darauf konnte er sich nicht verlassen. Die Stadt war groß, und der Kessel konnte sich inzwischen an jedem Ort in der Ökumene befinden … Wenn er überhaupt von Kapaneus nach Massalia gebracht worden war. Doch es war die einzige Spur, die Timaios hatte, und dass Briseis ihn nicht gesehen hatte, musste nichts bedeuten. *Doch*, schalt er sich im nächsten Moment, *der Kessel ist viel zu groß, als dass er übersehen werden könnte, und er passt in keinen Sack. Aber die Opferschale, die sie erwähnt hat … Was ist damit? Könnte die nicht ein Teil des Kessels gewesen sein? Vielleicht der untere?* Und wenn der Kessel nicht zu übersehen war, dann musste Kapaneus ihn auf dem Schlachtfeld entdeckt haben. *Wenn* er dort gewesen war.

Timaios seufzte. Aber gab es einen anderen Hinweis? Nein, keinen einzigen. Von dieser undeutlichen Spur, die zum Kessel führen konnte, hatte Timaios Carbo an diesem Morgen nichts erzählt, und er hatte auch nicht vor, das zu tun und ihm von Briseis zu erzählen.

Vor der Kurie blieb Timaios an einem fahrbaren Imbissstand stehen, einem zweirädrigen Karren, auf dem heiße Steine verschiedene Gerichte warm hielten. Timaios erstand für einen halben Sesterz einen mit weichen Fischstückchen und scharfer

Kräutertunke gefüllten Brotfladen. An einem zweiten Stand trank er später einen Becher mit heißem, wenig verwässertem Gewürzwein, eingeschenkt aus einer bauchigen Tonflasche. Der erste Becher vertrieb rasch die Kälte, die der Wind durch das Forum jagte; ein zweiter verscheuchte die allzu dunklen Gedanken. Perseus, sein heimlicher Heros, was hätte er getan? Crassus niedergeschlagen, Svanhild entführt und sie geheiratet? Timaios konnte nicht anders, er musste abermals tief seufzen.

Nahe der Rostra, der Rednertribüne am anderen Ende des gepflasterten Platzes, verlief ein niedriges Mäuerchen, auf dem Timaios sich niederließ und mit Blick zur Kurie wartete. Den Rücken hatte er dem Tempel Saturns zugewandt, dem Schatzhaus der Stadt. Sein Blick schweifte hinauf zum Kapitol, dem alten Burghügel, der sich hinter der Kurie steil erhob, auch über das Forum mit seinen vielen Tempeln.

Rom mit seinen langweiligen Göttern, unnötig wie Staub, aber alles gleichmäßig bedeckend. Anstelle der Götter treten Anschauungen, wie die Welt zu beherrschen ist und wie der Mensch zu leben hat. Ein Volk von Besserwissern. Oder ein von Besserwissern geführtes Volk. Können sie die Ökumene nicht in Ruhe lassen? Wenn die Römer Hunger haben, muss sich die ganze Welt krummlegen und Weizen anbauen. Und trotzdem: eine gewaltige Stadt. Eine halbe Million Einwohner, sagt man. Timaios dachte nicht weiter darüber nach. Es war eine Zahl weit jenseits seiner Vorstellungskraft. Die Römer waren noch volkreicher als die Kimbern und alle ihre Bundesgenossen. Carbos Umschreibung seiner Freunde kam ihm in den Sinn: »der kimbrische Schrecken«, *terror cimbricus*. Einige der Kimbern hätten sich vielleicht gefreut, andere darüber gelacht, und die Senatoren hatten das Wort wahrscheinlich schon wieder vergessen.

Erst nach einer geraumen Weile kamen mehr als nur vereinzelte Personen aus dem Senatsgebäude, dann kleinere Gruppen, schließlich floss ein breiter Strom von weiß gewandeten oder bemantelten Purpurträgern nach draußen, der bald wieder abebbte und in spärlichen Rinnsalen auströpfelte. Die meisten verließen das ausgekühlte Forum raschen Schrittes, etliche scharten sich um die Karren der Imbissstände. Nur wenige blieben stehen, um das Gehörte gestenreich zu erörtern.

Carbo war einer der Letzten, und er ging allein. Viele blickten ihm nach. Den Kopf zwischen die Schultern gezogen, den Blick auf die Erde gerichtet, war sein Schritt langsam, als er den Platz überquerte, auf dem die Volksversammlungen abgehalten wurden. Timaios gab ihm einen kleinen Vorsprung, dann folgte er ihm, nicht ohne sich versichert zu haben, dass Crassus nicht in der Nähe war. Erst jenseits des runden Vestatempels trat er auf den Papirier zu.

Carbo blickte auf, seine Augen waren glanzlos. »Ah! Timaios.« Dann verfiel er wieder in dumpfes Brüten. Eine Weile schritten die beiden nebeneinander her, schließlich hielt Timaios es nicht länger aus.

»Was wird geschehen, Senator?«

Carbo konnte nur die Schultern heben. Dann redete er zwar von Unrecht, Papyrustigern und Haltlosigkeit, sogar von seiner Angst vor den riesigen Kimbern und blinden Senatoren, doch Timaios spürte, dass der Senator keine Ahnung hatte, wie er der Anklage begegnen sollte. »Einige Tage«, meinte er schließlich, »dann findet die nächste Sitzung statt – und dann wird der Prätor die offizielle Anklage erheben. Einige Tage, um einigen Priestern einiges Geld zu bezahlen, damit sie die richtigen Götter um Gunst und Milde anflehen. Einige Tage, um einen Weg zu finden.«

»Wohin wird er dich führen?«

»Das wissen die Götter allein! Meine Feinde haben mir ein Rätsel aufgegeben: Ich muss ihre Fragen beantworten, aber ich weiß nicht, wo ich die Antwort finden soll. Ich kann versuchen, einen Weg nach Theben zu finden, aber ... Wenn es nicht gelingt, wird mich die Sphinx in den Abgrund stürzen.«

Timaios fand den bildhaften Vergleich aus der Sage um Oidipos* in der Tat trefflich, für Carbo und für sich selbst. Das Schicksal des Römers berührte ihn dabei tatsächlich, aber nur

* Lat. Ödipus, der die Frage der Sphinx, wer denn zuerst auf vier, dann auf zwei und schließlich auf drei Beinen gehe, mit »Der Mensch« richtig beantwortete und damit sein Leben rettete.

so weit, wie sein eigener Weg neben Carbos Weg verlief. Er zögerte kurz, doch dann entschloss er sich zu der Frage, ob es nicht zumindest für ihn einen zweiten, besseren Weg gab. »Senator, die Kimbrin und der Karthager … Ich weiß, dass du jetzt an andere Dinge denken musst, aber siehst du einen Weg für mich? Was soll mit Crassus werden? Was kann ich tun?«

»Am hilfreichsten wäre es, mit einem guten Messer einen Weg zwischen den Rippen zu suchen. Das könnte unser beider Probleme vereinfachen, würfe aber ohne Zweifel neue auf«, erwiderte Carbo rasch. Dann zögerte er. »Ich … könnte dir den Namen eines Mannes nennen, der bei Gelegenheit für mich gearbeitet hat und der dir weiterhelfen kann. Vielleicht.«

»Vielleicht?«

»Eine Frage des Preises. Ah, was soll es! Geh zu ihm, sag, Gnäus Papirius Carbo schicke dich. Ich werde seine Unkosten begleichen. Es dürfte keinen Sinn mehr haben, sich mit Crassus einigen zu wollen, wie mir das vorschwebte: Jeder gibt etwas, und jeder nimmt etwas dafür. Dieser Mann … Er soll versuchen, deine Gefährten zu finden und ihnen zum Entkommen zu verhelfen. Vielleicht hat er Erfolg. Crassus wird toben, aber wenn du ihm nicht mehr über den Weg läufst, dann mag er die Sache irgendwann vergessen. Der Mann nennt sich Curator. Such die Schenke des Aulus in der Subura auf. *Zum Eichenfass* heißt sie, unweit der Gasse der Gerber. Neben einem Fassmacher. Frag den Wirt nach ihm. Frag nach« – Carbos Mundwinkel hoben sich für einen Augenblick – »Curator Suburum.«

»Warum … Also, wenn ich dir irgendwie helfen …«

»Das kannst du kaum, Massaliote.« Carbo winkte ab. »Crassus nun meinerseits anzuklagen, wird keinen Erfolg haben. Ich glaube nicht, dass Marcus Antonius sich dadurch beeindrucken ließe. Aber du warst bereit, mir zu helfen, obwohl du dadurch den Zorn des Crassus auf dich gezogen hättest. Allein darum helfe ich dir. Vielleicht ist es aber auch nur eine neue Torheit, die ich irrtümlich als Tugend zu erkennen glaube, die Tugend eines Verlachten. Und nun, sei gebeten, lass mich allein! Aber bevor du Rom verlässt, komm noch einmal in das Haus am Caelius, um zu berichten; mindestens Syrus wird dort sein. Leb wohl, Timaios.«

Carbo entfernte sich langsam, wieder gesenkten Hauptes und ohne zurückzublicken.

Timaios blieb stehen, wusste nicht, ob er Mitleid oder Zuneigung für den Mann empfinden sollte. Doch dann erinnerte er sich an das anmaßende Verhalten Carbos in den Bergen, seine Rücksichtslosigkeit, seinen Verrat, seine Überheblichkeit. Schulterzuckend wandte er sich ab und verließ den Marktbereich der Stadt.

3. Kapitel

Rom im Mond Februarius

Timaios lenkte seine Schritte vom Forum abermals in Richtung der nahen Subura. Diesmal war sein Gang jedoch beschwingter als am Tag zuvor. Er glaubte fest daran, dass Carbos Gedanke richtig war: Wenn ihm jemand auf eine Weise helfen konnte, die nicht ganz sauber war, dann musste dieser Jemand aus der Subura kommen, wo unter zahllosen anderen die Unsauberen lebten. Mehr Gauner als an irgendeinem anderen Ort der Ökumene ließen sich in diesem Teil Roms finden, dem anderen Herzen der Stadt, ewig schlagend, immer pumpend, ständig gefüllt. Die Subura war erste Hoffnung, letzte Zuflucht, der Anfang, das Ende, Olympos und Tartaros, Himmel und Hades, Lasterhöhle, Freudenhaus, Straßenstrich, Bettelquartier, Gerüchteküche, Stimmungsmesser, Circus, Mauseloch für Abhängige und Abgehängte, Leprosorium, Trauertempel, Götterhort, Schenke, Hauptstadt, Provinz, Vielvölkerstaat, Armenhaus und Lebensborn in einem. Und die Subura ängstigte Timaios. Hätte man ihn nach dem Grund gefragt, hätte er vielleicht geantwortet: Zu viele Römer auf zu engem Raum, zu viele von zweifelhaftem Wesen vor allem …

Der Tag dämmerte bereits hinweg, aber die Nacht mochte noch zu nutzen sein, umso mehr, wenn dieser Mann – *Curator Suburum* – tatsächlich einem unredlichen Gewerbe nachging, was Timaios sehr hoffte. »Curator« war im Grunde eher ein Titel denn ein Name: Die Sorge schwang darin mit oder die Fürsorge*. Curator Suburum klang irrsinnigerweise so, als trüge dieser Mensch für die gesamte Subura Sorge und sei kein Gauner, den man kaufen konnte. Nur ein albernes oder dreistes Wortspiel, nahm Timaios an, denn Carbo hatte gesagt, der Mann nenne sich so – und nicht, er sei es. In den nicht gekennzeichneten Straßen drängten sich wie immer die Menschen, und durch Verkaufsstände und Bodenauslagen wurde es noch enger. Mehrmals musste Timaios nach dem Weg fragen. Einmal erkundigte er sich bei einer kräftigen Frau, die rechts und links je einen hölzernen Käfig mit einem braunen Huhn darin trug. Als Timaios weiterging, stellte er sich vor, wie Crassus zwei solcher Käfige über das Forum trug, in denen Svanhild und Hannibal saßen.

Zweimal wurde Timaios auf seine Frage hin bedeutet, er möge nur dem Gestank nachgehen, und schließlich stand er in der Gasse der Gerber. Der durchdringende Geruch nach Urin lag selbst zu dieser späten Tageszeit noch schwer über dem schmalen Durchlass und floss in benachbarte Straßen ab.

Als Timaios schließlich die Schenke gefunden hatte, zögerte er nur kurz, das mehrgeschossige Gebäude über die beiden Stufen zu betreten. Über der Tür prangte ein hölzernes Schild, auf dem ein Fass abgebildet war.

Drinnen wurde Timaios mit einem nörgelnden »Loch zu, es zieht!« empfangen. Er folgte der Aufforderung und schaute sich um. Der starke Duft von Räucherwerk lag in der Luft. Der große dunkle Raum war gut besucht, und die zahlreichen Gäste schienen ein würdiger Querschnitt durch alle römischen Provinzen zu sein. Im Schein von hängenden Öllampen und ragenden Fackeln sah Timaios sämtliche Hautfarben und Schattierungen, die er kannte, und sogar die eine oder andere, die er nicht zu kennen meinte. Ein lautes Summen erfüllte den niedrigen Raum bis in den letzten Winkel. In einer Ecke spielte auf einem Holzpodest ein kraushaariges schwarzes Mädchen scharfe Töne auf einer hörnernen Doppelflöte, und wenn ihre Anwesenheit und der schnelle Wechsel ihrer Finger Beachtung fanden, dann wohl weniger wegen ihres mühsam durch den Lärm dringenden Spie-

* lat. cura = Sorge, Fürsorge.

les, sondern vielmehr aufgrund ihrer leichten Bekleidung und der anzüglichen Bemerkungen, die durch den Raum tanzten wie die Schatten über die weißfarbenen Wände. Oft enthielten die Bemerkungen Aufforderungen, in denen andere Flöten angepriesen wurden.

An den meisten Tischen wurde gewürfelt, Mühle gespielt, oder man trug Fingerspiele aus. Unter den Tischen wechselten die Einsätze ihre fluchenden oder frohgemuten Besitzer. Timaios wusste, dass Glücksspiel in der Stadt nur an Kampftagen und in gewissen Formen erlaubt war.

Auf die Frage nach Aulus wurde Timaios von einem Schankmädchen an einen stämmigen Mann verwiesen, der hinter dem steinernen Tresen stand und aus einer Amphore einen Krug mit Wein füllte.

»Curator?« Der kahlköpfige Wirt blickte kaum auf. »Ist noch nicht da gewesen heute. Wenn du warten willst, schicke ich ihn zu dir. Warum?« Der Mann betonte die Frage und lachte humorlos, ehe er weitersprach. »Kommt sicher heute noch vorbei, kommt eigentlich jeden Tag. Was zu trinken oder zu essen?«

Timaios bestellte »irgendeinen leichten, aber süßen Wein und ein paar Oliven zum Knabbern«, dann nahm er an der Schmalseite eines Holztisches Platz, der in der Nähe des offenen Kamines stand und dessen Wärme ihn anzog. Er saß kaum, da brachte der Kahlköpfige auch schon das Gewünschte und knallte es brummend auf den Tisch. Einige Oliven rollten über das dunkle Pinienholz. Timaios füllte weißen Wein aus einem Krug in den schlanken Tonbecher und nippte daran: Der Traubensaft war erträglich, nicht sehr süß, aber leicht. Den Krug mit Wasser ließ er unberührt stehen.

Mit voller Absicht hatte sich Timaios so gesetzt, dass er das Feuer im Rücken und die Flötenspielerin fast vor Augen hatte. Die Frau war in ihr Spiel allerdings nicht genug vertieft, als dass sie die Geste eines Zuhörers nicht bemerkte. Der nämlich wandte sich an seinen Zechkumpan, steckte den Daumen zwischen Zeige- und Mittelfinger, sagte etwas und lachte. Der Spielerin gelang es, die Flöte nicht abzusetzen, die Tonfolge nicht zu beeinträchtigen und dem Mann dennoch die beiden Mittelfinger zu zeigen, woraufhin sich der Mann dem hässlichen Spott seiner Kumpane und dem hämischen Gelächter vieler Besucher ausgesetzt sah. Als sie ihr Stück gespielt hatte, erhob sich die junge Frau, hüpfte geschmeidig von dem stufenhohen Podest herunter und ging mit einem Bastkörbchen lächelnd von Tisch zu Tisch.

Timaios kramte in seinem Beutel nach den römischen Münzen, die er bei einem unverschämten Geldwechsler eingetauscht hatte. Er warf einen kupfernen As in das Körbchen und wurde mit einem Lächeln sowie einem kaum wahrnehmbaren Kopfneigen belohnt.

Am anderen Tischende saßen zwei muskulöse, bärtige Männer in groben, langärmligen Wolltuniken, die sich über einem Krug Wein so lautstark unterhielten, dass sie für Timaios selbst bei dem Lärm gut zu verstehen waren. Zuerst drehte sich ihr Gespräch um Pferderennen, dann um Gladiatorenkämpfe. Als eine Pause in ihrer Unterhaltung eintrat, unternahm einer den Versuch, ein Gespräch mit dem Massalioten anzufangen, indem er sich halb umwandte und leicht vorneigte.

»Ekelhaft kalt heute, was? Höchste Zeit, dass der Winter zu Ende geht!«

Von Timaios' abweisendem Brummen ließ sich der Mann nicht beeindrucken.

»Mein Kumpel hier meint, dass die Grünen beim Rennen morgen nicht die geringste Aussicht haben. Was meinst du dazu, Freund?« Erwartungsvoll hob der Bärtige die Augenbrauen.

»Ich mache mir nichts aus Wagenrennen.« Timaios schob sich eine Olive in den Mund, trank einen Schluck Wein und schaute angestrengt zu der Flötenspielerin hinüber, die gerade mit einem neuen Stück begann. Er hoffte, dass der Mann ihn nicht weiter behelligen würde. Tatsächlich gelüstete es ihn nach einem Spiel, doch an diesem Tag musste er an anderes denken.

»Nicht? Nun, du bist ein Glückspilz, uns hier zu treffen, was? Ich und mein Freund hier, Lentulus, wir kennen uns bestens aus mit den Rennen. Wenn du bereit wärst, etwas Geld zu setzen, dann könnten wir dich beraten, was? Lass andere Fortuna ficken, wir *wissen*, wie sie's am liebsten hat. Höre, wir empfehlen dir die Roten! Drei Sesterzen für einen, und glaub mir, Freund, das ist ein todsicherer Hinweis. Lentulus kennt einen

Pferdepfleger, der im Stall der Roten arbeitet. Der Fahrer morgen wird Ascanius Pedianus sein, der Sabeller. Guter Mann, was? Die Gäule sind in Hochform, glaub mir, die bekommen schon seit zwei Monden nur noch Spitzenhafer aus den illyrischen Bergen. Nun, was ist?«

»Danke, ich mache mir wirklich nichts aus den Rennen.« Endlich wandte sich der Mann ab, nicht ohne den kleinen Finger verächtlich gegen Timaios erhoben zu haben.

Es währte einen halben Krug Wein und eine Handvoll Oliven, ehe Timaios erneut angesprochen und aus trüben Gedanken gerissen wurde, während seine unfreiwilligen Tischgefährten sich gerade gesten- und wortreich in Klatschgeschichten über die gehobenen Kreise der Stadt ergingen.

»Ich bin Curator. Was willst du von mir?«

Timaios schaute auf. Vor dem Tisch stand ein kräftiger Mann um die dreißig in der Tracht eines römischen Unterschichtlers, einer Tunika aus mittelmäßigem Stoff und einem Mantel über dem Arm. Das Gesicht war bart- und fast ausdruckslos, bestenfalls misstrauisch zu nennen, das schwarze Haar trug er kurz geschnitten. Die durchdringenden dunklen Augen unter den markanten Augenbrauen musterten Timaios.

»Papirius Carbo schickt mich.«

Der Mann schnaubte. »Welcher? Doch nicht etwa jener, der demnächst wegen Amtsüberschreitung und ›Verrates an Senat und Volk von Rom‹ vom Tarpeischen Felsen gestürzt wird? Warum nicht der? Der sollte eigentlich andere Sorgen haben, als meiner Dienste zu bedürfen.« Curator ließ sich auf der Bank nieder, die Timaios zur Linken stand. Der Römer hatte nun die Wand im Rücken. »Oder will er Marcus Antonius beseitigt haben? Kommt ein wenig zu spät, fürchte ich, der hat ihn an den Eiern.«

Timaios musste erkennen, dass er selbst zwar nicht langsam, das Gerücht aber doch wesentlich schneller gewesen war und sich mittlerweile zusätzlicher Ballast angesammelt hatte. Widerstrebend nickte er. »Gnäus Papirius Carbo, richtig. Nicht richtig ist aber, dass er vom Tarpeischen Felsen gestürzt wird. Die Anklage ist vom Prätor noch nicht einmal ausgesprochen worden. Überdies hat er Mittel genug, sich zu verteidigen.«

»Nicht mehr Mittel, als ein Eunuch unter seinem Schurz hat! Und wen der Antonier an den Eiern hat – oder das, was davon übrig ist –, lässt er nicht mehr los. Ha, umso mehr, als es einer von den anderen ist! Ich würde mich nicht auf seinen Teich trauen, wenn ich nicht zu ihm gehörte. Warum? Die Optimaten haben in diesen Tagen den dickeren Kahn mit dem längeren Rammsporn und der größeren Zahl an Rudern. Darum. Also, wer bist du, und worum geht es? Grieche?«

»Ich ... komme aus Syrakus. Mein Name ist Kembriones«, sagte Timaios und wusste nicht recht, ob er sich dumm oder klug vorkommen sollte.

»Aha! Also kommst du wahrscheinlich aus Sardinia oder Korsika. Oder aus der Narbonensis. Und du heißt wahrscheinlich genauso wenig Kembriones, wie ich König Minos bin. Aber gut, lassen wir das. Warum?« Timaios bekam eine neue Ahnung davon, warum dieser Mann Curator genannt wurde, denn in seinem Namen schwang das lateinische »Warum« – *cur* – offensichtlich recht häufig mit. Wie auch immer, der Name Curator Suburum war sicher nicht mehr als ein Scherz oder eine Angeberei. Oder der Bursche stand in der stadtrömischen Welt der Gauner und Beutelschneider tatsächlich recht weit oben. Ein Umstand, der zu bedenken wäre. »Es ist üblich so, und Kembriones aus Syrakus ist so gut wie irgendein Name«, fuhr der Römer fort. »Geht es um Carbo oder um dich? Um dich? Was könnte ich deiner Meinung nach aufgrund des Rates eines Mannes, der so gut wie tot oder meinetwegen im Exil ist, für einen Kerl tun, den ich nicht kenne und der mir nicht einmal übermäßig angenehm ist?«

Als Timaios vieldeutig zu den Spielern am anderen Ende des Tisches blickte, winkte Curator beruhigend ab. Trotzdem beugte sich der Massaliote über den Tisch, was sein Gegenüber mit einem gespielten Verschwörerlächeln beantwortete.

»Du könntest für diesen Kerl, dem es herzlich gleichgültig ist, ob er Zuneigung in dir erweckt oder sonst irgendein Gefühl, sofern du nur tust, was er wünscht, zwei Gefangene befreien, die im Haus eines Patriziers gefangen gehalten werden.«

»Oha! Aus dem Haus eines Patriziers? Weißt du, was du da verlangst? Die Häuser der reichen Säcke sind wie Heiligtümer.

Mächtige Schutzgeister.« Der Römer rümpfte die Nase, sah für einen Moment vor sich hin und drehte dabei einen zeichenbesetzten, breiten Silberring am linken Mittelfinger hin und her. »Wer sind die Gefangenen, und wer hält sie gefangen? Das Warum will ich gar nicht einmal wissen.«

»Die Gefangenen sind eine Barbarin aus dem Norden und ein Sklave – ein Punier.« Timaios wählte die römische Bezeichnung für einen Karthager. Gemocht wurden sie ohnehin von keinem Römer. Es gab noch immer zu viele Vorurteile gegenüber den alten Feinden und zu wenige Karthager, die diese entkräften konnten.

»Wilde Mischung. Wo?«

»Crassus.«

Curator stieß einen leisen Pfeifton aus. »Ein Crasser? Welcher?«

»Publius Licinius Crassus.«

Nachdenklich rieb sich der Römer das flache, breite Kinn. »Du hast Glück, Kembriones aus Syrakus. Warum? Unter anderen Umständen hätte ich gesagt, dass Carbo keinen Sesterz mehr wert und es daher so unnütz ist, seine Sache zu unterstützen, wie einen wohltuenden Furz zurückzuhalten. Darum. Aber wenn es gegen einen Licinius Crassus geht … Carbo weiß recht gut, dass ich nicht Nein sagen werde, wenn ich einem Optimaten ans Bein pinkeln kann. Hast du die Kasse oder wer?«

»Carbo.« *Die Götter mögen ihn segnen. Ein bisschen zumindest und vorübergehend, bis diese Angelegenheit erledigt ist.*

»Dachte ich mir.« Curator nickte bedächtig, nahm eine Olive und zerkaute sie gründlich. »Gut, dann ist der Preis seine Sache, mit der ich dich nicht behelligen will. Aber Menschenraub und bewaffneter Einbruch, das heißt, gleich zweimal die Todesstrafe. Nicht ganz billig, du musst hoch in seiner Gunst stehen … Was weißt du an Einzelheiten? Wo wohnt Crassus? Unterbringung der Gefangenen, Räumlichkeiten, die Wächter und all das. Wenn du nicht ein bisschen darüber Bescheid weißt, dann sieht's düster aus.«

»Ich weiß, wo die Frau ist.« Timaios atmete tief ein. »Aber ich weiß nicht einmal, ob der Punier überhaupt im Haus ist.«

Dann erzählte er dem Römer unter Zwischenfragen, was er wusste und woran er sich erinnern konnte.

»Das ist doch eine ganze Menge, mein Freund… Wenn die Frau mit den anderen Sklaven zusammen untergebracht ist, dann wäre es unmöglich. So einer wie Crassus, der auf dem Palatin wohnt, hat wahrscheinlich ein paar Dutzend Sklaven in seiner bescheidenen Hütte… Aber wenn sie im Atrium ist… Rechts oder links, wenn man hineinkommt? Rechts? Und welche Kammer? Gut. Wir müssen also nur ins Atrium gelangen. Nur? Ha! Nun, überlass mir die Durchführung. Lohnt nicht, sich den Kopf vorher zu zerbrechen, wenn wir damit auch ein Loch in die Mauer seines Hauses schlagen könnten. Warte hier, und bestell mir einen halben Krug Mamertiner und einen mit Wasser!«

Curator erhob sich geschmeidig und verschwand durch die Eingangstür. Timaios blieb mit der Hoffnung zurück, dass er sich nicht dem falschen Mann anvertraut hatte. Der mit dem Ädilen zurückkehrte, um ihn zu verhaften. Zumindest schien der Römer Geschmack zu haben, denn der sanfte sizilische Mamertiner war neben den jeweiligen massaliotischen Spitzenlagen auch ein bevorzugter Wein von Timaios. Allerdings war er auch, je nach Alter, der teuerste und darum ein seltenes Vergnügen. Er fragte sich, wer wohl den Wein bezahlen würde. Über dieser Frage verbrachte er eine lästige Weile. Zwischendurch legte der Wirt dicke Holzscheite auf das Feuer, und Timaios sah den Schweiß auf dessen Glatze.

Diesen Curator mochte Timaios wenig. Er wirkte wie einer, der immer alles besser wusste. Seine Hoffnungen erfüllten sich indes, denn nach einer Weile kehrte der Römer zurück und ließ sich zufrieden schnalzend wieder am Tisch nieder.

»Alles im Fluss. Könnte sogar noch heute Nacht fließen, wenn alles gelingt. Warum? Ich habe jemanden losgeschickt. Wenn, dann kommst du aber mit. Später. Aber jetzt haben wir noch ein wenig Zeit. Lass uns also hier sitzen bleiben und reden. Erzähl mir von Syrakus.« Curator richtete den Blick der dunklen Augen auf den Massalioten und grinste überlegen, als Timaios den Mund öffnete und zögernd beginnen wollte. »Lass! Aber verdünn deinen Wein. Keine Lust, dich nachher zu tragen. Hier solltest du des Nachts beide Hände frei haben – sofern du keine bewaffneten Sklaven hast, die dir heimleuchten. Manchmal kannst du von Glück reden, wenn du nach Hause kommst, ohne dass dir einer von diesen Drecksbauern oder Tagelöhnern den Kopf eingeschlagen hat. Warum? Weil in jedem Jahr mehr von den Landeiern nach Rom kommen und uns die Arbeit wegnehmen. Darum.«

Timaios war vor Freude zusammengezuckt, als er hörte, dass Svanhild vielleicht noch in dieser Nacht freikäme. Doch dann war er innerlich zusammengefahren, als der andere ihn aufforderte, von Syrakus zu erzählen (er war nie auf Sizilien gewesen), und gab ihm stillschweigend recht, was den Wein betraf. Er fühlte sich bereits in einer gefährlich leichtsinnigen Stimmung und beschloss, von nun an viel Wasser mit Wein und nicht viel Wein mit Wasser zu trinken. Das würde auch die Winde weniger fördern, die ihm am nächsten Tag durchs Gedärm wehen mochten. Was aber schließlich die letzten Worte des Römers betraf, musste Timaios innerlich lachen: In Rom schienen unendlich viele Sklaven zu arbeiten, und es war kaum vorstellbar, dass außer diesen überhaupt noch jemand einen Finger rührte. Und dass ein solcher Gauner überhaupt von Arbeit redete, war lachhaft.

Seines eigenen Ratschlages ungeachtet füllte Curator sich selbst einen Becher bis zum Rand mit Wein. »Dein Carbo weiß, dass ich die verdammten Crasser und alle ihre Freunde und Anhänger nicht mag. Warum? Sie gehören zu der reichen Bande, die denkt, dass alles ewig so weitergehen wird wie jetzt. Sie kaufen ihre Ämter und schicken Soldaten in alle Welt, damit sie für den Reichtum anderer sterben. Die Probleme, die wir armen Säcke haben, sehen sie nicht. Die glauben doch, dass alles sich von selbst regelt wie gewohnt.« Der Römer trank und gab einen Laut des Wohlbehagens von sich.

Timaios nickte zustimmend, obwohl er am liebsten das Gesicht verzogen hätte. »Aber Rom beherrscht doch ein Reich, größer und mächtiger, als jedes andere Reich es je war: die Inseln, Hispanien, Pergamon, Südgallien …«

»Komm, sei nicht albern, Kembriones aus Syrakus! Ich weiß nicht, was ihr auf eurer Ziegeninsel lernt, aber offensichtlich nichts darüber, was wirklich geschieht. Dabei war der Sklavenaufstand von Eumes doch bei euch schon …«

»Eunus, nicht Eumes«, verbesserte Timaios und dankte im Stillen Hannibal für dessen Erzählungen über seine Jahre auf Sizilien.

Curator lächelte milde. »Ja, von Eunus. Das war doch Beweis genug. Zu viele Sklaven auf Sizilien. Und dennoch Raum, und zwar genug, um riesige Kolonien zu gründen und das ganze überflüssige Bauernvolk dorthin zu schaffen. Dafür trüge ich gern Sorge.« Das Lächeln in dem kantigen Gesicht wurde breiter, ehe es erlosch. »Ich pfeif auf die Provinzen! Als die Stadt noch klein und überschaubar war, sagen wir einmal, auf Italien beschränkt oder von mir aus auf Italien und die Inseln, da gab es keine Probleme mit dem Wie und Wo. Warum? Ein paar gute Männer reichten aus, um zu tun, was nötig war, hier und anderswo. Bestechungen und Beutelschneiderei hielten sich in Grenzen, alles in allem. Und damals gab es noch viele gute Männer. Heute … Zu viele Provinzen, zu viele Menschen, zu wenig Soldaten für zu viele Kriege. Und die Ordnung, die einmal geschaffen wurde, um eine Stadt und das umliegende Land zu beherrschen, ist immer noch die gleiche. Der Hades befindet sich hier in Rom, das kann ich dir bei den Brüsten der Vestalinnen flüstern. Warum? Fünfhunderttausend Menschen wollen etwas zum Beißen haben. Darum. Die dummen Bauern sind auch nur arme Schweine, die kommen in die Stadt, weil sie ihre Höfe verkaufen mussten oder einfach verlassen haben. Warum? Weil sie die verdammten Wucherzinsen für ihr geliehenes Geld nicht mehr bezahlen können. Und weil die Preise fürs Getreide so weit unten sind wie der Dreck an ihrer Fußsohle. Weil die da oben auf dem Palatin, wo dein Crassus wohnt, alles aus den Provinzen herausholen. Die haben ihre Riesengüter bei dir auf Sizilien oder in Africa oder sonstwo, und ihre Sklaven schuften Tag und Nacht.«

Timaios konnte nur nicken. »Das stimmt.«

Nach einem Schluck Wein fuhr Curator unbeirrt fort. »Höchstens mit den Volkstribunen kannst du noch etwas anfangen. Aber der elende Rest …«

»Aber glaubst du, dass die Volkstribunen sich gegen die

großen Familien durchsetzen können?« Timaios rieb sich den Rücken, der ihm so dicht am Feuer allmählich heiß wurde.

»Ja. Nein. Irgendwann, aber noch nicht jetzt. Warum? Im Senat gibt es Esel und Maultiere. Um aber ein Maultier zu bekommen, brauchst du immer noch eine Stute, und die lässt sich eben nicht von jedem Esel bespringen. Und nicht jeder Esel kriegt einen hoch. Unter den großen Familien gibt es zwei Gruppen: Populare und Optimaten, aber die kannst du beide vergessen. Was wir brauchen, sind die ›Neuen Männer‹. Kennst du die Bezeichnung ›Neuer Mann‹, Kembriones aus Syrakus?«

»Einer, der sich hochgearbeitet hat?«, wagte Timaios die naheliegende Erklärung von Curators lateinischem Ausdruck *homo novus*.

Der andere wiegte den Kopf hin und her. »In etwa. Erster Konsul in seiner Familie und so. Keiner aus den großen Familien, die immer wieder einen Konsul stellen.«

»Aha!«

»Leider werden immer noch zu wenige Ämter von ihnen gekauft. Besetzt, meine ich.« Der Römer grinste schwach. »Aber ihre Zahl wächst. Was fehlt, ist ein bisschen Feuer irgendwo. Wenn sich die Sache mit Jugurtha ausweiten würde … Schade, dass die Barbaren im Norden wieder ruhig sind …«

Timaios äugte zu der dunkelhäutigen Flötenspielerin hinüber, die nach einer Pause ihren Platz wieder einnahm. Sein Blick ruhte auf den unbedeckten Oberschenkeln, und er folgte Curator nur noch mit halbem Ohr. Briseis kam ihm kurz in den Sinn – und dann ein Bild von Svanhild aus alten Tagen, ihre helle Haut im dunklen Flusswasser, die großen Brüste, ein Stück Saipo …

»Jedenfalls haben die Volkstribunen die Macht in der Volksversammlung inne. Wenn die richtigen Leute gewählt werden, solche, die denen da oben nicht den Steiß küssen, dann kann alles geschehen. Warum? Stell dir das doch nur vor: hunderttausend oder mehr. Wer will uns aufhalten?«

Timaios lächelte verhalten. Curator trank seinen Becher aus. »Lange genug geschwätzt! Warum? Sonst bricht der Aufstand los, ohne dass wir deine Freunde befreit haben. Gehen wir. *Du* besorgst das Bezahlen.«

Ungern des Geldes wegen, aber gern, um den großspurigen Reden endlich zu entrinnen, kam Timaios der Aufforderung nach, bezahlte vier Asse und folgte Curator, der die Schenke bereits verlassen hatte und draußen wartete. Gemeinsam schritten sie durch die unbeleuchteten Straßen Roms. Als Timaios die Kapuze seines Mantels hochschlug, hörte er ein Glucksen neben sich.

»Ist dir kalt?« Mehr als nur ein Anflug von Belustigung schien in der Stimme Curators mitzuschwingen.

»Nein.«

»Dann lass die Kapuze unten. Warum? Hast zwar vermutlich genauso wenig Augen im Hinterkopf wie ich, aber mit dem Ding kannst du noch weniger sehen, nicht einmal dann, wenn einer von der Seite kommt und dir das Ohr abbeißen will. Außerdem lockst du nur die Nachtwachen an.«

»Oh.« Peinlich berührt zog Timaios die Kapuze wieder herunter.

»Hast du eine Waffe?«

»Nein«, antwortete Timaios. »Ich dachte, das Verbot, Waffen in der Stadt …«

»Dann nimm dies.« Curator reichte ihm ein Messer mit gebogener Klinge von einem halben Fuß Länge. Der Römer selbst hatte plötzlich einen Holzknüppel in der Hand, den er aus dem Mantel gezogen hatte. »Dies ist keine Gegend zum Pilzepflücken, schon gar nicht bei Dunkelheit. Meine Fürsorge für die Subura schließt dich aber heute mit ein.«

Curator führte Timaios durch eine Vielzahl enger Straßen und Gassen. Mehrmals begegneten ihnen andere Nachtschwärmer, einzeln und in Gruppen, betrunken und nüchtern, grölend und still. Einmal schob Curator seinen Begleiter in eine Seitengasse und wartete mit ihm, bis eine Horde Jugendlicher lärmend vorbeigezogen war.

Schließlich gelangten sie zu einem einstöckigen Gebäude, das sich seltsam fremd ausnahm zwischen den hohen Mietskasernen. Schon schickte sich Curator an, durch eine Holztür einzutreten, als er unvermittelt innehielt. Dann wandte er das Gesicht der mit Kreidekritzeleien beschmierten Hauswand zu und nestelte unter seiner Tunika an seinem Schurz. Ein dampfender Strahl spritzte gegen die Ziegelmauer. »Los, tu es mir nach!«, hörte Timaios ihn zischen.

Rasch folgte er dieser Aufforderung, denn irgendetwas schien nicht nach Plan zu verlaufen. Sich aber auf Befehl einige Tropfen abzuringen, das wollte ihm nicht gelingen. Curator schien das nicht weiter zu stören, und als er fertig war, stieß er den Massalioten grunzend an. Timaios ließ fahren, was er in den Händen hielt, und folgte rasch dem Römer, der beim Gehen den Eindruck zu erwecken suchte, er habe mehr getrunken, als ihm guttue, wolle aber gerade dies nicht zeigen. Timaios musste das Talent des Gauners bewundern.

Hundert wankende Schritte, zwei düstere Gassen und drei Ecken weiter blieb Curator stehen und gab eine Erklärung ab. »Das Haus wird bewacht, vielleicht hat der Ädil herausbekommen, dass es ein Treffpunkt für uns ist.«

»Woher …«

»Ein Bruder hat ein Zeichen an der Tür hinterlassen.«

Timaios war beeindruckt. Und unruhig. »Und nun?«

»Wir haben noch andere Nester. Ich hoffe nur, dass mein Spitzel nicht gefasst wurde. Lass uns hier abhauen!«

Curator verschwand in der Dunkelheit der nächsten Gasse, und Timaios blieb nichts anderes übrig, als ihm zu folgen. Wieder schritten sie durch enge, dunkle Straßen, und Timaios hatte inzwischen vollkommen die Übersicht verloren. Die Häuser waren hoch und schienen oben zusammenzuwachsen, sodass er kaum einmal den Mond oder ihm bekannte Sterne erkennen konnte, an denen er sich zu orientieren pflegte, wenn er mit seinem Wagen unterwegs war. Es mochte beeindruckend sein, aber Timaios vermisste die vertrauten niedrigen Häuser Massalias mit den einfachen Strohdächern. Zuletzt standen sie wieder vor einer Holztür, an die der Römer in einem bestimmten Rhythmus anklopfte, während er Timaios – so gut der das in der Dunkelheit erkennen konnte – gelassen angrinste.

Umso besorgter war Timaios. »Und wenn dieses Haus auch beobachtet wird?«

Curator beachtete den Einwand nicht. In der Tür erschien in einem schmalen Spalt ein Paar forschender Augen. Kurz darauf wurde hörbar ein Riegel zurückgeschoben, und die Tür öffnete sich nach innen. Ein Berg von einem Mann ließ die Besucher eintreten. Curator gab ihm die Hand und hieß Timaios, ihm zu folgen. Durch einen kurzen Gang betraten sie einen großen Raum, in dem im Kreis einige Klinen aufgestellt waren.

»Mach es dir bequem, es könnte noch eine Weile dauern«, sagte Curator und ließ sich selbst auf einer Kline nieder. »Unser Mann ist noch nicht zurück.«

Timaios folgte dem Beispiel, und weil der andere offensichtlich – und erstaunlicherweise – keine Lust zum Reden hatte, schloss er die Augen und döste vor sich hin.

Als Timaios wieder zu sich kam, redete Curator mit einem Mann von gewöhnlicher Erscheinung. Nicht groß, nicht breit, nicht übermäßig gut gekleidet. Auffällig war lediglich, dass die Ohrläppchen angewachsen waren. Außerdem fielen Timaios die kurzen Finger auf.

»Nun?« Timaios nickte Curator zu, als die beiden ihr Gespräch offensichtlich beendet hatten.

»Sieht gut aus. Crassus ist heute Nacht nicht zu Hause. Marcus Antonius hat ein Gastmahl gegeben – wahrscheinlich feiern sie den Niedergang des Hauses Papirius. Wir sollten die Gelegenheit nutzen. Warum? Wer weiß, wie lange Carbo überhaupt noch in der Lage ist, mich zu bezahlen.«

Timaios konnte ein Schnauben nicht unterdrücken. Curator blickte ihn an und runzelte die Stirn. »Vielleicht sollten wir die Sache auch sein lassen und dich einfach in den Tiber schmeißen. Die Karpfen würden sich freuen, wenn du erst einmal aufgeweicht bist.«

Timaios zog es vor zu schweigen. Curator legte den Kopf ein wenig schief und musterte den Massalioten. »Wir versuchen es. Wir müssen nur irgendwie ins Atrium gelangen. Dann sind wir, bei den geflügelten Sandalen des Merkur, ruckzuck wieder draußen. Wenn die Frau nicht inzwischen an einen anderen Ort gebracht wurde … Wahrscheinlich liegt hinter der Eingangstür ein Sklave … Warum? Der wartet auf die Rückkehr des Hausherrn. Falls der nicht bei dem Antonier übernachtet. Vielleicht sollten wir einfach anklopfen. Oder gleich mit der Tür ins Haus fallen … Ich fürchte nur, auf den Punier musst du verzichten.

Wir können nicht durch das ganze Haus rennen und ihn suchen. Also, sollen wir, oder sollen wir nicht?«

Timaios fühlte einen Stich im Leib. Er benötigte eine Weile, um sich über seine Wünsche klar zu werden. Crassus wäre hoffentlich nicht so töricht, Hannibal umzubringen, denn das hieße, er verspielte jede Aussicht auf den Silberkessel. Wenn aber Svanhild befreit wäre, könnte der Römer auf den Gedanken kommen, er, Timaios, wisse wirklich nicht, wo der Kessel zu finden sei. Hannibal wäre dann nur noch Ballast. Und trotzdem wäre Timaios bereit gewesen, den Kessel gegen Hannibal einzutauschen. Wenn er ihn gehabt hätte! Aber der Gedanke, Svanhild allein und in Freiheit wiederzusehen, war mehr als verlockend, es war die Erfüllung aller seiner Träume. Und eine zweite Gelegenheit mochte es nicht geben. Den Silberkessel zu finden konnte hingegen eine Sisyphosarbeit werden.

»Holt sie heraus!«, sagte Timaios und fühlte sich einen erhabenen Moment lang wie Alexandros der Große, der seine Truppen in die Schlacht schickt. »Bitte.«

Curator nickte. Befriedigt, wie Timaios fand. Die Sache schien ihm Spaß zu machen. »Gut, dann lasst uns gehen. Komm mit!«

Sie verließen zu dritt das Haus, schritten ohne Zwischenfälle durch die Straßen und näherten sich den Hängen des Palatin. Auf den Straßen war nicht mehr viel Volk unterwegs. Der dritte Mann, mit dem Curator lange geflüstert hatte, war irgendwann verschwunden, doch als er und Timaios schließlich am Fuß des Hügels anlangten, wurden sie bereits von ihm und drei anderen erwartet, Gestalten, denen Timaios in der Subura nicht gern allein über den Weg gelaufen wäre. Solche Männer waren der Grund für seine Vorbehalte gegenüber diesem Stadtviertel. Die drei sahen aus wie Hafenarbeiter, vierschrötig, kurzhaarig und wenig gepflegt. Sie trugen dicke dunkle Tuniken und Ledermanschetten um die Unterarme, und ihr vulgäres Latein erkannte selbst der fremdsprachige Massaliote als die verkümmerte Gassensprache der ärmeren Stadtviertel.

»Kembriones aus Syrakus, du wartest mit Cethegus hier auf uns.« Cethegus war der mit den angewachsenen Ohrläppchen und den kurzen Fingern, der Curator die Nachrichten überbracht hatte.

Timaios begehrte auf – er wollte durchaus den Helden spielen. Besonders vor Svanhild. »Nein, ich komme mit.«

»Vergiss es! Warum? Meinst du, ich will alles durch einen grünschnäbligen Hellenen gefährden, der wie alle von seiner Sorte zu viel in der Illias gelesen hat und Achilleus selbst zu sein glaubt? Du bleibst hier, basta!«

Cethegus zog den enttäuschten Timaios in den Schutz einer kümmerlichen Buschreihe, während die anderen den Palatin bestiegen. Ein Gespräch zwischen Timaios und Cethegus kam nicht zustande.

Timaios dachte an seine unerfüllten Hoffnungen, die er in den zwei vergangenen Tagen gehegt hatte, als er sich ausgemalt hatte, vor Svanhild in ihrem dunklen Verlies hinzutreten, mit dem Schwert in der einen, dem Schlüssel in der anderen Hand, und dem Ungeheuer Crassus vor ihren Augen den Kopf vom Rumpf zu trennen, um sie dann in die Arme zu schließen ... Nein, er war kein Perseus, kein stolzer Adler, er war nur Timaios, ein mickriger Spatz in einer Welt voller Raubvögel, die sich gegenseitig die Augen aushackten und manchmal gemeinsam Spatzen jagten.

Die Nacht schritt voran, Timaios schritt auf und ab, um sich zu wärmen. Cethegus drehte kleine Runden und spähte in alle Richtungen. Wohl schien auch ihm nicht zu sein, was Timaios ein wenig beruhigte. Ihm selbst war längst leicht übel vor Anspannung. Wie wollte Curator in das Haus des Crassus gelangen? Die Häuser dort oben glichen kleinen Festungen. Dann war ihm, als seien in der Ferne Schreie zu hören, oben, auf der Höhe des Hügels. Angst bemächtigte sich seiner, aber Angst nicht um seine Person, sondern um Svanhild. Hatte es denn keinen anderen Weg gegeben? Was konnte nicht alles geschehen! Und wenn sie nicht in das Haus gekommen waren? Und wenn sie Svanhild nicht fanden? Hatte er alles richtig beschrieben? Das Atrium, die Türen, die Sklaven ...

Schnelle Schritte schienen sich zu nähern, Timaios' Herz raste, seine Augen suchten die Nacht zu durchdringen und stießen überall gegen Mauern aus Dunkelheit. Ihm war nur nach Weglaufen zumute.

Eine Stimme erhob sich, sie rief nach Cethegus, der sich versteifte und halblaut Antwort gab: Curator näherte sich. Jene kehrten zurück, die dem wirklichen Abenteuer begegnet waren. Im Laufschritt eilten sie den Hang herunter. Noch immer erklangen Rufe in der Ferne. Curator war der Letzte, und er zog jemanden an der Hand hinter sich her. War es ... Svanhild? »Svanhild?«, rief Timaios zwischen Hoffen und Bangen.

Das offene Haar wehte der jungen Frau in der Tunika hinterher und verlieh ihr in der Dunkelheit einen Hauch von Mystik. Timaios' Herz tat einen Sprung.

»Nimm die Beine so fest in die Hand wie sonst deinen Schwanz, Mann! Wir müssen weg.«

Timaios folgte der Aufforderung des Banditen nicht sofort, sondern trat zu Svanhild, die sich energisch von Curator losgerissen hatte und Timaios um den Hals fiel. Zu mehr als zu einer heftigen, stummen Umarmung reichte die Zeit aber nicht, denn der Römer trat dem Massalioten unsanft gegen die Wade.

»Ich habe gesagt, wir müssen weg. Das Sklavenpack hat mindestens den ganzen Palatin mit seinem Geschrei alarmiert, wenn nicht die ganze Stadt.«

Unwillig folgten die beiden den anderen. Timaios hielt Svanhilds Hand und zog sie mit sich. Als sie einige Straßenzüge weiter in die Subura eingetaucht waren, hielt Curator inne. »Das sollte genügen«, keuchte er. »Also, wir verschwinden jetzt, Leute.«

»Vielen Dank, Curator!«

»Am besten, du vergisst meinen Namen sofort wieder, Kembriones aus Syrakus. Warum? Sonst habe ich nur noch drei, die ich gebrauchen kann, wenn sie euch erwischen. Und dabei gefällt mir dieser doch am besten. Hat etwas von Wichtigkeit. Und lass den Dank nicht deine Sorge sein: Carbo wird uns ausreichend Dank abstatten müssen.«

»War es schwierig?«, fragte Timaios.

Der Römer lachte laut auf. »Für *dich* wäre es schwierig gewesen. *Du* hättest es nicht geschafft: der gleiche Trick wie vorhin. Ich habe einfach nur gegen die Tür von Crassus' Bude gepinkelt und ein bisschen gesungen und gegrölt – und zack, schon ging die Tür auf, und so ein Schwachkopf blökte mich an, ich solle meinen mickrigen Beglücker von Schweinehintern einpacken – habe ihn schon schöner genannt bekommen – und machen, dass ich damit zu meiner Mutter komme, die mich gewiss schon arg vermisse. Und da waren wir drin. Im Atrium nur zwei Sklaven, die hatten wir schnell erledigt.« Er hob seinen Holzknüppel und grinste. »Du hättest uns übrigens sagen müssen, dass deine kleine Freundin kein Latein spricht, Hammel. Warum? Sie hat fast das Haus zusammengeschrien, als sie uns sah. Darum. Hat wohl gedacht, wir wollten uns mit ihr vergnügen.« Curator schnalzte mit der Zunge und warf einen Blick auf die Kimbrin. »Kann ich aber auch verstehen. Ich mag blonde Barbarenweiber.«

Verlegen murmelte Timaios eine Entschuldigung. »Das hatte ich vergessen.«

»Hast du! Vergiss nur nicht, wie du deinen Schwanz heute Nacht benutzen musst! *Das* kannst du hoffentlich besser als das andere vorhin. Wir sind weg. Mein Messer, bitte! Bedankt! Ihr solltet euch auch absetzen. Von dem Punier haben wir übrigens nichts entdeckt. Dann viel Vergnügen mit dem Weib! Ich hoffe, sie ist es wert. Meine Fürsorge endet hier.«

Die Männer verschwanden um die nächste Ecke, und Timaios suchte schnellen Schrittes mit Svanhild die nördlichen Außenbezirke der Stadt auf. Sie wechselten nur wenige Worte; meist gingen sie schweigend und nicht mehr Hand in Hand. Belästigt wurden sie nicht. Timaios fiel auf, dass Svanhild immer wieder den Kopf wandte und die Häuser betrachtete. Als sie endlich den Schuppen erreichten, in welchem sein Wagen stand, war die Dämmerung nicht mehr fern. Timaios gab sich dem Sklaven zu erkennen, der den Schuppen bewachte. Dieser nahm grinsend ein Kupferstück entgegen, öffnete das unverschlossene Tor zum Wagenunterstand und raunte ihm verschwörerisch zu: »Fruchtbares Gelingen, Herr!«

Der Schuppen war nicht mehr als ein roher Holzverschlag und gehörte zu einer Herberge, die nahe eines nördlichen Stadttores lag. Das Publikum der Herberge bestand aus Wanderarbeitern, Kleinhändlern, Bauern, Fuhrleuten und Gauklern. Wie sie alle musste Timaios einen stinkenden, verwanzten Raum mit drei anderen Gästen teilen und hatte im Voraus für drei Nächte mit Verpflegung für sich selbst und Heu für die Ochsen bezahlen müssen. Der Vermieter hatte ihm zwar versichert, dass er seine Sachen ohne Gefahr zurücklassen könne, aber Timaios überprüfte trotzdem kurz den Wageninhalt, nachdem er eine Öllampe angezündet hatte. Als er sich davon überzeugt hatte, dass alles an Ort und Stelle war, holte er einen Umhang für Svanhild, zwei Decken und zwei große Felle für sie beide aus dem Wagen. Die Felle breitete er auf dem Boden aus und legte etwas Stroh darunter, das in einer Ecke des Verschlages vor sich hinfaulte. Dann wandte er sich endlich Svanhild zu, die ihn schweigend beobachtet hatte. Auch einige Maultiere schauten herüber, während seine beiden liegenden Ochsen die späte Störung als Anlass benutzten, noch einmal Heu zu kauen.

»Wie fühlst du dich?«

»Jetzt gut. Oder besser.« Die junge Frau lächelte die Öllampe an. »Timaios …« Sie sah auf. »Ich werde dir niemals danken können für …«

»Vergiss es! Hast du Hunger?«

Svanhild bejahte heftig. »Das Einzige, was es bei dem Römer reichlich gab, waren Schläge für die Hausbediensteten. Nein, schau nicht so besorgt! Ich nicht. Nur einmal, am Abend bevor du gekommen bist, hat er mich schlagen lassen. Und gestern Morgen hat er mich von einer Sklavin frisieren lassen. Ich verstehe diese Menschen nicht.«

Timaios bereute, keine Kräuterpaste für Svanhilds Rücken gekauft zu haben. »Dieser Sack voller Dreck. Warum die Schläge?« Er wühlte in seinen Sachen und kramte zwei schrumplige kleine Äpfel hervor, die er der Kimbrin reichte.

»Ich weiß nicht. Tausend Dank.« Sie biss in einen Apfel und redete kauend weiter. »Ich glaube, einfach um zu zeigen, wie ernst ihm das alles ist. Um es dir zu zeigen und mir auch.«

»Wie geht es deinem Rücken?«

»Besser. Die letzten beiden Nächte konnte ich kaum schlafen.« Sie biss und kaute und schluckte. »Aber ich denke, heute wird es mir gelingen.«

Die beiden wickelten sich in die Decken; es war kalt in dem Schuppen. Die brennende Lampe stellten sie in Höhe ihrer Köpfe auf. Sie verbreitete ein schwaches Licht und nicht allzu viel Rauch.

»Das wird gut sein, wenn wir Rom morgen sehr früh verlassen. Sobald die Tore offen. Crassus wird dein Verschwinden sicher mit mir in Verbindung tun. Er weiß nicht, wo ich unterkommen bin, aber für einen reichen Senator ist das nicht sehr schwierig sein, das in Erfahrung zu bringen. Wenn wir uns eilen, sind wir vielleicht aus der Stadt, ehe Crassus bevor überhaupt erfährt, was geschehen ist. Aber ich will trotzdem gern wissen, was ist geschehen, nachdem ich euch damals verlassen habe.« Ein Augenblick verging. »Wenn du nicht zu müde bist.«

»Nein, ich bin nicht müde. Ich bin eher ... aufgeregt.« Svanhild lächelte, den Mund voller Apfelstücke. Sie dachte eine Weile nach und schluckte. »Also, am Tag, an dem du fortgegangen warst, kam Magalos zu meinem Vater und Segestes. Er erzählte, dass Römer den Hain überfallen hatten, später wohl auf einen Trupp Boier trafen und auch diese umbrachten. Am nächsten Tag kehrte eine Schar Teutonen von irgendwoher zurück. Die berichteten Ähnliches: Sie hatten ein Römerlager gefunden und nach einer Verfolgung alle Römer niedergemacht. In dem Lager fanden sie mancherlei, aber der Kessel war nicht dabei. Mehr weiß ich nicht. Ich nehme an, dass Hludico die Sache mit dem Kessel vertuschte.«

Timaios verstand sämtliche Ausführungen Svanhilds mühelos, und auch in ihrer Sprache zu reden fiel ihm leicht. »Warum sollten sie das vertuschen?« Er fragte sich, ob Svanhild etwas von dem Bernstein wusste.

»Um Hludicos Stellung nicht zu gefährden. Magalos und Ucromerus hatten ihm vorher schon sehr zugesetzt. Sie warfen ihm vor, dass er zu viel Vertrauen in die Helvetier setze, die für sie die Diebe seien. Erst die Römer, dann die Helvetier, sagten sie, und Hludico werde allmählich zu alt. Und so ging es auf diese Weise immer weiter.«

»Und was geschah, als sich herausstellte, dass Römer es gewesen waren?«

»Eben, das weiß ich nicht. Am Abend des Tages, an dem die Teutonen zurückgekommen waren, entführte mich Magalos.« Timaios konnte einen zornigen Aufschrei nicht unterdrücken, ließ Svanhild aber weitererzählen. »Das Bündnis mit den Helvetiern wurde sicher erneuert. Ich kann mir auch vorstellen, dass die größten Hetzer im Rat Abbitte leisten mussten. Magalos und den anderen dürfte das geschadet haben. Doch ob es lange vorgehalten hat? Dass es Römer waren, macht das alles nicht viel einfacher, vermute ich. Es wäre für Hludico wichtig, wenn wir dem Rat so bald wie möglich mitteilen könnten, dass es die Tat einiger weniger Römer war – und nicht die Tat des gesamten Rates. Wie nennt ihr den? Senat? Es gäbe Hludico Rückhalt. Und wir müssen ihm vom Verrat der Boier berichten. Das wird auch Cimberio treffen.«

Svanhild machte eine Pause und sah den Massalioten an. Er fand es schade, dass er ihre schönen Augen im blakenden Lampenschein nicht deutlich erkennen konnte.

»O Timaios, ich rede und rede und bedenke nicht einen Augenblick lang, dass du ein eigenes Leben hast und eigene Pläne. Aber ... bringst du mich zu meiner Familie?«

»Ja, das tue ich gern.« Er hatte sich längst in die Vorstellung verliebt, mit Svanhild zu reisen, wohin auch immer. Er hätte sie sogar bis ans Ende der Welt begleitet, wenn dies ihr Wunsch gewesen wäre – über den Ozean und noch weiter.

»Im Haus des Römers hast du erzählt, dass du einen Streit mit Boiorix gehabt. Worum ist es da gegangen?«

»Als du fort warst, ich glaube, am nächsten Tag, hat mich Boiorix aufgesucht. Es war seltsam, er hat gesagt, dass er nicht länger Magalos dienen könne, denn der habe Schande auf den Namen der Boier gehäuft ...«

»Vielleicht wusste er da schon von Verrat von Magalos. Auf dem Schlachtfeld ...« Timaios hielt inne und erinnerte sich an jenen Tag, als der Schnee fiel und er die beiden Boier bei den Römerleichen traf. »Er hat erstaunt gesehen aus, als er die Leichen untersucht hat. Das war der Tag, als ich aufgebrochen bin. Am Abend.« Timaios berichtete Svanhild kurz von seinem Treffen mit den Boiern. »Boiorix ... Vielleicht er hat nichts mit der Sache zu tun – was meinst du?«

»Vielleicht.« Svanhild machte eine kleine Pause. »Aber sein Abfall von Magalos war nicht der eigentliche Grund für das Gespräch.«

»Sondern?«

»Er wollte, dass ich seine Frau werde«, antwortete die junge Frau vorsichtig, fast sanft.

»Oh!« Timaios' Gesicht drückte offenbar trotz des Halbdunkels deutliche Überraschung aus, denn Svanhild lachte. »Und du? Empfindest du etwas für ihn? Was hast du sagen?« Timaios, der nie Eifersucht gespürt hatte und annahm, dass er einer solchen Empfindung gar nicht fähig war, fühlte, wie sich sein Magen bei dieser Frage zu einem Gordischen Knoten verschlang.

»Er ist immerhin ein schöner Mann«, meinte Svanhild mit niedergeschlagenen Augen, und Timaios stöhnte innerlich auf. »Aber er ist so ... berechnend. Ich glaube nicht, dass *er* irgendetwas empfindet. Nicht für mich und auch für keine andere.«

»Aus welchem Grund hat er dich dann fragen soll?« Timaios spürte, wie Erleichterung seinen Körper durchflutete. Das klang nach einer Absage.

»Boiorix ist ehrgeizig. Sehr ehrgeizig. Ich glaube, er will Magalos als Führer der Boier ablösen. Allein sein Name ist schon Verpflichtung genug: Fürst der Boier. Und dann? Vielleicht wird er gar versuchen, Heerkönig über alle zu werden – über Kimbern, Haruden und Boier. Wenn mein Vater und Hludico hinter ihm stünden, dann könnte ihm das gelingen.«

»Hludico? Ich denken, er will selbst Heerkönig werden.«

»Hludico will Eintracht unter den Stämmen. Keine verfeindeten Sippen, keine Blutrache, keine Stammeskriege. Einen echten Bund. So wie er beim Auszug geschlossen wurde. Wenn das gelänge, indem Boiorix Heerkönig würde, dann würde Hludico wahrscheinlich zustimmen. Und selbst wenn Hludico König des Heeres würde, müsste ein anderer eines Tages sein Nachfolger werden.«

Timaios hasste die Frage, noch bevor er sie ausgesprochen hatte. Aber eine innere Stimme zwang ihn, sie zu stellen. Er stützte sich auf den Ellbogen und sah Svanhild an, die unter der dunklen Wolldecke auf dem Rücken lag, ihm aber den Kopf zuwandte. »Was ist mit dir? Würdest du dann stimmen zu? Würdest du dem Werben von Boiorix, ah, folgen?«

Svanhild schwieg. Timaios wartete; seine Erleichterung war wieder einer tiefen Furcht gewichen. Erst nach einer Weile antwortete die Kimbrin. »Boiorix? Ich glaube ... nein. Aber ... Es mag überheblich klingen, wenn ich das sage, aber ... Es gibt andere ... Werber außer Boiorix.«

»Und wer?« Timaios war sich nicht sicher, wie seine Stimme klang, und er wusste, er würde jeden Einzelnen hassen, der Svanhild für sich begehrte.

»Radiger.«

Radiger, natürlich, das war zu erwarten gewesen. »Aber bei allen irren Göttern, den ziehst du doch nicht ernst in – Betracht!«

»Nein, eigentlich ... Radiger ist zu stolz und zu ... ungestüm. Aber er kommt aus einer der ältesten Familien Kimberlands. Wenn er älter ist, wird ihm allein das schon eine große Gefolgschaft eintragen.«

»Diesem Kopf von Kind?« Er erinnerte sich nicht, dass er damit nur eine alte Meinung von Svanhild über Radiger wiedergab. »Schwer zu glauben.«

»Er ist noch jung. Radiger ist der Letzte seiner Familie. Alle anderen sind einer Blutrache zum Opfer gefallen. Sein Vater, zwei Brüder, drei Oheime und alle Söhne seiner Oheime, glaube ich. Cimberio wird ihn wohl eines Tages als Sohn annehmen, denn er hat keinen eigenen.«

»Also Radiger, gut. Noch wer?«

Svanhild schmeichelte die Neugierde ihres Retters. Sein Gesicht war nicht zu erkennen, doch er war offensichtlich eifersüchtig. »Ja.« Sie lächelte in sich hinein. »Boiorix eben.«

»Mmh«, brummte Timaios ungehalten. »Den hatten wir schon. Weiter. Oder warte! Eine andere Frage: Glaubst du, Boiorix war nach Absage von dir so wütend, dass er dich mit Magalos aus dem Weg tun wollte?«

»Das weiß ich nicht.« Svanhild stützte sich nun ebenfalls auf einen Ellbogen. »Zu Boiorix passt das nicht. Das war eine ehrlose Tat.«

»Richtig, der würde lieber einige paar Köpfe gleich einschlagen. Wir werden sehen, wenn wir bei deinen Leuten sind. Erzähl weiter! Noch wer?«

Die junge Frau drehte sich wieder auf den Rücken. Unter ihrem Kopf lag der zusammengeknüllte Umhang, den Timaios vom Wagen geholt hatte. »Aistulf«, sagte sie, »der Herzog der Haruden. Kennst du ihn? Er ist bereits ziemlich alt, ich wäre seine zweite Frau und müsste mich um seine Kinder kümmern. Vater wird kaum erwarten, dass ich mich für ihn entscheide.«

»Noch wer?«

Svanhild antwortete erst, als Timaios die Frage ein zweites Mal gestellt hatte. »Vibilio, Hludicos Bruder.«

Timaios schmerzte das zähe Frage- und Antwortspiel, aber er konnte nicht anders – er musste über seine Widersacher Bescheid wissen. An Vibilio hatte er nie gedacht, und er sah ihn vor sich, wie er ihm damals in Noreia gegenüberstand: groß, stark, den Helm eines Widders auf dem Kopf. »Und?«

»Vibilio ist der Schwertträger. Als Kind war ich tatsächlich verliebt in ihn …« Timaios hielt den Atem an. »Aber heute ist er mir zu sehr in sich selbst verliebt und ein wenig zu … unklug.«

Aphrodite sei Dank. Vibilio hätte Timaios ernsthafte Möglichkeiten eingeräumt, schon weil er als Hludicos Bruder großes Ansehen bei allen Kimbern und Haruden genoss und als mächtiger Krieger galt. »Sind das alle nun?« Er war sehr bemüht, seiner Stimme einen Klang von Belustigung zu geben.

»Vielleicht alle, die wichtig sind.« Svanhild blickte zur Decke des Schuppens hinauf. »Oder fast alle. In diesem Winter ist noch ein Werber hinzugekommen. Sagt mein Vater jedenfalls, denn ich habe ihn erst einmal gesehen: Divico, ein Führer der Tiguriner, des größten helvetischen Gaues. Wenn unser Stamm dort im Norden bestehen will, dann müssen wir uns mit den Kelten verbünden. Ich glaube, Vater und Hludico sähen es gern, wenn ich Divico wählen würde.«

Ein Schmerz brannte in Timaios. »Was für ist das einer?«

»Er ist sehr jung, vielleicht jünger als ich. Klug, aber auch abgeklärt. Und beliebt bei seinen Leuten. Ein gutes Zeichen.«

»Du magst ihn?«, wollte Timaios verzagt wissen. Radiger, Boiorix, Vibilio, Aistulf … Das waren Namen, die er mit Gesichtern verbinden konnte, auch mit Schwächen. Divico, das klang nach Stärke – Führer der Tiguriner, sicher machtvoll, vielleicht weise, wahrscheinlich stark … Der Knoten in seinem Innern verfestigte sich um einige weitere Windungen.

»Ja, ich glaube, ich mag ihn, aber ich liebe ihn nicht.« *Noch nicht*, dachte Timaios. *Und spielt das überhaupt eine Rolle?*

Svanhild gähnte. »Ich bin müde, Timaios. Können wir noch ein wenig schlafen, ehe wir aufbrechen?«

Timaios gefiel es gar nicht, dass Svanhild das Thema so rasch wechseln wollte. Er hätte es vorgezogen, nun von seinen Frauengeschichten zu erzählen, sie vielleicht ein wenig auszuschmücken. Namen kamen ihm in den Sinn ... Doch wäre es nicht vernünftiger, an diesem Ort und zu diesem Zeitpunkt über andere Probleme nachzudenken als über Svanhilds Freier? Wenn die Stadt erst einmal weit hinter ihnen läge, mochte die Gelegenheit günstiger sein. Und Svanhild schien wirklich sehr müde zu sein; er hörte es an ihrer Stimme. »Ja, wir sollten schlafen.«

»Noch etwas, Timaios.« Sie gähnte erneut. »Es fällt mir eben erst ein. Ich habe Hannibal gesehen, deinen Gehilfen.«

»Hannibal?« Timaios fuhr auf. »Wo?«

»Hier in Rom. Es war einige Tage nachdem man mich hergebracht hatte. Ich wurde in ein Verlies geworfen. Dort lag ein Mann, angekettet, verwundet. Wir konnten nicht miteinander reden ... Ich habe so viel vergessen von der Koine, dieser Sprache, die du mir beigebracht hast. Aber das habe ich begriffen – dass es Hannibal war.«

»Wie ging es ihm?«

Svanhild zögerte nicht lange, Timaios die Wahrheit zu sagen, setzte sich auf und griff nach seiner Hand. »Nicht gut. Man hatte ihn geschlagen. Ich bin einen Tag und eine Nacht bei ihm gewesen, aber er hat zumeist geschlafen. Er war völlig erschöpft und hat im Schlaf geschrien und sich gewunden. Dann haben sie mich zurück in das Haus des Crassus gebracht.«

»Und du hast ihn nicht mehr gesehen – später? Warum hat man zu ihm dich gelassen überhaupt?«

»Ich weiß es nicht.«

Timaios stand auf und ging in dem kleinen Schuppen umher. »Vielleicht um mir zu beweisen, dass er sich wirklich in der Hand des Crassus befindet? Ob er noch immer in Rom ist? Ob er noch am Leben ist überhaupt?« Er verfiel in seine Muttersprache. »O Hannibal, du armer Tor! Mein Verschulden, allein mein Verschulden!« Hannibal in Ketten – und er wollte Rom so schnell wie möglich verlassen. Durfte er das, ohne noch einmal nach ihm gesucht zu haben?

»Er hat mir so leidgetan, aber ich konnte nichts tun, als ihn zu halten«, flüsterte Svanhild und war den Tränen nahe.

Timaios kniete vor der jungen Frau nieder und nahm ihre Hand. Sie war warm. »Vielleicht hat das geholfen, ich kenne ihn. Nicht viel, weil er niemandem enthüllt, was innen ist, aber doch genug. Denk nicht darüber weiter nach, Svanhild.« Er beugte sich zu ihr und berührte ihre Stirn mit den Lippen. Dann blies er die Öllampe aus. »Schlaf gut, deine Götter hüten dir.«

Svanhild ließ sich zurücksinken und zog die Decke bis zum Kinn. »Danke, Timaios. Danke für alles.«

Svanhild schlief bald ein. *Wie ein kleines Kind*, dachte Timaios, der wach lag und nachdachte. Im Dämmerlicht der erwachenden Eos betrachtete er die Kimbrin und fand sie nicht weniger anziehend als die herrliche Göttin der Morgenröte. Er war kaum müde, und in seinem Kopf spielten neue Gedanken mit alten ein Fangspiel. Beinahe schien ihm nun, als sei Svanhild das Gefäß, welches auserkoren war, das Schicksal der wandernden Stämme in sich aufzunehmen. Er hoffte zutiefst, dass dieses Gefäß nicht barst und sich selbst zerstörte … Sie, die Prinzessin, deren Entscheidung für einen Mann alles beeinflussen konnte. Timaios hatte die Kimbrin immer für ein hübsches, aber einfaches Mädchen gehalten, das er mit seiner eigenen bunten Lebensgeschichte beeindrucken konnte. Nun musste er erfahren, dass Svanhild die Königin in einem Spiel war, dessen Preis vielleicht das gesamte Land im Norden der Ökumene darstellte. War er nicht bei Weitem zu unbedeutend, als dass er sich Hoffnungen auf die junge Frau machen durfte? Er musste blind gewesen sein in all den Monden bei den Kimbern, dass er nicht erkannt hatte, wie wichtig Svanhild für den Stamm war. Heute erst verstand er verschiedene Andeutungen von Segestes und Gaisarik, die er früher nicht weiter mit seinen Gedanken verfolgt, gestellt und erlegt hatte. Vater und Bruder würden niemals zulassen, dass er Svanhild zur Frau nahm und die Stämme einer großen Hoffnung beraubte. Nun kamen ihm auch Bemerkungen von Svanhild in den Sinn und wie bedrückt sie in den letzten Tagen vor seiner Abreise gewesen war. Wie dumm kam er sich in diesem Augenblick vor! Umso mehr erschien ihm das Mädchen nun wie Andromeda, die an den Felsen geschmiedete Schöne, während immer neue Ungeheuer auftauchten, um von ihr Besitz zu ergreifen. Konnte er da die Kraft und die Waffen haben, um ein Perseus zu sein, der sie als Gemahlin nach Hause führte?* Wollte er das wirklich – und überhaupt: Durfte er das?

Nach einer betrüblichen Weile kehrten seine Gedanken zurück zu den vordringlichen Problemen: zu Hannibal und dem Silberkessel. Hannibal war ihm wichtiger, natürlich. Und trotzdem war es richtig, Svanhild aus der Stadt zu bringen. Timaios wollte und durfte das Mädchen in keinem Fall der Gefahr aussetzen, erneut eingefangen zu werden. Nach allem, was Svanhild erzählt hatte, befand sich Hannibal ohnehin an einem unbekannten Ort.

Als er zu einer Entscheidung gekommen war, fasste er die junge Frau sanft an den Schultern und genoss es, ihr über die blonden Haare zu streichen. Sie brauchte eine Weile, bis sie gänzlich wach war. Dann sah sie zwar verschlafen, aber nicht unzufrieden aus.

»Svanhild, hör bitte zu. Ich muss noch einmal in die Stadt, zu Carbo; und du bleiben hier besser.«

»Zu Carbo? *Dem* Carbo?« Ihre Stirn krauste sich.

»Ah ... ja. Ich erklären es dir später – es ist um Hannibal wegen. Bleib bitte hier und nicht verlass den Schuppen. Schlaf einfach noch weiter ein Weilchen.«

Timaios ging zu seinem Wagen, zog einen dicken Mantel hervor, nahm das Fähnlein, welches er nach der Kesselschlacht gefunden hatte, und machte sich auf den Weg zum Caeliushügel, zu jenem Haus, in dem er Carbo zwei Tage zuvor getroffen hatte.

Die Stadt wirkte anders am frühen Morgen. Die Straßen wurden von Tauben beherrscht. Verschieden gemustert, verschieden groß hockten sie überall in gleichmäßigen Abständen, wie eine Besatzungmacht, die ihre Soldaten verteilt hat, um über die ver-

* Perseus war ein halb göttlicher Sohn des Zeus. Er befreite die jungfräuliche Andromeda, indem er das Meeresungeheuer tötete, das sie – aufgrund eines Orakels an einen Felsen geschmiedet – bedrohte. Zu ihrer Befreiung nutzte er das vom Rumpf abgetrennte Haupt eines anderen Ungeheuers, der Medusa, dessen Blick alles versteinerte.

hängte Ausgangssperre zu wachen. *Sie gehen mir zwar aus dem Weg, aber sie fürchten mich nicht*, dachte Timaios. Es war noch sehr früh, die zweite Stunde war kaum angebrochen, und der Tag zog gerade herauf, als er sein Ziel erreichte. Auf wiederholtes Klopfen hin öffnete Syrus mit verschlafenem Gesicht die Tür einen Spaltbreit. Nachdem er Timaios erkannt hatte, bat er den Massalioten hinein.

»Der Senator ist nicht anwesend. Aber er bat, dass du ihn schriftlich davon unterrichten mögest, wie weit deine Angelegenheiten gediehen sind, Herr. Schreibzeug ist hier.« Der Sklave deutete auf eine Rolle Papyrus, ein Gläschen mit schwarzer Rußtinte und zwei Binsenstengel, die auf einem Marmortisch lagen.

»Nein, ich muss selbst mit Carbo reden.«

»Es könnte eine Weile dauern.«

Das hatte Timaios befürchtet, und er zögerte. »Es ist sehr wichtig. Ich muss ihn so schnell wie möglich sprechen. Wann kehrt er zurück?«

Der Sklave überlegte kurz. »Dann ist es besser, ich bringe dich zu ihm, Herr.«

Die beiden verließen das Haus. Zum Glück war es nicht weit bis zu Carbos Stadthaus, das inmitten hoher Mietshäuser ebenfalls auf dem Caelius lag.

Im Atrium des großzügig angelegten zweistöckigen Hauses wartete eine Schar von Klienten, die ihrem Patron die tägliche Aufwartung machten, um eigene Angelegenheiten vorzubringen, Bitten zu stellen oder nur um ihm Ehrerbietung zu erweisen.

Timaios ließ sich, inzwischen sehr müde, auf einer Marmorbank nieder und beobachtete die Römer. Das Haus war größer und prunkvoller als das von Crassus. Alle Wände waren bunt bemalt mit Blumen und Brunnen, zwischen denen Genien umherflogen, die geflügelten römischen Schutzgeister. Dem Weingott Bacchus folgte eine ausgelassene Schar von Satyrn. Im Atrium standen mehrere marmorne Büsten, vielleicht Ahnen Carbos, vielleicht große Männer aus der Geschichte der Stadt.

Es war ein Kommen und Gehen, Sklaven eilten hin und her, Mägde erledigten Küchenarbeiten an breiten Holztischen, die Herrin des Hauses, sehr aufwendig frisiert und geschminkt –

wegen oder trotz der Anklage –, erschien mehrmals, erteilte Anweisungen und richtete hin und wieder ein freundliches Wort an die Klienten ihres Mannes.

Timaios forschte in den Gesichtern der Männer, armen Schluckern und steinreichen Freigelassenen, von denen manche wohl bereits eigene Klienten hatten. Er fragte sich, ob die Aasgeier, die ihn ihrerseits neugierig anstarrten, heute in größerer oder kleinerer Zahl erschienen waren als üblich, um von der untergehenden Familie der Papirier einen letzten Rest an Zuwendung zu ergattern oder um einem Mann ihre Treue zu beweisen, der kurz vor einer Anklage stand und alle Würden und Ehren verlieren mochte. Ersteres schien Timaios viel wahrscheinlicher, wenn er die Gesinnung jener Römer bedachte, die persönlich zu kennen er die Unehre hatte. Die Stimmung im Atrium war ernst, wenn nicht gar bedrückend; selten unterhielten sich zwei Männer miteinander, und auch die Herrin des Hauses wirkte nicht überzeugend in ihrer Rolle als gut gelaunte Gastgeberin.

Als die Zeit verging und die Klientenschar nur langsam kleiner wurde, hoffte Timaios, noch müder geworden, keinen Fehler gemacht zu haben, als er Svanhild allein beim Wagen zurückgelassen hatte. Zwei Augenblicke später dachte er nichts mehr, denn der Kopf fiel ihm auf die Brust, und er nickte ein. Seine Gedanken wurden von Träumen ersetzt, ohne dass er den Unterschied wahrnahm.

Als einer der letzten Besucher, böse beäugt von den noch Anwesenden ob seiner dreisten Schläfrigkeit, wurde Timaios eine Stunde später von einem Sklaven in das Tablinum gerufen, das Arbeitszimmer des Hausherrn. Der saß in einem thronartigen Sessel mit Arm- und Rückenlehne hinter einem Tisch, vor sich ein halbes Dutzend Papyrusrollen und einige Pergamentblätter.

»Ah, Timaios. Tritt näher, tritt näher!« Er winkte mit der Hand. »Ich hatte nicht erwartet, dich noch einmal zu sehen. Kommst du auch, um von dem Kadaver noch etwas abzubekommen?« Carbo, mit tiefen Schatten unter den Augen und unruhigen Händen, schien den Kampf um sein Schicksal noch nicht aufgegeben zu haben.

»Guten Morgen, Senator. Nein, deshalb komme ich nicht.

Oder nur vielleicht. Jedenfalls strebe ich nicht nach einem Brocken Fleisch aus dem – verzeih, ich wähle deine Worte – Kadaver. Ich dachte mehr an Nachrichten, die er noch zu übermitteln vermag.«

Carbo zog die Augenbrauen hoch. »Das kann mein Genius, der ansonsten anderweitig beschäftigt scheint, vielleicht noch zulassen. Welche Nachrichten erbittest du?«

»Dieser Curator konnte Svanhild aus dem Haus des Crassus befreien. Dafür bin ich dir dankbar.«

»Svanhild? Die Barbarin, nehme ich an. Dann bist du einer, dessen Dank ich tatsächlich annehmen kann. Alle anderen waren heute schlechte Heuchler und kaum bessere Lügner. Aber deine Worte lassen mich vermuten, dass du nicht hier bist, um mir nur deinen Dank abzustatten. Und wie hat Curator das überhaupt bewerkstelligt?«

Timaios erklärte in wenigen Sätzen, was in der letzten Nacht geschehen war. Carbo wirkte leicht amüsiert und machte hier und da eine spöttische oder nachdenkliche Bemerkung über Crassus, seinen Haushalt und seine Bediensteten. Für Curator hatte er ein gemurmeltes Gebet übrig. »Mögen die Laren* des crassischen Hauses nicht über ihn kommen, da er das Anwesen so entweiht hat.«

»Hannibal«, schloss Timaios schließlich, »der Punier, befand sich leider nicht im Haus des Crassus. Es scheint aber, als sei er noch in Rom.«

»Wie schade! Aber war das nicht zu erwarten? An Crassus' Stelle hätte ich den Punier allerdings aus Rom fortgeschafft. Immerhin läuft ein Strafverfahren gegen ihn.«

Der Römer stützte die Ellbogen auf den Schreibtisch und legte das Gesicht mit dem Kinn auf die gestreckten Daumen. Eine Weile dachte er nach. Timaios wartete.

»Für dich wäre es am besten, wenn du Rom mit der Frau verließest. Umgehend. Schreib mir auf, wo ich dich erreichen kann. Ich werde versuchen, den Aufenthaltsort des Puniers ausfindig

---

* Die Laren sind die Schutzgeister eines römischen Haushaltes und vor allen Dingen des Familienvorstandes, die von jenen, die ein Haus in böser Absicht betreten, gefürchtet werden.

zu machen, und es dir mitteilen. Meinem Gewährsmann bei Crassus müsste das gelingen.«

Timaios kam der Aufforderung des Römers auf der Stelle nach und schrieb den Namen von Kembriones aus Massalia auf.

»Wenn es mir nicht gelingen sollte, den Punier zu finden, dann musst du diesen silbernen Kessel finden, um den Mann auszulösen.«

Timaios hätte dem Römer um ein Haar berichtet, was ihm Briseis über den Kessel erzählt hatte und dass er sich vielleicht in Massalia befand. Doch er zwang sich zu schweigen, auch wenn Svanhilds Freiheit letztlich nur Carbo zu danken war. Dass sich der Kessel tatsächlich in seiner Heimatstadt befand, war indes allzu ungewiss, und er mochte außerdem nicht noch tiefer in Carbos Angelegenheiten verwickelt werden. Bevor Timaios ging, holte er noch das römische Feldzeichen hervor.

»Legionsreiterei«, erklärte Carbo, nachdem er einen Blick auf das Fähnlein geworfen hatte. »Dieser Hundesohn hat meine eigenen Soldaten eingesetzt!« Die Neuigkeit traf Carbo sichtlich schwer; alles Fahrige und Unbestimmte schien einem plötzlichen Zorn zu weichen. »Und die Kimbrin sagt, dass alle niedergemacht worden seien? Ausnahmslos? Ach, dann gibt es keine Zeugen! Ich habe den Fehler begangen, damals sofort nach Rom zurückzukehren, um meine Ehre zu retten. Und nun ist es vielleicht so spät, dass ich nichts mehr erfahre. Die Legionen sind längst aufgelöst. Ich müsste die Schreiber befragen und in den Heereslisten suchen.« Er überlegte. »Aber wie kann ich das gegen Crassus verwenden? Ist nicht bereits alles verloren?« Timaios schwieg, die Frage hatte sich der Römer selbst gestellt. Dessen Aufwallung verebbte jedoch schnell wieder.

Carbo blieb sitzen, als der Massaliote sich verabschiedete. Dessen nochmaligen Dank wischte er mit einer Handbewegung beiseite. Bereitwillig verließ Timaios dieses Haus, über dem eine Stimmung lag, die er am ehesten mit »hoffnungslos« umschrieben hätte.

4. Kapitel

Etrurien im Mond Martius. Italien

Obgleich Crassus' unheilvoller Schatten noch immer drohend über ihm schwebte, wurde die Reise nach Massalia – denn das war das erste Ziel – für Timaios zu einem Erlebnis, das ihn lange beschäftigte und noch länger mit Gedanken verfolgte, ersprießlichen wie weniger angenehmen.

Hatte er die Kimbrin bisher nur gemocht oder war sich nicht gänzlich sicher über tiefere Gefühle gewesen, so änderte sich in diesen Tagen des unausgesetzten Beisammenseins sein Empfinden für sie. Auf Seiten des Eros sank die Waage nun deutlich nach unten, als ihr nämlich Gelegenheit gegeben war, alle ihre Reize in die dem Liebesgott bestimmte Schale zu werfen. Dass Timaios ihre Aufmerksamkeit und Zuwendung mit niemandem teilen musste, bildete ein großes Gewicht.

Nun lernte Timaios allerdings auch Svanhilds Schwächen und Launen besser kennen, ihren Trotz, ihre Dickschädligkeit, ihre Ungeduld, und nahm erfreut wahr, dass er mit jeder dieser Eigenschaften leben konnte. Er liebte es, die junge Frau bei ihrem alltäglichen Tun zu beobachten. Er war sinnlos begeistert, wenn er sah, wie sie das dichte Haar kämmte und flocht, liebevoll das Essen zubereitete, die Ochsen mit schönen Worten fütterte. Immer noch trug sie unter einem Mantel die Kleidungsstücke aus Rom, die ihr hervorragend standen und in denen sie sich sichtlich wohlfühlte.

Svanhilds vorsichtige Annäherungen, ihre leichten, scheinbar unabsichtlichen Berührungen, wie sie gleichsam ohne jeden Hintergedanken die Hand auf Timaios' Arm legte, wenn sie ihn ansprach, ihr aufrichtiges und häufiges Lachen – all das war nicht der letzte Beweggrund für den endgültigen Wandel in seinen Gefühlen. Doch der Knoten in seinem Innern, geschlungen in jener gemeinsamen Nacht in Rom und festgezogen von Radiger, Vibilio und allen anderen, löste sich um keine Windung.

Als Timaios das Haus des Carbo verlassen hatte, war er zu einem Bäcker gegangen und hatte zwei duftende runde Brotlaibe zu einem As das Stück gekauft. Dann war er eilig zur Herberge zurückgekehrt.

Zu seiner Erleichterung bestätigten sich seine schlimmsten Befürchtungen nicht. Er kam aber gerade zur rechten Zeit, um einen gestenreichen Streit zwischen Svanhild und dem Vermieter des Schuppens zu schlichten, der die Fütterung der Ochsen überwachen wollte. Timaios beruhigte den Mann, gab ihm ein reichlich bemessenes Trinkgeld, bat, die Tiere anspannen zu lassen, und hoffte, dass der Bursche sich nicht unbedingt an Svanhild erinnern mochte, wenn er vielleicht nach einer entlaufenen blonden Sklavin gefragt würde. Kurz darauf brachen sie auf.

Timaios hatte sich entschieden, ein großes Wagnis einzugehen und eine der großen Römerstraßen zu nehmen, die nordwärts führten. So wählte er die Via Aurelia, die der Küste folgte. Der bevorzugte Weg nach Gallien war die Via Flaminia, die von Rom aus durch die Poebene führte, und Timaios baute darauf, dass auch Crassus die Flüchtlinge auf diesem Weg zu finden hoffte. Denn wenn Crassus sie verfolgen ließ, dann konnten seine Leute sie auf den Römerstraßen zwar leichter einholen, Timaios musste aber auch an Hannibal denken und wollte Massalia erreichen, bevor der Silberkessel abermals verschwunden wäre. Seine Hoffnungen lagen im Streit mit seinen Ängsten, und Erstere siegten schließlich. Noch immer klammerte er sich an den Gedanken, das Eigentum der Kimbern in seiner Heimatstadt zu finden. Kapaneus musste den großen Kessel auf dem Schlachtfeld einfach gesehen und seinen Wert erkannt haben. Svanhild verriet er nichts von alldem.

Die Via Flaminia, gepflastert, erhöht, eingefasst und wunderbar zu befahren, begann auf dem römischen Marsfeld. Durch eines der Stadttore verließen sie die Stadt, unbehelligt von den Torwachen, die mit den zahlreichen Ankömmlingen beschäftigt waren, Bauern, Landbewohnern und Reisenden. Über kleinere Pfade wechselten sie bald auf die küstennahe Via Aurelia. Schon einige Meilen hinter Rom ging das Pflaster der Straße in festgestampfte Erde über, die der feuchten Witterung zum Trotz ihre Festigkeit aber behielt. Die Einfassung endete, die übermannshohen Steinsäulen indes blieben, welche Meile um Meile die Entfernungen bis nach Rom und zu Orten längs der Trasse angaben. *Alle Wege*, fiel Timaios ein bekanntes Sprichwort ein, *führen nach Rom*, jene des Freien ebenso wie die des Sklaven. Redliche beschritten die Straße, und selbst die Schleichwege der Unredlichen zogen sich überaus breit und angenehm dahin und endeten in der Tiberstadt.

Die beiden Reisenden saßen nebeneinander auf dem Bock des Ochsengespanns. Timaios, der es inzwischen als wohltuend empfand, in Gegenwart der Kimbrin ohne Verlegenheit schweigen zu können, war in Gedanken versunken, während sie ihn verstohlen von der Seite beobachtete. Unvermittelt beugte sie sich zu ihm herüber, und Timaios spürte ihre Wange an der seinen, nahm den Duft ihres offenen Haares wahr, der die kimbrische Seife aus seinen eigenen Beständen und Svanhilds ureigenes Wesen in sich trug. Im nächsten Moment war alles wieder vorbei, sie sprang vom Bock und lief hinter dem Wagen her. Timaios hörte sie vergnügt ein Lied ihres Volkes singen, fragte sich, ob er nur geträumt hatte, und wusste für diesen einen Augenblick ganz sicher, dass Svanhild ihn genauso begehrte wie er sie. An diesem Tag war kein eifersüchtiger Schmerz mehr zu spüren.

Timaios wusste diese Geste der Zuneigung zu schätzen und trug sie mit sich als wertvolle Erinnerung an die ursprüngliche, kindliche Svanhild, umso mehr, als ihm die Wandlung ihres Wesens längst aufgefallen war: In vielem war sie noch immer die junge Frau, die sie gewesen war, doch in manchem schien sie eine andere geworden zu sein, ohne dass er die Art der Veränderung hätte erklären können. Mitunter schaute sie so gedankenverloren drein, dass er beinahe Angst um sie bekam, und wenn er sie ansprach, benötigte sie eine Weile, bis sie wieder ins Hier und Jetzt zurückfand.

Immer wieder sah er sie auch stumm staunen, wenn ihr Gespann an einem Meilenstein oder einem Wegweiser vorüberfuhr, wenn ein Rasthaus am Wegesrand lag, das sie jedoch nicht aufsuchten, oder wenn ihnen andere Gespanne begegneten, an denen sie mühelos vorüberfahren konnten, ohne anzuhalten. Manchmal schüttelte Svanhild nur den Kopf, teilte ihre Gedanken Timaios aber nicht mit.

Die kalten Nächte nach den wärmeren Tagen verbrachten sie immer abseits der Römerstraße, versteckt zwischen Hügeln oder Bäumen, manchmal im Schatten verfallener alter Etruskersiedlungen oder hoher runder Grabhügel.

Eines Abends saßen sie an einem kleinen Lagerfeuer, den Rücken an eines der Wagenräder gelehnt. Timaios hatte einen Schlauch mit süffigem rotenWein hervorgeholt, und beide tranken ohne Verdünnung mit Wasser. Svanhild, die die Beine angezogen hatte, gab irgendwann vor, in ihrer römischen Kleidung zu frieren, streckte sich aus, rutschte tiefer und rückte näher zu Timaios. Dann legte sie ihm den Kopf auf die Schulter und glitt, als er ihr keinen Widerstand bot, immer tiefer, bis ihr Kopf an seiner Brust ruhte.

Zögernd drehte er ihre Haarsträhnen zwischen den Fingern. Der Mann in ihm genoss den Augenblick, der Händler rechnete aus, welchen Wert diese blonden Locken in Rom wohl hätten. Schließlich besiegte der Mann den Händler, Timaios richtete sich auf und küsste Svanhild auf den Mund. Sie wandte den Kopf nicht ab, öffnete die Lippen aber nicht. Nach einigen Augenblicken ließ Timaios von ihr ab.

»Es tut mir leid«, sagte sie leise.

Sanft legte er ihr eine Hand auf die Wange. Sie neigte den Kopf und ließ sich streicheln. »Was ist es?« Er spürte Gordios Knoten in seinem Innern.

»Ich weiß nicht, was ich tun soll. Ich möchte ... bei dir bleiben. Aber meine Familie, der Stamm ... Im Haus des Crassus habe ich so sehr auf dich gewartet, habe so sehr darauf gehofft, dass du mich retten würdest. Weißt du – so wie dieser Perseus Andromeda rettete, von der du mir erzählt hast.«

Timaios staunte, dass ihre Gedanken den seinen so ähnlich waren. »Daran hast du gedacht, ist wahr? Ach, und ich bin nicht kommen!«

»Aber nur dir habe ich es doch zu verdanken, dass ich jetzt hier sein kann, mein tapferer Perseus.« Svanhild kuschelte sich wieder an ihn, und Timaios spürte eine lüsterne Regung seines Fleisches. »Und du wolltest für mich gegen den Schwarzalb kämpfen.«

»Ja.« Eine andere Frage bewegte Timaios, doch er zögerte lange. »Sag, Svanhild ... Wäre ich ... ein echter Bewerber um deine Hand, wenn ich bliebe bei euch?«

Svanhild richtete sich auf, der Mantel rutschte ihr von der Schulter. »Mach dich nicht lustig über mich, Timaios! Wie könntest du unter ... Barbaren leben?«

Weil ich eine dieser Barbarinnen liebe. Er sprach den Gedanken nicht aus, denn nun wusste er, dass das Leben für Svanhild ohnehin schwer genug war. Er warf zwei Holzscheite in das knackende Feuer. Einige Augenblicke und mehrere Möglichkeiten verstrichen. »Sag, warum es gibt so viele Bewerber um deine Hand?«

»Mein Vater ist angesehen und wohlhabend. Vor allem aber ist unsere Familie alt. Sehr alt. Und es gab große Herzöge in der Vergangenheit. Mein Großvater und mein Urgroßvater waren sehr ruhmreich. Im Rat hat Vaters Stimme ... darum ein großes Gewicht.« Svanhild lehnte sich erneut an Timaios. Er hoffte, dass sie seinen opferbereiten Phallos nicht spürte. Und wünschte, dass sie es doch täte.

»Aber ein Kopf von Kind wie Radiger kann erwarten doch nicht, dass du ihn nimmst, oder? Wer entscheidet: du oder dein Vater? Wie ist das bei euch im Stamm?«

»Es kommt häufig vor, dass zwei Sippen einen Handel abschließen oder dass die Braut gegen Waren getauscht wird. Aber Vater läßt mir die Wahl. Und Radiger?« Sie biss sich auf die Unterlippe. »Er denkt, er hat gewisse Rechte auf mich.«

»Warum?«, fragte Timaios.

»Er hat mir einmal das Leben gerettet. Aber das ist lange her. Möchtest du die Geschichte hören? Ich weiß nicht, warum ich sie dir noch nicht erzählt habe. Wenn ich früher daran dachte, dann wurde mir immer bang, aber nun, nach den vergangenen Monden …«

»Ja, ich möchte hören die Geschichte. Wenn du sie wirklich willst erzählen.« Und Timaios hoffte, die Geschichte wäre ausführlich genug, dass er die Frau für die ganze Nacht an seiner Seite hätte.

Svava warf von ihrem erhöhten Standpunkt aus einen gebannten Blick auf das ihr unbekannte weite Meer, das sich endlos nach Westen erstreckte. Über ihr und bis zum Horizont rasten graue Wolkenfetzen dahin, und der Wind peitschte unablässig Regenschauer vor sich her. Sie genoss es, sie mochte es, wenn die Windgeister ihr Haar zausten, wenn Freyrs Regen ihre Haut benässte. So weit sie sehen konnte, war das Meer in Aufruhr, als würde Jormungandr, die große Schlange, das Kind Lokis, sich unaufhörlich hin und her wälzen, sich aufbäumen. Und baumhoch türmten sich auch die Wellen und brandeten gegen das kimbrische Festland. Am Ende brachen sie sich gischtend am Gestade zu ihren Füßen, das hier von glänzenden Klippen gesäumt war.

Donar ist eifrig heute, dachte das Mädchen, *rollt donnernd in seinem von Ziegenböcken gezogenen Wagen über den Himmel, ruft Gewitter herbei und hält Freyr an, die ganze Erde zu tränken.* Svava stellte sich vor, wie Wodan beide ausschimpfen mochte, wenn sie ihrer Pflicht ungenügend nachkämen. Dann dachte sie an ihren Vater, der vor wenigen Tagen endlich aus dem Süden zurückgekehrt war und so viele wunderschöne Dinge mitgebracht hatte: Armreifen von unterschiedlichster Art, aus Bronze, aus Kupfer und sogar aus Glas, dann ganz weiche Tücher, wunderschöne Kämme und Döschen. *Niemand sonst hat so etwas*, sagte sie sich. Doch sie hatte diese Kostbarkeiten nicht mit hierhergenommen, aus Angst, sie zu verlieren. Ihr Weiler, Holzheim, gehörte einem Gau an, der im Innern Kimberlands lag, nicht hier am Meer. Als Segestes seinen Kindern mitgeteilt hatte, dass er mit Hludico einige Tage an die See müsse, um Herzog Cimberio zu sprechen, da hatte Svava so lange gebettelt und gefleht, bis ihr Vater endlich bereit war, sie mitzunehmen. Oh, sie konnte recht überzeugend sein, und sie wusste um die Kraft ihrer Überzeugung.

Der Wald begann erst nach einer guten Wegstrecke landeinwärts. Das Bild der hügligen Wiesen zwischen Wassermeer und Waldmeer wurde manchmal von Büschen und windschiefen Bäumen unterbrochen. Schön war es hier in Glanzheim, alles lag so offen. Nach Norden zu, gleich hinter der Küste, war eben noch eine Wurt der Seekimbern zu erkennen, eine erhöht gebaute, befestigte Siedlung, die den Gezeiten und Stürmen zu trotzen vermochte.

Das Blöken der Schafe wurde durch die Rufe der Winddämonen ins Landesinnere getragen, aber Svava wusste dennoch, dass die Tiere da waren. Hinter ihr, unten am Fuß des Hanges, hütete Radiger, ein rotblonder Junge aus der Wurt des Herzogs Cimberio, seine kleine Herde.

Ei, wie hatte der geflucht, als ihm heute Morgen aufgetragen worden war, das schlaksige, hässliche Mädchen mitzunehmen, und seitdem hatte er noch kein freundliches Wort an sie gerichtet. Svara hielt den überheblichen Jungen, der wohl etwas jünger war als sie selbst, zehn oder elf oder zwölf Jahre also, für ebenso dumm wie die Tiere, die er zu hüten hatte. Die Schafe standen aufrecht, dicht beieinander, scharrten mit den Hufen unruhig im Boden, blökten erregt und schauten zum Hang herauf, auf dem Svava stand. Die Unrast der Tiere übertrug sich auf Radiger, und ein Gefühl überkam ihn, irgendetwas sei nicht so, wie es sein sollte. Näherte sich vielleicht ein Raubtier? Aber würden bei diesem Wetter nicht selbst Luchse oder Wölfe ein trockenes Versteck bevorzugen?

Der Junge fasste entschlossen seinen Stock und stapfte die Anhöhe hinauf. Einmal stolperte er und wusste gar nicht warum. Hatte sich tatsächlich der Boden unter seinen Füßen bewegt? Langsam ging er weiter. Von oben mochte er vielleicht den Grund für die Unruhe der Schafe erkennen, auch wenn die langsam einsetzende Dämmerung einen allzu weiten Blick nicht mehr zuließ.

Svava sah Radiger kommen und wandte sich wieder um. Die See tobte, wenn dies möglich war, noch heftiger als zuvor. Fast hatte der Sturm sie den Abhang hinuntergeweht. Die Knie hatten ihr gezittert – davon oder von etwas anderem, Unerklärlichem. Sie hatte beobachtet, dass auch der Junge beinahe gefallen wäre. Sie spürte Furcht in sich aufsteigen. Immer wieder brachen sich hohe Wellen an den Klippen. Wasser spritzte bis zum Hügelkamm herauf, vermischte sich mit dem Regen und durchtränkte die Kleidung bis auf die Haut.

Die Schafe waren nicht zu hören, aber selbst von hier oben bemerkte Radiger ihre Unruhe und sah, wie eng sie sich aneinanderdrängten. »Wir kehren zurück. Komm!«, rief er dem Mädchen zu, das wie blöde aufs Meer starrte.

Svava verharrte auf der Kuppe. Trotz ihrer Angst wäre sie länger geblieben, aber dieser bockige Schafjunge wurde ungeduldig. Sie warf einen letzten Blick auf die Weite des Ozeans und erhaschte einen Eindruck von dem gähnenden Abgrund am Beginn aller Zeiten. Wie weit reichte er, wie weit war es bis zu seinem Rand? Das Mädchen wollte gerade wieder nach unten steigen, als der Wind sich plötzlich legte. In der Stille, die nur vom Fallen des Regens unterbrochen wurde, vernahm Svava neue Geräusche. Es war wie ein Saugen und Grollen zugleich. Radiger war stehen geblieben. Zu Füßen der Klippe schwand das Wasser. So weit die Kinder sehen konnten, wich das Wasser an der gesamten Küste zurück, hundert Schritte, zweihundert, dreihundert, und es geschah viel schneller, als wenn die Ebbe eingesetzt hätte.

Weit draußen in der Unendlichkeit geriet der Horizont in Bewegung. Er wurde ... geringer? Hob sich? Näherte sich?

Was ist das? Svavas Magen verkrampfte sich voller Entsetzen angesichts des Unbekannten, und sie spürte, dass ihr die Beine zitterten. Schweiß brach ihr aus, und sie schauderte. Stülpte sich soeben der Rand der Welt über Midgard?

Radiger stand noch immer neben dem Mädchen. Der Stock entglitt seiner Hand, als der Horizont näher kam. Als Kind der Küste begriff er schneller, was da geschah. »Donar sei verdammt«, murmelte er. »Eine Springflut.«

Die Wasserfront, die sich auf die Küste zuwälzte, war um ein Vielfaches größer als jede Welle, die Radiger jemals gesehen hatte. Fast augenblicklich musste er an die legendäre Sintflut denken, die aus dem Blut des gefällten Riesen Ymir entstanden war, doch der Gedanke verflog so rasch, wie er gekommen war.

Dann löste sich Radigers Erstarrung, und er blickte sich gehetzt um. Die Klippen, auf denen sie standen, kaum zwanzig Fuß über dem Wasser, würden sicher überspült werden, das Wasser würde alles fortreißen. Aber hundert Schritte zu ihrer Rechten erhob sich der Boden um weitere drei oder vier Manneslängen und behielt diese Höhe bei – er wusste das, er kannte sich hier aus. Vielleicht wäre das die Rettung. Bei den Göttern, es *musste* einfach die Rettung sein.

Radiger griff nach Svavas Hand, rannte los und zog sie einfach hinter sich her. Svava wusste nicht, wie ihr geschah, und folgte dem Jungen. Die Kinder hetzten über die Anhöhe, sprangen über Steine, strauchelten mehrmals, fielen aber nicht hin. Das Brausen wurde lauter. Radiger hatte noch Kraft zuzusetzen, aber Svava stolperte vor Schwäche. Der Junge wurde langsamer, ohne die Hand des Mädchens loszulassen.

Svavas Herz raste – vor Angst und vor Anstrengung. Sie keuchte, während Radiger einen undeutlichen Fluch ausstieß. Die Kinder erreichten den Fuß der steinigen Erhebung. Beinahe senkrecht stieg die Wand empor, ein steiles Gebilde zerklüfteter und nasser Felsen. Radiger nahm Anlauf, sprang hinauf und umklammerte einen der Vorsprünge. Svavas Hand hatte er zuvor losgelassen. »Klettern!«, schrie er. Er zog sich an dem rauen Gestein hoch und suchte verzweifelt und ohne hinzuschauen einen Tritt für die Füße. Als er ihn gefunden hatte, schaute er nach Svava. Das dumme Mädchen war stehen geblieben und starrte gebannt auf das Meer hinaus. Fluchend sprang Radiger wieder hinab. »Beim dicken Haufen Donars!«, schrie er, stellte sich hinter sie und schob sie beinahe die Steilwand hinauf. Endlich kletterte sie los. Dann hangelte sich Radiger selbst wieder nach oben und griff nach den Felsen. Er fand einen Halt für die Füße, stieß sich ab, löste die Hände von dem einen Vorsprung, um den nächsten zu packen, der einige Handbreit höher aufragte. Er überholte Svava und zog sie ein Stück nach oben. Die Füße des Jungen hingen in der Luft, kratzten am Gestein, suchten Halt, glitten aber immer wieder von der feuchten Wand ab. Er zappelte wie ein Insekt im Spinnennetz, schrie, fluchte, weinte. Die Hände rutschten immer mehr ab, bis er endlich mit dem linken Fuß in eine schmale Spalte vorstieß, die ihm Sicherheit bot. Ein kurzer Blick nach links zeigte ihm, dass sie nicht mehr viel Zeit hatten, um der Welle zu entkommen. Der Wellenkamm war weiß. Mit der rechten Hand griff Radiger hoch, fand Halt und wollte sich nach oben ziehen. Dann bröckelte das spröde Gestein ab, und die Steinchen rieselten ihm ins Gesicht. Ein eigroßes Stück traf sein rechtes Auge. Der scharfe, kurze Schmerz durchzuckte ihn und entlud sich in einem verzweifelten Aufschrei. Fast hätte er losgelassen, aber er spürte die stützende Hand des Mädchens im Rücken und hielt sich verzweifelt fest.

Für einen Moment sah Radiger nichts als Schwärze. Der Regen, das Schluchzen des Mädchens und ihre Worte halfen. Er riss sich zusammen, und mit der freien Hand griff er in den entstandenen Spalt und zog sich hoch. Obwohl nun auf einem Auge blind, kam er jetzt schneller voran. Die Felswand neigte sich und war hier oben weniger glatt, bot ihm mehr Möglichkeiten zum Zupacken. Radiger langte oben an und zog Svava über den Rand der Klippe.

Völlig am Ende ihrer Kräfte erreichten die Kinder den Gipfel, als die Flutwelle das Land berührte. Den beiden war das von Herzen gleich. Die Arme von sich gestreckt, lagen sie flach und hechelnd auf dem steinigen Boden, ihre Füße hingen noch in der Luft über dem Abgrund. Keuchend würgten sie galligen Speichel hervor. Svava hustete heftig. In ihrer Brust klopfte es schmerzhaft, in die Hand kehrte nach Radigers Griff erst jetzt kribbelnd das Leben zurück. Als liefen ihr zahllose Ameisen über die Finger.

Der Ansturm der Welle brach sich donnernd an den Klippen. Ihre Schaumkrone löste sich einige Fuß unter dem oberen Rand der Felsen auf. Wasser fiel vom Himmel auf die Kinder herab wie aus dem Eimer eines Riesen. Radiger, der sich gerade auf die Arme stützte und den Oberkörper hob, um sich von dem würgenden Husten zu befreien, wurde von diesem Guss in voller Länge zurück auf den Boden geschmettert. Er blieb liegen und fand die Kraft nicht mehr, sich auch nur ein winziges Stück zu bewegen. Svava hatte die Wucht des Wassers auf den Rücken geworfen. Wie ein nasser Käfer streckte sie Arme und Beine von sich.

Es dauerte lange, ehe Radiger sich wieder regte. Der Sturm

hatte nachgelassen, und es nieselte nur noch verhalten. Schwach pfiff der Wind durch die rasch heraufziehende Dämmerung. Durch die dichten Wolkenbänke waren weder Mond noch Sterne zu sehen, und das Weiß der Klippen schimmerte schwach im späten Abendlicht.

Der blasse Junge hob den Kopf, stützte sich benommen auf die Arme und versuchte aufzustehen. Erst beim zweiten Versuch gelang es ihm, ohne dass die schwachen Beine wieder einknickten. Das linke Auge war zugeschwollen, der Kopf brummte ihm, die Hände waren völlig zerkratzt, ein oder zwei Rippen vielleicht gebrochen, denn der Brustkorb schmerzte beim Atmen. Radiger fühlte sich, als wäre er zwischen die Reibsteine geraten, mit denen seine Ziehmutter allmorgendlich das Korn zerkleinerte. Das Mädchen war einige Schritte weit weggeschwemmt worden und lag nun auf der Seite. Er schleppte sich zu ihr und schüttelte sie, doch sie stöhnte nur, ohne die Augen zu öffnen.

Radiger wandte sich landeinwärts. Noch immer zitternd wankte er am Rand des Abhangs dahin. Nachdem er einmal gefährlich gestrauchelt war, hielt er einen größeren Abstand zu der Tiefe. Er wollte sehen, was die Flutwelle von seiner kärglichen Habe und den Schafen der Sippe übrig gelassen hatte. Seine Hoffnungen waren nicht groß, doch vielleicht meinten es die Götter ausnahmsweise einmal gut mit ihm an diesem Tag, der bereits schlecht angefangen hatte. Sigurd hatte ihm nämlich befohlen, dieses alberne und picklige Mädchen zum Schafehüten mitzunehmen. Wie sie sich angestellt hatte! Wie ein Kleinkind. Mädchen waren wirklich zu nichts zu gebrauchen.

Landeinwärts flachte die Erhebung bald ab. Als Radiger wieder ebenen Boden erreichte, dachte er für einen Augenblick, er habe die falsche Richtung eingeschlagen. So weit er in der Dunkelheit sehen konnte, war die Erde knöcheltief mit Wasser bedeckt. Vorsichtig wandte er sich in die Richtung, in der er den Weideplatz vermutete. Entwurzelte Bäume, manche mannsdick, nahmen ihm allen Mut, noch etwas von seinem Besitz oder gar die Schafe lebend vorzufinden.

Der Junge war vielleicht hundert Schritte weit gekommen, als er auf die Überreste des Holzverschlages stieß, den er sich im letzten Sommer gebaut hatte. Die Schafe lagen in weitem Umkreis verstreut und erinnerten auf der dunklen Wasserfläche an Maulwurfshügel. Zu erschöpft, um den Verlust der Tiere seiner Wahlsippe zu betrauern, suchte Radiger so lange unter dem Holz herum, bis er zwei Felle fand, wrang sie aus und stapfte den Hügel wieder hinauf. Mit den Fellen bereitete er dem Mädchen, das kaum noch Lebenszeichen von sich gab, ein unzulängliches Lager. Er zog das Hemd aus und breitete es über sie. Dann kniete er neben ihr nieder. Er erinnerte sich, wie es ihn am Felshang gestützt hatte. Nach einigem Zögern streichelte er ihr vorsichtig über die durchnässten blonden Haare. »He, Svava!«, rief er leise, aber eine Antwort kam nicht. Endlich erhob er sich und machte sich auf, Hilfe zu holen.

Im Lauf der folgenden Stunden erwachte Svava mehrmals, sei es, dass die feuchten Felle und das kalte Hemd ihren unterkühlten Körper nicht zur Ruhe kommen ließen, sei es, dass Schmerzen ihren geschundenen Leib durchtosten, wenn sie sich in eine andere Lage wälzen wollte. Später, Freyrs leichter Regen hörte endlich auf, als der Mond einen guten Teil seiner Bahn gezogen war, gelang es Svava, die Schmerzen zu vergessen und für einen längeren Zeitraum in einen tiefen Schlaf zu fallen, aus dem sie erst erwachte, als die Sonne schon auf der Flucht vor ihrem ewigen Verfolger war, dem Wolf Hati, der aus dem unwirtlichen Riesenheim stammte. Svava regte sich, aber keine Bewegung gelang ihr ohne Schmerzen. Schwerfällig setzte sie sich auf. Zum ersten Mal dachte sie an den Jungen. *Ob er noch lebt?* Aber die Felle und das Hemd konnte ja nur er über sie gebreitet haben. Wo war er? Und wo war der Vater?

Svava sah sich um, aufstehen konnte sie nicht. Von hier oben hatte sie trotzdem eine weite Sicht. Das Wasser war zurückgegangen, die Verwüstung war geblieben. Das Land sah aus, als habe ein Riese einen Sack mit Ästen, Buschwerk, Steinen, Schlamm und vielen Pflanzen ausgeschüttet, das Ganze noch ein wenig hin- und hergeschoben und schließlich über alles eine Handvoll Seegetier gestreut. Bäume, vielleicht vorher schon windschief, hoben nun ihr Wurzelwerk gen Himmel. Im Boden klafften Risse, die die Wassermassen ausgewaschen hatten. An der Küstenlinie waren große Teile Erde in die See gerutscht. Marmorne Klippen glänzten im Sonnenschein und wurden von kreischenden Seevögeln umschwärmt. Die Küste schien ihren Lauf geändert zu haben, schob sich hier mutig etwas weiter ins Meer hinein und war an anderer Stelle furchtsam vor der Urgewalt des Wassers zurückgewichen. Von der Wurt im Norden war nichts mehr zu sehen. Svava sank zurück auf die Felle.

Als sie abermals zu sich kam, beugte sich Segestes im lauen Seewind über sie. »Alles ist gut, Kleines. Du kommst wieder auf die Beine.« Tränen standen ihrem Vater in den Augen, aber es waren Tränen der Freude, keine Tränen des Leides.

Dann fühlte sich Svava von starken Armen sanft hochgehoben. Erschöpft und schlaftrunken sah sie noch, wie unten auf dem veränderten Meeresstrand von Glanzheim eine Gruppe von Männern viele helle Haufen umstand, die das Sonnenlicht gleißend zurückwarfen. Hludico war dabei sowie Vibilio, den sie heimlich liebte. Auf tausend Schritt hätte sie den blonden Jüngling mit dem Schwert an der Seite erkannt. Weiter oben an der Küste entdeckte sie eine Insel, an die sie sich nicht erinnern konnte. Dann fielen ihr die Augen zu, und sie träumte von Vibilio, der auf einem Schimmel über das Wasser ritt und sie aus dem tobenden Meer vor dem Ungeheuer Jormungandr errettete.

Radiger stand dick eingemummt neben dem Vater und seiner Tochter, glühend vor Fieber und Stolz. Eben legte ihm Herzog Cimberio zufrieden eine Hand auf die Schulter, und der Junge dachte, dass Mädchen wohl doch zu irgendwas zu gebrauchen waren.

»Keine sehr schöne Geschichte.« Timaios strich der jungen Frau neben ihm mit der Rechten sanft über das Haar.

»Nein. Doch wenn ich dafür den Trost deiner Hand bekomme ...«

»Da kannst du haben mehr. Ich habe eine zweite noch ...« Timaios bewegte die Linke, die Svanhild vorsichtig umfasst hielt.

»Unterstehe dich!« Svanhild lachte und klopfte ihm auf die Finger.

»Der Sturm ...« Timaios schob Svanhilds Kopf behutsam zur Seite und warf lächelnd einen Ast ins Feuer. Funken stoben in die italische Nacht, und sie legte den Kopf wieder auf seine

Schulter. »Das Zeichen der Götter, wegen dem ihr sein ausgezogen?«

»Ausgezogen seid! Ja, das Zeichen Wodans.« Sie nickte, und dann wurde ihre Stimme nachdenklich. »Der Sturm hat das Land überschwemmt: Inseln erhoben sich auf einmal dort, wo vorher keine Inseln gewesen waren. Wir hatten Glück. Mehr als andere.« Sie seufzte. »Und ich glaube, seit damals gewann Wodan an Macht.«

»Was meinst du damit? Wodan ist doch der höchste unter euer Göttern. So wie Zeus bei uns.«

»Ja.« Svanhild zögerte und suchte offensichtlich nach den richtigen Worten. »Und nein. In der Heimat war Donar immer größer, Donar, den auch mein Vater am meisten schätzt. Von ihm habe ich das: Seit wir wandern, sagt er, hat Wodan an Macht gewonnen und Donar verloren. Vater meint, dass sich bereits die Geschichten um Donar verändern. Und darin sei auch der Grund dafür zu suchen, dass sich im Lauf der Jahre die Stimmung unter den Jüngeren verändert hat. Es geht nicht mehr darum, Land zu finden und zu siedeln.«

»Sondern?«

»Erobern. Kämpfen. Rauben und weiterziehen. Wir sind zu einem Haufen räuberischer Ameisen geworden.«

Timaios schwieg. *Heuschrecken*, dachte er. Er wusste nur wenig über die kimbrischen Götter, aber er spürte, dass auch er diesem Donar näherstand. Den anderen, Wodan, umgab etwas Dunkles, etwas Beängstigendes: Er erinnerte zu sehr an einen Aasfresser.

»Der Sturm hat jedenfalls den Ausschlag gegeben.« Svanhilds Stimme, die eben noch nachdenklich geklungen hatte, hörte sich nun wieder freier an. »Er hat eine Menge guten Boden ins Meer gespült und in der Nähe der Küste die gesamte Ernte und viele Boote vernichtet. Du musst wissen, dass es bei uns die Geschichte von Jormungandr gibt, der furchtbaren Midgardschlange, die im Ozean liegt. Wenn sie einatmet, dann zieht sie das Wasser ein. Atmet sie wieder aus, dann ergießt sich das Meer über das Land.«

»Das Fallen und das Steigen des Meeres.«

»Ja. Und damals hat sie sich wohl ein wenig verschluckt. Sogar die Erde bebte vor der Springflut. Ich weiß noch, wie mein Vater sagte: ›Dem Biest war schlecht, und du, Svava, bist gerade vorbeigekommen, als es sich erbrechen musste.‹«

»Euer Vater macht gern Späße.«

Svanhild drehte den Kopf zur Seite, und Timaios konnte ihr Gesicht nicht mehr sehen. »Damals noch, heute nicht mehr. Es sei denn, er trinkt sich einen Rausch an.«

»Und warum heute nicht mehr?«, fragte Timaios.

»Zu viele Sorgen drücken ihn nieder. Um den Stamm, die Familie, die Wanderung. Er nimmt sich die Wanderung sehr zu Herzen – immerhin war er einer der Ersten, die dafür gesprochen haben. Und dann die vielen Toten …« Das Lächeln missglückte ihr. »Sorgen vor allem aber um die missratene Tochter, die sich für keinen Bewerber entscheiden kann.«

Sie schwiegen eine kurze Weile. »Glaubst du, du bist Radiger noch was schuldig?«

»Radiger? Nein, gewiss nicht.« Timaios' Herz tat einen Freudensprung – wegen der Worte und wegen des schnippischen Tones, in dem sie vorgebracht worden waren. »Wählte ich ihn, hätte ich kein Vergnügen mehr. Er nimmt die *Munt* sehr ernst.«

»Was ist das, die Munt?«

Svanhild hob die Schultern. »Nun, man könnte sagen: das Recht des Mannes, über sein Haus und seine Familie zu entscheiden.«

Dann machte sie Anstalten, sich zu erheben, aber Timaios zog sie an sich, bis sie mit dem Rücken vor ihm saß und er ihre Hüfte umfassen konnte.

»Nein! Ich möchte dich nicht lassen. Noch nicht jetzt.«

Die Kimbrin versteifte sich, wandte den Kopf und sprach über die rechte Schulter zu ihm. »Und was sollen wir tun? Jedenfalls nichts in der Richtung, wie du es dir vorstellst. Keine Völkerfreundschaft auf freundlichen Fellen wie damals in den Alpen, als wir uns trafen.«

Timaios lachte verlegen. »Ah, du mich kennst falsch! Erzähl mir … Erzähl mir noch von euren Sagen!«

»Nun, wenn es dich verlangt, alte Geschichten zu hören …« Ihr Körper entkrampfte sich spürbar und sank ihm entgegen. Ihr Haar kitzelte sein Kinn, und er versenkte die Nase in ihrem

Blond. Dann seufzte er wohlig, und Svanhild hielt für einen Augenblick den Atem an. »Das sollte deiner Befriedigung hinreichend dienen«, sagte sie leise. »Alles, was du darüber hinaus haben kannst …« Sie deutete eine Ohrfeige an.

Timaios nahm ihre Hand und hielt sie fest. »Die alte Geschichte, o schöne Göttin.«

»Sei gewarnt, du Schmeichler: Verwechsle nicht die Nähe mit der Erlaubnis. Also: Den Namen Ymir habe ich vielleicht schon einmal erwähnt. Vorhin erst? Gut. Ymir ist ein Riese, ein Eis- oder Reifriese, der sich aus dem Chaos der ersten Tage zum Leben erhob, Ahnherr des Geschlechtes der Reifriesen, hervorgegangen aus der Verbindung von Feuer und Eis. Die Götter unterjochten Ymir und die anderen Riesen, und einer wurde genötigt, das in einem Krieg zerstörte Asgard mit einer großen Mauer zu umgeben.«

»Asgard, die Götterburg!«

»Ja. Aber der Riese arbeitete schlecht, er zögerte das Ende seiner Arbeit hinaus. Darüber entbrannte ein Streit, und das war der Beginn des langen Krieges zwischen den Göttern und den Riesen. Ymir kämpfte mit den Seinen, um Asgard zu erobern und zu vernichten, das dunkle Zeitalter brach an. Die Götter, die von einer dunklen Ahnung des Endes ergriffen waren, töteten Ymir nach einem verzweifelten Kampf, der in allen Welten geführt wurde. Die Menschen, die gefallenen Krieger, die Wodan zu sich geholt hatte, kämpften auf der Seite der Götter, die Strohtoten, die dahingesiecht waren, für die Dämonin Hel, die zusammen mit den Riesen focht. Ymir fiel, und sein Blut ergoss sich über die Welt wie die Springflut. Es war so viel Blut, dass alle Reifriesen in der Flutwelle ertranken. Mit einer Ausnahme: Bergelmir. Dieser floh und begründete ein neues Riesengeschlecht. Manche in Kimberland sagten nach der Flutwelle, die uns zum Auszug zwang, es sei Ymirs zweite Blutwelle gewesen, der Krieg zwischen Göttern und Riesen sei wieder entbrannt, das Ende der Welt nahe. Damals, zu Anfang, hatten aber die Götter gesiegt; sie nahmen den riesigen toten Leib Ymirs und erschufen daraus eine neue Welt, Midgard …«

»Midgard – das ist die Welt, was wir bewohnen, nicht wahr?«

»Midgard oder Middengard, die Welt der Menschen. Unsere

Welt – Mittelerde, wie manche der Alten sie nennen, die Welt zwischen den Ozeanen und den Welten der Götter und Riesen, zwischen Asgard und Utgard. Und darunter liegt Niflheim, Unterwelt und das Reich der Toten, in dem Hel herrscht, euer … Hades?«

»Ja, Hades. Aber nicht der meine, nicht so bald, hoffe ich. Götter und Riesen, das ist ähnlich so wie bei uns: Götter und Giganten.«

»Nur: in eurem – wie? Olympos? Dort wird griechisch gesprochen, in Asgard kimbrisch.« Sie lächelte, das merkte Timaios an ihrer Stimme. »Aber das kann man ändern.«

Timaios ahnte ihre Absicht, sah das Ende seines behaglichen Zustands voraus und stöhnte. »Jetzt?«

»Jetzt! Es ist lange her.«

»Aber …«

»Bitte, bitte, bitte!«, rief Svanhild, und dann bettelte sie in der Koine weiter: »*Melei moi tinos.*« Sie legte den Kopf nach hinten und schmiegte sich noch fester an Timaios. »Es liegt mir etwas daran.«

Dem hatte er nichts entgegenzusetzen, und seine Abwehr brach rasch zusammen. »*O theos …*«, murmelte er, o Göttin. Dann wechselte er wieder in ihre Sprache. »Wer bin ich, dass ich widerstehen kann einer Göttin? Ich nur bin ein schwacher Mann. *Tauta gigneto!*« Ja, so soll es werden! Im Grunde freute er sich über ihren Wissensdurst. Wenn sie erst einmal mit ihm in Massalia … *Nein!*, schalt er sich. *Nicht darüber nachsinnen!*

Also lernten sie, zerkauten Wörter und Silben, lauschten Klängen und Tönen, übten und wiederholten. Später, in dunkler Nacht, schlief Timaios schlecht. Er war redlich bemüht, die Augen zu schließen, doch der Schlaf blieb aus, und hundert Gedanken um Götter, Riesen und vor allem um Svanhild hielten sie ihm offen.

Tage später rasteten die Flüchtlinge am windungsreichen, glitzernden Band eines Grenzflüsschens, welches die diesseits der großen Berge gelegene Provinz – das von den Römern sogenannte cisalpine Gallien im Norden des Stiefels – vom übrigen Italien schied. Crassus' Schatten war kaum noch zu erkennen, so hell schienen die Tage, und so zuverlässig stand die Sonne im Zenit. Da fand Svanhild auf Timaios' Wagen den eisernen Schlüssel zu neuem Unheil.

An einem kühlen, aber schönen Morgen wusch Timaios am Fluss einen Bronzetopf, in dem eingeweichte Körner zusammen mit Milch und Obst gekocht worden waren, während der Wagen neben der Trasse stand. Er dachte an dies und jenes und wie so oft auch daran, wie es mit ihm und der Kimbrin weitergehen mochte. Meist blickte er den Moiren, den Schicksalsgöttinnen, die die Kimbern Nornen nannten, zuversichtlich entgegen, und selten, wenn er nicht gerade an Hannibal und Crassus dachte, huschten Schatten durch sein Gemüt.

Als Timaios, von einem Klirren aufgeschreckt, sich erhob und umwandte, stand Svanhild hinter ihm, etwas erhöht auf einer Böschung, blass und sichtlich verstört. In der Hand hielt sie eine schwere Eisenkette, wie man sie Sklaven um Knöchel und Handgelenke legte, um ihnen die Bewegungsfreiheit zu nehmen.

Timaios krampfte sich das Herz zusammen. Die drei Faden spinnenden Weiber, die das Schicksal lenkten, eben noch fremd und fern, hockten in den Büschen und keckerten. Timaios sagte kein Wort, und Svanhild ihrerseits sah ihn nur an. Er ging an ihr vorüber, ohne ihre Augen zu suchen, und trug den Topf zurück zum Wagen. Gedanken tobten ihm durch den Kopf, waren aber nicht zu fassen. Svanhild folgte ihm in einigem Abstand. Auch sie schwieg weiterhin, keine Frage, kein Wort kam ihr über die Lippen. Die Kette klirrte leise. Nacheinander überquerten beide die zehn Schritte breite Trasse, und Timaios lehnte sich an einen Meilenstein, auf dem in lateinischen Buchstaben die Zahl einhundertzweiundachtzig eingekerbt war: einhundertzweiundachtzigtausend Doppelschritte oder einhundertzweiundachtzig Meilen bis zum Mittelpunkt dieser römischen Welt. Svanhild blieb vor ihm stehen, die Ketten der Eisenfessel hingen in ihren Händen bis fast auf die Erde.

»Es sind Ketten für Sklaven, nicht wahr?« Ihre Stimme zitterte.

Timaios nickte.

Sie hob kurz den Blick zum wolkenlosen Winterhimmel und presste die Lippen aufeinander. »Könntest du mir doch versichern, dass es nichts bedeutet! Aber es sind zu viele. Warum?«

Er hob die Schultern und verharrte in dieser Haltung. »Gold.« Sie würde es nicht verstehen.

»Gold? Nur darum? Das ist alles?« Svanhild schüttelte langsam den Kopf. »Also hatte Boiorix doch recht ...«

»Ich weiß nicht, was du meinst damit, aber ... Ja, das ist alles. Nur Gold. Genügt das nicht? Vielleicht genügt das nicht für euch, welche ihr kein Gold nicht kennt und braucht nicht. In meiner Welt bist du ohne Gold ein Niemand. Wie jene, die diese Ketten tragen müssen. Wer in einer Stadt lebt und keine Arbeit hat, was er machen kann, der wird entweder Bettler oder Sklave. Ich wollte keines von beidem sein, deshalb habe ich Massalia verlassen, als ich war achtzehn. Meine Eltern lebten nicht mehr, ich hatte nichts, nur ein von meine Ziehvater gegebenes Gespann von Ochsen. Ich hatte Gedanken von Bernstein und anderen Dingen, aber ich wusste nicht, was ich wirklich wollte.«

In Svanhilds Stimme schwang nicht der Anflug von Verständnis mit. »Wusstest du es, als du zu uns kamst? Was hattest du da im Sinn? Wolltest du uns zu Sklaven machen? Mich vielleicht? Oder meine Brüder?«

»Unsinn! Ich wollte treiben Handel, sonst nichts.« Die Lüge fiel ihm nicht schwer, aber sie klang auch in den eigenen Ohren nicht überzeugend. »Und was ist mit euch? Ihr habt doch auch Sklaven!«

»Wir haben Unfreie, ja. Aber das ist etwas anderes.« Svanhild dachte daran, wie sie auf dem Weg nach Rom so offensichtlich selbst eine Sklavin gewesen war: Alle, denen die Banditen mit ihrer Beute begegnet waren, alle hatten nichts dabei gefunden, dass sie, eine junge blonde Frau aus einem fremden Land, die kein Latein beherrschte, von irgendwelchen Männern ganz offen als Gefangene mitgeführt wurde. Nichts hatten die Menschen dabei gefunden, und ein Nichts war sie gewesen. Sie dachte an die endlosen Tage im Haus des Crassus. An die anderen Sklavenmädchen, die für geringe Fehler bestraft und geschlagen wurden.

»Unfreie zu misshandeln, das hat so wenig Ehre, wie einen Freien zu schlagen. Man kann es tun, sicher, jeder Freie ist sein eigener Herr, und wer will ihn daran hindern, seinen Leibeigenen zu erschlagen? Aber ich kenne keinen Fall, in dem dies geschah. Unfreie haben eigene Höfe und Felder, sie müssen nur Abgaben an den Herrn leisten. Wir würden sie niemals so behandeln, wie ich das im Haus des Crassus erlebt habe. Zu zehnt schlafen sie dort in einem kleinen Verschlag, in dem sie kaum aufrecht stehen können. Wie Tiere, die man quälen darf, wann immer man will ... Und wenn sie krank sind, dann werden sie entweder so schnell wie möglich fortgeschafft oder bekommen nur noch die Hälfte zu essen. Und, ihr Götter, es gibt so viele Sklaven in Rom! Crassus hat in seinem Haus wohl mindestens vierzig von ihnen. Ich verstehe nicht, dass es Menschen gibt, die so viel Macht haben, und andere, die nicht einmal über ihr Leben bestimmen dürfen.«

Timaios seufzte leicht. Jetzt endlich konnte er benennen, was sich in Svanhilds Wesen verändert hatte – in diesem Augenblick erkannte er es: Die Kimbrin hatte ihre Unschuld verloren. Es war nicht die körperliche Unschuld – daran dachte er und danach fragte er sich oft –, sondern jene unschuldige Natürlichkeit, die Svanhild eigen gewesen war, jene Kindlichkeit, die nicht kindisch wirkte. Sie hatte gesehen, woraus die Welt jenseits ihres Stammes bestand, und es hatte sie nicht zerbrochen, aber verändert. Bei den Kimbern gab es Standesunterschiede, aber Timaios hatte das Gefühl, dass die Kimbern alle Völker gleich ansahen. Die Römer waren ein Volk, welches sich für ausersehen hielt, alle anderen Völker zu beherrschen. Das passte nicht zusammen. Er seufzte. »Ja, das römische Verlangen nach Sklaven ist ohne jedes Maß. Es liegt vor allem an den großen Besitzern von Boden, glaube ich. Wann früher waren die Italiker ein Volk von kleinen Bauern, aber die vielen Kriege der Römer haben es sich mit gebracht, dass sie als Freie Dienst für Krieg in den Legionen machen mussten. Das hat manchmal Jahre gedauert. Wenn sie dann zurückkamen, mussten viele ihr Land weggeben, weil sie kein Gold hatten ...«

»Immer dieses Gold! Timaios, das spielt doch gar keine Rolle. Es geht um dich und ...«

»Doch, das spielt eine Rolle.« Timaios redete weiter, eilig und laut. »*Für mich* spielt es eine Rolle. Dadurch sind erst die Besitzer von Grund entstanden, die ihr Land von Sklaven bearbeiten lassen.« Er hätte gern gewusst, was für Svanhild eine Rolle spielte. Ihre Augen waren von Trauer erfüllt.

»So viele! Wie viele Sklaven gibt es in diesem Land?«

»Niemand kann sie zählen. Die meisten Sklaven werden als Sklaven schon geboren. In Delos, das ist ein freier Hafen der Ringinseln vor der Küste von Hellas – einmal war die Insel heilig. Heute schiffen die römischen Händler von Sklaven an manchen Tagen zehnmal tausend oder mehr Sklaven dort aus, heißt es. Und die meisten werden nach Italien, Sizilien oder Iberien …«

»Zehnmal tausend?« Svanhild öffnete den Mund, schloss ihn und öffnete ihn abermals. »Zehnmal tausend? Wer braucht so viele Sklaven?«

»Rom! Rom braucht alles. Rom würde zweimal so viele …« Timaios fand kein kimbrisches Wort für »kaufen« und bezweifelte, dass es einen solchen Begriff überhaupt gab. »… nehmen.«

»Und das findest du richtig?« Timaios schwieg. »Woher kommen die unzähligen Menschen?«

Timaios war froh, dass Svanhild ihm nun Fragen stellte und ihn anhörte. Er geriet aber auch in Wut, weil die Kimbrin nichts wusste von der Welt, gar nichts und dennoch urteilte. »Die meisten werden von Seeräubern gefangen genommen und viele von den römischen Pachtherren von Abgaben in Haft für Schulden genommen, wenn sie nicht Gold geben können. Dann Kriege, Unruhen, Not wegen Hunger. Solche Dinge, schätze ich.«

»Und du gibst Gold und nimmst diese armen Menschen mit und tauschst sie gegen weiteres Gold ein.«

Die Bitterkeit in Svanhilds Stimme schmerzte. Timaios war es immer gleichgültig gewesen, wenn jemand sich solcherart äußerte. Mit Kembriones hatte er so manches Gespräch ausgefochten. Doch aus ihrem Mund fühlte sich jeder Vorwurf wie eine Ohrfeige an. »Wenn ich es nicht tue, dann tun es andere.« Wieder wurde er lauter und heftiger. Längst lehnte er nicht mehr an dem Meilenstein, sondern ging hin und her und gebrauchte die Hände zum Gestikulieren. »Ein Versuch war das, ein Gefühl, als ich angefangen. Und ohne das könnte ich nicht leben. Nicht überleben. Mein Handel bringt nicht viel ein. Damals, in Lutetia, im Land der Gallier, habe ich einen Mann gegen Gold getauscht, der von der anderer Seite des Rhenus kam. Er war euch ein bisschen wie ähnlich. Er konnte nur wenig Gallisch, aber so viel habe ich verstanden, dass er sich selbst beim Spiel gesetzt und verloren hat ...«

»Warte bitte! Und schrei mich nicht an! War das jener, von dem du unsere Sprache gelernt hast? Von dem du einmal erzählt hast?«

Zuerst wollte sich Timaios um die Wahrheit drücken, aber ... Er spürte längst Trotz in sich aufsteigen. »Ja.«

»Dann hast du mich angelogen! Du hast erzählt, du hast die Sprache gelernt, als du eingeschneit warst.« Svanhilds Augen wurden noch größer, noch trauriger.

»Das stimmt auch. Ich habe nicht ... Ich war eingeschneit ...«

»Bitte.« Svanhild drehte eine Handfläche nach oben. »Erzähl deine Geschichte weiter.«

»Ich habe dich nicht angelogen. Ich nur davon habe schweigen wollen, weil ich wusste, dass es dir nicht gefallen will, Svanhild.« Die Kimbrin schwieg. Sie winkte ab und wandte den Kopf zur Seite.

Timaios seufzte. »Sein Besitzer hatte getauscht, den Mann nach Gallien gegen Gold, weil er keinen aus seinem Stamm als Sklaven wollte. Ich ihn habe dann mit nach Massalia genommen, weil ich wusste, dass Kembriones suchte einen starken Mann für sein Lager, nur deshalb hatte ich ihn genommen. Und ich mochte ihn. Den Wert dreimal habe ich von Kembriones dann bekommen. Und im vergangenen Sommer, Kembriones ihn hat freigelassen. Und vielleicht er ist wieder in seiner Heimat.«

»Vielleicht. Aber glaubst du, alle sind wieder frei, die du verkauft hast?«

Timaios fühlte sich in die Enge getrieben, von den Worten und von der Art, wie Svanhild sprach. »Viele Sklaven leben so gut, wie sie das niemals wie freie Leute können. Sklaverei nicht für jeden heißt harte Arbeit. In Rom es gibt viele, die als Lehrer dienen im Haus oder als Handwerker. Andere verwalten die Güter ihrer Herren oder gehören an der Wache der Stadt ...«

»Die, die keine Rechte haben, sollen für Recht sorgen? Ihr

seid alle miteinander so wenig klar im Kopf wie Hödur, als er Baldur tötete!«

Timaios war es leid. Hatte sie ein Recht zu diesen Vorwürfen? »Svanhild, das ist…«

»Erzähl mir keinen Jötenkram!« Ein wenig zuckte er zusammen. »Das sind doch alles Hirngespinste! Ich habe gesehen, wie die Sklaven behandelt werden, ich habe Hannibal gesehen, ich… Sie leben wie Tiere, aber die wirklichen Tiere sind die Sklavenhändler…« Sie unterbrach sich und hielt für einen Augenblick die Luft an. »Hast du auch Kinder gekauft?«

»Nein, nie.« Timaios war froh, kein weiteres Mal lügen zu müssen.

»Wen hast du gekauft?«

»Meist Männer…«

»Meist?« Der Massaliote schwieg. Tatsächlich hatte er es meist vorgezogen, junge Frauen zu kaufen. Oder Mädchen. Weniger Ärger und manchmal mehr Möglichkeiten… Was mochte aus jener Keltin geworden sein, die er in Lutetia gekauft und danach geschwängert hatte? Jene, die er für wenig Geld an einen Händler aus Tolosa weiterverkauft hatte, um sie und diese gemischte Frucht ihres Leibes los zu sein… Was mochte aus ihr – Maredud oder Maredun? – geworden sein? »Meist? Das heißt … Ach, lass mich Ruhe!« Svanhild drehte sich um und lief davon.

Timaios blieb, wo er war, ihm fiel nichts ein, was zu seinen Gunsten gesprochen hätte.

Später fielen ihm andere Erklärungen ein. Aber später war zu spät, und überzeugend war das alles nicht. Dass die unzähligen Freigelassenen und Freigekauften ein Beweis dafür waren, dass ein Sklave es zu etwas bringen konnte, dass er aufsteigen und einer angesehenen Tätigkeit nachgehen konnte, ja, dass er selbst Sklaven haben konnte und sogar nach einer bestimmten Reihe von Jahren das Bürgerrecht Roms erwerben konnte – Svanhild würde das nicht wissen wollen. Aber war das nicht alles besser, als ein Barbar zu sein und es zu bleiben und im Schmutz zu leben und in Armut? Gingen nicht viele sogar freiwillig in die Sklaverei, weil das Leben in Freiheit manchmal schwerer war als das in Knechtschaft? Wurden nicht die meisten ohne Zutun eines

Händlers zu Sklaven, einfach weil sie bereits in Gefangenschaft geboren wurden? Dann aber hatten sie Möglichkeiten, um freizukommen. War das keine Aussicht, für die es sich zu leben lohnte?

Sklaven gab es seit Anbeginn aller Zeiten, seit die Götter Steine warfen, um daraus Menschen zu schaffen, und Timaios konnte, sosehr er auch mit dieser Einstellung rang, an einer solchen Tatsache kein Missfallen finden. Mit viel Mühe schaffte sein Kopf das vielleicht zu geringen Teilen. Sein Bauch blieb stumm.

Hatte er zu viel von Svanhild erwartet? Er versank in dumpfes Brüten.

Der Zauber der ersten Reisetage war verflogen. Der weitere Weg nach Norden wurde zu einer Probe für beide, aber keiner von beiden bestand sie.

Timaios fühlte sich oft elend, erwachte inmitten der Nacht, ohne wieder einschlafen zu können, wälzte sich ruhelos hin und her und grübelte viel über die Welt, in der zu leben er gezwungen war. In den ersten Nächten war ihm manchmal, als weine Svanhild neben ihm, doch den Mut zu trösten fand er nicht. Er haderte mit sich, wollte aber dem offensichtlichen Willen der Götter nicht zuwiderhandeln.

Ihre Gespräche, nicht häufig und nicht selten, drehten sich nur noch um Alltägliches, um Mahlzeiten, das Füttern der Tiere und das Wetter. Und obwohl beide so behutsam wie möglich miteinander umgingen, keiner dem anderen irgendeinen lauten Vorwurf machte, berührten sie nie wieder das zwischen ihnen Stehende, weder das Gute noch das Schlechte.

Den Unterricht nahmen sie nicht wieder auf, ein stillschweigendes Übereinkommen, welches auszusprechen unnötig war. Jeder, der den Massalioten und die Kimbrin gesehen und gehört hätte, hätte sie gute Bekannte genannt, aber nicht mehr. Perseus und Andromeda wurden ein Teil der Vergangenheit. Tief in seinem Innern starb dieser hoffnungsvolle Teil von Timaios einen langsamen Tod. Er fragte sich, mit wem Svanhild von Massalia weiter nach Norden gelangen sollte, und konnte diese Frage nicht länger mit dem eigenen Namen beantworten.

Der Weg, dem die Flüchtlinge folgten, war lange schon in einen ausgetretenen Maultierpfad übergegangen. Das Wetter wurde nun feuchter, der Boden tiefer, und die Ochsen zogen schwer. Timaios lenkte das schmutzverkrustete Gespann, das aus einiger Entfernung farblich kaum vom Erdboden zu unterscheiden war, nicht ohne Mühe durch die Küstenlandschaft Liguriens. Sie befanden sich nicht länger auf dem Gebiet römischer Vollbürger, sondern auf dem der Bundesgenossen. Diese Tatsache verlieh Timaios ein trügerisches Gefühl von Sicherheit.

Einmal trafen sie auf römische Legionäre, die mit Messlatten und anderem Gerät zugange waren, um die Trasse für eine Weiterführung der Römerstraße festzulegen. *Rom baut sein Wegenetz aus, um Truppen schneller nach Norden verschieben zu können*, überlegte Timaios, der die Abschrift eines römischen Straßenverzeichnisses mit sich führte. Mit der Strecke, welche die Römer hier planten, würden sie wahrscheinlich die Verbindung zu den Provinzen Narbonensis und Gallia cisalpina herstellen, dem westlichen Teil der Poebene, um Kelten und Ligurer besser kontrollieren zu können. Timaios zog die Karte hervor und betrachtete sie. Svanhild nahm dies gar nicht zur Kenntnis.

In den vergangenen Jahrzehnten waren von den Legionen neue Trassen durch Norditalien geführt worden, neue Kolonien waren entstanden oder Erweiterungen geschaffen worden. Die Städte Aquileia, Dertona und Placentia waren an das Straßennetz angebunden worden. Timaios begrüßte das alles, aber das machte es ihm noch schwerer, Rom zu verachten, weil er diese Leistungen bewunderte und für seine Geschäfte nutzte. In Riesenschritten eilte Rom voran und schuf ein neues Zeitalter für die ganze Welt.

Einige Meilen weiter war der Weg überflutet, und sie mussten sich über eine Hügelkette quälen. Timaios verfluchte die Langsamkeit der römischen Baumeister und alle Götter, die auch nur irgendetwas mit dem Wetter zu tun hatten.

Eine gute Tagesreise vor Massalia und nun wieder auf einer ausgebauten Römerstraße, der Via Domitia, stießen sie auf einen Reitertrupp, der nach Norden strebte. Svanhild erkannte in ihnen Kelten; es waren helvetische Tiguriner mit ihrem jungen Fürsten Divico, der sich freudig erbot, die Kimbrin zurückzubringen. Svanhild, nicht unzufrieden, Divico zu sehen, versuchte gar nicht erst, eine gewisse Erleichterung darüber zu verbergen.

Timaios schwankte zwischen Stolz und Eifersucht und gab sich gleichgültig, als Svanhild ihm eröffnete, dass sie das Angebot des Keltenfürsten anzunehmen gedenke. »Es erspart dir den Weg in den Norden, Timaios. Und zurzeit…« Sie schwieg, schaute weg, schaute ihn wieder an. »Wirst du … Wirst du uns besuchen?«

»Möglich.« Er wich ihrem Blick aus. Divico, groß und schlank, mit einem schweren goldenen Halsring behangen, mit einem Helm mit weißem Federbusch auf dem Kopf, wodurch er noch größer wirkte, und in einem schreiend bunten Oberkleid, stand daneben und starrte die beiden an, Svanhild vor allem. Sollten die Riesen den jungen Kerl doch holen, der kaum älter als zwanzig sein mochte und doch so überheblich schaute, als wäre er ein Halbgott! »Wenn ich etwas über den Kessel herausgefunden habe, teile ich es euch mit.«

Ohne ein weiteres Wort schieden sie voneinander. Timaios, berstenden Herzens und mit traurigen Gedanken, blickte dem Trupp lange nach. Svanhild … Gern hätte er ihr Massalia gezeigt, gern hätte er sich mit ihr in Massalia sehen lassen, dort, wo sich griechische Aphrodite und römische Venus mit gallischen Nymphen trafen. In Massalia, in Rom vor allem mochte es Hunderte, vielleicht Tausende von Frauen geben, die schöner waren, aber … Die ungeschminkte Natürlichkeit der Kimbrin wirkte viel anziehender auf Timaios. Dass sie, nicht frisiert, nicht manikürt, wohl auch kaum rasiert, mit ihrer weißen Haut, ihrer Größe und ihrer fehlenden Gespreiztheit nicht dem Schönheitsideal der feinsinnigen Massalioten entsprach, war ihm völlig gleichgültig.

Svanhild-Andromeda saß hinter Divico, die Arme um die Hüften des viel zu gut aussehenden Keltenfürsten gelegt. Halb umgewandt winkte sie ihrem Befreier noch einmal zu. Lange blickte sie zurück. In einer halbherzigen Bewegung hob Timaios den Arm und ließ ihn wieder sinken. Er konnte nur stehen und schauen und sich selbst verachten.

Kembriones zeigte keine Spur von Überraschung, als der reichlich niedergedrückte Timaios sein Ochsengespann in den Hof des Lagerhauses lenkte. Die schlechte Stimmung und die kargen Reiseauskünfte bemerkte Kembriones gar nicht und löcherte ihn mit tausend Fragen.

Irgendwann machte er eine Bemerkung, die Timaios aus seiner Versunkenheit riss, nämlich dass Spurius Caepio in der Stadt sei und sich bereits mehrfach nach ihm erkundigt habe. Ganz ohne Zweifel war der Sklavenhändler auf dem Seeweg von Ostia nach Massalia gereist, um die Stadt, Timaios' vermeintliches Ziel, vor diesem zu erreichen. Nach einem Augenblick des Nachsinnens hob der Gesuchte die Schultern und fand, dass ihm nun, da Svanhild fort war, wenig bis nichts nachzuweisen sei.

Noch am späten Nachmittag des gleichen Tages kam ein Mitglied des Ausschusses der Fünfzehn, ein Timuchos, vom Rat der Stadt. Drei feiste Büttel, Bedienstete des Rates, begleiteten ihn. Und in ihrem Schutz bewegte sich selbstsicher und plattfüßig Spurius Caepio, Sklavenhändler Roms und Klient des Crassus.

»Timaios, Sohn des Timonides, aus Massalia?«, erkundigte sich der Mann des Rates.

Timaios nickte kurz.

»Der Händler Timaios?« Bei dem Wort »Händler« sah ihn der Timuchos an, als sei er gezwungen, den Fladen eines Ochsen zu befragen. Timaios verzichtete darauf, noch einmal zu nicken.

Der Timuchos von den Fünfzehn, der sich immerhin noch mit dem Namen Argroetas auswies, bevor er zur Sache kam, deutete auf den dicken Römer, der zu seiner Rechten stand und selbstsicher lächelte. »Dieser Mann behauptet, dass du eine Sklavin des römischen Senators Publius Licinius Crassus entführt hast. Ist das richtig? Ich fordere dich auf, sie herauszugeben, wenn dies der Wahrheit entspricht.«

Wichtigtuerisch mischte sich Caepio ein. »Mein Patron, Publius Licinius Crassus, ist ein angesehener Senator von großem Einfluss in Rom. Wenn die Sache nicht zu seiner Zufriedenheit erledigt wird, dann könnte er sich veranlasst sehen, auf die guten Beziehungen zu verweisen, die bislang zwischen Massalia und Rom bestanden haben, die aber notgedrungen auch eine Verschlechterung erfahren können, wenn den Wünschen Roms nicht willfahren wird.«

»O Caepio, leck doch den Steiß irgendeines Gottes zu euer beider Befriedigung!«

Unter den bösen Blicken des Römers machte Timaios Anstalten davonzugehen, doch Kembriones hielt ihn am Arm fest und bat den Fünfzehner mit einem Blick um Verzeihung. »Mach es dir nicht zu einfach! Rom wegen einer Sklavin zu reizen, wäre unklug.«

»Sie ist keine Sklavin.« Timaios musste an den Streit mit Svanhild denken.

Caepio trat einen Schritt vor und wedelte mit zwei Papyrusrollen. »O doch, genau das ist sie! Eine kimbrische Sklavin, die nach der Schlacht von Noreia in die Hände des römischen Heeres gefallen ist. Sie wurde einem einfachen Legionär zugesprochen, der sie noch in Noreia an einen Sklavenhändler verkaufte, für dreihundert Sesterzen. In Mediolanum habe ich sie dann für fünfhundert Sesterzen erworben und in Rom an meinen Patron zu einem Preis von siebenhundertfünfzig Sesterzen verkauft. Hier steht alles, beglaubigt und gezeichnet, zuerst von einem Militärtribun, der in Noreia war, dann vom zuständigen Magistraten in Rom.«

Der Timuchos des Rates nahm die Rollen, wickelte sie auf und entfernte die Schutzblätter. Er begutachtete erst die eine, dann die andere Rolle. »Es scheint, als seien die Papyri in Ordnung …« Er reichte die Rollen an Kembriones weiter.

»Den Namen des Militärtribunen kann man ja kaum lesen. C… Mh! Gnäus wohl oder Gaius, Te-rent-ius Ppp-ius?«

Timaios riss ihm die Rolle aus der Hand. »Terentius Pius? Der Nobelbock?« Etwas klang in Timaios an. Hatte Carbo nicht nach einem Offizier gesucht, der die Unternehmung bei den Kimbern angeführt hatte? Und wenn es nun sein Lieblingstribun war, der den Konsul hinterging? Und hatte Carbo nicht sogar erzählt, Pius sei als Letzter aus dem Norden zurückgekehrt?

»Der Mann war Militärtribun im Dienst von Papirius Carbo«, mischte sich der füllige Caepio wieder ein. Er trug eine silberverbrämte Toga, die seine mächtigen Konturen aber mehr ahnen als wirklich erkennen ließ. »Daran gibt es nichts auszusetzen, Ratsherr.«

Der Timuchos nickte, und Kembriones schloss sich an. »Timaios, er hat recht. Du musst die Kimbrin zurückgeben.«

Caepio kniff die Augen zusammen. »Und dann dürfte zu klären sein, was du mit ihrem Verschwinden zu tun hast, Massaliote.«

»Es dürfte schwerfallen, irgendetwas zu klären, Römer. Die Kimbrin ist nicht bei mir.«

Caepio schnaubte verächtlich. »Nein? Und wo soll sie sein, wenn nicht bei dir? Haben ihre Stammesgenossen sie etwa selbst entführt? Oder hat dein Zeus sich in einen Stier verwandelt, um mit ihr auf dem Rücken nach Norden zu traben?« Der Timuchos, dessen Blick auf Caepio bis dahin eher wohlwollend schien, schaute den Römer nun verwundert an. »Im Zusammenhang« – Caepios Stimme nahm einen spöttischen Klang an – »mit dem Raub der Kimberin wurde der Name eines bestimmten Mannes genannt, eines Gauners, wohl aus der Subura: Curator. Sagt dir das etwas? Ob das nur ein Deckname oder ein Ehrentitel unter Banditen ist, weiß ich nicht zu sagen.«

Timaios blieb zu seiner eigenen Überraschung recht gefasst, obwohl er im ersten Augenblick zusammengezuckt war. Lag ein Fluch auf dem Kessel?

»Nein. Was hat dieser ... Curator ... denn erzählt?«

»Nichts, leider. Bis jetzt. Wir suchen ihn noch. Aber einen anderen haben wir gefasst, der mit dabei war. Und der hat uns erzählt, dass ein gewisser Kembriones« – alle schauten Kembriones an – »aus Syrakus ebenfalls eine Rolle gespielt hat. Die Beschreibung dieses Kembriones, die wir haben, passt erstaunlich gut auf den hier – Timaios aus Massalia.«

Der Timuchos fasste Timaios ins Auge. »Vielleicht sollte man ein Zusammentreffen der beiden veranlassen.«

Caepio seufzte in gespielter Übertreibung und hob die Hände. »Deine Klarsicht ehrt dich, Timuchos von den Fünfzehn. Solche Männer mit der Wahrung der Neigungen Massalias zu betrauen, zeugt von einer vernünftigen Einsicht in die Notwendigkeit des Wägens und Herrschens. Ich werde es in Rom an geeigneter Stelle und bei passender Gelegenheit lobend erwähnen.« *Dir sollte man die aalglatte Zunge herausschneiden, du aufgeplusterter Fettwanst*, dachte Timaios. *Du hast doch nichts, aber auch gar nichts in Rom zu sagen.* »Leider, leider können wir deiner ganz richtigen Erkenntnis nicht folgen, weil der Gauner bei der Vernehmung, ah, zu seinen Ahnen gegangen ist. Er war in einer bescheidenen körperlichen Verfassung. Ein armer Habenichts.«

»Ah, das ist ... Pech«, gab der geschmeichelte Ratsherr vorsichtig zur Antwort.

Timaios teilte diese Einschätzung nicht und hoffte, dass zumindest Curator Sorge dafür getragen hatte, dass er nicht ergriffen wurde. Dann dachte er an die vierschrötigen Männer, die dem Römer geholfen hatten. Welcher Künste bedurfte es, damit einer von ihnen unter den Händen der Folterer starb? Oder war der eher harmlose Cethegus zu Tode gemartert worden? Ein deutliches Gefühl von Übelkeit bemächtigte sich Timaios'.

»Ja, großes Pech, Timuchos. Aber der edle Publius Licinius Crassus ist ohnehin bereit, von Weiterem abzusehen, wenn ihm der dingliche Schaden – es sind ja bloß einige Sklaven zu Schaden gekommen – ersetzt wird und wenn die Kimbrin wieder in seine Hände übergeben wird.«

»Die Kimbrin ist nicht hier.« Timaios hatte genug von dem erbärmlichen Schauspiel, ihm ekelte vor dem Römer, und ihm war es gleichgültig, was geschehen mochte. »Und ihr werdet sie auch nicht wiederbekommen.«

»Der Dieb leugnet die Tat nicht länger.« Caepio funkelte ihn an, der Blick des Timuchos verfinsterte sich, und Kembriones atmete vernehmlich aus. »Wo ist sie?«

»Mir kannst du keine Tat nachweisen. Aber ich weiß, dass die Kimbrin wieder bei ihrem Stamm ist.«

»In dieser kurzen Zeit? Und allein? Das soll ich dir glauben?«

»Wenn du dich in der Stadt umhörst, wirst du in Erfahrung bringen, dass vor einigen Tagen ein Trupp Helvetier in der Stadt war. Die Kimbern siedeln in Helvetien und sind Bundesgenossen der Helvetier. Was also lag näher für die Kimbrin, als mit den Kelten zurück nach Norden zu reiten? Ich habe die Männer getroffen, zusammen mit der Kimbrin. Vielleicht ist die Frau mit dem Schiff nach Massalia gekommen …«

»Das stimmt, Spurius Caepio«, meinte der Timuchos nachdenklich. »In der Tat hatten wir eine Abordnung von Kelten aus dem nördlichen Alpengebiet hier, die beim Rat vorsprachen. Ihr Herren, ohne die gesuchte Frau wird es schwierig sein, diesem Mann etwas nachzuweisen. Aber ich werde überprüfen lassen, ob jemand in der Stadt etwas von der Kimbrin weiß.« Caepio wollte etwas sagen, verstummte aber wieder. Der Ratsherr blickte alle der Reihe nach an. »Kembriones, entschuldige die Unannehmlichkeiten. Timaios, du bleibst bis auf Weiteres in der Stadt. Spurius Caepio, ich werde mich mit dir in Verbindung setzen. Auf Wiedersehen, die Herren.« Der Fünfzehner entfernte sich mit den Bütteln in seinem Gefolge, und Timaios hatte den Eindruck gewonnen, dass dieser recht froh gewesen wäre, wenn die Sache im Sande verliefe.

Caepio blieb zurück, und Timaios beschloss, die Gelegenheit zu nutzen.

»Meister des schmierigen Wortes, und nun? Was willst du tun ohne den Schutz eines Mächtigen? Mit dir habe ich ohnehin noch ein fettes Gänschen zu rupfen! Welche Chimäre vernebelte dir die Sinne, dass du das Geld für meine kaledonischen Sklaven Crassus zur Verrechnung gewährt hast?«

»Geld sollte nicht deine größte Sorge sein, sondern dieser andere Sklave oder was auch immer er für dich ist.« Hannibal. Caepio hatte den Namen nicht genannt, vielleicht wegen Kembriones, der neben ihnen stand und immer weniger zu verstehen schien, aber Timaios hatte in der Tat anderes im Sinn.

»Wo ist er?«

»Unerheblich. Bis zu den Iden des Maius* noch, dann wird der Punier gefunden und verurteilt werden. Das lässt dir mein Patron ausrichten. Das oder der Silberkessel.« Caepio warf Timaios einen verächtlichen Blick zu und ging erhobenen Hauptes davon.

Kembriones fasste Timaios am Arm, der dem Römer sorgenvoll nachblickte. »Was geht hier eigentlich vor?«

---

* Die Iden sind die Mitte des (römischen) Monats, und zwar je nach Monat und Eintritt des Vollmondes der 13. oder der 15. Tag.

»Was meinst du?«

»Stell dich nicht dümmer, als du bist. Das hier, meine ich – alles. Was ist mit Hannibal? Und dieser Kimbrin? In welche Geschichte hast du dich verstrickt? Und bei allen Göttern, die mir in den Sinn kommen: Was hat überhaupt mein Name damit zu tun?« Timaios schwieg. Eine Andeutung von Röte überzog seine Wangen. »Aber da gibt es noch mehr Ungereimtheiten, und ich glaube, diese Kimbern haben damit zu tun«, fuhr Kembriones fort. »Es hat vor vielleicht zwei Monden angefangen. Damals ist auf einmal Bernstein aufgetaucht.«

»Bernstein?«

»Ja. Wie aus dem Niemandsland. Kein Mensch wusste, woher die Ware kam, aber sie war von hervorragender Güte ... Man sagt, ein ganzes Talent. Seit zehn Jahren hat man hier nicht mehr solche Mengen von Bernstein gesehen, der ganze Handel liegt doch schon lange am Boden. Kaum ein Händler traut sich noch in den Norden, wegen der Barbaren, die dort umherziehen. Der Preis für Bernstein ist so hoch wie das Wolkenkuckucksheim.* Vor etwa einem Mond ist dann ein Dutzend blonder Barbaren in der Stadt aufgetaucht. Sie haben sich als Kelten ausgegeben, redeten auch keltisch, aber es hat bald geheißen, es seien vielleicht gar keine Kelten. Viele Fragen haben sie gestellt, in der ganzen Stadt: nach dem Bernstein vor allem, in welcher Menge er aufgetaucht sei, woher er wohl komme und wer gekauft habe. Und sie fragten angeblich immer wieder nach einer jungen Frau aus ihrem eigenen Stamm, blond und mit einem seltsamen Namen, den ich vergessen habe. Heute Morgen triffst du in der Stadt ein, und am Nachmittag feilschst du schon mit einem höchst unangenehmen römischen Sklavenhändler um eine Frau, die zu den Kimbern gehört, und ich muss erfahren, dass Hannibal von den Römern gefangen gehalten wird. Was soll das bedeuten? Und das ist nicht alles. Diese Barbaren haben außerdem nach einem silbernen Kessel geforscht, den sie hier in der Stadt vermuteten. Und Caepio hat gerade auch von einem Silberkessel gesprochen. Für mich klang das so, als vermute er den in deinem Besitz.«

* Ein »Bild« aus dem Stück »Die Vögel« des griechischen Komödiendichters Aristophanes.

Atemlos hatte Timaios den Worten des Alten gelauscht. »Aber ich habe ihn nicht!« Er schüttelte den Kopf. »Was gibt es sonst noch über den Kessel zu berichten?«

Kembriones hob die Hand und runzelte die Stirn. »Ich sähe es lieber, wenn du mir zuerst einmal eine Erklärung abgäbst. Was hast du in Rom zu tun gehabt? Hast du gesehen, wie der Timuchos mich angeschaut hat, als der Römer meinen Namen nannte?«

Timaios wand sich. »Ah, das ... Später, Kembriones! Versprochen, bei Hermes. Zuerst der Kessel, es ist wichtig. Was weißt du darüber?«

Kembriones brummte. »Es geht das Gerücht, dass Hieronymos, der erste Magistrat des letzten Jahres, mehr wisse.«

Dank Briseis' Hilfe hatte er recht behalten: Der Kessel schien tatsächlich in der Stadt zu sein. Oder war es zumindest gewesen. Timaios atmete hörbar auf. »Was ist dieser Hieronymos für einer? Ich kenne ihn nur dem Namen nach. Kann man ihm trauen?«

»Unbedingt, wenn es nach der Reihenfolge seiner Vorlieben geht. Nicht unbedingt, was seine eigenen Geschäfte angeht. Aber zuerst kommt Massalia für ihn, dann erst Rom. Versteh mich nicht falsch, er ist ein Protiad, also fast selbstverständlich ein Römerfreund. Aber er ginge nie so weit, die Stadt zur Hure zu machen.« Kembriones seufzte. »Einer von wenigen, die so denken.«

Kembriones hatte Timaios so gut wie möglich vorbereitet und ihm über Hieronymos alles erzählt, was er für bedeutsam hielt.

Als Timaios sich nun dem Horn näherte, dem natürlichen Einschnitt im nördlichen Ende des ansonsten rechteckigen Hafenbeckens, ging er in Gedanken noch einmal durch, was er erfahren hatte. Nach Kembriones' Worten war die römerfreundliche Familie des Hieronymos, die Protiaden, an Jahren so alt wie die Stadt selbst und führte ihre Abstammung auf den sagenhaften Gründer Protos zurück. Wenn man der Legende Glauben schenken wollte – was Timaios nicht tat –, war Protos nach dem Auszug aus Phokaia in Kleinasien, lange vor der Gründung Massalias, den Tiber hinaufgesegelt, um ein Freundschaftbündnis mit der Römerstadt zu schließen.

Im vorigen Jahr war nun Hieronymos erster Magistrat der Stadt gewesen, eine Auszeichnung, die eigentlich für seinen Charakter sprechen sollte: Massaliotische Rechtsprechung und Herrschaft wurden nicht nur im Süden Galliens gerühmt. Timaios hoffte inbrünstig, mit dem Mann reden zu können.

Am Horn musste Timaios nicht lange fragen, um das Haus des Hieronymos zu finden. Dessen zwei Stockwerke überragten die umliegenden Gebäude, und seine rückwärtige Fassade bildete eine Seite des kleinen Beckens, das in den Lakydon mündete, den großen Hafen. Eine Steintreppe führte hinunter zum Wasser und lief in einer kleinen Mole aus. Die schmucklosen Außenwände waren weiß verputzt, das Dach des Hauses hatte man mit Erde und Spreu bedeckt. Timaios benutzte einen eisernen Türring, der von den fein geformten Händen des delphischen Apollon gehalten wurde. Ein hellhäutiger, magerer Mann öffnete und zog beim Anblick des einfach gekleideten und unrasierten Timaios geringschätzig die Augenbrauen hoch.

»Ja?«

»Timaios, der Sohn des ehemaligen Timuchos Timonides, wünscht den Magistraten des letzten Jahres in Geschäften zu sprechen.«

»Ich werde sehen, ob der edle Timuchos Zeit findet.« Der Mann verschwand, die Tür blieb angelehnt. Nach einem kurzen Augenblick kehrte er zurück, um Timaios ohne jede Höflichkeit hereinzubitten.

Der Timuchos Hieronymos hielt sich in seinem Arbeitszimmer auf, einem rechteckigen Raum, dessen reichster Schmuck die vollgestopften Regale mit den unzähligen Papyrusrollen aus feinsten und gröberen Blättern waren, die einen herben Duft von Alter und Wichtigkeit verströmten. Von Wohlstand zeugten die vielen Blätter aus Pergament, die sich unter elfenbeinernen Briefbeschwerern stapelten. Eine große Bronzebüste neben einem Fenster stellte den gehörnten Gott Lakydon dar, den versinnbildlichten Hafen der Stadt. Eine Wand des Raumes wurde von einer großen Karte eingenommen, die das südliche Gallien mit Küstenlinie und Hinterland zeigte.

Der Hausherr erhob sich hinter einem großen Schreibtisch, als Timaios eintrat, und grüßte freundlich. Hieronymos war ein kleiner Mann, dessen graue Haare nur noch das Äußere seines Schädels bedeckten. Das bis auf die Füße reichende Gewand passte mit seinem Farbenreichtum weniger zu dem Alter des Trägers als zu dessen gelben Zähnen.

»Willkommen, Timaios, Sohn von Timonides. Bitte« – er wies zu einem Rohrstuhl –, »nimm Platz.«

Timaios kam der Aufforderung nach und setzte sich auf den Stuhl. Aus Achtung vor dem Alter des anderen blieb er aufrecht sitzen, obwohl die hohe Rückenlehne sich sehr bequem anfühlte.

»Ich habe deinen Vater gekannt, Timaios. Ein guter Mann und kein schlechter Timuchos. Ich habe immer gehofft, dass wir seinen Sohn irgendwann einmal in unseren Reihen begrüßen könnten. Noch keine eigenen Kinder, um dem Gesetz Genüge zu tun? Nein? Aber bisher warst du auch selten in unserer Stadt anzutreffen, wie mir dein Ziehvater Kembriones einmal erzählte. Wo handelst du? In Gallien und Albion vor allem, ist das nicht so?«

»So ist es.« Timaios war nicht wenig geschmeichelt von der Kenntnis des Mannes und dem Umstand, dass ihm sein Name geläufig schien. Er musste lächeln. »Äußerst ungern nehme ich deine kostbare Zeit in Anspruch, o kenntnisreicher Timuchos, von der dir hoffentlich noch reichlich in dieser Welt verbleiben möge.« Der Ratsherr lächelte nun seinerseits wohlwollend, und Timaios verlor nahezu alle Bedenken, die ihn auf dem ganzen Weg durch die Stadt begleitet hatten. »Meine Reisen sind auch der Grund, warum ich zu dir komme. Leider ist die Sache ziemlich heikel und könnte Auswirkungen auf unsere Beziehungen zu Rom haben.«

Die Augenbrauen des Ratsherrn hoben sich, ohne dass das Lächeln schwächer wurde. »Deine Worte versetzen mich in Erstaunen, junger Mann. Ich wusste nicht, dass du Geschäfte von solcher Tragweite betreibst. Bitte, erzähl!«

Zögernd begann Timaios mit seinem Bericht über die Kimbern, seine Begegnung mit ihnen in den Alpen und den Überfall der Römer auf den Hain. Vom Silberkessel redete er nicht, sondern erging sich in Allgemeinplätzen über »eine Handvoll kultischer Gegenstände.« Svanhild und Hannibal erwähnte er ebenfalls nicht. Hieronymos unterbrach die Erzählung gelegentlich, um Einzelheiten zu erfragen, doch meist lauschte er schweigend.

Als Timaios schließlich zu einem vorläufigen Ende kam, beugte sich der Ratsherr nach vorn. Das Lächeln war längst verschwunden, aber der Blick der braunen Augen blieb freundlich. »Keinesfalls zweifle ich deine Geschichte an, aber ich kenne den Namen des Publius Licinius Crassus als den eines ehrenhaften Mannes. Warum sollte er ein solches Wagnis eingehen und Rom in einen Krieg stürzen?«

»Vielleicht wissen die Götter bereits, was sich mir noch nicht erschlossen hat, Timuchos. Vielleicht geht es um Gold.«

»Dann eher noch um Bernstein. Aber Crassus zählt zu den reichsten Männern Roms, ist das nicht so? Ich habe gelegentlich mit einigen seiner Klienten zu tun, wenn ich Crassus auch nicht persönlich kenne. Doch es ist immerhin eine bedeutsame Anschuldigung, wenn du behauptest, er habe den heiligen Hain der Barbaren von römischen Soldaten überfallen lassen, um ... Um was zu tun? Eine Handvoll Kultgegenstände und ein wenig Bernstein zu stehlen? Ich glaube, ich sollte diese Angelegenheit im Rat vorbringen. Mich sorgt, dass es offensichtlich Kimbern waren, die mich vor einiger Zeit besuchten. Trauen sie sich aber erst einmal bis nach Massalia, dann kann es nicht weit damit her sein, wenn die Römer von gebändigter Gefahr sprechen.«

Timaios hob die Hände. »Mit Verlaub, Timuchos: Es ist Unsinn. Die Kimbern sind stärker denn je. Und wenn sie irgendwann wieder aufbrechen sollten, dann sicherlich in Richtung Westen, nach Gallien.«

»Noch siedeln sie offenbar in Helvetien, rechts des Rhenus. Aber ich teile deine Einschätzung. Im Gegensatz zu den Römern betrifft uns in Massalia eine mögliche Gefahr, die von den Kimbern ausgeht, viel mehr und sicher auch viel eher.«

»Ein römischer Senator hat immerhin schon vom *terror cimbricus* gesprochen.« Timaios gebrauchte den lateinischen Begriff, um Carbos eindrucksvolles Wortspiel aus der Senatsversammlung wiederzugeben.

»Der kimbrische Schrecken? Kurz, aber wirkungsvoll. Römisch eben, ist es nicht so?«

»Seine Warnung wurde nicht gehört.«

»Nein? Drängen aber die Kimbern erst nach Westen, dann könnten andere Stämme ebenfalls in Bewegung geraten. Die Auswirkungen auf den Handel wären gewaltig. Und sehr, sehr bedenklich. Wenn ich mir nur vorstelle, dass die Barbaren uns vom Oberlauf des Rhodanos abschneiden …« Hieronymos, dessen Hände auf der rötlichen Holzplatte seines Schreibtisches gelegen hatten, lehnte sich in seinem Rohrstuhl zurück. »Die Angelegenheit dem Rat vorzutragen, erscheint mir zusehends richtig.«

Nun erzählte Timaios, durch die letzten Worte des Ratsherrn im gleichen Maße beunruhigt wie befriedigt, den Rest der Geschichte, soweit sie den Silberkessel und Hannibal betraf. Svanhild ließ er wieder aus. »In der Stadt hörte ich, du wüsstest vielleicht von dem silbernen Kessel«, schloss Timaios schließlich.

»In der Tat, ja, ich kenne ihn. Ein begehrtes Stück. Seinetwegen waren nämlich auch die Kimbern bei mir.« Timaios' Herz tat einen Sprung. Endlich eine Spur! Kapaneus – oder ein anderer – hatte den Kessel also tatsächlich nach Massalia gebracht. Die Nachricht war ein Labsal, und er spürte regelrecht, wie die Vorfreude, bald am Ziel zu sein, ihn zur Gänze erfüllte.

»Ein Kessel, der aus silbernen Platten besteht, ein einmaliger Gegenstand von gewaltigem Wert, die Platten sind leicht gebogen und vielleicht so breit.« Hieronymos zeigte mit den Händen einen Abstand an, der etwa der Größe einer Silberplatte entsprach. »Ist er das?« Timaios nickte eifrig.

»Vor knapp drei Monden war ein Mann bei mir, ein Messapier«, fuhr Hieronymos fort, »er wollte wissen, ob ich an einer alten Silberarbeit interessiert sei. Er hatte wohl gehört, dass ich derlei sammle, das ist ja kein Geheimnis in der Stadt. Als ich Neugierde bekundete, holte er eine einzelne silberne Platte, die zu einem Kessel gehören sollte, der nur aus solchen Platten bestehe. Tiere waren darauf abgebildet: ein Hirsch, ein Eber und andere. Auch eine Schlange, glaube ich.«

Kapaneus, der erwähnte Messapier, hatte also eine der Platten vom Kessel abgetrennt. Klug, wenn er in der Stadt keine Aufmerksamkeit erregen wollte. Und sollte die Suche nach dem Kessel nun hier enden? »Hast du gekauft?«, fragte Timaios hastig.

»Nein«, erwiderte Hieronymos, »ich habe abgelehnt, wenn auch schweren Herzens. Und ich habe dem Mann erklärt, dass es hier in der Stadt schwer sei, den gesamten Kessel zu einem angemessenen Preis zu veräußern.«

»Warum?«

»Es war ganz offensichtlich ein Kessel, der im keltischen Kult eingesetzt wurde.«

»Keltisch?« Timaios dehnte das Wort und presste die Lippen aufeinander. Ein Gedanke kam, ging wieder, kam erneut und bohrte. »Soweit ich weiß, gehörte er den Kimbern.«

»Und was ist der Unterschied zwischen Kelten und Kimbern?«

»Die Kimbern mögen es nicht sonderlich, wenn man sie Kelten nennt. Vielleicht ...«

»Ja?«

»Vielleicht sind sie keine Kelten.« Zum ersten Mal sprach Timaios aus, was er bereits mehr als einmal gedacht hatte, aber nie hatte glauben wollen. Obwohl die Kimbern sich selbst nicht als Kelten bezeichneten und obwohl es zwischen diesen und jenen Unterschiede gab, war Timaios immer der Meinung gewesen, dass die Welt weitgehend bekannt sei: Das Innere Meer war der Mittelpunkt der Welt, beherrscht zu größeren Teilen von den Römern und zu kleineren von den Hellenen. Im Norden und Westen des Meeres lebten die Kelten und Keltiberer, seinen Nordosten durchzogen die Reitervölker der Skythen, südlich des Inneren Meeres waren die schwarzen Völker zu Hause. Nach Osten hin erstreckte sich Persien, im Südosten Arabien. Erst dahinter begann die unbekannte Welt. Im fernen Osten mochte es noch fremde Völkerschaften und Landmassen geben, in Indien oder im geheimnisvollen Seidenland der Serer jenseits des Skythenlandes. Aber hier, nahe Massalia?

»Ich höre mich auch lieber als Massalioten denn als Hellenen bezeichnet«, sagte Hieronymos und hob einen Zeigefinger. »Der Kessel ist keltisch. Kein Zweifel. Hast du ihn gesehen? Auf der Platte, die mir der Messapier zeigte, war auch Cernunnos abgebildet, dieser seltsame Keltengott mit dem Hirschgeweih.

Wer betet zu einem keltischen Gott? Einzig die Kelten, ist es nicht so? Ich dachte, du handelst in Gallien. Diese Kimbern, die bei mir waren, sahen aus wie alle Gallier, vielleicht ein wenig wilder und nicht so bunt gekleidet, aber alles andere … Bis hin zu ihren Ausdünstungen.« Er wedelte sich mit der Hand vor der Nase herum.

Hieronymos' Aussage war eine kleine Überraschung für Timaios, aber er begriff, dass sie den Kern des Problems traf. Wenn die Kimbern keltische Götter verehrten, dann mussten sie auch Kelten sein. *Ist es nicht so?*, dachte er und lächelte. Darin war Hieronymos beizupflichten. Woher mochte der Kessel denn sonst stammen, wenn er keltisch war und die Kimbern tatsächlich keine Kelten waren? Und es kam doch durchaus vor, dass bestimmte Stämme ihre Zugehörigkeit zu einer Volksgruppe leugneten.

Hieronymos spann den Faden weiter. »Die Männer, die hier waren, sprachen keltisch. Doch gleichgültig. Dieser Kessel: keltischer Kult also. Menschenopfer – oder Artemis weiß, was die Druiden noch so alles treiben. Wir haben in Massalia zwar keine Angst vor irgendwelchen Galliern, gleichgültig, ob Ligurer oder Kelten, aber wir respektieren ihren Glauben. Die Lage ist angespannt genug, trotz der Anwesenheit der Römer.«

»Oder gerade deshalb.«

Hieronymos achtete nicht auf Timaios' Bemerkung. »Die Narbonensis ist nur dem Namen nach eine Provinz. In Wirklichkeit ist sie ein barbarisches Meer, in dem einige wenige Boote schwimmen, in denen kluge Menschen die Fackel des Prometheus hochhalten, damit die Gischt der Wellen das Feuer nicht löscht.* Ein Kessel wie dieser silberne ist einmalig und – sei bei allen Göttern gewiss – weit über eine Landschaft hinaus bekannt.« Timaios nickte beifällig, das leuchtete ihm ein. »Wenn er sogar von den Druiden benutzt wurde, dann ohnehin. Seine Anwesenheit hier könnte kaum verborgen bleiben. Massalia ist in vielerlei Hinsicht immer noch ein Dorf. Und darum war mir das Geschäft zu gefährlich. Wenn es um ihre tausend Götter

---

* Es war der Titan Prometheus, der nach altem griechischem Glauben den Menschen gegen den Willen von Göttervater Zeus das Feuer (der Erleuchtung) brachte.

geht, vergessen die Gallier manchmal, dass sie uns eigentlich unterlegen sind.«

»Du hast also abgelehnt!« Timaios spürte Enttäuschung wie einen Kloß im Hals, der ihm schier die Luft nahm. Und nun? Kapaneus war tot, aber wo war der Kessel abgeblieben?

»Ich habe dem Messapier geraten, den Kessel in einer anderen Stadt zu verkaufen. Rom etwa. Die nehmen es nicht so genau mit dem Glauben anderer Völker, wie wir alle wissen. Und Rom ist weit.«

»Das heißt also, Timuchos, du weißt nicht, wo der Kessel nun ist?«

»Nein.« Der Kloß im Hals wollte nicht rutschen. Timaios atmete schwer, als Kembriones weitersprach und ihn dabei mitleidig musterte. »Du hättest ihn gebraucht, um deinen Gehilfen von Crassus loszukaufen – ich kann es noch immer nicht glauben, aber ... Tut mir leid, Timaios.«

Timaios schwieg, enttäuscht, geistig erschöpft und ratlos.

»Aber ich kann dir trotzdem einen Hinweis geben. Nur eine Möglichkeit, aber vielleicht ist der Messapier ...« Hieronymos strich sich das Kinn, als müsse er nachdenken.

»Ich höre, Timuchos.« Timaios' Stimme klang belegt.

»Ich habe dem Mann empfohlen, den Kessel oder seine Einzelteile weniger offen mit sich herumzutragen. Nicht alles, was wertvoll ist, sollte dies allzu deutlich zur Schau stellen. Und manches kann unter einer hässlichen Oberfläche mehr verbergen, als es den Anschein hat.«

»Ich verstehe nicht ganz«, murmelte Timaios und lächelte gequält. Er mochte keine Rätsel, nicht in diesen Tagen.

Hieronymos lächelte ebenfalls. Er schien zu verstehen. »Verzeih. Es gibt Mittel und Wege, einen silbernen Gegenstand unkenntlich zu machen. Ich habe ihm geraten, dies zu tun, und ihm den Namen eines Silberschmiedes genannt, der solche Arbeiten gelegentlich für mich erledigt. Der Schmied heißt Calgacos. Er hat seine Werkstatt in der Nähe der nördlichen Mauer.«

Eine neue Spur, ein neuer Faden, um aus den Klauen des Minotaurus Crassus zu entfliehen. Ariadne, die Schöne, die Begehrenswerte, war längst fort, doch Timaios irrte nach wie vor durch das Labyrinth des Ungeheuers. Vielleicht war Hannibal doch noch nicht verloren. »Ich danke dir, Timuchos.«

»Ich wahre nur die Anliegen der Stadt. Vielleicht ist der Mann meinem Rat gefolgt, denn es schien, als hätte ich ihn überzeugt. Aber sag mir etwas anderes, Timaios. Die Kimbern ... Warum deine Zuneigung zu diesen Barbaren?«

Timaios hob Schultern und Unterarme. »Es sind Menschen wie wir, Timuchos. Es ... es lohnt, sie zu kennen.« Worte, die niemanden zu überzeugen vermochten. Hieronymos' Anteilnahme erstreckte sich vermutlich allein auf ihren Verkaufswert als Sklaven.

»Menschen wie wir? Nun, dass es keine Tiere sind, das würde ich unterzeichnen, aber gleich Menschen wie wir? Kleiden sie sich denn in Seide oder Purpur? Benutzen sie denn Pergament oder Papyrus zum Schreiben? Oder gar dieses neue Zeug aus dem Land der Serer, das sie aus Holzbrei herstellen? Es lohnt also, sie zu kennen? Du siehst mich schon wieder erstaunt. Warst du wirklich so selten in deiner Heimatstadt? Oder redest du von ihren Waren? Bernstein, Felle, Pferde. Oder sind die Kimbern vielleicht selbst lohnende Sklaven? Groß von Gestalt waren sie. Aber vermutlich recht widerspenstig, ist es nicht so?«

Sklaven. Alles erinnerte ihn an Svanhild und ihre Verachtung Menschenhändlern gegenüber. »Nein«, entgegnete Timaios und spürte doch, wie er seine Überzeugung durch die Geringschätzung des anderen verlor, »ich meine die Kimbern selbst, die Menschen.«

»Du redest wie Platon. Als Nächstes wirst du mir erzählen, dass wir den Galliern und Ligurern in Massalia ein Stimmrecht einräumen sollen. Warum nicht auch gleich den Frauen und den Metöken*? Es sind Barbaren, Timaios, und es werden immer Barbaren bleiben. Aber deine Gefühle für sie spielen keine Rolle ... Mir bereitet die Sache mit dem Römer Crassus noch immer Sorgen. Das könnte Verwicklungen nach sich ziehen. Vielleicht sollte ich mich mit ihm in Verbindung setzen ...«

---

* griech. »Mitwohnende«: zugezogene Einwohner einer Stadt, die nicht deren Bürgerrecht besaßen.

Timaios schluckte trocken. »Dann muss ich dir vorher die ganze Geschichte erzählen.«

»Gibt es noch mehr zu berichten?«

»Leider. Und ich glaube, das macht es erst richtig undurchschaubar.« Timaios, der inzwischen ein gewisses Vertrauen zu dem alten Mann gefasst hatte und Rat und Hilfe ersehnte, erzählte daraufhin von der Entführung und Befreiung Svanhilds.

Hieronymos pfiff durch eine Lücke zwischen den gelben Schneidezähnen. Er stand auf und wanderte im Raum umher, die Hände vor der Brust verschränkt. »Deshalb also deine Zuneigung zu den Barbaren. Aber was du da in Rom getan hast, ist ein klarer Verstoß gegen das Gesetz, Timaios. Dein Glück, dass du ihn in Rom begangen hast. Und was soll ich jetzt wegen dieses Caepio unternehmen? Man kann dir kaum etwas nachweisen. Diesen Mann kenne ich übrigens aufgrund einiger kleinerer Geschäfte. Ich mag ihn nicht, doch das steht hier nicht zur Debatte. Aber ... Massalia wird in der ganzen Ökumene für seine Gesetzgebung gelobt, von den Säulen des Herakles bis zu den Pforten des Euxinischen Meeres. Ich habe eigentlich keine andere Wahl, als dich zu bitten, das Mädchen herauszugeben.«

Timaios dachte an die Aufforderung des anderen Timuchos und lächelte schwach. »Sie ist nicht mehr bei mir.«

Hieronymos blieb stehen und hob die Augenbrauen. »Sondern?«

»Auf dem Weg zu ihrem Stamm. Sie traf einige Helvetier, die sie nach Norden mitnahmen.«

»Ah, dieser Diewicos oder wie er hieß. Jung, aber nicht dumm. Ich sah ihn, als er vor dem Rat sprach. Freundschaft, Frieden und Handel. Und neues Land. Weil es ihnen schlecht ergehe wegen fremder Völker. Als ob wir hier noch Land zu vergeben hätten!« Hieronymos presste die Lippen aufeinander, Timaios wartete. »Ich weiß wirklich nicht, was da zu tun ist. Einen Senator überfallen! Was für Zeiten, was für Sitten! Wie nannte sich der Mann der Fünfzehn, der mit Caepio bei dir war?«

»Argroetas«, sagte Timaios.

»Ich werde mit ihm reden und ihn bitten, sich mit deiner Auskunft zufriedenzugeben. Ich hoffe sehr, dass aus Rom keine Fragen mehr kommen. Aber Caepio ist nur ein schwaches kleines Licht … Crassus ist ein großes Feuer, aber er will diese Angelegenheit möglicherweise nicht öffentlich machen.«

»Hoffentlich.«

»Ja. Doch wenn seine Flammen unsere Stadt zu verzehren drohen, muss ich handeln.«

Überaus erleichtert schickte Timaios ein Dankgebet an Artemis, die Hüterin der Stadt, dass sie solche Männer mit der Wahrung ihrer Belange bedachte.

Hieronymos begleitete seine weiteren Worte mit einem Kopfschütteln. »Dass ein Senator Roms zu solchen Mitteln greift, hätte ich nie erwartet. Es muss mehr dahinterstecken als nur dieser Silberkessel. Hast du keine Vermutung, worum es sich handeln könnte?«

»Keine.« Timaios deutete seinerseits ein Kopfschütteln an. *Bernstein? Nein, ich weiß es einfach nicht.*

»Gut. Aber lass es mich wissen, wenn du eine Eingebung hast, welcher Gott sie dir auch schicken mag. Ich werde vorerst nur die Fünfzehn auf die Kimbern hinweisen. Alles andere wird sich finden, wenn die Tage vergehen.«

Timaios war bereits aufgestanden, als ihm noch etwas einfiel. »Gestatte noch eine Frage, Timuchos. Die Kimbern, die dich aufsuchten, was wollten sie eigentlich von dir?«

Hieronymos zögerte. »Es ging um Geschäfte.«

»Geschäfte? Mit den Kimbern?«

»Es ging um Bernstein.«

»Bernstein?«

Hieronymos lächelte über den verblüfften jungen Mann, der ihm die Worte nachplapperte wie ein Papagei. »Ich hatte kurz zuvor einen größeren Bestand verkauft, und die Barbaren begehrten zu wissen, woher er stammte.« Timaios schwieg, wartete aber gespannt, und Hieronymos ließ sich tatsächlich zu einer Erklärung herab. »Den Barbaren habe ich es nicht erzählt, warum sollte ich? Aber der Bernstein stammte von diesem Messapier aus Brundisium.«

»Kapaneus? Natürlich!« Timaios schlug sich mit der flachen Hand gegen die Stirn.

»Richtig, das war sein Name. Das scheint dich aber nicht zu überraschen, ist es nicht so?«

»Nein, ich hörte bereits davon, dass er Bernstein mit sich führte. Wie viel war es denn?«

»Sehr viel. Ein Talent ungefähr.« Mehr wollte Hieronymos über diesen Teil des Geschäftes nicht verraten.

Ein Talent Bernstein – das hatte bereits Kembriones erwähnt. Timaios war dennoch gründlich verwirrt. Auch Briseis hatte ihn auf den Bernstein hingewiesen, und eigentlich war es gar keine große Überraschung, dass auch Hieronymos in die Angelegenheit verwickelt war.

Wenn die Kimbern nach dem Bernstein suchten, ging es offenbar nicht nur um den Silberkessel. Oder sie hofften, diesen über den Bernstein wiederzufinden. Und damit vielleicht auch Svanhild. Das klang immerhin glaubhaft. Timaios entschied sich für folgende Auslegung: Die Römer hatten neben dem Silberkessel auch Bernstein gestohlen oder stehlen lassen. Wenn sie den Bernstein fänden, so hofften die Kimbern vermutlich, konnte der Kessel nicht weit sein, nachdem beides zusammen verschwunden war. Den Bernstein zu finden, musste einfacher sein, denn er war eine Handelsware. Was lag also näher, als ihn vordergründig zu suchen? Aber waren die Kimbern fündig geworden? Zumindest nicht bei Hieronymos, der geschwiegen hatte, wie er behauptete.

»Dann wissen die Barbaren weder etwas über den Bernstein noch über den Silberkessel?«, fragte Timaios noch einmal.

»Jedenfalls nicht durch mich«, antwortete der Ratsherr. »Über den Bernstein gibt es auch nichts zu wissen, schließlich ist Massalia der Hauptumschlagplatz für die westliche Bernsteinstraße, wie es Aquileia für die östliche ist. Häufig sind größere Mengen hier im Umlauf, obwohl es seit mindestens sieben oder acht Jahren das erste Mal war, dass ich ein ganzes Talent auf einem Haufen sah. Übrigens sollen irgendwelche Barbaren etwas damit zu tun haben, dass so wenig Bernstein gehandelt wird.« Hieronymos seufzte. »Irgendwo muss es ein Nest mit Barbaren geben.«

Timaios überlegte. Ein attisches Talent, das waren ungefähr achtzig römische Pfund, das Gewicht eines kleinen Kindes. Für Bernstein, dessen Eigengewicht nicht hoch war, war das in der

Tat eine enorme Menge. *Zwei Säcke, hat Briseis in Rom gesagt. Einer enthielt demnach Bernstein. Befand sich in dem anderen dann der Silberkessel? Was sollte es sonst gewesen sein?*

Mit schönen Worten bedankte und verabschiedete sich Timaios bei dem Ratsherrn, der ihn selbst bis zur Tür seines Hauses brachte, und beschloss, unverzüglich den erwähnten Silberschmied aufzusuchen.

Seinem Namen zufolge musste der Schmied Calgacos ein Gallier sein. Dem Ort seiner Werkstatt nach zu urteilen, hätte Timaios, wenn er es nicht ohnehin gewusst hätte, entweder auf Gerber oder Schmied als Handwerk geschlossen, denn zwischen den Hütten, in denen ebendiese Männer ihrer entweder übel riechenden oder aber lauten Arbeit nachgingen, und der übrigen Stadt lag das unbebaute Exerzierfeld, und von den Schmieden bis zu den ersten Wohnhäusern war es einen guten Steinwurf weit. Er hatte den Mann bald gefunden und nannte ihm den Namen des Magistrates, bevor er nach dem Kessel fragte.

»Silberner Kessel? Wie könnte ich den vergessen?« Calgacos nickte nachdrücklich. »Möchte nur mal wissen, wo der alte Kapaneus den herhatte.« Dass Timaios von Hieronymos geschickt worden war, schien ihm bei dem Schmied die Türen zu öffnen. Der große Gallier mit der Lederschürze trug einen blonden Zopf, dessen Haar zum Kopf hin um einiges dunkler war. Die schweißbedeckten Arme waren oberhalb der Ellbogen tätowiert, unterhalb davon mit Ruß bedeckt. Aus dem gesäumten Kragen des ärmellosen, groben Kittels kringelten sich dichte Löckchen.

»Du kennst Kapaneus?«

»Kannte ihn.« Er rieb sich die Nase. »Ist tot, wusstest du das nicht? Schade um seine Mädchen, die Venuslöcher. Etwas Schöneres als diesen Kessel sah ich nie. Hellenische Arbeit mit …«

Timaios unterbrach den Redefluss. »Warte bitte – der Kessel ist ein keltisches Stück, kein hellenisches!«

Der Schmied lachte. »Im ganzen Leben nicht! Den Kelten möchte ich sehen, dem so ein hübsches Stück gelänge! Könnte ich selbst nicht, und die Gegenstände, die ich manchmal für den Timuchos anfertige, sind schon schwierig genug. Ist ja vielleicht unter keltischem Einfluss hergestellt worden und auch für Kelten bestimmt. Aber gemacht hat ihn kein Kelte, kann mir keiner einreden. Und die Darstellungen ... Weiß nicht. Kann nicht sagen warum, aber auf mich haben einige davon hellenisch gewirkt.« Timaios seufzte. Erst kimbrisch, dann keltisch, jetzt auf einmal hellenisch. Der Kessel wurde für ihn immer mehr zu einem Rätsel. »Kapaneus wollte, dass ich den Kessel verändere. Irgendjemand hatte ihm Angst vor den Barbaren eingejagt. Dabei dürfen Barbaren in der Stadt nicht einmal Waffen tragen.«

Timaios unterdrückte ein Lächeln. Der Schmied war zumindest äußerlich kaum von einem Barbaren zu unterscheiden – er trug Beinkleider, seine Ohren waren behängt, und er war bärtig. Wenn Calgacos den einen oder anderen Kimber gesehen hätte, hätte er wohl kaum verstanden, dass man sich vor ihnen fürchten konnte, auch wenn sie ohne Waffen gingen. Kapaneus aber hatte die Kimbern in Noreia erlebt. Und er war alles andere als ein Herkules oder Perseus. Wie hätte er sich den Schurz erst vollgemacht, wenn er wie Timaios mitten in die Schlacht von Noreia geraten wäre!

»Und was hast du an dem Kessel verändert?«

»War gar nicht so einfach. Wäre natürlich möglich gewesen, ihn zu färben. Aber dann hätte man immer noch deutlich seine Formen gesehen. Die Reliefs waren zu stark herausgearbeitet. Jeder hätte sie auf Anhieb erkannt. Gute Arbeit. Und teuer, unbezahlbar. Mit dem Gold und allem ...«

»Gold?«

»Ja, die eine oder andere Platte war mit Gold überzogen.«

Das war für Timaios keine große Überraschung, denn von Beginn an war er nicht sicher gewesen, aus welchen Edelmetallen der Kessel überhaupt bestand. Wenn die Kimbern ihn einmal gründlich säuberten ... Der furchtbare Marsch kam ihm in den Sinn, als die vor Schmutz starrenden Kimbern sich durch das Moor schlugen. Auch Svanhild. Barbaren eben.

»Habe Kapaneus vorgeschlagen, die Form der hübschen Bilder durch Niellieren zu verändern.«

»Womit?«

»Niellotechnik.« Der Handwerker verzog das bärtige Gesicht mit den rußigen Schweißspuren und erklärte Timaios in kurzen

Sätzen, was er meinte. »Nimmt man eigentlich für Verzierungen von Goldarbeiten. Bei der Größe des Kessels ein ganz schöner Aufwand. Du mischst Silber mit Kupfer und Blei und gibst Borax dazu. Der löst sich ganz leicht. Nicht sehr billig zu haben, kommt aus dem Osten. Aber besser als Salmiak. Das alles wird zu einem Pulver zerstoßen und mit Schwefel vermengt. Das Zeug dann auf die Fläche auftragen und einbrennen. Nachher schabst du alle Überstände ab und polierst die Fläche mit Bimsstein nach. Aber das wollte der alte Kapaneus nicht. Nur ein bisschen. Sagte, er sei zufrieden mit der neuen Form und Farbe, und ich solle den Kessel wieder zusammensetzen ...«

»Warte!« Timaios holte tief Luft. »Du hattest ihn auseinandergenommen?«

»Nein. Kapaneus kam schon mit dem zerlegten Kessel daher. Glaube, es waren zwölf oder dreizehn eckige Silberplatten, eine runde Platte und ein großes Bodenstück aus Bronze. Von der Form einer Schale. Einige Platten und der Kranz oben waren verbogen. Ist wohl allzu eilig auseinandergenommen worden. Frage mich nur, wo das Ding geblieben ist, als der Alte über den Styx ist.« Der Mann kratzte sich grinsend am Gemächt. »Wüsste eigentlich noch viel lieber, wo seine hübschen Mädchen abgeblieben sind.«

Kapaneus hat den Kessel in seine Einzelteile zerlegt! Das überraschte Timaios und erklärte doch immerhin, warum Briseis den Silberkessel nicht gesehen hatte. Und die Säcke waren gut verknotet gewesen, hatte sie gesagt. *Eines fügt sich allmählich zum anderen.* Wahrscheinlich hatte der misstrauische Zuhälter den Silberkessel schon auf dem Schlachtfeld auseinandergenommen – vermutlich in Eile: Von verbogenen Platten hatte Calgacos soeben erzählt! Und Kapaneus hatte es getan, um das auffallende Stück vor seinen Mädchen verbergen und in einen Sack packen zu können. Oder er hatte es so gefunden. Dann hätten die Taurisker oder die Römer den Kessel bereits zerlegt gehabt. Allein das runde Bodenteil hatte Kapaneus nicht versteckt, und das hatte Briseis gesehen und für eine einfache Opferschale gehalten. Timaios war stolz, das Rätsel gelöst zu haben.

Wo aber befand sich der Kessel nach dem Tod des Messapiers? Nachdem nun auch die Form verändert war, ließ er sich vermutlich überhaupt nicht mehr auffinden. Aber Kapaneus hatte Massalia nicht mehr verlassen, die begehrte Beute musste also noch in der Stadt sein.

»Wie sieht der Kessel denn nun aus? Silbern ist er also nicht mehr?«

Der Schmied grunzte. »Auf den ersten Blick würde man ihn so wenig als silbern erkennen wie einen Schwanzlosen als schwanzlos. Ziehst du aber beide aus ... Ein hässliches schwarzes Ding ist der Kessel jetzt. Kapaneus war zufrieden.«

In dumpfer Vorahnung zog sich Timaios' Magen zusammen. Kapaneus hatte Massalia nicht mehr verlassen, das war sicher. Folgerichtig war der Kessel in seiner Hinterlassenschaft geblieben, die seine Gefährtinnen unter sich aufgeteilt hatten ... Briseis hatte erzählt, sie seien zusammen mit dem Wagen nach Rom gefahren ... »Schwarz?«, ächzte Timaios.

»Der Kessel? Schwarz wie die Nacht. Je mehr Schwefel man hinzugibt, desto dunkler das Metall.«

»Kot der Kentauren!« *Briseis hat ihn! Der Wasserkessel in ihrem Zimmer, aus dem sie mit der Holzschüssel Wasser schöpfte, um sich zu säubern ...* Timaios rief sich seinen Besuch bei der Dirne ins Gedächtnis zurück. Er hatte die richtige Größe, er war unförmig, und er war schwarz.

»Schwarz, nicht braun«, betonte der Schmied noch einmal und lachte grunzend.

»Bei Zeus' Hintern! Das runde Bodenstück ... Aus Bronze, hast du gesagt? Aha! Hast du daran auch etwas verändert?«

Der Schmied zeigte allmählich Anzeichen von Ungeduld. »Nur ein leichter Niello-Überzug, um die Farbe anzupassen. Nichts sonst. Noch etwas?« Seine Stimme deutete an, dass das Gespräch für ihn beendet war. »Habe noch zu arbeiten ...«

Timaios verneinte, gab dem Mann ein Geldstück und eilte davon, voller hüpfender Gedanken und springender Hoffnungen. Der Kessel befand sich in Rom! Wenn Crassus das wüsste! Doch nun musste er noch einmal nach Rom reisen, um den Kessel zu holen. Und das erinnerte ihn an die Geschichte von Sisyphos, der dazu verdammt war, den gleichen Felsblock immer und immer wieder einen Berg hinaufzuwälzen, nur um oben zuschauen zu müssen, wie er hinunterrollte. Doch gleichzeitig spürte er eine ungeheure Befriedigung bei der Aussicht auf Hannibals Befreiung.

Drei Tage später hatte Timaios sich noch nicht entschließen können, ohne Verzögerung nach Rom zurückzukehren, kam aus eben dieser Stadt mit einem Frachtsegler eine Schriftrolle für ihn. Ohne die Spur eines Siegels, aber ausschließlich zu seinen Händen. Er wickelte sie auf und las die kurze Nachricht.

An den Händler Timaios aus Massilia im Haus des Ratsherrn Kembriones in Massilia.

Der Punier befindet sich auf Sizilien, auf einem der Güter des Crassus nördlich Morgantinas. Ich kann nichts für seine Befreiung tun, das liegt in Deiner Hand. Viel Glück. C. P. C.

Zuerst Sizilien, dann Rom, beschloss Timaios. Vielleicht konnte er Hannibal auslösen *und* den Kessel an sich bringen. Wenn er auf Sizilien nichts erreichte, würde er den Kessel bei Briseis holen und danach Crassus aufsuchen. Aber der Silberkessel wäre zu einem späteren Zeitpunkt ein guter Grund, um nach Norden zu fahren und ... Svanhild wiederzusehen. Die Wunde in seinem Innern war noch nicht verheilt, und er wusste, dass nur ein Mensch die Gabe besaß, die Schmerzen zu lindern.

»Kembriones«, fragte er seinen Ziehvater, der sorgenvollen Blickes neben ihm stand und auf die Schriftrolle starrte, die Timaios gerade zerknüllte, »weißt du ein Schiff, das nach Syrakus oder Tauromenion fährt?«

5. Kapitel

Die römische Provinz Sizilien im Mond sextilis

Hannibal schaute den Wolken nach, die ein heißer Wind nach Süden trieb, nach Süden, wo hinter dem Meer die Reste einer Stadt lagen, welche die Römer Karthago nannten, die griechisch sprechenden Hellenen Karchedon und er selbst in seinen Tagträumen Kart Hadasht, Neue Stadt. Nichts wünschte er sich sehnlicher, als noch einmal durch diese Stadt zu streifen, die er als Fünfjähriger hatte verlassen müssen …

Ein tiefer Seufzer entrang sich seiner unbedeckten Brust. Diese Stadt gab es längst nicht mehr. Nur ein Trümmerfeld gleichen Namens hatte der römische Feldherr nach dreijähriger Belagerung zurückgelassen.

Als Hannibal das feine Sirren der Peitsche hörte, wusste er, dass er wieder geträumt und seine Umgebung vergessen hatte, und als er den Schmerz des ersten scharfen Peitschenhiebs und der folgenden Schläge auf Rücken und Arme spürte, vergaß er jeden Gedanken an seine Heimat, vergaß sogar den eigenen Namen und vergaß auch, dass er jemals etwas vergessen hatte.

»Das wird dich zur Besinnung bringen, schwanzloser Punier!«, brüllte Maurus, der Aufseher mit der knolligen Nase, der selbst einmal Sklave gewesen war und eine entsprechend genaue Vorstellung davon hatte, an welchen Körperstellen welche Behandlungen am heftigsten schmerzten. »Erwische ich dich noch einmal, wie du in den Himmel starrst, schlage ich dich tot wie eine Fliege!«

Nach sechs oder sieben Hieben hatte Maurus genug, zumal Hannibal wie ein Besessener mit dem Flegel auf den Kornhaufen einschlug, um weiteren Züchtigungen zu entgehen. Befriedigt schlenderte der Aufseher weiter, und der Punier ließ sich ein wenig mehr Zeit mit dem Dreschen. Seine Gedanken schweiften wieder ab, doch der Rücken ermahnte die Hände, nur nicht innezuhalten. Der Gedanke, dass er alles dies am gleichen Ort schon einmal erlebt hatte, ließ sich nicht länger verdrängen. Vor dreißig Jahren hatte man ihn nach dem Untergang seiner Stadt nach Enna verschleppt, in die heiße Mitte Siziliens. Auf einer Plantage wie dieser hatte er dieselbe harte Arbeit verrichtet, gequält von den gleichen großspurigen Aufsehern, die mit Leidenschaft die gleichen Peitschen benutzten, um denselben Rücken zu zerfetzen. Sein Leben empfand Hannibal als einzigen Verrat, und ob es jemals Menschen gegeben hatte, denen er trauen konnte, wusste er längst nicht mehr ...

Am Anfang stand der Verrat der Römer an seiner Heimatstadt. Seine Eltern und Geschwister waren gestorben, als die Legionäre sich in einem fürchterlichen Gemetzel von Haus zu Haus kämpften. Dann der Verrat seines nachmaligen Herrn, Damophilos von Enna, der in unbeschreiblichem Luxus lebte. Ihnen, den bittenden, nackten, hungrigen Feldsklaven, verweigerte er Nahrung und Kleidung und fragte noch höhnisch, ob denn nicht jene, die das Land durchreisten, bereit seien, etwas an die armen Sklaven abzugeben, freiwillig oder unfreiwillig. Die nackten Bittsteller ließ er an Säulen binden, auf die er persönlich mit Pfeilen schoss.

Mit vierzehn Jahren gelang Hannibal endlich die Flucht von Feldarbeit, Herdenhüten und räuberischen Überfällen auf Reisende. Aber Gesindel von der sizilischen Küste, das sich großartig Piraten nannte und kleinmütig Fischer überfiel, verkaufte ihn an die Römer, anstatt ihn wie versprochen nach Africa überzusetzen. Jahre später verrieten die eigenen Leute das Sklavenheer von Eunus in Tauromenion, das in der letzten Bastion den römischen Legionen trotzte – doch die Sklaven taten dies auf eine Weise, die aller Vernunft längst schon Hohn sprach. Viele tausend Sklaven wurden nach dem Verrat zu Tode gebracht. Einige wenige, unter ihnen Hannibal, wurden lediglich gefoltert oder entmannt. Und zuletzt, im Hier und Jetzt, der Verrat der Römer Caepio und Crassus, die ihn bezichtigten, eine römische Taverne angezündet zu haben, und ihn dann als Sklaven nach Sizilien verschifften.

Diese Gedanken an Unrecht und Hass tobten Hannibal durch den Kopf, während seine schwieligen Hände den Dreschflegel hoben und auf die gepflasterte Tenne niederfallen ließen, hoben und fallen ließen und immer so fort. Dann folgten andere Gedanken, geringer an Zahl, größer an Wert, und wollten ihn daran erinnern, dass es in dieser Welt dennoch auch Recht und Liebe gab, obwohl sie schlecht abgewogen und ungerecht verteilt waren – in allzu kleine Stücke und allzu kurze Augenblicke. Vielleicht um ihren Wert zu erhöhen?

Baal Hammon, der Stadtgott Karthagos, wusste allein, wem und warum Gunst und Ungunst zu erweisen waren. Hannibal dachte an seine Mutter und empfand eine undeutliche Mischung aus Wärme und Zuneigung. Er sah sie immer mit geschorenem Kopf vor sich, da alle Frauen der belagerten Stadt ihr Haar geopfert hatten, um Waffen und Werkzeuge zur Verteidigung der Stadt herzustellen: Bogensehnen, Stricke und anderes. An seinen Vater erinnerte er sich nicht. Später in Enna hatte er den großmütigen alten Karthager Gisgon kennengelernt, der ihm, als dem einzigen anderen Karthager am Abend in den Sklavenunterkünften das Schreiben und Lesen beibrachte, während die anderen schwermütige und fröhliche Lieder sangen. Der nächste Mensch, an welchen Hannibal sich mit Freuden erinnerte, war die hübsche junge Tochter des Damophilos, von der er in der Nacht träumte und die er bei Tag mit innigen Segenswünschen bedachte, nachdem sie ihrem Vater getrotzt und ihn und die anderen Feldsklaven von den Säulen losgebunden hatte. Trotzdem hätte Hannibal es niemals gewagt, sie, die so hoch über ihm stand, auch nur anzusprechen, geschweige denn, ihr von seinen Träumen zu erzählen. So verfolgte er sie allein mit seinen Blicken, wenn er sie sah, und mit seinen Gedanken, wenn er sie nicht sah. Seiner leidenschaftlichen Fürsprache war es dann auch zu danken, dass sie nicht wie ihre Eltern von den Feldsklaven getötet wurde, als in Enna der große Aufstand losbrach, sondern zu Verwandten nach Catania geleitet wurde. Den syrischen Sklaven Eunus verehrte Hannibal schließlich als Propheten, Magier und Herrscher, der die Sklaven Siziliens aus ihrem Unrecht befreien wollte und dem es sogar gelungen war, zu gleicher Zeit auf dem fernen Delos das lodernde Feuer der Sklavenkriege zu entfachen.

Hannibal begleitete Eunus vom Anfang der Erhebung bis zum furchtbaren Ende vier wunderbare Jahre später und hätte mit Freuden sein Leben für ihn gegeben. Theste, die junge Sikeliotin, war in dieser Zeit zu ihm gekommen, da er sechzehn wurde, zu ihm, der trotz seiner Jugend zu Eunus' Leibwache gehörte, der für ein Sizilien ohne Römer, nicht aber für ein Leben ohne Sklaverei focht. Theste, die Einfühlsame, Theste, die Wunderschöne, Theste, die Begehrenswerte, hatte ihn gelehrt, die Gefühle, die er für die Tochter des Damophilos empfunden hatte, auf vielfältige Weise auf sie zu übertragen.

Ihm, der körperlichen Schmerz ertragen konnte, ohne weich zu werden, ohne zu schreien, ohne zu weinen, fügte Thestes Schicksal einen so grausamen seelischen Schmerz zu, dass er daran zerbrach. Nach dem Verrat von Tauromenion musste er mit ansehen, wie römische Soldaten das Mädchen missbrauchten und zu Tode quälten, während er in Ketten gelegt wurde.

Die Mutter, Gisgon, Eunus, Theste ... Zuletzt gab es da noch Timonides und Timaios, gute Menschen und massaliotische Kaufherren, in deren Diensten er lange gestanden und mit deren Hilfe er ein neues Leben kennengelernt hatte, ein Leben ohne Peitsche, ohne Gewalt, ohne Schmerz – ohne körperlichen Schmerz, denn die innere Pein verließ ihn nie mehr.

»Langsamer!«, zischte Agape auf Griechisch, die alte Numiderin, die auf der Erde kniete und Gerstengarben nachlegte.

»Lass mich in Ruhe, du Vettel!«

»Wenn du schlecht arbeitest, dann sage ich es Maurus!«, kreischte das dunkelhäutige Weib mit den vielen grauen Strähnen. »Erzähl mir von Antiochos, dem großen Syrer!«, verlangte sie dann.

Eunus war noch immer eine Legende auf der Insel, nicht nur

unter den Sklaven, sondern auch unter den freien Arbeitern. Nach zwanzig Jahren geriet Hannibal noch immer in Verzückung, wenn er an ihn dachte, seinen König.

»Geh, Alte! Was weißt du von Eunus?«

»Ich weiß, dass er sich Antiochos rufen ließ«, gab Agape mit spitzer Stimme zurück. »Aber ich weiß auch, dass er verfaulte und von Läusen aufgefressen wurde. Und ich weiß, dass seine Männer in Tauromenion an Kreuze geschlagen wurden, an denen sie noch immer hängen. Viele Sklaven gehen dorthin und beten an diesem Ort. Ah, böse Geister …«

Hannibal schwindelte. »Ist das wahr? Nach all den Jahren immer noch …«

»Erzähl mir von Eunus!«,verlangte die alte Frau beharrlich, während ihre Hände wie von selbst weiterarbeiteten. Der Haufen mit den Gerstengarben wurde dennoch nicht kleiner, weil andere Sklaven immer neue Bündel vom nahen Feld heranschleppten, wo sie nach dem Schnitt zur Nachreife liegen geblieben waren. »Ist es wahr, dass er Feuer speien konnte? Stimmt es, dass er auf dem Wind ritt?«

Hannibal ließ den Dreschflegel niedersausen. Ein Schauer überlief seinen wunden Rücken. »Hunderttausend waren wir, und kein römisches Heer konnte gegen uns bestehen, als uns Eunus gegen die Legionen führte. Jahr um Jahr haben sie ein Heer nach dem anderen geschickt, aber wir haben sie alle besiegt. Alle! Eunus war unser König und Achaeos sein Feldherr …«

Hannibal erzählte, und die Alte lauschte voller Ehrfurcht einer Geschichte, die sie schon hundertmal gehört hatte und die für viele Sklaven Siziliens ein Märchen aus einer besseren Zeit war. Hannibal erzählte vom Beginn des Aufstandes in Enna; wie sie sich bei Nacht auf einem Feld vor der Stadt trafen, vierhundert zu allem entschlossene und mit Zorn bewaffnete Sklaven, die bei heiligen Opfern unheilige Eide schworen; wie sie Damophilos und seine nicht minder verhasste Frau Megallis in das Theater der Stadt schleppten, wo sich die Aufständischen versammelt hatten; wie Damophilos von zweien seiner Sklaven, Hermeias und Zeuxis, die nicht länger warten wollten, nicht länger warten konnten, rasch und grausam umgebracht wurde, während der junge Hannibal voller Stolz ihre Mäntel hielt; wie Megallis, die alte Furie, von den eigenen Dienstmägden misshandelt und über die Brüstung in den Tod gestürzt wurde; wie Eunus, der Feuerspeier und Wundertäter – der seinem vormals höhnenden Herrn Antigenes vorausgesagt hatte, er werde eines Tages König sein –, noch im Theater zum Herrscher gewählt wurde; wie sie alle in einen großen Jubel ausbrachen; wie sie danach loszogen, um zu sehen, wie König Eunus den Antigenes tötete; und wie sie Tausende und Zehntausende um sich scharten und römische Heere schlugen und Feuer an die Grundfesten der römischen Welt legten und hofften, dass diese Welt darüber zusammenbreche und verbrenne.

Die Vergangenheit war die Freundin aller Sklaven, denn die Vergangenheit bedeutete das Vergessen des Augenblicks, und Augenblicke waren meist schrecklich. Doch auch Vergangenheit konnte schmerzhaft sein, und in den vergangenen Jahren in Massalia hatte Hannibal geahnt und gefürchtet, dass sich sein Schicksal wieder zum Schlechten wenden werde, dass die guten Zeiten ein unverdientes Zwischenspiel seien. Ein von listigen Dämonen vorgegaukelter Traum, aus dem er allzu bald erwachen werde, um sich in seinem alten, geknechteten Dasein und in Ketten wiederzufinden, sich die Augen zu reiben und sehnsüchtig des schönen Traumes von Freiheit zu erinnern. In Rom von Crassus' Bütteln ergriffen wie ein Hund mit Räude, den Tiber abwärts nach Ostia verschifft, auf eine Galeere verfrachtet, in einen engen, stinkenden Käfig mit einem Dutzend anderer Sklaven gesteckt, von denen keiner das Ziel dieser vielleicht letzten Odyssee kannte. Irgendwann waren die Unglücklichen angelangt, war die Fracht ausgeladen worden, die Männer aneinandergekettet und mit Peitschen vorwärtsgetrieben. Da war sie wieder, die alte Feindin, die ihn trotz allem nie verraten, niemals getäuscht hatte, denn wenn sie knallte, dann kam der Schmerz so sicher, wie die Nacht dem Tag folgt. Hannibal, in einer langen Reihe stumpfsinniger Sklaven derjenige mit den geringsten Hoffnungen, hob das Gesicht in den Wind, roch Weizen, Oliven, Kastanien, Pinien und wusste, dass er zu Hause war – oder an jenem Ort, der einem Zuhause am nächsten kam.

»Sizilien«, murmelte er nur, und das Wort wanderte schneller durch die Reihen, als Tantalos sich in der Hölle der Griechen nach den entschwindenden Trauben recken konnte.

Auf der Plantage des Crassus hatte man ihn ausgezogen. Das war der Augenblick, den er mehr gefürchtet hatte als alle körperlichen Schmerzen. Sie sahen natürlich sofort, wie es um ihn bestellt war, und er wusste, dass er von nun an zum bevorzugten Ziel spottender Peitschen und peitschenden Spotts werden würde.

»Schau, schau – wer hätte das gedacht? Wir haben ein Ding vor uns. So viel Muskeln und so wenig Schwanz. Bück dich nach vorn, du Vieh, damit wir sehen, ob du normal bist oder am Ende ein Zwitterwesen! Nein, wohl nicht. Bedauerlicherweise will der Herr, dass du lebst, aber wir haben keinen Harem hier und eigentlich keine Verwendung für dich.«

Ein zweiter Aufseher streute weiteren Pfeffer in die Wunde, die längst brannte. »Geht's noch so, Mann, oder müssen wir dir jedesmal eine Feder zum Urinieren holen? Wie wäre es mit einer Frau? Wir haben da ein Prachtstück, leider ein bisschen stur. Aber von dir wird sie begeistert sein.«

Die Aufseher machten ihre Worte alsbald wahr. Nachdem Hannibal eines Abends in die enge Zelle gesperrt worden war, in der er seine Nächte allein verbrachte, öffnete sich kurz darauf die schwere Holztür ein zweites Mal. Im Schein einer Lampe wurde ein junges Mädchen in die Zelle gestoßen.

Hannibal erhob sich von der Bastmatte und wollte der Gestürzten auf die Füße helfen, diese aber wich ängstlich zur Wand. Das war keine sichere Entfernung, denn die Zelle maß nur drei und einen halben Schritt in der Länge und zwei und einen halben in der Breite, und Hannibal zog sich sofort in die andere Ecke zurück. Im schwachen Schein der Lampe hatte er wahrgenommen, dass das Mädchen nackt war. Von draußen drang ihm ein Flüstern ans Ohr. Nach einer Weile versuchte er ein Gespräch anzuknüpfen, auf Griechisch, Lateinisch, Phönizisch, Keltisch – aber eine Antwort blieb aus. Irgendwann gab er es auf und versuchte zu schlafen. Vor der Tür wurden Stimmen laut. Sie klangen enttäuscht, und die Schritte wurden leiser.

Am nächsten Morgen drang ein schwaches Licht durch die Ritzen unter und über der Zellentür, und er betrachtete das zusammengekauerte schlafende Mädchen. Sie war schwarzhaarig, vielleicht von mittlerer Größe und dunklem Teint. Höchstens sechzehn Jahre alt. Bald darauf schlug sie die Augen auf. Sie waren von einem stumpfen Braun und zeigten Angst und Trotz zugleich. Irgendwann hatten sie sicherlich vor Lebensfreude und Übermut geleuchtet. Er wusste, dass auch sein Blick längst jeglichen Glanz verloren hatte. Als das Mädchen Hannibal entdeckte, der um sein wenig anziehendes Äußeres wusste, sprang sie auf und drückte sich gegen die Wand. Die Arme waren gegen das Mauerwerk gepresst, und sie nahm es in Kauf, sich ohne Bedeckung von Brust und Scham zu zeigen. Angst stand ihr ins Gesicht geschrieben, große Angst, und Hannibal überwand seine Scheu und versuchte sie zu beruhigen.

»Du keine Angst haben müssen«, sagte er auf Lateinisch. »Nichts tun können.«

Es fiel ihm unsagbar schwer, doch er zog seinen Schurz, das einzige Kleidungsstück, das er trug, nach unten und zeigte die alte Wunde. Die Augen des Mädchens wurden groß, sie öffnete den Mund, brachte aber keinen Laut hervor. Hannibal wandte sich ab und brachte den Schurz in Ordnung, verschämt, gepeinigt und voller Zorn auf jene, die ihm seine Männlichkeit genommen hatten. Wären aus dem vergossenen Blut doch Rachegöttinnen entstanden wie aus dem Blut des entmannten Uranos in der griechischen Sage! Eine Hand legte sich sanft auf seine Schulter, blieb kurz liegen und wurde wieder zurückgezogen. Er drehte sich um. Das Mädchen lächelte zaghaft.

»Heißen Hannibal.«

Sie schüttelte traurig den Kopf, zeigte auf ihren Mund und schüttelte noch einmal den Kopf.

»Verstehen du?« Sie nickte. Hannibals Latein war dürftig, und er hatte sich nie bemüht, es zu verbessern. Zum ersten Mal bedauerte er seinen Hass auf diese Sprache, denn vermutlich konnte er sich nur lateinisch mit dem Mädchen verständigen.

Von anderen Sklaven erfuhr Hannibal die Geschichte des Mädchens. Berenike war fünfzehn Jahre alt und kam aus dem Osten der Ökumene, aus einem Wüstenland noch jenseits von Judäa. Kurz nach ihrer Ankunft auf der Plantage, vor fast zwei Jahren, wollte ein Aufseher sie zwingen, ihm zu Willen zu sein.

Das kostete ihn in der Nacht schlimmste Schmerzen im verhärteten Teil seiner Männlichkeit und Berenike am Tag darauf die Zunge und die Unschuld. Beides endgültig, aber sie wurde noch viele weitere Male missbraucht.

Mit boshafter Regelmäßigkeit brachte man Berenike an jedem dritten oder vierten Abend in Hannibals Zelle, und immer machten die Aufseher sich einen Spaß daraus, ihr vorher die Kleidung abzunehmen. Die beiden Sklaven versuchten meistens gar nicht erst, sich zu verständigen, aber das Mädchen hatte Vertrauen zu Hannibal gefasst und kuschelte sich nachts an ihn. Bald sehnte er diese Nächte herbei, freute sich drei Tage vorher darauf und zehrte drei Nächte nachher davon. Er dachte an Theste und fühlte sich wohl in diesen Nächten, aber er wusste auch, was er vermisste. Manchmal zwangen ihn die Aufseher, den Lendenschurz abzulegen, und nahmen das Kleidungsstück mit. Berenike zierte sich trotzdem nicht, sich an seinen harten Körper zu schmiegen, um Wärme zu finden, aber Hannibal bereitete es großen Schmerz, wenn er an das dachte, was man ihm einst genommen hatte.

Ein einziges Mal unternahm er den Versuch, den Umständen eine andere Wendung zu geben, indem er Berenike sanft streichelte. Sie rückte nicht von ihm ab, zeigte aber auch keinerlei Entgegenkommen, sondern lag bewegungslos da, während ihr schmaler Körper zu erstarren schien. Hannibal hatte das Gefühl, bersten zu müssen, weil der Druck nicht weichen konnte, und ließ von ihr ab. Nach einer Weile entspannte sie sich wieder.

Einige Monde später, an einem Abend, da das Mädchen bei ihm war, am Abend jenes Tages, an welchem er wieder einmal die Peitsche hatte spüren müssen, wurde die Tür aufgestoßen. Vier stinkende, betrunkene Aufseher stürzten in die Zelle, unter ihnen auch sein Peiniger, der knollennasige Maurus. Einer der Männer packte das Mädchen, und die drei anderen fielen über Hannibal her, der sich wie ein Berserker wehrte, vergeblich angesichts der Übermacht. Sie zerrten ihn, den Geschlagenen und Geschundenen, auf den Gang, das Mädchen hinterher.

»Wächter unseres kleinen Harems, schau, wie man das macht! Dir entgeht einiges, o dingliche Ehrwürdigkeit.«

Einer nach dem anderen fielen die aufgestachelten Kerle über Berenike her, die irgendwann ohnmächtig wurde. Hannibal blieb bei Bewusstsein, dafür aber war er bald dem Wahnsinn nahe. Er wand sich in den Armen der feisten Büttel, die ihn schließlich zusammenschlugen und in die Zelle warfen.

Am Tag darauf wurde Hannibal nach der Arbeit nicht in seinen Tartaros geführt, in seine Hölle, seine Unterwelt, sondern in den gemeinschaftlichen Speisesaal der Sklaven. Die Holzbänke waren unbesetzt. An einem Haken an der Wand hing Berenike leblos wie ein Sack, die sich mit einem Strick das Leben genommen hatte.

Hannibal vergaß sich. Für viele Augenblicke blieb sein Geist von einem dunklen Dämon beherrscht. Einen grinsenden Wärter erschlug er mit den Fäusten und erstach einen schreienden zweiten mit dem Dolch des ersten. Dann floh er.

Auf der ganzen Insel gab es für einen Sklaven kein Versteck, aus dem er nicht eines Tages aufgespürt worden wäre. Doch Hannibal kannte einen bestimmten Ort, nach dem er sich sehnte, und dorthin begab er sich.

Hieronymos hatte sein Versprechen gehalten. Niemand legte Timaios Steine in den Weg, als er Massalia verließ, im Gegenteil, der Rat gestattete ausdrücklich die Ausreise, verlangte aber von ihm, sich bei der Rückkehr umgehend zu melden. Der Timuchos Argroetas ließ ihn außerdem wissen, Spurius Caepio habe sich entschlossen, die Sache nicht weiter zu verfolgen.

Timaios, dankbar, erleichtert und bereit zu neuen Taten – *die nächste Arbeit des Herakles*, fiel ihm dazu ein –, schiffte sich im belebten Lakydon auf einem sardischen Frachtsegler von eintausend Amphoren ein, der Siegelwachs, massaliotischen Wein und massaliotisches Öl nach Syrakus lieferte, um Gewürzsoßen, Honig und sizilischen Wein nach Sardinien zu schaffen. Dort würde der Sarde die bauchigen Amphoren, die im Rumpf des Schiffes auf einer Sandschicht ruhten, wieder ausschiffen und andere mit Mandeln, Salz, Alaun und eingelegten Früchten an Bord nehmen, die für den Markt Massalias bestimmt waren.

Im Hafen der Stadt hatte Timaios noch einmal Spurius Caepio gesehen, der eben an Bord eines römischen Schnellseglers mit Bestimmungshafen Ostia gegangen war. Als der Sarde die felsengesäumte Einfahrt des Lakydons verließ, um sich den starken Winden anzuvertrauen, die im Lakydon durch die umliegenden Höhen nicht zu spüren waren, war der Römer, der den kürzesten Weg über das Meer gewählt hatte, bereits am Horizont verschwunden.

Das Segeljahr war erst einen Mond alt, aber das Tyrrhenische Meer zeigte sich ruhig. Dennoch folgte der Sarde den Küsten Liguriens und Etruriens und ließ sich vom Mistral anschieben. Timaios hielt sich zumeist auf dem Hinterdeck auf, verbrachte die milden Tage mit Gesprächen und Sinnieren, die kühlen Nächte auf den harten Planken mit einer Tuchrolle unter dem Kopf, einer Wolldecke unter und einer zweiten auf dem Leib, über sich zehntausend Sterne und ab und an eine Sternschnuppe. Er war einer von zwei Passagieren, für die der Eigentümer, ein enger Geschäftsfreund des Kembriones, eine ausdrückliche Ausnahme gemacht und sie an Bord genommen hatte. Der andere war Theognis, ein Geflügelzüchter aus dem sizilischen Leontini. Theognis erzählte viel und gern, unter anderem, dass er den Vetter eines Schreibers des römischen Statthalters in Syrakus kenne. Auf Grundlage dieser Bekanntschaft erhoffe er sich nun die Möglichkeit, seine Waren in den nichtitalischen Raum ausführen zu dürfen. Und der massaliotische Markt mit dem weiten gallischen Hinterland sagte ihm vor diesem Hintergrund besonders zu.

Die Verpflegung, welche die beiden Passagiere auf dieser Reise erhielten, war einfach und dem stolzen, durchaus ausnahmewürdigen Preis, den Timaios entrichtet hatte, kaum angemessen: gequollene Körner, nur anfangs frische Brotfladen, altes und zwangsläufig immer älter werdendes Obst und einfacher Wein, manchmal eine warme Suppe aus verkochten Erbsen, Rüben und Möhren. Um sich Bewegung und Abwechslung zu verschaffen, half Timaios den Matrosen, das Bilgenwasser aus den unteren Räumen des Frachtseglers zu schöpfen. Sie dankten ihm die Hilfe mit Aufmerksamkeit und scharfzüngigen Witzen über die üblichen, offensichtlich in der gesamten Ökumene bekannten zweifelhaften Vorlieben der Massalioten hinsichtlich der Freuden des Unterleibes.

»Theognis, kennst du auf Sizilien einen Crassus? Publius Licinius.« Die beiden Reisenden lehnten an der hölzernen Reling und schauten über das Wasser. In der Ferne war die hügelige und bewaldete etrurische Küstenlinie auszumachen, die dem Schiffer eine einfache Navigation erlaubte.

»Crassus? Ich glaube, ein Crasser besitzt ein großes Landgut irgendwo bei Morgantina. Ein Senator, nicht wahr?«

»Ja, das muss er sein – den gedenke ich aufzusuchen. Könntest du mir erklären,wie ich dorthin gelange?«

Theognis wiegte bedächtig den Kopf. »Ist es gestattet zu fragen, was ein massaliotischer Kleinhändler auf dem Gut eines römischen Senators zu tun beabsichtigt? Ich frage nicht nur aus Neugier«, fügte er rasch hinzu, »mehr aus geschäftlichen Erwägungen. Ich dachte daran, meine Geschäfte zu verlagern, und Bekanntschaft und Gunst eines Senators wären durchaus von Vorteil, um neue Kundschaft zu gewinnen. Bisher wird der römische Markt aus Süditalien beliefert, und die Ritter machen die Preise. Bessere, als ich das vermag, musst du wissen. Für sie fallen weder Transportkosten noch Abgaben oder Ausfälle in meinem Umfang an ...«

Timaios unterbrach den Reisegefährten. »Verzeih, Herr des Federviehs, aber um ungeweckte Hoffnungen in Frieden ruhen zu lassen, sollte ich dich darauf hinweisen, dass mein Verhältnis zu Crassus ... nicht ungetrübt ist. Eine persönliche Angelegenheit führt mich auf das Gut des Senators, nichts Geschäftliches, und ... ich fürchte, mein Besuch wird die kaum vorhandene Harmonie zwischen uns nicht eben steigern.«

Der Geflügelzüchter gab sich mit dieser Aussage zufrieden, drang nicht weiter in Timaios und beschrieb ihm den Weg, so gut er es vermochte. Timaios hatte sich keine Gedanken darüber gemacht, wie er Hannibal befreien sollte. Die gegebenen Umstände würden ihm den Weg weisen, wenn die Götter seine Absicht guthießen.

Der Eigner des Schiffes trat zu den beiden. »Wir haben Glück mit dem Wetter, meine Herren. Hoffen wir, dass die römische Fortuna« – er wies mit der Hand zur italischen Küste hinüber –

»ihre Hände weiterhin fest am Steuerruder hält.« Bosa war der Name des Sarden. Er war von mehreren Eignern des Schiffes der einzige, der an dieser Reise teilnahm.

Timaios nickte höflich, Theognis schnaubte verächtlich oder zustimmend – es war nicht zweifelsfrei zu deuten – und murmelte, dass Fortuna ihr Füllhorn somit kaum mehr festhalten könne, was andere Probleme aufwerfen werde. Eine gewisse Zurückhaltung allem Göttlichen gegenüber war Timaios an seinem Mitreisenden schon aufgefallen.

Während der ersten Hälfte der Reise nach Syrakus war Boreas, der Nordwind, dem Schiff wohlgesinnt. Das Rahsegel am großen Mast und das Vorsegel blähten sich mächtig, und Stürme oder Unwetter blieben der kleinen Besatzung und den beiden Passagieren erspart. Nach vier Tagen erkannten sie am Gestade die bescheidenen Bauwerke Ostias, des armseligen Hafens an der Tibermündung, der für Hochseeschiffe ungeeignet war. Im Hinterland lag Rom, und Timaios war genötigt, über den Kessel nachzudenken. Briseis – war sie nun auch eine Todgeweihte, da sie im Schatten des Silberkessels lebte? Der Kessel, die Kimbern, Svanhild … Stets wollte er die Erinnerung an die junge Frau verdrängen, gewahrte jedoch häufig, dass der Gedanke an sie lange schon da war, bevor er ihn bemerkte: Er schlich ihm durch den Kopf, verbarg sich hinter anderen Gedanken, zeigte ihm aber immer wieder von Neuem, dass sich Svanhilds Bild nicht verbannen ließ. Timaios widerstand der Versuchung, das Schiff zu verlassen und sich zuerst des Kessels zu bemächtigen. Aber nein – Hannibal zu befreien, das war seine vordringliche Aufgabe.

Dann kam die große Flaute, die den Frachter für zehn langweilige Tage vor der Küste Latiums festhielt. Der übliche Westwind, der dem Schiff Gelegenheit zum Kreuzen gegeben hätte, blieb nach wenigen Stößen aus. Timaios schenkte das lange Warten viel Zeit, um über die Tiefe des Meeres nachzusinnen, über die Abgründe, über denen sie schwebten, über die spitzen Untiefen, die den Rumpf aufreißen konnten, obwohl immer wieder gelotet wurde … Er fühlte sich wenig geborgen auf dem winzigen Segler, der nur die Oberfläche einer gewaltigen Unterwelt pflügte. Und doch neidete er jedem Schiffer die Weite des

Meeres, auf dem es immer Wege gab, in dem man sich jederzeit säubern konnte und in dem er nicht ungern badete – jedenfalls solange er Boden unter den Füßen spürte. Diese endlosen, dunklen Wälder des Nordens hingegen, weglos, verschlammt und voller Hindernisse … Er wäre längst wohlhabender gewesen, hätte er sich auf wenige ausgewählte Waren und einen einzigen Handelsplatz beschränkt, statt mit seinem Gespann einmal hierhin und einmal dorthin zu ziehen und dieses und jenes einzuhandeln. Gute Handelsbeziehungen, klare Preise und ein tiefes, wenn auch nicht breites Wissen um Gegenden und Waren hätten ihn erheblich weitergebracht. Timaios versagte es sich, gar zu oft aufzuseufzen.

Als der Wind endlich auffrischte, tat er dies mit Macht. Ein Sturm hielt das Schiff für Tage im Golf von Neapolis fest, und Timaios wäre am liebsten auf dem Landweg weitergereist. Als es endlich weiterging, wünschte er sehnlichst, tatsächlich von Bord gegangen zu sein, denn das weiterhin unruhige Meer erinnerte ihn deutlich daran, dass sein Magen Schiffsreisen verabscheute. Er nahm keine Nahrung mehr zu sich und musste sich dennoch fortwährend erbrechen, bis nur noch das Wasser zutage kam, das Theognis ihm allem Unwillen zum Trotz aufzwang.

Die Besatzung hatte in diesen Tagen alle Hände voll zu tun, um Ladung und Schiff mit Tauen zu sichern. Der Rumpf knarrte und ächzte, das große lederbesetzte Leinensegel knatterte und schlug immer wieder laut gegen den Mast, aber der starrköpfige Kapitän und Steuermann, der im Heckteil des Schiffes die beiden Ruderpinnen bediente, verzichtete darauf, es ganz einzuholen oder die Segelfläche zumindest zu verkleinern. »Der Wind ist stark«, sagte er, »aber zumindest weht er aus einer guten Richtung. Nur die Ruhe, ihr Herren! Alles ganz harmlos, nur ein laues, geruchloses Lüftchen aus dem Gedärm Neptuns. Solange er sich nicht umdreht und uns ordentlich einen bläst, bereitet mir der alte Sackträger keine Sorgen.«

Der Anteilseigner Bosa verzichtete darauf, seinem muskulösen, glatzköpfigen Kapitän zu widersprechen, der auf Timaios allerdings auch nicht den Eindruck machte, dass ihn irgendein

Einwand zu einer Handlung veranlasst hätte, die er nicht gutgeheißen hätte.

Nach der Durchfahrt durch die Meerenge von Messina brachte der Schiffsherr am Bordaltar ein Dankopfer dar, um die Mannschaft zu beruhigen und weil sie allesamt von der verschlingenden Skylla, der saugenden Charybdis und sonstigen Ungeheuern und Unbillen aller Meere verschont geblieben waren. Als zwei Tage darauf ein Kranz von Tempeln und Burgmauern auf der der Stadt Syrakus vorgelagerten Halbinsel das Ende der Reise verkündete, tat es ihm der noch immer sterbenselende Timaios in Gedanken gleich und dankte allen Göttern. Bosa jedoch jammerte bei diesem Anblick über die Abgabe von fünf Hundertsteln, die er dem römischen Steuerpächter auf alle Waren würde entrichten müssen, die er löschte oder an Bord nahm.

Timaios trieben andere Sorgen um. Der Kapitän meinte mit gerunzelter Stirn, er habe selten eine solch schwierige und langwierige Passage von Massalia nach Syrakus erlebt. Bei diesen Worten schaute er die beiden Passagiere grimmig an. Der Massaliote ahnte, dass dieser so schnell keine Reisenden mehr mitnähme, die möglicherweise fluchbeladen wären.

Erleichtert grüßte Timaios den Eigner Bosa noch einmal überaus freundlich und wollte aufs Vorderdeck wanken, um sich von der Mannschaft zu verabschieden, nahm aber Abstand von diesem Vorhaben, als er die finsteren Blicke einiger Männer sah.

Theognis' erster Weg führte ihn in einen Tempel, wo er einen Hahn opferte, der zweite in eine Taverne. Timaios folgte ihm auf beiden Wegen, erst unsicheren Schrittes, bald aber wieder aufrecht wie gewöhnlich, und nahm hungrig und schon weitgehend erholt, sobald er nur festen Boden unter den Füßen spürte, eine umfangreiche Mahlzeit mit dem Geflügelzüchter ein. Theognis hatte für beide bestellt: Gänseleber, Haselhuhnkeulen und Entenbrüstchen, auf einer großen Bronzeplatte mit Spargel, Pilzen und Bohnen gereicht, dazu Weizenbrot und Wein. Anschließend gab es süße Teigtaschen und Zuckermelone. Hinterher fürchtete Timaios, aufgedunsen, angetrunken und rülpsend, auf der Stelle zu platzen.

Syrakus, wie die Römer es nannten, während die Hellenen Syrakusai sagten, Tochterstadt des untergegangenen Korinth, verband Timaios später mit keinen angenehmen Erinnerungen, nicht nur wegen der Magenkrämpfe. Vielleicht hinterließ auch die Tatsache einen bitteren Geschmack im Mund, dass die vielen Reeder dieser einst mächtigen Stadt noch immer ernsthafte Nebenbuhler der großen Handelsflotten Massalias in allen Häfen des Inneren Meeres waren. Mit einem flauen Gefühl dachte er außerdem an den Namen, mit dem er sich dem Römer Curator vorgestellt hatte: Kembriones aus Syrakus.

Nachdem er einige Schreiben besorgt hatte, die er im Auftrag des echten Kembriones an Handelsfreunde übergeben sollte, begleitete Timaios seinen Reisegefährten Theognis auf gemieteten Maultieren nach Leontini, das am Weg nach Morgantina lag. Timaios war zum ersten Mal auf der Insel, fand das Klima wunderbar und die Landschaft erstaunlich fruchtbar. Es nahm ihn nicht länger wunder, dass so viele Völker jahrhundertelang um Sizilien gekämpft hatten.

Die Insel war dicht besiedelt, und im Landesinnern entdeckte Timaios immer mehr Spuren der römischen Besitzer. Auf riesigen Latifundien und Pflanzungen wurde in diesen Tagen das Korn geerntet. Mit Widerwillen in der Stimme klärte ihn Theognis darüber auf: Der zehnte Teil jeder Ernte war als Abgabe für die römischen Steuerpächter bestimmt und würde nach Rom geschafft. Ein weiterer Zehnter konnte zwangsweise und zu einem wahllosen Zeitpunkt sowie zu einem ebenso willkürlichen Preis von den Römern beansprucht werden, wenn er in der Hauptstadt oder für einen Feldzug benötigt würde. Dazu kamen die Abgaben für den römischen Statthalter und seinen umfangreichen Stab. Mitunter sogar zu gerechten Marktpreisen. Blieben noch örtliche Abgaben, die an sizilische Städte zu leisten waren. Der nach Abzug dessen, was zum Leben nötig war, verbleibende Rest an Gerste, Weizen, Oliven, Wein, Obst und Gemüse durfte ausgeführt werden. Nach Italien. Ausschließlich. Theognis fluchte ausgiebig.

Große Wälder mit Kastanien, Pinien, Eichen und Tannen bedeckten die Insel, immer wieder durchbrochen von Weideflächen und Getreidefeldern. Riesige Schafherden wurden von wenigen Hirten beaufsichtigt.

»Sklaven«, sagte Theognis auf Griechisch, der Volkssprache der Insel. »Auf tausend Tiere ein gutes Dutzend. Kommen Tiere um, verliert einer sein Leben. So halten es viele hier.«

Es schien unzählige Sklaven zu geben, nie hatte Timaios so viele auf einmal gesehen, aber auch selten so viele Aufseher und Peitschen und Ketten. Er sprach Theognis darauf an.

»Ja, und seit dem Sklavenkrieg hat sich kaum etwas geändert. Es ist eher noch schlimmer geworden. Schon vor Eunus wurden die Sklaven schlecht behandelt. Die Römer hielten ihre Sklaven wie Tiere, mit einer Anmaßung und Frechheit, die allem Hohn sprach, was bis dahin bekannt gewesen war. Angesichts dieser Einstellung sowie des selbstverständlichen Luxus, in dem die Römer lebten, taten unsere einheimischen Grundherren es ihnen gleich.«

»Der Schein Roms ... Er flackert manchmal, aber er leuchtet immer.«

Theognis grunzte zustimmend. »Manchmal so hell, dass er blendet. Der Reichtum ist den Einheimischen schnell zu Kopf gestiegen. Viele dachten, sie könnten mit den Römern mithalten, was Auftreten und Verhalten anging. Nun, in manchen Bereichen haben sie die Grundherren in Lucanien und Apulien sogar noch übertroffen, angeregt durch die Beispiele, die ihnen die hiesigen Römer gaben. Vielen Sklaven, gerade denjenigen, die die Herden zu hüten hatten, wurden Kleidung und Nahrungsmittel vorenthalten. Wenn sie sich nicht in Felle kleiden wollten, in dreckige Felle, waren sie gezwungen, sich selbst zu versorgen. Das taten sie, indem sie sich zu Banden zusammenschlossen und Reisende überfielen und ausraubten. Dass wir jetzt zu zweit so einfach über das Land reisen, war vor fünfundzwanzig Jahren kaum denkbar. Tagsüber war es nur gefährlich, nachts unmöglich. Dann kam es zum Aufstand des Eunus – wahrhaftig, das war kein Wunder, und es gab zwei Ursachen, wie man hier sagt. Zum einen war die Grausamkeit schuld, mit der die Sklaven behandelt wurden. Und zum anderen ... Mh, wie soll ich es nennen? Der Unterschied? Nein, die Entfremdung zwischen den Sklaven und ihren Herren trug ihren Teil dazu bei.«

»Ich fürchte, ich kann dir nicht folgen, Theognis«, gestand Timaios. »Seit wann gäbe es denn viele Gemeinsamkeiten zwischen Herren und Sklaven?« Seit der Auseinandersetzung mit Svanhild hatte er oft versucht, seine Meinung zu überdenken, die vom Gegebenen ausging. Doch alle seine Überlegungen mündeten immer wieder in der Erkenntnis, dass es zwei Arten von Menschen gab, Freie und Unfreie, die einander brauchten, aber wenig Gemeinsames aufzuweisen hatten.

»Nun, nicht unbedingt Gemeinsamkeiten, doch gewisse Ähnlichkeiten in Lebensweise und Verhalten. Aber die römischen Herren hier und ihre sizilischen Nachahmer haben es in ihrer Gier übertrieben. Ganze Märkte haben sie leer gekauft, die Sklaven in Fesseln schlagen lassen und durch Arbeit auf ihren Latifundien langsam zugrunde gerichtet. Ich weiß nicht, wer am Ende die Tiere waren, die Herren, die dachten wie Tiere, oder die Sklaven, die lebten und in ihren Fellen aussahen wie Tiere.«

Darauf wusste der Massaliote nichts zu erwidern. Hatte Svanhild nicht ähnliche Worte gebraucht? »Und das Land hier? Ist es wirklich so gut, wie man überall erzählt?«

Theognis lachte. »Besser, vor allem in dieser Gegend und in Leontini. Die fruchtbarsten Böden Siziliens, und das will etwas heißen. Zehn Körner auf eines, das man sät. Hier ist Getreideanbau fast lohnender als das Pflanzen von Reben oder der Anbau von Gemüse.«

Vor Leontini trennte sich Timaios von Theognis, der ihn in sein Haus einlud. Er lehnte ab, denn er fürchtete um Hannibal und wollte keine Zeit mehr verlieren.

In Morgantina übernachtete Timaios in einer großen Herberge. Trotz der vielen Gäste fiel ihm ein spitznasiger Mann auf, der ihn mehrfach neugierig musterte. Timaios ließ sich in der Stadt den Weg zur crassischen Pflanzung beschreiben. Noch immer hatte er keine Vorstellung davon, welches Vorgehen das beste wäre. Zu seiner Überraschung ging dann alles sehr schnell und sehr viel anders, als er es erwartet hätte.

Zwischen Morgantina und der Pflanzung wurde Timaios von mehreren Reitern eingeholt. Er hielt am Rand des sandigen Weges an und wollte die Reiter vorüberlassen, da sah er den Spitznasigen aus Morgantina, und ein gewisses Unbehagen beschlich ihn. Als der Trupp aber ebenfalls die Pferde zügelte, wandelte sich das Unbehagen schnell in echte Furcht, umso mehr, als er zwei der Berittenen erkannte: die Stimme und ihre Faust. Flavus Habitus, groß gewachsen und eitel, blasiert und herablassend, und Mamercus Cotta, stämmig und jähzornig, ungepflegt und bedrohlich, musterten ihn spöttisch lächelnd.

»Timaios aus Massalia! Wer hätte gedacht, so weit im Süden einen alten Freund zu treffen? Nun ja, Freund ... Entsinnst du dich an Noreia? Dummerweise war deine Schuldverschreibung nicht den Papyrus wert, auf dem sie geschrieben war. Du hattest in Rom keine Gelder mehr zu bekommen. Unter Freunden sollte so etwas eigentlich nicht vorkommen. Glücklicherweise sah sich Spurius Caepio in der Lage, uns deinen derzeitigen Aufenthaltsort mitzuteilen, damit wir diese Kleinigkeit« – Habitus wedelte grinsend mit einem Stück Papyrus – »endlich aus der Welt schaffen können.«

Timaios fluchte halblaut. Wie hatten ihn die finsteren Vögel ausgerechnet hier aufgestöbert? Hatte Carbo ihn verraten? Oder hatte Caepio ihn mit einer vorgetäuschten Nachricht dorthin gelockt, wo er freier walten konnte als in Massalia? Das Schreiben aus Rom war nicht versiegelt gewesen, erinnerte er sich.

»Dann kehrt zurück zu eurem neuen Freund und lasst euch von ihm bezahlen. Er hat mein Geld!«, rief er den beiden Halsabschneidern zu.

»Das hast du schon einmal behauptet, und bereits das war eine Lüge. Es sei denn, du hast neue Geschäfte mit dem Dicken getätigt. Hast du das getan?« Habitus starrte ihn lauernd an.

Timaios schwieg.

Habitus lachte. »Wohl kaum. Caepio ist dennoch bereit, uns deine Schulden zu begleichen. Und vielleicht noch einiges mehr. Doch nur dann, wenn wir dich und deinen punischen Sklaven nach Rom bringen. Du kommst also mit uns, hoch geschätzter Timaios!«

Timaios überschlug seine Aussichten, den Römern mit dem Maultier zu entkommen. Sie waren eigentlich nicht vorhanden, und so ergab er sich in sein Schicksal.

Mit dem Massalioten in der Mitte ritt der Trupp zur Pflanzung des Crassus.

Habitus übergab dem Gutsverwalter ein Schreiben. Der Verwalter schüttelte den Kopf, nachdem er es gelesen hatte, und sagte etwas zu dem Römer. Nach einer kurzen Unterredung gab der ratlos wirkende Habitus die Weisung, Timaios in eine der Sklavenzellen zu sperren.

Hannibal blickte zu dem verfallenen Kreuz hinauf. Es war nicht schwer gewesen, den Weg zu finden, denn um bei seinen Freunden zu sein, war er ihn in seinen Träumen tausendmal gegangen. Die meisten seiner Gefährten waren damals den Weg des Kreuzes oder den über die Klippen gegangen, nachdem der Römer Publius Rupilius die Festung Tauromenion endlich eingenommen hatte: zwanzigtausend insgesamt. Hannibal gehörte zu den wenigen Überlebenden und hatte sich dennoch niemals glücklicher als jene gepriesen, die starben. Über Tauromenion wollte er nicht weiter nachdenken. In seinem Hunger hatte er wie alle anderen Kämpfer jede Ehre vergessen und sich über alles hergemacht, was sich verzehren ließ. Die Gefangenen hatten sie zuerst gegessen, dann die Kinder und Frauen, dann die ersten Kämpfer, flüchtige Bekannte ... Bis endlich – ja, endlich! – der Syrer Sarapion seine Kameraden verriet und die furchtbare Belagerung beendete. Nach allem, was die entsetzten Römer in der Feste vorfanden, kreuzigten sie sämtliche Aufständischen oder stießen sie von den Klippen. Das zumindest war ihnen nicht zu verdenken. Hannibal empfand noch immer echten Ekel, wenn er nur im Entferntesten daran dachte, und sehr selten aß er Fleisch.

Er fragte sich, für wen dieses Kreuz damals bestimmt gewesen war. Vielleicht für einen alten Gefährten in der Leibwache des Eunus. Achaeos, einer der Führer, der später Feldherr wurde, hatte ihn, Hannibal, damals für zu jung gehalten, um ein guter Leibwächter zu sein, doch er hatte seinen geschundenen Rücken gezeigt und gefragt, ob er dafür auch zu jung gewesen sei. Da hatte Eunus ihm sein eigenes Schwert in die Hand gedrückt und gesagt, dies sei ein Krieg, den die Alten nur mit der Hilfe der Jungen gewinnen könnten, denn es werde ein langer Krieg gegen Rom und seine Statthalter sein, der viele Opfer fordere. *Eunus, selbst nur ein Opfer dieser römischen Welt*, dachte Hannibal, *so wie ich. Mit ihm verging der erste und der letzte Ruhm meiner Welt, und nun folge ich ihm endlich nach.*

Ja, endlich. Hannibal erinnerte sich, wie er vor einigen Monden nach Rom gekommen war, in die Stadt, die er mehr hasste als jeden anderen Ort in der Ökumene. War er nicht nur Timaios' Wunsch gefolgt? War er nicht, wie Timaios es gewünscht hatte, zu Caepio gegangen, der ihm eine Unterkunft anwies? Später hatte derselbe Caepio ihn gebeten, zu einer bestimmten Zeit in einer bestimmten Taverne zu sein, um bestimmte Geschäfte mit ihm zu besprechen. Der Sklavenhändler war nicht gekommen, dafür aber die grölenden Veteranen ... Der letzte Verrat seines Lebens. Fast gebrochen an Leib und Seele, war Hannibal nachher auf allen vieren mehr tot als lebendig durch die Straßen Roms zu seiner billigen Herberge gekrochen. Die streunenden Banden ließen ihn in Ruhe, sie erkannten ihn als das ärmste Schwein in dieser kalten Nacht, bei dem es nichts zu holen gab. Am Tag darauf waren andere Männer gekommen, Büttel des Ädilen hatten sie sich genannt und dem Herbergsvater erzählt, sein Gast habe in der vergangenen Nacht eine Taverne angezündet. Das Seltsame war Folgendes: Hannibal konnte sich zwar nicht erinnern, einen Brand gelegt zu haben, aber er konnte sich auch nicht erinnern, es nicht getan zu haben. Er hatte Schlimmeres getan in seinem Leben, und er hatte es für weniger getan.

Ohne dem für die Stadtfremden zuständigen Prätor vorgeführt zu werden, war Hannibal in einen verliesartigen Keller gebracht worden, an irgendeinen finsteren Ort in dieser Hurenstadt. Er wusste nicht, wie viele Tage und Nächte er dort verbrachte, aber einmal war eine junge Frau dort, nur für eine Nacht und höchstens einen Tag. Oder für einen Mond? Sie redete mit ihm, aber er konnte sie nicht verstehen. Sie radebrechte einige Brocken der Koine, irgendwann fiel Timaios' Name, und er gab ihr mühsam zu verstehen, dass er Hannibal heiße und ein Gehilfe jenes Mannes sei. Sie wiederholte seinen Namen, dann den ihren – er klang fremd, wie S'an-Hill vielleicht – und gebrauchte das Wort *eros*, und Hannibal freute sich für seinen Herrn, so gut er es vermochte. Das Mädchen hielt ihn, den Gefesselten, Gemarterten, Verletzten, Stunde um

Stunde im Arm, und er fühlte sich geborgen und weinte, und sie weinte mit ihm. Ihre Tränen fielen auf den Geschundenen, benetzten sein Gesicht und schienen seinen Wunden gutzutun, und er empfand etwas wie Geborgenheit und Glückseligkeit, zum vorletzten Mal in seinem Leben. Sie sang und redete ununterbrochen, mit sanfter Stimme in ihrer eigenen fremden Sprache, doch es war mehr als nur Trost für Hannibal, es war ein schöner Traum von Zuflucht und Hoffnung. Dann kamen nach einer viel zu kurzen Ewigkeit die Büttel – des Ädilen? – zurück und beendeten den Traum, indem sie das Mädchen mitnahmen und ihn auf einen Lastkahn am Tiber schleppten.

Bald darauf kamen die Häscher zum Ort des Kreuzes. Timaios hatte sich oft beschwert, sein Gehilfe sei ohne Willen, bar aller Gedanken. Aber wenn man sich daran gewöhnt hatte, Befehle zu empfangen und umgehend auszuführen, dann fiel es schwer, sich zu ändern. Es spielte auch keine so große Rolle, ob man ein Ruder in der Hand hielt oder die Peitsche. Das Leben war im Grunde nichts als eine Folge von Übeln.

Dieses eine Mal wusste Hannibal, was er wollte und was er nicht wollte. Er hob das erbeutete Schwert und stellte sich den Häschern. Er würde nie mehr Sklave sein, hier würde alles zu Ende gehen, die Sklaverei, das Elend und das Leben.

Es waren sieben, und sie kamen auf Pferden und führten Netze mit sich. Hannibal zerfetzte eines der Netze und verwundete einen der Männer, nicht schwer, bevor er selbst einen Lanzenstich in die Seite hinnehmen musste, der ihn kampfunfähig machte. Nur kampfunfähig. *Baal Hammon, warum?* Seine Häscher verbanden ihn oberflächlich und schleppten ihn zurück auf das Landgut des Crassus.

Timaios hockte auf dem Boden, als die Tür der kleinen Zelle sich öffnete. Er stand auf und wich einen Schritt zurück. Zwei Männer brachten einen blutenden Körper herein, den sie achtlos auf den Boden fallen ließen, was dem Verletzten ein dumpfes Ächzen entlockte. Auf der Seite blieb er liegen. Mit würgendem Entsetzen erkannte Timaios in dem wimmernden Stück Fleisch seinen Gefährten Hannibal. Seine Gliedmaßen waren grotesk verrenkt, Arme und Beine gebrochen, Finger- und

Zehennägel gezogen. Manche Körperteile waren nicht mehr von Haut bedeckt, das zahnlose Gesicht war über und über mit Blut beschmiert, der Unterleib ... Timaios wurde übel. Man hatte wohl ein heißes Eisen oder eine brennende Fackel genommen ...

Timaios hielt Hannibals blutüberströmten Kopf im Schoß. Er wusste nicht, was er noch sagen oder wie er seine Schuld wiedergutmachen sollte. Seine eigene Lage bedrückte ihn nicht länger.

Der Karthager, ein Wunder, erkannte Timaios. »Lanista ... es ist aus ... Baal Hammon nimmt mich ... nimmt mich endlich ... zu sich ...«

Nein, es gab keinen Zweifel daran, und Timaios wusste, dass Hannibal es wusste. Er nickte und erzählte dem Gefährten die Geschichte des Silberkessels, soweit sie ihm selbst bekannt war. Der Punier sollte wissen, warum er sterben musste, und er wollte auch die Stille verdrängen, die nur vom Keuchen des Todgeweihten durchdrungen wurde und ihn mit Grauen erfüllte. Hannibal lauschte oder tat so, als höre er zu, oder lebte schon in einer anderen Welt, während Timaios ihm von Svanhild, Hludico, Albruna, Carbo, Kapaneus, Crassus und Briseis erzählte.

Hannibal schwieg, auch als Timaios geendet hatte. Aber der Karthager war zäh, sein Körper weigerte sich lange zu sterben, und Timaios suchte verzweifelt nach irgendeinem Faden, aus dem er ein Gespräch weben konnte, obwohl Hannibal die Lippen kaum bewegen konnte.

»Du hast mir nie erzählt, wo du die ganzen Jahre über warst, die zwischen dem Tod meines Vaters und deinem Wiederauftauchen lagen.«

Es gab nichts zu erzählen, o Timaios. Hannibal glaubte vielleicht selbst, er spreche, aber in Wahrheit war er keiner verständlichen Worte mehr fähig. Nichts als schwerer Atem entwich seinem Mund und manchmal ein Stöhnen. Irgendwie aber war die Frage seines Herrn in seinen Geist eingedrungen, und zwischen Wellen von Schmerzen, die alles auslöschten, sah er wieder Bilder aus der Vergangenheit. *Zehn verlorene Jahre, die mich in zehn verfluchten Ländern auf zehn vergessene Arten meinen Lebensunterhalt verdienen sahen. Soll ich dir erzählen, wie ich in Italien römische Reisende erschlug oder wie ich in Iberien gegen römische Legionäre focht? Wie ich mich durch Griechenland bettelte, wie ich ... als Hafenarbeiter in Ephesos arbeitete, als Packer in Milet, als Ruderer in Rhodos oder als Tempeldiener in Tyros? Ah, Tyros, die Mutter Karthagos, habe ich gesehen, fast die ganze Ökumene bereist, aber nach Karthago ...* Er zuckte zusammen, atmete heftig ein und aus, und Timaios hörte ihn irgendeinen Satz beenden, dessen Anfang er nie erfahren würde. »... habe ich mich nie zurückgetraut. Jetzt ist ... ist es zu ... spät.« Ein neuer Schauer überlief Hannibals Körper. »... ganzes Leben habe ... ich von Ehre ... und von Würde geträumt ... Aber kann ein Ding so etwas ... be...sitzen ...«

In einem einzigen klaren Augenblick erkannte Hannibal, dass er sein Leben lang den Tod nicht gefürchtet hatte und nun, da er ihn holen wollte, große Furcht empfand. Dann bestand er nur noch aus Qual und hörte auf zu denken. Eine Weile bewegte er sich in den Armen des hilflosen Timaios hin und her, bevor er starb. Kein weiteres Wort drang ihm über die Lippen; sein Tod hatte nichts Erhabenes an sich, er war nur erbärmlich, und Timaios war so elend wie noch nie. Der Karthager starb, wie sein Leben gewesen war, schmerzvoll. Er starb schluchzend und zuckend, und sein Herr verfluchte weinend den Silberkessel, der so viele Opfer forderte.

Die Tür öffnete sich nach einer Weile, früher oder später, an diesem Tag oder am nächsten. Timaios wusste es nicht, aber er hielt Hannibals Kopf noch immer im Schoß. Habitus betrat das Verlies, hinter ihm standen Cotta und ein Aufseher. »Ist er verreckt? Verdammt! Caepio wird toben, wenn er das erfährt.« Der Ausdruck in Habitus' Gesicht stimmte nicht mit seinen Worten überein. Irgendetwas schien ihn in höchstem Maß zu befriedigen. »Ich fürchte, du wirst eine Weile hierbleiben, Massaliote. Wir müssen erst einmal Caepio benachrichtigen.«

»Ihr habt kein Recht, mich hier festzuhalten!«, rief Timaios mit tränenerstickter Stimme, und es war ein klägliches Aufbegehren. Er wusste es, denn das Recht der Gauner lag in ihrer augenblicklichen Stärke und seiner derzeitigen Schwäche.

»Kommt auf die Auslegung des Rechtes an. Wir haben immer noch deine Schuldverschreibung. Betrachte es einfach als Schuldhaft.«

Drei Tage lang sah Timaios außer einer Hand, die ihm Essen und Trinken; Brot, Brei und Wasser durch eine Holzklappe in die Zelle schob, keine Menschenseele. Es machte ihm wenig aus, denn er fühlte sich viel zu elend, um darüber nachzudenken oder Verlangen nach einem Gesprächspartner zu haben. Der Verlust von Svanhild und nun von Hannibal, mehr aber noch das Wissen, dass Hannibal für eine Sache gestorben war, an der er überhaupt keinen Anteil hatte, stürzte ihn in tiefe Verzweiflung. Er erging sich in dumpfem Brüten und bitteren Vorwürfen. Nachts schlief er schlecht, weil er auch tagsüber keine Bewegung hatte und meistens auf dem Boden lag. Dafür suchten ihn Träume heim, die von Kimbern, Römern, Bernstein und silbernen Kesseln handelten und schon begannen, während er sich noch wach oder dösend wähnte.

Am vierten Tag, ungewaschen, unrasiert und steif, wurde Timaios aufgeschreckt, als der Riegel klirrend zurückgezogen wurde. Zwei Aufseher ragten in der Türöffnung auf, vierschrötige Gestalten, die Peitschen in den Händen hielten. Hinter ihnen stand ein Mann von gepflegtem Aussehen, der Verwalter des Gutes, der sich nach vorn drängte. Einen Augenblick lang musterte er den Gefangenen und rümpfte die Nase. In einer Ecke der Zelle befand sich ein Loch im Boden, in das Timaios sich entleert hatte. Nun starrte er seinerseits den Mann an.

»Die beiden Spinner sind wieder weg, und ich sehe nicht länger ein, warum du nicht etwas tun solltest, während wir auf sie warten. Komm mit!«

Timaios war froh, die Zelle und die Gedanken hinter sich zu lassen. Das Dreigespann führte ihn zu einer niedrigen Grube fernab des Gutshauses, in der sich haushoch der Mist türmte. Davor stand ein einachsiger Kastenwagen mit Scheibenrädern und hohem Aufbau. Ein dunkelhäutiger junger Mann belud den Wagen mit einer dreizinkigen Gabel. Einer der beiden Aufseher drückte Timaios ein ähnliches Gerät in die Hand. »Den Wagen vollmachen!«, befahl er knapp und trat zwei Schritte zurück.

Timaios zögerte, aber er sah ein, dass er keine Wahl hatte, und machte sich mit der Gabel zu schaffen. Anfangs stellte er sich eher ungelenk an, doch als er dem Sklaven abgeschaut hatte, wie dieser damit arbeitete, gelang es ihm besser. Die Aufseher schauten eine Weile zu. »Du weißt Bescheid, Berber«, knurrten sie dann und gingen.

Der Verwalter war schon vorher in Richtung des Gutshauses verschwunden, das weit entfernt von diesem stinkenden Ort lag. Hier befand sich das Gelände der Viehställe, der Misthaufen sowie der Abtritte für die zahlreichen Sklaven.

Eine Zeit lang mühten sich die beiden Männer in der sommerlichen Hitze ab, und keiner sagte ein Wort. Außer dem keuchenden Atem und dem Summen unzähliger Fliegen war nichts zu hören. Als Timaios der Schweiß in endlosen Rinnsalen über den Körper lief und der beißende Gestank schier unerträglich wurde, legte er die Gabel auf den Boden und trat einige Schritte zur Seite. Ohne innezuhalten, murmelte der Berber in der Sprache der Koine: »Besser, du machst weiter mit der Scheiße, oder du bekommst Ärger.«

Was kann schon schlimmer sein?, fragte sich Timaios stumm, erfuhr es aber sehr bald, denn schon näherte sich im Laufschritt einer der Aufseher mit erhobener Peitsche. *Das wird er nicht tun,* dachte Timaios, *ich bin kein Sklave,* und wollte schon den Mund öffnen. Doch der Aufseher tat es: Einige Schritte vor Timaios blieb er stehen, holte aus, die Peitsche knallte, und Timaios spürte einen scharfen Schmerz am rechten Oberarm. Als er hinschaute, sah er, wie die Haut sich sogleich rötete.

Gelassen blieb der Aufseher stehen und betrachtete den Massalioten, der sich den brennenden Oberarm hielt. »Mehr?«

»Ich bin kein Sklave!« Timaios stieß die Worte voller Zorn hervor. »Du hast kein Recht, mich zu schlagen!«

»Nein? Dann erflehe ich schon jetzt deine Verzeihung und die der Götter für das hier – wiewohl ich die der Götter für minder wichtig halte.« Die Peitsche knallte zweimal, Timaios taumelte und fühlte Tränen in den Augen.

»Ich hoffe auf deine Großmut. Vergebung, Herr.« Der Mann lachte nicht, sein Blick blieb finster. »So viel zu deinen Rechten. Wenn du willst, können wir weiter darüber diskutieren. Wir können auch über anderes reden. Über Schmuck zum Beispiel. Möchtest du ein Halsband? Aus Eisen?«

Timaios spürte kein Verlangen, die einseitige Unterhaltung zu vertiefen. Er bückte sich nach der Gabel, stieß sie in den Misthaufen, hob sie hoch und kippte die Ladung auf den Wagen. Die Arme brannten ihm bald unerträglich, doch er riss sich zusammen, aus Stolz und mehr noch weil der Aufseher stehen geblieben war, um ihm zuzuschauen. Irgendwann war der Aufbau des Wagens voll, der Berber steckte seine Gabel in den Mist, bedeutete Timaios, es ihm gleichzutun, griff nach einer Peitsche und trieb den Ochsen an, der unter einem hölzernen Joch vor den Wagen gespannt war. Timaios trottete hinter dem Karren her, der Aufseher blieb zurück. Nach einigen Stadien lenkte der Berber den Ochsen zu einem Feld, das teilweise schon mit einer dünnen Schicht Viehmist bedeckt war. Die beiden griffen erneut nach ihren Gabeln und verteilten den Mist gleichmäßig auf die Stellen, die noch nicht gedüngt waren.

In den nächsten Tagen und Monden verging Timaios beinahe jegliches Nachdenken, weil die erschöpfende Arbeit am Tag und die bleierne Müdigkeit in der Nacht dies gar nicht erst zuließen. Die ersehnten Nächte verbrachte er zusammen mit vielen Sklaven in einem Schlafsaal. Ihm und dem Berber hatte man auf einer Schicht Stroh zwei Schlafplätze nahe der Tür eingeräumt, wo die Zugluft sie umwehte, wenn sich der Vorhang teilte. Das war immerhin angenehm, denn in der behelfsmäßigen Unterkunft war es heiß und stickig. Der Geruch, den die beiden ausströmten, machte ihnen selbst keine Freude. Die beißenden Ausdünstungen des Mistes hatten sich überall festgesetzt, in der Kleidung, die sie nach der Arbeit anlegten, in den Haaren und in der schmutzstarrenden Haut. Sooft sie sich auch wuschen – das kam nicht häufig vor, weil an Wasser gespart wurde, zumal es ja nur Sklaven waren, die ohnehin stanken –, schrubbten sie sich gegenseitig ab, aber dem Gestank war nicht beizukommen. Die Bezeichnung »Stinker« war noch eine der harmloseren, die ihnen Aufseher und andere Sklaven fast schon gewohnheitsmäßig und ohne Bösartigkeit an den Kopf warfen.

Am Abend, wenn die anderen Sklaven sangen und sich Geschichten erzählten, hockten die beiden vor der Tür oder – wenn alle draußen saßen – ein Stück abseits und nicht auf der Windseite.

Der stinkende Berber gehörte zu den wenigen Menschen, mit

denen Timaios redete, und war gleichzeitig einer der wenigen Menschen, die bereit waren, mit dem stinkenden Timaios zu reden. Sein Name war Tacfarinas, und er war genau genommen kein echter Berber, sondern das Kind eines berbischen Vaters und einer numidischen Mutter, der in der sizilischen Sklaverei geboren war.

Neunzehn Jahre, vergegenwärtigte sich Timaios, *neunzehn Jahre Sklaverei und Arbeit wie diese. Er hat niemals die Freiheit gekannt.* Für Tacfarinas war Freiheit, wenn die Aufseher einen guten Tag hatten, wenn der Verwalter wechselte, wenn er die Augen schloss und dem Gesang der Vögel lauschte und wenn zum Erntedankfest die Weinration verdoppelt und verdreifacht wurde.

Zum ersten Mal dachte Timaios nun länger als für einen flüchtigen Moment über jene Menschen nach, die er selbst der Sklaverei überantwortet hatte. *Aber ich bin für ihr Schicksal nicht verantwortlich, ich war immmer nur der Zwischenhändler, der die Menschen, die bereits Sklaven oder zu Sklaven bestimmt waren, an neue Herren verkaufte. Hätte ich es nicht getan, wären andere gekommen, andere Händler, andere Einkäufer, andere Abnehmer. Andere Händler des Todes, andere Mittler des Schicksals …*

Dies war die Stelle, an der er seinen Gedanken sonst immer Einhalt gebot. Nun aber dachte er darüber hinaus, dachte, dass er eben doch verantwortlich war, indem er die Ware einer ganz bestimmten Verwendung zuführte. Die Kaledonier aus Britannien, über die Crassus sagte, sie seien nur für die Minen tauglich … Ein anderer Händler, ein anderer Abnehmer hätte sie für andere Zwecke einsetzen können. Er allein, Timaios, war für genau dieses Schicksal verantwortlich. Seinetwegen mussten zweiundzwanzig gesunde Männer in den iberischen Minen schuften, bis sie krank wurden und starben, zweiundzwanzig Männer, die im anderen Fall vielleicht auch dort gelandet wären, vielleicht aber auch nicht. Und schließlich: Er hätte sie auch einfach laufen lassen können.

Von den Minen hatte Timaios eine ungenaue Vorstellung. Aber Tacfarinas hatte von seiner Mutter wahrheitsgetreue Berichte über die schreckenerregenden schwarzen Eisenberge Africas und die dunklen Goldgruben Nubiens gehört. Er kannte böse Geschichten vom Leben in Dunkelheit und unter der Erde, in engen Stollen und schmalen Schächten, von Orten, wo selbst die Peitsche ihren Schrecken verlor, weil die Arbeit noch grausamer war. Er erzählte vom schwarzen Wüstenvolk der Garamanten, das Sklavenkarawanen überfiel und bis auf den letzten Mann niedermetzelte. Und obwohl er nichts über Timaios' Herkunft und Gewerbe wusste und dieser den menschenhandelnden Teil seiner Geschäfte wohlweislich unterschlug, versuchte er den Mann aus Massalia mit dem schwermütigen Blick davon zu überzeugen, dass es Schlimmeres gab, als Scheiße zu gabeln und auf brachen Feldern zu verteilen. Tacfarinas hatte auf seine Art Frieden mit dieser übel riechenden Welt gemacht, schon vor langer Zeit. Nach neunzehn Jahren Sklaverei lebte noch immer die leise Hoffnung in ihm – und diese Hoffnung hielt ihn aufrecht –, dass eines Tages ein Eunus zurückkehren werde, der das römische Joch von seinen Schultern nähme. Manchmal sang er mit leiser Stimme schöne Lieder in einer fremden Sprache. Timaios hörte den Schmerz darin und verstand. Er glaubte Tacfarinas gern, dass es Schlimmeres als dies gab, aber das machte nichts besser, und sein Bild von der Welt erhielt einen neuen Riss. Das Gefäß, in dem sein ganzes Wissen gespeichert war, zerbrach und verlor seinen Inhalt. Alles, was er als selbstverständlich angenommen hatte, rieselte heraus, während oben Neues nachgeschüttet wurde. Er begriff, dass Menschen wie Tacfarinas nur von der Hoffnung am Leben erhalten wurden, dass sie Träume hatten, die ganz anders waren als seine eigenen und die ihm viel schöner vorkamen, weil sie größer waren und seinen Kleinmut verlachten.

Er dachte auch an jene Worte, die sein Vater Timonides einst über Hannibal gesagt hatte: dass in jedem Sklaven mehr stecke, als man jemals wegschneiden oder wegpeitschen könne. Ja, in Tacfarinas steckte sicher mehr. Doch in ihm selbst – was lebte noch in ihm?

Unter anderen Umständen wäre es zum Lachen gewesen: Tacfarinas machte Timaios mit der Philosophie des Mistes bekannt. »Wir düngen, weil der Boden dann weniger Feuchtigkeit braucht. Umgekehrt braucht ein trockener Boden nicht so viel

Mist wie ein nasser. Zur Düngung eignet sich am besten Mist, der vom vorigen Jahr stammt. Frischer Mist wird liegen gelassen, er arbeitet nämlich, am besten ein Jahr lang, bis er verrottet ist. Zu viel Mist auf dem Feld ist nicht gut, er erwärmt das Land, und der Acker brennt aus. Zu wenig ist schlecht, weil sich das im Winter ausgekühlte Land nicht erwärmt. Wir arbeiten meist mit Rinder- und Pferdemist, der eignet sich am besten für das Getreideland. Für den Küchengarten ist Tauben- oder Gänsekot am besten geeignet, Rinderkacke ist zu scharf. Schweinemist ist gut für den Wein; Bäume werden mit Pferdemist gedüngt, weil der am leichtesten ist und nicht so schnell trocknet. Wir misten die Pferdeställe täglich aus, die der Rinder und Schafe immer dann, wenn die Zeit es erlaubt, mindestens aber alle drei oder vier Tage …« So ging es fort. Timaios brummte manchmal zustimmend, lauschte ansonsten aber schweigend. In der folgenden Nacht hatte er einen Traum. Er musste bis zu den Hüften in einem Meer aus Mist waten, um eine Insel zu erreichen, auf der der Silberkessel versteckt sein sollte. Dieser wurde bewacht von einem zweiköpfigen Ungeheuer, das die Züge Albrunas und eines Unbekannten trug. Nun glaubte er, alles Wissenswerte über Mist erfahren zu haben, und fand das, was Herakles in seiner fünften Arbeit getan hatte, um König Augias' Land von Mistbergen zu befreien, lächerlich und ekelte sich vor sich selbst.

Meist arbeiteten die beiden Sklaven nackt oder trugen einen Schurz. Jede Kleidung hätten sie nach einem Arbeitstag fortwerfen können, weil sie unbrauchbar geworden wäre. Als der Misthaufen an Höhe und Umfang verlor, wateten sie mit bloßen Füßen und nach Atem ringend in einer scharfen Flüssigkeit aus Harn und Wasser, die sie mit Eimern schöpften, in Fässer schütteten und auf den Feldern verteilten. Und als er einmal ausglitt und der Länge nach in den stinkenden Sud fiel – das war der Augenblick, als Timaios dachte, es könne nichts Schlimmeres auf Erden geben. Tacfarinas indes blieb gleichmütig wie stets und von einer Hoffnung erfüllt, die ihn nährte und sein Schicksal eines Tages ändern mochte.

Nach Tagen der Arbeit, nach schmerzhaftem Aufbegehren und Tränen der Verzweiflung gewöhnte sich zwar nicht sein Geist, wohl aber Timaios' Körper an die Belastung. Fortwährende Muskelschmerzen und auch das dauernde Gefühl von Steifheit in Armen, Beinen und Rücken gingen vorüber und stellten sich nicht mehr so heftig wieder ein. Die Angst vor Misshandlungen und Schlägen machte Timaios zu einem guten Arbeiter, der selbst Tacfarinas noch zu Fleiß und Ausdauer anhielt. Und je mehr Timaios sich von den Aufsehern überwacht fühlte, desto mehr überwachte er sich selbst und trug Sorge, dass er ordentliche Leistung erbrachte.

Von anderen Sklaven erfuhr er die Geschichte von Hannibal und dem Mädchen Berenike. Timaios ließ sich die Aufseher zeigen, die für Demütigung und Tod des Karthagers und die Vergewaltigung des Mädchens verantwortlich waren, aber er sah keine Möglichkeit, seine aufwallenden Rachegelüste zu befriedigen. Sein Denken zielte allein darauf ab, den Mist und die Tage, die damit bis obenhin angefüllt waren, hinter sich zu lassen, ohne den Aufsehern Gelegenheit zum Zuschlagen zu geben.

Die Erschöpfung, die ihn aufgrund der ungewohnten körperlichen Anstrengung ständig begleitete, machte ihn so träge, dass er sich kaum noch vorstellen konnte, wie es wäre, nicht hier zu sein. Die große Hitze tat ein Übriges. Nie zuvor in seinem Leben hatte Timaios so viel geschwitzt. Jeder noch so kleine Lufthauch war ein Labsal.

Allein ein übersteigertes Bild Svanhilds in seiner Vorstellung half Timaios dabei, sein grausames Schicksal zu überstehen. An den Silberkessel dachte er selten, obwohl er sich immer noch fragte, welche Rolle der Bernstein wohl spielte. Ob Briseis noch im Besitz des Kessels war? Und welcher Zusammenhang bestand zwischen dem Kessel und den Kimbern? Doch am häufigsten dachte er an Svanhild, und am schmerzlichsten vermisste er erstaunlicherweise seine längst verstorbene Mutter, an die er sich nur dunkel erinnerte. In manchen seiner Träume gingen beide eine Symbiose ein, die ihn über das Erwachen hinaus bewegte und in den schmutzigen Alltag hinein begleitete.

Als der römische Kalender September anzeigte, waren die Dunggruben des vorigen Jahres fast leer, doch über dem Inselinneren standen noch immer unerträglich dichte, heiße Luftmassen. Zusammen mit anderen Sklaven säten Timaios und Tacfarinas auf den Wiesen Lupinen aus und konnten diese Arbeit nicht oft genug preisen.

Lange vor der Mitte dieses Mondes kehrten Habitus und Cotta schließlich zurück. Sie hielten sich nicht länger auf der Plantage auf. Als sie Morgantina verließen, nahmen sie Timaios mit, der zwar angekettet war und nicht wusste, was ihn erwartete, aber sich in keinem Fall ein übel riechenderes Schicksal vorstellen konnte als jenes, welches hinter ihm lag. *Eselspisse, Schweinejauche, Gänsekot – leb wohl, mein übel riechender Freund Tacfarinas! Vielleicht sehen wir uns in einem anderen Leben wieder, einem Leben mit weniger Ausscheidungen.*

6. Kapitel

Rom im Mond September

Das Haus auf dem Palatin hatte sich nicht verändert. Selbst die Kohlebecken standen immer noch – oder wieder – im Atrium und verbreiteten Wärme. In einem flachen Korb lagen erhitzte Ziegelsteine. Es regnete, und dicke Tropfen fielen platschend in das Wasserbecken inmitten des Innenhofes. Es war ein angenehmes Geräusch, wenn man selbst im Trockenen stand. Die große Sommerhitze war endlich vorüber und mit ihr der Gestank aus den nahen Sümpfen, unter dem die Einwohner Roms gewöhnlich litten. Die Reichen, die sich ein Haus in den Bergen oder am Meer leisten konnten, waren inzwischen fast alle in ihre kühleren Stadthäuser zurückgekehrt.

Timaios fror in seinem langärmligen Chiton. War ihm nicht auch das letzte Mal, als er hier stand, so kalt gewesen? Rom rief unangenehme Empfindungen in ihm hervor.

Auch heute wurde Timaios unmittelbar in das Arbeitszimmer des Hausherrn geführt. Wie vor über einem halben Jahr bedeutete man Spurius Caepio, sich zurückzuziehen. Der gleiche schwere Vorhang schloss das Tablinum vom übrigen Haus ab. Ein Hamster drehte ein Rad in einem kleinen Käfig auf dem Schreibtisch. Timaios dachte an seine eigene Lage. *Welche Überraschungen wohl diesmal auf mich warten?*

Das große Mosaik mit den Darstellungen von Feldarbeiten auf dem Boden des Tablinum sah er nun mit anderen Augen. In der einen oder anderen Abbildung fand er sich selbst wieder, einen Mann mit einer Gabel in der Hand bei einer schweren körperlichen Tätigkeit.

Timaios war nicht im Mindesten ängstlich, ja, er empfand nicht einmal Unbehagen oder tiefen Respekt wie bei seinem letzten Besuch. Im Grunde spürte er nichts als Gleichgültigkeit und Leere. Dachte er an Hannibal, wallte kurz Zorn in ihm auf, verebbte aber bald wieder.

»Timaios ... was du getan hast, war dumm.« Publius Licinius Crassus wartete auf eine Entgegnung, aber Timaios versagte ihm diesen Gefallen und beobachtete den Hamster. Der Römer seufzte unhörbar. Gelegentlich hielt er sich selbst für dumm, diesen Handel mit Terentius Pius abgeschlossen zu haben, zu dem Caepio ihm geraten hatte. Doch nun musste er nach vorn schauen. Die Trümmer, die hinter ihm lagen, konnte er später beseitigen. »Und es hat meinen Haushalt entehrt!« Crassus legte abermals eine Pause ein, abermals schwieg Timaios und starrte zu Boden. Die Mosaiksteine glänzten schwach. »Carbo ist seinem Ende sehr nahe. Hättest du mit mir zusammengearbeitet, statt hinter dem Papirier herzulaufen und sich an seine Toga zu hängen, dann stündest du jetzt besser da. Deine barbarische Freundin wäre ohne deine Dummheiten freigekommen, und der Punier würde noch leben.«

Durch die schwere Eisenkette, die er trug, war Timaios in seiner Bewegungsfreiheit eingeschränkt. Nie im Leben war ihm der Gedanke gekommen, dass die Eisen so unbequem sein konnten; beide Handgelenke waren wund gescheuert und schmerzten bei jeder Armbewegung. Schon die Hände zu heben, war wegen des klobigen Schlosses eine Qual. Er atmete tief ein und aus. »Ich kann mich nicht erinnern, dass du mir ein Angebot zur Zusammenarbeit gemacht hast.« Timaios war müde, wie so oft jetzt, denn er schlief schlecht, seit er Sizilien verlassen hatte. Die harte Stimme des Römers verfehlte diesmal ihre Wirkung auf ihn.

Crassus schob das Kinn vor. »Der Kessel war das Angebot zur Zusammenarbeit.« Das Kinn ruckte zurück. »Hast du inzwischen etwas darüber in Erfahrung gebracht?«

»Ich habe nur in deinem Mist gewühlt. Und ich fand nichts, was du mir dafür bieten könntest, Senator.« Noch immer brachte

Timaios es nicht über sich, den Crasser ohne seinen Titel anzureden.

»Ich kann dich selbst noch bieten, mein Junge.« Der Römer öffnete die Hand des aufgestützten Armes. »Hast du jemals darüber nachgedacht, was ein Mann wert ist? Ich meine, was er den Göttern wirklich wert ist? Ich gedenke nicht, dich gegen einige billige Münzen einzutauschen. Davon habe ich mehr als genug. Der Silberkessel füllt dem Merkur nun keine Schatulle mehr, doch ich habe noch Fragen an dich, bevor alles vorüber ist…«

Vorüber?, fragte sich Timaios. *Was sollte irgendwann vorüber sein?* Auf dem Schiff nach Rom hatten Habitus und Cotta sich wiederholt ein Vergnügen daraus gemacht, Timaios' Wert als Sklave zu schätzen. In dessen Beisein.

»Nun also: Du kennst diese Kimbern doch recht gut…«, drang Crassus' Stimme an das Ohr des Massalioten.

»Warum sollte ich deine Fragen beantworten?« Aus welchem Grund der Silberkessel für Crassus und den römischen Gott des Handels auf einmal nicht mehr von Bedeutung war, kümmerte Timaios nur mäßig. Dass sein Leben vielleicht auf dem Spiel stand, beunruhigte ihn umso mehr.

Crassus streckte die Hand aus. »Für die Freiheit!«

»Freiheit?« Leise wiederholte Timaios das Wort. Was war das? Etwas, das nicht stank? Etwas, das er mit der Nase wahrnehmen konnte? Nur drei Monde war das alles her? Jahre schienen vergangen zu sein. Hatte nicht auch der Hamster in seinem Laufrad eine gewisse Freiheit?

Crassus seufzte vernehmlich. »Ich weiß nicht, was Caepio sich dabei dachte, dich nach Sizilien zu locken und diese beiden hirnverbrannten Schwachköpfe hinterherzuschicken.« Der Römer beobachtete den braunen Hamster in seinem kleinen Rad, der noch keine Pause eingelegt hatte, seit Timaios hereingebracht worden war. *Ich würde ihn Tacfarinas nennen,* dachte der Massaliote.

»Um den Punier ist es schade. Ja«, fuhr Crassus fort und wandte die Blicke nicht von dem Tierchen, »um jeden Menschen ist es schade, auch Sklaven wachsen nicht an den Bäumen wie Oliven. Aber es war sein eigenes Verschulden, soweit ich weiß.«

Nun erst fasste er Timaios ins Auge, der den stechenden Blick aber nur kurz erwidern konnte. »Und warum sollte ich dich auch hierbehalten? Als Sklaven? Ich habe genug Sklaven, um ein eigenes Heer aufzustellen, und genug Geld, um mir ein zweites zu kaufen. Nein, die Barbarin ist fort, der Punier tot, der Kessel verschwunden. Wahrscheinlich liegt das Stück irgendwo in den Wäldern nördlich der Alpen.«

Timaios hörte, verstand aber nicht.

Er konnte nicht ahnen, dass Crassus mehr als unzufrieden mit der Entwicklung der Dinge war, dass es ihm aber fernlag, diesen armseligen Massilioten dafür büßen zu lassen, der gebrochen und ausgelaugt schien, kraftlos und krank. Schuld an allem hatte allein Pius, »dieser schwachsinnige Emporkömmling«, wie Crassus ihn bei sich nannte, dessen Vater auf seiner Hinterbank im Senat bereits armselig war, dessen Sohn ihm Bernstein versprach und stattdessen ein Mädchen brachte und von einem silbernen Kessel phantasierte. Und doch hatte der Vorschlag dieses Möchtegernsenators zu Beginn so verlockend geklungen. Crassus bedauerte zutiefst, seinen Zweifeln nicht den Vorzug vor seinen Hoffnungen gegeben zu haben.

Diese Entführungsgeschichte, die an den Raub der Sabinerinnen erinnerte, aber so viel weniger einträchtig endete, war nichts als ein Irrsinn gewesen. Wenn seine Feinde im Senat davon erführen, der Papirier oder andere popular Gesinnte … Nein, Crassus war nun entschlossen, auf seinem eigenen Weg zu erreichen, was er begehrte. Man würde einen Ausgleich mit den Barbaren suchen. Das wäre auch ohne den Kessel möglich und brächte ihm Geld ein. Nun, er sah tatsächlich keinen Grund, der dagegen sprach, diesen unbedeutenden Massilioten laufen zu lassen.

»Wenn du mir einige Fragen beantwortest, kannst du gehen.«

Gehen … Etwas regte sich in Timaios, etwas, das lange geschlafen hatte. »Einfach so? Ohne Hintergedanken?« Hohn lag in seiner Stimme, nur schwach, denn die meisten seiner Gefühle waren ihm abhandengekommen wie verlorene, gern getragene Kleidungsstücke … Oder wie entschwundene geliebte Menschen. Die vergangenen Monde machten es Timaios schwer, wieder Vertrauen zu fassen.

»Einfach so, ja. Warum nicht?«

»Meine Schulden bei Habitus ...«

»Nur Spielschulden, ist es nicht so? Kein Gericht in dieser Stadt kann dich dafür belangen. Spielschulden können nicht eingeklagt werden. Habitus konnte sie gar nicht einfordern. Aber soweit ich von Caepio weiß, hast du eine Schuldverschreibung ausgeschrieben ...«

»Mmh.« Der Gedanke daran und der Gedanke an Habitus brachten Timaios nun doch in Wallung, und dunkle Galle wollte in ihm aufsteigen. »Er faselte von Schuldhaft ...«

Crassus winkte ab. »Die gibt es seit zweihundert Jahren nicht mehr. Er weiß das sicher, du offenbar nicht. Er mag vielleicht einen hinterhältigen Charakter haben, aber dumm ist er nur, wenn es ihm gelegen kommt.«

Timaios entschloss sich, Crassus Vertrauen zu schenken, einmal nur. »Und was geschieht dann also mit der Schuldverschreibung?«

Der Senator biss sich auf die Unterlippe. »Da du sie nun einmal unterzeichnet hast ... Vergiss sie, ich werde sie bezahlen. Immerhin habe ich auf meinem Gut in Sizilien den Wert deiner Arbeit genossen, wie ich hörte – wenn du es auch nicht ganz freiwillig getan hast.«

»Sklavenarbeit!«

»Ja, Sklavenarbeit. Wie ist das, auf der anderen Seite zu stehen?« Timaios schwieg. »Ich könnte mir vorstellen, dass du hinter diesem Geschäft die Tore schließt ...«

»Und Hannibal?«

Crassus wurde lauter. »Und mein Sklave, der von deinen Freunden umgebracht wurde? In *meinem* eigenen Haus. Weißt du eigentlich, was das bedeutet?« Der Römer stand auf und hob die ohnehin kraftvolle Stimme: »*Mein* Eigentum! Getötet in meinem eigenen Haus!« Timaios öffnete den Mund – und schloss ihn wieder. Ihm war, als müsse er sich ducken. »Diese Mörder haben ein Verbrechen gegen die Heiligkeit meines Hauses begangen, und dafür lasse ich sie ans Kreuz nageln.«

Timaios nickte ergeben. Nichts anderes begehrte er auf dieser Welt noch, als die Ketten loszuwerden. »Also dann, stell deine Fragen!«

»Gut.« Crassus kam um den Schreibtisch herum und schob Timaios einen Stuhl hin. »Die Kimbern haben keinen Führer, richtig?«

»Richtig. Sie werden von einem Rat geführt, der in gemeinsamem Beschluss alle wichtigen Fragen entscheidet.« Dankbar ließ sich Timaios auf dem Stuhl nieder.

»Gibt es jemanden, der im Rat einen größeren Einfluss hat?«

»Einen gibt es. Er heißt Hludico.«

»Wie?«

Timaios wiederholte den Namen einige Male, aber etwas anderes als »Claodico« brachte Crassus nicht zustande.

Und so zog sich das Gespräch eine ganze Weile hin. Knapp beantwortete Timaios alle Fragen des Römers nach Lebensweise und Gewohnheiten der Kimbern, nach ihrer Ernährung und ihren Vorlieben, woran sie sich ergötzten und erfreuten. Erstaunlicherweise wollte Crassus sogar wissen, wie ihre Hütten beschaffen waren, wie viel Vieh sie besaßen und welche Güter bei ihnen knapp waren. Allmählich zog eine Ahnung in Timaios auf. Um einen neuen Krieg handelte es sich da kaum – Crassus sprach für sich selbst, nicht für den Senat. Bei den Angaben über die Kopfzahl des Stammes log Timaios, einerseits weil er sie nicht wusste, andererseits weil er es dem Römer nicht zu einfach machen wollte. Die Teutonen erwähnte er gar nicht, und Crassus gab ihm keinen Hinweis darauf, ob man in Rom inzwischen von ihnen wusste. Bei Crassus' nächsten Fragen geriet er abermals in Verwirrung: wie weit es bis in die kimbrische Heimat sei, wie die Beziehungen dorthin seien, welche Verhältnisse dort herrschten und ob Timaios glaube, dass die Kimbern in der Lage seien, die allgemein bekannten Handelswege in den Norden zu stören. Welche Absichten verfolgte der Römer mit diesem Wissen? Und so fragte der Massaliote, ob Rom eine Strafexpedition gegen die Kimbern plane, aber der Senator lachte nur.

»Ich weiß, was man in der Ökumene über uns sagt: Rom zerstört alles.« Wieder reckte er das Kinn. »Rom will der ganzen Ökumene seinen Willen und seine Götter aufzwingen. Rom will die gesamte Ökumene zu einer Provinz machen. Und Roms Statthalter saugen die Provinzen aus. Rom duldet keine andere

Macht neben sich. Rom führt Krieg um der reinen Macht willen. Etwa so.« *Genauso ist es, eingebildeter Römer!* »Der größte Unfug, den ich jemals gehört habe! Gefährlicher Unfug noch dazu. Wir waren niemals darauf aus, Provinzen zu besitzen. Sizilien und Hispanien wurden ausschließlich deshalb zu Provinzen, damit Karthago uns von dort aus nicht noch einmal angreifen konnte. Kleinasien ist uns geschenkt worden. Wenn wir Länder und Städte zu Provinzen und Bundesgenossen machen, dann nur, um ihnen die Möglichkeit zu nehmen, Krieg gegen uns zu führen. Handel anstelle von Krieg. Und wenn wir Krieg führen, dann nur deshalb, um den Handel zu schützen. Krieg dient dazu, den Frieden zu sichern, er ist kein Selbstzweck. Und hast du schon einmal gehört, dass die Bundesgenossen sich gegen Rom erhoben hätten? So und nicht anders gelingt das! Kein Krieg mehr, dafür Frieden und Wohlstand in unserem Land und in den Provinzen. Das ging nicht wie das Fliegenfangen, das war eine Entwicklung, die viele Jahrzehnte lang gedauert hat. Und jetzt kommst du und glaubst, wir wollten alles aufs Spiel setzen, um einen neuen Krieg gegen die Kelten zu führen? Dort, wo sie jetzt sind, können sie bleiben, bis Atlas zusammenbricht. Sie haben uns im Noricum geschlagen, gut, das war nicht unverdient, denn der Senat hatte niemals die Absicht, einen Krieg gegen sie zu beginnen. Das war allein der Plan des Papirius Carbo, und dafür büßt er.« Crassus atmete durch. Ob er dem Massilioten diese Zusammenhänge darlegte oder nicht – er würde seine Meinung kaum ändern. »Kein römischer Statthalter ist in der Lage, eine ihm zugewiesene Provinz auszuplündern, wie oft behauptet wird. Das sind Märchen. Kein Statthalter kann unumschränkt herrschen. Er hat sich jederzeit zu rechtfertigen, und er ist von einem Beraterkreis umgeben, der jede kleinste Verfehlung an den Senat meldet. Das sind hungrige junge Männer, die ihre Laufbahn noch vor sich haben, die sind scharf wie Cerberus*.«

Timaios biss sich auf die Unterlippe. »Hast du zu Ende gesprochen, Senator?«

---

* Der mehrköpfige Hund, der in der griechischen Mythologie den Eingang zur Unterwelt bewacht.

»Ja, ich bin am Ende. Mit meiner Rede und mit dir, Timaios aus Massilia. Keine Fragen mehr.« Crassus griff nach dem Schlüssel, den ihm Caepio gegeben hatte, und steckte ihn in den Zylinder. Der Bügel drehte sich knirschend, das Eisenglied sprang aus der Fassung, und die Kette fiel klirrend zu Boden. »Das war es. Du kannst gehen.«

»Was macht dich so sicher, dass ich nicht zum Prätor gehe und Anklage gegen dich erhebe?«, fragte Timaios.

Der Römer lachte kurz auf. »Mit welcher Begründung? Es gibt keine Beweise für irgendeine Unrechtmäßigkeit. Aber es ist für mich nicht weiter schwer, Beweise für anderes zu finden. Dieser verfluchte Mörder hat damals nicht allein gearbeitet, als er die Kimbrin raubte; wir könnten ihn oder seine Kumpane immer noch finden und dir gegenüberstellen. Wie wäre das?«

Timaios schwieg. Mehr als ein halbes Jahr war seit Svanhilds Befreiung vergangen, und wenn Curator bis heute nicht aufgetaucht war, hatte der Kerl schon Sorge getragen, auch weiterhin nicht gefunden zu werden.

»Ich bin bereit ... zu vergessen, dass man in mein Haus eingebrochen ist«, fuhr der Senator fort.

Was Timaios nicht wusste: Crassus betrachtete die Befreiung der Kimbrin als kleine Mahnung der Götter, sein Spiel nicht so weit zu treiben, dass die falschen Leute aus der falschen Richtung zu viel Wind davon bekamen. Dass das Mädchen auf diese Art und Weise verschwunden war, fand der Römer eher erleichternd als beunruhigend, und dafür nahm er einen toten Sklaven und einen zweiten mit einer Beule am Kopf in Kauf. »Du hast einen Gehilfen verloren, ich einen Sklaven – wir sind auf seltsame Weise zu einem gegenseitigen Ausgleich gelangt.« Er nahm ein Bündel auf, das hinter dem Schreibtisch gelegen hatte, und reichte es Timaios. »Deine Sachen. Es dürfte nichts fehlen.«

Wortlos nahm Timaios seine Habseligkeiten entgegen, wandte sich um und ging. Ein hellhäutiger Sklave zog den Vorhang auseinander. Timaios hasste und verachtete diesen Römer für die Spiele, die er mit Menschen trieb, und die vorgebliche Großmut, die er von seiner unantastbaren Höhe aus zur Schau stellte.

Crassus trat ebenfalls ins Atrium und schaute dem Massalioten nach. Er war sicher, dass dieser nicht gegen ihn vorging.

Menschen glaubte er einschätzen zu können: Der Mann stand kurz vor dem Zusammenbruch, obwohl er es selbst noch nicht wusste.

Eine warme Welle von Erleichterung breitete sich in Timaios aus, als er das Haus des Crassus hinter sich ließ und hinaustrat in einen kühlen, regnerischen Nachmittag. Er hüllte sich in seinen dunklen Wollmantel und warf dann einen Blick in den Lederbeutel: Alles, sogar sein Geld, war da. *Beim gefüllten Beutel des Hermes, Crassus ist so reich und so edel, dass er selbst meine wenigen Münzen verschmäht!* Dann überlegte er. Im Grunde fühlte er sich so elend und schwach, dass er Rom einfach nur verlassen wollte, aber den Silberkessel und Briseis hatte er nicht vergessen. Und später würde es ihn reuen, hätte er die Gelegenheit verpasst, nach beiden zu suchen. Er warf den Mantel zurück, ließ sich eine Weile vom Regen berieseln und empfand die kühle Frische als reinigend. Als ihm schließlich doch kalt wurde, legte er den Mantel wieder um, schlug die Kapuze hoch und verließ den Palatin mit den Villen der Reichen.

Sein erster Gang in wiedergewonnener Freiheit führte Timaios, durchnässt, wie er war, in die Subura, zur Mietskaserne, in der Briseis wohnte. Nachdem er die steile Treppe erklommen hatte, klopfte er an die Holztür der Wohnung und stellte fest, dass er zumindest körperlich in keiner schlechten Verfassung war. Beim ersten Besuch hatte er hier oben nach Atem gerungen. Er hoffte, dass die junge Frau nicht gerade einen Freier zu Besuch hatte. Schon nach einem kurzen Augenblick wurde die Tür aufgerissen.

»Ja?« Ein junger Mann mit einer tief ausgeschnittenen Seidentunika stand vor ihm. Gesicht und Brust waren haarlos, er hatte weiche, geschminkte Züge und war elegant frisiert: Schwarze Locken ringelten sich um die Schläfen. Als er Timaios sah, lächelte er. »Wir kennen uns nicht, oder? Aber beim schönhäutigen Hermaphroditos, komm nur herein, mein Prinz!« Die hohe Stimme des Jünglings klang wie ein Flöten. Seine fein gestutzten und deutlich schwarz nachgezeichneten Augenbrauen hoben sich. Timaios fiel auf, dass die Nasenwurzel mit Puder schattiert war, damit der helle Nasenrücken länger wirkte. Ein dunkler Lidstrich schien die Augen runder oder größer zu machen. »Ach, du bist ja ganz nass, Lieber! Und deine Hände! Komm, komm nur, lass die kalte, böse Welt hinter dir! Hast du meinen Namen von Calpurnia erfahren?«

Timaios, überaus verblüfft, warf einen Blick nach rechts und links. Das Zimmer stimmte, das Stockwerk auch. »Ich suche das Mädchen Briseis.«

Der Geschminkte war sichtlich enttäuscht. »Kenne ich nicht. Ich bin Metron. Möchtest du nun eintreten oder nicht?«

Timaios beugte sich vor, bis er das Innere des kleinen Raumes überblicken konnte, und der Jüngling trat allzu bereitwillig beiseite. Der Kessel war nirgends zu sehen, doch dafür lächelte der Jüngling entzückend dekadent, während er im gleichen Maß rührend unschuldig wirkte und die Augen niederschlug. »Darf ich dich fragen, wie lange du schon hier wohnst, Metron?«

Das doppeldeutige Lächeln verschwand. Entsetzt wich der junge Mann an die kahle Wand zurück. »Kommst du vom Ädilen?« *Beim Steiß des Zeus, sehe ich so aus?*, dachte Timaios ärgerlich. »Tu mir nicht weh, bitte, ich zahle, sobald ich kann.« Trotz der Furcht war Metrons Stimme um keine Oktave von der unnatürlich hohen Tonlage abgewichen.

Ein Kastrat? Timaios beruhigte den jungen Mann. »Nein, ich suche nur das Mädchen Briseis, das vorher hier wohnte.« Dass er auf andere gefährlich wirkte, nahm er mit leiser Freude zur Kenntnis.

»Die kenne ich nicht. Da musst du den Hausmeister fragen. Ich wohne erst seit dem vorletzten Kalenden* hier.«

Als sich Timaios abwenden wollte, unternahm Metron einen letzten Versuch. »Ach, Freund! Bleib noch, gerade habe ich Zeit.« Er zwinkerte kokett mit den künstlichen langen Wimpern. »Sehr viel Zeit. Nur sechs Asse, und ich lasse dich über den Wolken schweben. Zumindest den Teil von dir, der nach einem hohen Flug verlangt.«

Timaios empfand nur Widerwillen und kein Verlangen und trat umgehend den Rückzug an. Um keinen Preis mochte er die-

* Der erste Tag eines Monats im römischen Kalender.

sen entarteten Jüngling anfassen oder sich von ihm berühren lassen. Er grüßte eilig und ging.

Den Hausmeister fand er in einer der vier größeren Erdgeschosswohnungen, einen wohlgenährten, fast kahlen Mann im fortgeschrittenen Alter mit einer roten Schärpe über dem Bauch, an dem aller Klatsch haften blieb, wie Timaios bald feststellte.

»Ich war für einige Monde nicht in der Stadt, und nun suche ich Briseis, die Griechin, die im fünften Stock wohnte.«

»Briseis, die Kleine aus Arkadien? O ja, sicher! Briseis – hätt ich fast schon vergessen. Wenn sie nicht zahlen konnte, hat sie gearbeitet – du weißt schon, ge-ar-bei-tet. An mir.« Der Mann lachte hässlich, und Timaios fühlte sich bemüßigt, höflich zu lächeln. »Damit ich mit dem Mietherrn rede. Was sie eben so arbeiten konnte.« Der dicke Hausmeister schien sich in Erinnerung an das Mädchen alle zehn Wurstfinger ablecken zu wollen. »Sehr schade! Sie ist ausgezogen, an den ... warte ... ja, zu den ... vorletzten Iden, glaub ich, ja, im Mond Quintilis*, weil ihr das Zimmer zu teuer war. Ich hab sie seitdem nicht mehr gesehen, aber ein Büttel des Ädilen erzählte mir, sie hätt auch nicht genug Abgaben gezahlt – das Übliche eben bei diesen Weibern, ich kenn das. Die anderen sind auch nicht besser. An jeden Kalenden und Iden ist hier ein Kommen und Gehen im Haus ... Na, ich hab mir gleich gedacht, dass die Kleine wohl in einem Lupanar** arbeiten wird, hier lief es ja nicht so gut.« Der Kahle grinste, als finde er das nicht weiter schlimm. »Im Bordell ist das anders: keine Miete, keine Abgaben – bezahlt alles der Bordellwirt. Und was sag ich: Vor Kurzem hat mir ein Mieter genau das bestätigt. Hat sie im *Geilen Bock* gesehen, drüben am Circus. Na, kann sein, ich war lang nicht dort. Schade, wirklich, ich sollt mal wieder hingehen. Prachtvolles junges Weib mit einem knackigen Hintern ... Bei Priapus! Versteh ich eigentlich gar nicht, dass es bei der nicht lief. Aber wenn du auf Schwanzlutschen stehst ... Der Kastrat, der jetzt das Zimmer

---

* Quintilis: Ursprünglich, wie der Name sagt, der fünfte Monat, später der siebte, der dann zu Ehren Cäsars *Julius* genant wurde, Juli.

** Ein Bordell.

bewohnt, ist darin nicht viel schlechter, glaub mir.« Er lachte laut, und Timaios grinste plumpvertraulich zurück, als sei es in der Tat eine seiner Gewohnheiten, sich täglich mit Strichjungen zu vergnügen.

Als der Hausmeister gestenreich weiteren Erinnerungen frönen wollte, fiel ihm Timaios ins Wort. »Hat sie ihre Sachen mitgenommen?«

»Sicher. Da will ich doch drum bitten, oder glaubst du, ich hab Lust, hinter den Mietern herzuräumen? Gewöhnlich ist das nicht so einfach, von heute auf morgen ausziehen, aber ich hatt diesen Schwanzlosen an der Hand, und der Ädil stand ja auch dahinter. Seine Leute kamen noch am selben Tag und wollten die Wohnung sehen.«

Timaios musste ganz sicher sein. »Haben sie etwas mitgenommen?«

»Wer?«

»Die Leute des Ädilen. Hast du gesehen, ob sie etwas wegtrugen?«

Bei dieser Frage verlor der Mann auf einmal seine gute Laune und den umgänglichen Ton. Er hakte die Daumen in die Schärpe um den Bauch und wippte auf den Zehen. »Hör mal, du, das geht dich gar nichts an! Wer bist du überhaupt? Ich muss dir nichts erzählen. Sie haben eben alles mitgenommen, was noch da war, vermute ich. Viel war es nicht.«

»Und den schwarzen Kessel ...«

»Was für einen schwarzen Kessel? Davon weiß ich nichts. Ihre Waschkumme vielleicht? Für die Spreu zwischen ihren Beinen? Ja? Wahrscheinlich haben die Leute des Ädilen die auch mitgenommen, ich war nicht dabei. Ich kann ja nicht alles machen.«

Timaios betrachtete den dicken Bauch und die kurzen Beine des Mannes und verstand. »Ich danke dir für deine Geduld. Dein weiterer Tag sei gesegnet.« Der Hausmeister murmelte eine undeutliche Erwiderung. »Lusttötende Freier«, meinte Timaios zu verstehen.

Timaios beschloss, zuerst das Mädchen Briseis zu sehen und dann erst, falls es noch nötig wäre, den Ädilen aufzusuchen.

Den *Geilen Bock* hatte er bald gefunden. Obwohl um den Circus Maximus herum viele solcher Lupanare lagen, schien das Haus recht bekannt zu sein. Neben der Tür des Gebäudes prangte ein Holzschild, auf dem ein Ziegenbock mit einem aufgerichteten Phallos abgebildet war, dessen Größe Timaios ein Lächeln entlockte. Er betrat das Haus durch eine einladend offene Tür, stieg eine schmale Treppe hinauf, wich drei einzelnen Männern aus, die ihm entgegenkamen, und gelangte in einen schier endlosen Ziegelsteinflur, der den Zugang zu zahlreichen Kammern ermöglichte. Einige der Türöffnungen waren mit Tüchern verhängt, manche geöffnet, und im Vorübergehen sah Timaios leicht bekleidete junge Frauen auf schmalen Lagern sitzen oder liegen und auf Kundschaft warten. Ein Schild mit der lateinischen Lapidaraufschrift *OCCUPATA* hing vor den geschlossenen Kammern, und wollüstige Laute drangen durch die Vorhänge in den Korridor. Die warmen Wellen und der wohlige Duft einiger Kohlebecken sowie von vielerlei Räucherwerk vermischten sich mit dem Geruch von Schweiß, Sperma und Parfüm.

In diesem Haus schienen nur gewöhnliche Pornen zu arbeiten und nicht die etwas wohlfeileren Hetären, die angeblich mehr konnten, als sich eilig begatten zu lassen. Manche Mädchen saßen auf Holzhockern in den Türöffnungen und forderten die vorbeischlendernden Männer jeglichen Alters mit verführerischen Blicken zum Nähertreten auf. Der eine oder andere blieb stehen und sprach mit den Buhlerinnen. Timaios war nach allem anderen zumute, nur nicht nach Beischlaf. Immer noch hatte er einen gewissen Geruch von Mist in der Nase. Die meisten Mädchen waren keine Römerinnen, sondern Ausländerinnen, deren Kenntnisse der lateinischen Sprache sich auf einen einfachen, aber eindeutigen Wortschatz beschränkten, wie Timaios rasch feststellte, als er die Gesprächsfetzen ringsum auffing und nach Briseis fragte. Unter ihrer üppigen Schminke waren eine oder zwei der Dirnen ganz offensichtlich viel zu alt, um hier zu sein, mindestens zwei oder drei andere aber viel zu jung.

Von einer dunkelhäutigen Frau mit kurzem Haar, einer Numiderin wohl, wurde er in den dritten Stock verwiesen. Also stieg er zwei weitere schmale Treppen hinauf, schritt durch zwei weitere lange Gänge, in denen ihm männliche Besucher entgegenkamen, manchmal verlegen zu Boden blickend, gelegentlich herausfordernd Timaios' Blick suchend oder sichtlich mit anderen Gedanken beschäftigt, meist aber die Mädchen abschätzend musternd. Alte Männer allein, jüngere in Gruppen zu zweit oder zu dritt und ganz junge Burschen wiederum allein. Hinter irgendeinem Vorhang knallte eine Peitsche, und ein Mann quiekte wie ein Ferkel. Eine der Frauen, halbnackt, hellhäutig, fett, schmuckbehangen, mit schwarz gefärbten Finger- und Zehennägeln und nicht nur durch das schlechte Licht und die dicke Schminke entschieden zu wenig ansehnlich für ihn, stellte sich Timaios aufreizend frech in den Weg und griff ihm mit flinken Fingern zielsicher zwischen die Beine. »Na, Kleiner, voll noch?«

Timaios, längst schon mit trockenem Mund, schob das Weib angewidert beiseite, trieben ihn doch gänzlich andere Sorgen um. »Nicht jetzt«, lächelte er gequält, »ich habe eine Freundin ...«

»Nix machen! Bei mir nur Fickificki, keine Liebe. Was kosten? Zwei Sesterzen für alles, was du wollen, gaaanz laaangsam. Viel Zeit ...«

»Ah, nein, nein. Ich ... Wo finde ich Briseis?«

»Briseis? Schwarze Haar aus Griechenland?« Sie zeigte mit dem Daumen über die Schulter. »Gang unten, rechts. Und Freundin? Was die sagen, he?«

Am Ende des Flurs wandte Timaios sich wie empfohlen nach rechts, aber die betreffende Türöffnung war verschlossen. Er wartete und betrachtete die vielen Schmierereien an den Wänden, kleine Zeichnungen und kurze Inschriften, mit denen schreibkundige Besucher sich und ihr Tun verewigt hatten. Ein Hermes schien demnach oft hier zu sein, und er bevorzugte immer eine gewisse Methe, die anscheinend besonders gut beim *Fellatio* war, während eine recht junge Servera sich auf diese Kunst nicht so gut verstand, dafür einen bemerkenswerten Hintern ihr eigen nannte. Briseis wurde nicht erwähnt. Über der Türöffnung hing eine bunte Tafel, auf welcher Priapos, der Gott der Fruchtbarkeit, einen gewaltigen Phallos gen Himmel reckte.

Timaios hörte ein Keuchen und nach einer kleinen Weile gedämpfte Stimmen. Kurz darauf wurde der Vorhang von innen beiseite geschoben, und ein junger Bursche kam lächelnd heraus, der, als er Timaios stehen sah, eilig den Blick senkte und das Weite suchte. Dann trat Briseis in die Türöffnung, doch es war eine andere Briseis als jene, an die sich Timaios erinnerte: gealtert, erschöpft, ausgelaugt, der hübsche Körper nicht länger von jugendlichem Liebreiz. Das Gesicht war mit Flecken übersät und nicht gut genug geschminkt, um dies zu verbergen.

Als Briseis Timaios sah, weiteten sich ihre blau umrandeten Augen, und für einen Augenblick hatte er das Gefühl, dass es ihr höchst unangenehm war, ihn zu sehen. Eine Regung, die er bei einer Frau ihres Gewerbes nicht erwartet hätte. Dann allerdings loderte nackter Zorn in ihren Augen. Ihr Mund zuckte, dennoch lud sie Timaios schweigend und mit einer ungeduldigen Geste in ihre kleine Kammer ein. Die Hälfte des Raumes wurde von einer Steinliege mit einer Wolldecke eingenommen, auf der zwei Menschen eng nebeneinanderliegen konnten. Die Wände waren mit bunten Fresken von mäßiger Qualität bemalt. Hermaphroditen, Satyrn und andere Fabelwesen vergnügten sich im Licht mehrerer Kerzen miteinander, schändeten Frauen oder vergingen sich an Tieren.

»Nun, was willst du hier? Mit mir vögeln? Das macht zwei Sesterzen. Vorher. Ja, ich bin billiger geworden.«

Briseis trug eine Brustbinde aus roter Seide, die ihre eher kleinen Brüste nach oben drückte und den Ansatz der Brustwarzen zeigte, sowie ein offenes, halb durchsichtiges Hemd, das den Blick auf die unbedeckten Oberschenkel und die haarlose Scham gewährte. Als sie Timaios' Blicke sah, zog sie das Gewand zusammen und verschränkte die Arme vor der Brust. In Timaios regte sich ein Trieb, der lange geschlafen hatte. Briseis war gealtert, aber nicht alt, und hier im Dämmerlicht war sie noch immer hübsch. Auf ihren Unterarmen wuchsen dunkle Härchen – offensichtlich nahm sie es nicht mehr so genau mit der Körperpflege.

Timaios riss sich zusammen. »Ich will nicht … Wie bist du hier gelandet, in diesem Loch?«

»Ach, das weißt du nicht?« Briseis schnaubte verächtlich. »Dir habe ich das doch zu verdanken. Eines Tages kamen zwei Männer zu mir, irgendwann im Quintilis. Sie boten mir vier Denare, wenn ich sie beide mit nach oben nähme. Habe ich natürlich getan ...« Sie blickte ihm herausfordernd in die Augen. Ihre Worte überschlugen sich beinahe, und die Augen blitzten.

Timaios folgte ihrem Bericht mit mühsam gezügelter Ungeduld. »Nur einer wollte vögeln, und zwar gründlich und brutal. Der andere schaute zu ... Danach fragten sie mich, ob ich jene sei, die mit Kapaneus unterwegs war, und wo der Silberkessel sei, von dem du mir erzählt hattest. Dein Name fiel auch. Sie wollten wissen, was ich dir erzählt hätte, und noch mehr. Aber ich wusste ja gar nichts. Sie haben mir gedroht. Ich hatte Angst, aber sie haben mir nichts getan. Ich war so froh, als sie gegangen waren! Ich habe dann nicht weiter darüber nachgedacht, weil ich doch wirklich nichts von diesem Kessel wusste. Das habe ich dir damals schon gesagt, oder?« Das Mädchen setzte sich auf die steinerne Liege und schlug ein Bein über das andere. Timaios hätte sich gern zu ihr gesetzt, blieb aber stehen. »Und ich hatte außerdem genügend andere Sorgen. Einen Tag später kam jemand vom Ädilen wegen meiner Abgaben an die Stadt. Ich hatte immer Schwierigkeiten, genug zu zahlen, seit ich da bin. Und wie zufällig besuchte mich am selben Tag der Besitzer des *Geilen Bocks* und bot mir an, meine Schulden zu bezahlen, wenn ich für ihn arbeite.« Verbittert verzog Briseis das Gesicht, während sie auf den Boden starrte. »Das war ein bisschen zu viel auf einmal. Da gibt es doch einen Zusammenhang, dachte ich noch. Doch ich hatte keine Wahl, allein schaffte ich es einfach nicht mehr. Also habe ich Ja gesagt.«

Briseis erzählte dem Massalioten nicht, wie sie in diesem Haus behandelt worden war, wie sie sich gleich am ersten Tag unter Drohungen und Grobheiten vom Wirt und seinen Männern beschlafen lassen musste. Der Kerl wollte mit diesem Akt ihren Willen brechen – und brach ihn auch. »Kaum war ich hier, sind die beiden Gestalten wiederaufgetaucht, die nach dem Kessel gefragt hatten. Nur diesmal wollten sie nicht vögeln, nur schlagen. Der eine hat geschlagen, der andere wieder zugeguckt und Fragen nach dem silbernen Kessel gestellt. Und er hat gesagt, er wisse von dir ganz sicher, dass ich den Kessel habe. Dafür vielen Dank, Timaios aus Massalia.«

Timaios schwieg. Er fühlte sich schuldig und war sich doch nicht bewusst, jemandem vom Kessel erzählt zu haben, außer ...

Kembriones? Unmöglich. Hieronymos? Möglich, auch wenn Kembriones ihn für ehrenhaft hielt. Hieronymos hätte ohne Weiteres in Erfahrung bringen können, dass der Kessel jetzt anders aussah als zuvor. Aber woher hätte er wissen können, dass Briseis die Besitzerin war? Für das Mädchen war das alles unerheblich, auf irgendeine ihm unklare Weise war es Timaios' Verschulden, dass sie hier gestrandet war. Das Schweigen dauerte an, bis Timaios sich gefasst hatte. »Du kannst doch jederzeit wieder gehen, oder?«

Briseis zog eine Grimasse. »Hast du eine Ahnung! Und wohin sollte ich? Glaub bloß nicht, dass der Bordellwirt das so einfach zuließe. Der behandelt uns wie sein Eigentum, behauptet, wir seien alle bei ihm verschuldet, weil wir seine Räume benutzen und er uns Schutz bietet. Außerdem hat er meine Freilassungsurkunde an sich genommen.«

»Und das mit den Abgaben hat gestimmt?«

Briseis blickte auf und nickte. Sie schien inzwischen milder gestimmt als zu Beginn der Unterhaltung. »Den Freien machen sie viele Schwierigkeiten in dieser verfluchten Stadt, sie setzen Gerüchte in Umlauf und versauen dir deinen Ruf.« Timaios wusste zwar nicht, wer damit gemeint war, aber er wollte nicht fragen. »Ich musste weniger Geld nehmen, um überhaupt noch etwas zu verdienen, aber dann kamen höchstens noch Sklaven und Tagelöhner ... Jene, die selbst nicht viel hatten.«

»Ich hole dich hier heraus, Briseis, glaub mir!« Ein plötzliches Ehrgefühl hatte Timaios gepackt und biss ihm in den Nacken wie eine Katze ihr Junges. Er trat auf der Stelle.

Das Mädchen lächelte nur voller Spott, und ihre Stimme hatte einen rauen Klang. »Nachdem du so etwas das letzte Mal gesagt hast, bin ich erst richtig in einen Misthaufen getreten. Der Gestank hängt mir noch immer unter den Sandalen, riechst du es nicht?« Für einen Moment hatte Timaios das Gefühl, sich für seinen eigenen Geruch rechtfertigen zu müssen. »Deine guten Absichten will ich dir ja gern zugestehen, weil ich dich wirklich nicht für bösartig halte. Aber ich glaube nicht, dass ausgerechnet du es schaffen könntest.«

Das bittere Urteil verschlug Timaios nur kurz die Sprache. »Was ist mit deinen Sachen geschehen?«

»Welchen Sachen?«

»Nun, mit deinen Habseligkeiten aus dem Mietshaus in der Subura.«

»Das meiste habe ich mitgenommen. Viel war es sowieso nicht. Warum?«

»Den schwarzen Kessel auch?« Er holte tief Luft. »Sag, der war von Kapaneus, nicht wahr?«

Briseis' Augen wurden groß. »Ist das etwa *der* Kessel? Der silberne, von dem du erzählt hast und den diese Schufte bei mir gesucht haben?«

Timaios nickte. »Wenn er von Kapaneus stammt, dann ja. Man hat seine Form und seine Farbe verändert, aber es ist wohl der Silberkessel. Die runde Bodenschale hast du selbst gesehen, und der Rest steckte in einem der Säcke. Befand er sich im Besitz von Kapaneus?«

»Kot der Götter!« *Ja, wir können offen reden,* dachte Timaios, *großer, stinkender Kothaufen. So wie auf Sizilien.* Briseis griff sich an den Kopf. »Ein silberner Kessel, und ich habe nichts davon geahnt. Bei den hundert Brüsten der Artemis! Ja, er befand sich in Kapaneus' Hinterlassenschaft. Und die Bodenschale habe ich später nicht mehr gesehen.«

»Hast du ihn mitgenommen?«

»Nein. Wo hätte ich ihn hier unterbringen sollen? Wir schlafen zu viert in einem kleinen Zimmer ...« Mit der Hand deutete sie auf die Wände der Kammer. Dann stützte sie sich mit beiden Händen nach hinten auf der Liege ab, und Timaios starrte auf die hochgereckten Brüste.

Innerlich fluchte er noch einmal ausgiebig.

»Vielleicht hat ihn sich der fette Borgus geholt, der Hausmeister.«

»Nein, der wusste nichts von einem Kessel. Aber er sagte mir, dass die Leute des Ädilen da waren und ihn vielleicht mitgenommen haben.«

Briseis stutzte. »Was? Die Leute des Ädilen waren da? Wann?«

»Am Tage deines Auszugs, erzählte der Hausmeister.«

»Aber abgesehen von Aufforderungen zu zahlen, habe ich vom Ädilen nie etwas gehört. Dass ich ausgezogen bin, war mein Entschluss, das hätte er gar nicht wissen können. Später vielleicht, nach der Ummeldung, aber das hat Trogus erledigt, soweit ich weiß. Warte ... Die beiden Schläger kamen am gleichen Tag, als ich hier anfing. Vielleicht sind sie nachher ... Ich weiß nicht, ich glaube, als sie mich schlugen ... da habe ich gesagt, ich hätte nur diesen schwarzen Kessel von Kapaneus ... Ich weiß es nicht.«

Timaios seufzte. Mit einem römischen Beamten zu reden, gehörte nach dem Gespräch mit Crassus zu den letzten Aufgaben, die Timaios mit Begeisterung erfüllten, aber es ließ sich wohl nicht vermeiden, um der Sache auf den Grund zu gehen. »Ich statte dem Ädilen einen Besuch ab, vielleicht weiß der doch etwas. Und dann kehre ich zurück.«

Voller Zweifel musterte Briseis den Massalioten, sagte aber nichts, als er ging.

Auf dem Weg zum Ädilen kam Timaios der Gedanke, sich später von Briseis die Männer beschreiben zu lassen, die sie zweimal besucht hatten, und den Hausmeister wollte er ebenfalls noch einmal ausfragen. Die Namen von Habitus und Cotta kamen ihm in den Sinn: Durch Caepio hätten die beiden von der ganzen Geschichte erfahren können; sie waren vermutlich in Rom gewesen, während Timaios auf Sizilien schuftete; sie konnten auch mit dem Namen Kapaneus etwas anfangen; und vor allem waren sie gewalttätig genug, um eine Dirne zu verprügeln. Mamercus Cotta, die Faust, in jedem Fall. Dennoch: Woher wussten diese beiden oder sonst irgendjemand, dass Briseis den Kessel hatte? Wer auch immer das Stück besaß, als Habitus und Cotta zum ersten Mal bei dem Mädchen waren – und dass es sich um diese beiden handelte, vermutete Timaios immer stärker –, wussten sie nicht, dass der Kessel schwarz war. Sie hatten Briseis nach einem silbernen Kessel gefragt. Erst später hatten sie ihn dann wohl aus der Wohnung geholt ... nachdem sie Briseis zum zweiten Mal besucht hatten? ... Nachdem die Arkadierin ihnen erzählt hatte, dass der schwarze Kessel Kapaneus gehört hatte? Hieronymos aus Massalia hätte von dem Niello-Überzug gewusst und schied somit als Auftraggeber aus. Wer wusste nichts davon? Jeder andere.

Timaios überlegte kurz, ob er Gnäus Papirius Carbo aufsuchen sollte, um den Senator zur nochmaligen Hilfe zu bewegen, aber er ließ den Gedanken bald wieder fallen. Nebenbei fragte er sich, was wohl aus der Anklage geworden war. Hatte Crassus nicht irgendetwas erwähnt? Die Sache schien demnach noch über dem Feuer zu hängen. Und ob der Senat nach wie vor diese Sorglosigkeit in Bezug auf die Kimbern hegte? Crassus war überaus neugierig gewesen – aber handelte er überhaupt im Einvernehmen mit dem Senat?

Timaios fragte sich durch und fand schließlich den für die Subura zuständigen Ädilen, der gemeinsam mit mehreren Kollegen für alles zuständig war, was die Verwaltung der Stadt betraf. Der Mann residierte in einem mehrstöckigen Haus in der Nähe des Forums. Timaios' Erwartungen an den Magistraten waren nicht nur durch Briseis' Bemerkungen eher gering. Als er schließlich in das geheizte Amtszimmer vorgelassen wurde, stand ihm ein Lockenkopf Anfang oder Mitte dreißig gegenüber, der einen übermüdeten Eindruck machte und ihn mit ausdrucksloser Stimme nach seinem Begehr fragte. Der Mann trug eine purpurgesäumte kurze Tunika. In einer Ecke des Raumes hing an einem Haken die Tracht des römischen Bürgers, eine weiße Toga, ebenfalls mit Purpursaum, die für Gänge außer Haus gedacht war. Timaios hatte also einen Senator vor sich.

»Timaios aus Massalia ist mein Name, Herr. Ich komme wegen des Mädchens Briseis, einer Porne, die im *Geilen Bock* arbeitet.«

Der Ädil forderte ihn mit ungeduldiger Handbewegung auf, in einem Korbsessel Platz zu nehmen, der vor dem Schreibtisch stand. »Was ist mit ihr? Zu viel bezahlt und zu wenig bekommen?« Etwas wie Abneigung spiegelte sich für einen Moment im Gesicht des Beamten, aber kurz darauf zeigte er wieder höfliche Aufmerksamkeit.

»Nein, Herr. Sie war eigentlich eine Freie, die aber in ein Bordell gesteckt wurde, weil sie ihren Abgaben nicht nachkam.«

Der Ädil hob die Augenbrauen, seine Stimme bezog indes keine Stellung, sondern blieb sachlich. »Ich hoffe, du machst dich nicht über mich lustig. Das eine hat mit dem anderen nichts zu tun. Als ob wir die Mädchen, die ihren Abgaben nicht nachkommen, in ein Bordell stecken würden – dort landen sie von ganz allein.«

»Jedenfalls ist sie jetzt dort, nachdem sie vorher auf eigene Rechnung gearbeitet hat.«

Der Magistrat erhob sich und trat zu einem Regal. »Das ist ja nichts Außergewöhnliches.« Er kramte zwischen einigen Papyri herum, zog ein Stück hervor und entrollte es. Während er den Text überflog, setzte er sich wieder hinter seinen Schreibtisch. »Briseis, sagtest du? Mmh ... Berenike, Boudicca, Brana, Brenna, Brigitta, Bucolica, Burga, Bythinia, gleich zweimal ... Eine Briseis gibt es nicht auf meiner Liste. Und hier sind alle aufgeführt, die im Gewerbe arbeiten.«

»Zu Beginn des Jahres war sie noch eine Freie«, sagte Timaios.

Der Ädil strich sich mit der Hand über die gelockten Haare, überlegte kurz und griff nach einer anderen Rolle. »Die hier ist von der ersten Jahreshälfte«, murmelte er und suchte eine Weile. »Ja, hier steht eine Briseis. Aus Heraia in Arkadien, geboren im sechshunderteinundzwanzigsten Jahr, erstmals gemeldet im Januarius, vorher Sklavin eines Messapiers mit Namen Kapaneus, beglaubigte Freilassung, wohnt und arbeitet im Mietshaus von Flaminius Quinctius in der Subura. Einem Senatorensohn soll sie eine Krankheit angehängt haben, einen anderen Kunden mit einem Messer an einer empfindlichen Stelle beinahe etwas weggeschnitten haben, aber das ist unbestätigt. Schlechte Zahlungsmoral, für die Monde Maius und Sextilis im Verzug gewesen ...«

»Ja, das ist sie.«

»Und die arbeitet jetzt im *Geilen Bock*, sagst du? Aber sie wird nicht mehr geführt, seltsam. Seit wann ist sie im *Geilen Bock*?«

»Etwa einundeinenhalben Mond.«

Dem Ädilen fiel etwas ein. »Weshalb bist du eigentlich hier, ah, Timaios – richtig?«

»Bei ihrem Umzug in das Bordell sind ein paar Sachen verloren gegangen, und sie bat mich, mich danach zu erkundigen.«

»Bei mir?« Diesmal stimmte der überraschte Gesichtsausdruck des Mannes mit seiner Stimme überein.

»Der Hausmeister des Mietshauses erklärte, deine Leute hätten die Sachen geholt.«

»Rufus!«, schrie der Ädil. Timaios zuckte zusammen. »Meine Leute?« Der Römer wandte sich mit gerunzelter Stirn wieder an Timaios. »Welche Gegenstände fehlen denn?«

»Vor allem ein schwarzer Wasserkessel, der für die Frau einen gewissen Wert hat.« Timaios, voller Unruhe, betastete vorsichtig seine wunden Handgelenke, die bei jeder Berührung schmerzten. Der Blick des Ädilen folgte der Bewegung, er äußerte sich aber nicht zu den offensichtlichen Verletzungen.

Ein Mann mit kurz geschorenem, rötlich schimmerndem Haupt in mittleren Jahren betrat das Zimmer und schaute den Ädilen fragend an. »Herr?«

»Weißt du etwas über eine Porne mit Namen Briseis, die jetzt im *Geilen Bock* arbeitet?«

Rufus zögerte, für Timaios, der überall Verschwörungen witterte, entschieden zu lange. »Nein, Herr.«

»Bist du sicher? Denk nach! Außer mir und Serverus bist du der Einzige, der Einsicht in die Listen hat. Bis vor zwei Monden war sie eine Freie, jetzt ist sie nirgends mehr aufgeführt, aber es fehlt der Nachweis einer Geschäftsaufgabe.«

Der Sklave wand sich unbehaglich hin und her, und Timaios sah ihm förmlich an, dass er mehr wusste, als er zugab.

Dem Ädilen war die Unruhe seines Bediensteten genauso wenig entgangen. Er erhob sich und kam um den Schreibtisch herum. »Briseis, Arkadierin. Weißt du etwas, Rufus?«

»Ah, die … ja. Die ist …«

»Was? Erzähl!« Die Stimme des Ädilen hatte einen bedrohlichen Klang angenommen.

»Ich fürchte, ich habe vergessen, den Umzug einzutragen, Herr.« Schweißtropfen bildeten sich auf der Stirn des Sklaven.

»Du wusstest also davon?«

»Ja, Herr.« Der Mann schaute zu Boden.

»Woher?«

»Vergilius Trogus …«

»Der Inhaber des *Geilen Bocks*, oder?«

»Ja, Herr! Er hat mich darüber in Kenntnis gesetzt, dass eine

Freie dieses Namens für ihn arbeitet, und gebeten, dies zu vermerken …«

»Rufus«, sagte der Ädil in gesenktem Ton, »sollte sich herausstellen, dass du hier Geschäfte auf eigene Rechnung machst, dann lasse ich dich auspeitschen. Dass Trogus Dreck am Stecken hat, war mir klar, aber wenn du mich hintergangen hast, dann möge Justitia dir gnädig sein. Weißt du auch, was mit der Habe der Buhlerin geschehen ist? Dieser Mann sucht einen schwarzen Kessel, der sich darunter befand.«

Rufus schaute Timaios an. Sein Blick hatte trotz aller Angst etwas Neugieriges angenommen. »Nein, aber vielleicht kann der Herr den Gegenstand beschreiben.«

Timaios gab die ungefähre Ansicht und Größe des Kessels wieder, aber Rufus schüttelte entschieden den Kopf. »Nein, Herr, den habe ich nie gesehen.«

»Darüber sprechen wir noch. Du kannst gehen.« Der Magistrat entließ den Mann, der ergeben den Kopf neigte, und wandte sich abermals Timaios zu. »Immer das Gleiche. Die Bordellwirte melden manchmal Mädchen nicht an, um keine Abgaben zahlen zu müssen. Aber dass sie so weit gehen und meine Leute mit hineinziehen …« Er seufzte. »Als ob ich nicht schon genug zu tun hätte.«

Timaios war angenehm überrascht: Der Mann schien sein Amt ernst zu nehmen. »Falls sich herausstellen sollte, dass das Mädchen Briseis Opfer einer solchen Täuschung geworden ist … Kann sie das Bordell dann verlassen?«, fragte er hoffnungsvoll.

Der Ädil musterte ihn misstrauisch. Möglicherweise vermutete er einen Zuhälter in ihm. »Nun, das kommt darauf an, ob sie Eigentum des Wirtes ist. Im Fall deiner … ah … Freundin, wird es wohl darauf hinauslaufen, dass sie gehen kann, da sie ja wohl eine Freie ist. Vorausgesetzt, sie hat keine Abgaben mehr zu entrichten.«

Timaios war zufrieden, und ihm kam ein hübscher Gedanke: Wenn Briseis wollte, würde er sie mit nach Massalia nehmen.

Als Timaios den Ädil verließ, hatte er für diesen Tag genug von schwierigen Gesprächen und neugierigen Fragen. In einer

Taverne am Tiber, die er von früheren Besuchen kannte, zwischen Lagern und Mühlen, nahm er ein ausgedehntes Abendessen zu sich und überdachte sein weiteres Vorgehen. Es war seine erste Mahlzeit in Freiheit, und er genoss sie und strapazierte seinen Geldbeutel über alle Gebühr, doch das war ihm gleichgültig.

Das angenehme Essen rief angenehme Gedanken hervor. Das Sklavendasein fiel nicht dem Vergessen anheim, doch es verlor an Bitternis und Gestank. So rasch wie möglich wollte er Briseis die gute Nachricht überbringen, dass sie freikäme – ihre Freilassung war beim Ädilen beglaubigt, und dass der Wirt ihre Urkunde hatte, wäre dann hoffentlich kein Problem mehr. Dann wollte er ihr den Vorschlag unterbreiten, sie solle ihn nach Massalia begleiten. Das Mädchen war klug und gewiss nicht hässlich, und er konnte sie an Hannibals statt in seinen Dienst nehmen und ein wenig wiedergutmachen, was er unbewusst verschuldet hatte. Später mochte aus dieser Verbindung vielleicht mehr entstehen. Er würde etwas geben, und sie würde etwas geben. *Eine Hure!*, schrie eine Stimme in ihm – vielleicht Svanhilds Stimme, denn sie beobachtete und bewertete ihn bei allen seinen Taten. *Nein, ein hübsches Mädchen, das ich mag,* entgegnete eine andere Stimme, der er entschieden lieber lauschte. Briseis mochte ihn im Grunde, da war er sicher. Auch wenn sie zurzeit schlecht auf ihn zu sprechen war, so war doch einmal, in jener Nacht in Rom, ein Gefühl der Zuneigung zwischen ihnen entstanden. Und das hatte nichts mit der Kunst ihres Gewerbes zu tun gehabt.

Sie sagte, ich sei ein angenehmer Kunde, erinnerte sich Timaios. *Schon früher, in Massalia und in Tolosa.* Je länger er über diese Eingebung nachsann, desto bessere Gründe fielen ihm ein, die ihm in allem recht gaben. Allmählich erwuchs so etwas wie Zufriedenheit in Timaios. An Hannibal dachte er nicht, und Sizilien lag weit entfernt. Svanhild? Innerlich hob er die Schultern. Dass er sich auf die Lippen biss, wenn er an sie dachte, nahm er nicht wahr. Wenn er aber zurück in das Bordell ginge, um Briseis die gute Nachricht zu überbringen, könnte er dann nicht auch gleich ihre Dienste in Anspruch nehmen? Nein, das nähme sie ihm sicher übel, und das wäre auch ein schlechter Beginn ihrer Beziehung. Und die Dienste eines anderen Mädchens? Dutzende waren doch dort zu finden. O ja, er, Timaios aus Massalia, konnte auch ohne Svanhild leben! Das wollte er sich und ihr beweisen, und eines Tages würde er zusammen mit Briseis zu den Kimbern reisen und Handel mit ihnen treiben. Dann würde Svanhild endlich merken, was sie hätte haben können, wenn sie nicht so stur gewesen wäre.

Er solle sich in einigen Tagen wieder melden, hatte der Ädil gemeint, dann werde er wissen, ob Briseis noch Abgaben zu zahlen habe. Timaios malte sich aus, wie er das Mädchen aus diesem Loch befreite, und da erwachte er wieder in ihm, der schlummernde Held Perseus, der Andromeda rettete. Er beschloss, die Porne erst wieder aufzusuchen, wenn er ihr Genaueres mitteilen konnte. Und hoffentlich Erfreulicheres. Dann wäre sie sicher zugänglicher, für Worte und anderes.

Und der Kessel? An diesem Abend schien es Timaios nicht sehr wahrscheinlich, dass er ihn finden würde, aber auch das war ihm fast gleichgültig.

Flavus Habitus suchte Terentius Pius in dessen Mietwohnung am Fuß des Viminal auf. Ein gekaufter Schreibsklave des Ädilen, berichtete der Heeresversorger dem Tribunen, habe Vergilius Trogus vom *Geilen Bock* gestern Abend mitgeteilt, dass sein Herr Fragen über die Hure stelle, die sie vor einiger Zeit umgepflanzt hatten, sowie über einen schwarzen Kessel, den jemand suche, der der Beschreibung des Massilioten Timaios entspreche. Pius erschrak.

»Du hättest den Kerl auf dem Weg von Sizilien nach Rom beseitigen sollen.«

Was Habitus am allerwenigsten ertrug, waren Vorwürfe, Pius wusste das, noch dazu, wenn sie von ihm kamen. »Crassus wollte ihn sehen. Was hätte ich anderes tun sollen, als ihn Caepio zu übergeben?«

»Irgendeine Geschichte wäre dir schon eingefallen. Was fangen wir jetzt mit der Hure an?« Um das Mädchen hatte Habitus sich im vorletzten Mond gekümmert, und dafür war Pius dankbar. Eines musste er diesem Habitus neidvoll zugestehen: Der schmierige Kerl schaffte es, jeden Knoten auf irgendeine

Weise zu lösen, und er gehörte zu den Menschen, die immer wussten, an welchem Seilstück sie ziehen mussten.

»Nichts. Die kann uns nichts anhaben. Kennt unsere Namen nicht.« Da war sie wieder, diese Überlegenheit des gut gekleideten Habitus in seinem bestickten Mantel, die Pius so an ihm verabscheute. »Trogus bereitet es eher Kopfzerbrechen, dass er sie nicht angemeldet hat, der Geizkragen, aber für uns ist das kein Grund zur Besorgnis.«

»Das will ich hoffen.«

Nur ungern erinnerte sich Pius an diese Geschichte mit dem Silberkessel, mit der er lange schon abgeschlossen hatte, denn sie erinnerte ihn zugleich auch an die Ereignisse des vergangenen Jahres und seine unschickliche Rolle dabei. *Wir hatten nur Glück damals, nur Glück* ... Heute wartete er nur noch darauf, dass ein neues Heer mit neuen Militärtribunen aufgestellt wurde, das nach Africa übersetzte, um Jugurtha an die Leine zu legen. Oder ihn ans Kreuz zu nageln.

Nur schwerfüßig kletterten Pius' Gedanken wieder über die Alpen und wanderten in das waldreiche Land der Helvetier zurück, wo riesenhafte Barbaren flüchtende Römer verfolgten, umzingelten und töteten: das Waldstück, in dem sich die Römer aufhielten, die Barbaren davor. Nachdem er mit Cotta und Habitus, die den gefesselten boischen Barbarenspross mit sich trugen, aus dem belagerten Waldstück entflohen war und dabei seine Soldaten den Schicksal spinnenden Parzen und den Schwert schwingenden Barbaren mitsamt ihrem rasenden Anführer überlassen hatte, waren die beiden Händler, Habitus mit Worten, Cotta allein durch seine bloße Anwesenheit, in ihn gedrungen und hatten allen Ernstes verlangt, noch einmal nach dem verlorenen Silberkessel zu suchen. Unter tausend Vorbehalten, aber furchtsam wie ein Kind und nicht gewillt, sich ganz allein durch diese kahlen, dunklen Wälder zu schlagen, war Pius schließlich ihrem Drängen gefolgt. Furchtsam, denn er entsann sich noch sehr gut seines eigenen, von Habitus aber angeregten Befehles, die Boier und die Taurisker, die den Silberkessel und den Bernstein in das kleine Römerlager brachten, unverzüglich hinzurichten.

Also waren sie zu der Stelle ihres ursprünglichen Lagers

zurückgekehrt, um zu finden, was verloren war, doch Kessel und Bernstein waren verschwunden. Habitus hatte dann tatsächlich darauf bestanden, den Keltenfürsten, diesen Magalos, ein zweites Mal aufzusuchen. Pius fragte sich, woher der Mann diesen Mut nahm – oder war es nur Wahn? Aber tatsächlich war es Habitus über Umwege gelungen, den Boier zu finden und mit ihm zu reden. Das hieß, der größere Habitus hatte geredet, in einem Kauderwelsch aus Keltisch und der Koine, und der kleinere Pius, für den Keltisch sich anhörte wie die Sprache von Geistesgestörten, stand stumm und angstvoll daneben, während Cotta dem Keltenknaben mit bösartiger Miene ein scharfes Messer an die Kehle hielt. Für den Boier musste Pius tatsächlich zweitrangig erschienen sein, lediglich ein Untergebener, allein schon wegen des Größenunterschiedes gegenüber Habitus. Das aber war genau der Anschein, den Pius aus tiefstem Herzen gehasst hatte, weil die Soldaten ihn immer genauso behandelt hatten. Als er die Römer sah, zog Magalos in einer ersten Regung damals sein langes Schwert, aber Cotta musste nur einmal sein Messer ansetzen und drohend aufschreien. Der Boier war bestürzt, als er hörte, der Kessel sei verschwunden. Aber sofort hatte er behauptet, dieser Hellene, Timaios, müsse ihn besitzen, denn er selbst habe ihn auf dem Schlachtfeld gesehen. Das klang einleuchtend, doch der Schneefall hinderte das aufgeregte Dreigestirn daran, die Spur des Massilioten aufzunehmen, obwohl ihnen Magalos Pferde und Ausrüstung versprach, wenn sie nur seinen Sohn freiließen.

Bei allem Hass und trotz mühsam beherrschter Wut hatte der Barbar dann einen Vorschlag gemacht, in der Hoffnung, seinen Sohn endgültig auslösen zu können: Svanhild, die Tochter des Edelings Segestes, sei die Geliebte des Timaios – der Abscheu über diese Verbindung stand dem hochgewachsenen Kelten ins schnurrbärtige Gesicht geschrieben –, und dieser werde den Kessel bereitwillig für sie eintauschen. Er, Magalos, erbiete sich, Svanhild zu den Römern zu bringen. Einen Tag sollten sie warten, am Abend oder spätestens am folgenden Morgen werde er das Mädchen bringen.

Der Barbar hatte sein Versprechen gehalten, die Kimbrin gebracht und – mit einem gewissen Sicherheitsabstand – seinen

Sohn dafür bekommen. Und die drei Römer hatten diese Svanhild in die Tiberstadt geschafft, im schlimmsten Fall nur eine Sklavin, im besten ein wertvolles Pfand. Und bei Gott, welch prachtvolles Barbarenweib! Größer als jeder von ihnen außer Habitus und mit den Brüsten einer Fruchtbarkeitsgöttin. Aber bissig wie eine Wölfin. Als Pius sich über das Mädchen hermachen wollte, hatte sie gekratzt, gebissen, getreten und ihm einigermaßen unmissverständlich klargemacht, dass sie seine Eier abbisse oder sich selbst umbrächte, lege er nur Hand an sie. Habitus, den Pius für stockschwul hielt, und Cotta hatten nur gelacht, laut gelacht und keine Anstalten gemacht, ihm zu helfen. Also packte Pius – beschämt bis auf den Tod – seinen prallen Phallus ein, bezahlte Tage später einen gerissenen Bauern gut dafür, dass seine junge Tochter ihn gründlich molk, und pflegte seinen Hass auf den Heeresversorger.

In Rom hatte Pius das Weib zu Crassus gebracht. Doch der Senator hatte sich wenig begeistert gezeigt und wollte das Mädchen gar nicht haben. Erst als ihm Caepio zuredete, der fest mit Timaios' Erscheinen rechnete, hatte er eingewilligt, auch darin, diesen Punier festzusetzen, der sich schon in Rom herumtrieb, um noch ein zweites Druckmittel gegen den Massilioten zu haben. So weit, so gut, und dieser Timaios war in der Tat gekommen … Doch von dem Kessel schien er nicht das Geringste zu wissen, und dann war er plötzlich mit der Barbarin verschwunden, und Crassus hatte Schaum gespuckt. Aber nicht auf diesen verdammten Massilioten war er wütend gewesen, sondern nur auf Caepio und Pius. Und das tat weh, weil Pius davon ausgehen musste, einen sehr reichen Gönner verloren zu haben.

Und der verfluchte Silberkessel blieb verschollen, denn im Besitz der Hure, wie Habitus dies behauptet hatte, als er aus Sizilien zurückkam, war er nicht zu finden gewesen.

Pius kam ein erschreckender Gedanke. »Und was ist mit dem Schreibsklaven, den du und dieser Trogus bezahlt haben? Der kennt doch deinen Namen, oder? Wenn der Ädil ihn befragt …« Pius merkte, wie ihm der Schweiß ausbrach. Wieder einmal fühlte er sich hilflos. »Bei den Furien, es ist zum Verrücktwerden!«

Habitus behielt seine Gelassenheit bei. »Ja, wenn der Ädil ihn befragt …« Einen stillen Augenblick lang musterte er den furchtsamen Pius und genoss den Anblick sichtlich. »Wenn er es versucht, wird er allerdings keine Antworten mehr bekommen.«

»Das heißt …« Pius beendete seine hoffnungsvolle Frage nicht.

»… der Schwanz, den Trogus und ich dem Ädilen reingesteckt haben, ist abgeschnitten. Die Entmannung hat Trogus selbst übernommen.« Habitus grinste kurz. »Schade drum. Hat mir auch häufig wertvolle Hinweise gegeben, was die Getreidelage angeht.«

Pius konnte die absichtlich vulgäre Ausdrucksweise des sonst so geleckten Habitus nicht leiden, und ihm war klar, dass der andere dies wusste. Aber zumindest seine Ängste schwanden.

»Gut. Und wenn sie diesen Bordellwirt befragen sollten …«

»Ach, Trogus ist an solche Geschichten gewöhnt, der hält das Maul. Außerdem weiß ich einiges über ihn …«

Näheres wollte Pius nicht wissen. Er verabschiedete Habitus ohne große Höflichkeit und fühlte sich gleich wohler, als der andere fort war. Dann überdachte er die neue Entwicklung und suchte Löcher in der Decke, die sie über die ganze Geschichte geworfen hatten. Schließlich schickte er einen Sklaven los, einen bestimmten Mann zu holen, der dafür bekannt war, ein treuer Anhänger des Geldes zu sein. »Zweihundert Denare, dafür beseitigst du mir eine Hure«, erklärte er diesem Mann. Es war an der Zeit, das Mädchen verschwinden zu lassen, denn sie war ein Fleck auf seiner Toga. Kein großer Fleck, doch wenn diese Toga eines Tages die schneeweiße des Senators wäre, dann könnte auch ein kleiner Fleck darauf sichtbar werden. Lieber wollte er mit allem rechnen, als ein unberechenbares Wagnis einzugehen, denn die Voraussetzung für einen Aufstieg im Senat war vollkommene Unbescholtenheit. Der Fleck musste entfernt werden.

Und als Terentius Pius mit sich zurate ging, kam ihm die Eingebung, dass auch Habitus und Cotta viel über ihn wussten. Zu viel. Eines Tages wären auch diese Flecken auf seinem blütenweißen Gewand zu bedenken und zu entfernen.

Erst dann fiel ihm ein, was Flavus Habitus noch gesagt hatte, dass nämlich der Ädil und Timaios nach einem schwarzen Kessel forschten. Schwarz? Pius stutzte und versuchte sich mühsam an etwas zu erinnern. Ein schwarzer Kessel … Das war es! Der redselige Hausmeister hatte ihnen gegenüber eine schwarze Waschschüssel erwähnt, die noch von Briseis stammen sollte. (»Für das, was ihre Freier außer gutem Geld noch zurücklassen, worauf die Kleine aber nicht scharf ist. Ich sah es mehr als einmal und genoss auch das, ihr Herren, als sehenswertes Nachspiel.«) Damals, als sie die Wohnung durchsuchten … In Pius regte sich Hoffnung – vielleicht war er endlich einmal schlauer als Habitus. Abermals rief er seinen Sklaven, der ihm half, eine einfache Toga anzulegen. Wenn die Götter nur einmal mit ihm wären, gäbe es vielleicht eine Möglichkeit, um den über alle Maßen verärgerten Crassus zu bewegen, seine reichen Versprechungen doch einzulösen.

Nach einer teils schlaflosen, teils unruhigen Nacht, in der ihn sein Magen nach den ungewohnten Mengen an Nahrung gedrückt und geplagt hatte, kehrte Timaios am folgenden Morgen zur Kanzlei des Ädilen zurück, wurde dort aber abschlägig beschieden, weil der Magistrat außer Haus sei.

Timaios vertrieb sich die Zeit, indem er eine der großen Thermen Roms besuchte, von denen es mittlerweile immer mehr gab. Noch immer glaubte er, gelegentlich einen Geruch nach Mist und Vieh an sich wahrzunehmen, und er ließ sich von einem Badesklaven abschrubben, bis er befürchtete, keinen Fetzen Haut mehr am mageren Körper zu haben. Auf der Reise von Sizilien nach Rom war der parfümierte Habitus ein ständiger Hohn gewesen, der ihn selbst dann stumm verlachte, wenn er nicht in der Nähe war. Nachdem er im Schwimmbecken einige Runden geschwommen war, schlief er nach einer schmerzhaft-angenehmen Massage in einem wohligen Warmwasserbecken ein. Der Bademeister musste ihn wecken und setzte ihn auch sogleich vor die Tür, da die Badeanstalt ihre Pforten schloss.

Dieser Tag war für Timaios verloren, aber er störte sich nicht daran, ihm war wohl. An den Silberkessel oder Svanhild hatte er heute wenig gedacht. Einmal nur stellte er sich der Frage – und ließ sie unbeantwortet –, warum er Briseis nicht ließ, wo sie war, und zu den Kimbern fuhr, um zu prüfen, ob Svanhild inzwischen ihre Meinung geändert hatte.

Eine spürbare Trägheit schlich sich im Lauf des Abends in sein Wesen ein, und in der folgenden Nacht hatte Timaios einen Traum, an den er sich nicht mehr erinnern konnte, der ihn aber zerschlagen aufwachen ließ. Ermattet suchte er abermals die Kanzlei des Ädilen auf. Nach einiger Zeit des Wartens wurde er vor den Magistraten geführt.

Der Römer begrüßte ihn freundlich und kam ohne Umschweife zur Sache. »Ich bin dir dankbar, Timaios aus Massilia. Es ist uns gelungen, einen Fall von Amtsmissbrauch und Bestechung aufzuklären. Dieser Trogus ist ein ganz windiger Bursche, er hat mehr als ein Mädchen nicht angemeldet. Ich wüsste gern, was er noch alles über dem Feuer hat, aber wir können ihm wohl sonst nichts nachweisen.«

»Warum nicht?«

»Rufus ist verschwunden, das ist der Schreiber, der für mich gearbeitet hat.« Nach einer Pause fügte er hinzu: »Für mich und für Trogus. Mindestens noch für Trogus. Anscheinend lief es ungefähr so: Rufus wusste, welche der freien Buhlerinnen Schwierigkeiten mit den Abgaben hatten, teilte Trogus die Namen mit, und dieser setzte den Frauen dann so lange zu, bis sie in seine Dienste traten.« Er schien einen Moment lang nachzudenken. »Das Problem beruht auf der Tatsache, dass das Amt des Ädilen in jedem Jahr wechselt. Die Bediensteten aber, die sich wirklich auskennen – Schreiber, Vollstreckungsbeamte, Boten –, die bleiben und werden jedes Jahr aufs Neue übernommen. Ohne die ginge gar nichts vorwärts. Aber anscheinend kocht mancher von denen sein eigenes ungesetzliches Süppchen.«

Timaios nickte verständnisvoll. »Was geschieht mit dem Bordellwirt?«

Der Ädil hob in einer müden Bewegung und mit einem Seufzer die Schultern. »Wahrscheinlich kommt er mit einer Geldstrafe davon, es sei denn, wir können ihm noch etwas anderes anhängen, aber ohne Rufus' Aussage ...«

»Und das Bordell?«

»Wird erst einmal geschlossen. Morgen früh.«

Etwas regte sich in Timaios. War seine Hoffnung doch begründet gewesen? »Was geschieht dann mit dem Mädchen Briseis?«

»Ich muss sie noch befragen, aber danach kann sie gehen, wohin sie will. Sie ist ja wohl keine Sklavin. Für die fehlenden Abgaben hat Trogus aufzukommen.«

Wohin sie will … *Ich hoffe sehr, sie will nach Massalia.* »Eine letzte Frage noch, Ädil. Diesen schwarzen Kessel – wie könnte ich den finden?«

»Wie ich sagte, Rufus ist seit zwei Tagen verschwunden. Ich lasse nach ihm suchen, aber ich habe keine großen Hoffnungen, wenn ich ehrlich bin. Er hätte uns möglicherweise sagen können, wer die Habseligkeiten abgeholt hat. Vielleicht war er sogar selbst dabei. Wir könnten auch Trogus befragen, aber wenn diese Zuhälter nichts sagen wollen, dann schweigen sie wie ein Grab – das ist so sicher wie der Saturntempel.«

Timaios wusste nicht, ob er sich ärgern oder freuen sollte. Briseis käme frei, aber der Kessel bliebe verschwunden, wenn sie ihm keinen Hinweis auf die Herkunft der Männer geben konnte.

Als er sich zum Gehen anschickte, meinte der Ädil mit freundlichem Lächeln, dass Timaios an diesem Tag entschieden besser rieche als noch beim ersten Besuch. Der Massaliote lächelte höflich zurück.

Es war gegen Mittag, als Timaios zum *Geilen Bock* zurückkehrte und hoffte, dass Briseis ihre Arbeit bereits aufgenommen und nicht die späte Schicht hatte. Die Treppe nahm er nicht ohne Mühen, denn noch immer fühlte er Mattigkeit in den Gliedern. Seine Gedanken eilten ihm allerdings voraus: Briseis würde sich über die gute Nachricht freuen, und warum sollte sie nicht auf das Angebot eingehen, ihn zu begleiten? Er lächelte in sich hinein, als er an eine Zukunft mit dem hübschen, in Liebesdingen so erfahrenen Mädchen dachte, und fühlte sich wohler als noch einen Augenblick zuvor. Der Geruch verschiedener menschlicher Ausdünstungen stieg ihm in die Nase, zog ihn an und stieß ihn zugleich ab.

Am Ende des letzten langen Ganges stand eine Gruppe von

Freudenmädchen, Mietkerlen und Freiern vor einer der kleinen Kammern. Eine Fackel spendete Licht. Ein kurzer, jäh unterbrochener Schrei war zu hören, ganz so, als hätte sich jemand die Hand vor den Mund geschlagen. Timaios schwante Übles, als er auch noch ein Schluchzen vernahm. Er wollte schneller gehen, wurde aber tatsächlich langsamer, ohne dass er etwas dagegen tun konnte.

Der Menschenauflauf hatte sich tatsächlich vor Briseis' Kammer gebildet. Timaios drängte sich nach vorn. Wieder brannten Kerzen. Auf dem Boden lag die Arkadierin zusammengekrümmt neben dem Steinbett mit der Decke. Sie trug ein hemdartiges kurzes Gewand, ihr Unterleib lag bloß. Das Gesicht blickte zur Decke und war eine verzerrte Maske. Die geschminkten Augen waren weit aufgerissen. Wie es schien, war Briseis unter Schmerzen gestorben. Zwei getrocknete Feigen lagen neben ihrem Kopf, andere häuften sich auf einem Rübenblatt auf dem Bett.

Timaios musste sich an die Wand lehnen, die Beine zitterten ihm wie an jenem Tag in den Alpen, als die Römer über die Kimbern herfielen.

»Das sardonische Lächeln«, entgegnete eine der umstehenden Frauen tonlos auf die schluchzende Frage einer anderen, was denn nur geschehen sei.

»Was?«

»Auf ihrem Gesicht.« Timaios starrte auf die offenen dunkelroten Lippen, in die blicklosen grünen Augen, auf die entblößten Zähne und das erstarrte Grinsen. »Das sardonische Lächeln. Das Gift einer Ranunkelart, einer wilden Pflanze, die bei uns auf Sardo wächst. Wenige Tropfen genügen ... In den Feigen vielleicht ...«

Briseis' Gesicht ließ Timaios' Blick nicht mehr los. Er erkannte sie kaum; die Schminke war verschmiert, die Frisur zerzaust. »Sie ist vergiftet worden? Ihr Götter!« Mit der Fußspitze schob einer der Freier die dunkle runzlige Feige hin und her. »Sie ist angeschnitten, seht!« Der Mann zog angeekelt die Sandale zurück.

Das arme Mädchen schien erst vor wenigen Augenblicken gestorben zu sein. Timaios schluckte trocken, die Kehle schien ihm wie zugeschnürt. »Hat jemand gesehen, wer ...?« Seine Stimme klang heiser.

»Gehörst du zum Ädilen?«, wollte eine der Pornen mit tränennassem Blick wissen. Sie war schwarzhaarig und noch sehr jung, eher Mädchen als Frau, ein kleines Kinn, eng zusammenstehende Augen.

»Nein«, antwortete Timaios. »Ich kannte sie.«

»Jemand anderes auch. Sie hat einen Freier mit hineingenommen, der nach ihr fragte, das war alles. Er wollte unbedingt zu Briseis. Servera hat gesagt, er war gestern Abend schon hier, aber da hatte Briseis frei. Heute war sie hier, gerade gekommen ...« Das junge Mädchen verstummte.

Timaios fühlte, wie sich eine Leere in seinem Innern ausbreitete. »Wie sah er aus?«

»Er trug ein Tuch um den Kopf, wie diese Africaner.«

»Und er ist fort ...«

»Noch nicht lange. Wir haben sie eben erst gefunden.« Die junge Porne schüttelte sich und schlug die Arme um den Oberkörper. Dabei hob sich ihr kurzes Oberkleid ein wenig, und Timaios erhaschte einen flüchtigen Blick auf den unteren Teil einer haarlosen, gewölbten Scham. Dünne, seidenglatte Oberschenkel, helle Haut, zierliche Sandalen an den Füßen. »Da hat sie noch gelebt«, murmelte das Mädchen und schluchzte laut auf.

Eine ältere Frau mischte sich ein. Kurze Haare, kräftige Arme, ein gewaltiger Busen. Eine Matrone. Sie legte der Jüngeren eine Hand auf die schmale Schulter. »Es hat sicher nicht lange gedauert, Kleines, dieses Gift ist der Hades. Der Schuft hat sie genommen und sich vielleicht daran aufgegeilt, wie sie sich gewunden hat. Es gibt diese dreckigen Kerle. Dieses Schwein, dieses verdammte Schwein! O launische Tyche, müssen wir dich denn nun schon bei unserer Arbeit fürchten?«

Timaios holte tief Luft. Den Gedanken, dass der Mörder es sogar noch mit seinem Opfer getrieben hatte, fand er besonders beängstigend. Nie wieder würde er die süßen Früchte genießen können, ohne an die schwarzhaarige Arkadierin zu denken, die doch nur zurück in ihre Berge wollte.

Als immer mehr Frauen in das Wehklagen und Jammern einstimmten, wandte sich Timaios ab. Leicht wankend verließ er das Bordell. Den Ädilen suchte er nicht mehr auf, und auch an Carbo verschwendete er keinen Gedanken. Er wollte nur noch diese Stadt verlassen. Der Kessel war ihm einerlei geworden. Svanhild war frei, Hannibal tot – warum sollte er länger einem Geist hinterherjagen, noch dazu einem Geist, der ganz offensichtlich verflucht war? Seine Habseligkeiten trug er bei sich, er musste keinen Moment länger in dieser elenden Stadt verweilen.

Gesenkten Hauptes und schweren Schrittes trottete Timaios zum Tiberhafen am Aventin, um sich auf einem einfachen Kahn nach Ostia einzuschiffen. In dem Hafennest vor den Toren Roms fände er hoffentlich einen Segler, der ihn so bald als möglich nach Massalia trüge.

7. Kapitel

643stes Jahr
seit Gründung der Stadt Rom
im Konsulat von
Publius Cornelius Scipio Nascia Serapio
und
Lucius Calpurnius Bestia
(111 v. Chr.)

Massalia im Mond Januarius

Eine kleine Flottille von Fischerbooten passierte das Leuchtfeuer am Eingang des Lakydon. Die Boote segelten an jenen auf den Sandstrand hochgezogenen Schiffen vorüber in das nahezu verwaiste Hafenbecken. Timaios saß in einen Umhang gehüllt auf der Ufermauer und beobachtete die Fischer in der Abenddämmerung, wie sie bei Fackelschein Sardinen, Barben und Austern in Körbe luden. Seine Gedanken indes verweilten bei den Kimbern, vor allem bei Svanhild, manchmal beim Silberkessel. Häufig galten sie Hannibal, meist endeten sie bei Briseis. Die Gründe für ihren Tod verstand er immer noch nicht. War es wirklich wegen des Kessels gewesen? Warum? War nicht alles vorüber gewesen? Das Mädchen hätte den Römern doch gar nicht mehr schaden können, und Crassus schien sich mit allem abgefunden zu haben.

Wie mochte es Svanhild ergehen?

Ihr Bild war nun, da er Zeit zum Nachdenken hatte, riesengroß geworden. Hätte er doch nur auch die Kraft und Entschlossenheit gefunden, seinen Wagen nach Norden zu lenken und die Kimbern aufzusuchen … Aber während der Tage und Monde nach der Rückkehr in seine Heimatstadt war er melancholisch geworden und in jene süße Schwermut zurückgefallen, in welcher er sich in den wenigen Tagen auf Sizilien befunden hatte, nachdem Hannibal in seinem Schoß gestorben war und bevor man ihn aus seiner Zelle holte und ihm die Mistgabel in die Hand drückte.

Sizilien … Gabelte, stank und hoffte Tacfarinas wohl immer noch? Wie lange noch? In jenen Septembertagen in Rom hatte ihn das auf der Insel Geschehene wenig gekümmert – er war rundum beschäftigt gewesen und hatte während seiner Suche nach dem Silberkessel die Erinnerung daran zum größeren Teil verdrängt. Aber hier und jetzt, da die dort entbehrte Zeit nunmehr in Fülle vorhanden war und nachdem Briseis' Tod ihm den Zugang zu der großen Leere im Kopf erneut eröffnet hatte, wusste er, dass er sein ganzes Leben nutzlos vergeudet hatte – zum Schaden anderer. Die Sklaven … der Mord an Briseis … Hannibals Tod … Tacfarinas' aussichtsloses Schicksal … Svanhilds Enttäuschung … Diese letzte Erinnerung schmerzte mehr, als er es sich selbst eingestanden hätte.

In diesen Wintermonden verlor Timaios den Schlüssel zum Geheimnis eines Lebens voller Ruhe: eine geruhsame Nacht. Vom späten Abend bis zum frühen Morgen schlief er unruhig, halbe Nächte lang schwamm er an der Oberfläche des Bewusstseins, und andertags war sein Körper nicht minder zerschlagen als sein Geist. In den einsamen Nächten kehrten die Träume zurück, und wenn er am Morgen erwachte, war ihm oft, als hätten ihn unter der Wacht von Selene* – *oder Hades?* – die Seelen von Hannibal und Briseis heimgesucht, voller Neid und Rachsucht ihm gegenüber, dem Atmenden, dem Wandernden, dem Lebenden. Wilde Totenheere aus Kimbern, Kelten und Römern stürmten durch seine Träume, und über allem lebte ein dunkler *Daimon*, der ihm einredete, dass sein Tun die Folge des unentrinnbaren Schicksales gewesen sei, ein Daimon, der nicht fremdbestimmt war, sondern wie ein nach jungen Jahren verlorener

* Die griechische Göttin des Mondes, lat. Luna.

und nun wiedergefundener Teil seiner selbst schien. Die Götter, deren Wirken infrage zu stellen Timaios niemals in den Sinn gekommen war, verloren ihre Macht über ihn. Die launische Tyche und der ihr eigene Glaube an das Schicksalhafte, Unvermeidliche ergriffen Besitz von ihm und weiteten das Gewonnene rasch aus: Was waren die Götter gegenüber der allmächtigen Tyche, jener halb göttlichen, halb unbestimmbaren Gestalt, die das Schicksal lenkte?

Der dunkle Daimon in ihm entfaltete seine ganze Macht und bearbeitete das Gefäß, welches das Weltbild in Timaios' Kopf bewahrte, mit neuen Schlägen. Der Verlust seines Glaubens wirkte sich verheerend auf seinen Gemütszustand aus: Die Gegenwart verlor an Bedeutung, weil er glaubte, einer bestimmten Zukunft nicht länger entrinnen zu können, die sich allein aus einer völlig verunglückten Vergangenheit herleitete. Das Morgen, das für ihn nie bestanden hatte, gab es mit einem Male, und das Gestern wogte wild empor. Nur das Heute, das Hier und Jetzt, verschwamm. Unentwegt dachte er an Svanhild und entwickelte immer mehr Verständnis für die Veränderungen, die sie in der Zeit nach ihrer römischen Gefangenschaft gezeigt hatte: Sie war zu einer erwachsenen Frau geworden und war nicht länger das unschuldige junge Mädchen.

War auch ihm nun eine gewisse Unschuld abhanden gekommen? Aber hatten er oder jeder beliebige Hellene oder Römer jemals eine solche Unschuld besessen?

Svanhild hatte ihm einmal erzählt, dass in den Jahren der Wanderung der kriegerische Wodan an Macht gewonnen habe, während der bodenständigere Donar immer mehr Einfluss verloren habe. Waren nicht auch die Hellenen und Römer viel eher Anhänger eines hellenischen oder römischen Wodan als eines Donar, eines Gottes der Felder und Fluren?

Auch er hatte einmal an die Götter geglaubt und an die Tugenden, die sie verkörperten. Doch die Götter hatten sich von ihm abgewandt, ihn schmählich verraten. Und so mied er die Tempel der Stadt und ihre Priesterschaften. *Ihr Götter*, fragte er sich dennoch mehr als einmal, *warum habt ihr mich verlassen?*

Neue Erkenntnisse stürmten täglich auf ihn ein, das Gefäß in ihm zersprang schließlich unter den vielen harten Schlägen, und in seinem Kopf hielten Chaos und Gleichgültigkeit einen triumphalen Einzug. Das Gleichgewicht seines Gemütes geriet durcheinander, nichts floss mehr, alles stockte, staute sich, floss über und verdarb. Timaios wurde mutlos und träge. Im Halbschlaf verdämmerte er den Tag. Leicht schien ihm das Leben der anderen dahinzuplätschern, ein silberfarbener Quell der Hoffnung, doch er selbst ertrank in einem dunklen Tümpel, umgeben von schwarzem Morast. Sein Gesundheitszustand verschlechterte sich. Aus Sizilien war er schon entkräftet zurückgekommen, hier in Massalia mundeten ihm die besten Speisen nicht mehr, die Zunge war dick belegt, die Verdauung stockte, und er verschwieg Kembriones und anderen zunehmendes Magendrücken, ein Brennen der Speiseröhre, Muskelschmerzen und gelegentliches Erbrechen.

An milden Tagen und in kalten Nächten trieb Timaios ziellos durch seine Geburtsstadt. Nichts hatte sich verändert, und doch war nichts mehr so wie einst. Das Gewimmel in den Straßen stieß ihn ab und zog ihn gleichzeitig an. Wenn er angesprochen wurde, gab er karge Auskünfte, sprach er selbst jemanden an, beschränkte er sich auf das Nötigste. Alle Zeit schien für ihn zum Stillstand gekommen.

Tagsüber hatte Timaios oft Kopfschmerzen, nachts lag er lange wach. Er hatte das Gefühl, als zögen sich straff gespannte Fäden durch seinen Körper und brächten die Hände zum Zittern. Er ahnte, dass sein Zustand auch auf die großen Mengen Wein zurückzuführen war, die er in sich hineinschüttete.

Von jenseits des Meeres und aus der gesamten Ökumene drangen nur spärliche Nachrichten nach Massalia, denn die Winterstürme legten den Schiffsverkehr fast gänzlich lahm. Schlammverkrustete Zinnkarawanen aus Albion trugen über grundlose Wege indes zahlreiche Neuigkeiten aus dem gallischen Norden in die Stadt. Sie betrafen meist die verworrenen Verhältnisse innerhalb des gallischen Hexagons oder jenseits des Meeresarmes, der den Rest der Welt von der großen Insel trennte. In Gallien herrschte überwiegend Frieden: Die Fürsten beherrschten die vielen Völker, die Druiden beherrschten die vielen Fürsten und horteten Reichtümer im Namen von tausend Göttern. Die unterjochten Ligurer bewirtschafteten ihre kärglichen Äcker in der Narbonensis und sangen Lieder von vergangenem Ruhm.

Die Kimbern und Haruden, Überwinder der Legionen, siedelten unangefochten in Helvetien. Ehrfurcht, Angst und der breite Rhenus trennten sie von den Galliern, aber Eis und Schnee lähmten in jenen Breiten alle Wanderbewegungen und hemmten den Lauf von Ereignissen und Nachrichten. Teutonen und Ambronen waren lediglich Namen ohne Klang.

Aus Massalia gab es nichts Berichtenswertes, das Leben plätscherte in diesem Winter vor sich hin, wie es das stets getan hatte; die Stadt war voller Leben, während Timaios immer weniger spürte. Die Drei und die Fünfzehn lenkten die Geschicke der Stadt in der üblichen umsichtigen Weise und versprachen dem Handel für den Sommer eine weitere, von Rom geschützte Blüte. Für einen halben Mond war der grausame Mord einer Frau der gehobenen Gesellschaft an ihrem Ehemann, der sich wüsten Ausschweifungen hingegeben hatte, ein viel beredetes Thema. Die Meinungen über Recht und Unrecht zogen einen Graben durch das Lager jener, die Freude an solchen Geschichten fanden.

Während Timaios trauerte, machte Kembriones seinen Sohn Meletos endgültig zum Teilhaber des Geschäftes. Meletos mied seit einer Krankheit die Bordelle der Stadt und umwarb als Ausgleich dafür eifrig die Töchter verschiedener Ratsherren. Er machte sich daran, Albion dem Handelshaus seines Vaters zu öffnen, um an der Zinneinfuhr zu verdienen.

In Rom herrschten Sorge und ein strenger Winter. Das Jahr begann wie gewöhnlich mit der Amtseinführung der neuen Konsuln. Und mit einer Kriegserklärung: Mars würde die Stunde regieren. Die Auguren deuteten noch den undeutbaren Flug römischer Vögel und zogen die geheimen Bücher der Sibylle zu Rate, aber der Senat handelte bereits und legte die Provinzen fest, die die beiden neuen Konsuln durch das Los unter sich aufteilen würden: Publius Scipio Nascia erhielt Italien, Lucius Calpurnius Bestia sollte Numidien befrieden. Der Calpurnier musterte Truppen, um mit einem Heer nach Africa überzusetzen, sobald das Segeljahr eröffnet war. In Numidien hinterfragte ein enttäuschter Jugurtha den Wert seines Goldes, schickte eine letzte Gesandtschaft an den Tiber und hob Soldaten aus.

Auf Timaios wirkte das alles unwirklich. In seinen Tag- und Nachtträumen war er bei Svanhild und erlebte mit ihr die einzige echte Wirklichkeit. In der harschen Wirklichkeit vergingen die Tage in Kümmernis, und die Welt scherte sich nicht um den kleinen Timaios und seine Sorgen.

Meletos und Kembriones verfolgten ihrerseits alles mit Sorge, erahnten die innere Zerrissenheit ihres Freundes und bemühten sich zu helfen, so gut sie konnten. Timaios aber war und blieb schwermütig und in sich gekehrt. Selten geschah es, dass er mehr als einige Sätze über die Lippen brachte. Was die anderen auch sagten und taten, er blieb wortkarg und tatenlos. Doch anders als die meisten, die fröhlich und ohne sich viele Gedanken zu machen in den Tag hinein lebten, hatte er sich innerlich dem Los ergeben, das ihm von oben bestimmt war, damit er im großen Plan des Schicksals seinen Beitrag leistete. Er merkte kaum, dass ihm die Menschen ringsum, die er heimlich verlachte, das Leben erleichterten, dass sie ihm Speise und Trank vorsetzten und ihn umsorgten. In lichteren Momenten fragte er sich, ob er auf seinen vielen einsamen Reisen wohl verlernt hatte, die Gesellschaft anderer und ihr Tun wertzuschätzen.

Der alte Kembriones war am wenigsten angetan von Timaios' Zustand. Bei allem Mitleid und Verständnis für den Freund und seine Lage – und obwohl er es sehr begrüßte, dass Timaios, wie dieser steif und fest behauptete, dem Sklavenhandel abgeschworen hatte – drängte er ihn, endlich wieder zu sich zu finden und zu arbeiten. »Wenn du nur schaust, was vor deiner Nase geschieht, statt die Nase in die Wolken zu stecken und Götter zu suchen, die es ohnehin nicht gibt, kommst du schon wieder zur Besinnung.«

Timaios antwortete ausweichend und bald gar nicht mehr auf die wiederholten Aufforderungen des Alten, die wohl noch einen anderen Grund hatten: Er verbrachte die Tage in Kembriones' Haus und auf dessen Kosten. Seine wenigen eigenen Ersparnisse waren aufgebraucht. Doch er sah sich außerstande, den berechtigten Forderungen seines Gastgebers nachzukom men, weder jetzt noch in absehbarer Zeit, und eigentlich war ihm auch das gleichgültig – über Geld mochte er überhaupt nicht nachdenken. *Hannibal tot, Svanhild verloren, Briseis ermordet*, das waren meist seine Gedanken, und selten folgte der Zusatz *Kembriones verärgert.*

Timaios führte das Leben eines müßiggehenden Parasiten am Hof eines Reichen, der ihn durchfütterte, nur tat er nichts dafür, um den Gönner zu unterhalten, weder mit Witz noch mit schöngeistigen Reden oder gar mit Gefälligkeiten irgendwelcher Art. Timaios zog es vor, dem Alten und seinen Vorwürfen auszuweichen. Wenn ihm dies nicht gelang, hörte er zu und gab dann Versprechungen ab, die er nicht einhielt, auch was sein Ochsengespann anging, das von Kembriones' Helfern versorgt wurde.

Meletos unternahm zwei Versuche, den Zustand zu ändern, und nahm Timaios in die Häuser zweier Familien mit, die für ihre hübschen ledigen Töchter bekannt waren. Nach dem zweiten Versuch gab er es auf und warf Timaios vor, dieser habe ihn durch seine Übellaunigkeit bis auf die Knochen blamiert. Sein Freund schwieg dazu. Beide Male war er Meletos bereitwillig gefolgt, hatte aber alsbald jeden Hauch von Neugierde an der Angelegenheit und den Menschen verloren, weil er nicht fand, was er sich erhofft hatte, obwohl er nicht sagen konnte, was dies gewesen wäre.

Wiederholt wurde seine geistige Trägheit für Tage von einem körperlichen Unwohlsein begleitet: Er litt unter Schweißausbrüchen, hustete häufiger und beklagte sich über ein drückendes Gefühl im Kopf. Kembriones ließ einen Arzt kommen. Der Mediziner untersuchte die Ausscheidungen, beobachtete und tastete ab, fragte nicht nach irgendwelchen Ursachen, sondern meinte, dass sich die Säfte des Körpers nicht im Gleichgewicht befänden, und ließ Timaios schließlich zur Ader. Und wirklich strömte dunkles Blut aus den Venen. Danach fühlte sich Timaios schwach, zugleich aber auch erleichtert, fast war es ihm, als seien der Daimon und die Trägheit mit den schlechten Säften ausgeflossen.

»Du bist an der Reihe, Timaios!« Meletos stieß seinen Freund an. »Schläfst du?«

»Was? Nein. Entschuldige.« Er griff nach dem Würfelbecher, schüttelte ihn kurz und warf. »Acht.«

»Du hast gewonnen.«

»Ja«, sagte Timaios. »Preis sei Hermes.«

»Dann nimm auch sein Geld. Sonst ist es mein.«

Timaios griff nach den Münzen und legte sie zur Seite. Meletos seufzte tief. Lange hatte er sich beherrscht und gehofft, dass Timaios allein zu sich zurückfände, wenn erst einmal einige Zeit vergangen wäre. Inzwischen hatte er den Glauben daran verloren, und jeder Versuch einer Aussprache war bislang von Timaios unwirsch zurückgewiesen worden. »Was ist mit dir? Seit du aus Rom zurück bist, hast du nichts anderes getan als getrunken und gespielt. Doch selbst beim Spiel scheinst du mit deinen Gedanken in einer anderen Welt zu sein.« In Meletos' Gesicht zeichnete sich ehrliche Besorgnis ab. »Ich dachte, irgendwann kommst du von selbst auf mich zu und erzählst, wie es immer zwischen uns gewesen ist. Aber mittlerweile ... Ich höre dich nur noch von Schicksal und Unabwendbarem reden wie irgendein gottergebener Ägypter. Wenn du überhaupt einmal den Mund auftust. Warum sagst du mir nicht, was in dir vorgeht? Ist es allein wegen Hannibal? Oder auch wegen des silbernen Kessels?«

»Ja, auch.« Kembriones und Meletos kannten die Geschichte um den Silberkessel in groben Zügen, den Tod Hannibals bedauerten beide, von Briseis und Svanhild wussten sie gerade einmal die Namen. Seine sizilische Gefangenschaft hatte Timaios nur voller Sarkasmus angedeutet – »Herakles wäre stolz auf mich gewesen« – und jede weitere Erklärung verweigert.

»Auch? Und außerdem? Eine Frau? Timaios, verdammt, rede darüber! Friss es nicht in dich hinein wie ein Schwein im Eichenwald.«

Timaios nickte, widerstrebend. »Eine Frau, ja ...«

Meletos war ganz gespannte Aufmerksamkeit. »Erzähl!«

»Es gibt nichts zu erzählen.«

»Es gibt nichts zu erzählen«, äffte Meletos seinen Freund nach und schüttelte den Kopf. »Betrinkt sich jeden Tag und will mir weismachen, es gebe keine Geschichte dazu. Freund, die Frau möchte ich gern kennenlernen, die es wert ist, jeden

Morgen mit einem Kopf wie von der Medusa angeglotzt zu erwachen.«

»Ah, reine Gewöhnungssache! Die versteinernde Wirkung ihres Blickes verringert sich von Mal zu Mal.«

»Erzähl, Timaios! Vielleicht kann ich dir irgendwie helfen. Bei meiner Erfahrung.« Er lachte. Einer der oberen Schneidezähne war zur Hälfte abgebrochen.

Timaios, ob er wollte oder nicht, musste ebenfalls lachen. »*Deine* Erfahrung hast du doch bei den Käuflichen gewonnen. Mit ... Liebe hat das nichts zu tun.«

»Huh ... Liebe also. Freund, jetzt hast du mich neugierig gemacht wie ein altes Weib, das seine Schwiegertochter nach der ersten Nacht fragt. Casca!«, rief er dann laut, den Kopf zum Ausschank der Taverne gewandt. »Noch einen Krug, bitte, das wird ein langer Abend.« Dann war er wieder ganz bei Timaios. »Von welcher Liebe reden wir nun? Offensichtlich nicht von meiner Liebe zu der kleinen Sara, die sie für zwei Drachmen gern und heiß erwidert hat, sondern von dieser anderen Spielart: Selbstlosigkeit und Achtung und Treue und solcherlei. Nun, wer ist sie? So oft, wie du unterwegs bist, kann es keine Einheimische sein.«

Timaios verzichtete darauf, den Kopf zu schütteln.

»Zuletzt warst du in Rom ... Die Gattin eines kriegstreibenden Senators?« Meletos lachte wieder. »Wäre eher meine Neigung, was?«

Im Gegensatz zu Timaios machte Meletos aus seiner Zuneigung zu Rom und seiner Bewunderung für die Leistungen der Römer keinen Hehl.

Der Wirt stellte einen Krug massaliotischen Weines auf den Tisch. »Danke, Casca. Bevor der Krug nicht leer ist, stehen wir nicht auf. Dann weiter: eine Hellenin?« Briseis kam Timaios in den Sinn, aber er verneinte, und Meletos, der Spaß an dem Spiel fand, riet weiter. »Das hätte ich mir denken können, dass es niemand aus der zivilisierten Welt ist. Da kommt dein Erbe durch. Eine derbe Gallierin mit den Oberarmen eines Minenarbeiters? Halt, warte! Ist es die Keltin aus Albion, von der du einmal erzählt hast? Die mit den Rieseneutern?«

Timaios warf Meletos ein kimbrisches Wort an den Kopf und

übersetzte es nach einem verdutzten Blick des Freundes sinngemäß. »Bullenei!«

»Beschlaf die Höhlungen des steinernen Apollon auf der Agora, du mit deinen Barbarensprachen! Ich versteh gar nicht, wie ein gescheiter Mensch so etwas sprechen kann. Die Zunge bräche mir im Mund.«

Der Wein weckte Timaios' Lebensgeister. Seit dem Aderlass am Vortag hatte er längst das Bedürfnis, auch Worte fließen zu lassen. »Eine Kimbrin.«

»Beim delphischen Apollon! Eine dieser Kinder fressenden, Steine werfenden Barbarinnen aus dem Norden, die die Schwänze ihrer Männer verhexen, damit sie mit ihnen die Römer aufspießen können? Die hat dich ebenfalls verflucht. Du siehst mit deinen Haaren schon fast aus wie ein Barbar. Such dir einen Barbier!« Meletos selbst war glatt rasiert und trug das schwarze Haupthaar kurz. Timaios' Mähne endete mittlerweile nur wenige Fingerbreit oberhalb der Schultern, und im Gesicht spross ihm ein ungepflegter Bart.

Timaios war nicht nach Späßen zumute. »Ich meine es ernst.«

»Das mit der Liebe zu einer Kimbrin? Und wo ist das Hindernis? Preist sie einen anderen, statt Lieder über dich anzustimmen? Am Ende zieht sie dir noch einen Barbaren vor?«

Das war in der Tat eine von Timaios' großen Sorgen. Malte er sich aus, dass Svanhild mit Vibilio, Divico oder Radiger nette Worte tauschte, dann wurde ihm so elend, dass er beinahe Tränen vergoss. Den Grund dafür wusste er nicht zu nennen. Vor allem den Gedanken an Radiger fand er so unerträglich wie die karge Kost der Kimbern. »Inzwischen vielleicht.« Doch allein Meletos' Frage machte ihn wütend, weil er so schnell den Kern der Sache traf und den Finger auf eine kaum verheilte Wunde legte, die umgehend wieder heftig zu bluten begann.

»Bei allen Göttern, das heißt, du weißt es gar nicht?« Meletos lachte gutmütig spottend. »Aber woher auch, wenn du dich jeden Tag aufs Neue betrinkst? Ich sage dir etwas, Timaios, auch wenn es nur das Geschwätz eines Mannes ist, der nicht viel mehr als die Ärsche und Titten von Strichmädchen gesehen hat. Aber wenn es da wirklich eine Frau gibt, der du so zugetan bist, dass du alle deine Tage in Trübsinn und Selbstmitleid verbringst, dann solltest du deinen breit gesessenen und doch so zarten Hintern aus dieser Schenke bewegen und dich auf den Weg nach Norden machen.«

»Bei diesem Wetter?«, begehrte Timaios lahm auf. »Es ist Winter. Im Norden liegt der Schnee so hoch, wie sich euer Lagerhaus erhebt.«

»Ja, mag sein. Aber vielleicht ist es auch behaglicher, hier zu sitzen, sich zu betrinken und alles kleinmütig auf das Schicksal und die launische Schicksalsgöttin Tyche zu schieben. O ja, das kann man tun – die eigenen Ideen an den unwillkommenen Erscheinungen messen. Ein wenig Jammern, ein bisschen Klagen und vielleicht noch ein Kügelchen Weihrauch. Die Götter werden sich irgendwann dir wieder von ganz allein zuwenden und dich mit ihrer Gunst überschütten. Sie werden dir ein Ziel nennen, dem du nachjagen sollst, und du musst dir nicht einmal selbst eins suchen.« Meletos holte tief Luft und drehte den bauchigen Tonbecher in den Händen hin und her, Timaios schwieg. »Wahrscheinlich ist es zurzeit nicht möglich, nach Norden zu reisen, das weiß ich selbst. Aber die Spanne bis zu jenem Tag, da es möglich ist, kannst du auch anders verbringen als jetzt. Du musst selbst etwas dafür tun, damit dein Leben auf den Weg gelangt, den die Götter dir längst zugewiesen haben – und sei es nur, dass du dich selbst um deine Ochsen kümmerst, statt andere das besorgen zu lassen.«

Die spöttische Rede, der beißende Tonfall trafen Timaios tief, obwohl keines dieser Worte neu für ihn war. Aber auch eine Welle des Zorns duchströmte ihn. Was war dem Freund schon über Hannibal oder Briseis bekannt, und woher nahm er das Recht, ein Urteil zu fällen? Was wusste er von Svanhild? Die Kimbrin weckte Gefühle in Timaios, die er in seinem Kosmos bisher noch nicht kennengelernt hatte. Und das waren nicht einmal nur gute und warme Gefühle, aber in diesem Moment hätte Timaios sogar seinen Freund auf der Stelle gegen Svanhild eingetauscht, so sehr liebte er diese Frau. Dafür war er ihr aber auch gram, denn sie bestimmte sein Leben und sein Denken, während er doch gern anders gelebt und anders gedacht hätte – frei von Angst und Ungewissheit. Hass auf sie stieg in ihm auf, die ihn verhext hatte ... Bewunderung für sie, die er anbetete ...

Zorn auf sich selbst, weil er ihrer Zuneigung erlegen war und nicht wusste, wie ehrlich sie gemeint gewesen war … Und Sehnsucht nach ihr …

Musste er nicht zumindest den Versuch unternehmen, diese Frau zurückzugewinnen? Zurück? Hatte er sie denn jemals besessen? Doch, in jenen Tagen zwischen Rom und Norditalien war sie die Seine gewesen, nur die Seine, auch wenn es stets Svanhild war, die die Zügel in Händen gehalten hatte.

»Selbst etwas tun? Ach, Meletos, ich weiß wahrhaftig nicht mehr, ob es die Götter in dieser Welt gibt oder ob sie nicht nur eine Ausgeburt der Mächtigen sind. Irgendetwas Größeres muss dafür verantwortlich gewesen sein, dass ausgerechnet Kapaneus an jenem einzig möglichen Tag den Silberkessel fand. Irgendetwas hat doch dafür gesorgt, dass ich in einer Riesenstadt wie Rom ausgerechnet den Menschen traf, der den Kessel hatte.« Dieser Teil von Timaios' Geschichte war Meletos, der für alles zu haben war, was mit Buhlerinnen zu tun hatte, zumindest ansatzweise bekannt. »Beide mussten sterben. Auch Hannibal. Die Götter können das nicht gewollt haben, es kann also nur das Werk der Tyche sein. Für einen guten Becher hat sie gleich drei schlechte eingeschenkt.«

»Ja«, stimmte Meletos zu und spielte mit der Zunge an dem abgebrochenen Schneidezahn. »Die Götter sind blind und gegen Tyche ohne jede Macht. Willst du mir das damit sagen? Hörst du denn nicht ihr Gelächter? Sie lachen über deine eigene Blindheit. Doch wenn du dich der Gnade des Schicksals ausliefern willst, wirst du dir als Nächstes wahrscheinlich einreden, der Tod dieses Mädchens und der des Hannibal seien unausweichlich gewesen. Weder deine Schuld noch die eines anderen.«

Diese Gedanken waren Timaios schon lange vertraut, verminderten sie doch tatsächlich seine Qualen. »Vielleicht war es genau das. Auf dem Kessel liegt ein Fluch …«

Meletos' Stimme klang gereizt, und er schob den Becher von sich. »Mach nur so weiter. Wenn diese Kimbrin nicht gerade selbst hier auftaucht und dir die Hand reicht, dann kannst du deine Trägheit ja auch noch der Tyche ins Füllhorn werfen.«

»Die Athener sollen einen unbekannten Gott verehren, den sie nicht benennen, dem sie aber einen Tempel geweiht haben.

Ist das nicht klug? Unsere Götter, die kimbrischen Götter, die römischen Götter, fade... Jeder glaubt, dass sein Olympos der einzig wahre sei, aber am Ende sind nur die Namen die Beschwörung. Doch ein namenloser Gott erscheint viel größer, viel mächtiger. Ohne Namen kein Gesicht, ohne Gesicht keine Gestalt, ohne Gestalt keine auf bestimmte Eigenschaften beschränkte Macht.«

Meletos schaute zweifelnd drein. »Gut, aber weiter? Ist die unsichtbare Macht also größer als die sichtbare?«

»Manchmal denke ich, der einzige wahre Gott muss die Gestalt haben, die ich ihm mit den Dingen gebe, an die ich selbst glaube.«

»Das ist besser. Ja, es ist viel besser, an dich selbst zu glauben, als immer vom Schicksal zu reden.« Meletos lächelte. »Ein neuer Anfang. Immerhin wieder eine Art von Gott, wenn auch nur manchmal. Und ich glaube, das haben jene, die sich ihre Sohlen einst in Athen abliefen, auch gesagt: Wir sind alle Geschöpfe ein und desselben Gottes. Es sind am Ende die Götter, die dich retten können. Ohne sie und nur mit Tyche auf deiner Seite wirst du umkommen. Beide hast du nötig, aber verlass dich auf beide nicht. Darauf trinken wir.«

Timaios wusste nicht, ob es diese letzte Erkenntnis oder die Menge des inzwischen genossenen Weines war, aber für den Augenblick fühlte er sich besser. Und dass die Wunde, auf die Meletos die grobe Hand gelegt hatte, nun wieder blutete, verbesserte ihre Heilungsaussichten.

Ungefähr um diese Zeit, während Timaios taumelnd die Tiefe seiner Schwermut durchschritt, die alten Götter in seinem Innern heftig gegen die übermächtige Tyche und den dunklen Daimon stritten, Sehnsucht gegen Stolz, Trägheit gegen Aufbegehren fochten, nahm sich in Rom der ehemalige Konsul Gnäus Papirius Carbo das Leben.

Als Aristokrat hätte er sich eigentlich in sein Schwert stürzen sollen, doch er befand selbst, dies sei ein zu ehrenvolles Ende, und wählte das Kupfervitriol, mit dem er gewöhnlich die Tinte vermengte. Carbos letzter Gedanke vor dem Genuss der blauen Salzkristalle galt jenem Augenblick in den Alpen, als er auf seinem Feldherrnhügel bei Noreia den Ansturm der Kimbern beobachtete und die brüllenden, halbnackten Barbaren den Hang heraufstürmten. Angstschlotternd hatte er sich beinahe den Schurz benässt, ehe er davonlief, auf sein Pferd sprang und seinen hasenfüßigen Liktoren folgte.

Die Barbarenfurcht war dem Senator bis zum letzten Tag seines Lebens geblieben. Für Carbo hieß es, entweder Rom oder die Barbaren, so wie es für den übrigen Senat noch immer hieß: entweder Rom oder Jugurtha. Beides zusammen war nicht möglich. Nach wie vor nahm man angesichts des africanischen Kriegsschauplatzes die Kimbern in der Stadt nicht sonderlich ernst, obwohl Carbo persönlich an mehr als dreißig Senatoren geschrieben und sie eindringlich vor diesen Kelten gewarnt hatte. Die Befürchtungen eines gebrochenen Mannes nahm man aber genauso wenig ernst wie die Kimbern selbst. Carbo erwähnte in seinem Schreiben, dass die Kimbern noch immer eine Gefahr für Rom darstellten, doch keine seiner Mahnungen und Warnungen wurde gehört. Immer enger fühlte er sich der Kassandra von Troja verwandt, die vor Üblem gewarnt hatte, deren Warnungen aber ungehört verhallt waren.

Mögen die Götter geben, dass ich mich irre, denn trotz allem liebe ich diese Stadt.

Gnäus Papirius Carbo starb unter der Toga, die er sich über den Kopf gezogen hatte, und er starb in bruchstückhafter Erinnerung an seine Angst, an Schande und Scham, mit verzerrtem Gesicht und zusammengezogenen Eingeweiden unter Schmerzen, die in Wellen kamen und die kurz vor dem Ende alle Gedanken verdrängten.

In Rom war sein Tod in aller Munde, wurde aber zumeist nicht ohne Befriedigung zur Kenntnis genommen.

Marcus Antonius, einige Freunde und die Gens der Crasser begingen das für sie »befriedigende Ereignis« mit einem nichtöffentlichen Dankopfer, dem ein ungleich weniger feierlicher Tagesabschluss folgte. Publius Licinius Crassus verließ die Gruppe unmittelbar im Anschluß an die Opferung eines weißen Ziegenbockes in dumpfer Ahnung folgender Ereignisse, die mit seiner Einstellung nicht vereinbar gewesen wären. Marcus Antonius konnte man noch Jahre später mit Geschichten über Knabenliebe eher zum Erröten bringen als mit Anspielungen auf seine Schwester.

Gnäus Papirius Carbo hinterließ eine Frau und zwei Söhne, die er vor seinem Freitod ermahnt hatte, den Optimaten niemals die Hand zur Versöhnung zu reichen.

Erst einen Mond später hörte Timaios in einer Schenke Massalias vom Freitod eines römischen Konsulars mit Namen Carbo. Seine Erkundigungen bestätigten die Befürchtung: Gnäus Papirius Carbo hatte sich das Leben genommen. Der Senator war seinen beiden Brüdern gefolgt; es schien kein Segen auf dieser Familie zu ruhen.

Der Mann, dem es zu danken war, dass Svanhild lebte, war tot. Timaios schien dies ein letzter höhnischer Wink des Schicksals zu sein, das einen fetten Strich unter seine düsteren Grübeleien zog. Sein Denken war die ganze Zeit über um Svanhild herumgeschlichen wie die Südgallier um Massalia, stets nach Gunst und Zuneigung strebend, sich dies aber nicht eingestehend. War dieses Denken von Schwermut und Überdruss zuvor in eine Enge getrieben worden, wandte es sich nun um und stellte sich Tyche und Daimon zum Kampf, anfangs zögernd, bald aber mutig, schließlich grimmig. Das brennende Gefühl, das sich immer dann regte, wenn er an Svanhild in Gesellschaft von Radiger, Vibilio oder Divico dachte, dieses Brennen wich allmählich nüchterner Erkenntnis, ohne völlig zu erlöschen.

Vorsichtig sann Timaios über die Frage nach, ob ihm vielleicht doch eine zweite Gelegenheit gegeben wäre. Und die Verfehlungen, derer sie ihn bezichtigt hatte – waren die nicht gesühnt durch die Monde auf Sizilien? Hatte er dem Handel mit Sklaven nicht abgeschworen? Und hatten ihn Hannibals und Briseis' Tod nicht geändert? Seine Freundschaft zu den Kimbern, die er nie als etwas Besonderes betrachtet hatte, war durch die Ferne gewachsen, und er hoffte, dass sie die Zeit und seinen düsteren Gemütszustand überdauerte.

Meletos' Spott und Sticheleien erzürnten Timaios noch eine Weile, aber irgendwann kam die Einsicht. Seine stillen Vorwürfe dem Freund gegenüber legten sich und wichen neuen Einfällen und alten Hoffnungen, die aus tiefem Schlummer erwachten. Nicht zuletzt der Aderlass durch den Arzt half, und das alles zusammen führte dazu, dass Timaios endlich wieder zu sich selbst fand. Die Müdigkeit verging, Träume wichen, und Schmerzen schwanden, der Druck im Kopf floss ab, und der Daimon zog sich zurück. Die launische Tyche reihte sich wieder an den ihr gebührenden Platz unter den anderen Göttern ein: Sie würde ohne Überlegung und Plan weiter walten, doch er würde sich die Verantwortung von ihr zurückholen und einen eigenen Plan erstellen. *Hilf dir selbst, dann helfen dir die Götter*, sagte sich Timaios in Erinnerung vieler eindringlicher Mahnungen von Seiten Meletos', und er schaute wieder, was rechts und links seines Weges lag.

Timaios beschloss noch nicht, die Kimbern und Svanhild wiederzusehen, aber er wusste, er würde ernsthaft darüber nachdenken, sobald sich das Wetter besserte. Der einmal gefasste Entschluss bewirkte eine weitere Aufhellung seiner Stimmung, und Timaios machte sich wie ehedem Gedanken über Handel und Waren – und sogar über den Silberkessel. Er dachte wieder in der Möglichkeitsform, nicht mehr ausschließlich in der Aussageweise der Vergangenheit.

Das raue Wetter zwang ihn, noch länger als einen Mond in Massalia zu verbringen, bald voller Ungeduld und wiedergewonnener Tatkraft. Er gewöhnte sich daran, Kembriones in seinem sich füllenden Lager zu helfen, arbeitete Schulden ab, überprüfte gründlich seinen Wagen und besserte hier und da aus. Als er erst einmal wieder arbeitete, fiel alle Trägheit vollends von ihm ab. Er war gesund an Körper und weiter genesend an Geist, und seine Gefühle waren nicht mit seinen Hoffnungen den Strohtod gestorben, wie es die Kimbern ausgedrückt hätten: schmählich auf dem Bettlager statt auf dem Schlachtfeld.

Eines kühlen, trockenen Morgens begegnete Timaios auf der weitläufigen Agora dem Ratsherrn und ehemaligen ersten Magistraten Hieronymos. Der Timuchos erkannte den höflich grüßenden Händler und winkte ihn zu sich. Hieronymos stand inmitten einer kleinen Gruppe lang gewandeter grauhaariger Männer.

»Meine Herren, dies ist Timaios, Sohn unseres ehemaligen Mitrates Timonides.«

Ein Graubärtiger drückte Timaios die Hand. »Der Sohn des Timonides? Ich hatte ganz vergessen, dass er einen Sohn hat. Mein Name ist Yaro, und ich glaube, du hast vor vielen Jahren ein- oder zweimal auf meinem Schoß gesessen, Timaios.«

Hieronymos lächelte und zeigte seine gelben Zähne. »Er hat sogar einen sehr mutigen Sohn. Timaios hat vor einiger Zeit mit den Kimbern Handel getrieben.«

»Ein Händler? So, so. Und mit den Kimbern? Beeindruckend, in der Tat.«

Timaios war das Gerede peinlich. Er lächelte höflich. Hieronymos stellte ihm die Männer vor. Einer gehörte zu den Fünfzehn, dem jährlich wechselnden Ratsausschuss, die drei anderen, auch Yaro, waren einfache Ratsmitglieder.

»Ich wusste nicht, dass du wieder in der Stadt bist«, sagte Hieronymos zu Timaios. »Gut, dass wir uns treffen, ich muss mit dir reden.« Er wandte sich an die anderen Ratsmitglieder. »Meine Herren, ihr entschuldigt uns.« Dann zog er Timaios mit sich fort, der von Yaro noch zu einem Besuch bei passender Gelegenheit eingeladen worden war. »Dieser Einladung solltest du übrigens folgen«, empfahl Hieronymos. »Jetzt geht es aber um diesen Silberkessel der Barbaren, für die du eine Schwäche hattest. Ich habe einige Erkundigungen eingezogen und jemanden gefunden, der dir etwas darüber erzählen kann.«

»Hier in Massalia?«

»Im Pedion, um genau zu sein. Wenn du ein wenig Zeit erübrigen kannst, führe ich dich zu diesem Mann.«

Der Pedion war ein verrufener Stadtteil Massalias in der Nähe des Hafens. Timaios kannte ihn von Streifzügen mit Meletos in alten Tagen. Unterwegs fragte Hieronymos nach weiteren Neuigkeiten über den Silberkessel. Timaios musste zugeben, dass sich die Spur in Rom verlor.

»Wie schade. Ich bedaure, dass ich nur einen Teil gesehen habe, aber der Kessel hätte es sicher verdient, in jedem Tempel einen Ehrenplatz einzunehmen. Wer weiß, wofür er in seinem jetzigen Zustand dient?« Timaios behielt für sich, dass ein Strichmädchen ihn dazu benutzt hatte, sich nach dem Liebesdienst zu reinigen. »Vielleicht hätte ich ihn doch kaufen sollen …«

Plaudernd schlenderten die beiden durch die engen Straßen, bis sie vor dem winterlichen Hafenbecken standen. In den stillen Ecken hatte sich dünnes Eis gebildet. Hieronymos wandte sich nach rechts, und Timaios folgte ihm, vorbei an Lagerschuppen, Arsenalen, Werften, Schreibstuben und Ladekränen, die zurzeit außer Betrieb waren. Dann bogen sie in eine schmale Gasse ein, die rechtwinklig vom Lakydon wegführte. Nach fünfzig Schritten blieb der Timuchos vor einer Tür stehen. »Hier ist es.«

Der Ratsherr klopfte laut an die Holzpforte, und jemand schrie: »Eintreten!« Die beiden taten wie geheißen. Der Raum war klein und dämmrig. Ein junger Bursche saß an einem klobigen Holztisch und säuberte Kleinteile, in denen Timaios Spatel, Löffelchen, Rührstäbe und anderes erkannte, nachdem sich seine Augen erst einmal an das Halbdunkel gewöhnt hatten.

»Wir begehren, Crinas zu sehen, mein Junge, den Silberschmied.« Der so Angesprochene erhob sich eilig und wies mit der Hand auf einen schmalen, aber tiefen Durchlass in der Wand, aus welchem Tageslicht in das Halbdunkel hereindrang.

Der Innenhof maß zehn Schritte im Quadrat. Auf einer Steinbank saß ein alter Mann mit schlohweißem Kopf- und Barthaar und genoss die Strahlen der Wintersonne. In einer Hand hielt er getrocknete Apfelscheiben. Als er Hieronymos erkannte, erhob er sich zittrig auf die dürren Beine. Der Timuchos bedeutete ihm eilig, er möge sitzen bleiben.

»Dein Besuch ehrt einen alten Mann, Herr. Die Tage plätschern dahin, und nur selten habe ich die Freude, eine andere Melodie in dem Einerlei der Laute zu hören.«

»Wir haben die Ehre, einen weisen Mann besuchen zu dürfen, Crinas. Dieser hier ist Timaios, der den Silberkessel kennt, über den wir vor Kurzem geredet haben.«

»Ah! Der Silberkessel, ja. Ich grüße dich, Timaios.« Vorsichtig ließ sich Crinas wieder auf der Bank nieder und verschränkte die bebenden Hände im Schoß. Hieronymos setzte sich daneben, Timaios blieb stehen.

»Ehrwürdiger Alter, die Sonne wärme dich noch lange. Du kennst den silbernen Opferkessel?«

»Ja, junger Freund, ich kenne ihn.«

»Ein Kessel, der etwa so hoch und so breit ist?« Timaios zeigte mit den Händen die ungefähren Maße an.

»Wenn wir von demselben Kessel reden, ist er leicht zu erkennen. Unter vielen anderen Tieren müssen auch Kopfschwänzler darauf abgebildet sein: Elefanten.«

»Ja«, nickte Timaios eifrig, »es waren auch Elefanten zu sehen. Warum?«

Crinas schaute Timaios von unten her überlegen an. »Hast du schon einmal Elefanten gesehen, Junge?«

»Nein.«

»Ich auch nicht, und ich möchte darauf wetten, der ehrenwerte Timuchos ebenfalls nicht.«

Der ehrenwerte Timuchos lächelte und verneinte.

»Bei uns gibt es eigentlich keine Elefanten.«

»Eigentlich?«, wollte Timaios wissen, der die Pause des Alten als Aufforderung zur Nachfrage verstand.

»Ja. Aber einmal hat man hier doch Elefanten gesehen.«

Timaios ging in die Hocke. »Hier? Ich verstehe nicht, o Crinas. Wann? Und warum wäre das für den Kessel von Bedeutung?«

Crinas nickte vor sich hin, als spräche er mit sich selbst. »Weil er hier in Massalia gefertigt wurde.«

Timaios stieß einen Laut der Überraschung aus und musste sich mit der Hand am Boden abstützen.

Hieronymos lachte. »So ähnlich habe ich wahrscheinlich auch ausgesehen, Timaios, als ich davon erfuhr. Ich hatte ihn für keltisch gehalten, aber Crinas belehrte mich eines Besseren.«

»Hast du ihn selbst angefertigt?«, fragte Timaios den Greis.

»Nein, und ich habe ihn auch niemals selbst gesehen. Aber mein Großvater. Charmis hieß er. Er war Silberschmied, hier in der Stadt. Er war der beste seiner Zunft, bekannt über die Grenzen Massalias hinaus. Die Gallier kannten ihn ebenfalls, Karmix nannten sie ihn. Es kam vor, dass keltische oder ligurische Fürsten ihn beauftragten, Schmuckstücke anzufertigen. Meist waren es Salluvier oder Vocontier, seltener Adlige der

Allobroger. Die Kelten sind selbst große Künstler, aber gelernt haben sie von uns.« Stolz sprach aus seiner Stimme. »Vor über einhundert Jahren kam ein Gallier zu meinem Großvater. Er fragte ihn, ob er einen Kessel aus Silber herstellen könne. Mein Großvater nickte, und einige Tage darauf kamen ein Druide und ein Schmied mit einer großen Menge Silbererz. Gemeinsam haben sie dann den Kessel gefertigt. Die beiden Gallier, mein Großvater und ein Freund meines Großvaters, ein Mann, der lange vorher aus dem Osten gekommen war und mit ihm arbeitete.«

»Und die Elefanten?« Timaios erhob sich mit schmerzenden Knien. Und ihm war, als tobten die Elefanten durch seinen Schädel.

»Ah! Das waren die Elefanten Hannibals, des Karthagers, der zu dieser Zeit im Norden der Stadt vorüberzog, um den zweiten großen Krieg zwischen Karthagern und Römern in Italien zu führen. Die Gallier sahen die Tiere, als Hannibal kam und den Kelten und Ligurern Silber überbrachte, damit sie Frieden hielten. Damit erkaufte sich der Karthager für sein Heer den Weg durch ihr Land.«

Hieronymos unterbrach die Erzählung des alten Mannes, um Timaios etwas zu erklären. »Verzeih, Crinas. Wir glauben, dass der Kessel aus iberischem Silber gemacht ist. Die Karthager müssen sehr viel Silber aus den großen Minen bei Neu-Karthago mit sich geführt haben. Damals ist es dort noch in Mengen vorgekommen. Ich las einmal alte Zahlen, die besagten, dass an jedem Tag drei bis vier Talente gefördert wurden. Stellt euch das vor, drei Talente reinstes Silber!« Timaios stellte es sich vor. Drei Talente entsprachen etwas mehr als seinem eigenen Gewicht. »Heute sind die Minen nahezu erschöpft.«

»Dafür ist der Saturntempel in Rom bis unter die Decke gefüllt.« Hieronymos drehte die Hände zu Timaios Worten nach oben.

Nickend nahm der alte Crinas den Faden seiner Erzählung wieder auf. »Mein Großvater berichtete, der Druide habe darauf bestanden, die Elefanten abzubilden, weil sie göttlich seien.«

Das leuchtete Timaios ein. »Natürlich, für einen Gallier stellen sie wahrhaftig etwas Besonderes dar. Und nachher? Wo wurde der Kessel aufbewahrt, bevor er zu den Kimbern kam? Und vor allem – wie ist er überhaupt in ihre Hände gelangt?«

Weder Crinas noch Hieronymos konnten diese Frage beantworten. »Wenn sein Großvater wusste, von welchem Stamm die Gallier waren, dann behielt er es für sich. Wir wissen es nicht. Wir wissen noch nicht einmal, ob es Kelten oder Ligurer waren. Falls das Silber wirklich aus Iberien stammt, müssen es Gallier gewesen sein, die hier in der Nähe lebten. Vielleicht Vocontier oder Allobroger. Die Elefanten deuten darauf hin.«

»Andernfalls wären sie auch kaum nach Massalia gekommen«, meinte Timaios. Hieronymos senkte zustimmend den Kopf.

Die Männer verfielen in Schweigen, bis es der alte Crinas nach einer Weile brach. »Meine Augen werden mit jedem Jahr schlechter. Ich habe mich damit abgefunden, es ist der Lauf der Dinge, dass alles vergeht und erlischt. Aber bevor mein Augenlicht zur Gänze schwindet, möchte ich noch einmal den Silberkessel meines Großvaters sehen.« Der Silberschmied seufzte. »Das Wissen um seine Herstellung ist verloren gegangen. Heute vermögen nur noch die wenigsten Handwerker Arbeiten von solchem Umfang zu fertigen. Wenn überhaupt. Und hier in der Stadt kann das schon längst keiner mehr.«

Hieronymos und Timaios dankten dem Alten schließlich und ließen ihn träumend und mit den unverzehrten Apfelringen in der Hand zurück. Für Timaios hatte sich ein Rätsel in eine Überraschung verwandelt und neuen Fragen Platz gemacht. Wie war der Kessel in den Besitz der Kimbern gekommen? Nach allem, was er wusste und was ihm erzählt worden war, hatten die Kimbern ihn angeblich aus dem großen Ozean gefischt, also aus dem Norden mitgebracht. Wenn ihn nicht das Nordmeer an Land gespült hatte, musste er auf irgendeinem anderen Weg nach Kimberland gelangt sein. *Die Wege der Götter sind seltsam.*

Auf der Agora trennte sich Timaios von Hieronymos, nachdem er zugesichert hatte, den Timuchos über das weitere Schicksal des Kessels aufzuklären, falls er etwas in Erfahrung brächte.

Unruhe breitete sich in Timaios aus wie eine Krankheit. Crinas' Geschichte vom Kessel und seinem Großvater Charmis hatte ihm die Kimbern wieder nahegebracht, vor allem natürlich Svanhild, die er mehr zu sehen begehrte als irgendeinen anderen Menschen. Hoffnung schimmerte erneut jenseits der massaliotischen Gestade, wuchs und hinderte ihn daran, mit beiden Beinen fest auf dem Boden zu bleiben.

Als das Wetter sich endlich besserte und mit Schneefällen nicht mehr zu rechnen war – Timaios' sehr persönliche Rechnung –, nahm er bei einem Bankherrn der Stadt einen Kredit zu zwölf Hundertsteln auf. Dank Kembriones' Bürgschaft wurde er für kreditwürdig befunden. Er erstand ein neues Gespann kräftiger junger Ochsen mit langen geschwungenen Hörnern und lud nach reiflicher Überlegung einige Geschenke auf seinen alten Wagen. Den Großteil des verbliebenen Platzes befüllte er mit Heuballen, Getreidesäcken, Ölsitulen, Weinschläuchen, billigem Tand wie Glasperlen, Schmuckgehängen und schließlich einigen Eisenschwertern sowie zwei Blöcken Roheisen, packte noch Gewürze und Seide aus Kembriones' Lager obenauf und zog nach Norden. Kembriones hatte ihn gebeten, wieder *Saipo* mitzubringen, dieses Reinigungsmittel der Kimbern, das aus Wollfett und Asche hergestellt wurde. »Ich habe da jemanden an der Hand, der daraus etwas machen will.«

Am Tag seines Aufbruches bedauerte Timaios, dass er in Rom keine weiteren Nachforschungen angestellt hatte. Also würde er ohne den Silberkessel kommen, aber immerhin mit dem Wissen um seine ursprüngliche Herkunft und mit vielen Fragen.

Svanhild verlebte in Helvetien einen schneereichen, turbulenten Winter, in dem sie heftig umworben wurde. Radiger und einige andere jüngere Männer waren oft um sie. Teutobod sah sie anfangs seltener, was sie bedauerte, denn er war ihr ein angenehmer Gesellschafter. Divico hatte seine Besuche in Segestes' Langhaus gänzlich eingestellt, aber wenn Svanhild an ihre gemeinsame Reise von Massalia nach Helvetien dachte, was sehr oft der Fall war, dann war sie froh darüber. Vibilio umwarb Thora – Segestes, der allmählich das Alter und die jahrelange Sorge um die Familie und die Sippe spürte, war dies nur zu

Beginn nicht recht gewesen. Nicht zuletzt der jüngste Sohn Bragir bereitete ihm Kummer, der während Svanhilds Abwesenheit zusammen mit anderen Jünglingen einen Viehdiebstahl bei den Tigurinern begangen hatte. Zur Strafe hatte das Thing beschlossen, dass die Jungen für drei Monde den Tigurinern als Hüter der Herden zu dienen hatten. Seitdem waren Bragirs Reden voller Hass auf alle Nichtkimbern. Nach Svanhilds viel umjubelter Rückkehr mäßigte er seine Worte zwar, aber Segestes ahnte und fürchtete, dass in seinem Sohn ein gefährlicher Lindwurm schlief.

Timaios war nur noch eine wehmütige, aber meist verdrängte Erinnerung für Svanhild. Sie erwartete nicht länger, ihn je wiederzusehen, und genoss es, im Mittelpunkt der Aufmerksamkeit zu stehen. Die Erwähnung der Stadt Rom rief ebenfalls schmerzliche Gefühle in ihr hervor, aber auch Neid, wenn nicht gar Sehnsucht, sobald sie an den dortigen Reichtum und die Pracht dachte. Und manchmal bedrückten sie diese Gedanken. *Wir sind nichts als Barbaren. Wenn man kein Sklave ist, lässt es sich in Rom sicherlich angenehm leben. Wasser, das durch Rohre in die Häuser fließt, erwärmte Fußböden, steinerne Straßen, die wunderbarsten Speisen, feine, weiche Kleidung …* Solche Eingebungen führten sie immer wieder zu Timaios zurück. War sie denn im Recht gewesen, ihm Vorwürfe zu machen? Hatte nicht in den letzten Sommern und Wintern die Zahl der Unfreien bei den Kimbern stark zugenommen? Und nicht alle Kriegsgefangen durften sich guter Behandlung erfreuen – sehr viele waren in den Sommern der Wanderung einfach vor die Karren gespannt und wie Zugtiere behandelt worden. Etliche waren gestorben. Konnte sie Timaios da etwas vorwerfen, der aus einer Welt kam, in der Sklaverei als gottgegeben galt? Wie gern hätte sie diese Welt in Freiheit kennengelernt – die Götter kannten ihr Sehnen. Nicht nur den Massalioten selbst vermisste sie, sondern – und vor allem – auch seine Erzählungen. Am liebsten hatte sie immer die griechischen Götter- und Heldengestalten gemocht und verglich sie oft mit ihren eigenen, stellte Freya etwa Aphrodite gegenüber und rief gelegentlich die Schaumgeborene an, wenn sie um Liebesglück flehte und frische Zweige verbrannte.

Svanhild bekam zu spüren, dass Thurid ihr die Aufmerksamkeit der Männer neidete. Die Freundin schien manchmal drauf und dran zu sein, das einst innige Verhältnis zwischen ihnen beiden zu lösen. Allein durch ihre Natürlichkeit und weil sie die Werber allesamt nicht ernstzunehmen schien, gelang Svanhild das Kunststück, die Freundschaft zu den anderen jungen Frauen trotz aufkommenden Neids zu pflegen und mit ihnen beim Flachsbrechen oder Spinnen zusammenzusitzen.

Thurid war Feuer und Flamme für alle Erzählungen aus der römischen Hauptstadt, aber das Meiste überstieg ihr Vorstellungsvermögen, und Svanhild musste sich immer wieder zurücknehmen, wenn sie erzählte. Bragir lauschte ihr mit roten Wangen und offenem Mund. Gaisarik hätte seine Schwester sicherlich verstanden, doch der war abwesend. Mit dem Beginn des letzten Sommers, kurz nach ihrer Rückkehr mit Divico, war er nach Westen gezogen, um bei den dortigen gallischen Kelten mögliche Wege zu erforschen. Inzwischen sorgte man sich schon um ihn, denn ausgemacht war, dass er vor dem Wintereinbruch zurückkehren sollte. Radiger weilte dann eine Zeit lang im Osten, wo er mit anderen eine vom Rat übertragene Aufgabe erfüllte, und Svanhild sah ihn nicht mehr. Als er nach Monden zurückkehrte, waren andere an seiner statt dorthin gegangen, woher er kam, und wachten über Wege und Waren, die den Norden mit dem Süden verbanden.

Der Silberkessel wurde allgemein vermisst, aber die Suche danach war aufgegeben worden. Hludico sah sich von Cimberio geschürten heftigen Angriffen ausgesetzt, doch mit Hilfe von Segestes, Albruna und einigen anderen wusste er sich noch immer zu behaupten. Die Teutonen und Ambronen waren nach wie vor unentschieden, welcher Gruppe innerhalb des Kimbernstammes sie zuneigen sollten. Teutobod wartete ab, aber in seinem Kopf reifte ein Plan, und er besuchte Svanhild häufiger.

Die seltsame Lage unter den Kimbern entlud sich in Spannungen zwischen den Gruppen. Die Gefolgschaften gerieten häufig miteinander in Streit, es gab Verletzte und sogar zwei Tote. Hludico und Cimberio, deren junge Anhänger sowohl Täter als auch Opfer waren, riefen ihre Männer zur Ordnung –

mit dem Ergebnis, dass alle Anspannungen sich gegen die Kelten im Lager entluden.

Divico sah sich genötigt, seinen Gefolgsleuten Besuche bei den Kimbern und ihren Verbündeten zu untersagen. Er selbst zeigte sich ebenfalls seltener, und wenn doch, dann kam er nur, um mit Hludico oder dem Rat zu verhandeln. Die Boier, die die größte Gruppe derer stellten, die nicht aus dem Norden gekommen waren und innerhalb des großen Lagers siedelten, sahen sich nun häufiger Beschimpfungen durch junge kimbrische Krieger ausgesetzt, Hitzköpfe, die den Kimbern am liebsten eine Vormachtstellung erstritten hätten. Auch an dieser Front schien sich das unnatürliche Bündnis der Stämme zu lösen, und Boiorix und Magalos, nun auf verschiedenen Seiten stehend, hatten alle Hände voll zu tun, ihre jungen Krieger zu beruhigen.

Der Pakt zwischen Kimbern und Haruden wurde in einem mehrtägigen Festakt zur Wintersonnenwende im Schein großer Feuer neu geschmiedet, während Teutonen und Ambronen weiterhin warteten und abwägten. Doch die Waage, die die beiden großen Kimberngruppen im Gleichgewicht gehalten hatte, schlug nach dem Fest kaum in die eine oder andere Richtung aus. Als aber eines späteren Wintertages Sigmund, ein mittlerer Edeling der Kimbern, der seit Anbeginn der Wanderung Hludicos Sache vertreten hatte, mit seinen Gefolgsleuten und Anhängern in Cimberios Lager wechselte, löste dies eine kleine Flutwelle aus. Ein gutes Dutzend geringerer und mittlerer Gefolgsherren folgte seinem Beispiel. Den jungen Divico sah man in diesen Tagen häufig an Cimberios Seite, und Teutobod dachte über Sinn und Unsinn seines Planes nach.

8. Kapitel

Helvetien im Mond Aprilis

Timaios, gefolgt von einem guten Dutzend flachshaariger Kinder, lenkte sein vormals weißes, aber nun bis zur Brust erdbraunes und abgemagertes Ochsengespann vor Segestes' Langhaus, aus dessen reisiggedecktem Dach an vielen Stellen feiner Rauch aufstieg und eine dickere Rauchsäule umrahmte. Der viel zu früh angetretene Weg nach Helvetien war beschwerlich gewesen, doch Timaios' Ungeduld hatte keine weitere Verzögerung erlaubt. Zumindest die langhörnigen neuen Ochsen hatten sich als ein guter Kauf erwiesen, geduldig und folgsam auf kurze Zurufe und Zeichen: einmal Schnalzen hieß nach rechts, zweimal Schnalzen bedeutete nach links – und geradeaus gingen sie meist von allein.

Rein äußerlich schien sich im weiten Lager der Kimbern wenig verändert zu haben. Timaios hatte neue Rodungen entdeckt, aber das war zu erwarten gewesen. Auch die Hütte der Familie sah aus wie im vorletzten Jahr, ein wenig trostlos, mehr für eine Übergangszeit gedacht als für ein ganzes Leben. Thora saß vor dem Langhaus auf einer rohen Bank – einigen Ästen auf zwei dicken Stümpfen – in der Frühlingssonne. Sie bestickte mit einer Knochennadel ein gegerbtes Lederstück. Als sie den Wagen näher kommen sah, stand sie auf. Timaios fand sie abgemagert. Die hervorstehenden Wangenknochen waren schon zu erkennen gewesen, als er noch auf dem Bock gesessen hatte, und das Kleid war ihr viel zu weit. Sie rief nach Segestes, der daraufhin aus der Hütte trat. Bragir kam hinter dem Langhaus hervor und hielt einen Bienenkorb in den Händen. Er stellte den Korb auf die Erde, winkte Timaios zu und verschwand gleich wieder. Timaios sah, dass der Junge gewachsen war. Seine speckige Lederkappe trug er immer noch.

Segestes nahm den Ankömmling fest bei den Schultern. Massaliote und Kimber unterhielten sich dann in der neugierigen, aber vorsichtigen Art, wie gute Bekannte es tun, die sich länger nicht gesehen haben – über das Wetter und den Weg und dies und das, Segestes klagte über seine Gelenke, die ihn noch umbrächten, Timaios, dass ihm der Steiß jucke vom langen Sitzen auf dem Bock. Schließlich kam der Junge zurück und brachte seinen strahlenden Bruder Gaisarik mit.

Gaisariks Begrüßung war herzlich und ehrlich. Timaios freute sich aufrichtig und hatte für einen Moment das Gefühl, er sei nach Hause zurückgekommen. »Wie gut, dass du wieder bei uns bist!« Der Kimber drückte den Massalioten an sich.

Bragir, größer und breiter als noch vor über sechzehn Monden – und damit schon fast so groß wie Timaios selbst – und hörbar nicht länger im Zustand des Stimmbruchs, hielt sich zurück. Als Timaios ihm aber einen ähnlichen Dolch schenkte, wie er ihn seinerzeit schon Segestes hatte zukommen lassen, strahlte er über das junge Gesicht, in dem bereits der erste Bartflaum spross. Um den Hals trug er eine Lederschnur, an der ein kleiner Hammer aus Bronze baumelte. Für Gaisarik hatte Timaios ein bronzenes Rasiermesser mitgebracht, das in der Form eines Schiffsbauches gearbeitet war. Der lange stilisierte Vordersteven bildete den Griff. Der bartlose Gaisarik zeigte sich begeistert. Thora war ein Fläschchen Parfüm zugedacht, ihrem Sohn Thorgis ein feingeschnitztes Holzspielzeug. Die Frau nahm beides regungslos entgegen, und Timaios ahnte nichts Gutes.

Später saß er mit seinen Freunden im Langhaus und aß hungrig, was ihm aufgetischt wurde: Fladen aus Eichelmehl, Wasser und Butter sowie geröstete Bucheckern vom Vorjahr. Die Menge … Nun, er war dankbar. Die Lebensmittel aus Massalia hatte er vom Wagen geholt und Segestes übergeben, der gerührt war, sich aber keinen Moment lang zierte, den Weizen und das Öl als Geschenk anzunehmen. Falsche Bescheidenheit war offensichtlich nicht angebracht. »Der Winter war hart, Timaios. Seit die Teutonen bei uns sind, ist alles noch schwerer geworden.« Die Güte und Reinheit des Weizens begeisterten den Alten, und er beschloss, ihn für eine Aussaat aufzusparen. Timaios empfand Stolz auf den eigenen Großmut und ergötzte sich an der Freude der anderen. Svanhild sah er nirgends und barst fast vor Ungeduld, nach ihr zu fragen, hielt sich aber zurück.

»Sei aufrichtig bedankt, wir können die Sachen gebrauchen. Und auch dass du Svava befreit hast ... Mein Junge, ich kann dir nicht genug danken in diesem Leben und habe schon mehr als einmal die Götter um ihren Segen für dich gebeten.« Segestes hatte seine Hand auf Timaios' Unterarm gelegt und sich vorgeneigt. Der Massaliote roch den schlechten Atem. Längst war ihm aufgefallen, dass der Alte seit dem vorletzten Jahr mehrere Zähne verloren hatte. »Bleibe so lange bei uns, wie du magst, und komm zurück, wann immer du willst. Aber« – er lehnte sich zurück und verschränkte die Arme – »über Svava sollten wir noch einmal reden.«

Timaios fühlte sich schon bei der Erwähnung ihres Namens ein wenig beklommen. »Wo ist sie?«

Gaisarik wusste es. »Wir waren bei Thurid, und sie ist fortgegangen, als Bragir uns von deiner Ankunft berichtete. Sie sagte, du wüsstest, wo sie zu finden sei. Meine kleine Schwester will wohl allein mit dir reden. Nun fängt das also wieder an, euer endloses Gerede!« Er grinste.

Timaios hatte plötzlich keinen Hunger mehr. »Ich glaube. Kann ich ... zu ihr gehen, oder mögen du gleich etwas mit mir besprechen Segestes?«

»Geh nur. Wahrscheinlich wird sie dir es ...« Gaisarik versetzte seinem Vater einen leichten Stoß in die Rippen. Segestes verstummte, und Timaios' Magen krampfte sich zusammen.

»Nur eine Frage, vorher. Der Silberkessel. Habt ihr etwas davon hören? Eine Zeit lang war ich ihm auf die Spur, dicht dran, aber dann ich habe ihn aus den Augen verloren.«

»Nein«, sagte Segestes, »der Kessel ist immer noch verschwunden. Als ich dich sah, hoffte ich, dass du vielleicht ...«

»Seine Spur verliert sich in Rom. Ein Senator oder Ritter wird sich an ihm ergötzen, fürchte ich.« Er schwieg und war versucht, nach der Herkunft des Kessels zu fragen. Aus dem Meer? *Nein, später.* »Was ist mit Magalos?«

»Der Boier lebt noch bei uns.«

»Wie das? Als Gefangener etwa?«

»Nein, als ein freier Mann und noch immer Fürst der Boier.«

Timaios runzelte die Stirn. Obwohl er annahm, dass der Boier von den Römern nur erpresst worden war, hatte er das nicht erwartet. »Aber hat euch Svanhild nicht erzählt von seiner Schuld? Er war es, der sie hat entführt! Weil Magalos ist, sind Menschen getötet worden ...«

»Ja, wir wissen es. Wir wussten es schon lange bevor Divico Svanhild zurückbrachte. Magalos kam zu Hludico und mir, nachdem er seinen Sohn zurückbekommen hatte, und gestand uns alles. Er hat es bitter bereut, hat sich mir zu Füßen geworfen und meine Verzeihung erfleht. Mit seiner Hilfe versuchten wir die Römer zu finden, doch es war vergeblich, der vorletzte Winter war Hels reine Freude. Im vergangenen Sommer wollten wir nach Süden reiten, nach Italien. Zusammen mit Magalos. Aber dann brachte Divico Svava nach Hause. Sie wollte Magalos nicht sehen, aber sie hat auch nicht verlangt, dass er bestraft wird, und darum ...« Segestes drehte die Handfläche nach unten, als lasse er etwas zu Boden fallen. »Er hat Sühnegeld bezahlt und steht nicht mehr auf Cimberios Seite. Und er hat seine Macht größtenteils verloren. Ich vergab ihm.«

Timaios verstand weder die Milde der Kimbern, noch hieß er sie in diesem Fall gut. Waren denn alle umsonst gestorben? »Und Boiorix?«

»Hat sich von Magalos losgesagt«, erklärte Gaisarik, »noch vor dem Überfall auf Svanhild. Das boische Lager ist nun in zwei Hälften gespalten, so wie unseres. Magalos steht jetzt mehr auf unserer Seite, Boiorix ist unentschieden.«

»Boiorix doch nur steht auf der Seite von Boiorix. Auf keiner anderen.« Gaisarik lachte über das Wortspiel des Freundes.

»Mag sein.« Segestes verschränkte abermals die Arme. »Seine Gedanken mögen so schmutzig sein wie die Hallen Hels, aber das ist unsere Sorge, nicht die deine.« Er stand auf. »Du solltest nun Svava aufsuchen, sie wird auf dich warten. Wir können später weiterreden.«

Nachdenklich verließ Timaios seine Gastgeber, doch dann eilten ihm die Gedanken davon – der jungen Kimbrin entgegen. Seine Ahnung hatte ihn nicht getrogen: Svanhild erwartete ihn unter einer schon blattreichen Linde, jenem Baum, unter dem er ihr von seiner Abreise erzählt hatte, vor dem Überfall auf den Hain, vor ihrer Entführung, vor allen Ereignissen, die darauf folgten. Die freie Fläche ringsum war sehr viel größer geworden, Baumstümpfe ragten überall aus dem Boden, ein großer Teil des Feldes sah aus wie verbrannt. Ein anderer Bereich der ursprünglichen Wiese war abgetrennt worden, und eine große Herde magerer Rinder weidete innerhalb der hölzernen Umzäunung.

Timaios ging langsamer und nahm tief das Bild in sich auf, wie Svanhild dastand, inmitten von Milchkraut* und anderen gelben Blüten, die in seiner Welt den Namen des selbstverliebten Jünglings Narziss trugen, welcher die Nymphe Echo verschmähte und in eine Blume verwandelt wurde. Und die junge Frau war umgeben von einer Schar blonder Kinder, die an ihr hingen und ihren Worten lauschten, einer Geschichte vielleicht oder einem Lied. Das Jüngste trug sie auf dem Arm, zwei oder drei Jahre alt, ein Blondschopf wie die anderen. Als Timaios sich näherte, setzte sie das Kleine auf dem Boden ab und schickte alle fort. Ungern gingen sie. Timaios sah Svanhilds Lächeln, das in ein Lachen überging, als sie ihn entdeckte und ihm zeigte, dass alles vergessen war, was zwischen ihnen gestanden hatte.

Die Kimbrin trug ein langärmeliges filzenes Gewand von heller Farbe und darüber ein zweites blaues mit halblangem Arm, das ihr bis über die Knie fiel. Timaios kam es vor, als bemerke er ihre Schönheit zum ersten Mal. Irgendetwas an ihr war verändert, und das lag nicht daran, dass sie seit letztem Jahr an Gewicht verloren hatte.

Svanhild wirkte sicherer, wissender, gereifter, weniger einfach und vielleicht sogar weniger ... barbarisch. Auch das Haar trug

* Löwenzahn

sie anders: Bis auf eine Strähne war es hochgesteckt und auf hölzerne Stäbchen gewickelt. Das erinnerte ihn an die Haartracht der Römerinnen, wenn auch die zahllosen feinen Locken fehlten, die die Damen der Gesellschaft gern herzeigten. Timaios' Herz klopfte wie rasend, aber anders als noch vor wenigen Augenblicken. So kam es ihm zumindest vor.

Er sah auch, dass die Rinde des Lindenstammes in Mannshöhe abgeschält worden war. Kleinere Rindenstücke lagen überall auf dem Boden herum: Jemand hatte schon früh im Jahr Bast gewonnen, vielleicht Bragir für seine Bienenkörbe.

Dann eilte Svanhild ihm entgegen und fiel ihm um den Hals, barg den Kopf an seiner Schulter, und Timaios schloss die Augen und genoss den Augenblick, der sehr lange währte. Ihr Körper strahlte Wärme aus.

»Kleine Svanhild.« Timaios schob sie von sich und schaute ihr in die Augen. »Wir sind nicht freundlich voneinander geschieden.« Seine Arme ruhten auf ihren Hüften, ein angenehmes Gefühl, und sie hatte ihm die Hände um den Hals gelegt. Timaios spürte ihren Atem: Zwiebeln meinte er zu riechen, und es störte ihn nicht im Geringsten.

»Nein, Timaios.« Svanhild lächelte. »Aber unser Wiedersehen ist umso schöner. Ich freue mich sehr, dich zu sehen.« Wieder legte sie den Kopf an seine Schulter, Timaios küsste ihr Haar, es roch nach altem Fett. »Es war meine Schuld, dass wir im Streit auseinandergingen. Ich hatte kein Recht, dir irgendwelche ...«

»Doch, du alles Recht der Welt gehaben.« Timaios ließ die Kimbrin los und trat zurück. »Sieh mich an! Fällt dir etwas auf?«

Svanhild kniff die Augen zusammen. »Du siehst ... mager aus. Warst du krank?«

»Ein wenig. Aber das mehr ist eine Krankheit des Geistes. Drei Monde, nur drei Monde habe ich das Los ertragen, wegen das wir uns haben gestritten. Drei lange Monde ich bin Sklave gewesen, und glaub mir, ich kann niemals mehr mit Menschen handeln.«

Voller Entsetzen starrte ihn die Kimbrin an, und Timaios konnte gar nicht anders, als den Augenblick ein wenig zu genießen. »Was ist geschehen?«

In groben Zügen und kurzen Sätzen berichtete er ihr. Statt vom Mistschaufeln sprach er von Feldarbeit. Auch seine tiefe Verzweiflung und Schwermut deutete er nur an.

Sie umarmte ihn noch einmal. »Es tut mir so leid für dich, Timaios, nach allem, was du erlebt hast. Und dann Hannibals Tod ...«

»Ich weiß nicht, wie ich es erklären soll, aber ... es war die verdiente Strafe für meine, meine ... für mein Dummsein. Die Rache der Götter. Wie oft ich habe in die Augen meiner Sklaven geschaut und nichts dabei empfunden, kein Mitgefühl, kein Reuen. Und jetzt – in den Augen jedes Sklaven liegt eine ganze Welt, ein ganzer Kosmos voll von Hoffnung, Angst und anderen vielem.« Er holte tief Luft. »Ich glaube, der Preis für die Freiheit von die einen ist heute die Sklaverei von vielen. In Rom ist das so und in meiner Welt auch.«

Die beiden schwiegen, und Timaios genoss auch die Stille. Svanhild war froh und leicht ums Herz. Aber dann griff eine kalte Hand nach ihr, und zögernd begann sie zu sprechen. »Ich ... muss dir etwas sagen, Freund.«

Ihr ernster Ton löste eine unbeschreiblich qualvolle Empfindung in Timaios aus. Segestes und seine Andeutungen hatte er nicht vergessen.

Der Boden schien Svanhilds Blick wie magisch anzuziehen. »Ich habe eine Entscheidung getroffen.«

Timaios wusste sofort, was sie damit meinte. Alle leise gehegten Erwartungen zerstoben in der klaren Luft. Ein großer Schwarm Zugvögel erschien am Himmel, und Timaios folgte ihnen mit den Blicken, bis sie über dem Wald verschwanden. Auch die Kimbrin blickte schweigend hinterher. »Wer ist es?«

»Ein Herzog der Teutonen. Teutobod.«

Als Timaios sie ansah und schwieg, schaute sie endlich vom Boden auf. »Es ist so wichtig, dass das Band zwischen den Stämmen stark ist. Die Teutonen sind nach uns der wichtigste und größte Stamm.«

Das Herz wollte ihm brechen, aber zumindest das mühsam zusammengeflickte Gefäß in Timaios' Kopf hielt dem Druck stand. »Du musst dein Entscheiden keinen Grund geben, alles hat ganz allein bei dir gelegen. Ich freue mich für dich.«

»Wirklich?« Svanhilds Stimme klang ungläubig.

»Natürlich.« Die Lüge ging ihm leicht über die Lippen. Er sagte die Unwahrheit, und Svanhild wusste es. »Und die anderen? Radiger, Vibilio, Divico.« Wenigstens hatte Svanhild keinen der Männer erwählt, die er kannte. Ein schwacher Trost zwar, aber immerhin eine kleine Befriedigung.

»Niemand weiß etwas, außer meinem Vater, Gaisarik, Hludico und jetzt dir. Ich weiß nicht, was du nun empfindest, aber ich freue mich, dass du gekommen bist und dass du es von mir erfährst. Teutobods Werbung sollte erst erfolgen, wenn er sicher wäre, dass ich annehme. Er hat Angst um seinen guten Ruf.« Sie blies kurz die Wangen auf. »Ihr Männer! Ein Kerl wie ein Baum, aber ... Den werde ich ihm schon schädigen, den Ruf!« Svanhild lachte gequält. »Radiger wird enttäuscht sein, er spricht viel zu oft von unserer gemeinsamen Zukunft. Nicht unumwunden, aber in Anspielungen. Ich habe fast Angst, es ihm zu sagen, und fürchte, er wird nie wieder mit mir reden und sich Cimberio noch enger anschließen. Timaios, wirst du noch mit mir reden, wenn ich Teutobods Frau bin?«

Er nickte, und das war wenig genug. Aber Svanhild niemals mehr sehen? In diesem Augenblick war das eine furchtbare Vorstellung. »Natürlich. So oft und so viel du willst.«

Svanhild war sichtlich erleichtert, und Timaios brachte es nicht fertig, seine schwachen, aber zähen Hoffnungen endgültig aufzugeben. »Vibilio hat übrigens im letzten Winter Thora zur Frau genommen. Divico ... es war ihm wohl nicht ganz ernst mit allem ... Er ist nur ein dummer Junge.«

»Und Teutobod ...« Timaios nahm seinen ganzen Mut zusammen. »Liebst du ihn?«

Die Antwort kam nicht schnell genug, und Svanhilds Stimme klang nicht sonderlich fest. Auch ihre Antwort ließ mancherlei Deutung zu. »Ich werde ihn lieben.«

In der Tat schätzte Svanhild Teutobod hoch, doch sie erwartete nicht, dass sie ihn vor Beginn ihrer Ehe lieben würde. Brautgabe und erste Umarmung in der Hochzeitsnacht sollten aber der Beginn ihrer Liebe sein, und dann würde sie – sicher – auch ihre Gefühle für Timaios vergessen.

Als die beiden nach einer Weile auseinandergingen, lächelten sie, aber Timaios verging das Lächeln schon bald. Es war nicht das Gespräch gewesen, welches er gern geführt hätte und welches er in Massalia und auf dem Weg nach Helvetien bereits hundertmal in Gedanken geführt hatte. Es war nur das Ende eines schönen Traumes, war die Ernüchterung nach trunkenen Monden. Svanhild würde einen Teutonen heiraten, einen Barbaren, und ihm viele schmutzige kleine Barbarenkinder gebären ... Eines Tages, wenn sie nicht längst im Kindbett gestorben wäre, wäre sie aufgedunsen, abgearbeitet und ausgelaugt ... Doch Svanhild hätte eine Familie und wäre wahrscheinlich zufrieden, während er selbst noch immer haltlos durch die Welt zöge, unbeweibt, kinderlos und arm. Timaios schaute zu der noch nicht erblühten Linde zurück, die ihn einmal, vor langer Zeit, an einen Dämon erinnert hatte, und gedachte jenes in ihm lebenden Daimons, den er in Massalia bekämpft und besiegt hatte. Sollte er denn erneut sämtliche Götter und Nichtgötter verfluchen? *Tyche*, fragte er, *hattest du abermals deine Finger im Spiel? Ah, lass dich von einem Ungeheuer begatten, du verdammte Hure. Oder war ich es wieder nur selbst?* Wäre er damals geblieben ... Und fest nahm er sich in diesem Moment vor, die Verantwortung für sein eigenes Tun nie wieder anderen aufzubürden. Meletos hatte nicht unrecht gehabt, allzu einfach wäre das. Und er hoffte, sich eines Tages für Svanhild freuen zu können.

Tage später saß Timaios auf der Holzbank vor Segestes' Langhaus. Mit einer Schnellwaage und Bleigewichten wog er Salz ab und füllte es in faustgroße Leinenbeutel, die er später gegen Felle, Saipo, Feuerstein und Knochenschnitzereien eintauschen wollte. Die mitgeführten Eisenschwerter hatte er gleich nach seiner Ankunft bei Segestes und Hludico gegen Bärenfelle und Bernstein getauscht, ebenso das Roheisen.

Svanhild saß neben ihm und hielt stolz ihr Geschenk in Händen, eine große Wachstafel, mit der Timaios ihr das Schreiben beibrachte.

Thurid war dazugekommen, kniete auf dem Boden vor der Bank, las Blätter von Bärlauch und schaute immer wieder ehrfürchtig zu Svanhild hinüber, die mit einem Bronzegriffel seltsame Strichfolgen niederschrieb und mit dessen abgeflachter Seite wieder wegwischte. Für Thurid, die Timaios für viel eitler als ihre Freundin hielt, hatte er in Massalia einen kleinen Tonbecher mit Schminke, einen Rührstab und eine Reibplatte zum Auftragen der Schminke – Zinnober und Grünspan – erstanden, ein Geschenk, für das er einen allzu langen Kuss auf die Wange erhalten hatte.

Die Unterhaltung der drei war entspannt und hatte dieses und jenes zum Inhalt. Thurid hatte schon mehrmals Bemerkungen gemacht und Svanhild ob ihrer geheimen Kunst des Schreibens mit Albruna verglichen. »Eines Tages wirst du noch einem Pferd die Kehle durchschneiden und im Blut lesen.« Svanhild lachte nur.

Timaios fiel die Aufmerksamkeit auf, mit der Svanhild ihn bedachte, seit er hier war, wie sie ihm auch an diesem Tag kaum einen Augenblick lang von der Seite wich und voller Zuvorkommenheit war. Er fühlte einen inneren Frieden, mehr als seit vielen Monden, und genoss die Nähe der jungen Frau.

Gaisarik trat zu ihnen, entschuldigte sich für die Störung – Timaios bildete sich ein, dass die Entschuldigung mehr seiner Schwester als ihm selbst galt – und bat den Massalioten lächelnd mitzukommen. »Schmeichelnd soll reden und Geschenke bringen, wer des Mädchens Gunst will gewinnen. Ich aber weiß etwas Wichtigeres, Timaios, als den Weibern an den Röcken zu hängen.«

Der Massaliote erhob sich und warf der spaßhaft schimpfenden Svanhild noch einen Blick zu. »So oft, wie du Gerswid am Rock hängst, Bruder, nimmt es mich wunder, dass du noch Zeit für Wichtigeres haben kannst«, spottete sie und erwiderte Timaios' Blick voller Sanftmut. Der ging mit Gaisarik, der seine Schritte zum heiligen Hain lenkte. Menschen standen und gingen überall, saßen vor den Hütten oder schlugen Holz und beäugten Timaios mehr oder weniger neugierig. Hin und wieder grüßte jemand.

Die beiden hatten den Hain noch nicht erreicht, als Timaios unter den Bäumen eine Reitergruppe entdeckte, die ebenfalls auf das kleine Wäldchen zuhielt. An der Spitze ritten Hludico und Cimberio, dahinter Fremde, offensichtlich Südländer. Timaios wusste schon, dass er längst nicht mehr der einzige Südländer bei den Kimbern war. Schon im Vorjahr waren einige Händler und der ein oder andere Reisende oder Verirrte gesichtet worden. Vielleicht sollte er heute den Übersetzer spielen.

Beide Gruppen näherten sich dem Hain wie die Außenseiten einer Pfeilspitze, und Timaios, der immer wieder hinüberblickte, stutzte, schüttelte den Kopf, hielt inne, sah und staunte. Er wollte seinen Augen nicht trauen, trat einige Schritte näher auf die andere Gruppe zu, blieb erneut stehen. »Bei den Göttern!«

Hinter den Kimbern ritten Spurius Caepio, Flavius Habitus und Mamercus Cotta. In einem vierten Römer glaubte Timaios den Militätribunen Terentius Pius wiederzuerkennen, bewaffnet, doch in Alltagskleidung. Drei andere Männer in Kettenhemden waren ebenfalls eindeutig Römer, Timaios aber fremd.

Vor Empörung stockte ihm der Atem – dahin war der Frieden, den er eben noch gespürt hatte. Der Daimon schaute ihm über die Schulter und kicherte. »Was ... wollen die verdammten Weißkutten hier? Gaisarik, weißt du überhaupt, wer das ist?«

»Eine Gesandtschaft römischer Senatoren. Sie wollen über Handel reden.«

»Handel?«

Was um alles in der Welt erhofften sich die Senatoren von einem Handel mit den Kimbern? Über dieser Frage ebbte sein erster Zorn bereits wieder ab. Wenn Caepio dabei war, dann musste einer der Senatoren dessen Patron Crassus sein. Hatte ihn dieser in Rom deshalb so mit Fragen bedrängt? Timaios konnte sich allerdings nicht entsinnen, dem Römer kimbrische Waren von Wert genannt zu haben. Seinem Wissen nach gab es hier – außer dem verschwundenen Silberkessel und ein wenig Bernstein – nichts Lohnenswertes, das den Aufwand einer Gesandtschaft rechtfertigte. Für einen Kleinhändler, ja, vielleicht. Im großen Stil eines Crassus hingegen ... Und dann Landhandel ... nein. »Die wollen mit euch handeln? Womit denn?«

»Nahrungsmittel, Waffen, Kleidung und ähnliche Waren.«

»Von Seiten der Römer, gut.« Er ließ den Reitertrupp nicht aus den Augen und sah, dass Habitus seinen grobschlächtigen Kumpan auf ihn aufmerksam machte. »Aber von eurer Seite?

Was ihr wollt geben dafür? Ich meine, verzeih, aber Gegenstände von Wert bei euch ...«

Gaisarik musterte ihn, ein wenig belustigt, wie Timaios fand. »Kannst du dir das nicht vorstellen?« Timaios überlegte, ob er etwas übersehen hatte. »Neein«, sagte er dann gedehnt und blickte weiterhin zu den Römern hinüber. »Pelze? Pferde?« Nun hatte ihn auch Caepio entdeckt, wandte den Kopf aber gleich wieder ab.

»Ich werde es dir zeigen. Wenn jemand ein Recht hat, es zu sehen, dann du.«

Ein Recht worauf? Um was zu sehen? Doch Timaios schwieg. Gaisarik machte eine Geste, ihm zu folgen, und betrat den heiligen Hain im gleichen Moment, als auch die Reitergruppe eintraf. Timaios spürte wieder Zorn in sich aufwallen. Er dachte an die Toten, sagte aber vorerst nichts weiter zu Gaisarik und beobachtete die Reiter.

Albruna wartete vor ihrer Hütte und schien bereits in Kenntnis gesetzt zu sein. Alle Reiter saßen von den Pferden ab, die Römer gesellten sich zu Hludico, Cimberio und einigen Edelingen, während andere Kimbern einen weiten Kreis um die Gruppe bildeten. Gaisarik und Timaios standen nebeneinander und warteten. Spurius Caepio redete mit den baumlangen Führern der Kimbern; Habitus, der Timaios sogar noch dreist zugewunken hatte, und ein anderer Kimber oder Kelte dienten als Übersetzer. Am liebsten hätte er sich dazugesellt, aber man rief ihn nicht, und Gaisarik blieb stehen.

Verstehen konnte Timaios kein Wort von dem Gespräch. Als er so dastand und wartete, spürte er, dass er den tiefen Hass überwunden hatte, den er auf Sizilien auf Habitus, Cotta und Caepio gehabt hatte. Abscheu, Verachtung, Widerwillen – ja, im Übermaß. Hass – nur wenig.

Albruna wurde hinzugebeten. Hludico sprach mit ihr, und dann ließ sich der dicke Caepio von dem größeren Habitus einen Sack von beträchtlichem Umfang reichen. Noch bevor der Römer sich bückte, um ihn zu öffnen, wusste Timaios, was ihn erwartete.

Das Silber glänzte hell, als die Mittagssonne darauf fiel. Das Kupfer-Schwefel-Gemisch, das zu seiner Tarnung gedient hatte, war völlig verschwunden. Der Silberkessel strahlte heller als je zuvor.

Ringsum waren überraschte Ausrufe zu hören. Die umstehenden Kimbern schlugen ihre Waffen gegen die Schilde. Timaios wurde warm und kalt, und ihm zitterten die Knie. So oft hatten die Römer ihn zu seinem Schaden belogen – auch diesmal gewannen sie.

Gaisarik zupfte ihn am Ärmel. »Komm mit mir!«

Unwillig folgte ihm Timaios, denn er stand noch gänzlich unter dem Bann des glänzenden Kessels und wäre gern geblieben. Soeben berührte Albruna das Stück voller Ehrfurcht. War dies nicht der Moment, alles zu sagen, alles hinauszuschreien und sich daran zu weiden, wie die Kimbern die Römer an den Bäumen des Hains aufknüpften? Warum nicht gleich an der großen Esche Yggdrasil? Er ließ sich zwar fortziehen, aber seine Beherrschung war dahin. »Weißt du, wer die sind? Die haben geraubt deine Schwester! Die haben getötet meinen Gefährten! Die Kerle haben verraten alles, was euch heilig ist.« Gaisarik schwieg, und Timaios blieb stehen. »Gaisarik! Warte! Was soll das? Wollt ihr sie nicht strafen?«

»Doch.« Der Kimber blickte ihn an, seine Wangen glänzten, seine Augen schienen dichter beisammen zu stehen, und seine Fäuste waren geballt. »*Ich* will sie bestrafen. *Ich* will sie tot sehen. Hludico nicht. Er sagt, wir brauchen sie.« Die letzten Worte presste Gaisarik geradezu zwischen den Zähnen hervor.

Timaios hob die Arme. »Wofür, um der Götter willen?«

Gaisarik entspannte sich. Es war, als würde er zwei Fingerbreit kleiner. »Das zeige ich dir jetzt.«

Als die beiden auf den flachen Verschlag zuschritten, der etwa in der Mitte des freien Platzes lag, nahe Yggdrasils, der Weltesche mit der großen Krone, wurde Timaios von einem anderen Gefühl der Unruhe erfasst, und sein Unmut legte sich erst einmal. Er erinnerte sich an Hludicos Aufregung, als Cimberio dem Boier Magalos damals den Inhalt dieses Verschlages enthüllen wollte. Was mochte sich dort vor den Augen aller Nichteingeweihten verbergen? Der Holzbau war zehn oder zwölf Schritte lang, reichte von der Höhe her Timaios aber nur bis zur Brust. Zwei Wachposten beobachteten die beiden Entgegenkommenden und die große Gruppe um die Römer dahinter. Gaisarik nickte ihnen zu und schritt zwischen den Kimbern hindurch, die ebenfalls grüßten. Zwei hohe Stufen aus festgetretenem Erdreich führten nach unten. Der Verschlag war über einer Grube errichtet und damit im Ganzen höher, als es von außen den Anschein erweckte.

Timaios stieg hinter Gaisarik hinab, und dieser schob einen Fellvorhang beiseite. Erkennen konnte er nichts, denn die breite Gestalt des Kimbers verstellte den Eingang.

Gaisarik schien es sich anders zu überlegen. »Warte!«, raunte er und verschwand dann im Innern des Schuppens. Timaios hörte dumpfe Geräusche, sechs-, acht-, vielleicht zehnmal, dann erschien Gaisarik wieder, trat beiseite und hielt den Fellvorhang hoch. Voller Erwartung schob sich Timaios an dem Kimber vorbei und betrat den niedrigen Raum. Seine Augen brauchten eine Weile, um sich an die Düsternis zu gewöhnen, dann nahmen sie einen dumpfen Glanz wahr.

Auf dem Boden standen rechts und links einfache Holzkisten ohne Beschläge, zu dreien übereinandergestapelt, hüfthoch. Die obersten Kisten standen offen. Es waren nicht die Kisten – es war der Inhalt, der im Zwielicht aufleuchtete.

Die Kisten enthielten Bernstein. Alle Kisten. Große, kleine und kleinste Brocken von Bernstein in vielen Farben und in allen Formen. Timaios schwindelte. Für einen Moment schloss er die Augen, öffnete sie wieder und trat noch einen Schritt weiter vor. Bernstein, nichts als Bernstein. Das Gold des Nordens, die Tränen der Heliaden, der gelbfarbene Reichtum der Alten Welt. Bernstein – schon die Ägypter begehrten ihn, die Phönizier handelten damit, die hellenische Welt formte ihn, die römische schmückte sich damit. Bernstein, das war die Grenze zwischen Sterblichkeit und Unsterblichkeit: Im griechischen Götterhimmel spülten die Erben der Titanen Ambrosia mit honiggleichem Nektar hinunter. Ambrosia, das war die Nahrung der Unsterblickeit, und schon die Götterkinder sogen Ambrosia statt Muttermilch ein. Diese Speise aber, so behaupteten manche, war nichts anderes als … Bernstein.

Rätsel lösten sich für Timaios in diesem einen Moment wie der gordische Knoten unter dem Schwert des großen Alcxandros: Plötzlich bekam er Antworten auf viele Fragen, und so manche Ungereimtheit ergab auf einmal einen Sinn. Blind und taub war er gewesen, so blind wie Homeros und so taub wie dessen Großmutter.

»Der Bernstein stammt aus eurer Heimat?«

Gaisarik brummte eine Zustimmung. »Die große Sturmflut, die uns damals zum Auszug zwang, spülte auch den Bernstein an unsere Küsten. Eine Gabe der Götter für unseren Weg, könnte man sagen.«

»In allen Kisten?«

»In allen Kisten.«

Timaios hielt die Luft an. »Und diese Schätze wollt ihr diesen Römern bieten zum Tausch? Aber das sind doch jene Männer die alles müssen verantworten ...«

Gaisarik hob die Schultern. »Ich weiß es. Alle wissen es. Aber sie bringen den Kessel zurück, das allein ist für Hludico wichtig. Er und der Rat wollen, dass wir Frieden halten. Brand entbrennt an Brand, bis er alles verbrennt, sagt er. Und sein Ansehen ist damit vollkommen wiederhergestellt. Cimberio rast vor Zorn, aber er kann nichts tun, denn wir brauchen den Handel, wir brauchen die Nahrungsmittel, und wir brauchen vor allem Verbündete im Süden. Ich habe Hludico mehr als einmal vorgeschlagen, mit dir und mit deiner Stadt Handel zu treiben. Du wärst der Mittelsmann, du kennst uns und würdest uns nicht übers Ohr hauen. Aber Hludico hält Rom für ... wichtiger.«

Timaios vermochte die Menge und den Wert des Bernsteines nicht zu schätzen, aber es waren viele, viele Talente. Vierzig Kisten oder mehr. Die meisten Stücke waren klein, daumennagelgroß und noch kleiner, ungeschliffen, und nur einige der Brocken glänzten. Doch es war viel roter Bernstein darunter, wenig von dem milchigen Zeug, das Bastard geheißen wurde und allein zum Räuchern Verwendung fand. Timaios griff nach einem hühnereigroßen Brocken und drehte ihn im Dämmerlicht hin und her. Dieser war von der Sorte, den man in Rom Falerner nannte, weil er eine ähnliche Farbe aufwies wie der berühmte Wein aus Kampanien. *Der beste und teuerste Bernstein, den es gibt. Ein Bruchteil würde genügen, um mich zu einem reichen Mann zu machen.* Ihm schwindelte. Bernstein. Deshalb die Geheimnistuerei im Hain, deshalb die bewachten Wagen, deshalb die Verwirrung in Massalia. *Hermes, welch schlechter Beobachter bin ich doch!*

Gaisarik stieß ihn an. »Lass uns nachsehen, was mit den Römern ist!« Und er schlug eine Kiste nach der anderen zu. Nur ungern verließ Timaiois die Hütte. Gern hätte er noch länger hier gestanden und geträumt.

Draußen herrschte rege Geschäftigkeit. Caepio und ein weiterer Römer unterhielten sich gestenreich mit Cimberio, Hludico und anderen. Habitus, Cotta, Pius und die beiden übrigen Römer standen etwas abseits, sich selbst überlassen, während viele der Kimbern dem Hain den Rücken kehrten. Der Silberkessel stand noch am gleichen Platz, an dem Caepio ihn enthüllt hatte, auf dem Leinensack, der auf dem Boden ausgebreitet lag. Timaios betrachtete die glänzende Kostbarbeit. Die Kimbern in der Nähe beobachteten ihn, ließen ihn aber gewähren. *Ja, Elefanten*, dachte er und beäugte Stoßzähne und Rüssel und erinnerte sich an Crinas aus Massalia. *Kopfschwänzler. O verfluchter Kessel!* Schön war er anzusehen, trotz der Gebrauchsspuren, nicht wie neu und dennoch eindrucksvoll wie ein Stück aus dem Olympos, ein Stück von Göttern für Götter. Nun erkannte Timaios, dass tatsächlich einige der Relieffiguren vergoldet waren und dass auch die Halsringe der Gottheiten auf den Außenplatten aus Gold bestanden, ja, sogar ihre Hände. Immer neue Überraschungen bereitete ihm der Kessel. Und ja, er wies eindeutig auch hellenische Elemente auf, wie es der massaliotische Schmied Calgacos gemutmaßt hatte. Timaios entdeckte einige Greifen, und er sah einen Mann mit einem Wesen kämpfen, das an ein Raubtier erinnerte. Herakles' sagenhafter Kampf gegen den Nemeischen Löwen kam ihm in den Sinn.

Lateinische Laute rissen Timaios aus seinem dumpfen Brüten. »Timaios aus Massilia, wenn ich mich recht erinnere.« Terentius Pius' Stimme troff vor Zufriedenheit; heuchlerisch und ekelhaft drang sie ihm ans Ohr. »Erinnert sich der Handel treibende Massiliote?«

Bald zwei Jahre war es schon her, dass der Römer vor Noreia mit Timaios gesprochen hatte, doch Habitus hatte Pius sicher in

Erinnerung rufen können, wer dieser Südländer inmitten der Kimbern war.

Abschätzend musterte Timaios den ehemaligen Tribun. Er sah ihn heute erst zum zweiten Mal und erstmals ohne Helm und Wangenschützer. Pius trug eine knielange Tunika und darüber einen ledernen Panzer sowie einen wollenen Mantel, der von einer einfachen Spange an der Brust zusammengehalten wurde. Die Wangen des Römers waren von dunklen Stoppeln bedeckt. Im Vergleich zu den Gesichtern der Kimbern wirkten sie rund und wohlgenährt. Pius' Haare waren schwarz und so kurz gehalten, dass sie stellenweise hochstanden und ihm etwas Jungenhaftes verliehen.

Timaios fragte sich, was Pius mit der ganzen Sache wirklich zu tun hatte. Vertrauter des verstorbenen Konsulars Carbo ... Hatte Pius seinen Herrn verraten?

»Tribun Pius ...«

»Eine Überraschung, dich hier bei den Kimbern zu sehen, das muss ich zugeben. Lass dir gleich raten: Stör unsere Geschäfte nicht! Andererseits gibt mir deine Anwesenheit die lang ersehnte Gelegenheit, mich bei dir zu bedanken.« Der Römer grinste. »Du fragst dich, wofür? Nun, nur dank deiner Hilfe konnten wir den Kessel finden, der uns den Weg zum Bernstein weisen wird. Eigentlich hatten wir das wertvolle Stück schon verloren geglaubt, unter Leichenbergen und Schneehaufen.«

Timaios konnte nicht schweigen. Bereits in Rom hatte er sich gefragt, woher irgendjemand wusste, dass Briseis im Besitz des Kessels war. Seine Stimme klang ihm selbst fremd, als er fragte: »Wie soll ich das verstehen?« Ihr Götter, welchen Fehler hatte er zusätzlich zu allen anderen Fehlern noch begangen?

»Der Rat der Kimbern wird sicher auf den Handel eingehen – sie können es sich gar nicht leisten, ihn abzulehnen.«

»Und wie sieht der Handel aus?«

»Die Kimbern geben Bernstein, wir Nahrungsmittel.«

Nahrungsmittel. Wie vermutet – die Kimbern und Teutonen waren dem Hunger immer nahe. »Und der Kessel?«

»Ein Stück, das die Aufnahme von Beziehungen erlaubt und den Geschäftseinstieg erleichtert. Und zugleich unsere Bezahlung für die erste Lieferung Bernstein. Zweihundert römische

Pfund für die beulige Schüssel. Ach, und zwanzig Wagen mit Weizen bekommen sie auch noch dafür! Kein schlechtes Geschäft, findest du nicht auch, Händler?« Pius klang wie ein Lehrmeister.

Zweihundert Pfund! Timaios musste die Luft anhalten. »Und der Kessel? Woher wusstet ihr, dass das Mädchen ihn hatte?« Er betrachtete das glänzende Kunstwerk und nahm wahr, wie fein die Felle vieler Tiere herausgearbeitet waren, wie echt die Lederhaut des Stieres auf der runden Bodenplatte wirkte, wie lebendig die Schuppenhaut der Schlange, die eine Gottheit mit einem Geweih umklammert hielt.

»Das weißt du gar nicht?« Der Römer hob lächelnd das Gesicht zum Himmel, als spreche er mit den Göttern. »Soll ich ihn in Einfältigkeit zu euch gehen lassen? Ach, Timaios, du Narr! Von dir wussten wir es.« Timaios machte große Augen, und Pius lächelte noch breiter. »Auf Sizilien hast du deinem Punier alles erzählt. Die ganze Geschichte mit sämtlichen Namen. Habitus hat vor der Tür gelauscht. Das Mädchen ausfindig zu machen, war nicht schwierig. Alle Huren sind doch beim Ädilen gemeldet.«

Timaios fasste sich an den Kopf. Als Hannibal starb, in seinem Schoß ... Habitus vor der Tür der Zelle ... Der alte Daimon lachte laut auf. Also waren Pius und Habitus diejenigen gewesen, die Briseis' Wohnung ausgeräumt hatten – oder Habitus und Cotta. Waren die Hurensöhne dann auch für ihren Tod verantwortlich? Oder war er es selbst?

»Du hast dem Punier leider nicht erzählt, dass der Kessel getarnt war. Das Licht ging mir erst auf, als du beim Ädilen nach einem schwarzen Kessel suchtest. Aber der Hausmeister hatte ihn zum Glück noch.«

Der Mann hatte Timaios also angelogen, als er diesen nach dem schwarzen Kessel gefragt hatte. Timaios verfluchte in Gedanken alle dicken Männer dieser Welt und Pius noch obendrein.

»Der schmierige Kerl bewahrte Äpfel darin auf, stell dir vor! Wahrscheinlich wollte er ihn als Erinnerungsstück behalten, nachdem die Hure ihn als Waschschüssel zu benutzen pflegte. Du warst auch bei ihm, oder? Er erzählte so etwas. Mit solchen

Leuten muss man reden können, Massiliote. Mir hat er das Ding gern gegeben.«

»Und wer hat Briseis umgebracht?«

Pius lachte auf. »Die Porne? Lies in den Büchern der Sibylle![*] Darüber weiß ich nichts. Läufst du dem Weib einmal im Hades über den Weg, kannst du sie auch selbst fragen. Bis dahin ... Seid ihr Hellenen nicht alle Stoiker?«

Timaios schwieg grimmig und nahm den Kessel abermals in Augenschein. Wie die Gottheit auf einer der Platten zwei schöne Hirsche an den Hinterläufen gepackt hielt, so hätte er gern diesen Römer ergriffen und gegen das kimbrische Abbild ihrer Weltesche geschmettert. Vieles reute ihn, alles fraß an ihm. Sein größter Fehler war aber seine Leichtgläubigkeit gewesen, sein Mangel an Beharrlichkeit. Hatte nicht auch Briseis an seiner Stärke gezweifelt? Doch hätte er jetzt ein Schwert zur Hand gehabt, er hätte es dem Römer in den Leib gerammt. Vielleicht. »Zweihundert Pfund Bernstein. Ihr könnt zufrieden sein, nicht wahr?«, fragte Timaios und bebte innerlich vor Zorn.

»Das ist noch gar nichts!« Pius' Stimme überschlug sich beinahe vor Stolz. »Diese Barbaren haben noch mehr, viel mehr. Aber dazu kommen wir später. Bei den Göttern, sie besitzen ganze Wagenladungen Bernstein! Die Preise würden bis in den tiefsten Hades rutschen, wenn wir nicht vorsichtig sind.«

»Woher weißt du davon?«

Pius fühlte sich großartig, er konnte seine Taten einfach nicht für sich behalten, nun, da alle seine Träume wahr wurden. »Woher?« Er hielt kurz inne und genoss die Neugier des Massalioten. »Ich habe es gesehen«, zischte er dann. Seine Augen glänzten. »Bei Noreia. Während der Schlacht. Ich bin auf einem der Wagen gewesen. Unglaublich viel Bernstein, Kisten über Kisten. Und ich wusste, dass verschiedene Herren in Rom auf Bernstein durchaus gut zu sprechen wären.« Pius war heute noch unüberhörbar stolz auf diese Eingebung. Timaios wusste

---

* Sibyllen sind in der griech.-röm. Kultur sehr alte, aber jungfräuliche Seherinnen, vermutlich orientalischer Herkunft, deren Orakeln selbst in Rom ein gewisser Wert beigemessen wurde. Die sog. sibyllinischen Orakelbücher konnten in Notzeiten und auf Senatsbeschluss zu Rate gezogen werden, bis die älteren 83 v. Chr. im Jupitertempel verbrannten und jüngere Bücher an einem anderen Ort aufbewahrt wurden.

nun, dass einer dieser »Herren« Crassus war. »Also bin ich mit einigen Männern den Kimbern hinterher. Habitus und Cotta« – Pius wies zu der Gruppe hinüber – »waren auch dabei, wie du wohl von dem Mädchen weißt. Hübsch übrigens, deine kleine Freundin, und tolle Brüste ...«

Timaios schrie auf. »Pius, ich schwöre, ich bringe dich um, wenn du noch ein Wort über sie verlierst!« Der Römer wich einen Schritt zurück, als der größere Massaliote die Hand hob, seinerseits einen Schritt nach vorn tat und mit der anderen Hand Pius am Mantel packte. Die Kimbern in der Nähe blickten auf, und einer wollte schon auf die Streitenden zukommen. Als Timaios die Faust wieder senkte und zögernd löste, lachte Pius unsicher. »Ruhig doch! Sie ließ sich sowieso nicht anfassen. Also noch einmal meinen Dank für alles, Massiliote – den wollte ich unbedingt loswerden.«

Timaios wäre nicht im Traum auf den Gedanken gekommen, dass ausgerechnet Pius derjenige war, der im Hintergrund alle Fäden zog und sie wieder locker ließ. Svanhild hatte ihre Entführer beschrieben, aber keinen Namen gewusst oder genannt. Angesichts der Unverfrorenheit, mit der Pius seine Geheimnisse enthüllte, inmitten des Kimbernlagers, zweifelte Timaios dennoch am Verstand des Römers.

»Hast du keine Angst, dass die Kimbern euch dafür zur Rechenschaft ziehen könnten?«

»Gar nicht. Wenn sie überleben wollen, müssen sie Handel mit uns treiben.« Pius' Blick nahm einen lauernden Ausdruck an. »Habitus, ja, der hat ein bisschen was im Schurz – aber es war ja auch sein Vorschlag, die ganzen Kelten umzubringen. Wenn dieser verrückte Magalos das erfährt ...«

Timaios hatte genug. »Ihr seid eine verdammte Bande von widerlichen ... schlimmer als jeder ...«

»Sklavenhändler?«

»Bah! Ich könnte mich übergeben, wenn ich euch sehe.«

»An diesem Vergnügen begehre ich nicht teilzuhaben.« Lachend schloss sich Pius seinen Landsleuten an und ließ den eher nachdenklichen als wütenden Timaios neben dem Kessel zurück.

Seine Einsamkeit währte nur kurz. »Hallo, Kimbernfreund!«

Timaios fuhr zusammen. Albruna schenkte ihm ein gutmütiges Lächeln. Der Massaliote hatte von der alten Priesterin aber genug gehört und gesehen, um eine gewisse Zurückhaltung zu üben. Und wie bei ihrer letzten Zusammenkunft erzeugte die Anwesenheit der greisen Frau eine leichte Beklemmung in ihm. Er nickte ihr zu und machte Anstalten, sich zurückzuziehen, um die Alte mit dem Kessel allein zu lassen.

»Warte bitte!«, rief Albruna. »Ich möchte mit dir reden.«

»Mit mir?« Der Gedanke an ein Gespräch mit der Seherin behagte ihm ganz und gar nicht.

»Ja.« Sie hielt kurz inne. Er wartete.

Albruna schloss die Augen, und Timaios nahm ihre Falten und Runzeln wahr, verwittert und tief, doch nicht entstellend oder abstoßend. Aus der Nase sprossen lange Haare. »Höre: Ich spreche mit den Göttern unseres Volkes und teile dem Stamm ihre Wünsche und Weisungen mit. Herrschen in Midgard schlechte Zeiten, folgen die Menschen bereitwillig den Göttern Asgards. Hoffnung ist lebensnotwendig. In guten Zeiten muss ich manchmal nachhelfen, damit Vertrauen in Wodan und seine Sippe herrscht. Das mag dir kein neuer Gedanke sein. Aber selbst Wodans Wort ist nicht immer ohne Fehl. Nur Narren glauben dies, und die Welt ist weitläufiger, als ein Gott allein schauen kann. Verlören aber die Götter an Größe, weil sie Fehler begehen, dann könnte jemand auf den Gedanken kommen, das Schicksal liege in seiner eigenen Hand.« Sie öffnete die Augen und hob die Stimme. Timaios zuckte zusammen und dachte an Tyche und die Macht, die er ihr aus den Händen genommen hatte. »Das ist ein Irrtum. Einer oder einige wenige müssen einen Stamm führen, auserwählte Menschen, die das dafür nötige Heil besitzen. Weil *ich* mit den Göttern rede, habe ich einen gewissen Einfluss ... Der Fürst, dem ich zuneige, ist angesehen. Als Priesterin sollte ich auf niemanden außer auf Wodan und die Seinen hören, aber ...« Sie seufzte tief. »Ich habe gesehen, dass Hludico als Einziger weiß, wie man so viele Menschen sicher führt und dass man trotzdem den Göttern vertrauen muss. Groß ist sein Heil. Manchmal will Hludico, dass ich Zeichen sehe – und dann sehe ich sie.« Die Priesterin nahm den Blick vom Silberkessel und musterte Timaios. Der musste die Augen abwenden. »Du denkst, dass Albruna das alles ein großes Vergnügen bereitet: Macht zu haben. Zu bestimmen, wohin der Weg führt. Ist es nicht so?«

Timaios schwieg.

»Und du fragst dich, warum sie dir das alles offenbart?«

Nun nickte er leicht.

»Nach den letzten … Misserfolgen müssen wir uns auf neue Wege besinnen und neues Vertrauen schaffen. Vertrauen zu den Göttern – und zu Hludico. Du kannst dabei helfen.«

»Ich?«

Albruna sah sich um, fast so, als habe sie etwas zu verbergen. »Weißt du, was das ist?« Sie zog einen handgroßen Gegenstand aus den Falten ihres Gewandes hervor.

»Das ist die Figur aus Ton, die ich einmal schenkte Gaisarik zum Abschied. Als der Kessel wurde geraubt.«

Albruna nickte. »Sie ist sehr schön.« Die faltigen Hände der Greisin fuhren ohne ein Zittern über den schlanken Tonkörper auf dem quadratischen Sockel. »Es ist eine Gottheit.« Sie stellte es fest, sie fragte nicht. »Woher stammt sie?«

»Aus Italien. Ich habe sie gekauft in *Caere*, glaube ich, einer Stadt. Warum soll …«

Die Alte zeigte mit dem Finger. »Diese eingekratzten Zeichen hier im Sockel, siehst du sie? Was bedeuten sie?«

Timaios beugte sich vor. Ja, da waren kleine Zeichen eingeritzt, die er beim Erwerb der Statuette nicht beachtet hatte: Kreuze, Striche, Linien, Rippen, Pfeile und andere.

»Es dürften Zeichen, ah, *etruskische* Zeichen sein … *Etrusker* sind ein Volk in Italien. Vielleicht ist das der Name von … des Mann, der die Figur gemacht hat.«

Albruna starrte ihm wieder unverwandt in die Augen, und abermals musste er den Blick senken. Er betrachtete den Gegenstand, der eine Frau mit großen Brüsten darstellte.

»Ein Name?«, fragte Albruna. »Du meinst, so heißt er? Dann … kann man ihn beschwören?« Sie atmete schwer. »Oder man nimmt andere Namen … die Namen von Göttern, und beschwört sie dann?« Nun keuchte sie geradezu. Timaios hätte schwören können, dass sie in großer Erregung war. Er wusste, dass die Kimbern nicht schreiben konnten, und fand, dass die

Greisin für eine unbedarfte Barbarin geistig erstaunlich rege war. »So ungefähr.« Er verstand nicht, worauf sie hinauswollte.

»Deute mir diese Zeichen!«

»Das ich nicht kann. Ich die Sprache nicht verstehe. Es ist eine *etruskische* Figur. Aber ich kann auf *Lateinisch* und *Griechisch* ... in meiner Sprache« – er suchte nach einem einfachen kimbrischen Wort für den Begriff des Schreibens – »Zeichen machen und deuten.«

»Zeig mir das!«

»Gern, wenn du einen Augenblick wartest. Ich brauche dafür Werkzeug.«

Albruna nickte.

Timaios eilte zu seinem Wagen und holte Feder, Tinte und einen Papyrusstreifen. Als er zurückkehrte, lag der Hain bis auf die wartende Albruna und die Wachposten gänzlich verlassen da. Er fragte sich, wo die Römer sein mochten. Dann setzte er sich auf den nackten Boden und schrieb auf einem glatten Stein langsam zwei Zeilen in der griechischen Kleinschreibweise, danach dasselbe in der eckigen Großschriftsprache der Römer. Gebannt folgte die Greisin den einfachen, raschen Handbewegungen.

»Und was bedeutet das?« Die Priesterin hatte Timaios' Bewegungen genau verfolgt und wies auf die Zeichen.

Er erhob sich und hielt ihr den Papyrus hin. »Da steht: Massalia in Südgallien. Hier auf Griechisch, das ist Latein. Und hier mein eigener Name steht. Ti-ma-ios.«

Albruna fuhr zurück. »Du bist ein Zauberer!«

Er musste lächeln. »Leider nicht. Und wenn doch, dann einer unter vielen. Bei uns im Süden viele Menschen das können. Kinder auch. Ich lehre es Svanhild.«

Albruna fasste den Papyrusstreifen so vorsichtig an, als könne er zerbrechen. Sorgfältig verglich sie die Zeichen auf dem Papyrus mit jenen auf der Tonfigur. Die griechische und lateinische Schriftweise verwarf sie schließlich. »Diese sehen besser aus«, entschied sie und hielt die kleine Statue hoch. »Erusisch«, murmelte sie.

»*Etruskisch*. Aus *Etrurien*«, erklärte Timaios und benutzte wie zuvor schon die lautgetreuen lateinischen Bezeichnungen, weil es keine Übersetzung gab. »Sie einfacher und klarer sind, weil nicht gezeichnet, sondern geritzt.«

»Geritzt?«

»Mit einem Messer.«

»Etruskisch«, wiederholte Albruna, aber die Aussprache wollte ihr nicht recht glücken. Lange dachte sie nach. Timaios wartete geduldig. »Diese Zeichen… Jedes steht für – eine Sache? Nicht wahr?«

»Nein, ganz so ist es nicht. Jedes für sich ist, mh, nicht ohne Wert, aber erst zusammen machen einen Namen sie. Hier: Diese fünf Zeichen machen ein Wort, und erst das Wort hat Bedeutung. Ich weiß nicht, welche, aber man kann das an dem Platz sehen zwischen den Zeichen.«

»Aber wäre es nicht einfacher, wenn jedes Zeichen eine eigene Bedeutung hätte?«, murmelte die Alte. Ganz offensichtlich erwartete sie keine Antwort und wollte Timaios den Papyrus zurückreichen, zögerte dann aber. »Kann ich …«

»Ja, behalt ihn.«

»Danke, Kimbernfreund.« Die Runzeln der alten Frau zogen sich zu einem vergnügten Lächeln auseinander. Es war das erste Mal, dass Timaios in sich so etwas wie Zuneigung entdeckte. »Ich hoffe, du wirst glücklich.«

Er grüßte und ging eilig davon, und Albruna blickte ihm lange nach. Dann seufzte sie, ohne sich dessen bewusst zu sein. Der Fremde hatte offenbar immer angenommen, sie finde Gefallen an ihrer Rolle und an Menschenopfern. Hätte sie ihm erklären sollen, dass es kein Vergnügen, sondern nur eine Berufung war? Eine schwere Bürde, die sie schon als kleines Mädchen hatte tragen müssen, als diese Stimmen in ihrem Kopf zu toben begannen. Heute vermochte sie die Stimmen meist zu unterscheiden, doch sie waren seltener geworden, leiser, wisperten nur noch mit klagenden Stimmen, und um sie zu hören, musste sie immer häufiger mit Kräutertränken oder mit dem Hanf aus dem Skythenland nachhelfen. Manchmal gab sie nur vor, Stimmen gehört zu haben, und vermutlich wusste Hludico das auch. Aber er hatte nie ein Wort darüber verloren, vielleicht weil die Aussagen zumeist nach seinen Wünschen ausfielen, nachdem er sie in Andeutungen und Umschreibungen gekleidet hatte.

Sie beugte sich nach vorn und berührte den kalten Rand des Kessels.

O Wodan! So unsagbar mühselig war es, zwischen Asgard und Midgard zu vermitteln, um beide Welten zufriedenzustellen und Nutzen aus der Vereinigung von Göttern und Menschen zu ziehen. In den ruhigen Wintern, während sie im Land der Skordisker siedelten und dann wieder hier im Helvetierland, in diesen Wintern wuchs die Zuversicht der Menschen in die eigene Kraft. Das Vertrauen in die Götter schwand: Dieses Land war nicht reich, aber der Boden fruchtbar, und die Kelten schienen schwach. Doch diese Entwicklung war weder in Albrunas noch in Hludicos Sinn, der den Umweg über Asgard gern in Kauf nahm, wenn er den Stamm nur dorthin führen würde, wo er auf Dauer leben und gedeihen konnte. Hludico glaubte nicht, dass dies hier möglich war, in diesem Landstrich zwischen den ungezählten keltischen Stämmen. Und zusammen mit den Teutonen und Ambronen waren so viele Mäuler zu stopfen, so viele …

Albruna glaubte an die Götter, aber mehr noch glaubte sie an Hludicos gute Absichten, an sein Heil und seine göttliche Sendung. Da hatte es damals dieses schlimme Zeichen gegeben, das er zu seinem Vorteil zu nutzen wusste: die große Sturmflut und den unerwarteten Segen, den sie mit sich gebracht hatte: den Bernstein. Und dann der silberne Kessel, den sie sehr vermisst hatte, der seinen Zweck im Grunde aber schon erfüllt hatte. Nur eines blieb mit ihm noch zu tun, damit er für alle Zeiten den Göttern nahe war. Und der Kimbernfreund spielte eine gewichtige Rolle bei diesem Plan. Hludico würde ihn zur richtigen Stelle führen. Und Svanhild? Eine Unbekannte, denn die junge Frau, die ihr sehr lieb war, verfügte über einen äußerst starken eigenen Willen. Viel Heil war in ihr, sehr viel Heil für eine Frau. Die Vorzeichen für ihre Wahl des Teutonen zum Ehemann indes waren nicht eindeutig, und selbst der junge Kimbernfreund war noch im Spiel, und es ging um alles: um Glück, Macht, Ansehen, Ehre, Heil. Den Göttern schien es sogar um etwas zu gehen, das bisher als wenig wichtig erschienen war: um Liebe.

Albruna hielt den Atem ein. Damit Hludico den Stamm zur

richtigen Stelle führte, musste sie alle davon überzeugen, dass die Götter nie von der Seite des Herzogs gewichen waren. *Der Seite des Herzogs? Des einst so mächtigen Herzogs? Macht? Wodurch? Durch starke Waffen und überzeugende Worte … Waffenheil. Beredsamkeit … Wortheil? Heil, Heil. Heil eines Herzogs. Und mehr? Heil eines … Königs. Heil. Königsheil?* Sie nahm die kleine Tonfigur in die Hand und drehte sie nachdenklich hin und her. *Königsheil …*

Am Abend verlangten Hludico und Segestes, mit dem Massalioten zu reden.

Der Herzog machte einen gelassenen Eindruck, sein älterer Freund und Förderer Segestes wirkte angespannt. Nachdem sich die vier Männer – auch Gaisarik war zugegen – ein wenig über Alltäglichkeiten wie das Wetter und die Zugtiere unterhalten hatten, kam Segestes zur Sache.

»Timaios, können wir uns auf das Wort der Römer verlassen? Wir vertrauten ihnen schon einmal und …«

»Ich weiß es nicht.« Timaios hob die Schultern. »Ich habe in Noreia auch nicht erwartet, dass … Aber das nur war der Verrat eines Einzelnen. Der Senat in Rom nicht wollte dies, das weiß ich sicher. Und Carbo, der Konsul, sich hat das Leben genommen.«

»Lunen-Klang in Donars Ohren«, sagte Gaisarik. Sein Vater sah ihn missbilligend an, aber trotzig erwiderte der junge Kimber den Blick. »Ich hatte einen Oheim …«, sagte er leise, und Segestes schlug die Augen nieder und seufzte. Dann seufzte er abermals, als Gaisarik mit erhobener Stimme hinzufügte: »Der breiten Straße und der Weiber Worte, einem wurzellosem Baum und dem Mörder deines Bruders – all dem sollst du nicht voreilig trauen.«

Für einen Moment schwiegen alle. Timaios erinnerte sich, dass einer von Segestes' Brüdern bei Noreia gefallen war – der Vater des kleinen Thorgis, der ihm im vergangenen Winter nachgefolgt war.

»Die Römer sind mutiger, als ich dachte. Wieder zu euch kommen …« Fragend blickte Timaios den Herzog an.

»Wir brauchen ihre Hilfe.« Hludico strich sich den vollen

Bart. Wenn man genau hinschaute, durchzogen graue Strähnen das Blond. »Segestes« – er berührte den älteren Freund, der immer noch zu Boden starrte, an der Schulter – »ist nicht dafür, viele andere ebenfalls nicht. Ich verstehe das gut. Als die Römer vor einigen Tagen einen Kelten zu uns schickten und um eine Unterredung baten, war mein erster Gedanke, sie alle herzulocken und zu töten. Trotz des Friedens befinden wir uns aber in einem feindlichen Land, und wir brauchen keine weiteren Feinde. Ich habe mein Wort gegeben, und das geschah, bevor ich wusste, wer diese Männer sind.« Timaios nahm zur Kenntnis, dass Hludico von seinem persönlichen Wort gesprochen hatte, nicht von einem Ehrenwort im Namen des Rates. Der Herzog wirkte auf den Massalioten sehr sicher und sehr überlegen. »Magalos erzählte mir, dass diese Männer seinen Sohn raubten ... Aber ich kann nicht zurück. Der Boier tobt. Ich kann es nicht ändern. – Dürfen wir ihnen also trauen?«

»Vielleicht. Wenn es um Handel geht, sie sind anders als im Krieg, so ich hoffe. Aber wenn ich richtig verstanden habe, nicht der ganze Senat steht hinter ihnen, sondern es sind Geschäfte von einem oder einigen wenigen.«

»Ja, sie haben von mehreren Senatoren gesprochen.« Hludico drehte die Handflächen nach oben. »Namen wurden nicht genannt.«

»Sicher sie kommen von Crassus.« Timaios blickte zu Segestes hinüber. »Das ist der, in seinem Haus Svanhild gefangen war.«

Hludico nickte. »Das dachte ich mir. Beschreib den Mann!«

Timaios mochte den Römer nicht leiden, aber sein Hass war verschwunden, und zu seiner eigenen Überraschung hielt er Crassus nicht einmal für einen durch und durch schlechten Menschen. Er war ... eben ein Römer, ein gefürchteter Herr in der Welt jener, die zu dienen gezwungen waren. Schlechten Sinnes waren aber sicher die Männer, denen er zu vertrauen schien. Wäre Timaios dem Senator unter anderen Umständen begegnet, mochte sein, sie hätten sogar einen guten Handel abgeschlossen – wenn der Römer sich dazu herabgelassen hätte, mit dem Massalioten zu reden, was so unwahrscheinlich gewesen wäre, wie einen Ochsen fliegen zu sehen.

So gut er konnte, teilte Timaios nach kurzem Überlegen mit, was er von dem Mann wusste, wie er zu denken schien und was er begehrte. »Vielleicht solltet ihr auch Svanhild nach ihrem Eindruck fragen«, erklärte er zum Schluss.

Hludico schaute Segestes fragend an. »Ich glaube nicht, dass sie das ablehnt«, sagte dieser. »Ich spreche später mit ihr.«

Der Herzog nickte und wandte sich an Timaios. »Es wäre uns lieb, wenn du von morgen an dabei wärst, wenn wir mit den Römern verhandeln. Du kannst besser als wir beurteilen, welchen Wert der Bernstein im Süden hat. Es soll dein Schaden nicht sein.«

Gern gab Timaios seine Zustimmung. Vielleicht bekäme er seinerseits Bernstein für seine Dienste. Dieser Weg war auch besser, als den Römern feige auszuweichen. Dann, als alles gesagt schien, wollte er endlich die Frage stellen, die ihn seit dem Gespräch mit Crinas bewegte. »Herzog, der Silberkessel …«

Ein Windstoß spielte kräftig mit dem schwachen Herdfeuer, als unverhofft die Tür der Behausung aufgerissen wurde. Ein Kimber in Waffen trat schwer atmend ein. »Herzog! Die Boier! Sie sind über die Römer hergefallen.«

Hludico sprang auf. »Bei Wodans Raben! Berichte!«

Roms Sendlingen war ein Langhaus als Unterkunft zugewiesen worden, in das sie sich nach den ersten Unterredungen zurückgezogen hatten. Der Kimber berichtete nun in kurzen Sätzen, Magalos sei mit einigen Getreuen über die römische Gesandtschaft hergefallen. Die kimbrischen Wachen, die den Römern beigegeben waren, hätten zwar Widerstand geleistet, aber in Unterzahl gefochten. Tote habe es gegeben und Verwundete.

Als Hludico und die anderen nach einem hastigen Lauf am Ort des Geschehens eintrafen, war alles längst vorüber. Cotta und ein weiterer Römer waren schnell gestorben, Caepio lag mit einer Schulterwunde danieder. Terentius Pius, Flavus Habitus und die beiden anderen hatten keinen Schaden genommen, weil herbeieilende Kimbern Schlimmeres verhindert und die Boier vertrieben hatten. Caepio wand sich nun unter Schmerzen, die überlebenden Römer schwebten zwischen Zorn, Dankbarkeit und Angst. Der Massaliote spürte tiefe Befriedigung und wünschte seinem ehemaligen römischen Handelspartner, er möge eitern, faulen und am Wundbrand dahinsiechen. Dann wurde er beiseite geschoben, verließ die Hütte und war froh, Caepios dicken Körper und die von einer Waffe mehrfach durchbohrte Leiche Cottas gesehen zu haben. Dieser Anblick nahm seinen schlimmen Erinnerungen ein wenig von ihrer Bitterkeit.

Am anderen Tag war Timaios Zeuge, wie man Magalos vor ein Tribunal aus kimbrischen und harudischen Herzögen führte. Der Fürst der Boier war am Abend geflohen, noch in der Nacht aber freiwillig und unbewaffnet vor den Mitgliedern des Rates erschienen und hatte sich ohne Reue in die Hände seiner Richter begeben. Er rechtfertigte sich nicht, aber Timaios wusste, was alle wussten: dass Magalos das Blut der beim Kesselraub gefallenen Boier zu rächen hatte. Gaisarik meinte, verständnisvoll und wieder in Form eines Spruches verpackt, den Timaios nicht hätte wiedergeben können, dass der Boier die Blutschuld der Römer an seinen Gefolgsleuten hatte rächen müssen, um weiterhin von den Göttern behütet zu werden. Die feige Entführung seines Sohnes spielte aber vielleicht eine noch größere Rolle. Timaios sah den Knaben zum ersten Mal, einen schlanken Jungen von vielleicht zwölf Jahren, der an der Seite seiner untersetzten Mutter mit finsterem Blick den Urteilsspruch für seinen Vater erwartete.

Die Entscheidung war schnell getroffen. Aistulf, ein Harude, sprach sie im Namen des Bundes aus, erst auf Kimbrisch, dann auf Keltisch. Überraschend für Timaios fiel der Urteilsspruch milde aus. »Magalos vom Stamm der Boier aus dem Geschlecht des Manivistos, Fürst und Sohn eines Fürsten: Du hast die Heiligkeit der Gesandtschaft und den gebotenen Frieden grausam verletzt. Darum gebieten wir dir, ohne Aufschub das Lager zu verlassen und dich niemals wieder an unseren Feuerstellen blicken zu lassen. Du bist verbannt, Fürst, aus allem Land, welches wir jetzt und in Zukunft besitzen, mit allen, die bereit sind, dir in die Verbannung zu folgen. Dies ist der Wille des Rates, den wir im Einvernehmen mit den Göttern verkünden.«

Magalos nahm den Spruch gleichmütig auf, aber Timaios sah sein Weib Tränen wegwischen und den Knaben sie streng zurechtweisen. Am übernächsten Tag verließen die Boier unter Magalos' Führung das vereinte Lager der Stämme. Weniger als viertausend Krieger und mehr als die doppelte Anzahl an Frauen und Kindern, immer noch der größere Teil seiner Stammesgenossen, folgten dem boischen Edeling in die Verbannung. Selbst Timaios erkannte darin kein schlimmes Los und trauerte dem Boier nicht nach. Boiorix blieb. Mit ihm harrte ein kleinerer Teil der Boier bei den Kimbern und Teutonen aus. »Vielleicht eintausend Krieger oder einige mehr«, antwortete Gaisarik auf Timaios' Frage.

Der Massaliote bedauerte nur, dass Pius und Habitus den Angriff überlebt hatten, und wusste sich darin einig mit Gaisarik und vor allem Bragir, dessen jugendlicher Hass auf alle Römer gewaltig schien. Zumindest aber Cotta, die Faust, wandelte und schlug nicht mehr in dieser Welt. Hannibal und Briseis waren teilweise gerächt. Timaios aber war hin- und hergerissen zwischen der Gier nach Gewinn und eigenem Vorteil auf der einen Seite und der Sache der Gerechtigkeit, in der er seine kimbrischen Freunde von ganzem Herzen unterstützen wollte.

Nur einige Tage später, noch immer waren Pius, Habitus und ein blasser, aber genesender Caepio im Lager und redeten mit dem Rat, dem Timaios nun beiwohnte, kehrten die Boier zurück. In einer wolkenverhangenen Nacht kamen sie über den Hain und raubten den gesamten Vorrat an Bernstein und den Silberkessel. Die Kelten töteten einige Dutzend Kimbern und zwei Römer, brachten mit Caepio, Habitus und Pius den Rest der römischen Gesandtschaft in ihre Gewalt und zogen sich mitsamt ihrer Beute in die Wälder zurück.

Nach diesem zweiten Überfall schwand jegliches Verständnis der Kimbern und ihrer Bundesgenossen für den Boier. Neiding nannten sie Magalos nun: Aus dem Boier war ein heilloser Schwurbrecher geworden, den jeder ohne Reue erschlagen durfte.

Noch lange blieben Timaios die nun folgenden Geschehnisse

im Gedächtnis und bewegten ihn zutiefst. Im Nachhinein fügte sich das meiste leicht zusammen, aber er entsann sich später, dass er in diesen Tagen fast immer das Gefühl hatte, nichts mehr zu durchschauen. Dem Rat war solche Verwirrung fremd, er handelte rasch, umsichtig und in großer Einigkeit. Die Krieger aller Stämme wurden zu den Waffen gerufen. Der weitaus größte Teil verblieb im Lagergebiet, um die unruhigen Kelten von übereiltem Handeln abzuhalten. Die zurückgebliebenen Boier und die Helvetier wurden nun mit noch größerem Misstrauen beäugt, doch an dieser heimlichen Front blieb alles ruhig.

Timaios sah ein kleines Heer von vielleicht eintausend Berittenen das Lager nach Osten verlassen. Er fragte bei Gaisarik nach, da die Boier doch nach Süden geritten waren, auf die großen Berge zu, erhielt aber nur eine ausweichende Antwort. Zweitausendvierhundert in Eile zusammengerufene Reiter und ebenso viele Fußkämpfer führte schließlich Vibilio – der noch immer das Schwert Mjölnir trug – gegen die mit Silberkessel und Bernstein fliehenden Boier ins Feld. Das war alles, was die Kimbern und Haruden an Reiterei aufbieten konnten, und selbst für dieses Heer hatten die Kimbern gegen einige Zugeständnisse bereits fünfhundert Pferde von den Helvetiern erwerben müssen. Timaios wusste, dass die Zahl der Tiere bei den Barbaren begrenzt war, zumal sie zu viel Getreide fraßen, das den Menschen längst fehlte. Einige Kimbern sah er römische Mäntel oder andere Beutestücke tragen, die noch aus der Schlacht von Noreia stammten.

Radiger murrte leise über die Führung durch Hludicos Bruder. »Ein gutes Schwert macht noch keinen guten Führer.« Timaios teilte diese Einschätzung nicht, nahm aber an, dass der Herzog seinen ganzen Einfluss in die Waagschale geworfen hatte, um dem jüngeren Bruder die Führung andienen zu lassen. Warum der Herzog nicht selbst die Führung übernahm, konnte er nur vermuten: Es mochte daran liegen, dass keiner der wirklich großen Herzöge – Hludico, Cimberio, Aistulf – dem anderen so viel Ruhm zur Ernte überlassen wollte.

Die Flüchtigen schienen über die Berge im Süden setzen und die Höhen der Alpen zwischen sich und die Kimbern bringen zu wollen. Ihr Fernziel, überlegte Timaios, mochte die Poebene oberhalb Italiens sein, in der Angehörige des großen boischen Stammesverbundes unter den hundert Argosaugen der römischen Wölfin siedelten. Vordringlich aber wollten die Boier der Nähe der rachsüchtigen Kimbern entfliehen. Dass Magalos von der Hoffnung getrieben war, bei seinen einstigen römischen Bundesgenossen für sich und sein Gefolge Schutz zu finden, war wohl nicht anzunehmen – sein Hass war sicher zu groß. Eher vermutete Timaios, dass den Boiern die Lage in Oberitalien nicht gut genug bekannt war, um das Land zu meiden. Für die gefangenen Römer erwartete Timaios wenig Gutes. Fände Magalos die Zeit dazu, würde er sie sicher sehr langsam einen vielfachen Tod sterben lassen. Dass der Boier das einträgliche Bernsteingeschäft selbst machen wollte, hielt er für völlig abwegig, zumindest mit diesen Geschäftspartnern.

Ein Dutzend Teutonen unter der Führung ihres Herzogs Teutobod ritt mit den Kimbern gegen die Boier. Die Teutonen und Ambronen hatten an allem wenig Anteil, auch im Rat waren sie bislang nur in der Rolle von Beobachtern aufgetreten, soweit Timaios wusste. Neidvoll sah der Massaliote beim Aufbruch der Kämpfer zum ersten Mal den Teutonenfürsten, für den Svanhild sich entschieden hatte. Seine Blicke wanderten immer wieder zu der alles überragenden Gestalt des Riesen mit dem Körper eines Herakles, und je häufiger der Massaliote ihn ansah, desto geringer kam er sich selbst vor. Das dunkelblonde Haar wallte lang über die breiten Schultern. Auf der dicht behaarten freien Brust ruhte ein dunkler Stein – eine Bitte um Schlachtenheil, wie einer der Teutonen Timaios erklärte, und ein Stück Handelsware von den Stämmen der Alpen, wie dieser mutmaßte, als der Stein im vollen Sonnenlicht rot aufleuchtete: ein Karfunkelstein, wie er in den dortigen Bergen gebrochen wurde.

Timaios hatte darum gebeten und dann fast gebettelt, das Heer begleiten zu dürfen: Das Geschehen um den Silberkessel war nun seine Geschichte, nicht mehr allein die der anderen. Aber Hludico war standhaft geblieben und hatte abgelehnt, zu Svanhilds großer Erleichterung. Radiger hingegen ritt mit dem Aufgebot, zum Ärger von Timaios.

Acht Tage lang war Timaios von einer Unruhe getrieben, die selbst Svanhild nicht dämpfen konnte, dann kehrte das Heer zurück. Die Stimmung unter den Kämpfern war allerdings so verhalten, dass Timaios schon wähnte, sie seien besiegt worden. Von Gaisarik erfuhr er dann, was geschehen war. Die Boier waren in einem unwegsamen Gelände über ihre Verfolger hergefallen. Vibilio war schon in den ersten Augenblicken des Kampfes durch einen boischen Speer getötet worden. Teutobod hatte dann die Führung an sich gerissen und die vermeintliche Niederlage in einen Sieg verwandelt. Den flüchtenden Boiern waren die Kimbern bis zu deren Wagenburg gefolgt und hatten diese nach heftigem Kampf eingenommen. Hässliche Zwischenfälle hatte es dabei gegeben, die Gaisarik nur andeutete und Timaios nicht hinterfragte.

Teutobod hatte den Silberkessel von einem der boischen Wagen geborgen, ehe er Schaden nehmen konnte. Was nicht gefunden wurde, war aber der Bernstein. Magalos hatte ihn zwei Tage zuvor von einem Unterführer in den Bergen verstecken lassen, doch niemand konnte oder wollte sagen, an welcher Stelle. Ein eindringliches Befragen der gefangenen Boier ergab, dass die Wagen mit dem Bernstein den Treck verlassen hatten und am Tag darauf ohne das nordische Gold zurückgekehrt waren. Alle Boier, die diese Wagen begleitet hatten, waren in den Kämpfen gefallen.

Timaios fluchte. Vibilio war gefallen, Teutobod gebührte aller Ruhm, und der Bernstein war verloren. Magalos kehrte indes als Teutobods persönlicher Gefangener zurück, und zu des Massilioten Überraschung war auch Pius gefesselt. Er hatte während des Sturmes auf die boischen Wagen einen Kimber getötet. Von Caepio erfuhr Timaios, dass dies weniger aus Bosheit, sondern wohl eher aus Verwirrung geschehen war. Den Kimbern war das gleichgültig – über Pius würde gerichtet werden.

Caepio war unversehrt, wenn man seine Verwundung nicht rechnete, an der er bereits zuvor schwer gelitten hatte. Er war grau im Gesicht und fieberte. Flavus Habitus war hingegen schon Tage zuvor von den Boiern getötet worden. Auf welch grausame Weise, deutete Caepio nur an, und Timaios genügte diese Mitteilung vollauf.

Unwillig sah Timaios, wie der große Teutonenfürst die Glückwünsche des beherrschten Hludico und den Dank dafür entgegennahm, dass er den Mörder seines Bruders gebracht hatte. Und nicht ohne Neid verfolgte der Massaliote, wie sich vor allen anderen Segestes darüber freute, dass ausgerechnet Teutobod der Sieger über den heillosen Boier war. Überhaupt verstanden sich nach Timaios' Ansicht der große Teutone und der grauhaarige Kimber viel zu gut.

Gaisarik hatte Mjölnir geborgen, das Schwert Vibilios, dessen Leichnam die Sieger von der ersten Walstatt geholt hatten, nachdem die Boier vertrieben worden waren. Die Kelten um Boiorix nahmen sich mit Billigung des Rates ihrer Stammesgenossen an. Es waren fast zehntausend, überwiegend Frauen und Kinder. Nur Magalos wurde gesondert gehalten.

9. Kapitel

Helvetien im Mond Maius

In der Abenddämmerung desselben Tages wurde auf einer brandgerodeten Lichtung ein eilig errichteter hoher Eichenholzhaufen angezündet, auf dem Vibilios Leichnam aufgebahrt lag. Der Schwertträger war frisch rasiert, gesäubert und vollständig bekleidet, seinen Framen hatte er zur Seite, und sein Rundschild lag auf der Brust. Hludicos Gefolgschaft umstand den Scheiterhaufen in lockerem Rund. Alle waren in voller Wehr erschienen, Hludico in einem kostbaren Kettenhemd mit Silbereinlagen. Neben ihm stand klein und verloren Thora, Segestes' Schwägerin, und weinte. Wisigarda hielt sie fest. Timaios fühlte mit ihr. Im vergangenen Winter erst hatte sie den kleinen Thorgis nach einem schlimmen Fieber zu Grabe getragen. Zu seiner Schande war Timaios' zweiter Gedanke, als Svanhild ihm unter Tränen davon erzählt hatte, wo die schöne Bernsteinkette des Säuglings wohl abgeblieben sein mochte. Der erste Gedanke, immerhin, war fühlbare Trauer gewesen.

Zwei Paare von Lurenbläsern stimmten abwechselnd einen dumpfen, aber harmonischen Zweiklang an, der über das Feld hallte und sich mit dem Knistern und Knacken der tausend brennenden Holzscheite mischte.

»Das Vieh stirbt, die Freunde sterben, endlich stirbt man selbst. Doch eines, das weiß ich, bleibt immer, das Urteil über den Toten.« Gaisarik, der diese Worte halblaut gesprochen hatte, stand bei Bragir, Svanhild und Timaios. Das Feuer in der

Abenddämmerung und die traurigen Töne aus den langen Blasinstrumenten versetzten den Händler in eine schwermütige Stimmung, die ihn ein wenig an seine Tage in Massalia erinnerte und darum änstigte. Vibilio war nur ein flüchtiger Bekannter gewesen, gut für einen Gruß und manchmal für ein kurzes Gespräch, aber er war auch der erste Kimber gewesen, mit dem er jemals geredet hatte, damals in Noreia, an einem bewölkten Sommertag. Als Timaios in die hohen Flammen starrte, kam ihm seine Eifersucht auf den Schwertträger in den Sinn, der auch um Svanhild geworben hatte. Sein Blick wanderte zu der unglücklichen Thora, und er bedauerte den Tod des Kimbers, weil nun nichts mehr zwischen ihnen gestanden hätte, wenn er am Leben geblieben wäre. Nun bekäme Teutobod alles, Teutobod der Große: Svanhild, den Ruhm und vielleicht sogar das Schwert ...

»Das Schwert, warum wird es nicht verbrannt mit Vibilio? Ich dachte, das bei euch sei so Brauch«, raunte Timaios Gaisarik zu.

»Mjölnir verbrennen?« Gaisariks tränenumflorte Augen weiteten sich, und er antwortete ebenso leise: »Bist du ganz und gar vom Wahn eingenommen? Das Schwert ist das Zeichen des Bundes zwischen den Haruden und uns. Das wäre ja so, als würde sich unser Bündnis in Rauch auflösen.« Nach einer längeren Pause ergänzte er: »Und es ist ein Eisenschwert. Bei euch in Gallien mag Eisen ja vom Himmel fallen – vielleicht haben die Kelten darum immer Angst vor dem Einsturz des Himmels. Bei uns ist es harte Arbeit, das Erz aus dem Boden zu graben und zu verhütten. Nein, sein Framen muss genügen. Wenn Wodan will, dass Vibilio mit einem Schwert kämpft, wird er ihm ein anderes geben. Wir brauchen es dringender.« Schließlich fügte er hinzu: »Aber von diesem Tag an sollte man es vielleicht Gram nennen, nicht länger Mjölnir.«

Der Sieg war nicht mit dem Schwert erstritten worden. In den vergangenen Tagen war mehr als einmal die Geschichte erzählt worden, wie Vibilio bei Noreia mit seinem Schwert unter die Römer gefahren war. Und immer hieß es: »Wie Donar unter die Riesen.« Hatte Mjölnir nun sein Heil verloren und seinen stolzen Träger verraten? Timaios wusste, dass Gaisarik und der

Betrauerte mehr als nur einfache Waffenbrüder in derselben Gefolgschaft gewesen waren.

Eine lange Zeitspanne verging, ehe der Holzhaufen mit dem Leichnam heruntergebrannt war, denn aufgrund von Vibilios Rang war er hoch aufgeschichtet gewesen. Im Fackelschein suchte Hludico aus der Asche die verbliebenen Überreste, Knochenfragmente, eine schwarz gewordene Fibel, angekohlte Kleidungsfetzen, die verfärbte Eisenspitze des Framen. Der Herzog füllte alles in eine gebrannte Tonurne und verschloss sie mit einem Propfen aus Holz. Dann wurde die Urne in ein ausgehobenes Loch in die Erde gelegt. In einer langen Reihe schritten Freunde und Angehörige daran vorbei und warfen eine Handvoll warmen Brandschutt in das Loch, auch Timaios, der hinter Svanhild herging. Den Abschluss bildete Hludicos Gefolgschaft, deren Männer das Loch bis zum Rand mit Erde auffüllten und dann einen großen Findling daraufwälzten, »um uns alle davor zu behüten, dass sein Geist wiedergeht«.

Am Tag nach der Rückkehr und dem Begräbnis wurde Timaios von Wisigarda zu Hludico gerufen. Der Kimbernherzog hielt sich im heiligen Hain auf, dem Ort, an dem der Silberkessel nun wieder seinen Platz hatte.

Im Hain standen keine Wachen mehr. Der Verschlag, der bis vor Kurzem noch den Bernstein geborgen hatte, war nur noch ein Haufen roher Bretter. Albrunas Behausung stand unverändert, die Boier hatten weder der Hütte noch ihrer Bewohnerin etwas zuleide getan. Hludico stand mit dem Rücken an dem geteilten Stamm einer verkrüppelten Eiche am inneren Rand des Haines, die Arme vor der Brust verschränkt. Von der Trauer um seinen gefallenen Bruder war ihm nichts anzumerken. Durch Segestes' Familie wusste Timaios sehr wohl, dass die Jahre der Wanderung den Herzog stark gemacht hatten, umsichtig und manchmal rücksichtlos – aber nicht unempfindlich. Dennoch wusste er die Zeiten der Trauer von denen der Tat zu trennen. Erstaunlicherweise schien Vibilios Tod Hludicos geschwundenem Ansehen neuen Auftrieb gegeben zu haben, denn die Partei Cimberios hatte durch den Verrat ihres einstigen Gesinnungsgenossen Magalos allüberall mit ihrem Ruf zu kämpfen.

Im Halbkreis vor Hludico saß Segestes neben Gaisarik, welcher jetzt der Erste in der Gefolgschaft seines Herzogs war. Nicht so sehr das Gesicht als vielmehr die Haltung der beiden stimmte so auffällig überein – ein Bein angewinkelt, das andere untergeschlagen, die Hände nach hinten aufgestützt –, dass Timaios lächeln musste. Theuderich von den Haruden saß neben Clondico. Dieser Kimber stand seit Beginn der Wanderung mitsamt seiner großen und wichtigen Sippe auf Hludicos Seite. Bei Noreia hatte er den vierten und fünften Finger und einen Teil der linken Mittelhand verloren und trug seither den Beinamen Schmalhand. Neben Albruna ließ sich soeben Wisigarda auf dem Boden nieder und bildete mit ihr ein weiteres Paar innerhalb der einberufenen Runde. Die Priesterin saß als Einzige auf dem kniehohen Stumpf eines Baumes.

Zur Überraschung des Massalioten, der auf die Boier keine Obole mehr gesetzt hätte, war auch Boiorix anwesend. Er kniete etwas abseits, die Füße unter dem Gesäß, als verfolge er die Vorgänge nur aus dem Hintergrund. Eigentlich bewunderte Timaios den Boier dafür, dass er zum richtigen Zeitpunkt ein sinkendes Schiff verlassen hatte, mochte ihn indes aber noch immer nicht leiden.

Boiorix' Lippen unter dem Schnurrbart umspielte ein spöttisches Lächeln, als er den Blick des Händlers auffing, ganz so, als ahne er dessen säuerliche Gedanken. Neben ihm saß mit übereinandergeschlagenen Beinen ein weiterer Kelte im Kettenhemd, Divico. Wie zufällig saßen die beiden Kelten nebeneinander, als würden sie nicht zu den anderen gehören, und Timaios fand das nach dem ersten Eindruck auch ganz natürlich. Zumindest äußerlich unterschieden sich die beiden dunkelblonden, schnurrbärtigen Männer mit den goldenen Hals- und Fingerringen und den buntfarbigen karierten Umhängen tatsächlich ein wenig von den Kimbern in ihren schlichteren, farbärmeren Bekleidungen, von denen einige – Theuderich, Clondico, Hludico – Vollbärte trugen. Der rothaarige Harude Theuderich bildete da nur insofern eine Ausnahme, als er einen römischen Kriegsmantel trug. Das glänzende Rot seiner lockigen Haare biss sich auffällig mit dem rotfarbenen Kleidungsstück. Boiorix hatte sein langes Haar mit einem weißen Stirnband gebändigt, Divico das seine zu einem Zopf geflochten. Neben ihnen im Gras lagen Helme von ähnlicher Form, jeweils mit einem weißen Schweif geschmückt.

In Divico sah Timaios einen Leidensgenossen, weil sich Svanhild gegen ihn und für Teutobod entschieden hatte, und das machte den Tiguriner in seinen Augen kleiner, schwächer und menschlicher.

Es war eine Runde, die Hludico rückhaltlos als ihren Führer anerkannte. Timaios hätte auf Anhieb die Namen aller Anwesenden genannt, wenn man ihn nach den Parteigängern des Kimbernherzogs gefragt hätte. Bis auf den Namen des Boiers. Vibilio war tot, eine wichtige Figur weniger im entscheidenden Kampf um die Macht. In einem Vorgefecht war er gegen Magalos gefallen, der aber ebenfalls ausgeschieden war und damit die Gegenseite geschwächt hatte.

Von den wirklich machtvollen Herzögen und Edelingen der Wandernden fehlte Cimberio mit seinem Anhang – Ucromerus von den Kimbern, Aistulf der Graue, der Gegenspieler von Theuderich bei den Haruden, Lugios, der Sprecher der Lugier. Alle anderen Herzöge, von denen vornehmlich die Kimbern noch einige stellten, spielten keine größere Rolle. Sie fochten auf Nebenschauplätzen und würden sich für den Sieger des Hauptringens entscheiden. Und so auch letztlich der Rat, dem alle Beteiligten angehörten.

Die Mächtigen der Teutonen und Ambronen, allseits heftig umworben – und Teutobod an erster Stelle – warteten ab. Von ihnen, die ein schweres Gewicht in jeder Waagschale bildeten, war kein Vertreter im Hain erschienen oder eingeladen. Dies bestätigte Timaios' schlimmste Befürchtungen, dass nämlich Svanhild einzig deshalb Teutobods Gemahlin werden wollte oder sollte, um den führenden Herzog der Teutonen an die Partei um Hludico zu binden. Das andere Spiel, wenn Timaios dies so nennen konnte, war entschieden.

Als Timaios in Wisigardas Gefolge erschien, wandten sich ihm alle Blicke zu. Er nickte in die Runde, und die meisten erwiderten den Gruß auf die gleiche Art.

»Hab Dank für dein Kommen, Timaios.« Hludico löste sich von der Eiche und forderte ihn mit einer Geste auf, Platz zu nehmen. Der Herzog wirkte ernst, aber seine Stimme zeugte von keiner tieferen Regung. Timaios ließ sich neben Gaisarik nieder und musste den Kopf wenden, wenn er Boiorix sehen wollte.

»Timaios, wir bedürfen einmal mehr eines Rates von deiner Seite.«

»Von einem Nichtkimber?«

»Von einem Freund der Kimbern«, berichtigte Albruna.

»Unziemliche Bescheidenheit«, sagte Hludico. »Erleuchtung durch einen Mann, der die Gallier und Römer kennt, Timaios. Durch einen Mann, der mehr gesehen hat als die meisten von uns und der das auch uns Bekannte aus seiner Sicht beurteilen mag. Wodans Raben lernen die Größe der Welt erst noch kennen.*«

Timaios dachte an die Toten. *O ihr Götter! Mein Urteil halte ich in der Regel selbst nicht für sonderlich treffend.* Wie sollte er sich anmaßen, hier Urteile zu fällen? »Was ich soll wissen, ihr nicht längst auch wisst?«

»Oh, vieles, vieles hoffe ich. Der Bernstein ist aus dem Spiel« – Hludico verzog das Gesicht –, »und einiges hat sich geändert. Wir haben Reiter losgeschickt, die danach suchen. Aber wir sollten davon ausgehen, dass wir ihn nicht wiederfinden. Alle, die etwas von dem Versteck wussten, sind umgekommen. Ein Fressen für die Raben, während den Bernstein vielleicht die Ameisen bekrabbeln.«

»Es geht auch um den Römer Kapio, Timaios«, erklärte Segestes. »Wir sind unschlüssig, wie wir uns den Römern gegenüber verhalten sollen. Ob wir uns überhaupt mit ihnen einigen können. Kapio will noch immer Handel mit uns treiben.«

Timaios fragte sich, was die Kimbern wohl noch in die Waagschalen des Hermes werfen konnten, nun, da der Bernstein irgendwo in den Bergen verborgen lag und einmal die Grundlage einer Legende werden mochte. »Wie geht es Caepio?«

Segestes wandte die Hand hin und her und deutete damit an,

---

* Wodans Raben Hugin und Munin wurden des Morgens von dem Gott ausgesandt und teilten ihm später alles mit, was sie hörten und sahen. Außerdem galten die Raben als die Vögel der Walstatt, und Wodan, der die Gefallenen zu sich holte, wurde als Rabengott bezeichnet.

dass dies nicht so einfach zu bestimmen sei. »Schpurius Kapio ist schwach. Doch er scheint ein zäher Bursche zu sein.«

»Erstaunlich«, warf Boiorix ein. Timaios verkniff sich ein Lächeln.

»Er zehrt von dem Vorrat an Fett, den er mit sich herumschleppt. Und er will weiter verhandeln. Deshalb unsere Bitte an dich, uns noch einmal etwas über die Römer zu erzählen.«

»Bekanntlich konnten uns unsere Erfahrungen bislang nicht dazu bewegen, ohne Zögern zuzustimmen«, ergänzte Clondico Segestes' Worte. »Wenn wir ihnen Bernstein geben, dann müssen wir mehr über sie wissen.« Timaios sah dem bärtigen Mann unwillkürlich mehr auf die verstümmelte Hand als in die Augen.

»Einen besseren Freund als kluge Vorsicht mag der Mann nicht haben.« Fast alle Anwesenden bekräftigten Gaisariks weise Worte mit einem Nicken.

»Bernstein?«, fragte Timaios. »Aber der Bernstein ist doch aus die Spiel, ich eben noch hörte.«

»Kapio will, dass wir neuen holen.« Hludico lächelte mit schmalem Mund.

»Was?«, ächzte Timaios. »Wie? Wo denn?« War der Römer vollkommen verrückt geworden in seinem Fieberwahn? Als ob man einfach irgendwo Bernstein ausgraben konnte!

»In Kimberland.« Timaios starrte Gaisarik an.

Segestes übernahm die Erklärung. Er lächelte Timaios an wie ein kleines Kind, das man vor zu großer Aufregung bewahren will. »Das ist der Handel, den die Römer vorschlagen: Wir bringen den Bernstein aus dem Norden über dieses Gebiet nach Süden. Wir sind so etwas wie die Händler dazwischen, wie er es nannte, und die Römer nehmen uns allen Bernstein ab und geben Waren: Nahrung, Kleidung und anderes. Sie verbreiten den Bernstein dann in der Ökumene oder verarbeiten ihn selbst. Mit einem Sprung werden zwei Sauen gedeckt.«

»Uh!« Das schiere Ausmaß dieses Plans verschlug Timaios die Sprache. Und dennoch sah er einen Sinn in den Worten seines Gastfreundes. Ein *Regnum cimbricum* im Norden der Alpen, ein kimbrisches Reich auf keltischem Boden. Von Helvetien aus konnten die Kimbern und ihre Verbündeten möglicherweise tatsächlich den Handel mit dem Bernstein überwachen, vielleicht sogar die beiden bekannten Bernsteinstraßen, die es im Osten und im Westen gab. Ein Handelsunternehmen von geradezu unheimlicher Größe. »Könnt ihr das – neues Bernstein holen?«

»Ja.« Hludico nickte. »Das ist durchaus möglich. Nicht mehr so viel, wie wir hatten, aber doch, ja …«

»Aber sollen wir es überhaupt versuchen?«, fragte Segestes.

»Oder werfen wir alles den Raben hin?«, übernahm Hludico wieder das Wort. »Wenn wir auf den Handel nicht eingehen, dann haben wir auch keinen Grund mehr, in dieser Gegend zu bleiben. Nicht wahr, Divico?«

Der Keltenführer verzog spöttisch den Mund. »Ihr könnt bleiben, solange ihr dies wünscht, Herzog. Unsere Wohlfahrt ist so grenzenlos wie die Tiefe unserer Gefühle für euch.« Das Kimbrisch des Tiguriners war trotz deutlicher Aussprachefehler gut zu verstehen.

Boiorix schnaubte, Gaisarik lachte, und selbst Hludico gluckste. »Das wissen wir alle, auch wenn wir die Tiefe deiner Gefühle für uns alle besser nicht ermessen wollen, o Wohltäter. Aber für uns alle ist dein Land zu arm, das wissen wir auch. Und wir müssen an unsere Kinder und ihr Morgen denken, an die Tage Skulds*, die schwer genug werden. Wenn wir von den Römern keine Hilfe erhalten, dann müssen wir uns anderswo holen, was wir brauchen. Wenn uns auch euer wunderbarer Käse, o Divico, am meisten fehlen wird. Darum, Timaios, müssen wir einschätzen können, worauf wir uns vielleicht einlassen. Wir wollen wissen, ob wir in den Tagen, die kommen, einen Krieg an zwei Fronten gegen Kelten und Römer führen müssen.«

»Ja, erzähl uns, worauf die Macht beruht, die die Römer innehaben!«, bat Theuderich. »Ich meine, warum Rom? Warum gibt es keine andere Macht, die in der Lage ist, sich mit den Römern zu messen?«

Wisigarda verdeutlichte die Worte des Harudenherzogs. »Hat es niemals andere Reiche gegeben, die genauso groß und mäch-

* Skuld ist die Norne oder Schicksalsgöttin der Zukunft.

tig waren?« Die hellhäutige Frau redete mit dem gleichen Selbstverständnis wie die Männer, und alle lauschten ihren Worten. Timaios sah allerdings, als er den Kopf wandte, wie Boiorix den Mund verzog und Divico anblickte.

»Doch«, sagte Timaios und sah wieder zu Hludico hinüber. »Vor zweihundert Jahren das Reich des Alexandros war ebenso groß. Es lag im Osten der Ökumene, in Hellas, Ägypten, Asien. Nein, es war noch mehr groß, aber den Tod Alexandros' hat es nur um wenige Tage überlebt.«

»Warum?«, fragte Wisigarda.

»Es allein war auf seine Person gegründet. Alexandros hat es gemacht groß, und er hat es zusammengehalten, mit Kraft und Klugheit und ah, wohl auch mit anderen Mitteln. Bei seinem Tod da war niemand, der so war wie er. Rom ist nicht eine Person, Rom ist der Senat. Dreihundert Männer, von denen die meisten Konsuln gewesen waren und ah, *Magistrate*, Ratsherren, das heißt, sie hatten eine Berufung, versteht ihr, so etwas wie kleine Fürsten. Ein großer Rat. Und Führer im Heer gewesen sind viele, nicht nur in Rom, auch in den Provinzen. Alle haben Erfahrung in, äh, *politiké sophia*, Wissen um Verhandlungen und Führen, ja? Bei allen Fragen es geht nur darum, was Nutzen für Rom bringen könnte. Ob es anderen dabei nicht gutgeht, spielt keine Rolle. Wenn Rom einmal zögert, dann nicht aus ... weil es nicht ist stark, sondern wegen guten Gründen.« Alle hörten Timaios aufmerksam zu.

»Rom ist also langsamer, aber dafür gründlicher als dieser Ahleksandro«, erklärte Segestes. »Welche Rolle spielt es denn auch, ob Midgard heute oder morgen geeint wird?«

Hludico setzte sich, den Rücken an die Krüppeleiche gelehnt, und zog die Beine an. »Ja, Rom mag diese Zeit haben. Wir haben sie nicht. Aber wir brauchen kein Reich, so groß wie Midgard, wir brauchen einen Platz, an dem wir siedeln können. Aleksandross hat das erreicht, weil er alleiniger Führer war. Und er ist gescheitert, weil keiner nach ihm kam, und nicht, weil das schlecht war, was er zusammengefügt hat. Richtig?«

»Also hätte er zur richtigen Zeit einen Nachfolger bestimmen müssen«, warf Boiorix ein. Er zwirbelte seinen Schnurrbart zwischen den Fingern.

Timaios hob die Schultern. »Ja. Aber vieles an der *politeia* Roms ich verstehe selbst nicht. Niemand versteht. Es gibt viele Kulte um Priester, sie halten sich für sehr gläubig. Aber seit fast einhundert Jahren sie zertrümmern die Ökumene: Karthago, Makedonien, das Reich der Seleukiden. Roms Legionen haben besiegt den ganzen Osten, haben vernichtet alle Reiche, was es da gab – und haben sich dann wieder zurückgezogen und Griechenland und Asien sich selbst überlassen.«

»Aber warum ist das römische Heer so gut?«, fragte Segestes nach einer kurzen Pause und zog mit einem schleifenden Geräusch das römische Kurzschwert aus der Scheide an seiner Seite. »Ich meine, wir haben sie besiegt, aber alle Kelten haben gewaltige Angst vor den Römern.«

Boiorix und Divico stießen Laute des Protests aus, schwiegen aber ansonsten.

»Die Legionen sehr gut sind ausgebildet und sehr viel, äh, *Disziplin*. Das heißt, sie immer warten auf Befehle, versteht ihr?« Alle grinsten oder lachten. »Und vor allen Dingen sind es viele.«

»Mehr als andere?«

»Viel mehr. Rom mit den vielen Völkern in Italien hat ein einzigartiges Netz von Bundesgenossen geschaffen. Keine gekauften Schwerter, keine Söldner, sondern ein Heer, das kämpft für eigenes Land. Rom kann sich durch die Verträge mit den Bundesgenossen lehnen auf alle Männer Italiens, wenn es beginnt Krieg.«

»Wie lautet der Inhalt dieser Verträge?«, wollte Hludico wissen.

»Rom gibt Schutz seinen Bundesgenossen, Städten wie Massalia. Dafür es hat im Kriegsfall Soldaten. So, meine ich.«

»Rom bietet also Schutz? Wie sieht dieser Schutz aus?«

Gaisarik hob die Hand. »Durch sein Wort, vermute ich.«

Timaios nickte. »Das oft reicht. Und wenn Wort nicht reicht, kommen die Legionen.« Er wies mit der Hand auf Theuderichs roten Mantel, den er fast berühren konnte.

Hludico verzog den Mund. »Das hört sich nach einem guten Geschäft für die Römer an. Ohne eigene Anstrengung haben sie ein riesiges Heer zu ihrer Verfügung. Aber es muss doch Völker geben, die sich dagegen auflehnen.«

»Was ich weiß, Rom ist immer die größere Stadt im Vertrag. Wenn sich nicht alle Bundesgenossen zusammenschließen und Rom bekämpfen, würden sie jeder für sich von den Legionen besiegt werden. Aber warum sollten sie aufstehen? In Italien ist Frieden, und der schenkt allen Handel und Reichtum. Die Straßen ...«

»Was ist mit dem Handel?«, unterbrach Theuderich Timaios. »Wer ist dafür zuständig? Die Senatoren wie dieser ... Hludico, wie heißt er?«

»Krasus.«

Timaios hob die Schultern – über diesen Teil der italischen Verhältnisse wusste er nicht allzu gut Bescheid. »Auch. Aber eher noch die ... ah, Reiter würdet ihr sagen, *Equites** sagen die Römer. Ein Stand sehr reicher Männer, die mit der *politeia* nichts haben zu tun, sondern handeln und die Abgaben aus den Provinzen an Rom bekommen gegen Gold, die sie dann dürfen erheben.«

So ging es eine ganze Weile hin und her, und Timaios erzählte den Kimbern von der römischen Ordnung, vom Senat, von der Volksversammlung, den Volkstribunen, den Bundesgenossen Roms, ihrem Heer, ihrem Denken, soweit er sich hineinversetzen konnte. Er gebrauchte viele lateinische und griechische Worte, die er umschreiben und erläutern musste, und nicht alles konnte er so gut erklären, wie er es gern getan hätte. Irgendwann fiel ihm nichts von Bedeutung mehr ein, was er nicht schon gesagt oder angedeutet hatte, und auch sein Schulterzucken auf bestimmte Fragen häufte sich. Crassus kam ihm flüchtig in den Sinn, mit dem er ein ähnliches Gespräch unter ganz anderen Voraussetzungen geführt hatte.

Die Kimbern lagen Timaios am Herzen – eine Kimbrin vor allen anderen –, und er wollte nicht, dass sie Rom unterschätzten, nur weil sie einmal eine Schlacht gewonnen hatten. »Mag sein, dass ich wiederhole mich, aber Rom ist sehr groß, wirklich. Rom verliert Kämpfe oder Schlachten, aber Rom hat nie einen Krieg verloren. Und es hat viele geführt. Rom wird euch nach jeder verlorenen Schlacht hinhalten, bis neue Truppen sind

* Die Ritter.

ausgehoben, und wieder angreifen. Rom euch würde vielleicht einige Brocken hinwerfen, Nahrung, Kleidung, damit ihr ruhig bleibt. Rom euch würde umwerben, wie es die kleinen Königreiche umwirbt, die Rom dienen und die Beine breitmachen. Manchmal freiwillig. Aber Rom hat ein scharfes Schwert am Unterleib, nichts Befruchtendes. Rom schneidet, auch wo es nicht ist nötig, es schlägt Wunden und hinterlässt tiefe Zeichen, ah, Narben, meine ich. Und Rom lässt alte Freunde fallen, das hat es immer getan: Rhodos, Numidien, Pergamon, Ätolien in Hellas – immer so fort. Denkt an die Boier und Taurisker, die sie getötet haben, nachdem sie euren Hain haben überfallen. Und denkt auch daran, was ich hörte: Dreimal hunderttausend waffenfähige Bürger zählen die Censoren. Dreimal hunderttausend!«

Eine kleine Weile sagte keiner ein Wort, dann hob Boiorix leicht die Hand. »Ich würde gern noch mehr über Italien hören. Wie ist das Land beschaffen? Ist es fruchtbar?«

Hludico maß den Boier mit einem nachdenklichen Blick. »Von Gallien solltest du auch noch etwas erzählen, Timaios. Von den Stämmen und den Wegen und Flüssen und …«

Timaios stöhnte innerlich auf.

Zu einem unbestimmten Zeitpunkt verlor er schließlich jede Lust, weitere Fragen zu beantworten. Das Kimbrische wurde ihm zur Qual, und die Fehler in seiner Aussprache häuften sich, und immer öfter fielen ihm die richtigen Worte nicht mehr ein. Sein Kopf schmerzte seit Längerem wieder, er klopfte stetig und heftig, und zweimal musste Timaios sogar die Augen für eine Weile schließen.

Hochbedankt und selbst dankbar wurde der Massaliote schließlich entlassen. Er ließ eine nachdenkliche Runde zurück, die schwieg, solange er noch in Hörweite war. Die Dämmerung würde bald ihre ersten Fühler ausstrecken. Als Timaios den Hain betreten hatte, hatte die Sonne gerade ihren höchsten Stand erreicht.

Am Abend klärte ihn Gaisarik über getroffene Beschlüsse auf, nicht Beschlüsse der Gruppe um Hludico, sondern solche des Rates, der bereits am Morgen getagt hatte: Über Pius war der

Stab gebrochen worden – der Terentier und Habitus galten als die Drahtzieher des ersten Überfalles auf den Hain, der Boier und Kimbern das Leben gekostet hatte, damals und heute. Ihm würde nicht noch einmal Gelegenheit gegeben werden, einen solchen Plan auszuhecken.

Dass Magalos diesmal keine Milde erwartete, war für Timaios keine Überraschung. Die Strafen hingegen, die sowohl dem Römer als auch dem Boier noch gewisse Möglichkeiten einräumten, verblüfften ihn: Beide würden um ihr Leben kämpfen dürfen.

»Zwei Kämpfe«, erklärte Gaisarik. »Hludico wird gegen Magalos antreten, um seinen Bruder zu rächen.« Timaios ahnte, dass hinter dieser Entscheidung noch mehr stand. Hludico war der heimliche Führer des Bundes, er und kein anderer, hieß das. »Aber vorher wird Boiorix kämpfen. Gegen den Römer.«

»Boiorix? Warum gerade Boiorix?«

»Weil … Wie hast du das im Hain genannt? *Pohlitika*? Wissen um die Führung.«

»Das Wissen um die Führung des Reiches.« Die Boier sollten ihre Rache haben, doch ihnen sollte auch vergeben werden, und sie durften weiterhin zum Bund gehören. »Ja, ich verstehe. Das ist Krieg statt Handel …«

»Keinen Handel – im Moment. Krieg – vielleicht. Aber solche Beschlüsse werden im Thing aller Stämme gefasst, nicht von Hludico und einer Minderheit.«

Timaios stieß hörbar die Luft aus. »Gleichgültig, ich euch etwas erzähle oder nicht, ihr seid nicht belehrbar.«

»Möglich.« Gaisarik grinste. »Boiorix kämpft, weil das Ansehen der Boier durch Magalos gelitten hat. Es gibt noch viele Boier, die auf unserer Seite stehen, und das soll so bleiben. Der Kampf wird ein Zeichen von Vertrauen sein, und er wird zeigen, dass beide Völker einen gemeinsamen Feind haben: Rom.« Nach einer Pause fügte er mit Nachdruck hinzu: »Dem Feind soll der eigene Freund sich nicht gewogen zeigen. Und machen wir uns nichts vor: Den Römer wird niemand vermissen. Selbst der andere, Kapio, fragt nicht nach ihm.«

»Aber euer Handel mit den Römern …«

»In diesen Tagen haben wir nichts, das wir geben könnten. Das ist Pius' Unglück.«

»Und die Unverletzlichkeit der Gesandtschaft?«

»Ja.« Gaisarik hob die Schultern. Sein Lächeln wich einem Blick voller Grimm. »Wir machen einmal eine Ausnahme.«

Dreimal würde Sol über Helvetien scheinen und dreimal ihr Bruder Mani – der auf dem Mondwagen fuhr – die Regentschaft über den dunklen Teil der Zeit antreten, dann sollte der Kampftag stattfinden. Timaios verzichtete leichten Herzens darauf, Pius noch einmal zu besuchen, und verbrachte ruhige Tage mit Handel und Tausch und viel Zeit mit Svanhild und Thurid. Gelegentlich gesellte sich Bragir zu ihnen, aber der Junge war dem Gast gegenüber spürbar zurückhaltender als noch im Vorjahr. Svanhild hingegen begegnete ihm so freundlich, dass es ihn mitunter schmerzte. Dennoch genoss er die Stunden und versuchte, so wenig wie möglich an die Zukunft zu denken.

Für den Kampftag hatte der Rat Abordnungen der benachbarten helvetischen Gaue als Zuschauer eingeladen. Auch das war wohlüberlegt – *politiké sophia.* Die Stämme aus dem Norden und die Kelten aus dem Süden würden Schulter an Schulter beobachten, wie einer der Ihren einen Römer tötete, der stellvertretend für sein ganzes Volk kämpfen und – wie allgemein erwartet – fallen würde. Im Anschluß daran würden die Zuschauer dem Kampf eines Mannes beiwohnen, den römische Niedertracht so weit getrieben hatte, seinen eigenen Stamm zu verraten und alles Heil zu verlieren.

Timaios beschäftigte sich mit der Frage, inwieweit diese antirömische Zurschaustellung ein mögliches Geschäft mit Crassus endgültig zunichte machen würde. Seine Verwunderung über das Denken der Kimbern war grenzenlos: Trotz der Hinrichtung, wie er es bei sich nannte, wollten sie an dem Handelsabkommen festhalten. Kimbrische Logik war wahrlich seltsam. Aber was würde Crassus sagen und was Rom tun, wenn der Tod des Militärtribunen – Timaios wusste nicht, ob Pius dieses Amt noch immer innehatte – bekannt würde?

Die Vorstellung eines florierenden Handels zwischen Kimbern und Römern nahm Timaios in einem Maß gefangen, welches ihn selbst verwunderte, und er überlegte, ob er – käme das Geschäft doch noch zustande – daraus irgendeinen Vorteil ziehen könne. Crassus würde Helfer benötigen, die sich bei den Kimbern auskannten, und die Kimbern konnten es sich ihrerseits nicht leisten, auf die Dienste eines Mannes zu verzichten, der die Römer und den wahren Wert und Gegenwert von Bernstein richtig einzuschätzen wusste. Kembriones und Hieronymos spielten in seinen weiteren Überlegungen ebenfalls eine gewichtige Rolle.

Ein anderer Gedanke flüsterte ihm ein, dass er dann häufiger die Kimbern besuchen müsse ... und zwangsläufig Svanhild häufiger sähe. In diesen Tagen der Ruhe erschien ihm eine solche Aussicht wunderbar, selbst dann noch, wenn sie an der Seite dieses Riesen leben würde. Mit ihr sprach er nicht über seine Gedanken, überhaupt wusste er noch immer nicht, was sie wirklich von der geplanten Ehe hielt.

Am Kampftag schien Boiorix vor Zuversicht und Selbstvertrauen zu bersten, und sein Kampf gegen den Römer sollte als erster stattfinden. Pius sah hingegen schon vor dem Kampf so aus, als werde ihm jeden Moment das Wasser am Bein hinunterlaufen. Timaios tat der Mann fast leid, und er sprach ihn schließlich an. Der Römer, anfangs stumm vor Verzweiflung und seines Todes gewiss, gewährte ihm dann doch überraschende Einsichten in die Zusammenhänge der Ereignisse, und Timaios sah wieder klarer: Terentius Pius war nach Svanhilds Raub nach Rom zurückgekehrt, hatte bei seinem Gönner Carbo vorgesprochen und Einvernehmen geheuchelt. Der einfältige Konsular ahnte nicht im Entferntesten, dass sein Günstling längst mit dem Crasser am gleichen Strick zog. Solange aber Crassus bereit war, dem Tribunen Mittel für seine Quästur und die später nachfolgende Ädilität vorzustrecken, für die vielen Spiele, die zu veranstalten waren, damit die Prols vor allem den Namen des Ädilen im so schwachen Gedächtnis behielten ... Und erinnerungswürdige Spiele kosteten Hunderttausende von Sesterzen, doch sie allein bildeten die hohe Messlatte, die der römische Pöbel anlegte, um einmal einen Konsul zu küren. Und so hatte ihr Geschäft dann ausgesehen: Pius beschaffte Bernstein, Crassus gewährte ihm dafür zweierlei – Geld und Unterstützung für die Wahl von Gnäus Terentius Pius zum Quästor* und später zum Ädilen. Mit der großen Klientel der Crasser wäre der Wahltag keine unüberwindbare Hürde mehr gewesen. Deshalb der reiche und mächtige Optimat Crassus und nicht der um vieles weniger reiche und um vieles weniger mächtige Popular Carbo ... Obwohl es verkehrt gewesen wäre, den Alten einfach fallen zu lassen. Ja, das Pferd zu wechseln und ein Handpferd am Strick mitzuführen, das hatte Pius vorgeschwebt: Mit einer Hand lenkte er zwei mächtige Senatoren, während er sich mit der anderen nach Belieben die Eier kraulen konnte, und das hatte ihn unsagbar stolz und hoffnungsvoll gemacht. Im folgenden Jahr, nach Erreichen des vorgeschriebenen Alters, hatte Gnäus Terentius Pius die erste Stufe auf der Karriereleiter erklimmen wollen, die erste Stufe auf dem langen Weg zu einer der mächtigsten Positionen in der gesamten Ökumene – einem Platz im Senat von Rom. Pius' Vater war Senator gewesen, ein verarmter, landloser Hinterbänkler, von dem nicht mehr in den Jahrbüchern verzeichnet war, als dass er eines Tages verstarb. Nach der Niederlage in den Alpen hätte Pius von Carbo niemals die notwendigen Mittel bekommen, die Stimmen und alles andere.

Nach diesen Erklärungen verstand Timaios das Wesen der Römer ein wenig besser und schätzte sie noch weniger.

Niemand fand sich, der irgendwelche Wetten auf einen Sieg des Römers angenommen hätte. Boiorix war zwar nur eine Handbreit größer als jener, in den Schultern aber so ausladend wie ein gewöhnlicher Legionär in Uniform – für Pius ein Übermensch aus einer waldreichen Unterwelt.

Timaios, der mit Begeisterung einmal in Rom und mehrmals in anderen Städten Gladiatorenkämpfe gesehen hatte, hegte hohe Erwartungen, wenn er an Größe, Stärke und Mut der Kel-

* Quästoren waren die Finanzbeamten Roms, die vom Volk gewählt wurden. Gleichzeitig war die Quästur in der römischen Republik die erste Stufe des Cursus honorum, der Ämterlaufbahn, der anschließend die Ädilität folgen konnte bzw. das Volkstribunat, dann die Prätur und schließlich das Konsulat. Erst als gewesener Quästor wurde ein Römer in den Senat aufgenommen und blieb dort für den Rest seines Lebens.

ten dachte, die im Vergleich zu den meisten Gladiatoren, die sich eine schützende Fettschicht angefressen hatten, viel muskulöser waren und stärker wirkten.

Die Wirklichkeit sah für den verwöhnten Massalioten dann ganz anders, beinahe langweilig aus, denn Pius war der einzige der vier Kämpfer, dem man Platon zufolge so etwas wie Sachverstand einräumen konnte. Hätte er nicht am Schicksal der Kämpfer Anteil genommen, er wäre vielleicht sogar enttäuscht gegangen, um sich mit anderem zu beschäftigen. Mit Svanhild etwa, die den Kämpfen nicht beiwohnen wollte, während Teutobod deutlich aus der großen Menschenmenge herausragte, die das weite, leicht erhöhte Kampffeld umringte. Der Gedanke, noch in diesem Augenblick zu verschwinden, Svanhild aufzusuchen, ihr das Kleid vom Leib zu streifen, sich von hinten an sie zu pressen, die festen Brüste zu streicheln, die Hände langsam nach unten gleiten zu lassen, mit den Fingern Andromedas Pforte zu suchen und seinen Phallos hineinzuschieben... Dieses Gedankenspiel hatte in diesem Augenblick etwas unendlich Verlockendes, und erst als die Zuschauer in anfeuernde Rufe ausbrachen, weil endlich der erste Zweikampf begann, erwachte Timaios aus seinem schönen Tagtraum. Wehmütig wurde ihm bewusst, dass er schon einmal dicht vor der Erfüllung seiner Träume gestanden hatte – in jenen Tagen zwischen Rom und Norditalien, als ihm Svanhild so nahe gewesen war.

Der kleiner gewachsene Pius in seinem Lederpanzer, dem niemand etwas zugetraut hatte, hielt sich gut. So gut, dass es eine Weile sogar so aussah, als könne er gewinnen. Timaios überlegte, dass *er* eigentlich dort gegen Pius hätte kämpfen müssen, denn er selbst hatte am meisten zu rächen – Hannibal, Briseis und seine auf Sizilien verlorenen Monde. Mut und Zuversicht des Römers wuchsen mit zunehmender Dauer des Kampfes. Zu seiner eigenen Überraschung erlebte Pius, wie einfach es war, die mit Kraft, aber ohne Geschick vorgetragenen Angriffe mit Schild und Schwert zu parieren oder ins Leere zu lenken. Boiorix wurde zunehmend wütend, seine Miene verlor sichtbar die Beherrschung, und Timaios verfolgte mit angehaltenem Atem, dass nun das Dunkle, das Unlenkbare in dem Kelten die Oberhand gewann. Wäre der Römer nicht von Beginn an überzeugt gewesen, diesen Kampf nicht zu gewinnen, er hätte den Kelten bei einer dieser unüberlegten, wütenden Attacken, die von bösartigem Geschrei begleitet wurden, leicht fällen können. So beschränkte er sich allein auf die Verteidigung, darauf bedacht, den anderen nicht durchkommen zu lassen, fing mit seinem Schild die schweren Schläge auf und bewegte sich im Kreis rückwärts.

Mit einer beherrschten Täuschung – Ausfall, Stoß, Rückzug, Parade, Taumeln, Seitschritt, Stoß in den Hals –, die weder Timaios noch der ermüdete Pius dem wie irr fechtenden Kelten zugetraut hätten, beendete Boiorix den Kampf. Pius starb mit großen Augen, aber ohne einen Laut.

Schweißnass zog Boiorix das gerötete Schwert aus der Kehle des Besiegten. Die Waffe entglitt seiner Hand, und er fiel auf den Bauch. Trotz des aufbrandenden Lärmes glaubte Timaios den Fall zu hören. Eine kleine Staubwolke stieg auf. Boiorix spuckte auf den Rücken des Römers und verließ die Walstatt.

Wenn Timaios erwartet hatte, ein Gefühl der Befriedigung zu spüren, dann sah er sich getäuscht. Spurius Caepio war nunmehr der einzige noch lebende Römer bei den Kimbern, und Timaios hätte ihm zumindest die letzte Neuigkeit gern überbracht, doch der Händler lag danieder und war kaum ansprechbar. Für Pius hatte Timaios nur Verachtung übriggehabt – zu wenig wusste er wirklich über dessen Rolle im großen Spiel –, den dicken, anmaßenden Caepio aber hasste er, weil dieser ihm die schlimmsten Monde seines Lebens beschert hatte und weil er für Hannibals Tod mitverantwortlich war.

Bald darauf gab ein Edeling das Signal zum Beginn des zweiten Kampfes an diesem Tag.

Hludico und Magalos kämpften mit Framen, Schwert und Schild. Zu Beginn, noch zwanzig Schritte auseinander, warfen sie fast zeitgleich die Framen aufeinander, verfehlten sich aber. Hludico machte Anstalten, die Stoßlanze des Boiers aufzuheben und für den Nahkampf zu gebrauchen, aber dieser rannte dem Kimber entgegen, vereitelte so dessen Absicht und schlug mit dem Schwert auf ihn ein. Hludico war gezwungen, einige Schritte zurückweichen, ehe er einen Halt fand.

Der Kimber war der größere der beiden Streiter und hätte mit seinen langen Armen auch die größere Reichweite gehabt, aber Magalos glich diesen Nachteil durch ein längeres zweischneidiges Schwert aus, das wie die Schwerter der Römer keine Parierstange über dem Griff hatte. Hludico focht zu Timaios' Überraschung mit dem kürzeren Schwert Mjölnir, dessen Heil seinen Bruder in der letzten Schlacht verlassen hatte. Magalos trug ein Kettenhemd aus unzähligen feinen Eisenringen, und sein Kopf war von einem halbkugeligen Helm mit geschweiften Wangenklappen und langgezogenem Nackenschutz bedeckt. Das über der Stirn vorragende Visier wurde von stilisierten Augenbrauen bekränzt. Dem Gesicht darunter verlieh das einen nichtmenschlichen Ausdruck. Hludicos Oberkörper war nackt und ungeschützt. Er duckte sich so gut wie möglich hinter seinen großen Rundschild, der mit einem schwarzen Raben bemalt war und mittig einen bronzenen Buckel aufwies, welcher einen Teil des Rabengefieders bildete. Auf Hludicos Kopf saß ein schlichter Eisenhelm von ebenfalls runder Form, aber ohne Verzierungen, Nacken- oder Wangenschutz. Der Schild des Boiers war aus Metall und von ovaler Form und hatte viele Beulen.

In Timaios' Augen war es ein grausamer Kampf. Die Männer schlugen aufeinander ein, als gälte es, Weizengarben zu dreschen. Regeln fehlten ebenso wie Schiedsrichter. Den begeisterten kimbrischen und keltischen Zuschauern gefiel es. Laustark feuerten sie die Kämpfer an, selbst den abtrünnigen Magalos. Timaios bewunderte lediglich ihre Art, sich durch die kraftvollen Hiebe des Gegners nicht beeindrucken zu lassen. Das galt umso mehr für den Boier, der in den zurückliegenden Kämpfen eine Verletzung des Schildarmes erlitten hatte. Von Finten konnte bei diesen beiden keine Rede sein, Taktik war ihnen ein unbekannter Begriff, und von Hinhalten wussten beide nichts.

Magalos' Kraft ließ zuerst nach, seine Bewegungen wurden langsamer, und er ging zweimal in die Knie, wenn Hludico von oben einen Schlag auf den erhobenen Schild des Boiers hämmerte. Wenn Mjölnir das Bronzeblech des lang gezogenen Keltenschildes traf, sang es laut. Als sich der Boier einmal in dieser Stellung befand, den rechten Fuß vorn, das linke Knie hinten, fast auf dem Boden, löste Hludico seine Hand aus der Schlinge, die den Schild hielt, ließ die runde Holzscheibe zu Boden gleiten und fasste sein Schwert mit beiden Händen. Unter der Wucht der dann folgenden Hiebe gelang es Magalos nicht, sich aus der nun knienden Stellung zu erheben. Er konnte den schweren Schild, den er mit der Schwerthand zusätzlich stützen musste, nur halb vor, halb über sich halten. Nach einigen weiteren Schlägen gab er auf und kippte ihn zur Seite. Dadurch wurde Hludico unerwartet nach vorn gerissen. Seine Klinge traf auf die von Magalos, rutschte ab und blieb am dicken Knauf der gegnerischen Waffe hängen, ehe sie abglitt und dem Boier den Unterarm aufschlitzte. Der Kimber fiel seitlich zu Boden, doch es gelang ihm noch, einen Fuß zu heben und dem Boier einen heftigen Tritt gegen die Schulter zu versetzen, der diesen nach hinten warf.

Alle hielten den Atem an, während die Götter die Seelen beider Kämpfer wogen. Die des Kelten befanden sie für leichter: Diese Seele wollten sie.

Der Kimbernherzog war nach einer schnellen Rolle zuerst wieder auf den Beinen. Er zog den Arm an, Mjölnir wurde zurückgerissen und dann kraftvoll nach vorn gestoßen, tief in die Seite des noch knienden Boiers. Magalos heulte auf. Hludico sprang ohne das Schwert zurück und blieb keuchend, doch offenbar gelassen stehen. Der Silbergriff Mjölnirs glänzte. Noch immer war das Heil des Schwertes mit dem Mann, der es zu führen wusste.

Magalos starb nicht gleich, er fiel und lag und zuckte und blutete und bewegte sich irgendwann nicht mehr.

In der gewohnten Weise, indem sie ihre Waffen gegen die Wehren schlugen, spendeten die Kimbern und die anderen Zuschauer Beifall. Und sie skandierten Hludicos Namen. Der Ruf wurde aber nicht von allen aufgenommen, und an manchen Stellen verebbte er schon nach zwei, drei Wiederholungen. Als dann jemand mutig »Boiorix!« rief, wurde dieser Name begeistert aufgenommen. Die verhältnismäßig kleine Gruppe der Kelten übertönte die verhaltenen Kimbern bei Weitem. Timaios entging aber nicht, dass nicht nur Boier Boiorix' Namen riefen. Selbst Kimbern und einige Helvetier stimmten mit ein. Die Edelinge und angesehenen Männer unter den Teutonen und

Ambronen, die in großen Gruppen beisammenstanden, schwiegen zu alldem. Teutobod schaute eher grimmig drein.

Timaios drängte es zu Boiorix – er hätte nicht sagen können, was ihn dazu bewog – und drang auch zu ihm durch. Der Boier stand in einer Runde junger Männer, Stammesgenossen und Helvetier, aber auch Kimbern.

Boiorix wirkte erstaunt, als der Massaliote ihn beglückwünschte. »Wofür diese Anerkennung, Rockträger?«

Timaios nahm den Spott über seinen Chiton und die nackten Beine ungerührt hin. »Für neuen Ruhm, ohne dafür mehr getan zu haben, als alles geschehen zu lassen, um dann den Körper eines Mannes zu töten, dessen Geist vor Angst längst gestorben war.«

»Der Sinn deiner Worte, o weitgereister Händler von Sklaven, entzieht sich meinem Verständnis. Willst du dir nicht die Mühe machen, sie zu erklären, wie du sicher auch deinen Sklaven immer alle Fragen auf das Beste beantwortet hast?« Der Boier machte sich einen Spaß daraus, das Keltische so zu formulieren, dass es sich höchst geschwollen anhörte. Soweit Timaios das beurteilen konnte. Boiorix war offensichtlich bester Laune. Einige andere, die mithörten, murrten, sagten aber nichts.

Timaios' einstmals gehegte Angst vor Boiorix war im Angesicht des erlittenen Leides erheblich weniger geworden. Und er musste etwas loswerden. »Der Einzige, der nicht nur ohne Schaden, sondern gar mit Zugewinn aus allem hervorgegangen ist, bist du.« Mit gerunzelten Brauen strich sich Boiorix über den Schnurrbart. Er lächelte, und Timaios sprach weiter. »Hludico hat an Ansehen eingebüßt, das war eben deutlich zu hören. Er wird nun immer derjenige sein, der den Bernstein verloren hat. Cimberio gilt nichts mehr, seit sein Freund und dein Herr den Verrat beging. Vibilio ist tot. Magalos ist tot. Du bist nun der Führer aller Boier, und alle Unzufriedenen werden zu dir kommen, alle, die mit dem Rat und Hludico nicht übereinstimmen. Wie lange wird es dann noch dauern, bis dein Einfluss groß genug ist, um Hludico entgegenzutreten?«

»Ich verstehe deine Rede nicht, Timaios.« Boiorix' Augen straften ihn Lügen, denn den Glanz darin deutete der Massaliote als Zustimmung zu seinen Worten. »Hast du mich nicht in der Gruppe um Hludico gesehen? Deine Augen müssen durch die Trauer getrübt sein, die Svanhilds Verlust an den hirnlosen Riesen ausgelöst hat.«

Der Kelte grinste. Offensichtlich hielt er es für einen gelungenen Spaß, dass Svanhild den Teutonen allen anderen, auch ihnen beiden, vorgezogen hatte. Und dass Boiorix von Neuigkeiten wusste, die Timaios für ein Geheimnis gehalten hatte, war schon fast keine Überraschung mehr.

»Mich kannst du nicht zum Narren halten, Fürst der Boier. Ich ahne, was du willst.« Mit diesen Worten ließ Timaios den säuerlich lächelnden Boiorix stehen. Als er sich durch die Gruppe der Boier drängte, wurde er mehrfach heftig angestoßen, doch er fing sich und ging einfach weiter. Nun suchte er Gaisarik auf, der schon auf ihn wartete, und war überaus zufrieden mit sich selbst.

»Was wollte der denn von dir?«, fragte Gaisarik und deutete auf die Gruppe der Boier.

»Er nichts von mir, aber ich habe ihm gewünscht Glück.«

Gaisarik starrte den Freund überrascht an. »Glück gewünscht? Ich dachte, du schätzt ihn so wenig wie Sackläuse.«

»Weniger.« Mit einer Handbewegung wischte Timaios alles beiseite. »Ist gleich. Wie geht es weiter, nachdem Hludico seinen guten Ruf hat zurückgewonnen?«

»Hoffentlich hat er ihn zurückgewonnen.« Gaisarik hob die Schultern. »Hast du die Rufe gehört? Warten wir ab. Wie es nun weitergeht, das ist Sache des Rates, nicht Hludicos' Sache.«

»Das ich dir soll glauben?«

»Sollst du. Und nun lass uns gehen.«

»Wohin?«, wollte Timaios wissen.

»Zur Fei-er«, antwortete Gaisarik mit Betonung.

Die beiden setzten sich in Bewegung, und alles um sie herum löste sich nun ebenfalls auf. Wisigarda hatte die Arme um Hludico gelegt, der immer noch schwer atmete. »Was wird gefeiert? Hludicos Sieg? Oder eher der des Boiorix?«

»Bah, den sollen die Kelten allein begießen! Vielleicht nageln sie den Kopf des Römers auch an eine ihrer Hütten. Wir feiern Hludico und ehren Vibilio.«

»Nichts, was ich täte lieber, als ein Bier trinken! Ihr Götter, ich habe mich schon fast an das Gesöff gewöhnen. Meine Kehle ist trocken wie der Schoß einer Frau von achtzig.«

Gaisarik wieherte beinahe. »Euch Massalioten ist gar nichts heilig. An den Geschichten, die die Helvetier über euch erzählen, ist wohl doch viel Wahres. Mädchen, Jungen, alte Weiber – ich hätte dir aber nicht zugetraut, dass du sogar vor Achtzigjährigen nicht zurückschreckst. Ich sollte Svava einmal auf deine Vorlieben ... Nein, nicht schlagen!« Er sprang zur Seite, um dem erhobenen Arm des gespielt belustigten Timaios auszuweichen. »Ich hoffe nur, dein Magen verträgt mehr als der Schoß deiner Achtzigjährigen. Aber ich kann dich beruhigen – wir haben Bier da, zufällig aber auch noch ein oder zwei Hörner Met, der sicher schlecht wird, wenn wir ihn nicht bald wegschütten.« Gaisarik musste grinsen. »Ich bin gespannt, ob du seit dem letzten Mal im Trinken dazugelernt hast.«

»Habe ich«, versicherte Timaios und dachte an den zurückliegenden schwermütigen Winter in Massalia. »Möge die Überraschung dich suchen heim wie ein schlechter Traum, o Kimber mit dem Maul eines Esels.«

»Ich bin gespannt wie ein Bogen. Denk aber daran!« Gaisarik hob die Hand und senkte die Stimme: »Trunk mag nur taugen, wenn man ungetrübt sich den Sinn bewahrt.«

Timaios blieb stehen. »*Du* sagst das, du Macher von schönen Worten? Du fängst doch jeden Tropfen auf, der von anderen Hörnern fällt zu Boden.« Gekränkt ging Gaisarik weiter, und Timaios pfiff spöttisch hinter ihm her. »Aber gut, dass ihr immer findet einen Grund, der begossen muss werden.«

»Als ob wir dafür einen Grund suchen müssten!« Gaisarik lachte nun auch, wurde dann aber gleich wieder ernst. »Aber außer Hludicos Sieg gibt es heute noch etwas anderes zu feiern.«

»Was denn?«

»Du weißt davon – darum sage ich es dir: Teutobod wird heute Abend in aller Form um meine Schwester werben.«

Wie ein Rudel wilder Hunde stürmten Enttäuschung, Trauer, Wut, Hoffnungslosigkeit, Neid und Eifersucht hechelnd auf Timaios ein, stellten ihn und verbissen sich. Sein Magen krampfte sich zusammen, und seine eben noch so gute Laune wurde hinweggefegt wie Gras von der Sense.

»Auch das ist gut für die *politeia*, nicht wahr? Dass die Teutonen schlagen sich auf eure Seite«, brachte er mit Mühe hervor. Svanhilds Bruder blieb stumm, und Timaios nahm dies als Bestätigung. Er beschloss, sich an diesem Abend zu betrinken wie nie zuvor in seinem Leben.

Um das große Feuer in der Nähe von Segestes' Langhaus hatten sich in einer weiten Runde alle Angehörigen seiner Sippe und zahlreiche Freunde auf Holzsitzen, rohen Bänken, kurzen Stämmen und Steinen niedergelassen und feierten. Knechte mit geschorenen Köpfen und langhaarige Mägde gingen mit Krügen von einem Gast zum anderen. Flachsblonde Kinder liefen oder krabbelten überall herum, mit wachen Blicken von besorgten Müttern oder stolzen Vätern verfolgt. Noch wirkte die Stimmung verhalten. Hludico war mitsamt seinem großen Gefolge erschienen und bildete den natürlichen Mittelpunkt des Festes, obwohl der Herzog noch immer unter den Folgen des Kampfes litt, seine Prellungen und die vom Sturz halb ausgerenkte Schulter in einer Leinenbinde aber gern zur Schau stellte und lautstark von dem Kampf berichtete.

Timaios saß rechts von Svanhild auf einer Bank, einem groben Holzbrett auf zwei noch gröberen Füßen, und wurde von ihr mit größter Freundlichkeit und Ehrerbietung behandelt. Zu ihrer Linken saß Gaisarik, daneben auf dem Stumpf eines Baumes Radiger, dessen Gedanken Timaios gern gelesen hätte. Ahnte oder wusste er, was geschehen würde? Teutobod war noch nicht erschienen, dennoch hatte Timaios große Mühe, sich ungezwungen mit Svanhild zu unterhalten – auch der Schatten des Teutonen war riesig. Links von Timaios saßen Hludico und sein Weib Wisigarda. Er hielt dies für zu viel der Ehre, zumal er nicht wusste, womit er diese verdient haben sollte. Segestes schien keinen bestimmten Platz einzunehmen. Er ging von einem zum anderen und wechselte mit fast jedem einige Worte.

Svanhild trug an diesem Abend eine schöne Kette aus runden Bernsteinperlen. Ihr Haar hatte sie mit Thurids Hilfe und mehreren Bronzenadeln und einer rautenförmigen Holzspange hochgesteckt, wie sie es in Rom bei der Ehefrau des Crassus gesehen hatte. Mit dem Ergebnis war sie nicht zufrieden, wohl aber Thurid, die ständig beteuerte, sie sehe aus wie Freya, und den Tränen nahe war. Bragir, der die beiden beobachtet hatte, ließ verächtliche Bemerkungen fallen, bis Svanhild ihn mit der Drohung, ihm ein zweites Mal den Kiefer zu brechen, wenn er den Mund nicht halte, vor die Tür setzte.

Den Massalioten an ihrer Seite empfand die junge Kimbrin als schroff, fast abweisend, behandelte ihn aber nach wie vor überaus liebenswürdig. Er wandte sich indes meist Hludico zu, und Svanhild lauschte der Unterhaltung der beiden Männer. Meist ging es um Bernstein.

»Zweihundert Pfund Bernstein im Süden ist sehr viel«, erklärte Timaios gerade. »Nach allem, was ich weiß, ist der Handel in den letzten Jahren gewesen sehr klein, die Preise sind sehr hoch. Ich glaube, für den Wert von so viel Bernstein, man kann sich ein kleines Reich fast kaufen.«

»Das hätten wir tun sollen, als die Kisten noch in unserem Besitz waren.« Hludico starrte ins Feuer. »Jetzt werden wir uns ein Reich erkämpfen müssen.«

»Und wenn ihr in Helvetien bleibt? Ich glaube, ihr seid eine Macht, die die Wege nach Norden kann versperren. Wenn ihr wollt …«

»*Wenn* wir wollen. Ja, dazu wären wir wohl in der Lage.« Hludico lächelte dünn. Mit der rechten Hand strich er über die linke Schulter. »Divico wäre dagegen.«

»Nein, ich es meine wirklich so! Ich glaube, dass Crassus dachte von Beginn an: dass ihr hier siedelt! Er konnte nicht wissen, wie viel Bernstein ihr mit euch habt geführt. Der Römer, den Boiorix getötet, hat nicht alles gesehen, nur einen Wagen davon. Aber Crassus, der Senator, hat mich in Rom auch nach den Wegen in eure Heimat gefragt. Der Bernstein aus Ligurien, Sizilien oder Africa ist minder von Wert und wenig. Bei euch im Norden wird Bernstein in mehr Mengen gefunden als anderswo, mehr noch als selbst im Skythenland. Crassus wollte euch dazu bringen, für ihn als Händler dazwischen tätig zu sein, gleich, ob mit Kessel oder ohne. Ihr seid doch fähig, Bernstein aus eurer Heimat zu holen, oder etwa nicht?«

Hludico wiegte den Kopf hin und her, Segestes, der hinter ihm stehen geblieben war, brummte zweifelnd. »Vielleicht – vielleicht auch nicht. Es gibt viele Stämme, die Bernstein sammeln. Nicht jeder wäre bereit, mit uns zu handeln. Wahrscheinlich käme es zu weiteren Kämpfen. Den Bernsteinhandel zu stören, ist eine Sache. Ihn ganz an sich zu ziehen ... Schwierig. Wahrscheinlich unmöglich.«

»Aber Crassus wird gedacht haben so.« Timaios sprudelten die Worte nur so aus dem Mund, und immer wenn die anderen sprachen, führte er sein Horn an den Mund. »Crassus und die anderen als Alleinhändler können dann nach Belieben machen den Preis.«

Hludico gab mit einem Nicken zu verstehen, dass er der gleichen Meinung war. »Und was meinst du – was werden sie nun tun? Kapio wird wohl nicht überleben.«

Timaios hatte gehört, dass das Fieber des Römers offenbar wieder gestiegen war. »Das hängt an euch. Vielleicht sie schicken eine neue Gesandtschaft. Vielleicht sie schicken auch die Legionen. Wenn es keinen friedlichen Handel zwischen euch und den Römern gibt, wie ihn Crassus will, wird es geben eines Tag Krieg.«

Hludico hob lässig die Hand. »Vielleicht. Wir werden aber nicht damit beginnen.«

»Die Römer werden ganz von allein beginnen.«

»Bei der Großen Mutter, da nimmst du mir eine Last von den Schultern.« Der Herzog lachte. »Zumal die eine schon schmerzt wie Wodans Wunde am Weltenbaum. Aber der Beginn ist immer am schwierigsten.« Er hob sein Horn und schwenkte es in die Runde. »Trinken wir auf einen guten Beginn!«

Segestes erwiderte den Trinkspruch und blickte zu seiner Tochter hinüber. »Und auf eine gute Nacht«, sagte er laut.

Svanhild hob zwar wie alle anderen ihr Horn, senkte aber den Blick und lächelte nur schwach.

Dann erschien Teutobod mit seiner Sippe. Er kam zu Pferd, trug einen prachtvollen blau-dunkelblau karierten Mantel, und seine ebenfalls berittenen Gefolgsleute führten beladene Packpferde mit sich. Teutobod ritt durch die geöffneten Reihen bis dicht vor das Feuer, stieg vom Pferd und blieb wenige Schritte vor Svanhild stehen. Der Stein auf seiner Brust war an diesem Tag ein tiefblauer Lapislazuli.

Laut rief Teutobod Svanhilds Namen.

Timaios schaute zu Radiger hinüber und entdeckte in dessen Augen ein plötzliches Verstehen und einen Ausdruck von Verbitterung. Er war Svanhild dankbar, dass sie ihn schon zuvor über ihre Absichten in Kenntnis gesetzt hatte. Die junge Frau blieb sitzen. Still war es geworden, und alle Blicke richteten sich auf sie. Ringsum entstand ein freier Raum. Auch Timaios hatte sich erhoben und war von Svanhilds Seite gewichen. Ihr zukünftiger Gemahl schritt auf sie zu, und Timaios, fünf Schritte entfernt, konnte Svanhilds Gesicht nicht mehr erkennen. Die Begrüßung war für Timaios' Geschmack ein wenig zu steif und zu förmlich, aber was wusste er von den Sitten der Nordländer? In der Hand hielt der Teutone einen Hammer. Er kniete vor Svanhild nieder und legte die Waffe aus Holz und Eisen in den Schoß der Auserwählten.

Segestes trat zu den beiden. Die Blicke aller verfolgten die feierliche Zeremonie. Timaios konnte den Anblick kaum ertragen und wünschte sich so weit weg, wie das geflügelte Pferd Pegasos ihn hätte tragen können.

In die Stille hinein erhob der Teutone die Stimme. Sie war tief und fest, und der riesige Mann schien seiner Sache sicher zu sein. »Segestes von den Kimbern, Oberhaupt der Sippe, Muntwalt* der Braut – gibst du mir deine Tochter Svanhild zum Weib?« Teutobod sah Svanhild an, nicht ihren Vater, und Svanhild hielt seinem Blick stand.

»Was willst du von meiner Tochter, o Teutobod, Teutobrands Sohn?«, rief Segestes.

»Deine Tochter will ich in mein Haus führen und ehren und einen Hausstand mit ihr gründen und bei Freya** und Donar schwören, dass ich ihr kein Leid zufüge, wenn sie mir kein Leid zufügt. Ich will sie in allem vertreten, was ihre Angelegenheit ist

---

* Der Muntwalt ist der Brautvater oder das Oberhaupt des Hauses, in dem die Braut lebt, und gibt sie mit der Hochzeit in die Munt des Ehemannes, der damit für sie verantwortlich ist, ihr aber auch in allem vorsteht und Gewalt über sie hat.

** Freya ist die germanische Göttin der Fruchtbarkeit, der Ehe und der Liebe.

und wo es Not tut, und sie soll über mein Haus herrschen und mein Gesinde und meinen Herd feuern und das Feuer nie erlöschen lassen, denn das ist mein Wille. Teil meiner Sippe soll sie sein, und das Band zwischen unseren beiden Sippen soll so fest sein, dass man es beschreiten kann wie den Regenbogen, über dem Heimdall* mit dem Schwert wacht. Mögen Freya und Donar mich strafen, wenn ich nicht halte, was ich versprochen habe.«

Segestes nickte und sagte etwas für Timaios Unverständliches, zumal Svanhilds Vater vor Rührung kaum sprechen konnte. Die Worte »mein Sohn« und »dein Haus« kamen darin vor sowie »Segen« und »bei der Großen Mutter«. Als Svanhild den Hammer mit beiden Händen von den Knien nahm, wurde es Timaios warm und kalt, und er wusste, dass alles vorbei war. Svanhild erhob sich und stand nur zehn Schritte von ihm entfernt, stand ganz still und war ihm doch so entrückt, wie die Götter es den Sterblichen waren.

Teutobod stand ebenfalls wieder auf den Füßen und hob erneut die Stimme. »Mein Geschenk für deine Tochter, o Vater.« Er streckte den Arm aus und wies auf die beladenen Pferde.

Sämtliche Männer schlugen mit den langschäftigen Framen an die Schilde, denn in Waffen waren alle erschienen, die frei waren. Die Frauen klatschten begeistert in die Hände und berauschten sich vielleicht an der Vorstellung, selbst einmal solche Gaben zu erhalten: Acht kleine Pferde waren mit dicken Bündeln bepackt, ein königliches Geschenk.

Svanhild wird gekauft, dachte Timaios, *etwas anderes ist es nicht*, und er beobachtete, angstvoll und starr vor Schmerz, jede Regung der jungen Frau. Vielleicht würde Svanhild doch noch ablehnen. Es stand ihr doch frei zu wählen, das hatte sie ihm damals in Rom erzählt …

Die junge Frau wandte sich auf dem Absatz um und blickte zu ihm herüber. Er zuckte zusammen, aber sie sah nicht ihn an, sondern ihr Blick schien in die Unendlichkeit gerichtet. Vom

* Der Regenbogen Bifröst verbindet Asgard mit Midgard und wird zum Schutz gegen die Riesen von Heimdall gehütet, der auch der Schwertase oder der weiße Ase genannt wird.

Boden neben ihrem Platz nahm sie ein längliches Bündel auf. Gemessenen Schrittes näherte sie sich Teutobod und blieb mit hoch erhobenem Kopf und in stolzer Haltung eine gute Armlänge vor ihm stehen. Timaios hielt den Atem an. Nie fand er sie schöner, nie begehrenswerter als in diesem Moment. Verzückt betrachtete er die Linien ihres vom Feuer beschienenen, schattenumspielten Gesichtes, das nach oben gereckte Kinn, die feine Nase, das blonde Haar mit den bronzenen Nadeln. Neben dem Riesen wirkte sie zierlich. Sie sah Teutobod in die Augen und überreichte ihrem zukünftigen Gemahl das Bündel. Der schlug die Stofflagen auseinander und lächelte. »Svanhild Friedbringerin!«, rief er laut und hob das Schwert Mjölnir in den Nachthimmel. Das Feuer spiegelte sich auf der reinen Klinge wider. Svanhild nahm die Werbung an.

Donnernder Jubel brach los, das Schlagen von Framen auf Schilde und die Hochrufe wollten nicht aufhören. Timaios hatte also richtig vermutet. Mit dieser letzten großen Geste traten die Teutonen der Partei von Kimbern und Haruden bei, die sich um Hludico geschart hatten. Teutobod wurde Schwertträger und gewann Svanhild als zusätzlichen Preis. Einige jüngere Kimbern riefen »Keltenfresser«, und die einen meinten das Schwert, die anderen vielleicht den großen Teutonen selbst. Hludico brachte die Schreihälse aus seiner Gefolgschaft rasch zum Schweigen, denn auch der eine oder andere Kelte war bei diesem Fest zugegen. Zweifel an dem Schwert, das seinem letzten Träger kein Heil gebracht hatte, schien der Teutone nicht zu hegen. Der Riese vertraute seinem eigenen Heil.

Neidvoll wurde Timaios Zeuge vieler Umarmungen – zwischen Teutobod und Svanhild, zwischen Teutobod und Segestes, schließlich zwischen Vater und Tochter. Thurid setzte ihrer Freundin einen Kranz aus weißen Krokusblüten auf den Kopf, küsste sie auf die Wangen und drückte sie fest an sich. Gaisarik sprang dem teutonischen Riesen übermütig auf den Rücken, schlug ihm lachend auf die Schultern und rief unter allgemeinem Gelächter: »Den Tag lob abends, die Braut nicht vor der ersten Nacht!« Hludico stand nur still da und sah aus, als halte er selbst an diesem Abend Hochzeit.

Zufällig beobachtete Timaios, wie Radiger die fröhliche

Runde verließ. Er sah den Kimbern im Schatten verschwinden und fühlte, dass sie Leidensgenossen waren, die vielleicht zum ersten Mal etwas gemeinsam hatten ... etwas gemeinsam verloren hatten. Gern wäre er ihm auf seinem Weg gefolgt, wusste aber, dass es für Svanhild hilfreicher wäre, wenn er sich gleichmütig und fröhlich gab. Und sich in Gesellschaft zu betrinken, war zudem ein bedenkenswerter Ersatz für einsames Grübeln.

Timaios stürzte sich also in die Feier, die noch ausgelassener wurde, als die beiden Sippen sich miteinander verbrüderten. Irgendwann begannen die jungen Krieger aus den Gefolgschaften von Hludico und Teutobod im Schein der Feuer miteinander zu ringen. Timaios konnte die muskulösen und flinken Schattengestalten nur neidvoll bewundern. Dann holte man die kleinen Pferde herbei, die die Brautgeschenke getragen hatten. Jubel erhob sich, und alle standen auf, um besser sehen zu können. Timaios stieg auf den Holzklotz, auf dem er zuvor gesessen hatte. Neben ihm hielt Gaisarik die rothaarige Kimbrin Gerswid von hinten umschlungen.

Zwei der Pferde wurden so nebeneinander aufgestellt, dass die Flanken sich berührten. Einer nach dem anderen nahmen die Jünglinge Anlauf, sprangen über die beiden Pferderücken, schlugen einen Purzelbaum und kamen auf der anderen Seite wieder zum Stehen. Der eine konnte es besser, der andere weniger gut, aber alle schienen größtes Vergnügen daran zu finden. Gerwid neckte Gaisarik, weil dieser nicht mitmachen wollte. Der aber meinte grinsend, dass er das Bespringen von Weibern dem von Pferden vorziehe. Dafür bekam er einen heftigen Stoß in die Seite und musste von der Bank springen. Trotzdem konnte er es nicht unterlassen, eine weitere Spruchweisheit zum Besten zu geben: »Der Mann soll weise sein, doch nicht allzu weise.«

Teutobod nahm auch an dem Spiel teil. Der Sprung über die Pferde war für den Riesen augenscheinlich keine besondere Anstrengung. Geschickt rollte er sich ab und stand im nächsten Augenblick wieder auf den Füßen wie Herakles nach einer seiner zwölf Prüfungen.

Timaios dachte an Olympia in Elis, die heilige Wettkampfstätte der Griechen, die er vom Hörensagen kannte. Die griechischen Weitspringer hätten in dieser seltsamen Disziplin wohl eine eher schlechte Figur abgegeben. Nur von den lügenmäuligen Kretern waren ähnlich seltsame Spiele bekannt – die Jünglinge von der Insel sprangen angeblich über Stiere.

Ein drittes Pferd wurde neben den beiden ersten aufgestellt, dann ein viertes, und die jungen Männer versuchten, darüber hinwegzuspringen. Als schließlich ein fünftes Tier dazukam, waren nur noch der Bräutigam und zwei andere Männer im Spiel.

Der nach dem Los erste Springer, ein schlanker, sehr beweglicher Jüngling, fiel schwer auf den Rücken des letzten Pferdes und rutschte kopfüber, aber mit den Armen voran zu Boden, wo er sich mit einem Purzelbaum auf den Rücken rollte. Das Tier wurde vorn am Strick gehalten, stieg dennoch hoch und keilte mehrmals aus. Der Springer erhob sich sogleich wieder, hielt sich aber die Leiste und fluchte lauthals.

Das Pferd wurde ausgetauscht. Dann war Teutobod an der Reihe. Abermals neiderfüllt beobachtete Timaios, wie der Teutone auch diesen Sprung mühelos und mit großem Abstand zum Rücken des Tiers meisterte. Das wäre selbst Chionis oder Phayllos kaum gelungen, den legendären Rekordhaltern im olympischen Weitsprung, dachte Timaios bei sich.

Abermals ganz sauber war Teutobod abgerollt, stand sofort wieder, lachte und lief auf Svanhild zu, hob sie hoch und wirbelte sie im Kreis herum. Der letzte Springer verzichtete unter Schmährufen und Hohngelächter auf seinen Sprung und beglückwünschte den Teutonen.

So leicht aber wollte Teutobod den Sieg nicht erringen, und er ließ unter lauten Zurufen ein sechstes Pferd holen. Die Menge hielt den Atem an – noch nie, wurde Timaios von Bragir atemlos aufgeklärt, hatte man gehört, dass jemand den Pferdsprung über sechs Tiere gewagt, geschweige denn geschafft hätte. Svanhild versuchte ihren Gemahl davon abzubringen, und Timaios wünschte nur, der Teutone möge sich das Genick brechen.

Eine beangstigende Stille hatte sich uber den Platz gesenkt. Die Anlaufstrecke zu den Pferden wurde von zahlreichen Fackeln erhellt. Der teutonische Riese maß mit den Augen seine Schritte ab, und vielleicht zögerte er sogar ein wenig. Schließlich lief er an, wurde schneller, streckte die Arme vor und hob vom Boden ab. Die lange Gestalt schien einen Lidschlag lang ausgestreckt über den Pfedeleibern zu schweben, dann befand sie sich schon über der Grasfläche dahinter. Die Hände berührten bereits den Erdboden, als die Unterschenkel noch den Rücken des sechsten Pferdes streiften. Teutobod krümmte sich zusammen, machte einen Überschlag und stand gleich darauf wieder auf den Füßen.

Die Hochrufe wollten nicht enden, und der Teutone wurde gefeiert wie ein olympischer Held.

Der Massaliote war verzweifelt. Wie hatte er glauben können, neben einem solchen Mann zu bestehen? Sein Unglück war vollkommen, als der Hüne später auch beim Schwertertanz die beste Figur machte, sich halbnackt und geschickt mit glänzenden Muskeln zwischen wippenden Schwertern und geschwungenen Framen hindurchwand, nicht einmal stolperte und der erste und einzige Heros dieses Abends war. Timaios sah den mächtigen, unbekleideten Oberkörper des lachenden Teutonen und fühlte sich klein und schwach, ein Zwerg unter Riesen. Svanhild hatte ihre Wahl getroffen, sie hatte Stärke und Macht gewählt und sich gegen Unbeständigkeit und Schwäche entschieden. Überhaupt schien es, als habe sie ihn völlig vergessen oder niemals gekannt.

Wieder einmal stellte Timaios an diesem Abend fest, dass die Kimbern sehr gesellige Leute sein konnten, wenn nur der Bierkessel offen war. Unmengen des Gebräus schwanden dahin, und schon zeitig sangen die Heimatlosen fröhliche Weisen. Eines der Lieder wurde von einem Skalden vorgetragen und war viel zu lang für den berauschten Timaios, als dass er mehr als Bruchstücke im Kopf behielt. Es handelte von einem Helden, Seibot mit Namen, der gegen einen Lindwurm kämpfte und schöne brünstige Frauen eroberte. Dann brachte ein anderer Barde viel beklatschte, preisende Verse über Vibilio und das Schwert des Bundes zu Gehör, und auch der Zug nach Süden kam darin vor, die Schlacht in den Bergen sowie der Kessel aus Silber. So begann es:

Vom rostfreien Schwert, vom ruhmreichen Helden,
von schnappenden Raben und kriechenden Schlangen
will Kunde nun Wodans Kindern ich geben.

Da saßen die Nornen den Asen zur Seite,
berieten des tätigen Feindes letzten Tag.
Sprang schnell auf Donar, die Hammerhand:
Lasst den Donner zum Siege mich schlagen.

Vor allem Donar wurde in den vielen Versen hoch gelobt und unter mancherlei Namen auch zweimal Donar Kesselhändler genannt, also mit dem silbernen Kessel in Verbindung gebracht. Und selbst Hludico wurde in den Versen genannt und geehrt, nicht namentlich, aber als siegreicher Bruder des Schwertträgers. Thora aber, seiner früh verwitweten Schwägerin, standen die Tränen in den Augen. Die verherrlichte Erinnerung, dachte Timaios trüben Blickes, die in diesen Zeilen viele Jahre überdauern mochte, würde ihren Schmerz vielleicht einmal lindern. Viele Hörner wurden an diesem Abend auf den Namen Vibilios geleert.

Timaios war ein willkommener Gast auf einem ihm unwillkommenen Fest. Doch das herbe Brautbier und der süßliche Hochzeitsmet, Wetttrinken aus fußlangen Hörnern und unflätige Trinksprüche stimmten ihn schließlich fröhlich. Er bemühte sich besonders um Thurid, redete und lachte aber auch mit anderen Frauen und Mädchen, die ihn ihrerseits neckten und priesen. Aber alle dünkten ihn plump und breithüftig, und mehr als den Augenblick konnten sie ihm kaum versüßen. Wenn Svanhild zufällig in der Nähe war oder Timaios glaubte, sie könne ihn sehen, wurde er besonders laut und besonders fröhlich. Seine Blicke suchten immer wieder ihre schlanke Gestalt, und sehr häufig trafen seine verschleierten Blicke die ihren, fast so, als hätte Ariadne von Kreta einen Faden zwischen ihnen gewoben, der durch dieses kimbrische Labyrinth führte. Den teutonischen Minotaurus und Pferdespringer töten zu wollen, das war indes ein lachhafter Gedanke. Die Tage von Timaios' Heldentaten würden niemals kommen, niemand würde Lieder über ihn singen, nicht einmal seine Söhne.

Gaisarik, Bragir und anderen brachte er einige zotige griechische Ausdrücke bei, die den restlichen Abend um die Feuer schwirrten und bald an der richtigen Aussprache verloren, dafür aber vermehrtes Gelächter auslösten, ohne verstanden zu werden. Bragir sah man im Übrigen meist in der Nähe seines neuen Schwagers – seine Bewunderung war offensichtlich und schien grenzenlos zu sein.

Spät in der Nacht, nicht fern dem Morgen, hielt Teutobod, der kaum noch laufen konnte, sein Weib zum Aufbruch an. Svanhild hatte diesen Aufbruch immer wieder hinausgezögert. Nun aber flogen anzügliche Bemerkungen über die bevorstehende Hochzeitsnacht hin und her. Schwerter und Scheiden und die Verbindung, die beide eingehen würden in einem anderen Schwertertanz, spielten dabei eine Rolle. Es gab nicht wenige Stimmen, die halblaut bezweifelten, dass sich bei Teutobod noch irgendein Schwert regen werde.

Timaios spürte beim Abschied noch einmal Svanhilds heißen Atem am Hals, hörte so etwas wie ein kurzes Schluchzen, fühlte ihre Fingerspitzen in seine Schultern gekrallt. Dann war sie fort, und er verabscheute sich dafür, dass er ihr nicht viel Glück und gute Wünsche mit auf den Weg gegeben hatte. Taumelnd suchte er sein eigenes Lager auf und gab sich schwermütigen Gedanken hin, ehe Hypnos, der Gott des Schlafes, ihm seinen geflügelten Sohn Morpheus mit einem gnädigen Traum sandte, in dem Svanhild die seine war.

Schon vor Tagen hatte der Rat der Herzöge den Hammer Donars durch das gesamte Lagergebiet geschickt und zum Thing aller Stämme gebeten, und alle Edelinge kamen.

Auf einem abgesteckten weiten Feld versammelten sich zur Mittagsstunde herausgeputzte Vornehme, Gefolgschaftsführer und Angesehene von Kimbern, Teutonen, Ambronen, Haruden und allen anderen Stammesteilen. Viele Kelten der benachbarten Stämme waren außerdem eingeladen worden, und zu denen, die bereits den Zweikämpfen beigewohnt hatten, kamen weitere, die noch prächtiger gekleidet waren. Unter ihnen nahm auch der Tigurinerfürst Divico einen hervorragenden Rang ein. Boiorix' Ansehen aber war unter denen, die sich offen zum Keltentum bekannten, kaum geringer. Timaios beobachtete, wie sich viele Edelinge um den Schnurrbärtigen bemühten. Schon vor dem Kampf gegen Pius war der Boier in der langen Zeit, während Timaios nicht bei den Kimbern war, offenbar sehr rührig gewesen.

Priester und Priesterinnen wiesen den Männern in einer weiten Runde ihren Platz zu. Nur Albruna bewegte sich nicht von ihrem Ehrenplatz neben den wichtigsten Herzögen weg. Wegen der großen Zahl stimmberechtigter freier Männer war die Teilnahme am Thing auf die Vornehmen beschränkt. Trotzdem kamen Hunderte und Aberhunderte. In den ersten Reihen saßen die Männer, dahinter standen sie.

Timaios war als »Freund der Kimbern« am Vorabend, Svanhilds Hochzeitstag, ausdrücklich von Hludico gebeten worden, dem Thing beizuwohnen. Dass es erst am Mittag begann, begrüßte er. Bislang hatte er noch nichts essen können, wurde aber allmählich wieder klar im Kopf. Dass Teutobod hingegen nicht das Geringste von dem Gelage anzumerken war, erstaunte ihn am meisten. Auch an diesem Tag nahm der Teutone noch eine Vielzahl von Glückwünschen entgegen, für die Hochzeit, aber mehr noch wohl für den Sprung über sechs Pferderücken, von dem längst jeder vernommen hatte. Neben Hludico bildete der Hüne den Mittelpunkt der Versammlung. Teutobods neue Gemahlin hatte Timaios an diesem Tag noch nicht gesehen, ihr aber in Gedanken schon viele Fragen gestellt.

Ein Edeling der Haruden, Aistulf der Graue, hatte aufgrund seines Alters den Vorsitz inne und übernahm es, das Thing zu leiten. Nicht ohne eine Spur von Gehässigkeit erinnerte Timaios sich, dass der leicht gebeugte Alte mit dem kurzen Hals und dem breiten Kreuz, der seinen Namen ganz offensichtlich der Haarfarbe verdankte und zur Gruppe um Cimberio gehörte, ebenfalls ein Bewerber um Svanhilds Hand gewesen war. Timaios schnaubte: Der Harude musste mindestens sechzig Winter auf dem höckrigen Buckel haben.

Auf einen Wink des Grauen hin wurde ein Schimmel in das weite Rund geführt, und eine Gruppe von Priestern versuchte aus seinem Schnauben zu deuten, ob die Götter Ort und Zeitpunkt des Treffens für gut befanden. Offensichtlich versagten sie ihre Zustimmung nicht. Nachdem die Priester mit gemessenen Bewegungen und geschmeidigen Worten Ruhe geboten hatten, trat Aistulf vor, warf sich in die Brust und eröffnete das Thing mit einer Ansprache.

»Ihr Edlen der Stämme, hier haben wir uns versammelt, um in gemeinsamer Beratung aller freien Männer oder ihrer gewählten Vertreter sowie im Einverständnis mit dem göttlichen Willen zu Rate zu gehen und Entscheidungen von Tragweite zu treffen. So hört mich: Hier im Land der Helvetier, denen wir vielfache Gastfreundschaft zu danken haben, gibt es wenig Nahrung, nicht erst seit unsere Freunde, die Teutonen und Ambronen, zu uns stießen.« In Timaios' Umgebung nickten viele, andere murmelten zustimmend, auch die Kelten, nachdem ihnen die Rede übersetzt worden war. »Unsere Kundschafter berichten zudem, dass bald mit weiteren Ankömmlingen zu rechnen ist. Doch sind es nicht allein Kummer und Sorge, die wir bei dieser Nachricht empfinden: Wir erwarten Freunde und Stammesgenossen – Herzog Baiarik von den Kimbern führt fünfmal zehntausend Menschen nach Süden, Kimbern und Haruden. In zehn Tagen werden sie hier sein.«

Ein lang gezogenes Raunen lief durch die Reihen der Männer. Weitere hungrige Mäuler konnte man hier eigentlich kaum noch stopfen, und die Zustände in der alten Heimat waren demnach noch lebensfeindlicher geworden.

»Die Helvetier haben uns freundlich aufgenommen.« Zu dieser Aussage beobachtete Timaios ein Schmunzeln hier oder eine Grimasse dort. Oder zwei steckten die Köpfe zusammen und flüsterten. »Aber für den kommenden Sommer sind die Zeichen nicht günstig, und die Ernte wird weniger reich ausfallen, als dies für uns alle nötig wäre.« Timaios schürzte die Lippen – er hätte den Kimbern gern etwas über die vielfältigen Formen der Düngung erzählt. »Hochheilige Götter hielten Rat – und sähen es lieber, wenn wir dieses Land verließen, um in einer anderen Gegend eine Heimat zu finden, eine blühende Heimat, die uns für lange Zeit alles das schenkt, was wir hier nur für wenige Winter genießen können. Viele Kinder leben unter uns, die nichts anderes als Wagen und kleine Hütten kennen. Seit mehr als zehn Wintern. Es wird Zeit, diesen Kindern eine Heimat zu geben, in der sie friedlich leben und ohne Hunger und Angst vor den Frostriesen aufwachsen können, um den Ackerbau und anderes Handwerk des Friedens zu erlernen. Auch an einem anderen Ort können wir eine Weltesche finden, mit Wurzeln, die tiefer reichen und die noch nicht von Neidingen und Fremden angenagt wurden.«

Aistulf legte eine kurze Pause ein. Hier und da wurde gemurmelt, die meisten in der Runde aber schwiegen. »Oder wir werden selbst einen Baum pflanzen und ihn großziehen, ihm Seele und Sinn geben wie einem unserer Kinder. Und darüber, ihr Edlen, wollen wir nun reden: ob wir hierbleiben, im Land der Helvetier, oder Donar Riesentöter die Herrschaft übergeben und weiterziehen, wenn die Wege trocken sind.«

Timaios beobachtete Boiorix, der nicht weit von ihm entfernt saß, die Arme mit den Ledermanschetten reckte und die Fäuste ballte. »Italien!«, rief er in das Raunen und Murmeln hinein und war aufgesprungen. »Lasst uns nach Süden ziehen, nach Italien, zu den kleinen Männern mit den Weiberröcken, die uns in den Bergen verrieten!«

Diese Worte verschlugen dem Massalioten den Atem. Er erschauderte und spürte, dass die Zeit stehengeblieben war. Ihm war, als müsse die ganze Ökumene in diesem Augenblick innehalten, an diesem Tag, zu dieser Stunde, als müssten die Menschen des Südens nach Norden blicken, wo blonde Barbaren um ihr eigenes Schicksal würfelten. Timaios sah schon hunderttausend riesenhafte kimbrische und teutonische Krieger über die Alpen ziehen und glaubte in diesem Moment fest daran, dass sie wie eine Lawine die römischen Heere unter sich begraben würden. »Wehe den Besiegten!«, hatte einst ein Brenn, ein Fürst der Kelten, den besiegten Römern zugerufen, und so mochte es wieder heißen, wenn Teutobod mit dem Schwert Mjölnir über die Alpen zog. *Wehe den Römern, wenn sie von diesen Barbaren besiegt werden*, dachte er, *von Boiorix oder Cimberio.*

Der große Augenblick der Spannung verging, versickerte, lief davon. Im weiten Rund wurden Köpfe zusammengesteckt, man murmelte, raunte, zischte, flüsterte. Hier und da erhob sich ein Ruf der Zustimmung, viele Blicke richteten sich auf den südländischen Händler, aber insgesamt wurde Boiorix' Vorschlag eher verhalten aufgenommen. Timaios atmete wieder freier.

Hludico erhob sich, und alle Blicke wandten sich ihm zu. »Gallien«, schrie er, »der Westen!« Dann setzte er sich wieder.

Eine überwältigende Wirkung blieb auch diesmal aus, einzelne Stimmen, vielleicht mehr als zuvor, bekundeten Zustimmung. Die meisten schwiegen und warteten ab.

Timaios spürte seinen Herzschlag, während er mitbangte. Italien oder Gallien? Über die Alpen oder über den Rhenus? Beide Länder waren groß, beide Länder waren reich. Aber beide waren auch dicht besiedelt und wehrhaft, und vor allem die Römer würden den Kimbern rasch ein großes Heer entgegenschicken, während die gallischen Stämme wahrscheinlich einzeln für sich kämpfen würden. Nach der Schlacht von Noreia hätten die Kimbern nach Italien ziehen können, der Weg war frei – und kein Mensch hatte verstehen können, warum sie dies nicht getan hatten. Aber die Menschen aus dem Norden waren unberechenbar. Im Gegensatz zu diesen Barbaren waren die Hellenen und Römer für Timaios wie ein Stück Papyrus, den er lesen und verstehen konnte. So wenig, wie die Kimbern und alle anderen schreiben konnten, so wenig konnte man aber sie selbst lesen und ihre Absichten verstehen.

Der Harude Aistulf hob den Arm. »Ihr Edlen, lauscht den Worten! Einer hat für den Weg nach Süden gesprochen, ein anderer für den Weg nach Westen. Spricht noch jemand?« Der Graue wartete. »Hat noch jemand etwas zu sagen? Dann soll Albruna die Götter befragen, auf dass sie zu den Richterstühlen schreiten und uns mitteilen, welchen Weg sie gutheißen.«

»Die Götter!«, riefen viele Stimmen. »Ja, Albruna!«, stimmten andere zu.

Es wurde ein großer Auftritt für die alte Seherin. Grauer und gebeugter noch als der Harudenherzog nahm sie, nachdem sie vorgetreten war, ein weißes Tuch und breitete es auf dem Boden aus. Hierauf kramte sie in einem Beutel an ihrem ehernen Gürtel, zog ein Messer und kleine Holzstücke hervor. Die Stücke hielt sie hoch und zeigte jedes einzeln in die Runde. Vielleicht Buchenzweige. Auf dem Boden hockend und unter teils ehrfürchtigen und teils verständnislosen Blicken beschnitt sie nun nacheinander alle Hölzer. Fünf zählte Timaios. Dabei murmelte sie Beschwörungen.

Dann rief sie die anderen Priester an ihre Seite und zeigte, was sie getan hatte. Die schienen zufrieden zu sein, denn Albruna wandte sich daraufhin dem weißen Tuch zu. In einer Hand hielt sie die Hölzchen, und mit einer raschen Bewegung warf sie diese auf das Tuch. Nach einem Moment des Wartens hob sie die Arme und rief dreimal den Namen Wodans. Danach wählte sie mit spitzen Fingern, während sie angestrengt zum Himmel blickte, eines der Stücke aus und schloss die Hand darum. Mit Hilfe eines der Priester erhob sie sich. Erst als sie wieder stand, warf sie einen Blick auf das Stöckchen, das ihr die Götter in die Hand gelegt hatten, und deutete auf das darauf eingeritzte Zeichen. Dann hob sie es in die Höhe.

Aistulf der Graue gab laut wieder, was Albruna zu den Herzögen ringsum sagte. »Die Götter haben sich mitgeteilt. Sie wollen, dass wir nach Westen ziehen.«

Einen Moment lang herrschte Schweigen, das Timaios als Verblüffung deutete. Die wenigsten begriffen, was die Alte da getan, wie sie das Holz verhext hatte, damit aus ihm ein Ziel zu lesen war. Den Flug der Vögel oder das Rauschen eines Bächleins deuten, dem Plätschern einer Quelle oder dem Schnauben eines Pferdes lauschen ... Das kannten alle. Aber aus einem stummen, einem toten Stück Baum den Willen der Götter zu lesen, das war den meisten völlig neu.

Timaios verstand besser und begriff auf einmal die vielen Fragen, die Albruna ihm im Hain gestellt hatte. Er wusste nicht, was er damit anrichten würde, als er eine kleine Tonfigur mit nicht zu entziffernden Zeichen an einen Barbaren verschenkte, der weder lesen noch schreiben konnte.

Die weise Greisin hielt den Buchenstab fest in der Hand und umrundete den Versammlungsplatz mit kurzen Schritten. Allen zeigte sie ein mit dem Messer in das Holz geritztes Hakenkreuzchen. »Seht das Zeichen für das Sonnenrad! Es ist weder das Zeichen für den Vogelflug nach Süden noch für die aufgehende Sonne oder für den Nordstern. Der Vierfuß zeigt die Sonnenwanderung, den Westen. Die Götter haben sich mitgeteilt.«

Viele wichen zurück, als sich die Alte näherte, starrten aus sicherer Entfernung nur die götternahe Greisin, nicht aber das Holzstück an.

Als sie ihre Runde beendet hatte, waren die meisten Zweifel offensichtlich geschwunden, und als einer begann, stimmten alle ein. »Nach Westen! Nach Gallien!«, wurde der Ruf aufgenommen, von einem, von zweien, von vielen. »Gallien, Gallien!«, skandierten die Kimbern, Teutonen, Ambronen, Haruden und Kelten bald einmütig, und erneut wurde Timaios von einem Schauer geschüttelt. Er musste an Massalia denken und bangte um seine Heimatstadt. Doch Gallien war groß und Massalia fern, tröstete er sich schließlich. Er schaute zu Boiorix hinüber, der die ganze Zeit über stehen geblieben war und sich nun wieder auf seinem Stein niederließ. Er schien zu lächeln, ganz so, als ahne er, dass seine Zeit noch käme. Timaios beobachtete den Mann mit dem ausgeprägten Selbstbewusstsein und glaubte nicht, dass er etwas auf den Willen der Götter gab.

»Ihr Edlen!« Aistulf der Graue hob noch einmal den Arm und wartete lange, bis der Lärm sich gelegt hatte. »Ihr Edlen! Damit ist es beschlossene Sache: Wir ziehen nach Westen, nach Gallien, in das Land der Kelten. Mögen alle mit uns kommen, die folgen wollen.«

In diesem Moment trat Clondico Schmalhand neben den Haruden und hob seinerseits den rechten Arm mit der gesunden Hand. »Nach Gallien, so sei es, ihr Edlen! Aber im Land der Kelten warten große Hindernisse auf uns. Machtvolle Völker leben jenseits des großen Stromes, wie wir sie bisher kaum antrafen. In Gallien können wir nur bestehen, wenn wir einig sind. Darum, sage ich, sollten wir die Führung für diesen schweren Weg einem Mann anvertrauen, der sich den kommenden Herausforderungen zu stellen vermag. Ein von den Göttern mit Heil bedachter Mann, der bewiesen hat, dass er zu großen Taten fähig ist. Und hat er unseren Zug nicht schon bis hierher geführt, in das Land der Helvetier?« Selbst Timaios verstand, dass Hludico damit gemeint war, der den Sturm um den Silberkessel und den Bernstein demnach unbeschadet überstanden hatte. »Es ist an der Zeit, uns endlich einen Heerkönig zu wählen, ihr Männer aus dem Norden.«

Die Männer schlugen ihre Framen gegen die Schilde – natürlich war keiner unbewaffnet zum Thing erschienen. Und zumindest darüber schien Einigkeit zu herrschen, dass ein Heerkönig notwendig sei.

»Ich sage zu euch, die ihr das Heer seid: Lasst uns Herzog Hludico, Helges' Sohn, zum König des Heeres wählen! Wer dagegen einen Einwand vorzubringen hat, der möge vortreten und sprechen. Ansonsten möge er schweigen. Edelinge, ich gebiete euch, sprecht oder schweigt!«

Timaios hatte es längst aufgegeben, die Kimbern verstehen zu wollen, aber er konnte nicht glauben, dass Männer wie Boiorix oder Cimberio in diesem Augenblick schweigen würden. Doch Boiorix blickte zu Boden und kraulte sich den Schnurrbart, Cimberio stand weit entfernt, aber er schien sich ebenfalls nicht zu bewegen.

Clondico von den Kimbern wartete, Aistulf wartete, alle anderen warteten, aber niemand rührte sich. Wie viele andere, beobachtete Timaios auch Hludico, doch der saß nur da und richtete den Blick mit unergründlicher Miene auf den Boden zwischen seinen Füßen. *Schlauer Barbar! Durchtriebener Barbar!*

Sein Parteigänger Clondico setzte erneut zum Reden an. »Wer Hludico zum Heerkönig wählt, der soll dies mit zustimmendem Schweigen tun. Wer dagegen ist, soll sprechen. Edelinge, sprecht oder schweigt!«

Cimberio, dem die Narbe, die er in Noreia davongetragen hatte, noch rot auf der Wange brannte, dachte angestrengt nach. Wie alle wusste auch er, dass die Zeit längst reif war, um einen Heerkönig zu wählen. Was ihnen in Gallien bevorstand, war nicht zu bewältigen, wenn die Stämme uneins waren. Er hatte auf Magalos gesetzt, damit die Kelten ihn in einer Sache unterstützten, die nun seinem Feind zugute kam. Und die Kelten galten nicht mehr viel. Er wusste auch, dass der graue Aistulf bald das Lager wechseln würde. Die Narbe brannte. Cimberio presste die Lippen fest zusammen und blieb stumm.

Divico beobachtete. Bei Belenos, endlich würden die Kimbern und ihre Bundesgenossen das Land verlassen, endlich wäre das Land wieder frei! Doch wie lange? Wie lange mochte die Frist noch währen, bis andere Stämme aus dem Norden kamen? Die Stämme im Herkynischen Wald und nördlich davon waren stark und volkreich, die Sueben und andere. Und wie lange konnte es dauern, bis andere vertriebene Kelten auf Landsuche hierherkamen? Denn wie es hieß, waren viele Völker des Nordens in Bewegung geraten. Und eines Tages würden gar die Römer selbst aus dem Süden anrücken. Man hatte Divico in diesem Thing einen Sitz zugebilligt, also hatte er auch eine Stimme, dafür oder dagegen. Doch er erhob sie nicht.

Teutobod zögerte. Hludico hatte Ruhm gesammelt, ganz sicher hatte er Mannheil und wusste viele Männer zu führen. Hatte der Kimber aber auch Königsheil, konnte er König des Heeres sein? Waren die Götter mit diesem Mann? Er selbst hatte Königsheil, davon war er überzeugt. Hatte er nicht den Königssprung über sechs Pferde gemeistert? Und war das siegbringende Schwert nicht in seinen Besitz übergegangen, das Schwert, dessen Heil nur ein Besitzer ohne Furcht erlangen konnte und kein eitler kleiner Krieger wie Hludicos Bruder? Aber durch Svanhilds Wahl hatte er, Teutobod, sich auf Gedeih und Verderb mit Hludicos Sache verbunden. Das war Bedingung bei diesem Handel gewesen. Er freute sich auf die Nacht, die vor ihm lag, und schwieg.

Boiorix frohlockte. War ein Heerkönigtum erst einmal errichtet, dann mochte eines Tages auch ein anderer Heerkönig werden. Einen Rat konnte man nicht zum Zweikampf herausfordern, einen Heerkönig sehr wohl. Irgendjemand würde das einmal tun. Warum nicht er selbst? Gallien oder Italien – das war ihm gleich. Noch war es ihm gleich. Und der Auftritt dieser alten Hexe entlockte ihm nur ein mildes Lächeln, denn er war kein Barbar wie diese einfältigen Kimbern aus dem Norden, er wusste, wozu die Griechen und die Römer imstande waren. Doch Boiorix behielt sein Wissen und seine Gedanken für sich.

Die Wahl fiel einstimmig aus. Nicht etwa deshalb, weil das Vertrauen in Hludico unbegrenzt gewesen wäre, sondern weil es in diesen Tagen keinen besseren Mann für eine Notwendigkeit gab. Teutobod hätten viele für die bessere Wahl gehalten, aber der Riese hatte Segestes' Tochter geheiratet und stand somit offensichtlich auf Hludicos Seite. Und nachdem auch Cimberio schweigend den Herzog kürte, zögerte niemand mehr, ihm das Vertrauen auszusprechen, indem er stumm blieb. Aber die Gedanken waren frei…

»Hludico ist nicht Heerkönig geworden«, sagte Segestes später zu Timaios, »weil sein Heil so übermäßig ist. Er ist es geworden, weil die anderen noch weniger Heil haben. Und außerdem« – er lachte, »macht schon seit einigen Tagen die Kunde über reiche Beute im Westen die Runde durch das Lager.« Timaios verstand, wer der Urheber dieser Nachricht war und was sie bewirken sollte. Gallien war wohl in der Tat reicher als das Land der Helvetier.

Und dann kam an diesem Tag des Things sogar noch echte Begeisterung auf, und wieder einmal wurden die Waffen gegeneinander und gegen die Wehren geschlagen. Hludico wurde auf einen großen Schild gehoben und ließ sich mit stolzgeschwellter Brust über das weite Feld tragen.

König Hludico, dachte Timaios und wog diesen Titel gegen den eines Herzogs ab. Er wusste, dass der Rang eines Königs viel größeres Gewicht besaß, bei jedem Volk. Welche Macht aber wirklich dahinterstand, ahnte er nicht. Und während er die jubelnden Männer beobachtete, kamen ihm noch andere Gedanken: *Die Kimbern ziehen nicht weiter, weil sie Hunger haben,* dachte er, *sondern weil sie Angst vor dem Hunger haben.* Der Hunger hatte sie auf ihrer jahrelangen Wanderung begleitet, und sie würden ihn niemals wieder vergessen. Dann kam ihm noch etwas in den Sinn, und er musste grimmig lächeln, ob er wollte oder nicht, denn es war kein angenehmer Gedanke. Keine Kimbern hier in Helvetien – das hieß auch, keinen Bernstein aus Kimberland, denn die Kimbern ließen die Bernsteinstraßen hinter sich. Ein kimbrisches Reich, ein *Regnum cimbricum*, würde es nicht geben, nicht hier. Die Würfel waren gefallen. Das Handelsabkommen, von dem Crassus geträumt hatte, zerstob in jenem Augenblick zu nichts, in dem die Kimbern weiterzogen. Und er, Timaios, hatte einen kleinen Teil dazu beigetragen, nachdem er einer alten Frau Zeichen und

Schriften erläutert und jüngeren Männern Gallien und Italien nahegebracht hatte.

Wie unter Zwang lächelte er, ohne sich dessen bewusst zu sein, auch dann, als er den Platz verließ und viele Blicke ihm folgten. Doch sobald er allein war, kamen ihm die Tränen, und er weinte um eine Frau, die er endgültig verloren hatte.

Als sei die vom Thing getroffene, aber nicht laut ausgesprochene Entscheidung gegen den Handel mit Rom dafür verantwortlich und als getraue er sich nicht, diese ungünstige Entwicklung seinem Herrn mitzuteilen, starb Spurius Caepio am Nachmittag des gleichen Tages. Seine brandige Wunde hatte ihm starke Schmerzen bereitet. Mit Kräutern und Umschlägen hatten die Kimbern versucht, das Fieber ihres Gefangenen zu senken, vergeblich. Die Leiche wurde in den Wald geschleppt und notdürftig verscharrt.

Nicht ohne Schrecken stellte Timaios fest, dass mit Caepios Tod bis auf Crassus und ihn alle Nichtkimbern, die jemals etwas mit dem Silberkessel zu tun gehabt hatten, zu Tode gekommen waren.

10. Kapitel

Helvetien im Mond Maius

Wie in früheren Tagen verbrachte Timaios die Nächte in Segestes' Langhaus. Außer ihm und dem Familienoberhaupt schliefen nur noch Svanhilds Brüder Gaisarik und Bragir sowie eine Magd dort, ein junges, nicht allzu hübsches Mädchen, das Siegrun hieß. Wo die unglückliche Thora schlief, die zuerst ihren Mann, dann ihren kleinen Sohn und jetzt auch noch ihren Geliebten verloren hatte, wusste Timaios nicht, und es war ihm gleich.

Ohne Svanhild war die Stimmung in Segestes' Familie nicht mehr so gelöst, wie Timaios dies in Erinnerung hatte. In traurig-einsamen Momenten verwünschte er die Geliebte, die sein totes Herz noch immer unklammert hielt und es nur hätte anschauen müssen, um es wieder zum Schlagen zu bringen. Was wollte er noch bei den Kimbern? Was gingen ihn diese schmutzigen Barbaren überhaupt an? Sein Wagen war mit Waren bis obenhin gefüllt, jederzeit konnte er zurück nach Massalia fahren …

Am Morgen nach dem Thing und am zweiten Tag nach der Hochzeit saßen die Männer um den rohen Holztisch, aßen Hirsebrei, tranken Sauermilch und redeten über den Weg nach Gallien. Gaisarik hatte soeben von einem gallischen Volk gesprochen, welches er Haeduer nannte, und wollte nun von Timaios wissen, ob er etwas über diese Leute wisse – als draußen dumpfer Hufschlag zu hören war. Ein wüster Fluch oder eine Verwünschung folgte.

»Segestes! Segestes, komm heraus, ich bringe dir zurück, was dein ist!« Die Worte drangen den Männern höhnisch und laut ans Ohr.

Betreten blickten sich alle an. »Teutobod!«, stieß Gaisarik tonlos hervor. Segestes war aschfahl geworden, schwankend erhob er sich. Gaisarik sprang auf und stürzte hinaus, Timaios und Bragir folgten ihm. Segestes stolperte ihnen schwerfällig hinterher.

Vor der Hütte richtete sich der hünenhafte Teutonenherzog im Sattel auf. Vor ihm auf dem Boden lag reglos eine nackte Gestalt. Timaios erkannte sie nicht sogleich, aber irgendetwas in ihm zog sich schmerzhaft zusammen. Um den Hals der kauernden Frau lag ein Strick, den Teutobod in Händen hielt. Gaisarik stand unbewegt wie eine Säule.

»Hier hast du deine ehrbare Tochter zurück, Edeling der Kimbern.« Teutobod riss so heftig am Zügel, dass das Pferd sich erschreckt aufbäumte. »Behalt sie, und komm mir mit deiner dreckigen Sippe niemals wieder unter die Augen. Das Brautgeld ist beschmutzt, ich will es nicht wiederhaben – verteil es unter euren anderen Metzen.«

Erst bei diesen Worten wurde Timaios bewusst, dass es Svanhild war, die da zusammengekrümmt auf der blanken Erde lag, die Geliebte, die Unerreichbare.

Sie bewegte sich nicht. Ihr nackter Körper war am Rücken und an den Beinen von roten Striemen überzogen. Der Kopf, den sie in die Arme gebettet hatte, war fast kahl geschoren. An einigen Stellen standen noch Haarbüschel. Am Hinterkopf war sogar verschmiertes Blut zu sehen. Als Timaios niederkniete und Svanhild vorsichtig berührte, zuckte sie nur zusammen und stieß ein leises Wimmern aus.

»Svanhild«, flüsterte Timaios. Ihm war, als friere und schwitze er gleichzeitig.

Gaisarik kauerte neben ihm. »Svava, was ist mit dir?«

Segestes verharrte reglos, Bragir standen Tränen in den Augen. Teutobod beobachtete alles unbewegt, eine Hand lag auf dem Oberschenkel; das Pferd stand nun still. »Sie bekam, was sie verdiente.« Er ließ den Strick zu Boden fallen.

Mit wildem Blick maß Gaisarik den Teutonen, sprang auf,

rannte in die Hütte und kehrte mit seinem Framen zurück. Er hob den Speer und schrie mit sich überschlagender Stimme: »Du nichtswürdiger Hundsfott, du Teutonenbastard, was hast du mit ihr angestellt? Was hast du meiner Schwester angetan?«

Der Teutone bewegte sich noch immer nicht. Männer und Frauen traten aus den Hütten und beobachteten mit entsetzten Blicken das Geschehen. Hier und da hob jemand eine Waffe. »Sie ist das Stück Vieh, deine hochherzige Schwester, die jeder immer für ach so gut gehalten hat. Deine Schwester, dieses schamlose Weib, ist nur eine elende Metze, die es mit allen getrieben hat.« Verachtung sprach aus Teutobods Worten, die er mit Schaum vorm Mund ausspie, sprach aus seiner Stimme, aus seiner ganzen Körperhaltung.

Gaisarik ließ den Framen sinken. Sein Gesicht spiegelte Unglauben und Angst. »Was redest du da? Ist das wahr?« Er schaute von Teutobod zu Svanhild und dann zu seinem Vater, als ob der es wissen müsse.

»Du kleine Laus an den Eiern Wodans, was fragst du mich? Frag deine Schwester! Oder sieh nach! Ich war es nicht! Wenn ich sie noch einmal sehe, dann werfe ich sie in den nächsten Sumpf, wie es mein Recht ist. Und hier ist die Brautgabe, ich will sie nicht mehr.« Teutobod warf das Schwert Mjölnir auf den Boden, wendete mit herrischer Bewegung sein Pferd und ritt davon.

Gaisarik blickte auf seine Schwester hinunter. »Ist das wahr, Svava?«

Das Mädchen antwortete nicht, aber ihre zusammengesunkenen Schultern hoben und senkten sich unregelmäßig. Timaios streckte noch einmal die Hand aus und berührte die Weinende.

»Svava«, sagte Gaisarik noch einmal, leise. »O Freya!«

Segestes, der nur geschwiegen hatte, wandte sich mit hängenden Schultern ab und verschwand in der Hütte. Sein ältester Sohn folgte ihm zögernd, nachdem er abermals einen verzweifelten Blick auf die Schwester geworfen hatte. Bragir blieb – er verstand wohl nicht, was hier vor sich ging, oder ließ sich von Teutobods Worten weniger beeindrucken als Vater und Bruder.

»Hol einen Umhang, Bragir!«, bat der Händler. Der Junge tat, wie ihm geheißen. Noch immer hielt die Verstörte den Blick gesenkt. Timaios fasste sie an den Schultern und setzte sie auf. Sie ließ es geschehen. Tränen liefen ihr auf die bloße Brust, die sich schwer hob und senkte. Er legte ihr den Mantel um die Schultern und zog sie an sich. Für eine lange Weile blieb sie völlig unbewegt, dann erwiderte sie seine Umarmung und schluchzte an seiner Schulter. Allen Umständen zum Trotz genoss er den Augenblick.

Dann bat er Bragir, Thurid zu holen, und führte Svanhild unter den Blicken der schweigenden Gaffer zu seinem Wagen.

Gegen Abend, der bedeckte Himmel rötete sich über dem fernen Gallien, war Svanhild so weit, dass sie reden wollte. Sie saß auf einer blühenden Wiese bei jener Linde, unter deren Geäst Timaios und sie sich bereits zweimal unterhalten hatten. Er brachte ihr eine Schüssel mit Fleischbrühe. In der Krone des Baumes stimmten die Vögel ihren Abendgesang an. Auf einer großen Weide in der Nähe grasten Rinder.

Segestes und Gaisarik weigerten sich, mit Svanhild zu reden, und sie wiederum wollte außer Timaios und Bragir keinen Mann sehen. Mit Thurid hatte sie am Nachmittag lange gesprochen, und der Massaliote hatte beobachtet, dass die Freundinnen miteinander geweint hatten.

Auch Thora war gekommen, wenn auch nicht für lange, doch sie hatte Svanhild umarmt und ihr Trost gespendet.

Hludico hatte mit Segestes und Gaisarik gesprochen, aber nicht mit der jungen Frau. Als er ging, sah der neue König des Heeres zutiefst unglücklich aus. Wisigarda, sein Weib, hatte durch ihre Tochter immerhin kurze Grüße senden lassen und sich nach Svanhilds Wohl erkundigt. Dass sie selbst nicht erschienen war, nannte Timaios bei sich *politiké sophia*. Albruna hatte eine Paste und ein Kräutertränklein geschickt und ihren Besuch für den folgenden Tag angekündigt. Der bittere Trank, den Svanhild nicht verschmähen solle, sei für eine gute Nachtruhe gedacht, hatte die Greisin ausrichten lassen.

»Hier, etwas zu trinken, Svanhild! Du hast heute noch nicht viel zu dich genommen.« Timaios hatte seinen Wagen an eine Stelle gelenkt, die so weit von Segestes' Hütte entfernt lag, dass sie weitgehend ungestört waren, eine kleine Oase inmitten des großen Lagergebietes. Die Fleischbrühe hatte Thurid am Nachmittag mitgebracht, und Timaios hatte sie nun über einem kleinen Feuer gewärmt.

»Danke.«

Svanhild nahm den Holznapf entgegen und schlürfte in kleinen Schlucken die heiße Flüssigkeit. Timaios schwieg und schaute zu. Um den kahlen Kopf hatte sie ein dunkles Leinentuch geschlungen. Die geröteten Augen darunter starrten in die Schüssel. Den wunden, von Neuem geschundenen Rücken hatte Thurid der Freundin mit Albrunas Paste bestrichen.

»Du siehst aus wie die Schwarzalben eurer Sagen«, scherzte Timaios und meinte das dunkle Kopftuch, als er die Stille nicht länger aushielt. Es bedrückte ihn, keinen echten Trost spenden zu können.

»Wäre ich nur einer! Dann könnte ich unter die Erde kriechen und mich verbergen. Und niemand sähe meine Schande.« Svanhild seufzte tief und trank noch einmal. »Nur einen Tag und eine Nacht hat gehalten, was Hludico in Monden aufgebaut hat. Ich hielt es in Händen und ließ es fallen. Gestern stand Teutobod noch auf der Seite Hludicos und meines Vaters. Heute... Mag sein, dass er sich nun sogar gegen Hludico und die Kimbern wenden wird. Oder er ändert seine Entscheidung und zieht mit den Teutonen einen anderen Weg. Ohne die Teutonen wird es sehr schwer in Gallien, vielleicht geht unser ganzer Stamm unter, vielleicht...« Sie unterbrach sich schluchzend, stellte die Schüssel auf dem Boden ab und schlug die Hände vors Gesicht. Timaios berührte sie am Arm.

»Hör auf, Svanhild. Das ist zu viel für einen einzigen Menschen. Du nicht bist verantwortlich dafür. Du nicht kannst verantwortlich sein für das, was die Nornen...« Timaios kamen die Faden spinnenden griechischen Moiren in den Sinn, die den kimbrischen Nornen ähnelten. »... wie sie die Fäden eures Stammes weben. Teutobod ist nicht dumm, er wird sich wegen dieses Vorfalls nicht die Feindschaft der Kimbern zuziehen wollen.« *Teutobod ist nicht nur dumm, sondern schlichtweg ein Verrückter, wenn er diesen Schatz von sich stößt, nur weil ein anderer schon einmal die Hände daraufgelegt und ihn gestreichelt hat.* Und er fragte sich, wer dieser Schatzsucher wohl gewesen war. »Zorn ist nicht von langer Dauer, der vergeht ...«

Verflog lodernder Zorn wirklich? Svanhild nahm die Suppenschüssel wieder in die Hände und drehte sie hin und her. Die vergangene Nacht war ihr endlos vorgekommen, endlos wie Teutobods Wutausbruch. Alles an ihm war gewaltig, seine Kraft, sein Stolz und auch sein Zorn. Spät nach dem Thing war er in der Dunkelheit nach Hause gekommen, und sie hatte wirklich gedacht: Mein Mann kommt nach Hause. Dabei war Teutobods Hütte sehr klein und unwohnlich, zwar nicht mehr so kahl und verschmutzt wie vor ihrem Einzug am Vorabend, aber noch immer weit davon entfernt, ihr zu gefallen.

Dann hatte Svanhild an Timaios denken müssen und sich wie eine Verräterin gefühlt. Umso wärmer war ihr Willkommen gewesen, und es war ehrlich gemeint. Teutobod hatte seine Hütte betreten, um sich geblickt, über die grünen Zweige und die bunten Tücher geschmunzelt und Svanhild in den Arm genommen. Ihre Fragen nach dem Ausgang des Things hatte er abgewehrt. »*Das* willst du wissen? Bist du sicher? Also gut, aber morgen, Svava, nicht jetzt, denn ... Gestern Nacht konnte ich nicht mehr, und ... Ah! Das tut mir leid, viel zu viel Bier, dein Bruder vor allem. Der ist ein Säufer! Aber heute ... Ich möchte ... Jetzt!« Teutobod warf seinen Mantel ab, und sie bewunderte einmal mehr seine mächtige behaarte Brust. Bereitwillig ließ sie ihn die Bronzefibel an der Schulter sowie den Gürtel aus Eisenblechen öffnen, und ihr Kleid glitt halb zu Boden. Sie hielt es vor der Brust fest und senkte den Blick. Lächelnd nahm er ihre Hände in die seinen, und das Gewand fiel zu Boden. Er zog sie an sich, und sie spürte etwas Hartes, Langes am Bauch, warm und gut, und seine schweren Hände auf den Schultern. Ihr schauderte wohlig vor Erwartung. Dann schob er umständlich die Hose nach unten und entledigte sich ihrer. Sie fühlte sich plötzlich hochgehoben, klein wie eine Maus und leicht wie eine Feder. Die großen Hände unter ihrem Gesäß, trug er sie einmal um das knisternde Herdfeuer und murmelte leise und glucksend in ihr Ohr: dass er all dies am Vortag beziehungsweise in der Vornacht vergessen habe, Freya möge ihm das nachsehen. Sie nahm seinen heftigen Atem in ihren

Haaren wahr, roch seinen Schweiß und wusste noch nicht, ob sie ihn mochte, seinen Geruch. Angst und Lust spürte sie gleichermaßen und dass sie bereit wurde, aber noch nicht ganz bereit war. Sie fühlte sein Suchen und einen heftigen Stoß, wurde gepfählt – und dann sein Zögern. Sie hob den Blick, sah seine Augen, seine Überraschung, seine stumme Frage, sein Erkennen. Dann drehte sie den Kopf weg, ließ ihn los, und in diesem Augenblick wusste er, dass er betrogen worden war.

Sein Zorn kam so schnell, wie seine Erregung abklang. Ihre Furcht vor ihm löste die Scham ab und überwältigte sie wie ein Sprung in eiskaltes Wasser. Er ließ sie los und packte sie erneut, ehe sie stürzte, und wurde laut. Dann hob er die Hand, drohte und schlug ihr so hart auf die Wange, dass sie taumelte, schlug auf sie ein. Er fragte, schrie, bettelte, dass das nicht wahr sei, dass sie es sich selbst zugefügt habe, gab ihr Gelegenheit zu reden, aber sie blieb stumm, ganz stumm. Sie fühlte keine Trauer, sie fühlte Furcht und Schmerz, außen und innen, körperlich und geistig. Er raffte seine Hose vom Boden auf und zerrte sie nach draußen, trieb sie durch das Lager der Teutonen, das aus mehr Wagen als Hütten bestand, nackt, vor allen seinen Leuten. Er ergriff das Messer und schnitt ihr die Haare ab, schor ihr mit groben, wütenden Händen den Kopf, schrie sie immer wieder an. Danach fesselte er sie für die Nacht an einen Holzpflock, mitten im Lager der Teutonen, wo er sie begaffen ließ, nachdem er mit dem Lederriemen fertig war. Wie ein seltenes Tier, ein Greif oder ein Lindwurm wurde sie da zur Schau gestellt, die ganze Nacht, die lange Nacht, die endlose Nacht, die furchtbare Nacht, in der sich tausend kalte Geister und Dämonen nährten, sie bedrohten und um den Verstand bringen wollten ...

»Geht das vorüber? Glaubst du das, Timaios?«, fragte Svanhild leise. Ihre Stimme zitterte. »Ich habe es in der letzten Nacht nicht so empfunden. Es hat gedauert und gedauert. Aber ich habe jeden Moment seines Zornes verdient, weil ich nicht ehrlich war und Freya Schande gebracht habe ...«

»Ist das so schlimm? Weißt du, bei uns in Massalia, in Hellas, in Rom, überall ist es nichts Ungewöhnliches, dass junge Frauen machen Erfahrungen, bevor sie einen Mann ... nehmen.

Warum sollen das nur dürfen die Männer? Unsere Götter wollen lachen darüber.«

Svanhild gedachte jener Nacht mit Divico, damals, nachdem sie sich vor Massalia von Timaios getrennt hatte. Sie dachte an ihren Zorn auf Timaios, an ihre Enttäuschung, an Divicos heftiges Werben, der erkannt hatte, dass sie sich nach Wärme sehnte, dass sie in dieser Nacht auf den Hügeln Liguriens in den Armen gehalten, geliebt werden wollte, dass sie Trost suchte. Ja, sie war schwach geworden, obwohl sie wusste, dass der Tiguriner nicht der Mann war, nach dem sie sich sehnte. Es war noch nicht einmal befriedigend gewesen, nur schmerzhaft, weil der ungestüme Divico keine Rücksicht darauf nahm, was er ihr voraus hatte, und sie schließlich eitel bestieg wie ein Hengst die Stute.

Erfahrungen machen? *Diese* hätte sie nicht gebraucht. Hinterher hatte sie geweint, an Timaios und vor allem an ihren Vater gedacht und war voller Scham und Zorn gewesen – auf diese beiden und auf sich selbst. Sich körperlich hinzugeben mochte gut sein, bei einem Mann, dem es nicht eilte. Und es mochte wunderbar sein mit einem Mann, der Rücksicht nahm. Der großmäulige Divico war einer, der es eilig hatte und der keine Rücksicht nahm.

Svanhild schaute Timaios in die dunklen Augen. »Heißt das, du … verachtest mich nicht?«

An diesem Tag, in diesem Moment war Svanhild unendlich schwach und verletzlich, Andromeda am Felsen, allein und ohne Schutz vor dem Ungeheuer, und Timaios verlangte es umso mehr, sie aus der Gefahr zu retten. Der Daimon lachte wieder, und Timaios zögerte. Wäre Aphrodite nicht jedes Opfer wert?

»Wie kann ich verachten einen Menschen, den ich immer habe am meisten geliebt? Und noch liebe.« Seine Stimme war sehr leise, und der Atem stockte ihm.

Svanhild sah ihn mit großen Augen an. »Ist das wahr? Ist das wirklich wahr?« Die Stimme brach ihr, sie senkte den Kopf. »Nein, das kann nicht wahr sein, das kann Freyas Wille nicht sein.«

Timaios zögerte abermals, nicht weil er zweifelte, sondern weil die fremden Worte, die ihm auf der Zunge lagen, zu wenig angemessen schienen. »Ja, es ist wahr! Ich kenne Freya nicht, und Freya mich kaum kennt. Aber mein Herz ... Ich lege es zu deinen Füßen. Das Herz eines armen Fremden.«

Svanhild lächelte, nur schwach, doch sie lächelte, drehte die Handflächen nach oben und legte die Kleinfingerseiten aneinander. »Nein, Timaios, nicht zu meinen Füßen. Leg es in meine Hände«, flüsterte sie, »damit ich es immer behüten kann wie Freya das Brisingamen* ... Aber nimm du dafür meines ...« Sie seufzte tief auf und schaute ihn wieder an, nur für einen kurzen Augenblick, ehe sie die Augen niederschlug. »Und lass den Rest von mir nicht hier, wo Wodans Raben ihn fressen werden. Bitte.«

Timaios fühlte, wie ihm der Mund trocken wurde. »Aber wirst du denn gehen ...«

Gedankenschnell legte sie ihm eine Hand auf den Mund. In Svanhilds misshandelten Körper schien so schnell wieder Spannung gekommen zu sein, wie Donar ein Donnergrollen mit seinem Hammer erzeugte. »Alle denken, ich wolle meine Familie und den Stamm nicht verlassen, aber nie fragte mich jemand danach. Ich wäre schon früher bereit gewesen, aber nun – was soll ich noch hier? Meine Familie duldet mich nicht länger.« Ihre Stimme drängte. »Nimm mich mit nach Massalia, mein Timaios! Oder wohin auch immer du gehst. Bitte, nimm mich mit! Ich brauche dich noch immer.«

Timaios lächelte bei diesen Worten, die sie an diesem Ort schon einmal gesagt hatte. Er beugte sich vor, nahm Svanhilds Gesicht zwischen beide Hände und berührte ihre Lippen mit dem Mund. Er meinte, Fleischbrühe zu schmecken. »Ja, meine Andromeda, ich nehme dich mit. Bis dorthin, wo die Welt endet, wenn du willst, von Midgard bis nach Asgard und Utgard, wenn du willst. Ich nehme dich mit, Svanhild von den Kimbern.« Und ein wohliger Schauer lief ihm bei diesen Worten über den Rücken.

Svanhild schaute zu dem Baum hinauf, unter dem sie saßen.

---

* Das Brisingamen ist eine kostbare, von Zwergen geschmiedete Halskette, die Freya erhielt, nachdem sie mit jedem der vier Schmiede eine Nacht verbracht hatte, und die sie immerzu trug, da sie (sowohl die Kette als auch Freya selbst) von vielen begehrt wurde.

Timaios folgte ihrem Blick. Selbst in der Dämmerung war zu erkennen, dass er kurz vor der Blüte stand. Auch Bienen summten schon umher. »Wusstest du, dass die Linde Freyas Baum ist?«

»Der Baum eurer Aphrodite?« Timaios schüttelte den Kopf. »Nein.«

»Es war ein gutes Los, das dich damals bewog, diesen Baum für deine Gedanken zu wählen.«

Im gesamten Lagergebiet herrschte eine gedrückte Stimmung. Die Kunde von der schmählichen Rückkehr – oder Rückgabe – Svanhilds verbreitete sich wie eine Seuche. Manche widerstanden ihr indes länger als andere. Was aber den Kimbern und ihren Verbündeten die größere Sorge bereitete, war die Tatsache, dass der Teutone das Schwert nicht angenommen hatte. Was würde nun geschehen? Würden die Teutonen und Ambronen aus dem Bund der Stämme austreten?

Viele böse Worte gingen um. So hieß es, Svanhild habe durch ihre Leichtfertigkeit den Bund gefährdet. Timaios hörte nicht ganz zufällig die Unterhaltung einer Gruppe jüngerer Männer, die sich lachend und im selben Maß entrüstet in wüsten Geschichten darüber ergingen, wem Svanhild alles zu Willen gewesen sein sollte. Als hätte sich die schöne Göttin Freya allen jenen Riesen hingegeben, die sie begehrten. Glaubte man von diesem Klatsch auch nur die Hälfte oder weniger, dann hatte Segestes' Tochter jedes Mal ihr Kleid gerafft, wenn sie irgendein beliebiger Mann freundlich angesehen hatte. Wahllos hatte sie es demnach mit Kimbern, Haruden, Teutonen und Kelten getrieben, im fernen Süden – woher sie ihre Verderbtheit mitgebracht hatte – sogar mit Hellenen und Römern, mit Männern und Frauen und sogar mit Tieren, und zwar auf eine Weise und mit einer Häufigkeit, die ein Kimber sich kaum vorzustellen getraute.

»In das Moor hätte Teutobod sie werfen sollen«, hieß es, »wie jede andere Ehebrecherin. Was ist sie denn anderes als eine Metze?«

Timaios' Anwesenheit, dem rasch eine Beziehung zur unstillbaren Lüsternheit der Buhlteufelin Svanhild unterstellt wurde, verlieh einigen der Geschichten einen seltsamen Beigeschmack.

Unter anderen Umständen hätte er die ihm angedichtete Rolle belächelt, doch nun versetzte ihn das Gerede darüber, dass sein Wagen ein Liebesnest sei, in dem er mit Eisenketten gefesselte Frauen schändete, in heftigen Zorn, denn er wusste, wie elend sich Svanhild fühlte. Er betete, dass ihr alle diese Lügen nicht zu Ohren kämen, und beschloss, so bald wie möglich mit Segestes und Hludico zu sprechen, um sie aus dem Helvetierland fortzubringen. Er hatte sich in den Kimbern getäuscht – auch diese Menschen waren nicht besser als jene in den Städten des Südens. Die Schwurgemeinschaften der Stämme und Gefolgschaften waren nichts als gefährliche Schlangengruben, in denen Missgunst und Neid genauso herrschten wie in Rom oder Massalia.

Einige Tage später hieß es bereits, die Haruden drohten, den Bund zu verlassen. Mit der Entweihung des Schwertes Mjölnir, über dessen eiserner Klinge einst der Bund zwischen Kimbern und Haruden geschmiedet worden war, mit seiner Besudelung durch eine Kimbrin wurden sich einige der Ewiggestrigen uralter Feindschaften bewusst. Die Führung durch die Kimbern, behaupteten viele Haruden, habe die Schlacht von Noreia zur Folge gehabt, und nur durch die Tapferkeit der Haruden sei sie in einen großen Sieg verwandelt worden. Aistulf der Graue war nicht der Leiseste unter den Hetzern. Selbst Theuderich, der immer auf Hludicos Seite gestanden hatte, wurde schwankend in seiner Gesinnung, und auch Cimberio erhob abermals die Stimme, nur leise zwar, aber sie erreichte die richtigen Ohren. Reibereien nahmen wieder zu, und einfache Beschimpfungen waren ein noch harmloser Ausdruck von Unzufriedenheit. Auch unter den Boiern gingen böse Worte um. Zahllose Krieger waren in der letzten Schlacht gefallen, das war schlimm, doch dieser Tod war immerhin ehrenvoll gewesen. Dass aber boischen Frauen von kimbrischen Männern nach dem Sturm auf die Wagenburg Gewalt angetan worden war, das war längst nicht vergessen, denn mehr als eine Boierin war danach mit einem Bastard schwanger geworden.

Die Stämme, so sah es Timaios, wurden sich selbst zu Wölfen. Durch das Lager lief ein unsichtbarer Graben, der mit jedem Tag tiefer wurde. Einmal hieß es, die Teutonen und Ambronen brächen so bald wie möglich nach Westen auf, und die Haruden hätten bereits Unterhändler zu Teutobod geschickt, um über eine Vereinigung zu reden. Die Kimbern würden alleinstehen, und ob sie im dicht besiedelten Gallien ohne die Unterstützung der anderen Stämme bestehen konnten, war ungewiss.

Hludico, der neu gewählte König des Heeres, tat, was er tun konnte, beruhigte und versprach, mahnte und drohte. Der Bund, das wusste er, musste erneuert werden, aber nicht über dem alten Schwert, das für Unruhe sorgen würde, solange es in ihrer Hand war. Auch die helvetischen Gaue wurden immer unruhiger. Der fremden Stämme in ihrem Land längst überdrüssig, kam es nun zu vereinzelten gewaltsamen Übergriffen gegen die Besatzer. Verwundete gab es auf beiden Seiten, dann sogar einen Toten. Als schließlich ein kimbrisches Mädchen von einer Handvoll Tiguriner geschändet wurde und sich einen Tag später das Leben nahm, drohte ein offener Krieg. Niemand wusste, wie dessen Fronten verlaufen würden.

Überraschenderweise war es Boiorix, der das Bündnis mit den Kimbern in aller Form erneuerte, und er tat es in einer feierlichen Handlung mit Hludico, nicht mit Cimberio und nicht mit dem Rat der Kimbern, sondern allein mit dem Heerkönig.

Segestes und Hludico baten Timaios in diesen endlosen Tagen abermals um eine Unterredung und kamen der Absicht des Massalioten damit zuvor.

»Gaisarik sagte mir, dass du uns verlassen willst«, begann Segestes. Der Kimber sprach langsam. *Er ist alt geworden*, dachteTimaios. Segestes musste nun bald das fünfundfünfzigste Lebensjahr erreichen, aber es war die Schande seiner Tochter, die ihm nahegegangen war und ihm einen guten Teil seiner Kraft geraubt hatte.

Die drei Männer saßen in Hludicos' Langhaus, das klein und im Sinne des kimbrischen Wortes gar kein Langhaus war, im Innern aber Wisigardas ordnende Hand zeigte. Die Wände waren mit den bunten Schilden von Hludicos Gefolgsleuten geschmückt, die in den letzten Wintern und Sommern zu Wodan gegangen waren, und dazwischen hingen farbige Tücher, die Wisigarda selbst gewebt hatte. Gelbe Frühlingsblumen standen in der kleinen Amphore, die Wisigarda von Timaios erworben hatte. Vor der Tür wachten vier Gefolgsleute über den Frieden ihres Führers. Timaios war aufgefallen, dass die Schilde der Bewaffneten Raben zeigten, wie er es bei Hludico am Tag seines Kampfes gegen Magalos gesehen hatte.

»Ich hörte auch, dass Svanhild mit dir gehen will.« Timaios' Herz schlug schneller. Svanhild hatte ihrem Bruder Bragir offenbar davon erzählt und geahnt, dass dieser es ihrem Vater berichten werde. Segestes schaute zu Boden. »Das ist wohl für alle der beste Weg. Ich begrüße diesen Plan.«

Ein Stein fiel Timaios vom Herzen, und ihn überkam die wärmende Hoffnung, dass gute Tage vor ihm lägen.

»Aber ich habe eine Bitte an dich. Du kannst Svanhild nach Massalia bringen, wenn du das willst und wenn sie das will.« Segestes wartete auf eine Entgegnung.

»Ja«, sagte Timaios. »Wir fahren nach Massalia.«

Segestes schaute ihn an, seine Augen wirkten leblos, und die Stimme klang angestrengt. »Vorher müsst ihr nach Kimberland reisen.«

Timaios stockte der Atem. »Warum das?«

»Damit Svanhild sich von der Schuld reinwaschen kann, die sie auf sich geladen hat. Du musst sie nach Kimberland bringen, damit sie in der alten Heimat ein neues Leben beginnen kann und aus Mimirs Brunnen die Erkenntnis über ihr altes Leben gewinnt.«

Der Massaliote hätte nicht sagen können, ob ihm dieser Gedanke missfiel oder ob ihm etwas abzugewinnen war. Im Grunde war es ihm von Herzen gleichgültig, wohin er zog, wenn er nur endlich die Kimbern verlassen konnte und Svanhild mit ihm käme. »Nicht um dort zu leben?«

»Um am Wodansberg Vergebung zu erlangen. Was sie dann tut ... Nornengeschick.« Mühsam hob der Alte die Schultern.

Timaios dachte nicht lange nach; er wusste, dass das Schicksal ihm keine weitere Gelegenheit zugestände. Er nickte eifrig. »Gut, Kimberland. Wir reisen nach Kimberland.« *Wie Pytheas.*

Nun ergriff Hludico das Wort. Seit Kurzem trug der blonde Kimber einen schweren Kronenhalsring aus Bronze. »Gut. Ich hatte gehofft, dass ihr zuerst nach Norden fahrt, denn auch ich habe eine Bitte an dich.« Er legte eine bedeutungsvolle Pause ein, während Timaios dunkle Vorahnungen überfielen und der Heerkönig mit den Fingern über die Zacken seines Halsringes fuhr. »Nehmt das Schwert und den Silberkessel mit nach Kimberland.«

Timaios' verschlug es die Sprache. Er griff nach dem Holzbecher, der vor ihm stand, und trank einen Schluck der frischen, noch lauwarmen Milch. Der Kessel ... Endete das denn niemals?

»Auf beiden ruht kein Heil mehr«, erklärte Hludico. »Beide Stücke dienten dazu, ein großes Unternehmen zu beginnen. Jetzt müssen sie weggebracht werden, damit die Götter sich uns wieder zuwenden. Sie verlangen ihre Gaben zurück. Bringt beides nach Kimberland, das Schwert zum Wodansberg, wo wir damals den Bund mit den Haruden schlossen, den Kessel zu Teutomatus. Svanhild kennt ihn, und Teutomatus wird wissen, was mit dem Kessel zu tun ist. Er wusste es damals schon.« Er hielt inne und musterte den Massalioten. Unter diesem Blick bemerkte Timaios plötzlich, dass er sich in Gegenwart Hludicos anders fühlte, seit dieser zum König des Heeres gewählt worden war, kleiner. »Timaios ... wirst du uns diesen Gefallen tun?«

Diesmal fiel es Timaios schwer, zustimmend den Kopf zu neigen – es kam zu überraschend. Und er musste daran denken, dass der Kessel allen seinen Vorbesitzern den Tod gebracht hatte, und das wog schwer.

Der Heerkönig schien die Zweifel des Südländers zu ahnen und unterdrückte ein Lächeln. »Albruna wies mich auf die Möglichkeit hin, dass du Bedenken haben könntest. Sie lässt dir aber versichern, dass du ganz ohne Sorge sein kannst. Du bist ein Kimbernfreund, und du wirst den Kessel als Sendling mit dir führen, nicht als Dieb wie die Boier und Römer.«

Timaios nickte nach kurzem Zögern. Er hätte es niemandem eingestanden, doch am Ende gab Albrunas Zusicherung den Ausschlag.

Hludico bedankte sich und machte Anstalten, sich zu erheben, woraufhin der Gast hätte gehen müssen. Aber Timaios wollte endlich die Frage stellen, die ihn seit der Unterredung mit Crinas und Hieronymos in Massalia bewegte. *Zwei Personen können mir ganz sicher eine Antwort geben, vielleicht drei, und davon ist nur Albruna nicht zugegen.* »König des Heeres, Hludico, der Silberkessel – von woher kommt er?«

Segestes schaute auf. »Aus dem Reich Hels«, erwiderte er. Dann stand er auf und verließ Hludicos Haus. Timaios schaute ihm nach. Nach seiner Tochter hatte der Alte nicht gefragt. Stumm musterte Hludico den Massalioten, als erwarte er weitere Fragen.

Timaios tat ihm den Gefallen. »Ich weiß längst, dass der Kessel nicht gefertigt wurde von Schwarzalben, sondern von Sterblichen. Er ist eine Mischung hellenischer und keltischer Teile, so viel ich weiß auch schon. Und wahrscheinlich sogar ein Teil aus dem fern Osten ist dabei, weil einer der Silberschmiede, die ihn haben gemacht, aus dem Osten kam. Und ich weiß auch, wo er wurde hergestellt.«

»Das weißt du?« Das Gesicht des Heerkönigs drückte erst Überraschung und dann Neugierde aus. »Wo?«

Einmal keine Fragen stellen zu müssen, sondern Antworten geben zu können, war für Timaios ein gutes Gefühl. »In Massalia, meiner Heimatstadt.«

Hludico nickte, denn diese Nachricht schien ihn nicht zu überraschen. »Massalia, ja, dieses Schwert passt gut in die Scheide.« Er sah Timaios unverwandt an und lächelte freundlich. Timaios entdeckte graue Haare im blonden Bart des Heerkönigs. Und sah erstaunlich gute Zähne. »Timaios, du bist keiner von uns. Du hast viel mit uns erlebt, du hast gelitten mit uns, und du warst uns ein Freund. Nur eine Handvoll Menschen wissen, was ich dir nun sage. Und wenn du die Geschichte des Kessels hören möchtest, erzähle ich sie dir, denn du hast es verdient, alles zu erfahren. Aber« – er hob wie zur Mahnung die Hand – »solange du noch hier bist, kein Wort darüber! Der Kessel war immer eine Göttergabe für die Stämme, die uns helfen sollte, den Weg aus der Dunkelheit zu finden. Die Wahrheit kannten nur wenige: ich, Segestes, Cimberio, Albruna. Mein Bruder kannte sie und noch einige andere, aber nicht sehr viele. Wir haben damals das Märchen verbreitet, das Meer habe den Kessel an Land geworfen. Eine Gabe von Allvater Wodan, behauptete Albruna. Was das Meer mit dem Sturm wirklich an Land spülte, war Bernstein. Gaisarik hat dir das erzählt, wie er mir sagte.« Timaios nickte. »Gut. Es ist uns damals gelungen, den Bernstein zu bergen, ohne dass großes Aufhebens darum gemacht worden wäre. Nach dem Sturm hatten die Leute andere Sorgen, und ich vermute, wenn wir nicht nach Svanhild gesucht hätten, hätten ihn andere gefunden und vielleicht vor allen verborgen. Doch es gab bald Gerüchte, am Strand sei etwas von großem Wert gefunden worden, und Fragen wurden gestellt. Um ein Haar hätten wir alles verraten. Aber dann hatte ich den Einfall, den Silberkessel für den Bernstein auszugeben. Damals war es erst wenige Tage her, dass Segestes und ich aus dem Süden zurückkamen, und von dem Kessel hatten wir niemandem erzählt.«

»Aber warum dieses Märchen?«

»Um damit einen Glauben an die Götter zu erneuern, der nach den vielen schlechten Jahren schwach geworden war. Zu den Missernten kamen damals immer häufiger Stürme und schlimme Fluten. Wen aber für solches Unheil verantwortlich machen, wenn nicht die Götter? Und das bringt Zweifel mit sich, Zweifel an den Göttern.« Timaios verstand. War er nach den schlechten Monden auf Sizilien und in Rom nicht von den gleichen Zweifeln an seinen eigenen Götter befallen worden? »Was wir suchten, war ein Zeichen, an das die Menschen glauben konnten. Ich zog mit Segestes nach Süden, um die Möglichkeit zu prüfen, Kimberland zu verlassen. Wir kamen zu dem Schluss, dass wir es wagen sollten.« Hludico strich sich mehrmals durch den Bart, bevor er weitersprach. Die Erzählung schien ihn nachdenklich zu stimmen. »Unterwegs – wir hatten viel Zeit, denn der Weg war lang – kam uns der Gedanke, dass ein Götterzeichen hilfreich sei. Es wandert sich leichter, wenn man weiß, dass die Götter auf der richtigen Seite stehen und die Entscheidung mittragen, und es wandert sich einträchtiger, wenn das Zeichen für alle eine Bedeutung hat. Darum.«

»Wenn man glaubt oder wenn man weiß?«

»Wenn man weiß, glaubt man auch immer. Möchtest du nun wissen, woher wir den Kessel haben?« Hludico biss sich auf die Lippen, Timaios deutete ein Nicken an. »Segestes und ich wanderten im Osten Galliens, als wir von den Salluviern hörten …«

Timaios wusste, dass die Salluvier ein stark keltisierter Ligurerstamm waren, im Norden von Massalia beheimatet und von den Massalioten wenig geschätzt. Vorsichtig umschrieben, denn Massalia lag eigentlich auf salluvischem Boden. Eigentlich, denn die Salluvier gab es nicht mehr, seit die Römer über sie hergefallen waren. Aquae Sextiae, die Bäder des Sextius, eine römische Kolonie, pflanzte der römische Feldherr Calvinus dann in das Herz des Salluvierlandes.

»... und der Zusammenhang, in dem wir von ihnen hörten, erweckte unsere Neugier.«

»Wie das, o Hludico?«

»Die Römer! Es waren die Jahre, da die Römer sich die Stämme im Süden Galliens unterwarfen.« *Also vor elf oder zwölf Jahren*, überschlug Timaios. Es war auch die Zeit gewesen, als die Römer Südgallien zur Provinz machten und ihm dem Namen Gallia Narbonensis gaben. »Segestes und ich beschlossen, uns die Römer anzusehen, von denen wir überall gehört haben, ohne sie bis dahin selbst gesehen zu haben.«

Ungewöhnlich. Meist sind es die Römer, die anderen Besuche abstatten. »Ich vermute, ihr habt das getan, weil alles Wissen über die Römer euch später nützlich konnte sein.«

Hludico hob die Hände, die Innenflächen nach oben gedreht. »Was mich anging, war der Auszug aus Kimberland unvermeidlich, aber an Rom dachte ich damals nicht – es lag himmelweit entfernt. Segestes war anderer Meinung. Er sagte, wenn wir lange genug wanderten, dann wäre es unvermeidlich, auf die Römer zu stoßen. Sie waren nur ein Name, aber ein Name mit einem gefährlichen Klang. Darum wollten wir sie sehen.«

»Um den Namen zu geben ein Gesicht. Um zu wissen, was auf euch wartet.«

»Heute sehe ich, dass Segestes recht hatte. Also sind wir weiter nach Süden gegangen, und wir fanden die Römer vor einer Bergfestung der Salluvier, die sie belagerten.«

Timaios überfiel eine Ahnung. »Ah! Wo das war genau?«

»Ich weiß nicht, wie der Ort bei euch hieß. Die Salluvier hatten einen unaussprechlichen Namen dafür. Aber meistens nannten sie den Berg nur den Glänzenden, *Ballista*, oder so ähnlich in ihrer Sprache.« Entfernt kam dieser Begriff Timaios bekannt vor. »Aber es kann nicht weit von Massalia gewesen sein, weil die Römer von dort ihren Nachschub bezogen.«

»Ooh!«, machte Timaios gedehnt. »Der weiße Berg, der Hauptort des salluvischen Reiches! Ich kenne ihn. Er liegt hoch über Aquae Sextiae, auf einem Platz mit drei Ecken, nicht wahr? Auf den nur führt ein einziger begehbarer Weg, nicht wahr?«

»Ja!«, rief Hludico überrascht.

»Ein großer Ringwall. Und auf der Nordseite, ja, da es gab eine hohe Steinmauer, mit breiten Türmen, die mit Schutt waren voll im Abstand von vielleicht zwanzig Schritte und mit hohen Steinen.« Timaios beschrieb mit den Händen die Form einer Zinne auf einer Mauer.

»Ja, das ist die Festung ...«

»Ich habe gesehen vor einigen paar Jahren, was übrig ist. Die Römer haben sie zerstört. Das war, glaube ich, als Appolonidas war erster Magistrat in Massalia ... Gleichgültig. Aber Reste der Festung noch stehen. Der Römer Calvinus war sehr unrömisch. Nicht gründlich. Ist selten.«

Hludico rümpfte die Nase. »Sehr gründlich finde ich die Römer nicht – aber du kennst sie besser.«

»Bitte, erzähl weiter!«

»Wir trafen in den ersten Tagen der römischen Belagerung dort ein, und der Ring um die Festung war noch nicht geschlossen. Kein Weg schien uns geeigneter, die Römer kennenzulernen, als gegen sie zu kämpfen. Also boten wir den Salluviern unsere Schwerter an.«

Timaios staunte über so viel Mut. »Und die haben genommen sie?«

Hludico missverstand Timaios' Staunen und runzelte die Stirn. »Warum nicht? Sie haben uns wohl für Kelten gehalten. Dazu musst du wissen, dass es in der Festung eine Opferstätte für Ligurer und Kelten gab, die wegen ihres Reichtums und ihrer Bedeutung sogar in Italien und im Alpenland bekannt gewesen sein soll. Wir waren nicht die einzigen Fremden, die gegen die Römer kämpfen wollten. Dieser Ort war sehr reich und sehr wichtig: Vocontier waren da und Gabaler, Allobroger, Haeduer, Mandubier, Ambivareter, und ich weiß nicht, wer noch alles – von den vielen Ligurern ganz zu schweigen.«

Timaios sah im Geist das bunte Stammesgemisch vor sich, das gegen die Römer angetreten war. Das letzte Aufgebot von Kelten und Ligurern, um den Süden Galliens aus den Fängen der Wölfin zu retten. »Die Salluvier ein mächtiger Stamm in Südgallien waren. Sie haben beherrscht die anderen Ligurer.«

»Sie sind bewundernswert«, sagte der Heerkönig der Kimbern, und Timaios befand, dass das etwas heißen wollte. »Nicht groß von Wuchs, aber mit dem Herzen von Kämpfern. Ich habe noch niemals so gute Schleuderer gesehen ...«

Timaios kicherte. »Die Massalioten schon. Die Karthager sie für alle Zeiten haben immer gern geworben, wenn es ging gegen uns.«

Hludico nahm den Faden seiner Erzählung wieder auf. »Noch am selben Tag, als wir in die Festung kamen, mussten wir einen Schwur im Innern des Heiligtums ablegen. Wie jeder Kämpfer. Also schworen wir unter den Augen der Priester und Druiden auf eine ligurische Göttin ein Dutzend falscher Eide – Bormana hieß sie.« Hludico war ein guter Beobachter, und er erzählte anschaulich. Timaios konnte sich vieles ausmalen. Auf die höchste Stelle des Plateaus habe ein langer, von steinernen Kriegerstatuen gesäumter Pfad geführt, erzählte der Kimber, den sie gehen mussten, um die Kultstätte zu erreichen. Timaios gewann eine verschwommene Vorstellung von weiten Hallen, aufragenden Steinsäulen, die mit Menschenköpfen verziert waren, von großen Statuen mit Bildern ... »Wir wurden in den letzten Raum des Tempels geführt, die Halle der Häupter, einen dunklen, grausigen Ort, und dort entdeckten wir den Silberkessel, aus dem wir unter seltsamen Gesängen einen bitteren Schluck heiliges Wasser zu trinken bekamen. Bah, aber ... Wir sahen uns an und wussten beide im gleichen Augenblick: Dies war das Zeichen, nach dem wir suchten.«

»Der Kessel stammt aus einem Heiligtum der Gallier?« Timaios riss die Augen auf. »Das ...«

Und doch ergab so alles einen Sinn: Nach seiner Fertigung war der Silberkessel von Massalia in dieses Heiligtum gebracht worden. Wenn die Salluvier die Auftraggeber für die einmalige Silberarbeit waren, dann schien es nur natürlich, dass sie das nahe, gehasste, gefürchtete, aber dennoch bewunderte Massalia aufsuchten, um sie dort schmieden zu lassen. Und das karthagische Heer hatte hundert Jahre zuvor ganz sicher auf dem Weg in den Krieg durch salluvisches Gebiet ziehen müssen, um nach Italien zu gelangen. Mit Elefanten. Die Salluvier mochten Massalia so wenig wie dessen Bundesgenossen Rom – sicher hatten sie Hannibals Soldaten bereitwillig den Durchzug gewährt, noch dazu, wenn sie Silber dafür erhalten hatten.

»Doch, so war es«, schmunzelte Hludico. Er war sichtlich stolz auf seine gelungene Diebestat. »Und es war nicht einmal schwierig, als die Kämpfe erst richtig begonnen hatten. Schwierig war es nur, durch die römischen Linien zu kommen, ohne entdeckt zu werden. Kurz vor dem Fall der Festung, und bei Wodan, das Ende war vorauszusehen ... Als die Römer eines Morgens einen schweren Angriff einleiteten, machten wir uns davon. Es war noch sehr früh, völlig dunkel. Die Salluvier warfen Amphoren mit Pech über die Mauern und schickten Gebete zu ihren Göttern. Wir nutzten das heillose Durcheinander und ließen nur Staub zurück. Und ein Heiligtum ohne Kessel.«

»Und keiner euch hat beobachtet? Trotz der Größe des Kessels?«

»Wir zerlegten ihn in seine einzelnen Teile, noch in der Halle der Häupter und unter den Blicken von hundert Totenköpfen an den Wänden. Der Kessel hat gelitten, aber wenn man die Silberplatten entfernt, passt das Bodenteil leicht in einen Sack. Im Jötengau hat ihn ein Schmied wieder zusammengesetzt.«

Genau wie Kapaneus, der Zuhälter, schoss es Timaios durch den Kopf. *Hätte ich vorher davon gewusst, wäre ich vielleicht gleich darauf gekommen, als Briseis mir davon erzählte. Dann hätte ich den Bernstein bekommen. O ihr Götter!*

Hludico hob die Schultern und behielt diese Körperhaltung einen Augenblick lang bei. »Den Fall der Festung haben wir nicht mehr erlebt, aber davon gehört, als wir schon auf dem Weg nach Norden waren. Bedauernswerte Verlierer!«

»Und eure Rückkehr hat dann zusammengepasst mit der Sturmflut.« Allmählich vervollständigte sich das Mosaik des Verstehens in Timaios' Kopf. »Und weil ihr damals gewesen seid in Gallien, du hast auf dem Thing neulich auch dafür gesprochen, mit den Stämmen zu ziehen dorthin. Du kennst das Land, und du weißt, wie reich und fruchtbar es ist.«

»Auch Gaisarik war inzwischen dort, um das Land zu erkunden. Dort können wir überleben. Die uneinigen Gallier können wir schlagen, wenn wir selbst einig sind, die römischen Legionen in Italien vielleicht einmal, vielleicht auch ein zweites Mal. Aber Boiorix wird lernen müssen, dass er ganz Italien gegen sich hat, nicht nur einen oder zwei Stämme wie in Gallien.«

Timaios teilte diese Einschätzung des Heerkönigs. Die gallischen Reiche der Arverner, der Armoriker, der Belger, der Aquitaner waren groß und volkreich, aber sie stünden kaum gegen einen Feind zusammen, und jedes Reich für sich zerfiel noch einmal in eine Vielzahl von Einzelstämmen, die sich gegenseitig befehdeten. Es war eher zu vermuten, dass sich einige auf die Seite der Kimbern stellten, um ihre kleinlichen und kleinmütigen Streitigkeiten erfolgreich weiterzuführen. Und solche Menschen wie diesen Hludico nannten die Römer Barbaren? Entzweie und herrsche – er hatte viel von den Römern gelernt.

Das also war die Geschichte des silbernen Opferkessels – und Timaios fand sie auf einmal gar nicht mehr so Furcht einflößend, wie er immer angenommen hatte. Nun war er ein in die Mysterien um den Kessel Eingeweihter, und er musste keine Angst mehr haben, ihn zu berühren. Auf die Reise mit Svanhild freute er sich ohnehin.

Einige Tage später kamen nach langem Marsch die erwarteten Neuankömmlinge aus Kimberland, die ein Herzog namens Baiarik führte. »Abkömmling einer uralten Sippe«, sagte Gaisarik zu Timaios. Hin und wieder redeten sie noch miteinander, aber weniger oft und weniger herzlich als früher.

Mit der Ankunft der neuen kimbrischen Scharen schliefen die Streitigkeiten innerhalb der Stämme allmählich wieder ein. Der Rat um den neuen Heerkönig war schon zuvor eifrig bemüht gewesen, Gerüchte in Umlauf zu setzen, denen zufolge Svanhild zur Sühne mit dem Schwert nach Norden geschickt werde, und Hludico selbst arbeitete mit Nachdruck daran, den Bund zu erneuern. Boiorix unterstützte ihn dabei nach Kräften. Teutobod hielt sich zwar merklich zurück, besänftigte aber seine Leute und ermutigte die Haruden keineswegs. Aistulf erkannte seinen übereilten Grimm, und ihm und anderen harudischen Edelingen gelang es mit Geduld und Geschick, den Stamm wieder zu einen. Das hinderte auch die zügellosen Kelten der umwohnenden Stämme an weiteren Vorstößen, und ihre Fürsten nahmen die Krieger an die kurze Leine.

Timaios war zugegen, als andere Reiterscharen in das Lager einzogen, reich an Zahl und gut bewehrt, Kimbern und in geringerer Zahl Haruden.

Für Timaios lösten sich mit dieser Ankunft weitere Rätsel, und neue wurden ihm aufgegeben: Die Reiter gehörten zu den Truppen, die der Rat einst ausgeschickt hatte, um jene Bernsteinstraßen des Ostens zu sperren, die im norditalischen Aquileia endeten. Timaios war überrascht, und seine Überraschung grenzte teils an Bewunderung, teils an Entsetzen. Jene Straßen, über welche der Bernstein und andere Waren aus dem Norden in den Süden gebracht wurden – nur unbefestigte Wege, Flussläufe, Waldschneisen, Trampelpfade, ein oder zwei im Osten, ein oder zwei im Westen –, waren uralt und überaus heilig. Allein der bloße Gedanke, diese Wege zu sperren, flößte Entsetzen ein. Wie lauteten Hludicos Worte am Hochzeitsfest? Den Bernsteinhandel zu stören, das war eine Sache, ihn an sich zu reißen ... Hieronymos hatte in Massalia doch erzählt, dass er seit Jahren keine größeren Mengen an Bernstein gesehen hatte. Darum also die geringen Bernsteinangebote auf den Märkten und darum die hohen Preise in Massalia und Aquileia, den Handelszentren für das Gold des Nordens.

Von den Kimbern kann selbst Kembriones noch etwas über Anbieten und Habenwollen lernen. Wäre der Bernstein nicht verloren gegangen, die Stämme hätten damit alles eintauschen können, was sie benötigten. Die Götter aber hatten anders entschieden und für die Stämme aus dem Norden den schwereren Weg vorgesehen.

Vor dem langen Marsch nach Westen wurde geschuftet, was das Zeug hielt und was der Wille hergab. Die Viehherden wurden zusammengetrieben – sie waren kleiner geworden, und alle Ochsen reichten eben aus, um die Wagen zu bespannen. Die

Wagen wurden ausgebessert, Waffen neu geschmiedet, und in den Essen ging das Feuer nicht aus.

Schon einen Mond nach dem Thing – der römische Kalender stand auf dem Beginn des Sextilis, und mit dem Beginn dieses Mondes kam die große Wärme – brachen die Stämme nach einer kargen frühen Ernte gemeinsam auf, um mit Wodan den Sturm über den Rhenus nach Gallien zu tragen. Mit einem Seufzer auf den Lippen die eingefleischten Ackermänner, nicht unzufrieden viele andere, vor allem die Jungmannschaften aus dem Gefolge der Mächtigen.

Ein kleiner Teil der Kimbern, eine Handvoll Teutonen und Ambronen sowie mehrere Hundertschaften Haruden blieben im Land der Helvetier zurück, in der festen Absicht, die Wanderjahre zu einem Teil der Vergangenheit zu machen. »Fußlahme, Kranke, Faule und Alte«, sagte Gaisarik beim Abschied zu Timaios, »und viele, die Hludicos' Wahl zum König des Heeres nicht gutheißen.« Cimberio blieb als Herzog bei jenen, die in Helvetien, einem nunmehr geplünderten und gerodeten Land, Ackerbau und Viehzucht betreiben wollten. Divico nahm diese Entscheidung mit Enttäuschung auf, aber die helvetischen Tiguriner, Tougener und Rauriker verhielten sich ruhig.

Der Rest der Stämme bildete endlose geschlossene Wagenreihen, gruppierte sich in der altbekannten Anordnung, die durch den Zuwachs von Teutonen und Ambronen noch einmal so lang war wie zuvor. Hunde und Kinder liefen zwischen den Wagen umher, kleine Kinder ritten auf den Schultern von großen oder auf denen ihrer Mütter.

Vorneweg ritt eine Speerspitze von Ambronen – Timaios erinnerte sich an Bragirs begeisterte Worte: die Besten unter den Guten, die Mutigsten unter den Tapferen oder so ähnlich. Sie bildeten außerdem mit den Teutonen die Nachhut. Kimbrische Hundert- und Tausendschaften deckten die anfälligen Flanken. Die Masse der Krieger war unberitten.

Hludico war umringt von einer zahlreicher gewordenen Gefolgschaft. Die Männer glühten vor Stolz und Eifer, für den Heerkönig zu reiten. Er hielt lange an und ließ einen großen Teil des Zuges an sich vorüberziehen, ganz so, als mustere er seine Truppen. Die Männer aus Hludicos Gefolge führten sämtlich schwarze Raben auf den ansonsten weißen Schilden. Svanhild sah darin die weitere Hinwendung von Donar zu Wodan. Gaisarik hielt sich dicht an der Seite des Heerkönigs, Boiorix und Teutobod blieben ebenfalls in der Nähe.

Segestes fuhr auf einem der Wagen mit. Er war ein alter Mann geworden, den die Schande seiner Tochter gebrochen hatte. Selten, dass er mehr als einen oder zwei Sätze redete, meistens war er in sich zurückgezogen und weilte mit seinen Gedanken in einer anderen Welt. Das Verhältnis von Gaisarik und seiner Schwester war von Vernunft bestimmt, und sie redeten nur noch das Nötigste miteinander. Timaios wusste, dass Svanhild schwer daran trug, denn gerade vom Bruder hatte sie Verständnis erhofft. Das Band des Vertrauens zwischen beiden war gerissen. Niemals war es innig, aber doch immer vertraut gewesen. Svanhild konnte es nicht fassen, dass ihr Bruder sie ebenso wenig verstehen wollte wie ihr Vater. Seine stillen, unausgesprochenen Vorwürfe wogen schwer, aber sie erleichterten ihr auch den Abschied von den Kimbern. Gaisariks Kleinmut und Stolz stimmten die Schwester traurig und wütend, und sie wartete bis zum Schluss, dass er käme, um sich zu verabschieden.

Bragir und Thurid waren die Einzigen, die um Svanhild trauerten. Thurid weinte bittere Tränen, zum einen um die Freundin, zum anderen wegen der neuen Wanderung, vor der sie sich fürchtete, noch bevor sie begonnen hatte. Was den jungen Bragir anging, fielen Timaios die finsteren Blicke auf, die dieser ihm zuwarf.

Der Tag des Aufbruchs war sonnig, aber windreich, und Zephyros, der Westwind, wehte den Kimbern ins Gesicht. Timaios sah darin kein gutes Omen, behielt seine Gedanken indes für sich. Radiger ritt schließlich auf Timaios und Svanhild zu, die auf einem weiten Hang lagerten und den Aufbruch verfolgten. Der Kimber würde mit seinem Gefolgsherrn nicht im Land der Helvetier bleiben, sondern Hludico oder einem anderen folgen, möglicherweise sogar Boiorix. Schon seit einer Weile, vielleicht sogar seit Svanhilds Eheschließung mit dem Teutonen, hatte Radiger sich nicht mehr rasiert, und der struppige rotblonde Bart wurde zusehends dichter. Unter der Eisenspitze seiner Lanze flatterte wieder ein dickes Büschel schwarzer Haare, und Timaios kam ihr erstes Zusammentreffen in den Sinn, als Radiger die Vorhut der Stämme anführte und Timaios mit Gaisarik und Vibilio von Noreia kam. Heute wurde Radigers Miene von der gleichen Bitterkeit beherrscht wie seine Stimme, als er Timaios ansprach. »Nun, Rockträger, zufrieden? Heute hast du alles, was du wolltest, ist es nicht so?«

Svanhild antwortete für ihren Gefährten. »Ich habe alles, was ich immer wollte, Radiger, nicht Timaios. So ist es!«

Der Kimber betrachtete sie halb ungläubig, halb begreifend. Dann wendete er schweigend sein Pferd, hielt in dieser Bewegung noch einmal inne und lächelte Svanhild unsicher an. »Wenn du irgendwann zurückkommen willst ... Ich werde mit Gaisarik reden. Und ich werde auf dich warten. Der Teutone ist nur das Endgedärm eines Riesen mit Stroh im Kopf!«

Er galoppierte davon und ritt geradewegs zu Boiorix hinüber, der sich noch in der Nähe von Hludico aufhielt. Timaios sah, wie der Boier ihn ansprach, zu ihnen heraufdeutete und abwinkte. Fast fühlte er mit Radiger. Dass der Kimber die Frau noch immer wollte, die Frau, die nun mit ihm fortging, erfüllte ihn mit Stolz.

Timaios schnaubte, aber Svanhild lächelte. »Er hat immer gewusst, dass ich ihn nie wollte, das aber nie sehen wollen. Denk nicht über ihn nach.«

»Alles andere ich werde tun als das!«

Sie holte tief Luft. »Und ich werde nicht zurückkommen.« Svanhild hatte die Forderung ihres Vaters und Hludicos, dass sie nach Norden reisen müsse, fast erleichtert hingenommen. Trotzdem war sie es, die Timaios überredet hatte, den Aufbruch der Stämme nach Westen abzuwarten. Timaios, der ihre Hoffnungen bezüglich ihrer Familie kannte, hatte widerstrebend nachgegeben.

Timaios und Svanhild blickten dem Zug lange nach. Fast meinte er das große Seufzen und Weinen zu hören, das sich zwischen den aufsteigenden Staubwolken erhob und blieb, nicht vom Wind zerrissen wie diese, sondern bereit, auf die Völker Galliens zu fallen und Verzweiflung zu schüren. Von Gaisarik kannte Timaios Zahlen, die von über dreimal hunderttausend und noch einmal fünfzigtausend Menschen redeten, fast neunzigtausend Waffenfähigen. Gab es für solche Völkerschaften noch einen Platz im weiten Gallien? Oder hätten sie außerhalb der bekannten Welt bleiben sollen, rechts des Rhenus? Durch welche Gegenden die Stämme auch immer zögen, sie würden den Hunger, den sie selbst immer mit sich führten, als schweres Erbe hinterlassen. Die Not mochte alle schlechten Eigenschaften in den Reihen der Wandernden vervielfachen, bis sie eines Tages vielleicht aufgerieben und vergessen wären, die Menschen und alle ihre Neigungen. Timaios wusste seit einiger Zeit – seit Rom, seit Sizilien, seit Helvetien –, dass die Wirklichkeit die Erwartungen immer wieder ausstach und dass die Götter manchmal keinen allzu großen Anteil an den Geschehnissen hatten. Doch er, ein kleiner Händler aus Massalia, ahnte auch, dass er die großen Kimbern noch einmal wiedersehen würde, unerheblich, ob Svanhild dies zurzeit wollte oder nicht. Er dachte an die Zufälle, die er und andere mit dem Silberkessel erlebt hatten, dachte an Briseis, dachte an Kapaneus. Die Größe der Welt wurde überschätzt.

An der Seite trug Timaios in der dazugehörigen Holzscheide Mjölnir, das uralte Schwert aus dem Norden. Er war nun Schwertträger, und das fühlte sich gut an, obwohl die Waffe im letzten Kampf schartig geworden war, und er entsann sich des alten Wortes, wonach der Mann das Schwert machte, nicht aber das Schwert den Mann. Auch Gaisarik hatte gesagt: »Denk daran: Das Schwert kämpft zwar von allein, aber nur dann, wenn es von einem geschickten Helden geschwungen wird.« Timaios verstand den Wink. Das Schwert zu benutzen lag nicht in seiner Absicht.

Gaisarik und er hatten sich sehr förmlich voneinander verabschiedet, und es schien an der Zeit, dass ihre Wege sich trennten. Geschenke hatten sie diesmal nicht ausgetauscht.

In Timaios' Wagen lag schwer und schicksalsträchtig der Silberkessel – und manchmal meinte er, das Silber hell lachen zu hören. Er war letztendlich der Ursprung aller seiner Sorgen, und das kalte Metall berührte er zum allerersten Mal, als er ihn von Hludico und Albruna entgegennahm. Nun fühlte er sich leicht ängstlich, aber auch von einer gewissen Zuversicht erfüllt, weil er den Auftrag hatte, etwas zu beenden, das beendet werden musste, und weil er des Kessels Geschichte nun kannte. Und sie schien besser auszugehen, als er noch vor kurzer Zeit gedacht hatte. Er, Timaios, hatte Anteil an diesem guten Ende, und vielleicht würde er von den Kimbern einmal besungen werden als der Mann aus dem Süden, der den Kessel nach Norden brachte.

Zusammen mit einem kimbrischen Schmied, dem nämlichen, der den Kessel vor vielen Wintern schon einmal zusammengesetzt hatte, einem vierschrötigen Mann, den die Kimbern Isegrimm nannten, hatte er selbst den Kessel auseinandergenommen und in seine einzelnen Teile zerlegt. Die vierzehn großen silbernen Platten lagen in Tücher eingeschlagen in der großen Schale, die das Bodenrund bildete. Der fingerdicke Kranz aus Silberblech, der die obere Umrandung bildete, war in eine Handvoll Einzelstücke zerfallen, und die ursprünglich einmal festgeschmolzenen Silberbänder, die die Platten verbanden und den Kessel abdichteten, lagen in der Schale.

Neben dem Silberhaufen mit den goldenen Einsprengseln lagerten im Wagen weitere Bündel. Timaios wusste nicht, was sie enthielten, und seine Neugierde hielt sich in erstaunlich engen Grenzen. Hludico hatte ihn und Svanhild nur gebeten, diese Gegenstände den Heimsassen in Kimberland zu übergeben, damit sie mittels ihrer das Wohl der Wanderkimbern für den neuen Weg erflehten.

Und das wollte er gemeinsam mit Svanhild tun.

Kimberland im Mond September
Heutiges Himmerland in Jütland, Dänemark

Hand in Hand schritten Timaios und Svanhild über den feuchten weißen Sand, und die bewegte Wasseroberfläche spiegelte das Sonnenlicht – endlich einmal regnete es nicht in diesem rauen Land, obwohl es von Freyrs Guss nie weit entfernt schien. Schreiende Scharen weiß gefiederter, behender Möwen teilten sich den weißblauen Himmel mit rotfüßigen Austernfischern, dickschnäbeligen Lummen und spitzflügeligen Uferschwalben. Das Wasser war stellenweise schaumig und nicht so blau wie das Innere Meer vor Massalias Küste. Timaios fühlte sich zum Baden nicht eingeladen, aber er hielt im seichten Wasser und auf dem nassen Sand unwillkürlich Ausschau nach goldgelb glänzenden Steinen.

Endlich war er dort angekommen, wo der Bernstein gefunden wurde. Timaios stand am Nordmeer des Pytheas. Seit Jahren hatte er davon geträumt, hierherzukommen, nie hatte er den Mut und die Entschlossenheit aufgebracht, das zumindest teilweise zivilisierte Gallien zu verlassen – mit Ausnahme einer einzigen Reise in das ungesellige Albion. Auf dem langen Weg nach Kimberland hatte Timaios sich ständig an den Bernstein erinnert gefühlt, denn sie waren den heiligen, tausend Jahre alten Pfaden gefolgt, die an Flussläufen entlangführten, auf denen einsame Händler und Kaufleute mit Lasttieren Wein und Seide in das Land des Bernsteins brachten, um das Gold des Nordmeeres und andere Güter mit zurückzunehmen. Es war eine schwierige Reise gewesen, und es war ein unendliches Land, das sie durchfahren hatten, waldreich und fruchtbar, Völkerschoß und Rassentiegel. Hinter fast jedem Hügel hatten sie einen neuen Stamm gefunden und in beinahe jedem Wald ein anderes Volk getroffen, eines wilder aussehend als das andere. Im vergangenen halben Mond hatte die herbe Landschaft des Nordens, die sie durchfuhren, ihr kühles Gesicht noch einmal verändert: Kimberland war reich an Wasser, Wäldern und Mooren, aber sonst schien es hier wenig zu geben. An der Küste wechselten sich Steilküsten, deren Felsen weit ins Meer hineinragten und Timaios an seine Heimat erinnerten, mit Sandstränden ab.

Irgendwann war ihm der Einfall gekommen, die Geschichte der Kimbern aufzuschreiben, die Geschichte ihrer großen Wanderung. Es war Pytheas, an den er dabei dachte, und an seine allen Massalioten heilige Schrift *Über den Ozean*.

Irgendwo dort draußen im Ozean lag des Pytheas Abalus, jene Insel, an deren Küsten der Bernstein angeschwemmt wurde. Dahinter lag Ultima Thule, und dann war die Welt zu Ende. Nach Norden (und dann irgendwann weit nach Osten, wie Svanhild behauptete) erstreckte sich ab hier die Halbinsel der Kimbern, der kimbrische Chersones, weit hinein in den Ozean, der die Welt abschloss. Jormungandr hauste in diesen Wassern, die Schreckbringende, die gewaltige Midgardschlange aus Svanhilds Erzählung von der großen Sturmflut.

Timaios empfand die Wirklichkeit als angenehm. Die Reise selbst war noch von dem Wissen überschattet gewesen, dass nicht alles zu Ende sei. Erst hier sollte seine lange Suche ihren Abschluss finden. Und er würde noch etwas vollkommen anderes finden: eine innere Ruhe, eine sichere Zukunft, eine sanfte Hand. All das verbarg sich für ihn hinter dem Namen Svanhild.

Dieser Augenblick war aber beinahe so vollkommen, dass Timaios nicht anders konnte, als stehen zu bleiben und zurückzuschauen, als hätte Tyche dort noch einmal alles hingestellt, was hinter ihm lag. Svanhild hielt ebenfalls inne, ließ seine Hand aber nicht los und beobachtete den Freund, der mit leerem Blick ein stummes Zwiegespräch mit der unsichtbaren Göttin des Schicksals führte. Mit Mächtigen hatte Timaios geredet und mit Ohnmächtigen, mit Herren hatte er verhandelt und mit Sklaven geschuftet, mit Beutelschneidern paktiert und Huren geliebt, Stadtmenschen gesehen und Landbewohner kennengelernt, Sesshafte und Wandernde, und bei diesen hatte er mehr Zuneigung gefunden als bei jenen, die ihm im Grunde doch hätten näherstehen müssen. Wissen hatte er von hier nach dort getragen, aber keine Weisheit gefunden, nicht bei sich und nicht bei anderen. Mittler zwischen Welten war er gewesen, die keine Verbindung begehrten.

Erkenntnisse waren Timaios zuteil geworden: Die Barbaren,

deren schmutziges Leben um so vieles besitzloser und vergänglicher schien, waren nicht barbarischer als andere, die Sklaven hielten, Frauen raubten und Huren mordeten. Er weilte in den Ländern des Bernsteins, und er war mit der Frau dort, die er zu lieben meinte und die ihn, wenn die Götter nur endlich einmal mit ihm wären, zu ihrem Gefährten machen würde, wenn dies und jenes noch erfüllt wäre. Die Moiren oder die Nornen, die doch nur ein und dasselbe waren, hatten am Ende einen langen, guten Faden gesponnen.

Groß wie ein Gigant fühlte sich Timaios, als er nun weiterging, Svanhild lächelnd mitzog und über den Strand schlenderte, groß wie ein Gigant. Oder wie ein Riese, denn so mochten die Kimbern dieses Gefühl beschreiben, wenn Wellen rauschten, Vögel schrien und die Sonne schien.

Wer außer ihm und Pytheas hatte an diesem Ort geweilt? Das Ende, Omega, schien nahe zu sein: Ragnarök, hätte Svanhild vielleicht gesagt, das Geschick der Götter vor dem neuen Beginn. Kein weiteres Kämpfen, kein weiteres Quälen, keine weiteren Fragen nach der Zukunft, sondern ein neuer Beginn nach der großen reinigenden Katastrophe, die manches Leben vernichtet hatte.

Während sie weitergingen und das Ochsengespann hinter den Dünen stehen ließen, erzählte Timaios von Pytheas und seiner Reise in die Bernsteinländer vor über zweihundert Jahren, von dessen Schrift über den Ozean und das sagenhafte Thule. Svanhilds alte Wissbegierde zeigte sich erneut, noch verhalten zwar, doch sie lauschte ihm aufmerksam und bat um weitere Erklärungen, als er schließlich schwieg.

»Eine weitere Geschichte?« Noch immer Hand in Hand, schaute er Svanhild von der Seite an. Trotz ihres immer noch erschöpften Aussehens und des Ernstes in ihren Augen war sie auf dem Weg der Besserung ein gutes Stück vorangeschritten. Ihr Haar wuchs nach, eher noch blonder als zuvor, und bedeckte bereits den Kopf und die Narben darauf.

»Erzähl mir die Geschichte als mein Perseus, der mich zum zweiten Mal gerettet hat!«

»Dann schenk mir deine Aufmerksamkeit, o Andromeda!« Timaios blieb stehen, hob die Arme zur Sonne und begann zu erzählen. Er freute sich an den eigenen Worten und daran, dass sein Kimbrisch in den vergangenen Monden dank Svanhild noch besser geworden war. »Helios ist der Name des Sonnengottes, den meine Ahnen in Hellas haben verehrt. Phaeton war sein Sohn, ein Sterblicher, wie wir beide es sind. Eines Tages kam Phaeton in den herrlichen Palast seines Vaters und begehrte einen Wunsch. Helios versprach seinem Sohn, zu erfüllen jeden Wunsch, als aber Phaeton den seinen dann sagte, sein Gesicht trübte sich ein, denn der Sohn verlangte, einen Tag lang den goldenen Sonnenwagen fahren zu dürfen, den goldenen Sonnenwagen, der jeden Tag in einer gleichmäßigen Bahn über den Himmel zieht. Goldene Pferde ziehen den schweren Wagen den steilen Berg bis zur Tagesmitte hinauf, dann es geht im rasenden Galopp der Dämmerung entgegen. Helios wusste, dass sein Sohn die Tiere niemals würde bändigen, aber Phaeton beharrte auf seinem Wunsch, und der Sonnengott musste sein Versprechen lösen ein. Die Befürchtung des Gottes bestätigte sich, denn die Pferde gingen durch mit dem Wagen, sobald sie die schwachen Hände Phaetons spürten, und sie trieben den Heliossohn durch den ganzen Kosmos. An allen Seiten begann der Erdkreis zu brennen, als der aus der Spur geworfene Wagen spuckte Feuer. Überall loderten Flammen, überall drohten Tod und Vernichtung. Zeus, der alles mit angesehen hatte, Schlimmes wollte verhindern. Mit einem Blitzstrahl tötete er den verzweifelten Phaeton, der hinunter auf die Erde stürzte, in den Fluss Eridanus. Einen Tag lang der Sonnengott Helios bedeckte trauernd sein Antlitz, und in dieser Zeit war die Erde dunkel, und die Sonne nicht mehr schien.«

»Wie traurig …«

»Warte, es geht weiter noch. Als die Schwestern des Phaeton, die Heliaden, von dessen Tod hörten, eilten sie herbei und weinten um ihn. Vier Monde lang weinten sie ohne Unterlass um ihren Bruder, dann sie selbst wurden in Pappeln verwandelt, und ihre Tränen wurden zu Bernstein.« Timaios wusste über Bernstein, was Pytheas gewusst hatte, doch die alten Mythen schmeckten ihm besser. »Und darum man nennt den Bernstein auch die Tränen der Heliaden.«

Svanhild lächelte. »Ah, deshalb die Geschichte! Denkst du eigentlich manchmal an etwas anderes als an Bernstein?«

»Ja. Manchmal denke ich an dich.« Der Massaliote sah, wie die Augen der Kimbrin aufleuchteten, und das freute ihn. »Aber nur selten, weißt du, denn Sklaven kaufe ich nicht länger, und mit Bernstein kann ich viel mehr Gewinn ...«

Timaios erhielt einen heftigen Stoß und sah sich unversehens auf dem feuchten Boden wieder. Sofort sprang er auf und rannte Svanhild hinterher, die lachend davonlief.

Später kehrten sie zum Wagen zurück, ließen die Küste hinter sich und fuhren in das hügelreiche Hinterland der Halbinsel, um den Jötengau zu suchen. Es dauerte Tage, ehe sie den Weiler fanden, in dem Svanhild aufgewachsen war und den sie Holzhein nannte, und Timaios sehnte sich wieder einmal nach der Pflasterung und Geradlinigkeit einer ausgebauten Römerstraße zurück. Und hin und wieder einem Meilenstein.

Schließlich gelang es den beiden, die zerfallenden Langhäuser zu finden, die Svanhild auf Anhieb wiedererkannte. Zum ersten Mal sah Timaios nun ursprüngliche kimbrische Behausungen, lang gezogene Bauten, die Menschen und Vieh Platz geboten hatten.

Svanhild seufzte tief auf. Die Umzäunung war zerfallen, die Langhäuser wiesen große Löcher in den Dächern und Wänden auf und waren von Pflanzen überwuchert, und der Birkenwald holte sich verlorenes Gelände zurück. Mit tränenfeuchten Augen stand Svanhild vor der Hütte, in der sie geboren war. »Es ist keine Überraschung, alles verlassen zu sehen. Wenn die Felder keine Ernte mehr tragen, dann wird der Weiler aufgegeben und an einer anderen Stelle neu errichtet. So ist das bei uns.«

Timaios nickte. Alles sah so trostlos und zugewachsen aus wie die gesamte Gegend. »Und was nun?«

»Wir könnten versuchen, im Nachbarweiler zu erfragen, was geschehen ist und ob man dort von Teutomatus weiß«, schlug Svanhild vor.

»Weißt du noch, wo der liegt?«

»Irgendwo westlich, vermute ich.« Svanhild deutete mit der

Hand. »Ich glaube, das ist der Weiler, aus dem Wisigarda stammt. In den Birken hieß er.«

Die Reisenden fanden den Weiler tatsächlich, ein unbewehrtes Nest mit rund zwei Dutzend Langhäusern und Ställen auf einer weiten Lichtung inmitten großer Birkenwälder. Dort fanden sie auch Teutomatus, einen steinalten Greis, der kaum noch etwas sehen konnte, an schmerzendem Zahnfleisch litt und ein ständiges starkes Ziehen in beiden Knien verspürte. »Als ob sie einen Riesen tragen müssten«, sagte er, »aber schaut mich an: nur noch ein Zwerg.« Svanhild umarmte ihn gerührt und fragte, was geschehen sei und warum er nun hier lebe.

»Damals sind nicht viele geblieben, und es wurden immer weniger. Vor zwei Sommern sind die letzten der Jungen mit Baiarik fortgezogen, ja. Da hat mich mein Schwestersohn hierhergeholt, damit ich nicht in den Wald musste.«

Sie begaben sich in das Langhaus von Teutomatus' Verwandten. Ingolf lud die Reisenden mit großer Selbstverständlichkeit ein, so lange zu bleiben, wie sie wollten. Er war außerdem bereit, die beiden ausgemergelten langhörnigen Ochsen nach entsprechenden Zugeständnissen beim Warentausch gegen ein Paar frischere Tiere einzutauschen. Die Wände seines vielleicht dreißig Schritt langen Heimes waren mit Lehm und getrocknetem Pferdemist bestrichen, und es war angenehm warm im Innern.

Um einen groben Holztisch hatte sich eine ansehnliche Menschenmenge versammelt. Die meisten standen. Ingolf, sein derbes Weib und seine nicht minder grobschlächtige Tochter reichten Milch und Wasser. Alle Bewohner des Weilers wollten Neuigkeiten über die Wanderkimbern und ihren großen Zug nach Süden erfahren. Von den Älteren kannte jeder mindestens einen, der daran teilnahm. Timaios lernte nun, dass es oft die erstgeborenen Brüder der älteren Wanderergeneration waren, die die beiden Reisenden nun in der alten Heimat der Kimbern trafen, und viele Fragen nach den Geschwistern wurden ihnen gestellt.

Schweigend und mit vorgeschobener Unterlippe hörte sich vor allem Teutomatus die Geschichte des silbernen Kessels an. Manchmal ließ er eine halblaute Bemerkung fallen: »Eigen

Haus, auch eng, geht vor – daheim, da bist du Herr.« Oder: »Nicht nur das Herz blutet jedem, der erkämpfen muss sein Mahl alle Mittag.« Timaios fühlte sich an Gaisarik erinnert. Den Teil, der Svanhild betraf, ließ der meist erzählende Massaliote aus.

Zwischendurch bekamen die beiden – nur sie – Speisen vorgesetzt: Brennnesselsuppe, Lein- und Rübsamenbrei, Mohrwurzen und dürres Geflügel aus den umliegenden Mooren. Timaios würgte das schwach gewürzte Essen hinunter und verstand plötzlich die Beweggründe für den Auszug der Kimbern viel besser. Hier wäre er auch nicht geblieben, und die Sorge um die Nahrung lastete offenbar noch immer auf den Menschen.

Später stellte Svanhild viele Fragen, und Timaios erfuhr die Namen von Stämmen, die man in der Ökumene nicht kannte. Ihm wurde von Kriegen erzählt, zu Land und zur See, von denen im Römischen Reich niemand eine Ahnung hatte. Wanderbewegungen wurden an dem hölzernen Tisch erörtert, die im Nichts endeten. Im Norden führten kimbrische Grenzgaue Krieg gegen Eudusen und Haruden. Es ging um eine Salzquelle, und Timaios dachte an Ameisenhaufen und Bienenvölker in einem großen Wald: zahlreich, umtriebig, tödlich. Aber jenseits des Stockes kümmerte sich niemand um ihr Gedeihen und Verderben.

Noch am selben Tag wollten die Reisenden und Teutomatus den Ort aufsuchen, an dem der Silberkessel seiner Bestimmung übergeben werden sollte – außer diesen niemand. Auf Anweisung von Teutomatus hatte Timaios die Bronzeschale und die Silberplatten vom Wagen geholt und nach allgemeiner, langer und lautstarker Begutachtung in dem Sack verstaut. Niemand getraute sich indes, die Platten zu berühren. Allzu drastisch hatte Timaios von dem verlorenen Heil des Kessels gesprochen.

Nicht ohne gelindes Entsetzen vernahm Timaios, dass der Alte den Silberkessel, so wie er war, im Moor versenken wollte. Er hatte angenommen, dass das einzigartige Stück in einem heiligen Hain aufbewahrt werden sollte, ähnlich dem im Kimbernlager in Helvetien. Im Traum hätte er nicht erwartet, dass es Teutomatus' Absicht war, ihn für alle Zeiten zu vernichten, eine Absicht, die Hludico wohl geahnt hatte. Widerspruch regte sich in dem südländischen Händler: War das wirklich nötig?

Sein leises Aufbegehren erstickte Svanhild im Keim, indem sie darauf bestand, dem Wunsch Hludicos und ihres Vaters nachzukommen. Zähneknirschend gab Timaios nach, aber die Entscheidung behagte ihm ganz und gar nicht. An den vermeintlichen Fluch, der auf dem Kessel lastete, dachte er nicht mehr.

Mit Teutomatus fuhren die Reisenden ein Stück in den Wald hinein. Als Timaios die silbernen Platten vom Wagen holte, ließ er heimlich eine der acht rechteckigen Außenplatten zurück, auf der die getriebene Büste einer keltischen Gottheit abgebildet war, offensichtlich einer weiblichen. Sie trug eine goldene Kette um den Hals. Es war außerdem jene Platte, die mit der Gravur eines griechischen Namens versehen war. Charmis, las Timaios – der alte Crinas würde den Kessel seines Großvaters doch noch einmal sehen. Und dann wollte Timaios das Stück verkaufen, vielleicht an Hieronymos. Die Geschichte des Kessels, die dem Timuchos ja größtenteils bekannt war, würde ihm den Wert nur erhöhen. Nach kurzem Zögern ließ Timaios auch die schmalen Silberbänder und den größeren Teil des bekränzenden Silberrandes auf dem Wagen. Niemand wäre hier oben in der Lage und verfügte über die notwendige Schmiedekunst, den Kessel wieder zusammenzusetzen, und Teutomatus hatte ja gesagt, dass er ihn so, wie er war, dem Moor übergeben wolle.

»Ja, von Anfang an habe ich Hludico und deinen Vater gewarnt, dass auf diesen Stücken kein Segen ruht.« Teutomatus atmete schwer, während sie über schmale Pfade mühsamen Schrittes die entsprechende Stelle aufsuchten. Svanhild hielt Teutomatus am Arm, der als weitere Hilfe einen groben Eichenstock benutzte. Er ging gebeugt und drückte die Knie nicht mehr ganz durch. »Was von den Kelten kommt, kann den Kimbern nicht nutzen. Menschenopfer sind etwas für die Druiden, aber nicht für unsere Priester. Das ist keltisch, nicht kimbrisch!«

»Warum nicht?«, fragte Timaios beiläufig und wandte den Kopf zur Seite. Er war wegen des Kessels noch immer ein wenig wütend, auf Teutomatus, auf Svanhild und auf sich, weil er dem Mädchen keinen Widerstand leisten konnte. »Haben eure Priester nicht auch Menschen geopfert?«

Eine Hand des Greises tastete nach dem Sack, den Timaios trug. »Ich kann es nicht mehr sehen, aber auf dem Kessel ist die Opferung eines Menschen dargestellt. Ja, schau nach!«

Sie blieben stehen. Timaios griff in den Sack und hoffte, dass der Alte nicht ausgerechnet die Platte suchte, die er zurückgelassen hatte. Schließlich fand er die richtige. Es war eine von der Innenseite, auf der ein Mensch kopfüber in einen Kessel gesteckt wurde, während eine Reihe keltischer Krieger vorüberzog.

Mit faltigen, fleckigen Händen betastete der Alte das Edelmetall und nickte. »Das ist es, ja: Nicht bess're Bürde bringt man auf Reisen als Wissen und Weisheit. Es frommt das Gold in der Fremde nicht, in der Not ist nichts so nütze. Als Hludico aber alle wissen ließ, er habe den Kessel nach der Sturmflut am Strand gefunden, und er sei eine Gabe der Götter, da bestand kein Zweifel, dass den Bildern auf dem Kessel zu folgen sei. Er war ja göttlich, und seinen Weisungen nicht zu folgen, das hätte geheißen, sich dem Willen der Götter zu widersetzen, ja. Ich erinnere mich noch genau, Hludico sagte damals … Ah, warte! Ja, er sagte, der Kessel sei ein heilbringendes Zeichen für alle Stämme, nicht für seine Sippe. Er redete von dem Kessel, aber er meinte den Bernstein.« Der Alte seufzte. »Der Mann muss weise sein, doch nicht allzu weise. Hludico hingegen … Zwei Vorkommnisse haben nämlich den Beginn der Wanderung erst möglich gemacht und beschleunigt: die Sturmflut, weil sie die Ernte an der Küste vernichtete, und das Auffinden des vielen Bernsteins, der nach Kenntnis des Rates im Süden begehrt war. Ja, das nahmen die Priester als ein Zeichen dafür, dass sie im Süden Erfolg haben würden. Bernstein ist immer wieder am Strand gefunden worden, aber nie in einer solchen Menge wie damals. Ja, Donar muss irgendetwas im Sinn gehabt haben. Aber ob er wollte, dass wir unsere Heimat verlassen …« Der Alte unterbrach seine von Keuchen begleiteten Worte. »Kleine Tochter von Segestes, irgendetwas ist dir doch damals widerfahren, nicht wahr?« Es war eine Frage, auf die er keine Antwort erwartete, denn Teutomatus schnaubte nur und redete weiter. »Wenn die Götter den Auszug wirklich gewollt hätten, hätten sie Kimberland gleich im Meer versenkt. Aus dem Fund wurde ein großes Geheimnis gemacht, und nur der Rat war eingeweiht, sonst niemand. Vom Silberkessel wussten hingegen alle, nur nichts über seine wahre Herkunft. Ich kann euch auch nicht sagen, wie er zu den Kimbern gelangte. Hludico und Segestes haben es mir nicht erzählt, aber ich habe immer wieder gesagt, dass kein Segen darauf ruht. Er ist einfach nicht kimbrisch. Wie könnte er auch, da er doch keltisch ist? Aber niemand hat je danach gefragt. Es durfte ihn auch keiner näher betrachten. Ja, wer braucht schon Zweifler? Aber ungleich ist der Menschen Einsicht, zwei Hälften hat die Welt.«

»Warum kann der Kessel nicht keltisch *und* kimbrisch sein?« Lange hatte Timaios nicht mehr über diese Frage nachgedacht. Er kannte die Antwort bereits – die ganze Zeit war sie summend um ihn herumgeschwirrt, doch er hatte sie nie hören wollen, hatte sie als lästig empfunden, sie fortgescheucht und mit der Hand danach geschlagen. Wenn er aber wahrgenommen hätte, was offensichtlich war, und alles beiseite gelassen hätte, was nur möglich schien, wäre er selbst darauf gekommen und hätte aussprechen können, was wirklich war.

Und dann sagte Teutomatus endlich die Worte, auf die Timaios so lange gewartet hatte. »Weil wir keine Kelten sind. Wir sind nicht verbunden mit den Kelten im Westen und Südwesten.«

Timaios' Herz zog sich zusammen. Wir sind nicht verbunden... Die Worte lösten in ihm etwas längst Vergessenes aus. Der Traum, der dunkle Traum aus Massalia, die Frage nach der Herkunft der Kimbern, nach ihrem Ursprung. Er war blind gewesen, sie hatten ihn doch immer wieder darauf hingewiesen, er aber hatte nur gehört und nicht verstanden, was gleichbedeutend war mit Nichthören. Immer hatten die Kimbern, Gaisarik, Radiger und andere, von den Kelten geredet, als seien sie selbst keine – und er hatte das für das übliche Gebaren wilder Stämme gehalten, die Wert auf ihre eigene Überlieferung legten. Hieronymos hatte ihn irre gemacht, weil der Kessel für ihn keltisch war und seine Besitzer es um seinetwillen auch sein mussten. »Wer würde zu einem keltischen Gott beten, wenn nicht Kelten?«, hatte der Timuchos in Massalia gefragt. Vielleicht hatten die Boier eben darum mit dem Bernstein auch den

Kessel geraubt – weil sie selbst Kelten waren und die Kimbern nicht.

Wenn aber die Kimbern keine Kelten waren und zu keinen keltischen Göttern beteten ... »Die Kimbern, die Haruden, die Teutonen ... Wenn ihr seid keine Kelten, was ihr seid dann?«

Teutomatus schüttelte bedächtig den Kopf. »Kimbern«, sagte er entschieden, »ja, und nichts sonst. Kimbern, Haruden, Teutonen: Ehre den Namen, die Sippe, den Stamm – mehr als das hat der beste Mann nicht.«

Es war Svanhild, die noch eine andere Antwort kannte. »Gaisarik war im letzten Sommer in Gallien. Er erzählte mir, dass die Kelten des Westens uns nach einem Stamm benennen, der dem unseren ähnelt und der als Erster den großen Fluss, den Rhenus, überschritten hat. Das liegt noch nicht lange zurück, aber mein Bruder sagte, dass die Gallier diesen Namen schon oft gebrauchen, wenn sie einen der Stämme meinen, die zu Wodan beten.«

»Wie ist dieser Name?«, fragte Timaios.

»Germanen«, antwortete Svanhild. Teutomatus hob die Schultern, er kannte ihn nicht. »Kimbern«, sagte er noch einmal mit Nachdruck.

Timaios konnte ebenfalls nichts mit der Bezeichnung anfangen. »Germanen? Das habe ich noch nie gehört. Für die Römer ihr geltet auch als Kelten, denen ist es gleich, wen sie unterjochen.«

Teutomatus reichte Timaios die Silberplatte zurück.

»Wie lebt dein Bruder, Mädchen? Ich mochte ihn gern leiden, den Kleinen.«

»Gaisarik ist guten Sinnes.« Svanhilds Stimme verriet nicht mit dem kleinsten Zittern das getrübte Verhältnis zu ihrem älteren Bruder. »Er gibt noch immer die Weisheiten wieder, die er in unserem letzten Winter in Holzheim von dir hörte.«

Der Alte grunzte zufrieden, und Timaios musste laut lachen, während er die Silberplatte wieder in den Sack steckte. »Aus diese Quelle hat er das also«, sagte er in der Koine zu Svanhild. Sie setzten den Weg nach den Weisungen des Alten fort. Schließlich erreichten sie ein eingehegtes kleines Moor von beinahe kesselförmigem Aussehen mit ansteigenden Hängen.

Teutomatus erklärte Timaios, dies sei ein sehr heiliger Ort, keinem Gott geweiht, sondern der Mutter Erde selbst, die durch einen bemalten Findling dargestellt war. Und dann führten die drei Menschen zu Ende, was ein Jahrzehnt zuvor begonnen hatte. Der Greis sah zu, wie Timaios mit Svanhilds Hilfe den Kessel dem Reich der Urmutter zurückgab. Der Massaliote hatte Tränen in den Augen, als er dabei an Hannibal dachte.

Sie warfen die Einzelstücke nicht einfach in den dunklen Sumpf, sondern betteten die Platten des Kessels, eine über die andere, sowie einen kleinen Rest der silbernen Umrandung auf eine noch halbwegs feste, torfbedeckte Fläche und wagten sich dabei so weit ins Moor hinein, wie es gefahrlos möglich war. Dann deckten sie die runde Kesselunterseite obenauf.

Zu Timaios' großer Beruhigung bemerkte Teutomatus nicht, dass Teile des Opferkessels fehlten. Wenn es Svanhild hingegen aufgefallen war, dass es nur sieben Innenplatten waren, was Timaios annahm, so schwieg sie jedenfalls dazu. Er atmete auf und war nicht länger unglücklich daüber, dass der größere Teil des Kessels hier in der Zeit und im Torf versinken würde. Hieronymos würde ihm die letzte Platte sicher abkaufen.

»Nun? Haben wir unser Werk nicht gut vollbracht?« Svanhild schaute fragend Timaios an. Vom festen Boden aus starrte der Massaliote zu der kleinen Sumpfinsel hinüber. Ihm war, als müsse diese nun in der Tiefe versinken wie das große Reich Atlantis.

Doch er empfand auch Kümmernis. »Ich habe gar nichts Gutes vollbracht. Ich bin nur geschoben worden hin und her. Bestimmt haben immer die anderen vorn auf dem Wagen. Ich hinter dem Wagen bin hergelaufen.« Er lächelte gequält. »Ein Freund sagte, dass wir unser Schicksal bestimmen selbst. Aber Crassus hat bestimmt. Pius hat bestimmt. Albruna hat bestimmt. Und du, du hast bestimmt auch. Ich bin getaumelt, nichts sonst. Wenn andere mich nicht gehalten, ich wäre gefallen.«

Svanhild beugte sich vor und küsste Timaios sanft auf den Mund. Doch seine Miene blieb ausdruckslos.

»Und wenn du mich nicht gehalten hättest, wäre ich gefallen. Bei Freyas Schönheit, ich liebe dich, Timaios aus Massalia.«

Am Wodansberg wühlte Timaios Tage später in seinem Wagen. Mit den neuen Ochsen von Ingolf war er leidlich zufrieden: Die Tiere mit den kurzen Hörnern waren kleiner als seine alten, schienen aber zäh zu sein. Zwischen eingetauschten Fellen, Bernsteinbrocken und Holzgefäßen mit Saipo aus Seetang zog er die schweren Bündel hervor, die Hludico ihm in Helvetien gegeben hatte. Die Säcke enthielten eine Vielzahl von Beutestücken, die Timaios zögernd und ungern den wartenden Kimbern überreichte: silberne Kelche, edle Schmuckstücke, goldene Sonnenscheiben, gedrehte keltische Arm- und Halsringe, korallenverzierte Fibeln in Maskenform, einen zwei Handbreit hohen Goldkegel, zwei Schalen aus demselben Material mit Mustern aus Radkreuzen und anderen Zeichen, römische Waffen, Schwerter, eiserne Schildbuckel, Eschenholzbogen, Eisenbeile, zwei langstielige, ornamentierte Blasinstrumente, eine kostbare, fein gearbeitete Ringbrüne und zu Timaios' Enttäuschung auch das Messer, das er Segestes einmal zum Geschenk gemacht hatte.

Die Kimbern nahmen die Stücke staunend entgegen und trugen sie zum Rand eines beinahe kreisrunden kleinen Sees. An seinem weitgehend gerodeten Ufer und im Schatten des bewaldeten Wodansberges stand eine der größten Eschen, die Timaios je gesehen hatte. Unter dem himmelhohen Baum fühlte er sich winzig klein. Zwanzig oder fünfundzwanzig, vielleicht auch dreißig Männer hoch ragte die Esche auf, höher als jeder Tempel, höher noch als jede Mietskaserne in Rom, mit weit ausladendem Geäst und mächtiger Krone, die nicht mehr nur grün, aber immer noch dicht war: Yggdrasil, Richtstätte der Götter, Weltenbaum und Wurzel der Erde, von Völkern bewohnt, von Drachen benagt.

Der Baum war reich verziert und bemalt, und Timaios verstand nun auch die Suche der Wanderkimbern nach dem Gegenstück dieser Esche, deren Wurzeln und Krone die Reiche der Götter, Menschen, Riesen und Schwarzalben verbanden.

In weitem Kreis steckten hölzerne Stangen im Boden, auf die Pferdeschädel gesteckt waren. An den Stangen hingen die abgezogenen Häute der Tiere und bewegten sich von Zeit zu Zeit im Wind. Steinhaufen erhoben sich dazwischen. Eine kleine Quelle sprudelte neben dem Fuß der Esche aus dem Gestein und speiste klar und unaufhörlich den See. Für die Kimbern war dies Mimirs Brunnen, die Quelle der Erkenntnis und der Quell aller Weisheit, für die Gott Wodan einstmals ein Auge opferte, um daraus zu trinken.

Unter dem tief hängenden Gezweig von Yggdrasil, erzählte ein alter Priester mit bebender Stimme, sei damals der Bund zwischen Kimbern und Haruden geschlossen worden. Und über Mjölnir. Mit großer Geste schnallte Timaios das alte Schwert von der Hüfte, indem er die mit Silberblech verzierte Holzscheide von dem Ledergürtel abstreifte und dem Mann überreichte. Zusammen mit allen anderen Gegenständen wurde die Waffe feierlich im See versenkt, zum Heil der Wanderkimbern und zum Zeichen der Erneuerung des alten Bundes mit den Haruden. Abermals hatte Timaios das nagende Gefühl, Zeuge einer aberwitzigen Verschwendung zu sein. Musste man das Buhlen um der Götter Gunst so weit treiben?

Später waren alle Kimbern gegangen, und Svanhild trat an das Wasser des Sees, um sich endlich die Schande vom Leib zu waschen, ganz so, wie ihr Vater es in Helvetien gewünscht hatte. Die Nornen, die aufmerksam im Schatten des großen Baumes saßen und bestimmten, würden ihr Gestern verzeihen und ihr ein Morgen gewähren.

Eine Weile stand Svanhild da und betete stumm, dann zog sie sich das Kleid über den Kopf und ließ es zu Boden fallen. Es dämmerte schon, aber Timaios, der einzige Zeuge, stand nur zwanzig Schritte entfernt, den Blick auf die nackte helle Haut gerichtet, den Rücken, das Gesäß, die Beine. Svanhild stieg am grasbewachsenen Ufer hinunter und verschwand aus seinem Blickfeld. Er wartete mit einer Decke in der Hand und träumte und verdrängte das Bild einer Tyche mit ihrem Füllhorn, die sich vor seine Träume schieben wollte. Es war nun gleichgültig, wer den größeren Anteil an allem hatte, die Götter oder die Botin des Schicksals.

Nicht lange, dann schob sich Svanhilds Kopf wieder über die Uferböschung. Die entfesselte Andromeda stieg herauf und trat auf Timaios zu, nackt und triefend und frierend und unendlich begehrenswert, den Fluten entstiegen und jungfräulich wie die griechische Aphrodite, die im Meerschaum Geborene. Svanhild zeigte kein Zeichen von Verlegenheit, bedeckte die Brüste weder mit der einen Hand noch die Scham mit der anderen.

Während der ganzen Fahrt nach Kimberland hatte Timaios diesen Moment trockenen Mundes herbeigesehnt und sich allmählich ein wenig davor gefürchtet. Ohne darüber gesprochen zu haben, war er dennoch gewiss, dass zwischen ihnen beiden nichts geschähe, ehe Svanhild sich nicht reingewaschen hätte, wie Segestes es wollte. Und nun, bei Hermes, der auch der Gott des neuen Beginns war, würde Svanhilds zweites Leben beginnen. Und seines mit dem ihren.

Wassertropfen fielen aus Svanhilds Haar auf die Schulter und die harten Brustwarzen, rannen über den flachen Bauch und verfingen sich in den hellen Haaren ihrer Scham, wie der Tau des Morgens sich im grünen Gras verfängt. An ihren Unterschenkeln zogen sich nasse Schlammstreifen entlang, ihre Füße steckten in Schuhen aus Schlick. Ganz weiß war ihre Haut und gerötet, rosig vor Kälte. *So ungewohnt. O Priapos – sag mir, wie lieben diese Menschen? Wie die Tiere, die sie manchmal zu sein scheinen?* Und der Mund wurde ihm trocken.

Svanhild trat vor Timaios, der sich kaum getraute, eine Bewegung zu machen, obwohl sich einiges in ihm regte. Die Decke hielt er ihr hin. »O Andromeda!«, flüsterte er heiser. »Welche Erkenntnis ist dir zuteil geworden?« Er sah sie an, blickte nur kurz auf ihre hohen Brüste und dann in ihre Augen.

Sie nahm die Decke, hüllte sich aber nicht ein, sondern warf sie sich über den Rücken und hielt sie vorn geöffnet. Unsicher lächelte sie, nicht ohne Bangigkeit blickten ihre Augen. »Ich zeige es dir, mein Perseus.« Svanhild kniete vor ihm nieder und legte ihm die kalten Hände auf die Hüften unter dem Chiton. Die Decke fiel zu Boden, Timaios zuckte zusammen. Dann schob die Kimbrin das Kleidungsstück nach oben und sorgte für Raum, wo Raum guttat. Timaios sah von oben ihren Rücken, sah die Wirbelfortsätze wie die Teile einer Bernsteinkette hervortreten. »Immer noch Schwertträger«, flüsterte Svanhild und berührte das warme Schwert an seinem Schaft vorsichtig mit den Fingerspitzen. Timaios fuhr abermals zusammen.

Er lachte unsicher. »Weise mir die Weg für das letzte Schwert, das mir ist geblieben!« Er zog die junge Frau hoch und hob auch die Decke auf. Dann legte er sie ihr um die Schultern. Einen Moment lang betrachtete er die prallen weißen Brüste, dann legte er vorsichtig die Fingerspitzen darauf und strich über die zarte Haut.

Svanhild seufzte und schloss die Augen. Timaios zog sie an sich, nahm sie in die Arme und spürte wieder die Kälte ihres nassen Körpers, fühlte unter der Decke den glatten Rücken, das feste Gesäß, die warme Enge dazwischen und hörte Svanhilds leise gestammelte Worte. Er bestimmte nun, was geschah. Eng umschlungen sanken sie ins Gras. Timaios unter Svanhild, Svanhild über Timaios. Er blickte nach oben und sah ein Gesicht, das ihm unbeschreiblich vertraut war und das vor Lust glänzte.

Svanhild beugte sich über ihn, Wassertropfen fielen auf ihn herab, sie lächelte, und die großen Augen strahlten. Ihre Züge zeigten weder Kummer noch Angst oder Hass, sondern nur lauteres Glück und Erwartung. Sie zog die Beine an, Timaios sah auf und betrachtete die Geliebte. Dies war etwas anderes, als den rasierten, geschminkten Körper einer Hure zu streicheln, der so viele Besitzer hatte, die ihn begatteten wie den eines Tieres. Svanhild war keine eitle Aphrodite, sie war eine natürliche Freya, und dann beugte er sich wieder über sie. Sie öffnete den Mund, und er küsste sie leidenschaftlich und roch Wasser und Schilf und feuchte Erde.

Timaios opferte seinem Gott eilig und unbeherrscht. Er wand sich und stieß ächzende Laute aus, während Svanhild nun unter ihm still lag und alles wahrnahm, ihn fest an sich presste und seinen Kopf an ihrer Brust barg. Priapos hatte seinen Tribut bekommen, früh, heftig und reichlich bemessen.

Als er wieder ruhiger atmete, blickte er Svanhild an und widerstand der Versuchung, sich einfach auf die Seite zu rollen und die Augen zu schließen, und eine Spur von Scham regte sich in ihm, da die Ordnung gestört worden war, die die Götter sich erdacht hatten und derzufolge Mann *und* Frau gleichermaßen den höchsten Punkt der Wollust erklimmen sollten. Es war das erste Mal in seinem Leben, dass er ein solches Gefühl und einen solchen Gedanken hatte, und er schob es darauf, dass er auch zum ersten Mal in seinem Leben von so viel Liebe zu einem Menschen erfüllt war. Und doch hätte er nicht einmal zu sagen gewusst, ob sie einander nun nähergekommen waren oder sich von einander entfernt hatten.

Svanhild aber lächelte. Sie hatte keinerlei Erwartungen gehegt und fühlte sich nicht enttäuscht – andere Gelegenheiten würden kommen. »Haben wir nicht später noch Zeit für weitere Tänze deines letzten Schwertes?« Sie nahm Timaios' Kopf in beide Hände und schmiegte ihre Wange an die seine.

Timaios schloss die Augen – er war ihr dankbar und den Tränen nahe.

»Zeit, viel Zeit. Diese Nacht und viele andere Nächte, Göttin der Kimbern.« Die Götter der Griechen würden andere Gelegenheiten finden, um den Göttinnen der Kimbern beizuliegen. Eine neue Nähe war entstanden und böte viele Gelegenheiten, um alles besser zu machen. Er griff nach seinem Mantel und breitete ihn über sich und Svanhild aus.

In Rom vergingen viele Tage und Nächte, und Publius Licinius Crassus und seine Freunde senatorischen und nichtsenatorischen Ranges warteten vergebens auf die Rückkehr einer bestimmten geheimen Gesandtschaft aus dem Norden.

In diese Gesandschaft und ihre Geschichte hatte Crassus viel Geld gesteckt, und er hatte gehofft, dass sich dieses Geld höher verzinsen werde als beim üblichen Verleihen seines Vermögens. Der Handel mit Bernstein war ihm als großartige Möglichkeit erschienen, ausreichende Mittel für die Laufbahnen seiner drei Söhne bereitzustellen.

Sein Vater war immerhin Prätor, sein Großvater gar Konsul gewesen, und noch hoffte er selbst, eines Tages … Und vielleicht nähme er gar den Fluch von der Familie, nach welchem keinem Licinus Crassus aus der männlichen Linie jemals das sechzigste Lebensjahr zu erreichen vergönnt war … Und er selbst würde dem Haus vielleicht einen weiteren Konsul bescheren. Wenn nicht er, dann einer seiner Söhne: drei Söhne, drei Erbteile, dreifaches Vermögen – aber vielleicht auch drei Konsuln.

Vieles, wenn nicht alles drehte sich allein um die notwendigen Mittel für die Ämterlaufbahn, die mit der Ädilität begann und dem Konsulat endete. Der vielversprechende Seehandel war für die römischen Senatoren seit Langem kein Geschäft mehr, seit die *lex claudia de senatoribus* ihnen und ihren Söhnen den Besitz oder das Beleihen von Schiffen mit einem Fassungsvermögen von mehr als dreihundert Amphoren untersagte. Das war gleichbedeutend mit dem Ausschluss vom Seehandel. Dreihundert Amphoren, ungefähr das Gewicht von einhundert Männern, also nur ein Geringfügiges mehr als gar nichts, während die Schiffe sonst dreitausend und mehr Amphoren trugen. Senatoren hatten Grundbesitzer zu sein, sagte dieses Gesetz, und sie hatten sich – meist in Gesinnung und Ausbildung von Jugend an vorbereitet – auf die Führung des Staates zu konzentrieren, nicht auf die Aufgaben eines gewöhnlichen Kaufmannes. Noch heute war es für Crassus unverständlich, dass das Gesetz damals gegen die Ablehnung des Senates zustande gekommen war. O diese verfluchte Einrichtung der Volksversammlung!

Der Handel mit dem Bernstein wäre eine Möglichkeit gewesen, um das Gesetz auf legalem und dennoch lohnendem Wege zu umgehen. Handel über Land war teuer, sehr viel teurer als Seehandel, viel zeitaufwendiger beim Transport viel kleinerer Mengen und viel langwieriger, aber der hohe Gegenwert von Bernstein hätte alle diese Nachteile mehr als wettgemacht.

Publius Licinius Crassus war kein Mann des Schwertes. Mit Geld wusste er weitaus besser umzugehen. Ein mit dem Schwert geführter Streich mochte den Weg zu einem Schatz einmal freimachen, vielleicht ein zweites Mal, doch man musste sich schon selbst hinbegeben, sich unmittelbarer Gefahr aussetzen und konnte von dem Schatzhaufen meist nicht alles auf einmal fortschleppen. Schläge hingegen, die mit der scharfen Waffe eines römischen Talentes geführt wurden, verminderten den Schatz beständig. Die Zeiten waren im Wandel begriffen, Roms Zukunft lag nicht länger im Kriegführen, sondern im Handel.

Crassus wusste um die gewöhnliche Herkunft des Bernsteins – nicht ohne Grund roch er harzig, wenn man ihn verbrannte –, *sucinum* in seiner eigenen Sprache, *elektron*, wie sie ihn in Massalia nannten. *Glaes* hieß er bei den Kimbern selbst. Für das Geschäft aber war es günstiger, an die Tränen der Heliaden und ihre heilbringende Wirkung zu glauben. Kein Mensch, der Bernstein als Amulett teuer erstand, mochte hören, dass er für gutes Geld nur Baumharz erwarb oder den Urin von Luchsen, bei bestimmten Sonnenständen schnöde auf den Boden gepisst. Nein, er begehrte sagenhafte Tränen, wollte den Schweiß der Sonne sein eigen nennen oder zumindest stolzer Besitzer geronnenen Meeresschaumes sein.

Im reichen und stark befestigten Aquileia, der römischen Pflanzstadt an der Nordküste des Adriatischen Meeres, besaßen Crassus, andere Senatoren und viele Ritter Bernstein verarbeitende Betriebe. Aus diesem Stoff, der über uralte Handelsstraßen aus dem Norden über die Albis, den Eridanus, den Danuvius, ein Dutzend anderer Flüsse, durch das Noricum, durch Pannonien und am Ende über die Alpen in die Poebene gelangte, wurde in den Werkstätten alles hergestellt, was Vorstellungsvermögen, Verarbeitungsfähigkeit und die geschickten Hände der Schleifer zuließen. Das leicht zu verarbeitende Material aus dem Barbaricum wurde zu Perlen, Schmuckstücken, Spielsteinen, Würfeln, Waffenverzierungen, Miniaturgefäßen, Kästchen, duftenden Brennkugeln, Heilsteinen, Pulvern und Amuletten und Tand umgearbeitet; er wurde begutachtet, eingeteilt, geordnet, gesägt, gedreht, gefeilt, geschliffen, pulverisiert, gebohrt, gefärbt, gekocht, um damit den gierigen Schlund der unersättlichen Ökumene zu stopfen. Und der Staub, der übrig blieb, wurde zusammengekehrt, gekocht, verschmolzen und genauso teuer verkauft, um Kopfschmerzen, Durchfall, Gicht, Gelenkreißen, Rückenschmerzen, Magenentzündungen, übermäßigen Samenfluss, Herzzittern, kindliche Zahnbeschwerden und tausend andere Leiden zu lindern.

Aber die Drehbänke Aquileias standen nahezu still. Doch im Spätsommer des sechshundertunddreiundvierzigsten Jahres seit Gründung der Stadt drangen die ersten Gerüchte vom neuerlichen Aufbruch der Kimbern nach Rom und sorgten kurzzeitig für Unruhe. Erst zu diesem Zeitpunkt schrieben einige Senatoren und Nichtsenatoren in Rom eine unbedeutende Gesandtschaft und ein bedeutendes Geschäft endgültig ab. Die Wandervölker zogen nach Westen, die östliche Bernsteinroute war aber damit wieder frei von fremdem Zugriff.

Publius Licinius Crassus, teils zufrieden, teils unzufrieden mit der Entwicklung der Ereignisse, konnte nun darangehen, seinen großen Plan in die Tat umzusetzen, nämlich mit seinen ausgedehnten Werkstätten in Aquileia den Bernstein, der endlich wieder Italien erreichte, erneut zu einem gefragten Luxusgut in der Ökumene zu machen. »Die Kimbern«, hörte man ihn in diesen Tagen oft sagen, »haben ihre Pfeile verschossen und ziehen weiter.«

Entgegnete dann ein Geschäftsfreund, Rom solle doch mit einem Pfeilhagel zurückschießen, um Noreia endlich zu vergelten, lächelte Crassus sacht und sagte: »Dazu besteht keine Notwendigkeit, mein Freund. Warum sollten wir das tun, frage ich dich. Um ihnen einen neuen Vorrat an Pfeilen zu liefern, den sie, uneinsichtig wie Kinder und Barbaren nun einmal sind, aufsammeln und abermals auf uns abschießen werden? Nein. Wir sammeln ihre Pfeile auf. Wir behalten sie bei uns. Wir drohen vielleicht damit. Was gehen uns die Barbaren an, wenn sie fern von Rom weilen? Lasst sie nach Gallien ziehen. Mögen sie unter ihresgleichen zugrunde gehen. Die Starken werden Gallien beherrschen, die Schwachen und Besiegten werden in Italien dienen. Neue Kämpfe dort, das heißt neue Sklaven hier. Vielleicht haben wir Glück, vielleicht sperren sie jetzt die Bernsteinstraßen des Westens. Massilia wird es ihnen nicht danken, wir aber wohl.«

Die Tränen der Heliaden flossen noch einmal – göttliches Mitleid hielten sie bereit für den, der glauben wollte. Und Crassus war bereit, an ihre Macht und die Macht des nordischen Goldes zu glauben.

Rom hingegen, durch die Schlacht von Noreia aus tiefem Schlaf geweckt, rollte sich müde auf die Seite und schlief weiter, und wenn es mitunter erwachte, schaute es nach Süden, nach Africa. Nach Norden schaute es nicht.

Die Kimbern und die anderen Stämme zogen in einem langen Treck nach Westen. Am Ufer des großen Stromes rasteten sie, bis die Tage und Nächte zusehends kälter wurden. Als die Frostriesen schließlich mit großer Macht kamen, setzten die Stämme über den zugefrorenen Fluss. Am anderen Ufer wurde ein großes Winterlager errichtet. In Rom schrieb man nunmehr das sechshundertundvierundvierzigste Jahr seit seiner Gründung. Eines Nachts, als die Schneegänse noch nicht einmal erwartet wurden, stand der junge Bragir heimlich von seinem Lager auf. In der kahlen Hütte, die eher einem Verschlag für Tiere ähnelte als einem Haus für Menschen, war es kalt, nicht nur deshalb, weil das Feuer erloschen war, sondern weil die ordnende, warme Hand einer Frau fehlte. Gaisarik schlief andernorts, vielleicht bei Gerswid. Bragir bemühte sich, kein Geräusch zu machen. Durch die zugige Dunkelheit warf er einen kurzen Blick auf den Vater, ahnte sein Aussehen und hörte den Alb, der auf dessen Brust saß, ihn heimsuchte und schwer schnaufen ließ, wie in so vielen Nächten. Dann setzte der Junge seine Lederkappe auf, tastete nach dem kleinen Bündel und dem eisernen Schwert des Vaters, drückte vorsichtig die löchrige Tür auf, durch die der Wind blies, und verließ die Hütte. Die Schwester fehlte ihm sehr, doch noch immer wusste er nicht, ob er sie verachten oder vermissen sollte. Diesen Massalioten aber, der sie ihm genommen hatte, hasste er. Und mochten auch alle anderen über ihn und seine Familie nun unschöne Worte sprechen – eines Tages würde er diesen Geschichten ein Ende bereiten, mit dem Schwert, wenn es sein musste. Die nächsten Monde, Skulds Monde, würden aber zunächst einmal ihm gehören, ihm allein, und dieser Frühling, der nun bald über das Land zöge, bliebe ihm für sein ganzes Leben heilig.

Ausblick

Dies ist der Schluss des zweiten Buches von der Wanderung der Kimbern, in der berichtet ist, wie Timaios aus Massalia das Geheimnis um das Gold des Nordens lüftet und wie er Svanhild für sich gewinnt. Im dritten Teil, *Der Raub von Tolosa*, wird erzählt, welche Abenteuer Bragir von den Kimbern erlebt, als er einem legendären Goldschatz nachjagt, und wohin die Kimbern und Teutonen im Süden der Welt ziehen, wie die Stämme Gallien verheeren, wie sie im Norden Iberiens zum ersten Mal den Preis einer Niederlage entrichten müssen, wie sie diesen Preis teuer dem schlafenden Rom aufbürden und wie sie damit schließlich Macht und Ordnungsliebe des Senates erwecken.

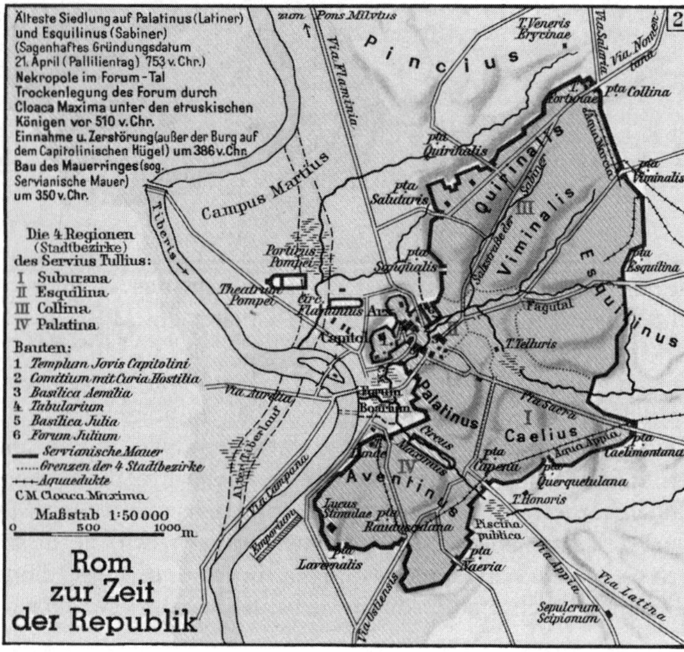
2
Älteste Siedlung auf Palatinus (Latiner) und Esquilinus (Sabiner)
(Sagenhaftes Gründungsdatum 21. April (Pallilientag) 753 v. Chr.)
Nekropole im Forum-Tal
Trockenlegung des Forum durch Cloaca Maxima unter den etruskischen Königen vor 510 v. Chr.
Einnahme u. Zerstörung (außer der Burg auf dem Capitolinischen Hügel) um 386 v. Chr.
Bau des Mauerringes (sog. Servianische Mauer) um 350 v. Chr.
Die 4 Regionen (Stadtbezirke) des Servius Tullius:
I Suburana
II Esquilina
III Collina
IV Palatina
Bauten:
1 Templum Jovis Capitolini
2 Comitium mit Curia Hostilia
3 Basilica Aemilia
4 Tabularium
5 Basilica Julia
6 Forum Julium
Servianische Mauer
Grenzen der 4 Stadtbezirke
Aquaedukte
CM Cloaca Maxima
Maßstab 1:50 000
0
500
1000 m.
Rom zur Zeit der Republik
zum Pons Milvius
Via Flaminia
Pincius
T. Veneris Erycinae
Via Salaria
Via Nomentana
pta Collina
pta Quirinalis
Quirinalis
Aqua Marcia
pta Viminalis
pta Salutaris
Campus Martius
Tiberis
Viminalis
Esquilinus
pta Esquilina
pta Sanqualis
Porticus Pompei
Theatrum Pompei
Circ. Flaminius
Arx
Capitol
Fagutal
T. Telluris
Via Aurelia
Forum Boarium
Palatinus
Via Sacra
Caelius
Circus Maximus
Aqua Appia
pta Caelimontana
pta Capena
pta Querquetulana
Aventinus
T. Honoris
Via Campana
Lucus Stimulae
pta Raudusculana
Piscina publica
Emporium
pta Lavernalis
pta Naevia
Via Appia
Via Latina
Via Ostiensis
Sepulcrum Scipionum

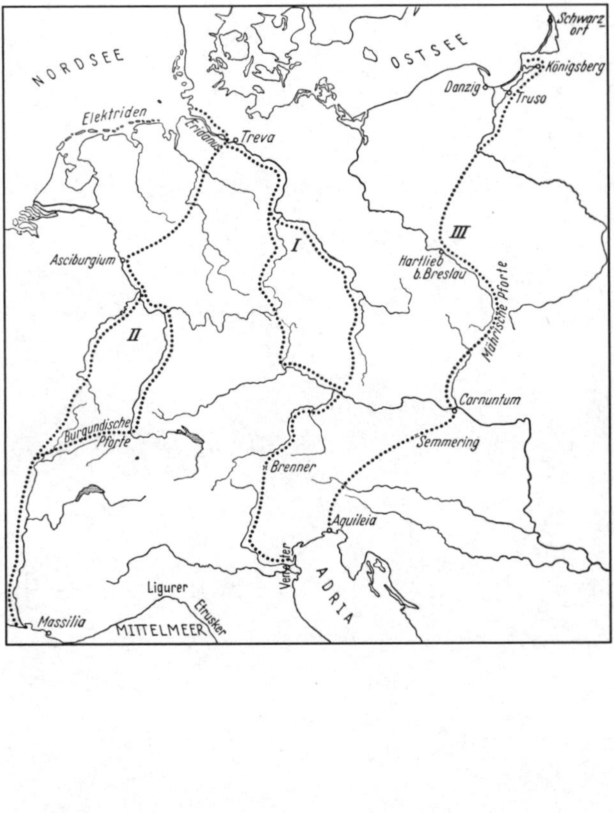

NORDSEE
OSTSEE
Schwarzort
Königsberg
Danzig
Truso
Elektriden
Eridanus
Treva
I
II
III
Asciburgium
Hartlieb b. Breslau
Mährische Pforte
Carnuntum
Semmering
Burgundische Pforte
Brenner
Aquileia
Veneter
ADRIA
Ligurer
Etrusker
Massilia
MITTELMEER

Nachwort

Im Jahr 1891 wurde der »Silberkessel von Gundestrup« beim Torfstechen in einem dänischen Moor gefunden: in seine Einzelteile zerlegt und von einem halben Meter Torf überwachsen. Dorthin könnte er so gelangt sein, wie in diesem Buch beschrieben. Könnte, denn es gibt andere Theorien, aber Beweise gibt es nicht.

Über die Herkunft des Kessels kennt man ebenfalls mehrere Theorien. Eine besagt, dass er aus dem Osten stamme, aus dem Donaugebiet, ehemals Thrakien, wo vergleichbare Objekte sowie Edelmetalle gefunden wurden und wo kunstfertige Kelten lebten, die in ihrer eigenen Tradition und Mythologie bewandert waren. In Thrakien wären zudem hellenistische und fernöstliche Einflüsse denkbar, die sich auf dem Kessel spiegeln, zum Beispiel im Kampf des Herakles mit dem Nemeischen Löwen oder in dem Delfinreiter und den Greifen. Gerade der Delfin legt aber wiederum eine unmittelbare Verbindung mit Massalia (Marseille) nahe. Dort wurde Apollon besonders verehrt, der seinerseits eine enge mythische Verbindung zum Delfin hatte. Meine Theorie fußt aber auch darüber hinaus auf der Wissenschaft, und zwar auf den jederzeit nachvollziehbaren Überlegungen von Richard Pittioni, nachzulesen in »Wer hat wann und wo den Silberkessel von Gundestrup angefertigt?«, Wien 1984. Die im 19. Jahrhundert verbreitete Meinung, dass der Kessel an Ort und Stelle hergestellt worden sei, also im dänischen Jütland selbst, kann als patriotische Schwärmerei wohl abgetan werden.

Jene Interpretation des greisen Teutomatus, dass auf einer der Silberplatten die Opferung eines Mannes dargestellt sei, ist zweifelhaft. Andere Deutungen gehen dahin, dass es sich um einen keltischen Initiationsritus handeln könnte: Ein Jüngling oder ein Mann wird in einen Kessel getaucht, vielleicht um die Weihen zum Mann oder zum Krieger zu erhalten, und nachher reitet er auf einem Pferd davon.

Eine weitere Anmerkung zum letzten Kapitel: Dass zur beschriebenen Zeit der wissenschaftlich umstrittene Begriff der »Germanen« auftaucht, ist immerhin möglich, wenn auch nicht wahrscheinlich. Dass mit Gaisarik jene, die zuerst über den Rhein setzten, so genannt wurden, ist bei Tacitus nachzulesen; dass andere dort ansässige Stämme sich angeblich als »germanisch« betrachteten, bei Cäsar. Letztendlich aber war die ethnische und geographische Unterscheidung zwischen Germanen und Kelten – fünfzig Jahre *nach* den Kimbern und Teutonen – allein Cäsars politischem Kalkül und der weiten Verbreitung seines »Gallischen Krieges« zu verdanken: Politisch-strategisch dachten die Römer immer in Flüssen, und links des Rheines hatten demnach die Kelten zu leben, rechts davon die Germanen. Infolgedessen hatten auch die Kimbern und Teutonen eben Germanen zu sein, die aus der weithin unbekannten Welt rechts des Rheines kamen. Die Wahrheit sah anders aus: Schon zu Zeiten Cäsars siedelten in Nordgallien germanischstämmige Völker. Rechts des Rheines lebten vor Cäsar hingegen bis weit nach Süd- und Westdeutschland hinein Kelten, ehe diese von wiederum germanischstämmigen Völkern aus dem Norden und Osten vertrieben wurden. Die höher entwickelten Kelten wurden und waren allerdings in mehr als einer Hinsicht die Lehrmeister der später in ihrer Gesamtheit so genannten Germanen. Für sich genommen erschwert das aber schon eine archäologische und kulturhistorische Trennung der beiden Völkerschaften. Teilweise macht sie das sogar unmöglich. Hinzu kommt das Problem der Teutonenfrage: Waren die Teutonen überhaupt zu den Germanen zu zählen, oder waren es nicht viel eher Kelten, die aus dem Alpengebiet stammten? Das behauptete nämlich der griechische Gelehrte Poseidonios von

Apameia, auch wenn zweihundert Jahre früher sein Landsmann Pytheas aus Marseille von am Nordmeer lebenden »Gutones« schrieb. Doch selbst wenn die Teutonen Germanen waren – ein großgermanisches Gemeinschaftsgefühl dürfte, wenn überhaupt vorhanden, sehr gering ausgeprägt gewesen sein. Wie Teutomatus am Ende sagt: »Kimbern und nichts sonst. Ehre den Namen, die Sippe, den Stamm – mehr als das hat der beste Mann nicht.« Diese und andere Spruchweisheiten des Teutomatus und des Gaisarik stammen übrigens, mit kleinen Änderungen, fast alle aus der sog. Älteren Edda, aus dem *Havamal*, »Des Hohen Lied«, einem Buch voll uralter Weisheiten, Ratschläge und Dichtung.

Bernstein, griechisch *elektron*, lateinisch *sucinum* und germanisch *glaesum*, war allzeit hoch begehrt und wurde viel gehandelt. Als uralte, teils wohl schon in der Bronzezeit genutzte Handelswege dienten in erster Linie die Flüsse, die Verkehrsstraßen der Alten Welt. Einige dieser Wege kennt man nicht zuletzt deshalb, weil an ihrem Verlauf wiederholt Depots mit Bernstein und anderen Waren gefunden wurden. Mutige Händler brachten dafür Wein, Elfenbein und Münzen an die nordeuropäischen Küsten, nach Samland, Jütland und Pommern. Die berühmte Thulefahrt des Gelehrten Pytheas aus Marseille geschah im 4. Jhd. v. Chr. wohl auch deshalb, um über das wertvolle Handelsgut Bernstein mehr Wissen zu erlangen. Zur Zeit der römischen Kaiser erlebte der Handel mit Bernstein eine neue Blüte.

Die Anklage und der Freitod des ehemaligen Konsuls Gnäus Papirius Carbo wie auch der seiner beiden Brüder sind historisch belegt. Auch die Gedanken Hannibals über den sizilischen Sklavenaufstand mit seinen furchtbaren Geschehnissen bis hin zum Kannibalismus beruhen auf der überlieferten Wahrheit, sechzig Jahre vor dem weitaus bekannteren Aufstand des Spartacus.

Die römischen Senatoren waren in ihrer Gesinnung zwar in Populare und Optimaten geteilt, aber es wäre verfehlt, sich darunter »Parteien« in Gestalt einer festen Gruppierung vorzustellen. Letztlich sind beide, Populare und Optimaten, Adlige und verfolgen in erster Linie ihre eigenen Ziele und die ihrer Familien.

Die Leiden des jungen Timaios – Tyche und das Schicksal … Tyche gilt gemeinhin als die griechische Göttin des Schicksals oder des Zufalles, sowohl der guten als auch der schlechten Fügung oder einfacher gesagt: des Glücks und des Unglücks. Tatsächlich ist zwischen ihrer Funktion als Gottheit und als Abstraktum im Gegensatz zu den stark attributierten anderen Göttern wie Zeus, Athene, Hermes nicht einfach zu unterscheiden. Aus der Zeit der umfassenden und umwälzenden Kriege nach dem Tod Alexanders des Großen ist bekannt, dass der Glaube an eine allmächtige Tyche für den Einzelnen an Bedeutung gewann.

Sokrates beschrieb mit dem *Daimonion* eine Art von Gewissen, das ihn leitete, eine innere Stimme. Darauf beziehe ich mich, wenn ich von D*ai*mon schreibe, wo ich an anderer Stelle den Begriff D*ä*mon für Zwischenwesen oder Mittler zwischen Göttern und Menschen benutze, die außerhalb des Selbst existieren – so wie wir diesen Begriff heute meist verstehen: Das Wort ist im Grunde das Gleiche, aber der Sinn dahinter ist ein anderer.

Abschließend erbitte ich an dieser Stelle die Nachsicht all jener, die besser wissen, wo diese (und andere) Gegebenheiten nicht so sind, wie sie vielleicht einmal waren, und verweise für weitere Aufklärungen auf den dritten Band der Saga, *Der Raub von Tolosa*, in dem eine eigenständige Geschichte erzählt wird, die den weiteren Weg der Kimbern bis zu ihrem Untergang behandelt.

Fritzlar, im Frühjahr 2007

Stefan Jäger

Der Silberkessel

Historischer Roman aus der Zeit der Völkerwanderung. 320 Seiten. Serie Piper

120 vor Christus: Mehr als 100 000 Kimbern, Teutonen und Ambronen verlassen ihre unwirtliche Heimat Dänemark in Richtung Süden. In den Alpen treffen sie auf die gewaltigen Heere des Römischen Imperiums. Schändungen, blutige Schlachten und Raubzüge sind an der Tagesordnung. Eine gefährliche, rauhe Kulisse für die Liebe zwischen dem Römer Timaios und der Kimberin Svanhild …

Mit seinem historischen Roman zur Zeit der Völkerwanderung, als die ersten germanischen Volksstämme auf die wehrhaften Römer trafen, erhellt Stefan Jäger das Dunkel zwischen Antike und Mittelalter in der Mitte Europas.

05/2054/01/L

Sabrina Capitani

Das Buch der Gifte

Historischer Roman. 400 Seiten. Serie Piper

Die Schriftstellerin Christine de Pizan setzt sich nach dem Tod ihres geliebten Mannes gegen alle Widerstände durch: gegen die Frauenfeindlichkeit der Kirche, gegen betrügerische Anwälte und gewalttätige Verehrer. Doch als sie den jungen Franziskanermönch Thomas kennen lernt, steht die Liebe zu ihrem verstorbenen Ehemann, dem sie Treue bis über den Tod hinaus geschworen hat, auf dem Prüfstand. Gemeinsam mit Thomas gelingt es ihr, einen rätselhaften Todesfall aufzuklären, der auf verschlungenen Wegen die wahre Vergangenheit des Mönchs offenbart …
Lebendig und mit Einfühlungsvermögen erzählt Sabrina Capitani aus dem Leben der Christine de Pizan (1364–1430), einer der bekanntesten und frühesten Schriftstellerinnen Europas.

05/2053/01/R

Elmar Bereuter

Die Lichtfänger

Roman aus der Zeit der Hexenverfolgung. 416 Seiten. Serie Piper

Wie sähe die Welt aus, hätte es in der Geschichte nicht mutige Menschen gegeben, die sich gegen Unterdrückung und Engstirnigkeit wehrten? So wie die »Lichtfänger«, die im ausgehenden Mittelalter den Hexenwahn bekämpften. Elmar Bereuter – seit seinem verfilmten Bestseller »Schwabenkinder« Garant für profund recherchierte historische Romane – erzählt, wie sich ein Historiker quer durch Europas Archive wühlt, um das Schicksal des Lichtfängers und Theologen Cornelius Loos zu erhellen.

»Bereuter gelingt es, die alten Quellen zum Sprechen zu bringen. Ein engagiertes Buch über die Hexenprozesse, vor allem aber ein spannender historischer Roman!«
literaturtipp

05/2099/01/L

Elmar Bereuter

Die Schwabenkinder

Die Geschichte des Kaspanaze. Roman. 400 Seiten. Serie Piper

Bitterarm sind die Menschen im Bregenzerwald. Die unverschuldet in Not geratene Bauernfamilie Meser beschließt, ihren neunjährigen Sohn Kaspanaze auf den Kindermarkt nach Ravensburg zu schicken, wo er von einem grausamen Bauern ersteigert wird. Doch schon bald erträgt er dieses Leben nicht mehr und läuft davon. Eine abenteuerliche Flucht beginnt … Jahrhunderte lang zogen viele »Schwabenkinder« wie Kaspanaze jedes Frühjahr über die schneebedeckten Alpen nach Oberschwaben, um dem Hunger zu entkommen. Elmar Bereuter erzählt anhand eines bewegenden Einzelschicksals vom Leben jener Sklavenkinder und enthüllt ein dunkles Kapitel europäischer Geschichte.

Die erfolgreiche Verfilmung von Jo Baier (»Der Laden«) mit Tobias Moretti erhielt den Fernsehfilmpreis der Deutschen Akademie der darstellenden Künste.

05/2100/01/R

SERIE PIPER

Jörgen Bracker

Zeelander

Der Störtebeker-Roman.
464 Seiten. Serie Piper

Die Brüder Johannes und Clemens Zeelander wachsen im Waisenhaus in Wismar auf, ihr bester Freund heißt Claus Störtebeker. Ihre Schicksalswege bilden den Stoff für ein packendes Zeitgemälde. Johannes Zeelander, der zum obersten Schiffbauer Hamburgs aufsteigt, muss erleben, wie die Menschen in seinem Umfeld dem Freibeuter Claus Störtebeker in die Arme getrieben werden. Bracker kennt alle Fakten, alle Legenden und kommt mit diesem Roman der Wahrheit über den Mythos Störtebeker näher als alle Wissenschaft.

»Jörgen Brackers Störtebeker-Roman ist eine packende Lektüre, die ein präzises Geschichtsbild höchst unterhaltsam vermittelt, noch dazu mit einem überraschenden Ende.«
Norddeutscher Rundfunk

05/2101/01/L

Thomas Einfeldt

Die Tochter des französischen Gesandten

Ein Roman aus der Zeit Napoleons. 512 Seiten. Serie Piper

Hamburg, während der napoleonischen Besatzung zwischen 1806 und 1814: Der Kaufmannssohn Clemens Maiboom wird wegen der Kontinentalsperre gegen England zum Schmuggeln gezwungen – sonst droht dem väterlichen Kaufmannshaus der Ruin. Mitten in den Wirren und der katastrophalen wirtschaftlichen Situation lernt er Clothilde, die Tochter eines französischen Gesandten, kennen und lieben. Er kann ihrer ungebändigten blonden Lockenpracht und ihrem eigensinnigen emanzipatorischen Geist einfach nicht widerstehen, doch bringt sie ihn in einen unlösbaren Konflikt mit seiner Vaterlandsliebe.
Ein farbenprächtiger historischer Roman über Liebe in gefährlichen Zeiten.

05/2097/01/R

Martina Kempff

Die Rebellin von Mykonos

Historischer Roman. 496 Seiten. Serie Piper

Griechenland in den zwanziger Jahren des 19. Jahrhunderts: Die Bevölkerung rebelliert gegen die Herrschaft der Osmanen. In den Wirren des beginnenden Freiheitskampfes wird die junge Mando zur mutigen Kämpferin und stellt sich an die Spitze der Rebellen auf ihrer Heimatinsel Mykonos. Doch was sie in tiefster Seele bewegt, ist der leidenschaftliche Hass auf den unbekannten Mörder ihres Vaters und die unglückliche Liebe zu ihrem Cousin Marcus …
Die Geschichte einer ungewöhnlichen Frau, die für Freiheit und Liebe kämpfte.

»Eine tolle, taffe Heldin.«
Gala

05/2119/01/L

Martina Kempff

Die Königsmacherin

Roman über die Mutter Karls des Großen. 464 Seiten. Serie Piper

Sommer 741: Ein prunkvoller Reisezug begleitet Bertrada auf dem Weg nach Saint Denis, wo Pippin, der Sohn Karl Martells, sie zur Hochzeit erwartet – doch er heiratet die falsche Frau. Jahre später wird diese Grafentochter dennoch zu einer der mächtigsten Frauen des Frühmittelalters. Dank ihres Muts und ihres diplomatischen Geschicks wird sie zur Königin und ihrem Sohn Karl eine kluge Ratgeberin. Doch verbirgt sich hinter »Berta mit dem großen Fuß« auch eine leidenschaftliche Frau, die sich für schwere Demütigungen fürchterlich rächt – und dabei mitunter auf die unkontrollierbaren Mächte der Magie zurückgreift.

»Ein pralles Stück Historie, das ein ganzes Zeitalter zum Leben erweckt.«
Aachener Zeitung

05/2003/01/R

Robert Löhr

Der Schachautomat

Roman um den brillantesten Betrug des 18. Jahrhunderts. 416 Seiten. Serie Piper

Als Hofrat Wolfgang von Kempelen 1770 am Habsburgischen Hof seinen Schach spielenden Automaten präsentiert, gilt der Maschinenmensch als großartigste Errungenschaft des Jahrhunderts. Doch tatsächlich verbirgt sich im Innern der Maschine ein Zwerg – und dieses menschliche Gehirn erweist sich als tödlich und sterblich zugleich. Von den Bleikammern Venedigs zum kaiserlichen Hof in Wien, von den Palästen des Preßburger Adels in die Gassen des Judenviertels – ein spannender historischer Roman um ein legendäres Täuschungsmanöver.

»Ein Überraschungserfolg, wie es ihn in dieser Form lange nicht gegeben hat.«
Der Spiegel

05/2155/01/L

Judith Lennox

Bis der Tag sich neigt

Historischer Roman. Aus dem Englischen von Georgia Sommerfeld. 512 Seiten. Serie Piper

Die Loyalität zum eigenen Familiennamen steht im englisch-schottischen Grenzland vor der Loyalität zur Krone, verwegene Räubereien unter verfeindeten Geschlechtern sind an der Tagesordnung. Inmitten der politischen Intrigen und Familienfehden sorgen zwei bildhübsche weibliche Verwandte für zusätzlichen Aufruhr bei den vielen männlichen Ridleys, doch offensichtlich nicht bei dem allein auf sich gestellten, unehelichen Lucas …

Ein fesselnder, historischer Roman vor dem Hintergrund der Machtspiele um Elizabeth von England und Maria Stuart.

05/2154/01/R